D1925427

KNAUR

Von der Autorin sind bereits
im Knaur Taschenbuch erschienen:
Als wir unsterblich waren
Als der Himmel uns gehörte

Über die Autorin:
Charlotte Roth, Jahrgang 1965, ist Berlinerin, Literaturwissenschaftlerin und seit zehn Jahren freiberuflich als Autorin tätig. Charlotte Roth hat Globetrotter-Blut und zieht mit Mann und Kindern durch Europa, hält an ihrem Koffer in Berlin aber unverbrüchlich fest. Sie lebt heute in London, liebt aber Berlin und Tiere über alles.

Charlotte Roth

WEIL SIE DAS LEBEN LIEBTEN

Roman

KNAUR

Besuchen Sie uns im Internet:
www.knaur.de

FSC
www.fsc.org
MIX
Papier aus verantwortungsvollen Quellen
FSC® C083411

Originalausgabe Juni 2016
© 2015 Knaur Taschenbuch
Ein Imprint der Verlagsgruppe
Droemer Knaur GmbH & Co. KG, München
Ein Projekt der AVA International
Autoren- und Verlagsagentur
www.ava-international.de
Alle Rechte vorbehalten. Das Werk darf – auch teilweise – nur mit Genehmigung des Verlags wiedergegeben werden.
Redaktion: Silvia Kuttny-Walser
Umschlaggestaltung: ZERO Werbeagentur, München
Umschlagabbildung: © Malgorzata Maj / Arcangel Images; akg-images
Satz: Wilhelm Vornehm, München
Druck und Bindung: CPI books GmbH, Leck
ISBN 978-3-426-51729-1

2 4 5 3 1

Für Silke und Nimue

»Denn ich will, dass es das alles gibt,
Was es gibt.«
André Heller

ERSTER TEIL

»Alle Tiere haben
Augen aus einer uns unbekannten Welt.«

Joachim Ringelnatz: »Tierschutz-Worte«

1
Franka

Februar 1923

In der Klasse gab es Kinder, die Macht hatten, und andere, die hatten keine.

Die, die Macht hatten, allen voran der lange Armin Wernecke, riefen die, die keine hatten, bei Schimpfnamen, aber einen für Franka zu finden war gar nicht so leicht. Sie war nicht zu dünn, also konnten sie sie nicht *Bohnenstange* rufen, sie war auch nicht dick, also fiel der Name *Bratklops* flach, mit dem sie die arme Anni Pelzin zum Heulen brachten. Ihre Noten waren zu gut, um sie als *dumme Gans* zu verhöhnen, doch da sie sich im Unterricht nie zu Wort meldete, kam wiederum auch *Streber* nicht in Frage. Sie hatte weder eine Hakennase noch O-Beine, sie lispelte nicht und trug keine Brille wie Hotte Kroll, dessen Augen hinter dicken Gläsern verschwammen.

Franka eignete sich ohnehin schlecht zum Verspotten, weil sie nicht losweinte und schon gar nicht versuchte, sich zur Wehr zu setzen, so dass man sie umzingeln und mit Knüffen und Püffen traktieren konnte. Franka versteckte sich in sich selbst. Die Kinder, die die Macht hatten, verloren rasch die Lust an ihr, denn an Franka, die tief in sich versteckt saß, kamen sie nicht heran. Sie konnten ihr nicht weh tun, nicht einmal wenn sie sie an den Haaren zogen. Es ziepte. Aber Franka, die in sich versteckt saß, ballte nur die Fäuste und flüsterte so leise, dass keiner ihrer Peiniger sie hörte: »Es tut nicht weh, es tut nicht weh, es tut nicht weh.«

Das half. Die Kinder, die die Macht hatten, ließen von Franka ab und hielten Ausschau nach einem neuen Opfer. Nur ganz ohne Schimpfnamen konnten sie sie nicht davonkommen lassen, die Blöße durften sie sich keinesfalls geben. Also verpassten sie ihr einen, der gewiss so harmlos, wie er klang, nicht gemeint war, der aber Franka nicht verletzte. Armin Wernecke persönlich hatte sich den ausgedacht:

Franka Vierbein.

Das passte zu ihr.

Sozusagen auf vier Beinen – nämlich auf ihren Händen und Knien – hatte Franka sich fortbewegt, solange sie denken konnte. Die anderen Kinder im Gemeindekindergarten, auf Familienfeiern, auf dem Pausenhof und am Hambuttenpfuhl, wo ihre Mutter sie hinschleppte, weil Kinder an die frische Luft gehörten, spielten alles Mögliche: Indianer. Prinzessin. Räuber und Gendarm. Nur Franka spielte immer das Gleiche. Auf allen vieren kroch sie zwischen den Räubern und Prinzessinnen umher und spielte Tier.

Tier spielen half noch besser als verstecken in sich selbst: Es half gegen Langeweile, gegen Angst, gegen die Schimpftiraden des Vaters und gegen die Bosheiten der Kinder, die Macht hatten. Franka stellte sich einfach vor, sie sei ein Hund, eine Katze, ein Hase, sie könnte den Menschen davonspringen und bräuchte auf das, was sie taten, nicht zu achten. Später wurden die Tiere größer und zunehmend exotischer: Von Rehen und Pferden ging sie schließlich zu Gazellen, Dromedaren und sogar Elefanten über. Wie herrlich, sich vorzustellen, man wäre ein Flusspferd, man bräuchte nur den Kopf nach einem Angreifer zu drehen und gähnend das Maul zu öffnen, um ihn einzuschüchtern, ihn »so klein mit Hut« zu machen, wie Onkel Gerhard es ausdrückte. Das Flusspferd fraß nur Gräser und Zweige, aber das hätten die Kinder, die Macht hatten, sicher nicht gewusst.

Frankas Vater wusste es auch nicht. Er mochte keine Tiere, und die dreizehn kostbaren Bände von *Brehms Tierleben*, die

Onkel Gerhard Franka nach und nach zu ihren Geburtstagen geschenkt hatte, hätte er nicht angerührt. »Was soll sie mit all den Büchern?«, hatte er die Geschenke, in die Franka versunken war, kommentiert. »Zur christlichen Lebensführung tragen die nichts bei, und ein Professor wird sowieso nicht aus ihr.« In seiner Stimme lag einmal mehr die Enttäuschung darüber, dass er mit Franka um den erhofften Sohn betrogen worden war. »Das hier ist ein ordentliches Haus«, sagte er, sooft Franka es wagte, anzudeuten, dass sie sich mehr als alles ein lebendes Tier wünschte, einen kleinen Hund, einen Sittich oder wenigstens ein Glas mit einem Goldfisch. »Gott der Herr hat das Vieh gemacht, damit es dem Menschen untertan ist, nicht damit wir es uns samt seinem Dreck in die Stube holen.«

Frankas Vater war Pastor wie sein Vater vor ihm und stand der Gemeinde der Südende-Kirche vor. Was Gott der Herr gemacht oder nicht gemacht hatte, war in seinem Haus Gesetz. Tiere waren dazu da, dem Menschen untertan zu sein, Ehefrauen ebenfalls, und Töchter, die niemand gewollt hatte, erst recht. Also gab es kein Tier für Franka, sosehr sie sich auch danach sehnte, eines zum Freund zu haben.

Noch mehr sehnte sie sich während ihrer Spiele auf allen vieren manchmal danach, eines zu sein.

An ihrem Spiel hielt sie sich fest. Die Mutter jammerte, Franka sei doch längst zu alt für solche Kindereien, die anderen Kinder kicherten, aber für Franka war ihr Tierspiel der Ort, an den sie sich flüchten konnte. Jahrelang hatte es noch einen anderen Ort gegeben, eine Welt, in der sie sich zu Hause fühlte, sonntags, gleich nach der Kirche, wenn Onkel Gerhard sie abholen kam, um mit ihr in den Zoo zu gehen. Seit dem letzten Herbst jedoch blieb diese Welt ihr verschlossen. Onkel Gerhard holte sie zwar noch ab, und sie beugten sich Seite an Seite über Bände von *Brehms Tierleben*, aber es war nicht das Gleiche. Es war, als warteten sie nebeneinander sitzend in einem Wartesaal auf einen Zug, der nie kam.

Ihr blieb das Spiel. Es musste ihr bleiben! Wenn Erwachsene nicht Tier spielen durften, dann wollte Franka nie erwachsen werden.

Erwachsene durften nicht Tier spielen.

»Damit hat es jetzt ein Ende, Franka Friederike«, hallte die Stimme von Herrn Rothert, dem Klassenlehrer, über Frankas Kopf hinweg, während sie als Gepard zwischen Schulbankbeinen umherschlich. Als Nächstes senkte sich die Spitze seines Zeigestocks wie in finsterer Absicht auf ihr Hinterteil. »Elf Jahre alt, demnächst auf die Oberschule gehen und eine junge Dame sein wollen, aber wie ein Kleinkind auf Knien rutschen – das kann man dir unmöglich länger durchgehen lassen!«

Über Frankas Rücken lief ein Schauder. Die Stockspitze auf ihrem Hintern war ekelhaft. Hätte der Lehrer sie im Nacken gepackt und auf sein Pult gezwungen, um ihr mit dem Stock ein halbes Dutzend Schläge zu versetzen, hätte sie sich in sich selbst verstecken oder weiter der Gepard sein können, der sich von Leuten wie dem Lehrer nicht weh tun ließ. Die Spitze, die bis auf ein gelegentliches Tappen ruhig auf ihrem Hinterteil lag, bewirkte hingegen, dass ihr das Frühstück, Graubrot mit Quittenmarmelade, zurück in den Hals quoll. Als hätte der Lehrer nicht den Stock, sondern seine große, rötlich behaarte Hand dorthin gelegt. Franka konnte nicht länger der Gepard sein, sie war Franka, und sie war dem Lehrer ausgeliefert. In sich hineinkriechen, um sich zu verstecken, konnte sie auch nicht, sondern kauerte auf allen vieren wie erstarrt.

»Hast du mich nicht verstanden, Franka Friederike?«

Der Stock tappte.

»So heiß ich nicht«, murmelte Franka ganz leise.

Sie hieß Franka Frieda Fröhlich. Franka Frieda, weil ihr Vater gern einen Frank Frieder gehabt hätte, benannt nach seinem früh verstorbenen Lieblingsbruder, dessen Bild mit dem schwarzen Trauerflor auf der Anrichte in der Wohnstube stand.

Der Lehrer überwand mit einem Schritt den Abstand, den der Stock beschrieb. Franka wollte kein Gepard mehr sein, sondern ein Eisbär, der unter eine Scholle tauchen und sich unerreichbar machen konnte. Herr Rothert berührte sie nicht, und dennoch glaubte sie, seine Hand auf ihrem Hintern zu spüren. Den Luftzug, den das Herabsenken der Hand verursachte. Sie hatte sich vor dem Mann geekelt, sooft er ihr zu nahe kam, und sie hatte nie verstanden, warum. Er kam ihr oft zu nahe. Jetzt musste sie vor Ekel würgen.

»Soso. Wie heißt du denn dann?«

Franka zwang sich zu antworten. Ein Gepard, ein Eisbär oder ein schönes, dickhäutiges Flusspferd würden sich niemals von diesem widerlichen Mann und seinem Zeigestock einschüchtern lassen. »Franka Frieda Fröhlich«, sagte sie so laut, wie ihre zitternde Stimme es erlaubte.

»Das habe ich ja wohl gesagt, du kleine Furzkruke.«

»Nein, Sie haben Friederike gesagt«, erwiderte Franka. »So heiß ich nicht, und Wörter wie Furzkruke benutzt man nicht.« Sie musste verrückt geworden sein. Aber dem Geparden, dem Eisbären, dem prachtvollen Flusspferd war sie den Todesmut schuldig, und wenn sie dem Mann ihre Angst zeigte, würde der Ekel sie überwältigen.

Hinter ihr brandete Gelächter auf. Die Kinder, die die Macht hatten, mussten sich diebisch freuen, Franka in solch einer Lage zu ertappen, und die, die keine Macht hatten, freuten sich, weil einmal nicht sie gepiesackt wurden. Hotte Kroll lachte noch lauter als Armin Wernecke. Der bebrillte Hotte, der beim Turnen über seine eigenen Beine stolperte und Hosen mit Stopfgarn auf dem Hintern trug, war in der Klasse die Mettwurst zwischen zwei Schrippenhälften. Die Kinder, die die Macht hatten, schoben ihm alles Erdenkliche in die Schuhe, und Lehrer Rothert hatte ihn zum Prügelknaben ausersehen. Dennoch hätte Franka in diesem Augenblick gern mit ihm getauscht. Den Hotte, den schlug der Lehrer nur. Mit dem tat er nicht, was er mit Franka tat. Das Quittengelee in ihrer Kehle schmeckte gallebitter.

»Dir muss wohl mal jemand Manieren beibringen«, sagte Lehrer Rothert, nahm den Stock weg und gab ihr einen Klaps mit der Hand. Ließ die Hand liegen und ein Stück tiefer rutschen. Franka würgte und warf sich flach auf den Boden. Nur weg von der Hand. Er hat das schon mal gemacht, durchfuhr es sie. Nicht so eindeutig. Aber sobald er bei mir steht, fasst er mich irgendwo an, und mir wird schlecht.

»Na, na«, sagte Lehrer Rothert. »Nun hab dich mal nicht so, das hat ja wohl nicht weh getan.«

Das Gelächter schwoll.

»Guckt euch mal die an!«, rief Hotte Kroll. »So 'n kleiner Klaps, und Franka Vierbein kippt um.«

»Nicht anfassen, Herr Lehrer«, tönte Armin Wernecke. »Sie machen sich die Hände schmutzig, die Franka stinkt wie 'n Stall voll Vieh.«

Ich rühr mich nicht, dachte Franka. Ich bin ein Tier, das sich tot stellt, bis die Feinde das Interesse verlieren. Erst wenn sie alle weg sind, spring ich auf und flitze davon.

Lehrer Rothert beugte sich weiter herab und tätschelte sie. Die Berührung brannte Löcher durch den Stoff von Rock und Wäsche, sie brannte ein Loch in Frankas Haut. Ich laufe zum Hambuttenpfuhl und tauche hinein, ich bleib im Wasser, bis ich wieder sauber bin. Flusspferde können länger als fünf Minuten unter Wasser bleiben, und in die Schule geh ich nie wieder.

Franka würgte. Die Mitschüler lachten. Der Lehrer ließ nicht locker.

»Habt ihr jetzt nicht mal genug?« Eine Stimme erhob sich und zerschnitt das Gelächter. »So komisch ist das doch nicht, wenn's einem elend geht, und überhaupt, warum sitzt ihr nicht in euren Bänken, gleich fängt die Stunde an.« Jemand kniete sich neben Frankas Gesicht, und im selben Augenblick zog sich die Lehrerhand zurück, als hätte sie Angst, ertappt zu werden. »Ist dir übel, Franka? Komm, ich helf dir nach draußen, vielleicht wird's besser, wenn du an der Luft bist.«

Anni Pelzin. Das Mädel vom Schulhausmeister, das so dick war, dass sie Röcke für Frauen tragen musste, und selbst an denen trennte ihre Mutter den Bund auf. Annis rundes Gesicht sah aus wie ein Bratapfel, bei dem man erwartete, dass die Haut aufplatzte. Mit ihrer pummeligen Hand umfasste sie Frankas Arm so fest, dass es weh tat. »Hoch mit dir«, raunte sie ihr zu und blies ihr kurzatmig ins Ohr. »Geh raus, tu so, als wäre er Luft. Er ist eklig. Aber den Mut, uns nachzukommen, hat er nicht.«

2

Franka

Ihre Beine kamen Franka vor wie weich gekochte Würste, doch mit Annis Hilfe hatte sie es geschafft, sich auf die Füße zu rappeln. Anni hielt ihren Arm weiterhin fest umklammert. Es tat immer noch weh, aber es gab ihr Halt. Nebeneinander gingen sie durch das Spalier der anderen, die nicht mehr lachten, nur noch gafften und sich schließlich mit ein bisschen Gemurmel zu ihren Bänken verzogen. Franka gab sich Mühe, niemanden anzusehen. Vor der Tür erlaubte Anni ihr nicht, stehen zu bleiben, sondern dirigierte sie den Gang entlang weiter, die Treppe hinunter und hinaus in den Hof. Es war kalt, der Himmel grau wie Eisen. Franka würgte immer noch, spuckte auf den Boden, aber das Quittengelee wollte nicht raus.

Anni führte sie um das Gebäude herum in den Schuppen, in dem ihr Vater Werkzeug aufbewahrte. Es war dunkel und eng zwischen den Gerätschaften, und dennoch hatte Franka das Gefühl, wieder freier atmen zu können, sobald Anni hinter ihnen die Tür zuwarf. Sie setzte sich zwischen eine Ansammlung Rechen und einen Metallschrank für Kleinteile auf den Boden. Als Anni sich neben sie plumpsen ließ, schepperten die Rechen, und das Gewicht der anderen drängte Franka gegen den Schrank. Anni mochte bald doppelt so breit sein wie sie selbst, und alles an ihr war prall, wie aufgepumpt. Sie roch auch nicht gut. Trotzdem war Franka, die sich kaum je mit Menschen, sondern nur mit Tieren wohl fühlte, über ihre Nähe froh. Anni zog ein riesiges Männertaschentuch aus der Rocktasche und rieb Franka über das Gesicht.

»Besser?«

Franka nickte. »Danke«, murmelte sie. »Das war sehr mutig von dir.« Ein bisschen schämte sie sich. Oft genug hatte sie miterlebt, wie die Kinder, die die Macht hatten, Anni zusetzten, doch statt ihr zu helfen, war sie ein Zebra, ein Schimpanse, ein Löwe geblieben, der sich für das unverständliche Treiben von Menschen nicht interessierte.

»Ach was«, sagte Anni. »Ich hab doch nichts zu verlieren.«

»Morgen werden sie dich dafür aufs Korn nehmen«, sagte Franka.

»Das machen sie sowieso«, erwiderte Anni. »Egal, was ich tue.«

»Warum?«, fragte Franka und wunderte sich, weshalb sie sich das nie zuvor gefragt hatte. »Warum haben sie es auf dich und mich und Hotte Kroll abgesehen, warum nie auf einen von den übrigen?«

»Weil wir anders sind«, antwortete Anni. »Wir sind ganz besonders anders, also eignen wir uns am besten. Wenn aber einer von uns wegginge, dann brauchten sie ein neues Opfer und würden sich auch mit einem begnügen, der nur ein bisschen anders ist. Walther Kohn vielleicht, der ist Jude. Oder Sidonie Schulz, die schielt.«

Franka verstand nicht. War es denn nicht schön, dass jeder anders war? Als Onkel Gerhard das erste Mal mit ihr in den Zoo gegangen war, war sie sechs Jahre alt gewesen und hatte vor Aufregung nicht stillstehen können. Von Gehege zu Gehege war sie gelaufen, immer wieder kreuz und quer durch die Anlagen, um all die Farben und Formen zu bestaunen, in denen Tiere daherkamen. Keines glich dem anderen. Da gab es Gefiederte und Behaarte, welche mit Schuppen und andere mit nackter, blanker Haut, es gab graue, leuchtend bunte, gefleckte und sogar gestreifte, winzig kleine und riesig große, manche mit endlosen Hälsen, andere mit Rüsseln, solche, die stundenlang auf einem Bein standen, und andere, die sich von Ast zu Ast schwangen, solche, die in eisigem Wasser schwammen, und solche, die sich in bullig aufgeheizten Häusern aalten. Franka hatte sich nicht sattsehen können. Immer wenn sie glaubte, jetzt müsse sie jede Tiergestalt kennen, erwartete sie wieder eine neue.

Als sie den Zoo dann verließen, lange nachdem der letzte Besucher gegangen war, hatte Onkel Gerhard sie aufgefordert: »Nun musst du mir eines aber sagen, Springböckchen – was hat dir heute am besten gefallen?«

Kurz überlegte Franka. Das Krokodil, das am Ufer des künstlich angelegten Wasserlochs still wie ein Baumstamm verharrte? Der Tiger mit seinen leuchtenden Fellfarben, der alte Schimpanse mit seinem weisen Gesicht, der die kreischenden

Besucher ignorierte? Sie hatte den Kopf geschüttelt, doch dann hatte sie die richtige Antwort gewusst: »Am besten hat mir gefallen, dass sie alle anders sind.«

Alle anders, alle verschieden. Sie war immer anders gewesen, sie hatte geglaubt, das gelte für jeden, und erst jetzt begriff sie, dass sie womöglich damit allein stand. Die Kinder in ihrer Klasse fanden am Anderssein offenbar nichts Schönes, und wenn sie nachdachte, fielen ihr etliche Menschen ein, die das genauso sahen: »Kannst du dich nicht einmal benehmen wie andere Mädchen auch?«, jammerte die Mutter, wenn Franka sich beim Tierspielen die Knie der Strumpfhosen durchscheuerte. »Weshalb muss sie auf die gemischte Volksschule gehen, für andere Töchter tut's eine Mädchenklasse doch auch«, schimpfte der Vater, und die Kinder am Hambuttenpfuhl hatten sich bei ihren Eltern beschwert: »Mit der Franka vom Pfarrer will ich nicht spielen. Die ist so komisch. Nicht wie wir.«

Fanden die Menschen das Andere, Fremde denn gar nicht spannend, reizvoll, wollten sie es nicht kennenlernen? Onkel Gerhard war mit Franka im Zoo auf einer Völkerschau gewesen, dort war ein Dorf voller Menschen aufgebaut worden, die tintenschwarze Haut hatten und statt Kleidern bunte, um den Leib gewickelte Tücher trugen. Aus dem tiefsten Afrika stammten sie, vom Tschadsee, wo das wunderschöne neue Flusspferd des Zoos gefangen worden war, und Franka wäre am liebsten durch die Stäbe des Gitters gekrochen und hätte sich hinter einer der Hütten verkrochen, um zu belauschen, was sie in ihrer aufregend fremden Sprache zueinander sagten.

Es musste doch vielen Menschen so ergehen, denn vor der Absperrung der Völkerschau hatten sich die Zuschauer gedrängt wie vor dem Käfig der neuen Schimpansengruppe, die an Schaukeln ihre Akrobatik vorführte. Franka konnte nicht länger darüber nachdenken, weil sich plötzlich das Bild von

Lehrer Rotherts Gesicht, sein verkniffenes Grinsen, vor die Erinnerungen an die Völkerschau schob. Dieses ekelhafte Gefühl kroch wieder über ihren Rücken, und sie schüttelte sich. Wieder wünschte sie sich, zum Hambuttenpfuhl zu laufen und mit ihrem ganzen Körper ins Wasser einzutauchen, ganz egal, wie kalt es war.

Anni legte ihr die dicke Hand auf den Arm. »Ist ja gut«, murmelte sie. »Hierher kommt keiner, nur mein Vater, und der ist heute beim Arzt mit seinen kranken Füßen.«

»Entschuldige«, sagte Franka. Anni war so nett zu ihr gewesen, und sie benahm sich, als wäre das dicke Mädchen an ihrer Seite Luft. »Ich verstehe nicht, warum sie das machen«, sagte sie und kam sich dumm vor, wie eine, die von der Welt, in der sie lebte, keine Ahnung hatte. »Wir tun ihnen nichts. Sie brauchen vor uns keine Angst zu haben, oder?«

Anni sah an sich hinab und klatschte die Hände unsanft auf den fetten Bauch. »Vor mir bestimmt nicht. Ich könnte denen keine drei Schritte hinterherlaufen, ohne zu keuchen wie eine Lokomotive. Aber wenn's einem schlechtgeht, hilft's vielleicht, dass es einem anderen noch schlechter geht.«

»Wie meinst du das?«

»Na, elend dran sind doch alle«, antwortete Anni. »Für das Geld, das unsere Väter für einen Tag Arbeit nach Hause bringen, können unsere Mütter am nächsten kaum noch ein Essen auf den Tisch stellen.« Sie gab eine Mischung aus Husten und Lachen von sich. »Schon gar nicht, wenn sie einen Fresssack wie mich durchzufüttern haben. Deutschland hat den Krieg verloren, es gilt in der Welt nichts mehr, und an der Ruhr sind die Franzosen einmarschiert, weil wir dieses viele Geld, das wir den Siegern zahlen müssen, nicht zusammenkriegen. Da fühlt man sich eben wie ausgespuckt. Armin Wernecke kriegt kein Fahrrad, sondern Prügel, weil sein Vater entlassen worden ist und üble Laune hat, also muss er den Bratklops Anni in den Drahtzaun schubsen, damit er nicht mehr der letzte, sondern nur noch der vorletzte Dreck ist. Verstehst du jetzt?«

»Armins Vater tut Armin weh, also tut Armin dir weh?«, platzte Franka heraus. »Aber das ist doch Blödsinn vor dem Herrn – wie soll es denn davon irgendwem bessergehen?«

Anni zuckte mit den dicken Schultern. »Das ist eben so. Das war immer so. Und das wird auch immer so bleiben.«

»Das ist mir zu dämlich«, rief Franka kämpferisch. »Wenn Armin dir das Pausenbrot klaut, weil er Hunger hat, könnte ich das verstehen, und jedes Tier würde es genauso machen. Aber davon, dass er dich schubst, wird er doch auch nicht satt, und die Prügel von seinem Vater tun nicht weniger weh.«

»Vielleicht ja doch«, sagte Anni. »Hast du das nie? Tut dir nie etwas so schlimm weh, dass du einfach das Nächste, was dir in die Hände fällt, kaputt machen willst?«

Franka überlegte. Dann schüttelte sie den Kopf. Sie hatte ihren Vater vor Zorn ein hübsch geschliffenes Glas, das ihre Mutter gern gemocht hatte, an die Wand werfen sehen, und als es zerbrochen war, war es ihr vorgekommen, als schnitten ihr die Scherben in die Brust. Warum Kaputtmachen gegen Schmerz helfen sollte, war ihr ein Rätsel. Außerdem war Anni kein Glas. Sie war ein Kind und noch dazu eines, das verblüffend viel von Dingen wusste, die laut Frankas Vater Kinder nichts angingen. »Ich will das nicht«, sagte Franka. »Und dass die anderen dich noch mehr quälen, weil du mir geholfen hast, will ich schon gar nicht. Wenn sie morgen wieder auf dich losgehen, stehe ich dir bei.«

»Das ist nett von dir«, sagte Anni und strich schüchtern über Frankas Arm. »Aber dass du das vorhattest, hast du morgen schon wieder vergessen, und das ist auch nicht schlimm. Ich kenn's doch nicht anders. Es macht mir nichts aus.«

»Wirklich nicht?«

Anni lachte, aber es klang ganz und gar nicht froh. »Na ja. Manchmal, nachts im Bett zum Beispiel, stelle ich mir vor, ich wache morgens auf und bin nicht mehr der Bratklops Anni Pelzin, sondern eine wie Ingeborg Helfmann, die von niemandem geärgert wird, weil sie hübsch aussieht und alle sie dabeihaben wollen.«

»Vielleicht kommt es ja so!«, fiel Franka ein. »Im nächsten Jahr ist doch mit der Volksschule Schluss, und in der Höheren wird alles anders.« Sie selbst freute sich schon seit einer Ewigkeit auf die höhere Schule. Zwar hatte ihr Vater geschimpft, er werde sie auf keinen Fall auf das Mädchenlyzeum schicken, denn das *Pudding-Abitur*, das sie dort ablegen könne, sei ein Witz und vergebliche Liebesmüh, aber Onkel Gerhard hatte versprochen, wieder einmal für sie in die Bresche zu springen. Er würde ihren Vater überzeugen, dass Franka nicht nur auf ein Mädchenlyzeum, sondern vielmehr auf ein ordentliches Gymnasium für Jungen gehörte, an dem sie sich auf ein Studium vorbereiten konnte. Seit neuestem war dies gesetzlich gestattet, und nur darum ertrug Franka die Quälerei in der Volksschule. Sie wollte Zoologie studieren wie Onkel Gerhard, aber danach nicht in einer Studierstube arbeiten, sondern ihre Tage von morgens bis abends mit Tieren verbringen, so wie Ludwig Heck, der Direktor des Zoos.

Eine Arbeit im Zoo zu ergattern, das musste überhaupt das Schönste sein, was einem Menschen passieren konnte. Direktor Heck hatte sogar seine Wohnung in der weitläufigen Anlage hinter dem Elefantentor. Abend für Abend, wenn die Tore hinter den Besuchern verschlossen wurden, schlief er dort mit all den Tieren, und wenn er keinen Schlaf fand, weil ihn Sorgen drückten, brauchte er nur hinauszulaufen, um die beruhigende Nähe der vielen Geschöpfe zu spüren, ihre Gerüche einzuatmen und ihrem nächtlichen Atem zu lauschen, um zu wissen, dass die Welt schön und voll Frieden sein konnte.

Das war es, was Franka um jeden Preis wollte: die Schule durchstehen, studieren und im Zoo zu arbeiten beginnen. Geträumt hatte sie davon, solange sie denken konnte, doch nun schien nicht einmal mehr sicher zu sein, dass es noch einen Zoo geben würde, wenn sie mit Schule und Studium fertig war. Im Oktober hatte ihr Paradies am Hardenbergplatz seine Tore geschlossen, und jetzt, im Februar, waren sie immer noch nicht wieder für Besucher geöffnet worden. Die Entwertung des Geldes, das Elend, das sich in der Stadt ausbreitete, als wäre irgendwo ein Rieseneimer mit stinkender Jauche umgefallen, hatte vor dem Zoo nicht haltgemacht. Aus dem wertvollen, mühselig eingebrachten Bestand an Tieren musste so manches an einen anderen Garten abgegeben werden, und mehrere Häuser wurden stillgelegt, weil das Geld für Futter und Heizung fehlte.

Franka riss sich zusammen. Sie musste sich auf Anni konzentrieren, die mit ihr sprach, ohne dass Franka ein einziges Wort mitbekam. Das passierte ihr ständig: Sooft ihr etwas unerträglich wurde, eilten ihre Gedanken zum Zoo, als hätten sie Beine und könnten sich an dem jetzt verrammelten Kassenhäuschen unter dem Elefantentor eine Eintrittskarte kaufen.

»Was hast du gesagt?«, fragte sie hastig. »Bitte sei nicht böse. Ich war …«

»In Gedanken. Hab's schon gesehen.« Wieder Annis unfrohes Lachen. »Mach dir keine Sorgen. Ich weiß ja, dass ich nichts zu erzählen habe, was andere interessiert.«

»Es interessiert mich, Anni. Bitte erzähl es mir noch einmal, ich bin nur so durcheinander, dabei weiß ich nicht einmal, warum …«

»Doch, das weißt du«, erwiderte Anni. »Ich habe nur gesagt, dass es mir auf der höheren Schule nicht anders ergehen würde, weil ich da auch nur wieder die hässliche Anni wäre, genau wie hier. Aber ich geh ja gar nicht hin.«

»Aber warum denn nicht?«, rief Franka. Anni gehörte zu den Besten in der Klasse. Sie war fleißig, muckte nie auf und hatte die ordentlichste Schrift von allen.

»Warum soll denn mir einer das bezahlen?«, fragte Anni zurück. »Das lohnt sich doch nicht, ich bin ja nicht die Tochter von Graf Koks. Die zwei Pflichtjahre bleib ich noch auf der Volksschule, dann heißt es Geld verdienen, falls irgendwer einen japsenden Bratklops einstellen will.«

Betroffen schwieg Franka. Sie kannte die Haltung von ihrem eigenen Vater: Für ein Mädchen lohnte sich nichts. Hätte sie nicht Onkel Gerhard als Fürsprecher gehabt, hätte sie den Traum vom Studium begraben können.

»So schlimm ist das ja nicht«, sagte Anni. »Ein Genie bin ich schließlich nicht, und bestimmt hätte ich die höhere Schule sowieso nicht geschafft. Das, was dich durcheinanderbringt, ist schlimmer. Das, was Lehrer Rothert mit dir macht. Du musst es jemandem erzählen, Franka.«

»Aber er macht doch gar nichts mit mir«, murmelte Franka und bemerkte, dass ihr Körper zitterte, obwohl sie, so dicht an Anni gepresst, ja kaum frieren konnte. »Er hat mir nicht mal weh getan.«

»Das wollte er auch nicht«, sagte Anni, und dann waren sie beide eine beklemmende Weile lang still und sahen sich an. Annis Augen unter fast wimperlosen Lidern waren verquollen und blass. Sie war wirklich nicht schön anzusehen, aber Franka hätte sie umarmen wollen, weil sie bei ihr war und sie nicht mit Dingen, die sie nicht einmal bis zum Ende durchdenken konnte, allein ließ. Nur umarmte sie nicht gern Menschen.

Was Lehrer Rothert wollte, ließ sich nicht in Worte fassen. Aber es tat gut, dass Anni davon wusste, auch wenn es keinen

Namen hatte. Es war, als hätte man ein Gespenst gesehen: Man brauchte einen anderen, der es auch sah, sonst musste man glauben, man wäre verrückt.

»Erzähl es deinem Vater«, sagte Anni.

»Meinem Vater?« Um ein Haar hätte Franka aufgelacht. »Nie im Leben.« Selbst wenn der Lehrer ihr etwas getan hätte, das sich hätte erklären lassen, wäre der Vater der letzte Mensch gewesen, dem sie es erzählt hätte. Ihr Vater war dagegen, dass sie auf die gemischte Schule ging, ihr Vater war dagegen, dass sie ihn mit ihrem Geplapper störte, und wenn man es genau nahm, war ihr Vater dagegen, dass sie überhaupt auf der Welt war.

»Dann erzähl's einem anderen«, sagte Anni. »Jemandem, der dir hilft.«

Onkel Gerhard, dachte Franka. Er war ihr Taufpate und hatte ihr immer geholfen. Einmal, als sie noch klein gewesen war und sich nach einem ihrer gemeinsamen Sonntage weinend an ihm festgeklammert hatte, weil sie nicht nach Hause wollte, hatte er ihr einen kleinen Zettel zugesteckt, den sie noch immer besaß. Auf dem Zettel stand:

»Vergiss nicht, ich bin für dich da, wenn du mich brauchst. Auch dann, wenn ich nicht deiner Meinung bin.«

Gewiss würde Onkel Gerhard ihr helfen, wenn er wüsste, dass sie in Not war, aber wie sollte sie ihm das alles erklären? Es war doch gar nichts passiert! Und wenn er verstünde, dass doch etwas passiert war, so, wie Anni es verstand – würde er Franka dann noch mögen? Vielleicht würde er sie für eins von den schlechten Mädchen halten, von denen es ihrem Vater zufolge in Berlin nur so wimmelte. Würde er dann noch glauben, dass sie das Zeug zur Zoologin hatte, und sich bei ihrem Vater für ihr Studium verwenden, wie er es versprochen hatte?

Heftig schüttelte Franka den Kopf. »Ich kann's nicht, Anni. Ich kann's keinem erzählen.«

»Wirklich nicht?« Traurig sah Anni sie mit ihren verquollenen Äuglein an. »Ich versteh schon. Ich hätte auch keinen, dem ich's erzählen könnte.«

»Wie ...«, begann Franka und schluckte mit trockener Kehle. »Wie kannst du überhaupt wissen ... ich meine, wie hast du denn gemerkt ...?« Es half nichts. Wie sie die Frage auch anfing, sie bekam sie nicht zu Ende gesprochen.

»Wie ich gemerkt habe, was Rothert mit dir macht?«, beendete Anni den Satz für sie.

Franka nickte, ohne sie anzusehen. »Hat er bei dir etwa auch ...?«

»Was denkst du denn?«, fuhr Anni ihr ins Wort. Ihre Stimme troff vor Hohn und klang nicht länger wie eine Kinderstimme. »Ich bin doch der Bratklops, mir passiert so was nicht. Das ist wenigstens ein Vorteil, stimmt's?«

Franka wusste keine Antwort.

»Aber weißt du was?« Sie nahm Frankas Hände in ihre eigenen, die sich wie kleine pralle Kissen um Frankas Finger schlossen. »Allein bist du trotzdem nicht, auch wenn du's keinem erzählen kannst. Ich bin ja da. Ich pass auf dich auf. Der hat nämlich Angst, dass ihn einer verpfeift, der Rothert, und vor mir hat er besondere Angst, weil mein Vater schließlich in der Schule angestellt ist. Ich setz mich zu dir in die Bank, was meinst du dazu? Und wenn du auf allen vieren herumkriechen willst, wie du's sonst immer machst, gehe ich neben dir her.«

»Ich mach's nicht mehr«, sagte Franka, denn in diesem Augenblick hatte sie begriffen, dass sie nie wieder ein Gepard sein würde, kein Zebra und erst recht kein gelassenes Flusspferd, das Leute wie Lehrer Rothert an seiner dicken Haut abprallen ließ. Die Zeit des Spiels war an diesem Tag zu Ende gegangen, von ganz allein, ohne ein Verbot. »Ich gehe jetzt ordentlich auf zwei Beinen wie ihr alle, und ich steh dir auch bei, Anni, nicht nur du mir. Das versprech ich dir.«

»Ach was, Franka.« Täuschte sie sich in dem schwachen Licht, oder wurden Annis runde Wangen ein wenig rot? »Das musst du nicht machen, ist doch Quatsch mit Soße. Eine wie du kann doch von einer wie mir nicht die Freundin sein.«

Franka überlegte. Sie war nicht sicher, ob sie über die Möglichkeit, eine Freundin zu haben, jemals nachgedacht hatte. Früher vielleicht. Als sie kleiner gewesen war und gesehen hatte, dass die meisten Kinder paarweise oder in Gruppen herumliefen. Recht bald aber hatte sie begriffen, dass sie das war, was in der Tierwelt als Einzelgänger bezeichnet wurde. Der Bambusbär zum Beispiel war einer. Und Franka Frieda Fröhlich eben auch. Und Onkel Gerhard, an dem sie am meisten hing, wohl genauso: Sie mochten sich, doch sie konnten stundenlang miteinander schweigen, jeder in ein anderes Tierbuch vertieft. Wenn Franka später noch einmal von einem Freund geträumt hatte, hatte sie sich darunter immer ein Tier, nie einen Menschen vorgestellt.

Aber Anni wünschte sich doch so sehr eine Freundin! Aus ihren Worten sprang Franka die Sehnsucht geradezu an. Was kostete es sie? Nichts, das Anni für das, was sie heute getan hatte, nicht verdient hatte. »Klar kann ich«, sagte sie. »Du und ich gegen den Rest der Welt, abgemacht?«

Das sagte Onkel Gerhard manchmal zu ihr. Immer dann, wenn Franka es am nötigsten hatte. Und: »Wenn wir's wollen, kriegen wir's schon hin.« Das sagte er auch manchmal.

Über Annis Gesicht glitt ein Ausdruck völliger Verblüffung. Dann begann sie zu strahlen. »Franka«, sagte sie. »Weißt du eigentlich, dass noch nie einer etwas so Schönes zu mir gesagt hat? Auch wenn du es nicht so meinst, und auch wenn du es morgen vergessen hast – dafür, dass du das gesagt hast, hast du etwas bei mir gut. Und ich vergesse es dir nie.«

3

Franka

März 1923

Onkel Gerhard war der ältere Bruder von Frankas Vater. Zwei Brüder hatte er gehabt, aber Frank, der jüngere und der erklärte Liebling der Familie, war nicht mehr am Leben. Wenn ihr Vater »mein Bruder« sagte, meinte er immer Frank, während er von dem noch lebenden Älteren als von »meinem Bruder Gerhard« sprach. Sooft irgendwo die Frage aufkam, erklärte er, sein Bruder – also Frank – sei mit außergewöhnlichen Talenten gesegnet gewesen und im zarten Alter von erst achtzehn Jahren auf tragische Weise im Weltkrieg gefallen.

Das war Unsinn. Dass der Weltkrieg von 1914 bis 1918 gedauert hatte, wusste selbst Franka, obwohl ihr Vater fand, derlei Dinge gingen Kinder, namentlich Mädchen, nichts an. Ihr Vater erzählte bei jeder möglichen Gelegenheit, seine Tochter sei nach seinem »hochbegabten Bruder Frank Frieder benannt, der im Weltkrieg sein junges Leben für sein Land lassen musste«. Da Franka 1912 geboren war, musste der hochbegabte Frank Frieder, als der Weltkrieg ausbrach, folglich schon mindestens zwei Jahre tot gewesen sein.

Ob sie den Vater je danach gefragt hatte, wusste sie nicht. Soweit sie sich erinnerte, fragte sie ihn überhaupt nie etwas, denn eine Antwort hätte sie ohnehin nicht erhalten. Nach allem, was sie wissen wollte, fragte sie von jeher Onkel Gerhard, der bereitwillig Rede und Antwort stand und dabei vom Hundertsten ins Tausendste kam. Franka liebte das: Geschichten, die kein Ende kannten, sondern nahtlos ineinander übergingen. Allerdings gab es solche Geschichten nur zu Themen, die mit Onkel Gerhards Arbeit, ihrer gemeinsamen Liebe zu Tieren oder harmlosen Wissensgebieten in Zusammenhang standen. Auf heiklere Fragen wiegte Onkel Gerhard den Kopf von einer Seite zur anderen, legte die Stirn wie ein Dackel in Falten und erwiderte: »Ach, weißt du, mein Springböckchen, mit diesen Herzensdingen, da tun wir Wissenschaftler uns schwer. Danach fragst du besser jemand anderen.«

Dass Franka keinen anderen zum Fragen hatte, ließ er außer Acht. Sie hatte diese immer gleiche Antwort auf die Frage »Wie war das, als du ein kleiner Junge warst, Onkel Gerhard?« bekommen und ebenso auf die Frage: »Warum hast du eigentlich keine Frau?«

Die Frage nach dem Tod seines Bruders Frank Frieder gehörte in dieselbe Kategorie: »Ach, weißt du, Springböckchen, an diese traurigen Geschichten rühre ich lieber nicht, dafür habe ich nicht das Herz.«

Franka hatte es aufgegeben. So wichtig war es schließlich nicht – es nahm in ihrem Denken nie so viel Raum ein wie andere Erlebnisse, die sie Sonntag für Sonntag teilten.

Der Weltkrieg hatte das betriebsame Leben des Zoos, der kurz zuvor sein neues Aquarium eröffnet hatte und den weltgrößten Artenreichtum auf seinem Gelände vereinte, jäh und grausam unterbrochen. Daran, dass Tiere gestorben waren, weil für sie kein Futter mehr aufzutreiben gewesen war, konnte Franka gar nicht denken, weil ihr dann ein Klumpen wie ein zu großer, unzerkauter Bissen die Kehle verschloss. Glücklicherweise war sie damals zu klein gewesen und hatte nichts davon mitbekommen. Als der Zoo nach dem Krieg jedoch seine Pforten wieder geöffnet hatte, war Onkel Gerhard sofort mit ihr hingegangen, und seitdem bestimmte der Zoo ihr Leben, all ihr Denken und Handeln kreiste darum.

Was hatten sie nicht für wundervolle Dinge erlebt, während sie Sonntag für Sonntag zwischen den Gehegen und Tierhäusern umherspazierten! »Wenn ich ein reicher Mann wäre, würde ich dir vielleicht eine Reise um die Welt schenken wie einer Prinzessin«, sagte Onkel Gerhard. »Aber weil ich nur ein mittelprächtig bezahlter, verknöcherter Wissenschaftler bin, muss unser Zoobesuch dir als Weltreise genügen.«

Er genügte ihr über die Maßen! Mit Onkel Gerhard und seinen Geschichten durch den Zoo zu streifen war eine Abenteuerreise, um die jede Prinzessin sie beneiden musste. Vor dem prächtigen Straußenhaus mit seinen Säulen und den leuchtenden Wandmalereien aus der ägyptischen Geschichte erzählte er ihr, dass die alten Ägypter mit ihren Straußen auf die Jagd gegangen waren und dass ihre Federn ihnen als Symbol der Gerechtigkeit galten. »Wohl weil sie von den Straußenvögeln mit solchem Stolz und solcher Grazie getragen werden, wie kein Mensch es könnte«, sagte Onkel Gerhard und wies auf eines der majestätischen Tiere. »Und weil jede Feder ganz und gar symmetrisch angelegt ist, ohne Neigung nach der einen oder anderen Seite. So wünschen wir uns die Gerechtigkeit, nicht wahr?«

Franka hatte keine Ahnung, wie sie sich die Gerechtigkeit wünschte, aber sie liebte es, Onkel Gerhards Geschichten zuzuhören. Jede einzelne versprach ein Geheimnis, das sich ihr eines Tages enthüllen und die Tür zu weiteren Geheimnissen aufstoßen würde. Ihr Leben würde immer bunt und erregend und voller Überraschungen sein, solange die Zauberwelt der Tiere ihr blieb.

Onkel Gerhard erklärte ihr, dass die Elefantenpagode einem Baustil im fernen Indien nachempfunden worden war, weil dies die Heimat der kleinohrigen asiatischen Elefanten war, und er kaufte ihr eines der bunten Heftchen mit dem Titel *Papa Heck und seine Lieblinge,* das Zoodirektor Ludwig Heck für Kinder herausgab. Franka liebte jede Einzelheit ihres Zoobesuchs, die gebrannten Mandeln, die mit Tierbildern bedruckten Eintrittskarten, doch vor allem liebte sie die Tiere selbst.

»Wie kommt es nur, dass sie alle so schön sind?«, hatte sie einmal ausgerufen, während sie den Straußen zusah. In letzter Zeit dachte sie über ihre Frage von damals wieder häufiger nach. Jedes einzelne Tier war schön, während unter den Menschen nur wenige – Armin Wernecke und Ingeborg Helfmann zum Beispiel – schön genannt und andere wiederum für ihre Hässlichkeit verhöhnt wurden. Die Antwort, die Onkel Gerhard ihr gegeben hatte, ging ihr bis heute im Kopf herum. »Es liegt an der natürlichen Zuchtauswahl«, hatte er gesagt. »Die Natur ist ja klug, solange man ihr nicht ins Handwerk pfuscht, sie sorgt dafür, dass die lebensfähigsten, stärksten Tiere sich vermehren, während die schwächeren auf der Strecke bleiben. Und diese stärksten sind es, die wir als schön empfinden. Mit uns Menschen ist die Natur ebenso verfahren, sonst hätten wir nackten, schmächtigen Geschöpfe wohl kaum überlebt.«

»Aber der Mensch ist doch die Krone der Schöpfung«, hatte Franka nachgeplappert, was sie von daheim kannte.

»Ich vernehme die Stimme meines Bruders«, hatte Onkel Gerhard mit einem Seufzen erwidert. »Und ich erlaube mir darüber kein Urteil, ich will nur zu bedenken geben: Wie kommen wir eigentlich dazu, uns als die Krone der Schöpfung zu betrachten, wenn wir uns beispielsweise mit diesem Herrn hier vergleichen? Werden wir daneben nicht ›so klein mit Hut‹?«

Er hatte Franka ein paar Gehege weiter geführt und ihr den großen, sandgoldenen Löwen gezeigt, der sich in der Sonne aalte, die Pfoten, die mit einem Hieb hätten töten können, das furchteinflößende, beim Gähnen entblößte Gebiss und das dichte Fell, das die Haut schützte. Onkel Gerhard hat recht, hatte Franka gedacht. Der Löwe ist stärker, die Antilope schneller, der Schimpanse lustiger und das Zebra hübscher als wir – weshalb sollten ausgerechnet wir die Krone der Schöpfung sein?

»Ein friedliebender Pflanzenfresser wie das Flusspferd kann einen Menschen spielend zermalmen«, war Onkel Gerhard fortgefahren, als sie am Flusspferdhaus vorbeigekommen waren. »Vor vierzig Jahren, als wir zum ersten Mal ein Flusspferd in diesem Zoo hatten, ist ein Wärter zu Tode gekommen, und vier Jahre später noch einmal einer. Und warum? Weil sie beide weder klug noch wendig, noch reaktionsschnell genug waren, um mit der Wildheit eines Tieres fertig zu werden. Wir Menschen haben die Heilsamkeit natürlicher Auslese nach und nach ausgeschaltet, und wenn wir uns darüber keine Gedanken machen, mag uns das unseren Platz in der Nahrungskette kosten. Aber zerbrich du dir nicht den Kopf, Springböckchen. Um nach Lösungen für Probleme zu suchen, die auf den ersten Blick wie Katastrophen wirken, ist die Wissenschaft ja da.«

»Ich glaube, ich habe kein Wort verstanden«, hatte Franka gesagt.

»Das macht nichts«, hatte Onkel Gerhard erwidert, »dafür bist du ja auch noch ein wenig jung. Und wer weiß, bis du alt genug bist, mag die Eugenik die meisten dieser Probleme längst aus der Welt geschafft haben.«

»Eugenik?«, hatte Franka nachgefragt. Die Erklärung, sie sei für eine Antwort nicht alt genug, war ihr verhasst. Warum machte sich der Fragesteller dann überhaupt die Mühe, ihr eine solche Antwort zu geben?

»Die Wissenschaft der Zukunft«, hatte Onkel Gerhard mit einem Nicken bekräftigt. »Wenn diese Welt zu retten ist, dann durch sie – nur brauchte die Forschung eben mehr Geld, die Regierung müsste mehr Interesse daran haben …«

Franka hatte eine weitere Frage stellen wollen, doch dann entdeckte sie das leere Außenbecken und war abgelenkt. Es war geräumig, bot Platz zum Schwimmen und eine Art künstlicher Landzunge, auf der sich die Flusspferde sonnen konnten. Aber es enthielt weder Wasser noch ein Flusspferd. Waren die Tiere trotz des schönen Wetters im Haus? Auf einmal konnte Franka es nicht erwarten, ein Flusspferd zu sehen, das Tier, das bereits auf der Fotografie in *Brehms Tierleben* ihren Blick eingefangen und ihn nicht mehr losgelassen hatte. Das Tier, das ihr half, durchzuhalten, weil sie es eines Tages mit eigenen Augen kennenlernen wollte – Lehrer Rothert, ihrem Vater und aller Welt zum Trotz.

»Wird das Becken gereinigt?«, fragte sie Onkel Gerhard. »Sind die Flusspferde so lange im Haus, gehen wir und sehen sie uns an?«

Betrübt schüttelte Onkel Gerhard den Kopf.

»Aber wo sind sie denn?«

»Nirgendwo, Springböckchen. Seit dem Tod von Murzuk hat Berlin kein großes Flusspferd mehr gehabt. Nur ein Zwergenpaar, das in der Elefantenpagode untergebracht ist, damit dieses Haus nicht beheizt werden muss.«

»Und bekommt Berlin bald wieder ein großes Flusspferd?«

»Das bezweifle ich leider. Zurzeit fehlt es doch überall am Nötigsten, und an eine Besserung kann ich nicht mehr glauben.«

Statt eines Flusspferdes waren die Affen gekommen. Die Preußische Akademie der Wissenschaften, für die auch Onkel Gerhard forschte, konnte ihre Menschenaffenstation auf der Insel Teneriffa nicht länger finanzieren und ließ sechs Schimpansen nach Berlin schaffen. Die behaarten Akrobaten avancierten im Nu zu Lieblingen der Berliner, und auch Franka schenkte ihnen im Lauf der Jahre ihr Herz. Auf Teneriffa hatte ein Psychologe namens Wolfgang Köhler mit seinen Versuchen bewiesen, dass Schimpansen zur Benutzung von Werkzeug in der Lage und hochintelligent waren. Wenn Franka an die Kinder, die in ihrer Klasse Macht hatten, dachte, wünschte sie sich manchmal, jemand hätte solche Versuche auch an Menschen durchgeführt.

Die Schimpansen waren großartig. Das Aquarium mit seiner Außenanlage für Krokodile war großartig. Der ganze Zoo war großartig, nur hätte Franka allzu gern obendrein ein Flusspferd gehabt. Warum sie ausgerechnet von diesem Tier seit Jahren träumte, war schwer zu sagen. Vielleicht weil es eine so dicke Haut hatte, in der es sich tief verstecken konnte, weil es so vollkommen harmlos wirkte und doch im Notfall imstande war, zu töten, vielleicht weil die Kinder, die Macht hatten, es hässlich fanden. Armin Wernecke hatte Franka die Postkarte mit dem Flusspferd gestohlen und war in Gelächter ausgebrochen: »Mal hergeschaut, Jungs! Franka Vierbein ist in ein Monstrum verliebt.«

Ja, bin ich, hätte Franka antworten wollen und war stolz darauf. In einen Mann verlieben würde sie sich im Leben nicht, allein der Gedanke ließ sie schaudern, aber das Flusspferd war in ihren Augen das schönste Tier der Welt.

Hippopotamus. Der Erste seiner Art, der Europa eroberte, hatte Obaysch geheißen. Der Bulle war 1850 auf einem Boot aus Kairo nach London gekommen, begleitet von einer Rinderherde, deren Milch ihn unterwegs bei Kräften hielt. London ist eine große Stadt, erzählte Onkel Gerhard, die größte in Europa, und die ganze große Stadt war über Nacht ihrem Flusspferd verfallen. Onkel Gerhard war ein Buch mit tausend Tiergeschichten. Er erzählte Franka auch, was Flusspferde taten, um ihr Revier zu markieren, obgleich er dazu endlos herumdruckste und sich zwischen den Worten die Lippen zerkaute: »Du weißt ja, Springböckchen, wir alle müssen unsere Nahrung verdauen, und von der verdauten Nahrung bleiben nun einmal Rückstände, die unser Körper wieder ausscheidet …«

»Du meinst, das Flusspferd muss mal«, sagte Franka und lachte. Ihr Vater druckste genauso herum, wenn er sich gezwungen sah, von derlei Dingen zu sprechen. Es war die einzige Gemeinsamkeit, die ihr an den zwei Brüdern je aufgefallen war.

Onkel Gerhard nickte, ohne Franka anzusehen. »Sie wedeln mit den Schwänzen, dadurch verteilt sich das, was sie gemacht … ich meine, das, was sie ausgeschieden haben, und auf die Weise kennzeichnen sie ihr Revier. Wer besonders viel … ich meine, wer besonders große Verdauungsrückstände hat, kann natürlich besonders viel wedeln und somit ein besonders großes Revier abstecken. Deshalb erkennen Flusspferdbullen untereinander an ihren … ich meine, an ihren Verdauungsrückständen, wer in der Hierarchie am höchsten steht.«

Franka hatte von den Tierpflegern des Zoos gelernt, kein Blatt vor den Mund zu nehmen: »Du meinst, sie wedeln ihre Scheiße herum, um damit anzugeben, wie viel Macht sie haben?«

Onkel Gerhard räusperte sich. »Ich denke, so könnte man es ausdrücken.«

Franka musste schon wieder lachen.

»Was ist denn daran komisch?«, fragte Onkel Gerhard.

»Eigentlich nichts«, sagte Franka. »Nur dass die Kinder in meiner Klasse eigentlich das Gleiche machen. Leider sind sie dabei weder so nett noch so hübsch wie Flusspferde.«

Es kam ihr vor, als müsste sie im Zoo ständig lachen. Am Anfang hingegen hatte Winfried, der Neffe von Oberpfleger Dähne, der in der Futterküche und im zooeigenen Schlachthaus aushalf, ihr eine Tüte Zitronendrops geschenkt und gesagt: »Für dich, Kleene. Weil du so sauer dreinschaust. Dass zwei

Leute Fröhlich heißen und dabei so selten lachen wie du und dein Onkel, dat will mir nicht in den Kopp.«

Wilhelm Dähnes Neffe Winfried dagegen lachte, als gäbe es dafür einen Pokal zu gewinnen. Ebenfalls wie um einen Pokal aß er Zitronendrops und jegliche andere Süßigkeiten, was sich in seiner Körpermitte niederschlug: Mit seinen sechzehn Jahren hatte er Hüften und Taille wie eine genudelte Matrone, doch das schien ihm nichts auszumachen. Überhaupt nichts schien ihm etwas auszumachen, er ging umher und tat, was zu tun war, als wäre er mit sich und der Welt im Reinen und würde sein Leben von ganzem Herzen lieben.

Und recht hatte er außerdem: Bei den Fröhlichs war es mit dem Lachen schwierig. Onkel Gerhard lächelte höchstens ab und an wie ein schüchterner Junge, Franka lachte nur, wenn sie mit ihm im Zoo war, und ihre Eltern lachten nie. Bei denen gab es nichts zu lachen. Sie waren so mürrisch, dass Franka glaubte, das Mürrischsein habe auf ihre Wohnung abgefärbt. Über den Tapeten, den Möbeln, den Teppichen und dem Hausrat schien ein mürrischer Grauschleier zu liegen, der das Atmen erschwerte. Genauso erging es Franka in der Schule, und erst wenn sie draußen, bei ihren Tieren war, hatte sie das Gefühl, wieder Luft zu bekommen und sich frei und leichtfüßig zu bewegen.

Der Zoo war ihre Zuflucht. »Deine Arche«, sagte Winfrieds Onkel, Oberpfleger Dähne. »Ganz Berlin nennt ihn so: die Arche an der Spree.«

Was eine Arche war, wusste Franka – so, wie Onkel Gerhard ein wandelndes Tierlexikon war, war ihr Vater eine Bibel auf Beinen. Eine Arche war ein riesiges Rettungsboot, das ein Mann namens Noah gebaut hatte, damit ihm in einem Regenunwetter, das die Erde überflutete, keine Tierart verlorenging. Ich würde das auch machen, dachte Franka. Die Menschen könnten von mir aus draußen bleiben, aber die schönen Tiere nähme ich alle mit.

Oberpfleger Dähne hatte auch recht: Sie und Onkel Gerhard fühlten sich im Zoo wie auf einer Arche, und alles Schwere, Bedrückende, das sie während der Woche überflutete, blieb draußen. Sie kamen bei jedem Wetter. War es regnerisch, aßen sie zu Mittag in der Waldschenke, dem Restaurant des Zoos, in dem jedes Gericht einen Tiernamen trug: *Erdbeereis zum Elefanten, Seelöwes Sonntagssüppchen* und *Kohlroulade Kakadu*. Wenn es schön war, setzten sie sich an der Dreisternpromenade auf eine Bank und verzehrten ihr mitgebrachtes Butterbrot.

Onkel Gerhard war nicht nur mit Oberpfleger Wilhelm, sondern mit sämtlichen Mitgliedern der Direktion bis hinauf zu Direktor Ludwig Heck persönlich bekannt. Seine Forschungsarbeit war eng mit dem Zoo verknüpft, und sooft sie auf ihren sonntäglichen Wegen Direktor Heck, Oskar Heinroth, dem Kustos des Aquariums, Oberpfleger Dähne und Winfried Senoner oder dem Cheftierarzt Dr. Goldstein mit seinem jungen Assistenten begegneten, grüßten alle, als wären Onkel Gerhard und Franka Teil des Inventars. In der Gemeinde ihres Vaters starb sie tausend Tode, wenn Leute verlangten, dass sie ihnen die Hand gab, aber im Zoo genoss sie es, erkannt und gemocht zu werden. Ich gehöre hierher, dachte sie. Es ist die einzige Welt, in die ich gehören kann.

Dann aber hatte die einzige Welt, in die sie gehören konnte, von einem Tag zum andern ihre Tore geschlossen. Das Elend in der Stadt wurde immer bedrohlicher, die Leute gingen mit Einkaufstaschen voller Geld in die Geschäfte und kamen mit Waren wieder heraus, die die Taschen nicht einmal bis zur Hälfte füllten. Einen Ausflug in den Zoo konnte sich kaum noch jemand leisten. Die Konzerte im Musikpavillon, die zahlreiche Besucher angezogen hatten, gab es nicht mehr, und die Tiere mussten enger zusammenrücken, weil weitere Häuser stillgelegt wurden.

»Zoo in Not«, hatten die Zeitungen getitelt und die Berliner um Spenden gebeten. In Scharen waren Menschen vor das Elefantentor gepilgert, um dort abzugeben, was sie sich vom Mund absparten. Franka hatte aus dem elterlichen Speiseschrank zwei Schachteln Haferflocken gestohlen, Onkel Gerhard stiftete einen Vorrat an Trockenfisch, und manche Leute plünderten ihre Vorratskammern und kamen mit Leiterwagen voller Lebensmittel. Die Berliner liebten ihren Zoo, sie wollten ihn gerade jetzt, wo sie so wenig zum Freuen hatten, nicht verlieren, und Franka und Winfried Senoner, den sie inzwischen Winnie nannte, fuhren mit Feuereifer die Schubkarren voller Spenden in die Vorratsspeicher hinter dem Futterhaus. Doch all ihre Bemühungen erwiesen sich als vergeblich. An einem Sonntag im Oktober hatte Onkel Gerhard Franka mit Leichenbittermiene von der Kirche abgeholt und auf dem Weg zur S-Bahn zu ihr gesagt: »Wir fahren heute zu mir nach Hause, Springböckchen.«

»Warum denn nicht in den Zoo?«, rief Franka.

»Der Zoo ist geschlossen«, murmelte Onkel Gerhard, und wie immer, wenn er ihr etwas sagte, das ihm unangenehm war, sah er sie dabei nicht an. »Es war einfach kein Geld mehr da, um ihn geöffnet zu halten.«

Sie fuhren in seine Wohnung am Sophie-Charlotte-Platz, nicht viel mehr als einen Katzensprung vom Zoo entfernt, doch das nützte nichts: Ihre Arche war unerreichbar geworden. Sie blätterten durch *Brehms Tierleben*, spielten Memory mit Tierbilderkarten, und Frau Glasenapp, Onkel Gerhards Vermieterin, brachte Hagebuttentee, der Franka nicht schmeckte. Gar nichts schmeckte, an keinem Sonntag in diesem endlosen Winter. Es geht ja vorbei, versuchte Franka sich zu beruhigen, der

Zoo ist nicht aus der Welt, und wenn es Deutschland bessergeht, macht er wieder auf. Sie wusste aber, dass in der Zwischenzeit Tiere verkauft werden mussten und dass womöglich kein Zoo mehr vorhanden war, wenn es Deutschland besserging. Ganz abgesehen davon, dass fraglich blieb, ob es Deutschland jemals wieder bessergehen würde.

»Wenn du an den Sonntagen nicht mehr zu mir kommen willst, nehme ich es dir fürwahr nicht übel«, sagte Onkel Gerhard. »Was sollst du hier bei einem verknöcherten Junggesellen? Es wäre verständlich, wenn du lieber daheimbleiben und mit deinen Kameraden spielen willst.«

»Nein, nein, nein!«, rief Franka. »Daheimbleiben will ich auf keinen Fall, und ich hab ja keine Kameraden. Nur dich hab ich – oder willst du nicht mehr, dass ich zu dir komme?« War das möglich? Wollte Onkel Gerhard sie jetzt, wo der Zoo geschlossen war, nicht mehr bei sich haben?

»Das ist ja wohl Blödsinn vor dem Herrn«, antwortete Onkel Gerhard. »Ich werde mich immer freuen, wenn du bei mir sein willst, Springböckchen. Du und ich gegen den Rest der Welt, abgemacht?«

»Abgemacht!«, rief Franka erleichtert und dachte: Dann kann das alles doch nicht so schlimm sein.

Aber es war schlimm. Den ganzen Winter hindurch sorgte sie sich um den Zoo, und als endlich eine Spur von Frühling in der Luft lag, hatte sie die Hoffnung schon fast aufgegeben. Dann war die Sache mit Lehrer Rothert passiert, und seither hatte sie jeden Tag Angst, dass es wieder geschah. Zum Glück stand Anni zu ihrem Versprechen und wich ihr nicht von der Seite. Ohne das dicke Mädchen wagte Franka in der Schule kaum noch einen Schritt, sie hatte nie mehr Tier spielen können, und im Unterricht war ihr übel, so dass sie Mühe hatte, sich zu konzentrieren.

Was, wenn sie die Noten, die sie für den Übertritt ins Gymnasium brauchte, nicht erzielte, wenn an dieser Sache mit Lehrer Rothert ihr Traum zerbrach?

Aber es kam noch schlimmer, und ihr Traum zerbrach auch ohne Lehrer Rotherts Zutun. Als Franka an einem Samstag im März aus der Schule heimkehrte, saß ihr Vater, der sonst die Tage in seinem Büro auf dem Pfarramt verbrachte, in der Stube und starrte ins Leere. Im Flur standen kniehohe Kisten, bis zum Rand gefüllt mit dem fast wertlosen Papiergeld. Den Vormittag über hatte die Gemeinde eine Sammlung für die Einrichtung einer Volksspeisung durchgeführt.

»Ist etwas passiert?«, fragte Franka gedämpft, weil sie in der elterlichen Wohnung nicht laut sprechen durfte.

»Pssst«, machte die Mutter und zog sie in die Küche, wo auf dem Herd ein Eintopf köchelte. Kohl und Kartoffeln. Franka hasste den Geruch, der in sämtlichen Räumen hängenblieb.

»Was ist denn los?«, fragte sie noch einmal.

Die Mutter rührte im Topf. »Reiz den Vater nicht«, raunte sie. »Ihm geht's nicht gut.«

»Warum denn nicht?« Dem Vater ging es nie gut. Zumindest hatte Franka ihn nie erlebt, wenn es ihm gutging.

»Lieber Himmel.« Die Mutter stieß einen Klagelaut aus und wies mit dem Arm auf die Kisten im Flur. »Sieh dir das doch an. Den halben Tag lang hat er gesammelt, er opfert sich für diese Volksspeisung auf, und jetzt ist das ganze Geld bereits kaum noch etwas wert. Ihm ging es um sein Werk der christlichen Nächstenliebe, und was bleibt, ist nicht mal ein Tropfen auf dem heißen Stein.«

Dass ihrem Vater die hungernden Menschen so am Herzen lagen, überraschte Franka. »Kann denn die Gemeinde nicht das Geld für die Volksspeisung aufbringen?«, fragte sie.

»Und woher soll sie's nehmen?« Die Stimme der Mutter klang weinerlich. »Die hat Kriegsanleihen gezeichnet, das ganze Geld ist verloren, aber eine dumme Gans wie ich versteht ja nichts davon. Einnehmen wird sie auch nichts mehr. Es bezahlt doch keiner eine volle Milliarde, damit sie ihm über seinem Sarg die Glocken läuten. Heute haben sie Vater gesagt, dass nicht einmal mehr die Gehälter der Pastoren sicher sind.«

»Und was soll das heißen?«, fragte Franka und erwartete, wie üblich auf solche Fragen keine Antwort zu bekommen.

Zudem hätte sie ihrer Mutter heftige Gefühle nicht zugetraut, aber die schluchzte laut auf und rührte im Topf, dass die Kohlsuppe Wellen schlug: »Was das heißt? Dass ich nicht weiß, wovon wir nächsten Monat leben sollen, das heißt es. Erspartes ist nichts mehr wert, und wir haben sowieso nichts, denn dein Vater gibt ja jeden Pfennig den Armen. Dass seine eigene Familie dabei kärger als die Armen lebt, hat ihn noch nie interessiert.«

Graugrüne Kohlspritzer platschten an die Wand. Franka sah zu, wie sie auf der gelben Tünche allmählich verliefen und eine schleimige Spur hinterließen. Als der Zoo noch geöffnet gewesen war, hatte sie manchmal zu Wilhelm Dähne in die Futterküche gedurft, wo Winnie ihr gezeigt hatte, wie die Schüsseln und Tröge für die Tiere gefüllt wurden. Der durchdringende Geruch, der dort herrschte, machte ihr nichts aus, aber der Eintopf, der für Menschen gekocht war, ekelte sie.

Ich will hier weg, dachte sie. Sie musste diesen Gedanken schon tausendmal gefasst haben, aber sie dachte ihn wieder und wieder, als wäre er neu. Wenn sie erst aufs Gymnasium ging, käme sie nur noch zum Schlafen nach Hause. Dass sie sich auf dem Gymnasium wohl fühlen würde, erwartete sie nicht, aber alles war besser als Lehrer Rothert, besser als Armin Wernecke, besser als der Grauschleier in dieser Wohnung und der Kohlgestank.

Im selben Atemzug fiel ihr siedend heiß etwas ein: Das Gymnasium kostete Geld. Ein paar Stipendien gab es, aber die wurden nicht an Mädchen vergeben.

»Was ist mit meiner Schule?«, entfuhr es ihr. Das Formular für die Anmeldung musste demnächst ausgefüllt und versandt werden, damit man sie zur Prüfung zuließ. Armin Wernecke tönte bereits in der Klasse herum, er habe seinen Platz so gut wie sicher.

»Mit deiner Schule?« Die Mutter fuhr zu Franka herum, ohne den Deckel wieder auf den Topf zu setzen, so dass die graugrüne Pampe ploppend und puffend weiter an die Wand spritzte. »Wie herzlos bist du eigentlich? Ich hab geglaubt, man zieht sich ein Kind heran, damit man eines Tages nicht mehr mit der ganzen Quälerei allein dahockt, aber das ist Humbug wie der elende Rest vom Leben. Uns steht das Wasser bis zum Hals, und alles, woran meine Tochter denkt, ist ihre alberne Schule.«

Mehr verwundert als erschrocken wich Franka zurück. Die Mutter sprach sonst nicht mehr als ein halbes Dutzend Worte am Stück. Sie schrie niemanden an, nicht einmal Franka, sie war nie auf irgendwen wütend, sie forderte nichts für sich ein.

Franka öffnete den Mund zu einer Erwiderung, da umfasste eine Hand ihren Arm. »Soso«, sagte der Vater, »um deine Schule machst du dir also Sorgen, statt Gott dem Herrn dankbar zu sein, dass er dich nährt und kleidet. Dann werde ich dir also sagen, was mit deiner Schule ist.«

Franka hatte sich nie sonderlich schwach gefühlt, in ihrer Klasse gab es Kinder, die viel kleiner und zarter waren als sie. Auch war der Vater nicht gerade bullig, doch in seinem Griff kam ihr Arm ihr auf einmal vor wie ein Hölzchen, das seine Hand wie nichts zerbrechen konnte. Genauso erging es ihr mit

Lehrer Rothert, der sogar kleiner als der Vater war und einen krummen Rücken hatte. Von weitem sahen beide aus, als könnten sie ihr nichts anhaben, und solange sie sie aus der Entfernung betrachtete, fühlte sie sich ruhig wie eine Löwin und der Lage gewachsen. Dann aber schnellten sie auf sie zu, der Vater wie der Lehrer, und sobald sie ihr im Fleisch saßen, erstarrte sie. Wie ein Kaninchen. Vor Entsetzen nicht fähig, sich zu wehren.

Du musst, beschwor sie sich. Du bist ein Löwe, ein Gepard, du bist ein Flusspferd mit dicker Haut, an der alle Gemeinheit abprallt. »Meine Anmeldung muss abgeschickt werden«, rang sie sich tapfer ab. »Und du musst die Gebühr für meine Prüfung entrichten, sonst bekomme ich keinen Platz. Wenn ich Zoologin bin, brauche ich nicht viel, nur ein kleines Zimmer im Zoo. Dann zahle ich euch das Geld zurück.«

Ihr Vater umklammerte ihren Arm so fest, dass sie aufschrie. »Du zahlst es mir zurück? Das ganze Geld, das ich für dich verpulvert habe, zahlst du mir zurück? Dass ich nicht lache.« Er schüttelte sie, dass ihr Kopf auf und nieder flog. »Wer Geld zurückzahlen will, muss erst mal die Finger krumm machen und welches verdienen. Aber das fällt dir ja nicht ein. Du streunst lieber herum wie eine räudige Hündin, wie eine, die im Blut nicht sesshaft ist. Hast du das gehört, Margarethe? Deine Tochter ist eine Nichtsesshafte, eine, der in der Brust kein Herz schlägt. Eine Zigeunerin!«

Dass Leute, die andere kränken wollten, wilden Unsinn vor sich hin krakeelten, kannte Franka von den Kindern, die Macht hatten. Jede aus der Luft gegriffene Beleidigung musste herhalten, doch das, was der Vater da von sich gab, schien vollkommen losgelöst von der Situation, war ohne jeden Zusammenhang. Zigeuner waren Leute, die in Wohnwagen übers Land zogen und Dörfer unsicher machten, so hatte es Franka in der Schule gelernt. Sie kannte niemanden, dem schon einmal einer über den Weg gelaufen war, und im Grunde fragte sie sich, ob sie überhaupt existierten. Vermutlich waren sie nur erfunden worden, um Kindern Angst einzujagen, so wie der Kindleinfresser oder der Schwarze Mann.

Doch die Worte jagten Franka Angst ein. Nicht weil sie an Zigeuner glaubte oder weil die irgendetwas mit ihr zu tun hatten, sondern weil der Vater nicht mehr er selbst war. Mit flackernden Augen stierte er sie an. Wieder schüttelte er sie. Franka kniff die Augen zu und versuchte, Bilder vom Zoo heraufzubeschwören, von sich selbst am Gatter des Antilopengeheges, um das neugeborene Kalb zu bestaunen, die langen Beine, auf denen es sich unbeholfen in die Höhe kämpfte.

Ihr Vater stieß sie gegen den Besenschrank. »Sieh mich gefälligst an, wenn ich mit dir rede.«

»Hör doch auf, Rüdiger«, murmelte ihre Mutter so leise, dass Franka Mühe hatte, sie zu verstehen. »Wohin soll das alles denn noch führen, nimmt das nie ein Ende, hängt uns das für immer an?«

»Halt deinen dummen Mund. Dass dein verkommenes Balg nicht weiß, wie es sich in einem christlichen Haus zu benehmen hat, verdanken wir ja wohl dir.«

Als der Vater die Worte hervorstieß, roch Franka den Alkohol. Er hatte getrunken. Onkel Gerhard trank nie. »Wer trinkt, weiß nicht, was er tut«, hatte er Franka erklärt. »Kein Tier käme auf solch eine Idee, und kein Tier schlachtet ein anderes im Blutrausch ab.« Die Angst stieg Franka bis in die Kehle, und das Herz schlug ihr bis in den Kopf. Wenn er noch etwas tut, muss ich vor Angst schreien, dachte sie. Oder ich falle um wie in der Schule. Sterben manche Leute vor Angst?

Dann aber versetzte der Vater ihr noch einen letzten, schlappen Stoß und ließ sie los. »Lasst mir doch alle meinen Frieden«, knurrte er. »Mehr will ich nicht von euch. Nur in Frieden sitzen und von euch nichts mehr hören. Du, damit du's weißt.« Er rempelte Franka an. »Mit diesen Flausen ist jetzt Schluss. Für ein Mädchen lohnt sich kein Studium, da holt es sich nur Allüren und richtet Schaden an. Du machst die Volksschule fertig, danach kannst du von mir aus einen Kursus in Hauswirtschaftslehre belegen. Eine Frau, die wirtschaften und sparsam mit dem Geld umgehen kann, ist was wert. Deine Mutter hat es nie gelernt.«

Franka hielt ganz still. Ein wenig kam es ihr vor, als sähe sie ihrer Welt beim Einstürzen zu, große Brocken, die um sie herum niederkrachten. Der Vater ging, doch ihr Körper löste sich nicht aus der Starre.

»Na, ist ja gut, Franka«, murmelte die Mutter. »Er regt sich eben auf. Das tun doch alle, und das ist auch kein Wunder. Da arbeitet ein Mann tagein, tagaus, und dann wird ihm alles von dieser Politik kaputt gemacht.« Sie klang beinahe fürsorglich. Von einem der Haken an der Wand nahm sie die Suppenkelle und schöpfte etwas vom Eintopf für Franka in eine Schüssel. »Komm, iss erst mal. Mit was Warmem im Bauch beruhigst du dich.«

Franka aber brauchte sich nicht zu beruhigen. Sie war so ruhig und kühl, als ginge sie das alles nichts an. Nur als die Mutter den Arm um sie legen und ihr die Schüssel in die Hände schieben wollte, wich sie ihr aus. Die Schüssel rutschte der Mutter aus den Fingern und zerschellte am Boden. Graugrüne Pampe mit Kohlstücken ergoss sich über das bläulich gemusterte Linoleum.

»Das tut mir leid«, sagte Franka. Aber sie bückte sich nicht, um den Eintopf aufzuwischen, und als die Mutter es selbst tat, stand sie noch immer still beim Schrank.

4

Franka

Am nächsten Morgen betrug der Vater sich, als wäre nichts geschehen. Wie jeden Sonntag bestand er darauf, dass seine Familie ihm in den Gottesdienst folgte und ihm überdies half, die absurden Kisten mit den Spendengeldern ins Gemeindehaus zu schleppen. In der Kirche sangen sie: »*Großer Gott, wir loben dich, Herr wir preisen deine Stärke*«, und sprachen Gebete für die kaiserliche Familie, obwohl es seit Kriegsende gar keinen Kaiser mehr gab.

Franka fühlte sich noch immer wie versteinert. Oder gefroren. In ihrem Wintermantel fröstelte sie, obwohl es der erste schöne Tag des Jahres war. Die Gemeindemitglieder, die ihr die Hand geben wollten, meinten es nett, es waren lauter harmlose Leute wie die Bäckersfrau Erna Grothe, die Franka kannte, seit sie ein Jahr alt war und ihr Vater nach der Weihe der Kirche die Gemeinde übernommen hatte. Wenn sie in ihren Laden kam, schenkte Frau Grothe ihr Kuchenrinden, großzügig abgeschnitten. Sie war Franka nie anders als freundlich begegnet, aber Franka wollte heute keine Fragen beantworten, was denn die Schule mache und was es im Pastorenhaus Gutes zu Mittag gebe. Sie wollte vor allem ihre Hand nicht reichen, sondern nur weg und irgendwo allein sein.

Am Hambuttenpfuhl, überlegte sie. Im Sommer herrschte rund um den Tümpel und sein Parkrestaurant ständig reger Betrieb, weil Ausflügler aus ganz Südende dorthin zum Baden pilgerten, doch um diese Jahreszeit würde das Ufer des schwarzen Wassers menschenleer sein. Vielleicht würde sie dort ihren Verstand wiederfinden, vielleicht würde ihr dort etwas einfallen, das sie tun konnte. Denn etwas tun würde sie, das hatte sie sich die halbe Nacht hindurch geschworen. Ich bin kein Mensch wie meine Mutter, hatte sie sich gesagt. Ich stehe nicht dabei und rühre im Eintopf, als wäre das, was mein Vater macht, völlig normal. Ich nehme das nicht hin. Mein Leben war schön, wenn ich im Zoo war, jeder einzelne Sonntag war schön, und dass es jetzt nie mehr schön wird, erlaube ich nicht.

Etwas fällt mir bestimmt ein!

In einer Schlangenlinie lief sie um die Menschen mit den ausgestreckten Händen herum und rannte aus der Kirche. Ihr Vater stand wie gewöhnlich im Portal, verabschiedete jedes Gemeindemitglied persönlich und empfahl es dem Schutz von Gott dem Herrn, ohne dabei sein mürrisches Gesicht zu verziehen. Dass seine Tochter an ihm vorbeiflitzte, beachtete er nicht. Im Vorüberlaufen bekam Franka mit, dass er wieder von dem entwerteten Geld sprach. Sie rannte weiter, hinaus in die kühle Luft und das blendende Winterlicht.

»Aber, aber, junge Dame – wohin denn so eilig unterwegs?«

»Onkel Gerhard!«

Franka starrte die hagere Gestalt im Staubmantel an und konnte es nicht fassen: In ihrer Verzweiflung hatte sie tatsächlich vergessen, dass Sonntag war, dass der Onkel sie abholen kam! Die Erleichterung war überwältigend. Noch eben hatte sie geglaubt, sie könne mit keinem Menschen über ihren Kummer sprechen, und jetzt sprudelte sie schon damit heraus, noch ehe sie den Onkel richtig begrüßt hatte. »Onkel Gerhard, mein Vater sagt, ich darf nicht aufs Gymnasium gehen, er bezahlt mir das Schulgeld nicht, ich kann keine Zoologin werden!«

»Aber, aber«, wiederholte der Onkel und schloss sie kurz in die Arme. »Das ist doch Blödsinn vor dem Herrn, das werden wir schon wieder geraderücken. Jetzt komm erst einmal mit, ja? Ein paar Schritte zu laufen tut den Nerven gut.«

Nebeneinander gingen sie zur S-Bahn, genauso wie sie schon gegangen waren, als Franka sechs Jahre alt gewesen war: ihre kleine Hand in der großen des Onkels und seine langen Schritte ihren kurzen ein wenig mühsam angepasst. Am Fahrkartenschalter löste Onkel Gerhard zwei Billets. Nicht bis Bahnhof Charlottenburg. Sondern bis Zoologischer Garten.

Franka holte tief Atem. Sekundenlang sagten sie gar nichts, sondern sahen sich nur an, sie von unten zu ihm hoch und er von oben zu ihr herab. Dann zog sie die Augenbrauen in die Stirn, was einer Frage gleichkam, und er nickte und sagte: »Ja, Springböckchen. Der Zoo wird am heutigen Sonntag wieder eröffnet. Versuchsweise, vorerst nur mit einem Eingang, und Konzerte und Völkerschauen wird es wohl noch lange nicht geben. Auch haben wir eine ganze Anzahl Tiere verloren, die wir vorläufig nicht zurückkaufen können. Aber es ist ein Anfang. Und ein Anfang bedeutet Hoffnung, meinst du nicht?«

Franka nickte und drückte seine Hand mit aller Kraft. Sie musste die Lippen aufeinanderpressen, damit sie nicht mitten auf dem Bahnsteig in Tränen ausbrach, und sie verstand sich nicht: Weshalb erwischte sie törichtes Ding denn das heulende Elend, wenn sie die schönste Nachricht bekommen hatte, die es auf der Welt nur gab? Menschen sind eben dumm, beschloss sie. Wer versteht die schon? Und dann dachte sie eine Weile lang gar nichts mehr, sondern sah aus dem S-Bahn-Fenster in den vorbeifliegenden Frühlingstag und freute sich auf ihre Tiere.

Auf dem Weg vom Bahnhof zum Elefantentor stieg ihr der vertraute Duft in die Nase, und sie begann, beim Gehen zu hüpfen. »Die Krokodile sind doch noch da, Onkel Gerhard? Und meine schöne Anneliese und Titine, die Schimpansin, die mit dem Strohhalm trinken kann?« Fast tat es ihr weh, dass sie um ein Tier mehr fürchtete als um das andere – dabei war doch jedes einzelne unendlich kostbar, und sie wünschte, sie wären alle noch wohlbehalten auf ihrer Arche versammelt! Wenn sie erst Zoologin war, wollte sie nicht wie Onkel Gerhard irgendwelche Formeln zur Zuchtauswahl erforschen, sondern mit all ihrer Kraft dazu beitragen, dass es dem Zoo und seinen Tieren gutging.

Im nächsten Atemzug fiel es ihr wieder ein, und mitten im Schritt blieb sie stehen: Sie würde gar nichts dazu beitragen können, denn sie würde nie hier arbeiten. Sie würde keine Zoologin werden, sondern auf der Volksschule bleiben und anschließend einen Kurs in Hauswirtschaftslehre belegen.

»Nein, das werde ich nicht tun!«, rief sie so laut, dass zwei Damen mit krempenlosen Topfhüten die Köpfe nach ihr drehten.

»Was wirst du nicht tun, Springböckchen?«

»Hauswirtschaft lernen«, erwiderte Franka. »Geld sparen und aus dem Ersparten Kohl kochen, der sowieso keinem schmeckt.«

Onkel Gerhard lächelte sein Schüchterner-Junge-Lächeln. »Ich kann's dir nicht verdenken. Mein Bruder ist ohne Zweifel ein guter Mensch, aber ich habe immer gefunden, dass er es mit seiner Freigiebigkeit übertreibt. Spenden für die Armen sind ja gut und schön, aber wenn man mit der eigenen Familie hausen muss wie ein arbeitsloser Proletarier, erscheint mir das – mit Verlaub – ein Blödsinn vor dem Herrn.«

»Mir auch!«, bekundete Franka wütend.

»Aber übelnehmen darfst du es ihm nicht«, mahnte Onkel Gerhard. »Er muss eben von morgens bis abends gute Werke tun, sonst fühlt er sich ›so klein mit Hut‹. Ich bin sicher, die Welt wäre ein schlechterer Ort ohne Menschen wie ihn.«

Franka gab keine Antwort. Sie fand, es passte nicht zusammen: der Vater, der aus Menschenliebe um die Volksspeisung kämpfte und sein Hab und Gut den Armen schenkte, und der,

der sie gepackt und geschüttelt hatte, dass ihr Arm von Blutergüssen übersät war. Bei dem Mann, der das getan hatte, war von Liebe zu Menschen nichts zu spüren gewesen. Sooft sie an seine ausdruckslose Miene am Kirchenportal dachte, sooft sie sich ins Gedächtnis rief, wie er sie als Zigeunerin beschimpft hatte, konnte sie ihn sich als einen Mann, dem das Leid von Menschen das Herz brach, einfach nicht vorstellen.

Franka überlegte. Wenn sie ehrlich war, liebte sie selbst die Menschen nicht besonders. Nicht einmal Anni Pelzin, die so nett zu ihr war. Sie war froh, sie zur Gefährtin zu haben, Lehrer Rothert und den Kindern, die Macht hatten, nicht allein gegenüberstehen zu müssen, aber sobald sie das Schulgebäude verließ, vergaß sie Anni und war erleichtert, allein zu sein. Auf den Gedanken, sie so zu vermissen, wie sie Anneliese, die Giraffe, und Titine, die Schimpansin, vermisste, wäre sie nie gekommen.

Ich vermisse gar keine Menschen, stellte sie fest. Nur Onkel Gerhard. Und vielleicht Winnie Senoner, den Neffen des Oberpflegers, der lachte, als gäbe es dafür einen Pokal zu gewinnen, und der nach Waldmeister, Blockmalz und den Gemüseabfällen des Futterbreis roch. Erst jetzt fiel ihr auf, dass sie Onkel Gerhard nur nach den Tieren im Zoo gefragt hatte, nicht nach den Menschen. Vielleicht mochte sie ja nicht einmal Winnie Senoner besonders, vielleicht war sie wirklich das, was ihr Vater in ihr sah: eine Streunende, die kein Herz in der Brust hatte. Eine Zigeunerin.

»Du darfst dir nicht solche Sorgen machen, Kleines«, durchschnitt Onkel Gerhards Stimme ihre düstere Grübelei. »Selbst in so schwierigen Zeiten nicht, dafür bist du doch noch viel zu jung.«

»Haben junge Menschen vielleicht keine Sorgen?«, fuhr Franka auf. »Ich glaube, junge Menschen haben viel größere Sorgen als alte, weil sie sich nicht wehren können. Sie haben kein Geld, sie haben gar nichts und müssen tun, was Erwachsene für sie bestimmen.«

»Du nicht«, sagte Onkel Gerhard und drängte sie sanft zum Weitergehen auf das Kassenhäuschen unter dem Tor mit den steinernen Elefanten zu. Onkel Gerhard brauchte nicht zu bezahlen, er hatte einen Pass, der ihn als Mitarbeiter auswies, aber er kaufte stets eine Eintrittskarte für Franka – um dem Zoo etwas Gutes zu tun und weil die Karte mit einem Bild von Anneliese bedruckt war.

Franka vernahm das helle, kehlige Rufen eines Zebras, das mit einem Pferdewiehern kaum etwas gemein hatte, und ihre Beine wollten loslaufen. Ein Teil von ihr war jedoch allzu zornig und verletzt und wollte sich nicht abspeisen lassen.

»Und ob ich tun muss, was Erwachsene für mich bestimmen«, begehrte sie auf. »Ich will Zoologin werden, aber mein Vater sagt, ich bin es nicht wert, weil ich ein Mädchen bin. Nicht nur ein Mädchen, sondern eine Zigeunerin, für die er kein Geld mehr verpulvern würde, selbst wenn er welches hätte.«

Onkel Gerhards Gesicht hatte eine Farbe, die Winnie einmal Schreibstubenbleiche genannt hatte. Dass er noch weiter erblassen konnte, erschreckte Franka. »Das hat er zu dir gesagt? Dass du eine Zigeunerin bist?«

Franka nickte.

»Blödsinn vor dem Herrn.« Onkel Gerhard schien die Worte zwischen den Zähnen hervorzupressen. »Vergiss das bitte, ja, Springböckchen? So etwas sagt man, wenn man so wütend auf alle Welt ist, dass man nicht mehr weiß, was man von sich gibt.«

»So wie wenn man trinkt?«, fragte Franka.

Onkel Gerhard steckte ihr die Eintrittskarte mit dem Bild der Giraffe Anneliese in die Manteltasche, nahm ihre Hand und ging mit ihr durch das Tor. »Ja, ich denke schon. Ein bisschen wohl so, wie wenn man trinkt.«

Etwas fiel von Franka ab. Ein Stück Hoffnungslosigkeit, ein Quentchen Ohnmacht. Sie würde kämpfen. Sie war wieder zu Hause, in der einzigen Welt, in die sie gehören konnte. Zu ihrer Rechten erhob sich fünf Meter hoch das steinerne Iguanodon, der Saurier, der den Eingang des Aquariums bewachte. Die Fassade des Gebäudes, die dahinter drei Stockwerke hoch aufragte, war ebenfalls mit Reliefs und Mosaiken von Tieren geschmückt, die ausgestorben waren. Die Bildwerke, die ein Künstler namens Heinrich Harder entworfen hatte, waren lebensecht bis ins Detail, es wirkte, als könnten die Meerestiere darauf jeden Augenblick in Bewegung geraten und aus dem Stein herausschwimmen. Franka hatte manchmal eine geschlagene Stunde davor verbracht, ohne sich losreißen zu können. Während sie die Schönheit der Tierkörper betrachtete, hatte sich etwas auf ihre Seele gelegt, das sich so schwer anfühlte wie der Stein.

Einmal hatte sich Winnie neben sie gestellt und ihr seine Papiertüte mit Blockmalz hingehalten. »Da, nimm schon, Kleene. Schmeckt knorke, tut dir jut.«

Sie hatte sich einen der braunen Brocken in den Mund gesteckt, und Winnie hatte ihr noch einen hinterhergestopft. »Davon wird einem blümerant, wa?«

»Was heißt denn das?«, hatte Franka gefragt und dabei schon genickt.

»Keine Ahnung.« Winnie hob die beachtlichen Schultern. »Blümerant eben. Traurig und doch nicht traurig. Komisch im Kopp. Wie bei einem verliebten Mädchen im September.«

»Im September?«

»Vergiss es.« Winnie hatte gelacht. »Das ist nur für solche, die sich schon mal das Herz gebrochen haben.«

»Und warum wird uns so, als wenn wir uns schon mal das Herz gebrochen haben? Die sind doch schön, die Tiere auf den Bildern, die sind doch was zum Freuen.«

»Die gibt's nicht mehr«, sagte Winnie. »Die sind weggeputzt wie ein Fettfleck von der Joppe. Davon wird uns eng um die Brust, weil's uns vielleicht irgendwann selbst erwischt.«

Franka war es in der Tat eng um die Brust geworden, und wenn sie jetzt die Reliefs der Meeressaurier betrachtete, spürte sie noch einen Rest der Beklommenheit: Die Geschöpfe kamen in einer solchen Vielfalt von Formen daher, und doch war kein einziges von ihnen mehr übrig.

»Gruselig, was, Kleene? Da möchte man am liebsten keine Fliege mehr erschlagen, damit von der Pracht, die übrig ist, nüscht verlorengeht.« Winnie hatte ihr den fleischigen Arm um die Schultern gelegt und ihr noch einen Brocken Blockmalz in den Mund geschoben. Jetzt war es Onkel Gerhard, der mit ihr stehen blieb und ihre Hand festhielt.

»Gehen wir rein?«, bat Franka. »Ich will in die Krokodilhalle, lebende Tiere sehen, keine, die es nur noch aus Stein gibt.«

Onkel Gerhard ließ sich von ihr ins Gebäude ziehen. In der Vorhalle, die von zwei Reihen Becken voller schillernder Tropenfische gesäumt war, waren kaum Menschen unterwegs. Offenbar hatte sich die Nachricht von der Wiedereröffnung des Zoos noch nicht herumgesprochen. Franka war es recht so. Auch wenn ihr klar war, dass Besucher samt ihrer Eintrittsgelder dringend benötigt wurden, brauchte sie ihre Arche heute eine Weile lang ganz für sich.

Die Krokodilhalle bot ein wahres Abenteuer: Nirgendwo sonst im Zoo war man den Tieren so nahe, teilte sich ohne trennendes Glas und schützende Gitter mit ihnen den Raum. Über eine Bambusbrücke, die bei jedem Schritt knarrte und schwankte, durchquerten Franka und Onkel Gerhard die glasbedachte Halle, das erste begehbare Tiergehege der Welt. Zu ihren Füßen, im seichten, schlammigen Wasser, lagen still wie Stämme drei Krokodile, von einem vierten ragte nur der langgestreckte Kopf aus der Wohnhöhle, in die es sich eingegraben hatte. Hier war man wahrhaftig in einer anderen Welt, hier regierten ein Zauber, ein Duft, ein Schweigen, die sich in Menschensprache nicht übersetzen ließen. Zu ihrer Erleichterung stellte Franka fest, dass die Krokodile so gleichgültig-erhaben in ihrem Reich vor sich hin dösten wie vor der Schließung. Es ging ihnen gut. Not und Sorgen von Menschen hatten die Tiere sichtlich nicht behelligt.

Unter dem letzten Brückenpfeiler allerdings kniete ein mit einem Overall bekleideter Mann im Uferschlamm und hielt ein Jungtier, einen etwa beinlangen Brillenkaiman auf seinen Schenkeln. Der Kaiman regte sich nicht, er lag da wie ein Stück Holz. Keine gesunde Panzerechse verhielt sich so, der Mensch war ihre Beute und zugleich ihr einziger Feind, den sie in ihrer Nähe nie geduldet hätte. »Oh, mein Gott, ist er tot?«, rief Franka entsetzt. Das schöne Tier musste sich erkältet haben in den Wochen, in denen das Haus nicht artgerecht hatte beheizt werden können. Krokodile konnten ihre Körpertemperatur nicht selbst im Gleichgewicht halten, und Kälte schwächte ihr Immunsystem so einschneidend, dass sie für alle erdenklichen Krankheiten anfällig wurden.

Wir dürfen das nicht tun, durchfuhr es Franka. Diese herrlichen Tiere in unsere Obhut nehmen, wenn wir nicht für sie sorgen, sie nicht beschützen können.

Der Mann wandte ihr das Gesicht zu. Eine steile Zornesfalte teilte Stirn und Nasenwurzel in zwei Hälften. »Willst du, dass er mich beißt, so, wie du hier herumschreist?«, fragte er. Die Stimme passte weder zu den Worten noch zu der zornigen Miene. Sie klang dunkel, sanft und gedämpft, als wolle er Franka mit Worten in den Schlaf streicheln.

Franka stieg die Hitze in die Wangen. Erst jetzt sah sie, dass er dabei war, dem Kaiman eine Salbe unter die Lefze zu streichen, und erkannt hatte sie ihn auch: Er war der Assistent von Dr. Goldstein, ein Student, der sich durch die Arbeit im Zoo sein Studium finanzierte. Wie konnte der Cheftierarzt diesem überheblichen, unerfahrenen Jungen den Kaiman überlassen? Wenn das Tier die Nerven verlor und ihn angriff, würde es getötet werden, obwohl es nur getan hatte, was in seiner Natur lag.

»Sie brauchen sich gar nicht so aufzuspielen«, sagte sie, jetzt ebenfalls mit gedämpfter Stimme, um den Kaiman nicht zu erschrecken. »Hier ist nun einmal ein Besuchergehege, und wenn Sie während der Öffnungszeit ein Tier verarzten, sind Sie selbst schuld.«

»Vielleicht gehst du besser auf den Spielplatz«, sagte er so leise, dass nur Franka es hörte. Die allerdings hörte jedes gehässige Wort. Der Widerling warf Onkel Gerhard einen Blick zu, ehe er sich wieder dem Tier widmete. Der nickte ihm zu und nahm Frankas Arm. »Komm, Springböckchen«, flüsterte er und führte sie aus der Halle.

Erst draußen, als sie sich auf den Weg zum Affenhaus machten, sprach er wieder in normaler Lautstärke. »Er hat recht«, sagte er. »Bei Mundfäule kann er nicht erst noch das Tier transportieren, sondern muss es so schnell wie möglich behandeln. Es verliert sonst im besten Fall seine Zähne. Im schlimmsten stirbt es.«

»Warum hat es denn Mundfäule?«, fragte Franka erschrocken.

Bedauernd verzog Onkel Gerhard die Mundwinkel. »Krokodile sind von Natur aus anfällig für Parasiten, und Kälte schwächt ihre Abwehr.«

»Kälte?«

»Direktor Heck hat sein Äußerstes getan, um die Häuser beheizt zu halten, aber leider waren Schwankungen nicht immer zu vermeiden.«

Das habe ich mir auch gedacht, stellte Franka nicht ohne Stolz fest. Zwar hatte sie sich töricht benommen, aber die Lage hatte sie richtig eingeschätzt. Der hochnäsige Student war nicht der Einzige, der sich auf Panzerechsen verstand. »Kommt der Kaiman durch?«, fragte sie.

»Lass es uns hoffen«, sagte Onkel Gerhard. »Leutner wird für ihn tun, was menschenmöglich ist, und sollte er es dennoch nicht schaffen, heißt es für uns, den Ratschluss der Natur anzunehmen. Wenn ein Tier zum Überleben zu schwach ist, müssen wir es sterben lassen, alles andere ist Sentimentalität und schadet der Art.«

Franka hatte an seinen Worten zu beißen. Sie wollte nicht sentimental sein, aber sie wollte auch nicht, dass der Kaiman starb, nur weil er in der Kälte eines fremden Landes krank geworden war. »Vielleicht ist er ja gar nicht zu schwach«, konterte sie. »Vielleicht müsste ihn nur Dr. Goldstein selbst behandeln. Dieser Leutner, oder wie er heißt, ist doch bloß ein junger Spund.«

»Und was bist du?« Er lächelte sie an. »Eine weise alte Frau?«

Sie senkte den Kopf. Onkel Gerhard hatte recht. »Ich bin nichts«, sagte sie, den Blick zum Boden gerichtet. »Eine Zigeunerin, die zu dumm für das Gymnasium ist und nie eine Zoologin wird.«

»Wirst du wohl still sein?« Ein wenig fester als gewöhnlich umfasste er ihr Kinn. »Du bist keine Zigeunerin«, sagte er. »Zigeuner sind eine Fremdrasse, die mit uns nichts gemein hat, und wenn wir uns mit solchen Rassen mischen, wird das Erbgut geschwächt. Dich als Zigeunerin zu beschimpfen ist lächerlich, und dein Vater hat es nur getan, weil er wütend war. So, wie man jemanden ein Rindvieh schimpft, obwohl man selbstredend weiß, dass er keines ist.«

Franka nickte. Etwas daran klang falsch, doch sie wusste nicht, was.

»Zigeuner haben erbliche Rassemerkmale, die sich bei dir nicht einmal in Ansätzen finden: dunkles, stumpfes Haar zum

Beispiel. Eine so starke Pigmentierung der Regenbogenhaut, dass uns das Auge kohlschwarz erscheint. Unfähigkeit zur Treue, die mit dem ewigen Zwang zum Wandern einhergeht. Fehlendes Verhältnis zum Eigentum, Neigung zur Kriminalität …«

»Neigung zur Kriminalität erbt man auch?«, fragte Franka ungläubig.

Onkel Gerhard nickte. »Vergiss, was dein Vater zu dir gesagt hat. Und vergiss auch diese fixe Idee mit der Hauswirtschaftsschule. Gib mir das Anmeldeformular für das Gymnasium, ich fülle es aus und sorge dafür, dass der Betrag entrichtet wird.«

»Aber der Vater hat doch verboten …«

»Mein liebes Kind«, unterbrach Onkel Gerhard traurig. »Dein Vater und ich stehen schon so lange auf keinem guten Fuß miteinander, und wir haben so viele, so schwerwiegende Gründe dafür, dass es auf diesen einen leichten nicht mehr ankommt. Mach dir keine Sorgen. Für deine Ausbildung, auch für das Studium, bezahle ich.«

»Wie kannst du das denn tun?«, rief Franka, unfähig zu fassen, dass sie davonkommen und dass die ganze Verzweiflung sich in Luft auflösen würde. »Hast du denn nicht auch dein Erspartes verloren bei dieser Geldentwertung?«

»Einmal muss ja auch Schluss sein mit der Geldentwertung«, sagte Onkel Gerhard. »Wenn wir's wirklich wollen, bekommen wir das schon hin. Das bisschen Schulgeld kann ich von meinem Gehalt bezahlen, und bis du auf die Universität kommst, habe ich mir wieder etwas zusammengespart, das für deinen Unterhalt reicht.«

Franka, die Menschen nicht gern anfasste, wollte ihm um den Hals fallen, aber selbst das wäre zu wenig Dank gewesen für das, was er ihr schenkte. Sie wollte ihm sagen, was Anni zu ihr gesagt hatte: Du hast etwas bei mir gut, und ich vergesse es dir nie, doch zugleich war sie froh, dass derlei zwischen ihnen nicht ausgesprochen wurde. Sie waren beide nicht die Menschen dafür. Franka streckte ihm die Hand hin, der Onkel nahm sie, und gemeinsam schlenderten sie weiter durch den Zoo, der ihnen jetzt wieder gehörte und den sie sich nicht mehr nehmen lassen würde.

An einem der künstlich angelegten Teiche sahen sie Oskar Heinroth, der für das Aquarium verantwortlich war, in seiner freien Zeit jedoch einer Leidenschaft nachging und Versuche mit neugeborenen Wasservögeln durchführte. »Er möchte beweisen, dass wir in unserer Kindheit etwas erlernen, das sich wie ein Code in unser Gehirn prägt und sich nicht mehr auslöschen lässt«, hatte Onkel Gerhard erklärt. »Etwas, das uns für etwas Neues ungeeignet macht.«

Franka hatte Oskar Heinroth schon früher bei seiner Arbeit beobachtet. Wer einmal anfing, ihm zuzusehen, konnte sich so schnell nicht wieder abwenden. Tausendsassa, so nannte ihn Onkel Gerhard, »einer, der nicht still sitzen bleibt, es sei denn, er ist verstorben«. Durch eine schwere Erkrankung hatte der Zoologe bereits im Kindesalter mehr als die Hälfte seiner Sehkraft eingebüßt und war zum Ausgleich mit einem außergewöhnlichen Gehör ausgestattet. Bei allem, was er tat, sah er aus, als hielte er zwischendurch mit schräg gelegtem Kopf inne und lausche dem Lauf, den die Welt nahm. Er hatte Enten- und Graugänseier in einem Brutkasten ausbrüten lassen, so dass die frisch geschlüpften Küken ihn als erstes Geschöpf zu Gesicht bekamen. Die kleinen Vögel, mit denen er auch jetzt wieder auf dem Wasser eine Übung ausführte, betrachteten ihn als ihre Mutter, und es schien tatsächlich unmöglich, das Erlernte auszulöschen und sie ihrer natürlichen Mutter zurückzugeben.

»Jetzt, wo wir mit Wolfgang Köhler einen Verhaltensforscher hierhaben, kann Oskar sich endlich mit einem Fachmann über seine Ergebnisse austauschen«, sagte Onkel Gerhard und wies auf das Affenhaus, das sich in der Umgebung der prächtig gestalteten neueren Häuser schäbig ausnahm.

»Wolfgang Köhler?« Franka horchte auf. »Der mit den Schimpansen? Aus Teneriffa?«

»Genau der«, erwiderte Onkel Gerhard. »So bedauerlich die Schließung der Menschenaffenstation dort ist, so groß ist unser Gewinn. Wolfgang Köhler gehört zu den klügsten Wissenschaftlern, die mir je begegnet sind. Er wird Oskar sicher bei seiner Forschung unterstützen können.«

Frankas Interesse an der Arbeit der beiden Verhaltensforscher erfuhr eine Unterbrechung, als sie Winnie in seinem langen Pflegerkittel aus dem Affenhaus kommen sah. Mit Schwung schob er eine Schubkarre voll Dung voran, doch kaum entdeckte er Franka, ließ er die Holme los, winkte und strahlte, als gäbe es dafür einen Pokal. Und sie hatte geglaubt, er könne sie über den endlosen Winter vergessen haben!

Franka winkte ebenfalls und versuchte das Strahlen zu erwidern. Sie hatte an diesem einen Tag so viel Glück erlebt, ihr Leben lag voller Hoffnung vor ihr – weshalb sollte sie nicht lachen? Sie wollte nicht, dass Oskar Heinroths Theorie zutraf: dass sie in ihrem Elternhaus unter dem Grauschleier gelernt hatte, ein mürrischer, freudloser Mensch zu sein, und dass sich nichts daran ändern ließ.

»Glaubst du denn, dass das, was Kustos Heinroth erforscht, auch auf Menschen zutrifft?«, fragte sie den Onkel. »Dass wir als kleine Kinder etwas lernen und danach das ganze Leben lang für etwas anderes verdorben sind?«

»Ich bin Genetiker«, erwiderte Onkel Gerhard. »Kein Verhaltensforscher. Aber vielleicht liegen ja darin all diese Schwierigkeiten begründet, von der Geldentwertung bis zum Blutvergießen auf den Straßen: Vielleicht sind wir Kinder, die unter der Knute des Kaiserreichs groß geworden sind, der seltsamen Weichheit dieser Republik nicht gewachsen. Vielleicht bekommt ja einer, der als junger Mensch verbogen worden ist, seinen Rücken nie wieder ganz gerade.«

Das war Franka für den Augenblick zu hoch. Sie wollte Winnie begrüßen, der ihr seine verklebte Papiertüte mit Blockmalz entgegenhielt. Er wenigstens sah nicht so aus, als hätte er während des Winters darben müssen, und das »Na, Kleene« lag ihm schon auf der Zunge.

»Eines noch«, sagte sie rasch zu Onkel Gerhard. »Der Kaiman – er darf nicht sterben. Dr. Goldstein soll sich um ihn kümmern.«

»Dr. Goldstein ist nicht mehr hier«, erwiderte Onkel Gerhard.

»Aber warum denn nicht?«

»Die Bezahlung«, antwortete der Onkel. »Er hat gesagt, wir seien alle Idealisten, er aber könne für solch einen Hungerlohn nicht länger arbeiten. In einer privaten Praxis, die Dackel und Hamster kuriert, leistet er die Hälfte der Stunden ab und verdient das Doppelte.«

»Was ist ein Idealist?«, fragte Franka.

»Einer, der im Idealfall von Liebe, Luft und einer Handvoll Gartenkresse lebt.«

»Und wer übernimmt jetzt Dr. Goldsteins Arbeit?«

»Carl Leutner.«

»Der Student?«, fuhr Franka erschrocken auf.

»Das Studium hat er gerade abgeschlossen«, berichtigte Onkel Gerhard. »Und ja, er ist jung, aber er kostet wenig, und er ist verblüffend gut. Überwirf dich besser nicht mit ihm, nur weil er dir heute eine kleine Lektion erteilt hat. So viel muss dein Stolz vertragen können, und eines Tages erteilst vielleicht du ihm eine. Ihr habt nämlich eines gemeinsam, ihr beide.«

»Was denn?«, fragte Franka, die entschlossen war, mit diesem Leutner nicht das Geringste gemeinsam zu haben.

»Liebe«, antwortete Onkel Gerhard. »Und zwar eine, von der ihr beide noch leben würdet, wenn's keine Luft und keine Gartenkresse mehr dazu gäbe.«

5

Kirschla

September 1929

Als sie, ein wenig matt von der Liebe, versuchte, sich aufzusetzen, um Ausschau nach ihren Zigaretten zu halten, stieß ihr Fuß auf dem Nachttisch gegen einen Stapel Bücher, die polternd zu Boden fielen. Teufel noch mal! Was trieb dieses Kerlchen mit solch einer höllischen Menge an Büchern, wozu stopfte er sich seinen hübschen Kopf mit so viel Zeug voll, das nach nichts als Staub schmeckte?

Kirschla räkelte sich und hangelte nach den vor dem Bett verteilten Büchern.

»Lass doch liegen«, sagte er, das Gesicht halb zwischen Kissen vergraben. »Kirschla?«

Sie drehte sich um. »Was ist denn, *Cino?*«

Mit malerisch zerwühlten Locken tauchte er aus den Kissen auf. »Ich will dich heiraten«, sagte er.

Kirschla lachte laut auf und verpasste ihm eins auf die Wange. »Kinder heiraten ist nicht erlaubt, das solltest du doch wissen, wo du so viele schlaue Bücher liest.« Sie wandte sich wieder um und hob einen schmalen Band auf. »*Das Jugend-*

gerichtsgesetz von 1923.« Tief schnaufte sie, steckte sich eine Zigarette an und nahm ein anderes. »*Die Weimarer Reichsverfassung*. Sag mal, geben wir dir nicht genug zu tun oder was?«

»Du nicht«, sagte er. »Ich wünschte, ich dürfte mich für dich verausgaben.«

Er war frech wie Oskar. Sie musste wieder lachen, legte die Zigarette auf der Untertasse ab und verpasste ihm eins auf die andere Wange. »Hör mal gut zu, mein Grünohr, dass ich mich habe breitschlagen lassen, dir die Liebe beizubringen, heißt nicht, dass du irgendwelche Ansprüche anzumelden hast, verstanden?« Sie wedelte mit einem seiner Gesetzbücher. »Steht sicher auch hier drin. Ich bin ein freies Mädchen, ich heirate eher einen *Gadžo* als dich. Und du siehst besser zu, dass du dir irgendeine Beschäftigung verschaffst, sonst landest du am Ende noch im Arbeitshaus.«

»Ich bin Schüler«, erwiderte Tokeli zauberhaft entrüstet, furchte die Brauen, dass sie sich über der Nasenwurzel trafen, und setzte sich auf. »Und im Übrigen ist der Arbeitszwang für Zigeuner rechtswidrig. Er widerspricht dem Gleichheitsgrundsatz der Verfassung.«

»Gleichheitsgrundsatz der Verfassung! Deine Verfassung wird dir was husten – seit wann gilt denn Gleichheit ausgerechnet für solche wie uns?«

»Seit dem August des Jahres 1919«, erwiderte Tokeli. »Da ist die Verfassung des Staates, in dem du lebst, nämlich verkündet worden und in Kraft getreten.«

»Aha«, bemerkte Kirschla. »Und wen juckt die?«

»Mich«, versetzte er trotzig und warf sein Haar über die Schulter zurück. Das Haar war viel zu lang, viel zu hübsch, jede seidige Locke glänzend, als hätte er sie einzeln geölt.

Die vergessene Zigarette qualmte sich zu Tode und füllte das enge Kämmerchen mit Rauch. Kirschla drückte sie aus. Dann bückte sie sich nach dem letzten, in graue Pappe gebundenen Buch, das noch am Boden lag, und hob es auf. »*Robert Heindl: Der Berufsverbrecher. Ein Beitrag zur Strafrechtsreform*«, las sie vom Einband ab. Als sie die Hand öffnete, schlug das Buch sich von allein auf. Ein Absatz auf der Seite war Zeile für Zeile mit Bleistift unterstrichen. Jemand, zweifellos Tokeli, hatte ein Ausrufungszeichen an den Rand gesetzt. Wie ohne ihr Zutun begann Kirschla, den Absatz vorzulesen:

»*Der Städter kennt ihn kaum, der Landbewohner fürchtet ihn umso mehr. Er weiß, dass jeder Zigeunerbesuch mit Betteln beginnt und mit Diebstahl endet. Wer glaubt, dass diese schwarzhaarigen, hundeäugigen, schmutzigen Gesellen einer romantischeren Vergangenheit angehören, möge das Zigeunerbuch der Polizeidirektion München zur Hand nehmen.*«

Kirschla wischte sich das Buch wie ein ekelhaftes Tier von der Handfläche. Mit einem Knall landete es wieder auf dem Boden. »Sag mal, spinnst du? Für solchen Schund verprasst du das Geld, das dein Vater verdient, und verschwendest deine Zeit, während der Rest deiner Familie schuftet?« Sie verpasste ihm noch eins auf die Wange, diesmal mit Schwung und so deftig, dass es klatschte.

»Autsch.« Er hielt sich die misshandelte Stelle und starrte sie zornblitzend an. Hundeäugig. Schwarzhaarig. So dunkel, dass er vermutlich neben jedem bleichgesichtigen Siegfried schmutzig wirkte, auch wenn er sich die Haut wund schrubbte. Kirschla hätte auf den Boden spucken mögen. »Ich glaube, du bist die, die spinnt«, sagte Tokeli. »Das hat weh getan, du Krauthexe.«

»Geschieht dir recht«, fauchte sie zurück. »Erinnert dich daran, dass ich nicht dein künftiges Weibchen zum Einkuscheln bin, sondern dein Kindermädchen, das dir verbietet, deine Nase in solch einen Mist zu stecken. Dieser Schmierfink bewirft dein Volk mit Dreck, und du gibst ihm dafür noch Geld? Ich warne dich. Deine Mutter hat gesagt, wenn einer von euch mir Ärger macht, soll ich ihren Teppichklopfer nehmen und ihm den Hosenboden schön sauber ausklopfen.«

»Das gilt für Rigo und Pušo. Ich bin ein Mann und lese, was ich will.«

»Haha. Soll das ein Witz sein, Grünohr?«

»Das ist mein Ernst. Außerdem hat meine Mutter mich am liebsten von allen.«

»Ganz genau. Deshalb hat sie gesagt, für deinen Hosenboden soll ich den Besenstiel nehmen.«

»Ich habe ja gar keine Hosen an.«

»Umso besser.«

Mit einem Satz kam er in dem zerwühlten Bett auf die Knie und versuchte, sie auf den Rücken zu werfen. Sie balgten sich, tobten, überhäuften sich mit Knüffen und Küssen. Er roch gut. Unanständig, kein bisschen wie ein Kind, kein bisschen sauber und trotzdem frisch gewaschen. Als sie sich voneinander lösten, setzte er sich auf und wandte das Gesicht von ihr ab. Sie sah, dass sie ihn wirklich verletzt hatte, und zu ihrer Verblüffung versetzte ihr das einen Stich. »Ich zeige dir, dass ich ein Mann bin, sooft und solange du willst«, sagte er. »Wie einen dummen Jungen lasse ich mich von dir nicht mehr behandeln.«

Zwischen Lachen und Seufzen sah sie ihn sich an. Er war siebzehn. Zweifellos das Hübscheste, was diese verzweigte Familie, der sie weitläufig selbst angehörte, hervorgebracht hatte. Und mehr als das. Er war klug. Entschlossen, erfüllt von brennendem Ehrgeiz obendrein. Dass er fortwährend juristische Bücher las und um jeden Preis Rechtswissenschaften studieren wollte, ging zu weit, aber dass sie einen aufgezogen hatten, der sich, berstend vor Selbstbewusstsein, zutraute, in der Welt der *Gadže* zu bestehen, hatte etwas Erregendes. Als gäbe es das tatsächlich, eine neue Zeit der Gleichheitsgrundsätze und offenen Türen, eine Zeit, in der Leute einem *Sinto* die Hand gaben, ohne sie sich hinterher zu waschen, in der sie ihm ins Gesicht sahen, statt ängstlich auf ihre Tasche mit dem Geldbeutel.

Gleichheit verlangte ja niemand. Ein *Sinto*, der versuchte, ein *Gadžo* zu sein, war gewiss ein unglücklicher Tropf. Aber hätten sie es nicht haben können wie die Juden? Die mochte auch nicht jeder, beileibe nicht, doch ihre Geschäfte gingen gut, und niemand hinderte einen Juden daran, Staatsbeamter, Arzt oder Rechtsgelehrter zu werden. Warum sollte einem *Sinto* das nicht möglich sein, wenn er es wirklich wollte und wenn er ein so kluges Köpfchen hatte wie Tokeli?

Natürlich war das Unsinn. Der Kleine würde sich draußen eins auf den Deckel holen, das ihn zurechtstutzte. Aber ein bisschen schade war es doch, und ein Rest dieser Unverfrorenheit würde ihm hoffentlich erhalten bleiben. So wie ihr selbst auch. Sie waren zwei von einer Art, Wanderer zwischen den Welten, weder der einen noch der anderen Seite ganz zugehörig. Vermutlich fanden zahllose Moralapostel, *Sinti* wie *Gadže*, sie gehöre in der Hölle verbrannt, weil sie mit ihm geschlafen hatte, aber es hatte Spaß gemacht, ihm wie ihr. So viel Spaß, dass sie es gern gleich noch einmal getan hätte. Und vielleicht morgen wieder. Allzu viele Männer gab es nicht, mit denen es ihr so erging.

Und dabei war Tokeli doch noch nicht einmal ein Mann!

Er wandte sich ihr wieder zu, sein Gesicht noch immer der reinste Gewitterhimmel Sie beugte sich zu ihm und küsste ihn auf den Mund. »Jetzt schmoll nicht. Raus aus dem Bett mit dir und Pušo von der Schule abgeholt.«

»Wieso ich? Bin ich das Kindermädchen oder du?«

»Keiner von uns«, erwiderte Kirschla friedfertig. »Aber ich habe mehr zu tun als du.« In *Sinti*-Familien gab es keine Kindermädchen, und die jüngsten der sieben Rose-Kinder, der vierzehnjährige Rigo und die siebenjährige Pušomori, hätten keines gebraucht. Rigo arbeitete schon, half bei einem Onkel, der Transporte vom Futtergroßmarkt fuhr. Pušo ging zur Schule und hätte den Weg nach Hause allein schaffen können wie ihre Geschwister vor ihr. Neulich war sie jedoch ein paarmal von größeren Kindern überfallen und herumgeschubst worden, also holte einer ihrer Verwandten sie ab.

Tokeli sollte gehen, seine feine Schule hatte noch bis zum Ende der Woche Ferien, und der Schlawiner lag von früh bis spät auf seiner hübschen faulen Haut. Kirschla dagegen war aus der Wohnung ihrer Familie im Nachbarhaus zu den Roses übergesiedelt, um Musla, Tokelis Mutter, im Haushalt zu helfen. Ihre eigene Mutter brauchte sie nicht, aber Musla hatte Arbeit in der Wäscherei. Das war hilfreich jetzt, wo das Geld vorn und hinten nicht reichte. Mano, Tokelis Vater, war Sattler, er hatte in einer der Remisen auf dem Hof seine Werkstatt, wo sie auch die Hühner und ein, zwei Ziegen hielten. In einem der Wagen, mit dem sie nicht länger umherzogen, war Platz für sein Lager. Er machte schöne, solide Sachen, Sättel, Taschen, Kutscherpeitschen, alles, was das Herz begehrte. Früher waren die Leute zu ihm gekommen und hatten bestellt, was sie brauchten, aber heutzutage ließ sich ja kaum noch ein Mensch ein Zaumzeug anfertigen, und sonstige Lederwaren bekam man billiger im Kaufhaus.

Mano Rose stellte auf gut Glück Gürtel und Riemen her und trug sie in die Markthalle XI, gleich hinter ihren Häusern am Marheinekeplatz. Einen Stand aus zwei Klapptischen teilte er sich mit drei Männern der Verwandtschaft, darunter Kirschlas Vater, der Flickarbeiten an Metall ausführte.

Die alten Zigeunerberufe, dachte Kirschla. Wir sind sesshaft geworden, wie es die *Gadže* von uns wollten, sind kein Ärgernis mehr, das teils bettelnd, teils marktschreierisch von Haus zu Haus zieht, doch jetzt schlägt man uns andere Türen ins Gesicht. Hier in der Stadt, wo es an jeder Straßenecke die ausgefallensten Geschäfte gibt, ist keiner drauf angewiesen, unser Gelump zu kaufen. Und wenn einer auf Gelump vom Zigeuner nicht angewiesen ist, kauft er sein Gelump woanders. Es sei denn, der Zigeuner ist billiger. Mittlerweile verscherbelten Mano und die anderen ihre Arbeiten zu solchen Schleuderpreisen, dass sie womöglich mit den Händen im Schoß besser dran gewesen wären. Sie träumten davon, den Handel mit Pferden wieder aufzunehmen, den die Familie über Generationen betrieben hatte. Aber wer in der neonglitzernden Weltstadt kaufte Pferde vom Zigeuner? Wo hätten sie die Tiere unterstellen sollen, womit füttern, wo bewegen?

Unser Weg gabelt sich, und wir müssen uns entscheiden, dachte Kirschla. Entweder wir ziehen wieder los, hinaus aus der Stadt und über die Dörfer, verkaufen unsere Kessel und Riemen dort, wo es kein Kaufhaus und keine elegante Ladenstraße gibt, und wenn man es uns verbieten will, sind wir immer ein Stück schneller. Oder wir bleiben hier. Schlagen Wurzeln. Und suchen uns neue Berufe.

Ich fange damit an, versprach sie sich selbst. Heute noch. In einer Wohnung zu leben wie in einem Wohnwagen, zu elft in Räumen zu hausen, die mit sechs Personen offiziell als überbelegt galten, das mochte für die Alten erträglich sein, aber solche wie sie und Tokeli, die wollten vom Kuchen ein größeres Stück. Auch wenn Tokeli dabei übers Ziel hinausschoss. *Sinti* gingen nicht auf Universitäten, *Sinti* gingen auch nicht auf höhere Jungenschulen, und dass Tokeli dorthin ging, rührte nur daher, dass Tokeli sich kein Nein als Antwort gefallen ließ. Jetzt auch nicht. Kirschla musste lachen. Während sie in Grübeleien versunken war, hatte er sich Stück um Stück wieder an sie herangeschlichen, umschlang sie mit einem Arm und zog sie auf seine Schenkel.

In seinen Augen funkelte noch immer empörter Stolz. »Dir werde ich's zeigen. Von wegen Kindermädchen.«

Kirschla ließ sich küssen. Er war ein unglaublich gelehriger Schüler und ein Naturtalent obendrein. Sie küsste ihn zurück. Warum nicht? In das Dachkämmerchen, das er für sich beansprucht hatte, würde kein Mensch kommen, und bis Pušo geholt werden musste, blieb ihnen noch eine gute Viertelstunde Zeit. Seine Hände glitten über ihre Rippen und ihre Taille, beschrieben die Kurve ihrer Hüften. Er hatte diese Begabung, einer Frau mit seinen Händen zu schmeicheln, bis sie sich in sich selbst verliebte. Sogar Kirschla Reinhardt, die schon in sich verliebt zur Welt gekommen war. Dabei war er noch nicht einmal ein Mann. Was sollte werden, wenn er einer war?

Sie lachte ihm in den Mund. Wenn er wollte, konnte er der sprichwörtliche Zigeuner aus den Operetten und düsteren Balladen werden, der Herzensbrecher, vor dem die Leute ihre Fenster verschlossen, weil hinter den Scheiben die Töchter nach ihm lechzten. *Mann, gib acht auf dein Pferd. Frau, gib acht auf dein Kind.* Aber er wollte nicht. Er wollte ein Rechtsgelehrter werden, sich in ein Hemd mit weißem Kragen zwängen und den *Gadže* nicht ihre Töchter, sondern ihren angestammten Platz rauben.

»Was gibt's denn zu lachen?«

Dich, wollte sie sagen, doch in dem Moment fiel ihr das Buch, das sie zu Boden geworfen hatte, wieder ein. *Der Berufsverbrecher. Hundeäugig, zwischen Bettelei und Diebstahl.* Das bist du für sie. Willst du dich mit deinem Kindertrotz und deinem Weltvertrauen gegen Hunderte von Jahren stemmen? »Ach, Tokeli«, sagte sie beinahe sanft und löste sich widerstrebend von ihm. »Zieh dich manierlich an, geh deine Schwester von der Schule holen, und dann frag deinen Vater in der Halle, ob er Hilfe gebrauchen kann.«

»Ich habe keine Zeit«, sagte er und furchte erneut die tiefschwarzen Brauen. »Ich muss lernen.«

»Im Bett?« Kirschla lächelte und versuchte, ihrer Stimme den gewohnten spöttischen Klang zu verleihen.

»Ich lerne immer im Bett«, versetzte Tokeli. »Und im Übrigen wäre ich dir dankbar, wenn du mich von jetzt an Adam nennen würdest. Auf den Namen bin ich immerhin getauft.«

»Du willst den Namen, den deine Familie dir gegeben hat, nicht mehr tragen?« Vor Schreck sprang Kirschla so nackt, wie sie war, aus dem Bett. »Den Namen, der zeigt, was du bist?«

Jeder *Sinto* besaß zwei Vornamen. Einer davon wurde nach der Geburt ins Register des Standesamtes eingetragen, wie das Gesetz der *Gadže* es verlangte, Adam bei ihm und Mathilde bei ihr. Für ihre Familien aber waren sie Tokeli und Kirschla, Namen, die sie erst erhalten hatten, als ihre Eltern sicher waren, sie zu kennen.

»Und warum denn nicht?« Tokeli sprang ebenfalls aus dem Bett, in dem er sich sonst wie eine träge Katze aalte. »Es heißen auch nicht alle Juden Isaak und Mordechai, oder? Weshalb muss ich mit einem Namen herumlaufen, der an mir klebt wie ein Schild auf meiner Stirn?«

»Weil das Schild auf der Stirn sowieso an dir klebt«, sagte Kirschla. Das Bedürfnis nach einer Zigarette wurde übermächtig, aber die letzte in der zerknautschten Schachtel war völlig zerbröselt. »Du stehst doch ständig vor dem Spiegel. Bist du da so geblendet von deiner Schönheit, dass dir entgeht, was es sonst noch zu sehen gibt? Du bist ein *Sinto* wie aus dem Bilderbuch, mein Liebchen. Einer, den sie Zigeuner nennen, Berufsverbrecher, Dieb. Glaubst du, wenn du dir einen ihrer Namen überstülpst, läufst du künftig mit einer Maske vorm Gesicht herum?«

»Ich will nicht mit einer Maske vorm Gesicht herumlaufen«, erwiderte Tokeli »Ich mag mein Gesicht.«

»Das ist nicht zu übersehen, Fatzke.«

»Ich will nur sein dürfen, was mir gefällt«, fuhr er fort, ohne sich um ihren Einwurf zu scheren. »Es ist nicht meine Schuld, dass ich für dieses Leben nicht gemacht bin, oder? Ich will meinen Kopf benutzen, ich will tanzen gehen, ich will in weiten, schneeweiß getünchten Räumen zu Hause sein und nie wieder geflickte Hosen tragen.«

»Die tun deiner Anziehungskraft keinen Abbruch«, bemerkte Kirschla trocken.

Wieder sprach er weiter, als hätte sie nichts gesagt. »Ich mag das Leben. Und ich mag Menschen, ich wäre einer, der hundert Freunde haben könnte. In der Schule sitze ich allein in der Bank, weil keiner neben mir sitzen will. Der stinkt, sagen sie, und der Lehrer erlaubt, dass sie sich umsetzen. Aber wie denn? Ich schrubbe mir jeden Tag den Körper ab, meine Wäsche ist fadenscheinig, weil ich sie ständig wechsle, und ich benutze ein Rasierwasser, das im *Kaufhaus des Westens* ein Vermögen kostet.«

»Und das du dort gestohlen hast.« Obwohl ihr sein Schmerz durch und durch ging, verpasste sie ihm eine Backpfeife, dass sein Kopf zur Seite flog. Sie war verantwortlich, hatte Musla versprochen, auf ihre drei Letztgeborenen zu achten, und musste ihr Versprechen halten, auch wenn sie mit dem süßesten von ihnen schlief. *Sinti*-Eltern erzogen ihre Kinder streng. Ihnen etwas durchgehen zu lassen mochte bedeuten, sie geradewegs ins Zuchthaus zu schicken, und eine Ohrfeige sollte nicht nur im Gesicht schmerzen, sondern auf der Ehre. Damit sie sich einprägte. »Du Rindvieh landest nicht nur im Arbeitshaus, sondern an einem weit schlimmeren Ort. Und zugleich kippst du Wasser auf die Mühlen von denen, die herumposaunen, Zigeuner könnten ohne Diebstahl nicht leben.«

Sein Blick rüttelte an ihrem Herzen, weckte Mitleid und Lachlust zugleich. Armer Tokeli. Die Zurechtweisung brannte auf seinem siebzehnjährigen Stolz, und die gefurchten Brauen verfinsterten das ganze Gesicht. »Warum darf ein *Gadžo* Rasierwasser benutzen, das Stil hat, und ich nicht?«

»Weil du kein Geld verdienst und es nicht bezahlen kannst«, sagte Kirschla. »Stehlen ist schlimmer als stinken. Wenn deine gelehrten Bücher über Recht dir das nicht beibringen, wozu taugen die dann? Schäm dich, Tokeli.«

Splitternackt und tief gekränkt stand er vor ihr, die eben noch kühne Erregung auf Halbmast. Kurz flackerte der Trotz noch einmal auf, dann senkte er den Kopf. »Was soll ich denn machen?«, murmelte er. »Die sagen: Der stinkt, der stiehlt, und kein Lehrer verteidigt mich. Ich hocke still da und lasse das auf mir sitzen, statt aufzustehen und denen eins mit der Faust zu versetzen, weil ich ja weiß: Der, der bestraft wird, bin ich, und meine Strafe fällt nicht milde aus. Ich bekomme nicht einfach nur Senge, wie ich sie hundertmal für irgendwen eingesteckt habe, sondern werde bloßgestellt und der Schule verwiesen. Darauf warten sie doch. Dass der dreckige Zigeuner sich hinreißen lässt und einen *Gadžo* angreift, denn dann ist's Essig mit dem Reifezeugnis. Also halte ich still. Aber nach Schulschluss packt es mich manchmal, dann stichelt etwas in mir: Ihr glaubt doch sowieso, dass ich stehle, also gehe ich hin und tu's, und im Gegensatz zu euch mache ich es wenigstens gut.«

»Ach, Tokeli. Du Tropf.« Fürs Stehlen verdiente er keine Liebkosung, aber Kirschla konnte sich nicht länger beherrschen und schlang die Arme um ihn. Sie verstand ihn. Sie waren einander frappierend ähnlich, beide ins Leben verliebt, voller Drang, alles Fesselnde abzuschütteln, hinauszulaufen und die Arme auszubreiten. Ging es ihr nicht wie ihm? Wäre ein anderes Mädchen, das so hübsch war wie sie, mit schwingendem

Sommerrock eine Straße entlanggeschlendert, hätten die Berliner ihr Komplimente nachgerufen, der eine zart, der andere derb, aber keiner ohne Respekt. Sie hingegen war eine *Sintiza*, bei ihr begannen sie wie Schlangen zu zischeln:

»Da geht die Zigeunerhure.«

»Für einen Lippenstift und ein paar Eier macht die die Beine breit.«

»Scham kennt die nicht. Wie soll ein Mann sich wehren, wenn die ihm auf den Schoß kriecht und ihn bezirzt?«

Es reizte Kirschla bis zur Weißglut. So sehr, dass sie manchmal losgehen musste und das tun, was sie ihr unterstellten. Ihre Schönheit ausnutzen. Schlecht sein. Eine, vor der biedere Bürger sich in Acht nahmen. Ihre Mutter, die sonst heiter und nachgiebig mit ihr war, verzweifelte. »Vierundzwanzig ist das Mädel und noch nicht verheiratet.« Sie hatte Angst, dass kein Mann Kirschla nehmen würde, denn ein *Sinto* nahm keine, von der es hieß, sie sei keine Jungfrau mehr. Kirschla machte es nichts aus. Der Mann, den sie geheiratet hätte, hätte mehr Mumm haben müssen als sie, und so einer musste erst noch gebacken werden.

Sie streichelte Tokelis Schulterblatt. »Warum gehst du denn weiter auf diese Schule, *Cino?* Hör doch damit auf. Eine Arbeit, bei der du deinen Kopf brauchst, kannst du trotzdem finden. Auf dem Postamt stellen sie Hilfen für die Paketzustellung ein, und man kann sich bis zur Aufsicht hocharbeiten. Ich gehe mich heute bewerben. Warum kommst du nicht mit?«

Er nahm ihr Gesicht in seine Hände und sah ihr in die Augen. »Weil ich nicht kann, Kirschla. Ich sehe mein ganzes Leben vor mir ausgebreitet: Studieren will ich. Anwalt werden, ein Haus kaufen, in dem nicht einer auf dem anderen hockt und in dem es weder nach feuchter Wäsche noch nach vollen Windeln stinkt.«

»Beleidige deine Mutter nicht. Sie arbeitet sich für euch den Rücken krumm, und bei den *Gadže* stinkt es dafür nach Tierscheiße, die sie sich auf ihre Gemüsebeete kippen.« Dass die *Gadže,* die sich alle naselang über Gestank ereiferten, so etwas taten, faszinierte Kirschla. Ein *Sinto* hätte sich in der Nähe von Rieselfeldern oder Dunggruben nicht einmal aufhalten dürfen.

»Ich beleidige sie nicht. Und ich würde niemandem erlauben, es zu tun. Ich kann nur so nicht leben, Kirschla. Ich will hier raus, und dich nehme ich mit.«

»Schwätzer«, sagte Kirschla. »Wer sagt dir in deinem Größenwahn eigentlich, dass ich mit dir gehen würde?«

»Natürlich würdest du mitgehen. Wen sollst du denn sonst heiraten, wer nimmt's mit einer Frau wie dir denn auf?«

»Keiner.« Sie gab ihm einen Kuss auf seine noch fast kindlich weichen Lippen und einen Klaps auf seine straffen, fraglos männlichen Hinterbacken. Beides zugleich. Dann ließ sie ihn los. »Ich bin kein Mädchen zum Heiraten, *Cino*. Aber du bist kein Schlechter, und sollte mir je ein Kerl eine Tochter anhängen, darfst du dich bei mir um sie bewerben.«

»Ich bewerbe mich um *dich*. Und ich bringe dir noch bei, mich ernst zu nehmen.«

Kirschla lachte. »Es wäre schade drum. Hol jetzt Pušo, ja?«

Tokeli nickte und trollte sich folgsam, um seine Kleidung zusammenzusuchen. »Ich liebe dich«, sagte er.

Sie sah auf seine kräftigen, dunkel behaarten Schenkel und ließ den Blick dann den schlanken Rücken hinaufwandern, der glatt war und etwas von einer Statue hatte. »Du redest dummes Zeug«, erwiderte sie und fragte sich, warum sich ihr leichtes Herz auf einmal so bleiern anfühlte.

»Wenn du meinst«, sagte er. Dass er sich das Hemd um die Schultern legte, fand sie ein wenig zu bedauerlich für ihren Seelenfrieden. »Wenn dir an der Stellung bei der Post etwas liegt, nenn dich Mathilde, nicht Kirschla«, sprach er beim Zuknöpfen weiter. »Leute, die Arbeit suchen, gibt es wie Heu, da wird niemand freiwillig eine *Sintiza* nehmen.«

»Mich nehmen sie«, sagte Kirschla.

»Als Mathilde sicher«, erwiderte er. »Wir sind zwar alle genauestens erfasst, was wiederum gegen die Verfassung verstößt, aber bei einem Mädchen, das so gut aussieht wie du, schaut kein überfressener Postbeamter in die Akte, wenn du ihn nicht dazu zwingst.«

Fast schrill lachte Kirschla auf und grub beide Hände in das schwarze Meer von Locken. »Bei mir braucht's so wenig eine Akte wie bei dir, *Cino*, uns klebt unsere Herkunft wie ein Schild auf der Stirn. Aber keine Sorge. Den überfressenen Postbeamten bringe ich schon dazu, sämtliche Akten zu vergessen.«

Er schoss herum, blähte die Brust im halb zugeknöpften Hemd und begehrte auf: »Du lässt keinen anderen Mann dich anfassen! Du gehörst zu mir, und ich erlaube nicht, dass fremde lüsterne Kerle sich an meiner Schönen, meiner schimmernden Schwalbe vergreifen.«

»Mach halblang, Grünohr.«

»O nein, ich mache ganz. Und ich bin eifersüchtig wie ein Wolf.«

Kirschla wollte ihm ausweichen. Sie war geübt darin, Männern auf die Finger zu klopfen, wenn sie sich zu viel herausnahmen, aber Tokeli war zu schnell für sie. Ehe sie es sich versah, lag sie in seinen Armen. Was hatte der, der angeblich die Welt erschaffen hatte, sich bei diesem Burschen nur gedacht? Er hatte die Kraft eines Mannes, die Schultern, die Schenkel, das Becken, das sich ohne jeden Anstand gegen ihres drängte, aber das Herz schlug ihm wie einem Jungen, der in Gefahr war, sich aus Liebe zu verlieren, und in den Augen standen Tränen wie bei einem Kind.

»Ist ja gut«, hörte sie sich murmeln und wusste nicht, wen sie beruhigen wollte, ihn oder sich. Aber auch sie war eines Pferdehändlers Enkelin und hatte als kleines Mädchen gelernt, wie man zwei panischen Wagengäulen gleichzeitig ins Zaumzeug griff. »Ich hab's dir doch gesagt, ich bin kein Mädchen für dich«, raunte sie und biss in seine Lippe, die ihr den Mund verschließen wollte. » Mein Herz ist kalt, Tokeli. Schwach wird es nur bei kleinen Kindern mit vollgeschissenen Windeln, Großmüttern mit krummen Rücken, zärtlich lächelnden Mädchen und sogar bei niedlichen Kötern, aber nicht bei einem fast ausgewachsenen Kerl. Mit euch Männern habe ich meinen Spaß, doch ich gehöre keinem. Wie in einer Operette von unseren Freunden, den *Gadže.*«

»Kirschla!«

Sie schüttelte den Kopf, zog sich die Bluse über und stieg in ihren Rock. Dann blies sie ihm eine Kusshand zu und lief so schnell die Stiege hinunter, dass sie um ein Haar gestürzt wäre.

6

Anita

Oktober 1929

Vor dem Ganzkörperspiegel im Flur nahm sie sich Zeit, um sich mit gnadenlosem Blick zu begutachten und jede Falte in Strümpfen, Rock und Gesicht zurechtzuzupfen. Sie hatte gut gewählt, befand sie. Das Nachmittagskleid aus dezent geblümtem *Crêpe de Chine* war nach einem der neuen Schnitte gefertigt, die ihr besser standen als die alten. Der Rock, der in einem Volant auslief, reichte bis deutlich unter das Knie, was für ihre wenig vorzeigbaren Beine von Vorteil war. Die höher angesetzte Taille streckte ihre Figur und ließ sie schlanker erscheinen, und der verspielte Fall wirkte weich und feminin. Die klare, geradezu maskuline Linie, die bald das ganze Jahrzehnt hindurch die Mode dominiert hatte, taugte für Frauen, die sich der Geschmeidigkeit ihres Körpers so wenig schämten wie der Schärfe ihres Verstandes und die zu beidem keinen Grund hatten.

Für solche wie sie taugte die neue Mode besser, die überspielende Rüsche, das herzige Krägelchen. Sie hatte das Kleid bei einem Versandhaus bestellt, doch wer nicht allzu scharf hinsah, konnte annehmen, es sei eigens für sie gefertigt worden. Mit zwei geübten Griffen richtete sie ihr Haar. Sie hatte heute beim Aufwachen gebetet, es möge ein windstiller Tag sein, und es hatte geholfen, obwohl es einen Gott, an den sie glaubte, gar nicht gab. Der Tag war still, der Bubikopf unter der Toque mit umgeschlagener Krempe würde sitzen, wie er sollte. Mit ihren Augen war nicht viel Staat zu machen, aber sie hatte herausgeholt, was möglich war. Dunkel getuschte Wimpern, grauer Lidschatten, der zumindest ein schwaches Leuchten hervorlockte, und zu einer hauchdünnen Linie gezupfte Brauen.

Die Lippen hatte sie mit sich in Mittelrot zu einem Amorbogen gemalt, ein schmales, hochgeschwungenes Mündchen, das beim Schmollen zum Küssen einlud. Oder umgekehrt. Beim Küssen schmollte. Ihr war es egal, solange der nach einem Modell in der Zeitschrift *Die Dame* gestaltete Mund sie ihrem Ziel näher brachte.

Keinem Kuss. Beileibe nicht. Sondern etwas, das tausendmal süßer schmeckte und begehrenswerter war.

Das Wichtigste war, dass ihr gesamtes Äußeres sie älter erscheinen ließ, als sie war. Mindestens drei Jahre älter, wenn nicht gar fünf. Das konnte so schwer nicht sein. Sie fühlte sich wie hundert.

Sie blickte auf die Wanduhr, stellte fest, dass es Zeit war, und nahm ihren Mantel vom Bügelbrett. Das Kleidungsstück aus hellem Georgette-Stoff war zu leicht für die Jahreszeit, doch es passte zum Muster des Kleides und betonte ihre schlanke Silhouette. Dieselbe Wirkung erzielten die Absätze der Schnallenschuhe, die für eine optische Verlängerung der Waden sorgten, ohne sie allzu auffällig zu betonen. Ihre Tasche hing an der Klinke bereit, sie enthielt nur ihren Geldbeutel, einen Spiegel und die Dose zum Nachpudern, außerdem das silberne Zigarettenetui, das sie sich wie alle übrigen Stücke eigens für diesen Anlass gekauft hatte.

Das Geld im Portemonnaie würde abgezählt für das Taxi reichen. Mit der S-Bahn zu fahren war ihr zu riskant erschienen. Um diese Zeit herrschte reichlich Betrieb, und wenn sie Pech hatte, würde ihr jemand das Kleid oder die Frisur zerdrücken, und die ganze Mühe wäre umsonst gewesen. Deshalb hatte sie ihren Vermieter gebeten, ihr ein Taxi zu besorgen. »Sie müssen's ja dicke haben«, hatte er geknurrt, sich aber schließlich doch getrollt, um den Auftrag auszuführen.

Sie hatte es nicht dicke. War dieses Taxi bezahlt, so besaß sie keinen Pfennig mehr, und wie sie zurück in ihre Wohnung unweit vom Anhalter Bahnhof kommen sollte, wusste sie nicht. Es war ihr egal. Mit diesem Tag stand oder fiel alles. In den nächsten Stunden würde sich entweder ihr Leben ändern, dann spielte eine läppische Heimfahrt keine Rolle mehr. Oder es würde sich nichts ändern. Dann spielte sie erst recht keine.

Von den vier Treppen, die von ihrer Wohnung auf die Straße führten, hatte sie drei schon hinter sich gebracht, als ihr einfiel, dass sie das Wichtigste vergessen hatte. Ihr Parfüm. *Nizami* von *Marny*. Das teuerste Stück der Ausstattung. Sekundenlang zögerte sie. Wenn sie noch einmal umkehrte, riskierte sie, zu spät zu kommen. Aber wenn sie ohne Parfüm zu dem Gespräch erschien – was riskierte sie dann? Kurzerhand machte sie kehrt und hastete die Treppen wieder hinauf, so schnell, wie sie es sich erlauben konnte, ohne die Absätze zu gefährden oder ins Schwitzen zu geraten. Schweiß stank und verdarb den lockeren Sitz des Haars. Sie schloss auf, schnappte sich den Flakon aus geschliffenem altrosa Glas und eilte gleich wieder hinunter.

Im Laufen besprühte sie sich Schläfen, Hals und Handgelenke. Fühlte die Flüssigkeit in den schmalen Kragen des Kleides und die Haut zwischen ihren Brüsten hinunterlaufen. Das Parfüm war wahrhaftig sündhaft teuer, teurer als alles, was der Drogist ihr sonst noch auf den Ladentisch gestellt hatte, aber sie hatte es unbedingt haben müssen. Dieses oder keines, weil es nach etwas roch, das sie nie sein und nie bekommen würde. Der Name war persisch, hatte der verkaufstüchtige Drogist ihr erklärt. *Nizami* war ein Dichter und hatte seitenweise schmelzende Verse über einen Mann geschrieben, der sich nach einer Schönen verzehrte und aus Liebe zu ihr dem Wahnsinn verfiel.

»Na, wie steht's?«, hatte der Drogist gefragt, wobei er hauchte, als hätte er gerade eine schwarze Zigarette geraucht. »Gehe ich recht in der Annahme, dass Sie auch jemandem die Laila machen möchten?« Laila, das war die Schöne, die den Mann in den Versen des Persers in den Wahnsinn getrieben hatte. »Dann rate ich Ihnen, sich dieses Wässerchen zu gönnen. Ein einziger Tropfen an Ihrem zarten Hals atmet die ganze Verführungskraft des Orients.«

Von wegen zarter Hals – sie hasste sich, weil sie sich von so billigem Verkaufsgeschwätz betören ließ. Es war sonst nicht ihre Art, sie hatte jahrelang jeden Pfennig wie ein Hamster gespart, aber bei diesem Zauberwasser im schwülstigen rosa Flakon ging ihre Beherrschung in die Knie. Tausendundeine

Nacht. Wenn sie die Augen schloss und dem Duft nachspürte, glaubte sie zu fühlen, wie langes Haar über nackte Schultern strich, ihr eigenes Haar, das sie nie lang getragen hatte, sie sah sich auf einem runden Bett in knisternden Seidenlaken, die weißen Glieder mit Rosenblättern bestreut, und hörte sich Liebesworte flüstern, die ihr die Schamröte in die Wangen trieben.

Was für ein Unsinn. Was sie sich da zusammenphantasierte, waren vermutlich Szenenbilder aus irgendeinem triefenden Film, der Frauen daran hindern sollte, ihr Schicksal selbst in die Hand zu nehmen. Sie musste die Augen wieder öffnen und mit beiden Händen das Geländer packen, sonst wäre sie gestürzt. Hastig verrieb sie das Rinnsal Parfüm, das ihr die Schläfe hinunterlief. Die albernen Bilder von sich selbst als Verführerin konnte sie vergessen, und im Kino war sie ewig nicht mehr gewesen. Aber das teure Parfüm hatte sie nun einmal bezahlt, und wenn es bei der Entscheidung heute Abend zum Zünglein an der Waage wurde, hatte sich die Ausgabe mehr als gelohnt.

Das Taxi wartete bereits, und sie war froh, dass der Fahrer offenbar zur schweigsamen Sorte gehörte. Sie wollte in Gedanken das Gespräch durchgehen, sich mögliche Fragen und Antworten vorstellen, nicht ihre Kraft auf sinnloses Schwatzen verschwenden. In den Straßen, durch die der Wagen dahinglitt, herrschte rege Geschäftigkeit, die im Begriff stand, noch anzuschwellen. Es war früher Abend, Zeit für die Heimkehr der Werktätigen, die sich erschöpft ihrem Ziel entgegenschleppten, Zeit für den Aufbruch der Nachtschwärmer, die beschwingt in ihr Abenteuer tänzelten, Zeit für die dritte Ausgabe der Zeitung. Erschienen auch in anderen Städten an einem Tag drei Zeitungsausgaben, geschah in anderen Städten genug, um so viele Seiten zu füllen? In Berlin geschah ständig etwas. Fememord, Straßenschlacht, Zeppelinflug, Sexskandal, Film mit Ton, Quatsch mit Soße. Berlin ging nie schlafen. Es war ein Perpetuum mobile, ein Kreisel, der sich irgendwann zu Tode gedreht haben würde.

In die Gegend, in die sie jetzt fuhren, kam sie sonst selten. Das große Kino war hier, die exklusiven Cafés und die *Bar Kakadu*, Orte für junge Flapper, die sich beim *Shimmy*-Tanzen küssen ließen, ohne dass der Lippenstift verwischte. Leuchtreklamen blinkten durch die sich rötende Dämmerung, und durch die Scheiben drangen verwehte Fetzen von Musik. Der Taxifahrer fuhr an allem vorüber. »Da ist jetzt aber gleich zu«, sagte er, ehe er vor dem Tor anhielt.

»Wie bitte?«

»Im Zoo«, sagte er. »Da wollen Sie doch hin, und die machen ja um sechse zu, auch wenn die halbe Stadt greint, dass sie das Elefantenbaby sehen will.«

»Ich weiß«, erwiderte sie, obwohl sie von den Schließungszeiten des Zoos nichts gewusst hatte, von einem Elefantenbaby ganz zu schweigen. Mich haben sie als Letzte bestellt, dachte sie, weil auf mich keiner einen Pfifferling setzt. Aber ich werd's ihnen zeigen, ich und *Nizami* von *Marny*. Verzweiflung konnte eine Waffe sein, die niemand unterschätzen durfte.

Sie bezahlte, fünfzig Pfennige fehlten ihr, aber der Taxifahrer ließ sie davonkommen. Schnell stieg sie aus und eilte auf das Tor zu, wo ein Mann in grüner Uniform gerade ein Schild, auf das ein riesiger Affe gemalt war, zusammenklappte. »Warten Sie!«, rief sie. »Mich müssen Sie noch einlassen, ich habe einen Termin im Direktionsbüro mit Herrn Geheimrat Heck.«

»Klar«, sagte der Mann und wies mit dem Kopf in eine unbestimmte Richtung, während er sein Schild unter das Tor trug, das von zwei steingrauen Tierleibern getragen wurde. »Da müssense hinten über den Wirtschaftshof, sind nur 'n paar Schritte. Is ja den janzen Tach zujejangen wie im Taubenschlag, aber ob nu' überhaupt noch wer einjestellt wird?«

»Warum denn nicht?« Ihr Herz klopfte. Außerdem bemerkte sie jäh, wie beißend es stank. Schweinestall war gar nichts dagegen, und von ihrem üppig versprühten *Nizami* war keine Spur mehr wahrzunehmen.

»Sagense mal, lesense keine Zeitung?«

»Ich hatte keine Zeit«, erwiderte sie. Sie hatte nie Zeit. Für nichts als die Vorbereitung auf diesen Tag. Dass noch andere kommen konnten, wenn dieser fehlschlug, hatte sie sich etliche Male versucht zu versichern, doch im Herzen wusste sie, dass sie nur eine Chance hatte. Versagte sie heute, dann würde sie den Mut zu einem zweiten Versuch nicht mehr aufbringen. Ganz abgesehen davon, dass sie ihre Stellung im *Nina* gekündigt und kein Geld mehr zum Leben hatte.

»Die Banken sind zusammenjebrochen«, sagte der Mann und schlang eine eiserne Kette um das Schild mit dem Affen, als würde jemand das alberne Dinge stehlen wollen. Quer über dem Bauch des Affen stand in roter Schrift: *Elefantenbaby Kalifa heute im Außengehege!*

»Was für Banken?«, fragte sie.

»Wat weiß ick. Die in Amerika halt.«

»Und was geht das dann uns an?«

Der Mann zuckte die Achseln. »Es heißt, die haben da drüben wie die Wilden rumspekuliert, und jetzt sind die Jelder flöten, und in den Kassen ist kein Hosenknopp mehr. Nun kommen die zu uns und wollen ihr Jeld wiederhaben, dat se uns jepumpt haben. Uns isses ja jut wie Jold jejangen, seit die die Rentenmark einjeführt haben, damals im Herbst '23, aber wie's aussieht, haben wir die janze Zeit auf Pump jeprasst.«

Sie wollte nichts mehr hören. Wenn den ganzen Tag über Leute gekommen waren, die es auf denselben Platz abgesehen hatten wie sie, und wenn jetzt noch irgendetwas mit den Banken passiert war, brauchte sie gar nicht mehr anzutreten. Sie hatte verloren. So wie immer. »Ich gehe dann wohl besser«, murmelte sie in den Redefluss des Mannes hinein. »Dass ich mich noch vorstelle, hat ja sicher keinen Sinn.«

»Würd' ick ooch so sehen.« Der Mann verriegelte die Tür des Kassenhäuschens, bewegte den rostigen Schlüssel im Schloss, wobei er herzhaft ächzte.

Sie wollte sich umdrehen und gehen, doch das war leichter gesagt als getan, wenn man nicht wusste, wohin. Absichtslos spähte sie durch das Tor und sah einen Mann darauf zulaufen, der allen Ernstes irgendein wolliges Fabeltier an einem Führzügel hinter sich herzog. Für einen Tierpfleger wirkte er nicht passend gekleidet, obwohl sein Sakko dermaßen ausgebeult und abgeschabt war, dass es im Grunde nur noch zum Stallausmisten taugte. »Alles in Ordnung!«, rief er dem Mann am Kassenhäuschen zu. »Falls Sie Winnie zu sehen bekommen, sagen Sie ihm, wir haben Vasco wohlbehalten eingefangen. Ich bringe ihn jetzt zurück, ehe er sich doch noch Schaden zuzieht.«

»Wo war er denn, der Ganove?«

Der Mann mit dem Wolltier kam ein paar Schritte näher und verzog den Mund. »Er bildet sich noch immer ein, er sei ein Elefant. Er stand vor dem Gitter und himmelte sehnsüchtig Toni und Kalifa an.«

»Na, jetzt schlägt's dreizehn. Gott sei Dank war wenigstens das janze Volk schon weg. Die sind nach der Kalifa doch wie verrückt und steh'n drei Ecken weit Schlange.«

»Heute Abend nicht mehr«, sagte der Mann mit dem Wolltier, dessen rötliches Fell zu Zotteln verfilzt war. Seine Stimme klang auf einmal schwer.

»Nein, heute Abend konntense nich' schnell jenuch nach Hause kommen«, stimmte der andere zu. »Die haben jetz' andere Sorgen als so 'n Elefantenbaby.« Er unterbrach sich und wies auf Anita. »Da fällt mir ein – een Frollein hätt' ick noch für Sie. Nehmense die noch dran, oder sollse nach Hause jehen?«

Der Mann kam noch näher, so nahe, dass sie riechen konnte, wie das Wolltier stank. Er rieb sich die Augen, dann sah er sie mit einem Blick an, unter dem sie sich am liebsten gewunden hätte. »Fräulein Cornelius?«, fragte er. So durchdringend der Blick war, so angenehm war seine Stimme. »Anita Cornelius?«

Er kannte ihren Namen, er wusste, dass der Zoodirektor sie erwartete – hatte sie also doch noch eine Chance? Anita straffte den Rücken. »Ich komme wegen der Anzeige, wegen der Stellung als Direktionssekretärin. Geheimrat Heck hat mich einbestellt.«

Hatte sie dieses Husarenstück tatsächlich gewagt? Sie hatte sich für eine Stellung bei einer Direktion beworben, im Zoo, im Heiligtum der Berliner, ohne je zuvor als Sekretärin gearbeitet zu haben. Sie war eine Scharlatanin. Selbst dieser Tierpfleger im verbeulten Sakko würde das bemerken.

»Sie werden warten müssen«, sagte er. »Wie Sie ja mitbekommen, ist ein Tier aus seinem Gehege entwichen, um das ich mich erst kümmern muss. Wenn es sich beruhigt hat, kommen Sie an die Reihe.«

Sein Ton war unhöflich und ziemte sich nicht für einen Pfleger. Sie hatte selbst jahrelang auf der untersten Sprosse der Leiter gestanden und hätte nie mit einem Kunden so gesprochen. »Ich will nicht zu Ihnen, sondern zu Geheimrat Heck«, begann Anita, doch das letzte Wort blieb ihr im Hals stecken. Das Wolltier fixierte sie mit einem Blick, der so durchdringend war wie der seines Pflegers, nahm den Kopf zurück und spuckte. Die Spucke traf Anita am Kinn. Schleimig rann sie ihr den Hals hinunter und hinterließ eine grünliche Spur auf dem Kragen ihres Kleides. Vor Ekel und Entsetzen schrie Anita auf.

»Um Gottes willen«, entfuhr es dem Pfleger. »Vasco, du bist ein Flegel.« Er zog ein Tuch aus der Tasche des Sakkos und wollte damit vor Anita treten, doch im selben Moment begann das Tier zu tänzeln und an der Führleine zu zerren. »Ho, Vasco, die Welt geht doch nicht unter.« Er legte sein Gewicht in die Leine und zog das sich bäumende Tier wieder auf alle vier Füße, stand dabei Schulter an Schulter mit ihm und lehnte die Wange an den schmutzverkrusteten Hals. »Worüber regst du dich so auf, mein Freund? Über den Börsenkrach in Amerika? Das braucht doch dich nicht zu kümmern, wenn es hart auf hart kommt, teilen wir beide uns ein Butterbrot mit Luft und Liebe, einverstanden?«

Er könnte Kindermädchen werden, durchfuhr es Anita. In ihrem ganzen Leben hatte sie noch keine so sanfte Stimme gehört. Er hatte sich die Führleine ums Handgelenk geschlungen und streichelte den Hals des Tieres mit beiden Händen und mit dem Gesicht. Über den mächtigen Leib lief ein Zittern wie als Folge von Stromstößen. Wider Willen war Anita fasziniert und sah gebannt zu, wie das Tier sich allmählich beruhigte.

Dabei bemerkte sie den dritten Mann, der sich zu ihnen gesellte, erst, als er schon neben dem Wolltier auftauchte. »Vasco, du Nagel zu meinem Sarg.« Der Mann, den sein Kittel eindeutig als Tierpfleger auswies, bewegte sich trotz seiner beachtlichen Leibesfülle beinahe lautlos. Er grinste über das breite Gesicht, in das ihm schweres, schwarzes Haar fiel, und sprach dabei ebenso ruhig wie der andere. »Hat der verdrehte Bursche wieder versucht, mit der feschen Toni zu flirten?«

»Nicht nur das«, erwiderte der andere, der noch immer das Tier regelrecht umarmt hielt. »Kannst du ihn mir abnehmen, Winnie? Er hielt es für nötig, sich Luft zu machen, und eine unserer Bewerberinnen fürs Sekretariat stand ihm dabei im Weg.«

Der dicke Schwarzhaarige sah sie an und entdeckte die grünliche Speichelspur. »Himmel, Arsch und Zwirn, Vasco. Deine Manieren lassen wirklich zu wünschen übrig. Tut uns aufrichtigst leid, Frollein. Für die Reinigung lassen Sie den Zoo ruhig blechen, denn dank unserer Kalifa klingeln ja die Kassen. Es sei denn, diese Sache bei den Amerikanern schwappt zu uns rüber, aber so schlimm wird's schon nicht werden. Bonbon zum Trost?« Er hielt ihr eine Papiertüte hin, die schmierig und unappetitlich wirkte.

Anita spürte, wie ihre Wangen heiß wurden. Sie wollte den Kopf schütteln, ertappte sich aber dabei, dass sie die Hand schon ausgestreckt und sich eines der klebrigen Maiblätter genommen hatte. Süßigkeiten aß sie sonst unter keinen Umständen, doch ehe sie sich davon abhalten konnte, hatte sie sich das Bonbon schon in den Mund gesteckt. Die lang entbehrte Süße breitete sich über ihrem Gaumen aus und brachte sie dazu, wie ein Kind zu saugen. Sie hatte sich das Rauchen angewöhnt, um dieser verhassten Lust Herr zu werden, aber keine noch so starke Zigarette verschaffte ihr ein ähnliches Gefühl von Geborgenheit.

Die beiden Pfleger wechselten noch ein, zwei gedämpfte Worte, dann nahm der Dicke dem Schlanken das Führseil ab. »Kommen Sie, lassen Sie mich Ihnen helfen.« Unverhofft stand der Schlanke vor ihr und begann, mit seinem Taschentuch an ihrem Kragen zu reiben.

Anita spürte, wie seine Finger ihren Hals streiften, und erschrak so sehr, dass sie ihm auf die Hand schlug. Er erschrak noch mehr. Verstört zog er die Hand zurück, und ihre Blicke trafen sich. Etwas Seltsames fiel ihr auf: Sein Haar, seine Augen, seine gebräunte Haut und selbst seine schmalen Lippen schienen alle den gleichen Farbton aufzuweisen. Zumindest einen sehr ähnlichen Farbton, das Braun von Bernstein oder Bier. »Es tut mir leid«, stammelte sie.

»Ich wollte Ihnen nicht zu nahe treten«, sagte der Mann. »Nur helfen, die Bescherung zu beseitigen, die Vasco angerichtet hat.«

»Also hätte der Klaps Ihrem Vasco gebührt, nicht Ihnen«, versuchte Anita sich an einem hilflosen Witz.

»Nein«, sagte er, ohne zumindest aus Höflichkeit zu lachen. »Vasco kann nichts dafür. Lamas bespucken für gewöhnlich keine Menschen, sondern nur einander, meistens dann, wenn sie an ihre Würde erinnern und sich einen anderen vom Leib halten wollen.«

»Ist es das, was er ist? Ein Lama?«

Der Mann nickte. »Haben Sie noch nie eines gesehen?«

»Es kommt mir nicht vor, als hätte ich da viel versäumt«, antwortete Anita. »Und auf den Leib gerückt bin ich ihm auch nicht.«

»Nein, Sie nicht«, erwiderte er. »Aber andere. Einer der Hilfspfleger hat sich wie ein Idiot benommen und Vasco bei der Fütterung erschreckt. Dass er blindlings losstürmt und den nächsten Fremden, der sich ihm in den Weg stellt, anspuckt, ist kein Wunder. Wollen wir gehen? Was Direktor Heck angeht, muss ich Sie leider enttäuschen. Die Bewerbungsgespräche führe ich, er hat dafür keine Zeit.«

»Sie?« Verdammt, wie hatte sie so dumm sein können! Er sah aus, als hätte er in den Kleidern geschlafen und sich nach dem Aufstehen nicht einmal die Haare gekämmt, aber er sprach viel zu kultiviert für einen Tierpfleger. Er versah irgendeinen Posten in der Direktion, und statt sich bei ihm beliebt zu machen, hatte sie ihm eins auf die Finger verpasst, als hätte er sich an ihr vergriffen, und obendrein sein spuckendes Wolltier beleidigt. Mit ihrem Kleid war auch kein Staat mehr zu machen, und *Nizami* von *Marny* erstickte im Gestank von Dung.

Er streckte ihr die Hand hin, an der Haare des Tieres klebten. »Carl Leutner«, stellte er sich vor. »Ich bin der Cheftierarzt. Gehen wir in mein Büro?«

Anita musste sich überwinden, die verdreckte Hand zu ergreifen, die allerdings schön geformt war. Wie bei einem Klavierspieler, dachte sie, obwohl sie nie einen gekannt hatte. Der dicke Pfleger mit dem Lama war inzwischen gegangen, und auch der Mann mit dem Affenschild hatte sich verabschiedet. Dass es dunkel geworden war und nur noch das Licht von den Gebäuden den Ort in einen graugelben Schimmer tauchte, bemerkte sie erst jetzt.

Der Tierarzt, der Leutner hieß, führte sie an einer Reihe von Gehegen vorbei, von denen die meisten jetzt leer waren. Die wenigen Tiere, die sich noch zeigten, wirkten im diesigen Licht unheimlich wie Monster aus einem Alptraum. Am Rand eines Wasserbeckens, das von keinerlei Gitter abgeschirmt war, lagerte etwas, das Anita zuerst für einen künstlichen Hügel hielt, das sich im Näherkommen jedoch als Nilpferd entpuppte. Als sie Leutner um das Becken herum folgte, sah sie das Gesicht, das flach auf dem Boden lag, die platt gedrückte Schnauze. Unter den Rippen verspürte sie einen Stich, der nicht vom schnellen Gehen kam.

Niti, das Nilpferd.

Das hatte in der Kreuzberger Kaschemme, in der sie ihre erste Stellung versehen hatte, auf ihrem Namensschild gestanden. Die ausschließlich männlichen Gäste, die ihr wie einem Gaul auf die Kruppe klatschten, hatten sich bombig amüsiert. Einer, ein bleicher Hungerhaken mit kahlem Schädel und sich schälender Haut, hatte zu ihr gesagt: »Mach dir nichts draus, Mädel. Wenn jede ein niedliches Kätzchen wär, wär's langweilig – es muss auch hässliches Viehzeug geben.«

Wie sie den Rest der Nacht verbracht hatte, vergaß sie nicht: Atemlos schluchzend hatte sie das Gesicht ins Kissen gepresst, bis sie am Morgen mit zum Platzen schmerzendem Kopf hatte aufstehen müssen. Als sie jetzt allerdings das

Gesicht des Tieres betrachtete, war sie überrascht, dass sie es gar nicht hässlich fand. Sicher, es war aus der Form geraten wie ein misslungener Mehlkloß, aber was an einem Menschen monströs gewirkt hätte, hatte an dem Tier etwas beinahe Harmonisches. Es döste und schien mit sich und der Welt im Einklang. Die kleinen Ohren und die Zeichnung der Muskelstränge auf den Wangen erschienen an dem wuchtigen Tier beinahe grazil.

Der Tierarzt bemerkte, dass sie zögerte, hielt inne und drehte sich um. »Das ist Ramses. Eines der drei Großflusspferde, die Lutz Heck letztes Jahr von seiner Afrikareise mitgebracht hat. Gefällt er Ihnen?«

Anita fuhr herum und sah etwas, das sie nicht für möglich gehalten hätte. Der Mann lächelte. Im schwachen Licht schimmerten seine Zähne schneeweiß.

»So hätte ich das nicht ausgedrückt«, erwiderte Anita. »Aber … es hat etwas … etwas Nettes.«

»Er«, verbesserte Leutner. »Er hat nicht nur etwas Nettes, er *ist* nett. Zumindest solange Sie kein anderer *Hippopotamus* sind, der ihm seine Frauen stehlen will.«

Getroffen sah Anita an sich herab. »Finden Sie sich eigentlich charmant?«, fragte sie.

Er schien ebenfalls getroffen und zögerte lange mit der Antwort. »Darüber habe ich mir noch keine Gedanken gemacht«, sagte er schließlich.

Sie gingen weiter. Eine Reihe mehrstöckiger Gebäude begrenzte die Anlage mit den Gehegen. Leutner stieß eine Tür auf und machte Licht. Über die hellgelb gestrichenen Wände des Treppenhauses tanzten zarte Vögel und Falter. Sein Büro lag im zweiten Stockwerk. Anita war sicher, nie so viele Bücher und Papiere in einem einzelnen Raum gesehen zu haben. Die deckenhohen Regale waren hoffnungslos überfüllt, und davor türmten sich halb eingestürzte Stapel. Von der Tür bis zum Schreibtisch, vor dem ein Stuhl für Besucher stand, hatte jemand einen Weg gebahnt. »Ich fürchte, ich kann Ihnen nichts anbieten«, sagte Leutner. »Wir haben eine Kaffeeküche, aber heute waren so viele Leute hier, dass uns das Kaffeepulver ausgegangen ist.«

»Und etwas anderes als Kaffee bieten Sie Ihren Besuchern grundsätzlich nicht an?«

Das Lächeln blitzte auf und verschwand. »Gibt es denn Leute, die etwas anderes trinken?«

Es war kalt im Raum. Ungeheizt. Es roch nach Staub. Leutner ging um den Schreibtisch herum, und Anita setzte sich davor. In der gewaltigen Unordnung, die die Tischplatte unter sich begrub, schaufelte er zielsicher mehrere Hügel beiseite und förderte ihre in blassblaues Leinen gebundene Bewerbungsmappe zutage. »Muss ich Sie noch warnen?«, fragte er, während er darin vor- und zurückblätterte.

»Warum sollten Sie mich warnen müssen?«

»Sie sehen ja selbst«, erwiderte er und holte mit dem Arm zu einer Geste aus, die den Raum oder auch den ganzen Zoo umfassen mochte. »Bei uns geht es nicht sonderlich geordnet zu.«

»Das macht mir nichts aus«, sagte Anita, der es etliches ausmachte und die in einem Raum wie diesem den Verstand verloren hätte. Dennoch sagte sie die Wahrheit: Würde sie die Chance bekommen, diese Stellung anzutreten, würde ihr nichts etwas ausmachen. Augen zu und durch, würde sie sich sagen und dann dieses Büro aufräumen, lüften, Blumen hinstellen, für Beheizung sorgen und dem komischen Tierarzt das Sakko aufbügeln. Oder am besten gleich ein neues kaufen, ein Tierarzt konnte schließlich so elend nicht verdienen.

Aber sie würde keine Chance bekommen. In ein paar Sekunden würde er den Bogen, auf dem sie ihren Lebenslauf geschildert hatte, aufschlagen und sogleich entdecken, dass alles gelogen war.

Nicht gelogen. Aber noch weniger wahr. Das *Nina* hatte sie als gehobene Gastwirtschaft bezeichnet und sich selbst als Verwaltungskraft. Tatsächlich war sie in dem Lokal, das sich auf der Getränkekarte *Bar Bizarr* nannte, als Kellnerin angestellt und als Animierdame eingesetzt worden. Wobei *Dame* geprahlt war – wie die Getränkekarte verriet, war das *Nina* ein Etablissement für den bizarren Geschmack. Anita hatte ihren Ekel geschluckt und sich mit aller Kraft bemüht, dem Morast zu entkommen. Abend für Abend war sie aufgeblieben und hatte Empfehlungsschreiben entworfen, doch jetzt wollte sie nicht mehr, dass dieser Leutner etwas davon sah. Sie sprang auf und riss ihm die Mappe weg. »Geben Sie das her. Es hat ja keinen Sinn.«

»Haben Sie es sich anders überlegt?«, fragte er so ruhig, wie er in Gegenwart des Lamas gesprochen hatte.

»Ich bin eine Lügnerin«, erwiderte Anita. »Ihr Direktor sucht eine Sekretärin mit Erfahrung, und ich habe überhaupt nie als Sekretärin gearbeitet. Nur einen Kurs habe ich gemacht, weil ich es so gern wollte. Genauer gesagt, sogar drei Kurse. Ich habe Tag und Nacht gelernt, weil ich dachte, ich könnte mich aus meinem Sumpf herausarbeiten. Aber das geht ja nicht. Sosehr man sich an den Haaren zieht, mit den Füßen bleibt man doch immer drin stecken.«

»Aus welchem Sumpf wollten Sie sich denn herausarbeiten?«, fragte er ohne jede Spur von Spott.

»Das wissen Sie doch längst. Sie haben meine Bewerbungsunterlagen gelesen und sofort gemerkt, dass alles erstunken und erlogen ist. Dass ich keine Cornelius bin, mein Vater kein Beamter, meine Mutter keine Hausfrau. Mein Vater hat sich zu Tode gesoffen, und meine Mutter habe ich nie gekannt.«

»Das tut mir leid«, sagte er und sah sie an, als wolle er durch ihre Augen hindurch in ihrem Hirn lesen. »Ja, ich habe mir Ihre Mappe angesehen. Aber ich kann sie nicht lesen.«

»Sie können *was* nicht?«

Er fuhr sich durchs Haar, das so hoffnungslos aussah wie der Schreibtisch, und seine Stimme wurde kleinlaut. »Ich habe meine Brille verlegt. Dr. Heinroth und ich gehören eigentlich in ein Gehege für Maulwürfe. Ohne unsere Brillen sind wir mehr oder minder blind.«

Seine Verzweiflung klang komisch, aber Anita lachte nicht. Sie wusste, sie war nicht komisch gemeint. Kurz entschlossen beugte sie sich über den Schreibtisch und begann, die verstreuten Papiere aufzuschichten, bildete ordentliche Stapel und stellte sie in Reihen auf wie eine Stadt aus Bauklötzen. Nach dem sechsten Stapel fand sich die Brille. Als sie sie ihm reichte, blickte er zu ihr auf, als hätte sie ihm das ewige Seelenheil geschenkt.

»Sie können ja zaubern.«

»In einem Leben wie dem meinen hat man manchmal keine andere Wahl.«

»Jetzt haben Sie mit der Arbeit begonnen, ohne zu wissen, ob Sie überhaupt bleiben wollen.«

»Quatsch mit Soße«, sagte Anita. Sie hielt ihm die Mappe hin. »Darum geht es ja wohl nicht. Setzen Sie endlich Ihre Brille auf und lesen Sie.«

Er schob sich die Brille auf die Nase, und sein Blick war nicht länger unangenehm. Als sie ihm noch einmal die Mappe hinhielt, schüttelte er den Kopf. »Wo Sie gearbeitet haben und ob Ihre Eltern Beamte waren, ist mir gleichgültig. Ich will wissen, warum Sie hier arbeiten wollen. Die Arbeit ist anstrengend, die Bedingungen sind haarsträubend, und die Bezahlung ist nicht besonders gut. Für die ständigen Überstunden, die Sie ableisten müssten, ist sie sogar besonders schlecht. Wir arbeiten hier, weil wir Verrückte sind und nicht wissen, wie man ohne Tiere lebt. Weil wir diese Kinder waren, die ihren Eltern oder Erziehern Würmer, Schnecken und Käfer in Wohnstuben und Schlafsäle schleppten, verletzte Ratten, halbtote Blindschleichen, aus dem Nest gefallene Vögel. Für eine Ratte habe ich mir einmal eine Ohrfeige gefangen, dass ich gegen die Wand geflogen bin. Dabei hat mich die Ratte gebissen, aber ich habe mich nicht getraut, sie loszulassen, aus Angst, mein Erzieher könnte ihr weh tun.«

Er lachte auf.

»Das ist nicht lustig«, rief Anita. Allein beim Gedanken an Ratten hätte sie gern gekreischt, aber Erwachsene, die Kinder gegen Wände schlugen, waren weit ekelhafter.

Durch die Gläser der Brille suchten die hellbraunen Augen ihren Blick. »Mögen Sie Tiere, Fräulein Cornelius?«

»Ich glaube nicht«, rutschte es ihr heraus, ehe sie sich besinnen konnte.

Verblüfft hielt er inne. Dann lächelte er. »Sie müssen noch verrückter sein als wir.«

Wieder sprach sie, ohne sich Zeit zum Denken zu geben: »Wenn Sie in meinem Leben stecken würden, wären Sie das auch.«

»Ja«, sagte er nach kurzem Zögern, »vermutlich wäre ich das. Hören Sie, ich habe Ihnen nicht einmal einen festen Platz zum Arbeiten zu bieten. Es ist nämlich nicht so, dass Ludwig Heck eine Sekretärin sucht, sondern wir suchen eine für ihn. Und für uns. Wir sind ein Haufen Männer, die in weltentfernter Forschung versinken, und wir brauchen unbedingt eine Heldin, die uns bis zum Feierabend wieder ausgräbt. Die einzige Sekretärin, die es auf Dauer hier ausgehalten hat, hat Dr. Heinroth, der Leiter des Aquariums, sich unter den Nagel gerissen, um ihr seine Bücher zur Vogelkunde zu diktieren. Für den Rest von uns wären Sie zuständig.«

Sie allein wäre zuständig? Wie konnte er ihr das zutrauen? »Aber ich habe Ihnen doch gesagt, ich habe noch nie als Sekretärin gearbeitet!«

»Deshalb sehe ich ja Chancen für uns«, konterte er. »Sie können uns wenigstens nicht vorhalten, das hätten Sie noch nie so gemacht, das hätten Sie schon immer so gemacht, und da könnte ja jeder kommen.«

»Ist das Ihr Ernst? Sie versuchen es mit mir?«

»Versuchen Sie es denn mit uns?«

Die Anspannung, die Anita Haltung verliehen hatte, stürzte in sich zusammen. Jäh spürte sie die Kälte, überrollte sie die Erschöpfung, und sie wusste nicht einmal, wie sie in dieser Nacht nach Hause kommen sollte. Wenn das hier keine Illusion war, wenn dieser Lebensretter im verbeulten Sakko ihr tatsächlich eine Stellung anbot – durfte sie ihn dann wohl um einen Vorschuss von vierzig Pfennigen für die S-Bahn bitten?

»Dr. Heck ist reizend«, sagte er. »Ganz Berlin nennt ihn Papa Heck, und wenn der Zoo heute heiß geliebt wird, ist das sein Verdienst. Er hat die Freigehege geschaffen, das neue Palmenhaus für die Affen, das gerade erst fertig wurde, den Tierkinderzoo – alles, um Menschen diese anderen Geschöpfe, mit denen sie den Planeten teilen, wieder nahe zu bringen. Er wird Ihnen nie zur Last fallen. Im Gegenteil. Nicht einmal einen Kaffee müssen Sie ihm kochen, weil er dafür gar keine Zeit hat.«

»Ich koche guten Kaffee«, sagte Anita. Wenn man in Etablissements wie dem *Nina* eines lernte, dann das. »Und ständig arbeiten kann doch kein Mensch.«

»Ludwig Heck hat keine andere Wahl«, erwiderte er. »Sein Sohn, der ihn als Direktionsassistent unterstützen sollte, reist durch die Welt und ist mit seinen Nachzuchtprojekten beschäftigt, und die übrigen achtzehn Direktoren erscheinen vielleicht zur Konferenz und zum Pfingstkonzert, aber die Arbeit tut Direktor Heck allein – oder niemand tut sie.«

»Sie mögen Ihren Direktor Heck wirklich gern«, stellte Anita fest.

»Jeder mag ihn«, erwiderte er. Dann schüttelte er etwas ab, ehe er weitersprach. »Sie sehen, wer es mit uns aufnehmen will, muss den Schneid haben, dem Chaos ins Auge zu blicken. Zerstreute Professoren sind wir obendrein und werden Ihnen buchstäblich bei nichts eine Hilfe sein. Eine Ausnahme ist nur Winnie, unser zweiter Oberpfleger, dem Sie vorhin begegnet sind. Halten Sie sich an ihn. Er ist ein Fels in der Brandung.«

Anita klapperten die Zähne. Statt ihn zu fragen, ob sie rauchen dürfe, nahm sie ihr Etui aus der Tasche und zeigte es ihm.

Er nickte und schob ihr eine Untertasse hin, doch sie kramte vergeblich nach Feuer und kippte die Tasche dabei aus.

»Ach Gott«, sagte er. »Sie sind ja todmüde. Haben Sie es weit nach Hause? Fahren Sie sofort los, entscheiden Sie jetzt nichts, rufen Sie mich morgen an. Nein, noch besser: Wenn Sie es mit uns versuchen wollen, kommen Sie morgen gleich her und fangen an. Falls Sie nicht auftauchen, weiß ich Bescheid.«

Ich habe kein Geld um hin- und herzufahren, wollte sie sagen, aber Scham und Zähneklappern hinderten sie. Leutner beobachtete sie vielleicht eine halbe Minute lang, dann stand er auf, zog sich das grauenhafte Sakko aus und legte es Anita um die Schultern. Es war kein bisschen grauenhaft. Der dicke Wollstoff schmiegte sich warm und weich vom vielen Tragen um ihren Körper.

»Möchten Sie hierbleiben?«, fragte er so sanft, als wäre Anita ein Lama, das er beruhigen wollte. »Wir haben hinter dem Wirtschaftshof ein Gästehaus, es ist kein Problem, Ihnen rasch ein Zimmer herzurichten. Morgen früh weise ich Sie dann ein – zumindest tue ich so.«

Er wartete ihre Antwort nicht ab, sondern nahm ihren Arm und führte sie aus dem Zimmer. Die Vorstellung, in wenigen Minuten in einem Bett zu liegen und stundenlang zu schlafen, kam der vom Paradies gleich. Und heute Nacht würde sie sich nicht vorm Erwachen fürchten müssen, denn wenn sie morgen dem Tag entgegensah, würde sie eine Zukunft haben.

Er ging mit ihr hinaus in die Kälte, doch das Gästehaus lag nur ein paar Schritte weiter. Anita ließ sich in das Zimmer bugsieren, das er für sie aufschloss, und sah nichts als das Bett, das Wärme versprach. »Ich gebe Tanja Bescheid, sie soll Ihnen Bettzeug und einen Krug Wasser bringen«, sagte er.

»Wer ist Tanja?«

»Die Hausmutter. Ursprünglich war sie Dr. Heinroths Köchin, aber inzwischen bekocht sie uns alle, droht uns mit dem Rührlöffel, wenn wir unsere Teller nicht leer essen, und sieht nach, ob wir die Socken gewechselt haben. Sagen Sie ihr, was Sie brauchen, und sie treibt es für Sie auf. Gute Nacht, Fräulein Cornelius. Wenn Sie können, schlafen Sie sich aus.«

»Cornelius ist nicht mein richtiger Name.«

»Und Sie sind auch nicht fünfundzwanzig, nicht wahr?«

Anita schüttelte den Kopf.

»Mir ist das gleichgültig«, sagte Leutner. »Ich kümmere mich nicht um Papierkram, solange Sie alt genug sind, um einen Arbeitsvertrag zu unterschreiben.«

»Bin ich nicht.«

Er sah sie prüfend an, dann wiegte er den Kopf. »Sie sind wirklich wild entschlossen, was?«

Sie nickte. »Geht es nicht … geht es nicht ohne den Vertrag, bis ich einundzwanzig bin?«

»Uns wird schon etwas einfallen«, sagte er. »Versuchen Sie, sich jetzt nicht mehr zu sorgen.«

»Sie müssen nicht glauben, dass ich zu jung für die Aufgabe bin«, rief sie schnell. »Mein Leben würde in hundert Jahre passen, und genauso fühle ich mich auch.«

»Ich glaube nicht, dass Sie zu jung sind«, sagte Carl Leutner. »Die Stadtverwaltung schickt uns laufend Sekretärinnen, deren

Leben nicht in hundert Jahre passt und die nach drei Tagen in Tränen aufgelöst die Flucht ergreifen. Wenn Sie ein bisschen mehr Biss haben, werden wir uns schon zusammenraufen. Gute Nacht, Fräulein Namenlos.«

Er wandte sich zur Tür. Sein Sakko hing noch immer über ihren Schultern, und sie wünschte, er würde es ihr lassen. »Eines noch«, rief sie. »Warum tun Sie das – warum nehmen Sie mich?«

Er zuckte die eckigen Schultern, die sich durch den dünn gestreiften Hemdstoff abzeichneten. »Vielleicht, weil ich die Nase voll von Kandidatinnen hatte, die mir etwas über ihre große Liebe zu Tieren ins Ohr flöten. Oder weil ich eine Schwäche für Menschen habe, in deren Leben hundert Jahre passen. Womöglich bin ich aber auch nur betört von Ihrem Parfüm.«

»Sind Sie das?« Sie hatte geglaubt, *Nizami* von *Marny*, die persische Wolke der Verführung, wäre verflogen, doch jetzt war ihr, als stiege ein zarter Rest des Dufts ihr in die Nase.

»Ach Gott, nein.« Er hob die Hände. »Um ehrlich zu sein, ich wäre Ihnen dankbar, wenn Sie es hier nicht mehr tragen würden. Es regt die Tiere auf.«

»Und Sie?«

»Ich bin die falsche Besetzung«, sagte er und ging.

7
Franka

November 1930

»Das gibt es doch nicht! Bist du eine optische Täuschung oder echt?«

Beim ersten Schritt aus dem Gebäude hatte Franka den Mann in dem Menschenstrom im Lichthof entdeckt. Auch ohne Kappe hätte er die Studenten, die nach Hause oder in die umliegenden Kneipen und Cafés drängten, überragt.

Dünner Schneeregen, der kaum zu spüren war, wirbelte und glänzte silbern im Licht, das aus den Fenstern drang. Franka rannte, kümmerte sich nicht um die, die sie links und rechts aus dem Weg stieß, und fiel ihm um den Hals. Ehe er es sich versah, hatte sie ihm einen Kuss auf die Wange gedrückt, wie sie es bei keinem anderen getan hätte.

»Sieh einer an«, ertönte eine Stimme neben ihr. Lothar Riesenberg aus ihrem Morphologie-Seminar ging in seinem Glencheck-Anzug an ihnen vorüber. Den Mantel trug er trotz des unfreundlichen Wetters über dem Arm, damit er die Schärpe seiner schlagenden Verbindung nicht verbarg, und auf seiner Wange prangte ein kaum verheilter Schmiss. »Und ich dachte, du küsst nur weiße Mäuse.«

Der Mann in Frankas Armen verzog das Gesicht zu einem bösen Grinsen. »Kakerlaken fasst sie jedenfalls nicht mal mit der Kneifzange an«, sagte er und küsste Franka mitten auf den Mund. »Und wenn sie noch so hübsche Muster auf den Bäckchen haben.«

Franka musste lachen. Falls Riesenberg noch etwas darauf sagte, hörte sie es nicht. »Außer dir küsse ich niemanden«, sagte sie, sobald er sich verzogen hatte und auch der Strom der übrigen Studenten begann, sich zu zerstreuen. »Danke, Winnie. Du warst große Klasse.«

»Findest du?«, brummte er und zerzauste ihr Haar, das sie sich selbst kurz geschnitten hatte, weil das billig und praktisch war. »Mir ärgert's immer, wenn ick Tiere beleidige, indem ick sie mit ekelhaften Leuten vergleiche.«

Franka lachte, reckte sich und verschränkte die Arme in seinem Nacken. »Kakerlaken auch?«

»*Alle* Tiere«, bestätigte Winnie, gegen seine Gewohnheit ernst. »Das liebe Vieh geht mir manchmal auf den Zeiger, besonders Vasco, der Stinker, aber missen will ich keins von ihnen.«

»Ich auch nicht!«, rief Franka. »Auf Menschen könnte ich schon eher verzichten.«

»Ach nee, Kleene«, sagte Winnie. »Auf Menschen auch nicht. Ist schon knorke so, wie es ist, das ganze Gewimmel, das da kreucht und fleucht. Auch Idioten wie der da eben mit dem bunten Bändchen vor der Brust. Meistens werden doch gerade die, die den dicken Maxen markieren, nach dem ersten Bier ganz zutraulich. Man muss sie nur ordentlich füttern. Wer den Magen leer hat, nimmt den Mund zu voll.«

Franka drückte ihn an sich. Außer Onkel Gerhard war er wahrhaftig der einzige Mensch, den sie küssen wollte, und das hatte er verdient. Einen so netten Kerl wie Winnie konnte man unmöglich auf der Welt noch ein zweites Mal finden. Es gab niemanden, den er nicht mochte, nichts, was er übelnahm, und nie einen Anlass, der ihm länger als fünf Minuten die Laune vergällte. Schön fand Franka ihn auch. Viel schöner als sämtliche lackierte Filmstars, für die die Mädchen, die sie kannte, schwärmten. Er mochte mit Mitte zwanzig eine Wampe vor sich hertragen wie ein fünfzigjähriger Bierkutscher, aber er hatte ein

Gesicht, das Bände sprach, und zu seinem schwarzen Haar verblüffend blaue Augen, an denen Blicke hängenblieben.

»Winnie?«

»Mhm?«

»Danke, dass du mich von der Uni abholst. Dass man dich aus dem Zoo einmal herausbekommt, hätte ich mir nicht träumen lassen. Das ist fast wie Roland, der Seeelefant, auf dem Trockenen.«

»Ja, und genau wie Roland kann ich's auch nicht erwarten, wieder in mein Becken zu tauchen«, erwiderte Winnie. »Den Roland hast du übrigens noch gar nicht richtig erlebt. Der Kerl hat einen Charme, da wird die eisernste Jungfrau schwach.«

Den in der Tat entzückenden Roland hatte Geheimrat Heck vor ein paar Monaten dem Zirkus Krone abgekauft. Der erste Seeelefant, den die Berliner nun in seinem Freigehege bewundern konnten, war vermutlich sein letztes Geschenk an seinen Zoo. In einem Jahr würde Ludwig Heck in Pension gehen und die Leitung seinem Sohn Lutz übergeben. »Ich habe euch alle viel zu lange nicht gesehen«, sagte Franka. »Bei dieser ewigen Lernerei schaffe ich's einfach nicht, sonntags Zeit für den Zoo herauszuschinden. Ihr fehlt mir, Winnie. Vasco, Roland, die schöne Anneliese, mein süßer Ramses, du …«

»Ich danke für die Blumen«, sagte Winnie. »Du fehlst uns auch, Kleene.«

»Aber ich weiß ja, wofür ich's mache: Wenn ich das Studium durchhalte, brauche ich eines Tages überhaupt nicht mehr aus dem Zoo heraus – genau wie du.«

Er sagte nichts darauf, und das ließ Franka aufhorchen. An einen Winnie, der um Worte verlegen war, konnte sie sich nicht erinnern. Im Gegenteil. Wilhelm Dähne, sein jüngst in Rente gegangener Onkel, pflegte sich bei Leuten, die Winnie zum ersten Mal trafen, zu entschuldigen: »Mein Neffe ist harmlos. Nur für sein Mundwerk braucht er einen Waffenschein.« Für gewöhnlich hätte Winnie während ihres Gesprächs längst mindestens zwei Witze gerissen, heute aber sah sein ausdrucksvolles Gesicht aus, als laste auf seiner Seele ein Gewicht, das schwerer wog als sein Bauch. Zudem hatte er ihr noch kein einziges Bonbon angeboten und lutschte auch selbst keines.

»He, was ist los?« Franka boxte ihn gegen den Arm. »Hast du Liebeskummer?«

Es war eine stehende Redewendung zwischen ihnen beiden, weil sie unter all den Leuten, die sie kannten, die einzigen waren, die keinen hatten. Obwohl: Leutner, der Tierarzt, hatte auch keinen, aber von dem behauptete Winnie: »Der ist ein wandelnder Liebeskummer. Er weiß es bloß nicht.« Außerdem gehörte Leutner nicht zu den Bewohnern des Zoos, über die Franka sprechen wollte. Der Tierarzt besaß unter vielen unangenehmen eine einzige erfreuliche Eigenschaft: Er mied sie, so, wie auch sie ihn mied. Dabei sollte es bleiben.

Wortlos schüttelte Winnie den Kopf. Franka boxte ihn noch einmal. »Raus damit.«

Er sah sie an. Franka hatte keine Ahnung, wie Liebeskummer sich anfühlte, aber wenn ein Mädchen für den blauen Blick, der sich in ihren senkte, tausend Tode gestorben wäre, hätte sie es ihm nicht verdenken können. »He, Zuckerwürfel, was ist denn?«, rief sie, küsste ihn noch einmal zart auf die Wange und schmeckte ein paar Tropfen Schmelzwasser. »Wenn dir eine das Herz gebrochen hat, bringe ich sie um.« Auch das war eine Redewendung, die er eingeführt hatte, und Franka war sicher: Hätte sie ein Herz gehabt, das sich brechen ließ, und hätte jemand es angetastet, wäre Winnie zum Berserker geworden. Sie fügte hinzu, was auch er stets sagte, sooft sie ihm niedergeschlagen oder gekränkt erschien: »Falls du nächsten Monat noch nichts vorhast, heirate ich dich.«

Winnies Grinsen wirkte müde. »Übernächsten Monat, in Ordnung, Kleene?«

»Gar nicht in Ordnung. Mach gefälligst den Mund auf. Du bist nicht hergekommen, weil du am Opernplatz mit mir Bockwurst mit Senf essen willst, richtig? Dabei ist der Wurstmaxe ohne Frage der beste der ganzen Dorotheenstadt, und unterstellen könnten wir uns da auch.«

»Kann ich nicht essen«, sagte Winnie.

»Was kannst du nicht essen? Bockwurst? Dann kennst du die vom Opernplatz nicht. Ich kauf dir ein Paar, mit Senf und Schrippe und allen Schikanen, aber erst wenn du mir sagst, was dir über die Leber gelaufen ist.«

Winnies Gesicht wirkte gequält. »Dr. Heinroth macht sich einen Sport draus, jegliche Art von Fleisch, das in Lebendform auf dem Planeten rumläuft, mal probiert zu haben«, sagte er. »Er meint: Wenn wir Tiere töten, haben wir sie gefälligst zu essen, nicht wegzuschmeißen, also hat unsere Babuschka ihm und seiner Magdalena überfahrene Terrier, gehäutete Chinchillas und ersoffene Katzen auf den Tisch zu bringen. Ich finde das gut gedacht. Aber ich kann's nicht. Wenn ich ein Tier essen soll, sehe ich vor mir die Glubscher, mit denen es mir direktemang ins Herz geguckt hat, und dann schlägt's mir auf den Magen, dass ich drei Tage lang nüscht mehr runterkriege.«

Frankas Blick glitt an seiner Statur hinunter. Dass etwas Winnie den Appetit verschlug, war schwer vorstellbar, aber sie glaubte es ihm rückhaltlos. »Das heißt, du isst überhaupt nichts aus Fleisch?«

Winnie verzog sein beredtes Gesicht zu einer schmerzerfüllten Grimasse. »Einmal hab ich mir so eine Wurst ja kaufen lassen. Ist Jahre her, war vorm Reichstag, wo wir Stunden gewartet haben, dass einer von den Großsprechern sich zeigt, und der Magen hing uns in den Kniekehlen. Da hab ich gesagt:

Himmel, Arsch und Zwirn, was soll's? Die Sau ist tot, ob icke nu' reinbeiß oder nicht. Aber dann hat der Genosse neben mir von seiner Wurst die Pelle abgeschält, mit der Spitze vom Fingernagel, so in dünnen Streifchen …« Winnie unterbrach sich und schluckte, dass an dem massigen Hals der Kehlkopf zuckte. »Drunter kam das durchgedrehte Fleisch zum Vorschein, dieses Rosige, Wunde, was du zu sehen kriegst, wenn ein verdammter Dreck einem Tier was angetan hat, und mir ist übel geworden wie Nachbars Lumpi. Hätt' ick bei Olympia gekotzt, hätt' ick Jold für Deutschland geholt.«

Franka legte ihm die Hände an die regennassen Wangen, zog seinen Kopf herunter und küsste ihn aufs Haar. »Keine Würstchen für dich, das steht fest. Törtchen im *Café Friederike* kann ich mir leider nicht leisten, aber eine Stulle mit Brot machen die uns vielleicht auch zurecht.«

»Lass gut sein, Kleene.« Er zog sich die Kappe vom Kopf und setzte sie ihr auf das inzwischen durchnässte Haar. »Zeitung liest du nicht, oder? Politik ist dir Jacke wie Hose?«

Hilflos zuckte Franka die Achseln. Sie hatte selbst schon gedacht, dass etwas daran nicht richtig war, seinen Blick nur stur geradeaus zu richten und die Welt um sich zu ignorieren wie ein Pferd mit Scheuklappen. Oder als säße man in einem Boot und paddele stur voran, ohne auf den Wellengang zu achten. Aber ihr Leben war so anstrengend, sie bekam kaum Schlaf und hatte für alles zu wenig Zeit. Seit dem Schwarzen Freitag, dem Zusammenbruch der amerikanischen Banken, war in jedem Winkel Panik zu spüren. Geschäfte, die zum Bild der Stadt gehört hatten, schlossen, und an ihrer Stelle öffneten Suppenküchen. Vor den Arbeitsämtern standen Menschenschlangen, die weit länger waren als die der Besucher, die das Elefantenbaby Kalifa sehen wollten. Kalifa war eine Sensation: der erste Elefant, der nicht nur im Zoo geboren, sondern bereits dort gezeugt worden war. »Bei Heck heckt alles«, hatten die Berliner über die Zuchterfolge des Direktors gewitzelt, doch auf einmal hatte kaum noch jemand Geld und einen freien Kopf für Tierkinder.

Die Zahl der Arbeitslosen hatte sich innerhalb von drei Monaten mehr als verdoppelt. Drei Millionen Menschen hatten inzwischen keinen Broterwerb mehr. Manche ertrugen das Warten vor den Ämtern nicht länger und nahmen die Suche selbst in die Hand: Immer häufiger sah man Männer und Frauen, die als lebende Stellengesuche durch die Straßen schlichen, an Brust und Rücken Plakate mit Schlagzeilen geheftet: *Nehme jede Arbeit an* oder: *Gelernte Stenotypistin, fleißig, arbeite auch für Naturalien.* Polizisten jagten Bettler aus Hauseingängen, Frauen und Kinder mit Sammeldosen zogen durch Lokale. Es tat weh, aber wenn man genug zu tun hatte, konnte man daran vorbeilaufen. Hilfe hatte man sowieso nicht zu bieten, und letztlich würden sich die Wogen glätten, wie sie sich auch zur Zeit der Inflation geglättet hatten.

Franka verstand nichts von Politik und noch weniger von Wirtschaft. Die Vorbereitung auf ein naturwissenschaftliches Studium hatte all ihre Kraft und Konzentration erfordert. Begriffen hatte sie, dass die ausländischen Banken ihr Geld aus Deutschland abzogen, dass ein Wirtschaftsleben, das unter hektischer Spannung agiert hatte, auf einen Schlag zum Erliegen kam. Was für Folgen für sie selbst daraus zu erwarten standen, begriff sie nicht. Sie würde jedenfalls keinerlei Folgen akzeptieren. 1923, im Alter von elf Jahren, war sie gegen den Strom geschwommen, und sie würde sich jetzt, wo ihr Ziel zum Greifen nah war, gewiss nicht unterkriegen lassen.

Weitere sechs Jahre lang hatte sie die unsägliche Stimmung in ihrem Elternhaus ertragen, hatte sich tief in sich selbst versteckt und versucht, nur zu lernen, sich vorzubereiten, das wirkliche Leben auf den Tag zu verschieben, an dem sie das verhasste Haus verlassen würde. Ihr Vater hatte sein Gehalt schließlich doch weiterhin bezogen, hatte jeden entbehrlichen Pfennig der Armenkasse gestiftet und Frankas Schulgeld Onkel Gerhard bezahlen lassen. Als Franka zu Beginn des Sommers endlich ihr Reifezeugnis erhalten hatte, hatte er ihr gedroht, er werde ihr das Studium verbieten, sie sei nicht volljährig und könne sich ohne seine Unterschrift gar nicht immatrikulieren.

Einmal mehr war Onkel Gerhard, der seit der Bankenkrise immer müder wirkte und sich immer tiefer in seine Forschung und die Begeisterung für Eugenik vergrub, in die Bresche gesprungen. Womit er ihren Vater dazu bewegt hatte, wusste Franka nicht, aber letzten Endes hatte dieser nachgegeben: Wenn Franka sich seinem Willen widersetze und ein Studium begänne, werde er sie unter seinem Dach nicht länger dulden und sie nicht mehr als Mitglied der Familie betrachten, erklärte er. Das war Franka nur recht. Er würde sich ihr nicht in den Weg stellen und seine Unterschrift nicht verweigern, das war alles, was zählte.

Aus Berlin-Südende, wo sie ihr gesamtes bisheriges Leben verbracht hatte, war Franka nach Charlottenburg zu Onkel Gerhard gezogen. Vermissen würde sie nichts, höchstens den Hambuttenpfuhl, den Holunder, den sie mit der Mutter im Herbst dort gesammelt hatte, um Sirup und Aufstrich einzukochen, süß wie Schlehen und schwarz wie Tinte, die tagelang an den Fingern klebte. Dachte man an so etwas immer erst, wenn man es verlor?

Onkel Gerhards Wohnung verfügte lediglich über anderthalb Schlafzimmer, und das halbe benötigte er als Studierstube. Glücklicherweise war jedoch im Dachgeschoss ein Mansardenzimmer frei, das er für Franka mieten konnte. »Der Preis ist horrend«, sagte er »Wo soll denn das einmal enden?« Franka hatte ihn nie zuvor über Geld klagen hören. Auf ihre Frage winkte er jedoch ab: Die Zeiten seien schlecht, aber sie würden schon zurechtkommen, schließlich wisse sie doch: Er und sie gegen den Rest der Welt.

Franka hatte sich damit zufriedengegeben und begonnen, an der Friedrich-Wilhelms-Universität Zoologie zu studieren. Die Vererbungslehre, die bei den Anthropologen in Rassenkunde und Eugenik mündete und Onkel Gerhards Lebenswerk darstellte, fand immer stärkeren Zulauf, und auch Lutz Heck, der seinen Vater als Zoodirektor ablösen würde, hatte sich diesem Gebiet verschrieben. Gemeinsam mit seinem Bruder Heinz, der den Tierpark in München leitete, plante er, durch gezielte Auswahl ausgestorbene Tiere neu zu züchten und sie damit der Palette der Arten wieder hinzuzufügen.

Der Gedanke gefiel Franka. Sie dachte an die Meeressaurier auf den Reliefs des Aquariums und fand es tröstlich, dass diese Formen des Lebens womöglich doch nicht für alle Zeit verloren wären. Sie selbst aber zog es in eine andere Sparte, die sie mehr als alles faszinierte: Tierpsychologie, Verhaltensforschung, das Geheimnis, das im Wesen eines jeden Tieres verborgen lag. Oskar Heinroth mit seinen Enten- und Gänseküken hatte dieses Wissenschaftsgebiet begründet, und seine Begeisterung hatte Franka angesteckt. An der Universität gab es vorerst kaum Lehrveranstaltungen, die sich mit der Thematik befassten, aber das erhöhte noch den Reiz: Die Verhaltensforschung war neu, sie war aufregend, sie war ein unbearbeitetes Feld, auf dem man bei jedem Spatenstich auf einen Schatz treffen konnte.

Dieses Feld würde ihr Leben sein.

Ja, Winnie hatte recht. Zeitungen las sie nicht, und Politik war ihr Jacke wie Hose. Sie war ein Kloß, der in der eigenen Soße schwamm, aber sie brauchte diese Soße doch so sehr! In der Enge ihres Elternhauses, unter dem Grauschleier hatte sie sich danach gesehnt, und dieses Wort war noch viel zu schwach. Sie hatte danach gegiert wie nach Atemluft, war gegen ihr Gitter angestürmt wie der Lamahengst Vasco, der sich trotz aller Liebe nie an die Gefangenschaft gewöhnen würde.

»Ich weiß, ich bin ein unmögliches Ding, das um seinen eigenen Nabel kreist«, sagte sie zu Winnie. »Ich lese nur Fachbücher und zoologische Abhandlungen. Magst du mich trotzdem noch?«

»Was ist denn das für eine blöde Frage, du zoologische Abhandlung?« Er nahm ein Ende des Schals, den er um den Hals trug, und wischte ihr das Gesicht trocken. Der Schneeregen war dichter geworden. Wenn sie nicht bald gingen, würden sie sich irgendwo unterstellen müssen. »Wenn ick dir nich' so fürchterlich mögen würde, wär ick nich' hier. Mutterns Jüngster findet's nämlich derzeit außerhalb unserer Arche nicht sonderlich gemütlich.«

»Weil das Wetter so mies ist?«, fragte Franka. »Aber das macht dir doch sonst nichts aus.«

»Nicht das Wetter, Kleene«, antwortete Winnie. »Das Klima. Diese braune Brühe, die bei der Wahl im September hochjeschwappt ist, vor der ekelt's mir, und die wäscht so 'ne mickrige Husche ja nicht weg.«

»Du meinst die NSDAP von diesem Hitler? Die zweitstärkste Partei geworden ist?« Franka mochte zwar keine Zeitung lesen und obendrein Onkel Gerhards Talent zum Weghören geerbt haben, aber selbst ihr entging nicht alles, was Kommilitonen auf den Gängen und Fahrgäste in der morgendlichen S-Bahn redeten.

»Genau die«, sagte Winnie.

»Und was ist mit der? Sind das nicht immer dieselben Krawallmacher, die sich nur von Zeit zu Zeit anders nennen und dann auch wieder verschwinden?«

»Mir musste nich' fragen«, erwiderte Winnie. »Viel mehr Ahnung als du hab ich ja selbst nicht. Icke weeß nur, dass mein liebes Vieh, auch das allerfriedlichste, verdammt ungemütlich wird, wenn es nüscht zu fressen kriegt. Und die Leute in dieser Stadt kriegen schon verdammt lange nicht genug zu fressen, Kleene.«

»Ist das nicht übertrieben?«, fragte Franka. Dann schauderte sie, weil ein Tropfen sie in den bloßen Nacken traf, und hakte sich bei Winnie ein. »Lass uns irgendwohin gehen und unterwegs weiterreden, ja? Ich brauche auch was zu fressen. Und mir ist kalt.«

»Löffelerbsen in Ordnung?«

Sie nickte, und er zog mit ihr los. Gleich hinter dem Opernplatz bog er erst in eine Seitenstraße und gleich darauf in eine weitere ein und stieg sodann zielstrebig drei Stufen zu einer Tür im Souterrain hinunter. Dahinter tat sich der angenehm dunkle, angenehm verrauchte Schankraum einer Kneipe auf. Franka war überrascht. Dass Winnie sich in dieser Gegend auskannte, hatte sie nicht erwartet.

Die Kneipe hieß *Bei Seppelfricke*, sie war schummrig, sehr warm und mit zahllosen gerahmten Fotografien von jungen Männern bei Sportveranstaltungen geschmückt. Die dicht stehenden Tische waren leer, nur auf den Hockern am Tresen saßen aufgereiht einige Männer. »Mein Vereinslokal«, erklärte Winnie.

»In welchem Verein bist du denn?«, fragte Franka, die sich Winnie bei allem Möglichen vorstellen konnte, aber nicht beim Sport.

»Sagen wir, in einem, der Hitlers braunen Krawallmachern nicht nur ein Dorn, sondern ein janzer Rosenbusch im Auge ist«, erwiderte Winnie. »Vielleicht hast du ja recht, vielleicht verschwinden die wieder, aber Hunger macht wütend. Und wer wütend ist, will einen, der ihm ins Ohr säuselt, er wüsste, wer an der Misere schuld ist. Solche wie icke passen besser auf, Kleene. Vorsicht ist die Mutter der Porzellankiste.«

»Was heißt denn ›solche wie du‹?«, fragte Franka.

Winnie sah ihr mit seinen klaren blauen Augen ins Gesicht. »Du weißt das wirklich nicht, oder? Du nimmst mich nicht auf die Schippe?«

Franka überlegte, und der Genosse mit der Wurstpelle, den er vorhin erwähnt hatte, fiel ihr ein. Kommunisten gehörten zu den Leuten, auf die ihr Vater fortwährend schimpfte, sie verwandelten angeblich die Stadt in ein Sündenbabel und öffneten der Verderbnis Tür und Tor. »Bist du ein Kommunist, Winnie?«

»Wenn ick nicht zu faul wäre, wär' ich vielleicht einer.«

Ihr Gespräch wurde unterbrochen, weil statt einer Kellnerin ein junger Mann an den Tisch trat, der offensichtlich mit Winnie bekannt war. Winnie stellte sie einander nicht vor, gab nur ihre Bestellung auf, und der Junge zog wieder ab. »Was anderes als Löffelerbsen gibt's hier nicht«, sagte Winnie. »Aber mit Molle und Korn ist das ja keine ganz üble Grundlage.«

»Wer ist das?«, fragte Franka und wies mit dem Kopf zum Tresen, hinter dem der junge Mann verschwunden war.

»Der?«, fragte Winnie zurück. »Das ist Seppelfricke.«

Ein anderer Mann brachte ihnen Bier, Schnaps und tiefe Teller mit dampfendem Erbsbrei, in dessen Mitte golden ein Klacks Butter schmolz. »Deshalb bin ich hier immer gern«, sagte Winnie. »Seppelfricke ist Koch. Hat in Paris gelernt. Hier kann er natürlich nur einfaches Zeug machen, aber was er macht, das macht er gut.«

Frankas Magen, der seit dem Frühstück darbte, gab ein wenig damenhaftes Geräusch von sich. Sie packte den Löffel, aß hastig zwei, drei Mundvoll und verbrannte sich die Zunge, ehe sie sprach. Winnie hatte recht: Zwar wusste sie nicht, was Seppelfricke sonst noch machte, aber Löffelerbsen machte er gut.

»Weißt du, dass du mir heute auf die Nerven gehst?«, fragte sie Winnie. »Du holst mich von der Uni ab, obwohl dich sonst keine zehn Pferde durchs Elefantentor bekommen, du schleppst mich in eine Kneipe, von der du mir noch nie erzählt hast, du ergehst dich in düsteren Andeutungen und redest seit einer geschlagenen Stunde um den heißen Brei. Wenn du nicht du wärst, würde ich dir sagen, dass ich für meine Klausur zu lernen habe, und dich sitzenlassen.«

»Icke bin aber icke«, sagte Winnie. »Außerdem hab ich dir Erbsen gekauft, die richtig knorke sind.«

»Rückst du jetzt trotzdem mit der Sprache raus?«

Winnie trank den Schaum vom Bier und nickte. »Uns hat's auch erwischt«, sagte er. »Den Zoo. Das Land Preußen streicht uns die Gelder, und bei der Stadt brauchen wir gar nicht erst anzufragen. Was soll schon rausspringen, wenn man 'nem nackten Mann in die Tasche fasst?«

»O nein, bitte nicht!«, rief Franka. 1923, als sie den Zoo um ein Haar verloren hatten, war sie noch ein Kind gewesen, aber die Angst und das Gefühl der Leere hatten sich ihr ins Gedächtnis gegraben. »Bitte sag nicht, dass die Futterlieferungen in Gefahr sind. Oder dass jetzt zum Winter hin die Kohle nicht reicht.«

»So weit isses noch nicht«, erwiderte Winnie. »Aber die Direktion muss ein paar mächtig unliebsame Entscheidungen treffen, wenn sie verhindern will, dass es so weit kommt.«

»Was für unliebsame Entscheidungen?«

»Entlassungen«, sagte Winnie und starrte vom Bier in den grünen Erbsenbrei. »So wie bei sämtlichen Betrieben im Land. Man hat mir heute Morgen nahegelegt, ein halbes Dutzend Pfleger an die Luft zu setzen. Fähige Männer. Nette Burschen.

Das schlägt mir auf den Magen, und auch wenn ich es noch einmal abwenden konnte, steht es mir über kurz oder lang bevor.«

»Scheiße«, entfuhr es Franka.

»Du nimmst mir das Wort aus der Gesäßfalte.«

Franka legte ihre Hand über seine. »Es tut mir so leid, Winnie. Auch dass ich eine so blöde, selbstsüchtige Ignorantin bin.«

»He. Lass was von dir übrig. Ich mag blöde selbstsüchtige Ignoranten. Wie's aussieht, hattest du wohl Hunger. Willst du meine Erbsen auch noch?«

Erschrocken starrte Franka in ihren Teller. Ohne es zu merken, hatte sie ihn leer gegessen und den Rand mit dem Löffel blank gekratzt. Winnie zog Frankas Teller zur Seite und schob ihr dafür seinen hin, den er nicht angerührt hatte. »Willst du wirklich nichts essen?«, fragte sie einigermaßen bestürzt.

Winnie schüttelte den Kopf. »Jetzt guck mich nicht an wie unsere Babuschka. Mutterns Jüngster wird nicht gleich vom Fleisch fallen.«

Als Babuschka bezeichnete er Tanja, die aus Moskau stammende Köchin, die die Aufsicht über Gästehaus und Kantine führte und zudem die Heinroths bekochte.

»Ich wünschte, ich könnte dir helfen«, sagte Franka. »Das ist der blödeste Satz der Welt, wenn man weiß, dass man nicht helfen kann, stimmt's?«

»Du kannst«, sagte Winnie. »Tauschst du Erbsen gegen Schnaps?«

Sein Glas war leer. Sie schob ihm ihres hin.

»Danke«, sagte er. »Muss mir Mumm antrinken. Dabei könntest du's genauso gut brauchen wie ich.« Er setzte das Glas an, um den Schnaps hinunterzustürzen, aber er war kein geübter Trinker und schaffte nur die Hälfte.

»Wieso ich?«

Winnie hustete, trank die zweite Hälfte, gab ihr aber auf ihre Frage keine Antwort. »Carl hat gesagt, einen von denen, die ich entlassen soll, könnte er übernehmen«, murmelte er vor sich hin, vermutlich mehr zu sich selbst als an sie gerichtet.

»Welcher Carl?«

Winnie fuhr auf. »Carl Leutner, unser Cheftierarzt, bei dem du jedes Mal dein Ich-krieg-die-Krätze-Gesicht ziehst, wenn ich nur den Namen erwähne.«

»Dann erwähn' ihn doch einfach nicht. Weshalb soll der einen von deinen Entlassenen nehmen?«

»Er sagt, er könnte einen Assistenten brauchen«, murmelte Winnie.

»Und wer bezahlt den?«

»Er selbst. Er sagt, er verdient genug, und er verbraucht doch nüscht.«

»Wie edel.«

Die blauen Augen sandten ihr einen prüfenden Blick. »Was hat der Carl dir eigentlich getan? Der ist doch scheu wie ein roter Panda und viel zu schnell wieder in seiner Höhle, um irgendwen anzukratzen.«

»Er hat mir nichts getan«, versetzte Franka unwirsch. »Ich kann ihn nicht leiden, und er interessiert mich nicht, das ist alles. Jetzt sag mir, warum ich den Schnaps, den du ausgetrunken hast, hätte brauchen können.«

»Ich kann Seppelfricke sagen, er soll dir noch einen bringen«, schlug Winnie vor und hob die Brauen.

»Dann kippe ich ihn dir über den Kopf«, erwiderte Franka. »Wenn du nicht endlich ausspuckst, was du da in deinem Mund hin und her wälzt wie dein ewiges Blockmalz.«

Er sog Luft ein. Es klang wie ein Stöhnen. »Franka«, sagte er, »von den Entlassungen sind nicht nur wir mickrigen Pfleger betroffen, die eh nur 'n paar Mark kosten. Das Land Preußen hat kein Geld mehr. Da muss an allen Ecken und Enden geknapst werden, auch bei den heiligen Kühen.«

»Bei was für heiligen Kühen?«

»Unserem Flaggschiff«, antwortete Winnie. »Der Forschung. Weißt du, dass in diesem Jahrzehnt jeder dritte naturwissenschaftliche Nobelpreis an einen Deutschen gegangen ist? Damit ist's jetzt wohl Essig. Aber wichtiger ist ja auch, dass alle was zu fressen haben, was?«

Ohne dass Winnie etwas bestellt hätte, kam der junge Mann, der Seppelfricke hieß, an ihren Tisch und stellte wortlos ein Tablett mit zwei Schnapsgläsern ab. Franka fiel sein Haar auf, das sich wie eine kupferglänzende Kappe um seinen Kopf schmiegte. »Dank dir, Seppel«, raunte Winnie. »Bist ein Guter.« Zu Franka sagte er: »Trink den.«

Franka, die noch nie Schnaps getrunken hatte, trank, damit er endlich redete. Sie kam sich vor wie einer der Feuerschlucker im Lunapark: Ihr ganzer Mund und ihre Kehle schienen in Flammen zu stehen. Winnie sah ihr zu.

»Du willst mir sagen, dass ich nach dem Studium keine Aussicht auf eine Stellung habe, nicht wahr?«, fragte sie. »Als Frau schon gar nicht, da stehe ich ja als Letzte in der Schlange, aber damit mache ich mich jetzt nicht verrückt. Bis ich fertig bin, sieht die Welt wieder anders aus.«

»Das lass uns mal hoffen«, sagte Winnie. »Und sagen will ich dir, dass dein Onkel entlassen worden ist. Schon vor Wochen.«

Der Schnaps erreichte Frankas Magen wie eine Faust. Sie zuckte zusammen und presste eine Hand auf den Bauch. »Woher weißt du das?«

»Von Carl«, antwortete Winnie. »Es hat sich rumgesprochen, und Carl wollte von mir wissen, ob du im Bilde bist. Ich hab deinen Onkel danach gefragt, und der ist zusammengeklappt wie 'n Schirm von *Knirps*. Er schleppt es seit Wochen mit sich rum und weiß nicht, wie er es dir beibringen soll.«

»Mir beibringen?«, murmelte Franka. Ihr Verstand weigerte sich zu begreifen.

Winnie fasste über den Tisch nach ihrer Hand. »Dein Onkel hat sein Erspartes verloren, er weiß kaum, wie er sich selbst über Wasser halten soll. Du kannst nicht weiterstudieren, Kleene. Du brauchst schnellstens Geld.«

ZWEITER TEIL

»Wenn ein Neunauge mit einem Tausendfuß
Kinder zeugt, wie mögen die gehen?
Wie mögen die sehen?
Ich weiß es nicht. Weißt du's?«

Joachim Ringelnatz: »Weißt du?«

8

Kirschla

Februar 1933

Bleib heute hier«, sagte er, beugte sich über das Bett und küsste sie auf den Mund. »Den ganzen Tag. Ich sage Grete, sie soll bis morgen freinehmen. Lass dir ein Bad ein, wenn du willst. Genieß die Ruhe. Sei heute Abend, wenn ich heimkomme, noch da.« Seine Stimme klang vor Sehnsucht schwer, und als er ihr das Haar aus der Stirn strich, glaubte sie, selbst in der Handbewegung Wehmut zu spüren.

Als sie keine Antwort gab, hielt er inne und seufzte, dass es ihr das Herz umdrehte. »Bitte, Mathilde«, sagte er. »Es würde mir so viel bedeuten. Diese Aufsichtsratssitzung kann ich mir nicht vom Hals schaffen, aber ich werde versuchen, so früh wie möglich nach Hause zu kommen. Wir könnten im Wintergarten sitzen, ich lasse uns Essen kommen. Von *Horcher*, wenn du magst. Austern im Speckmantel, Roastbeef in Meersalzkruste, dazu den Eiswein, den du so liebst, und zuvor mixe ich dir deinen *Mary Pickford Cocktail*, wie du ihn in ganz Berlin in keiner Bar bekommst. Zieh dein blaues Fransenkleid an. Oder zieh nichts an. Ich liebe dich.«

Er war ein netter Mann. Gewiss der netteste, den Kirschla kannte. Philip Behring. Ihr Chef. Seine Lider waren schwer vom ewigen Weltschmerz, und ihm weh zu tun tat Kirschla leid. Eine Wahl hatte sie dennoch nicht. Sie mochte Austern, Eiswein und sein Gepansche aus tropischen Säften und hochprozentigem Alkohol, sie mochte die seidene Bettwäsche, die seine Haushälterin täglich wechselte, das blitzsaubere Schlafzimmer, das sie nach Wunsch abdunkeln oder von Licht durchfluten lassen konnte, die duftenden Badezusätze und das, was er einen Wintergarten nannte – einen vollverglasten Balkon mit Blick auf die Spree, in dem Lavendel und Oleander um die Wette dufteten. Sie mochte seine schweren Lider, seine zärtlichen Hände, seine Schultern, die schüchtern waren, wenn er sie aus dem Anzug schälte. Aber er sperrte sie ein, nahm ihr mit seiner Art, ihr zu Füßen zu liegen, die Atemluft. Auch wenn seine Frau nicht allzu oft mit den Kindern zu ihrer Familie ins Rheinland fuhr und er sich die gemeinsamen Stunden stehlen musste.

»Das wäre himmlisch, und du bist süß, Philip. Aber ich kann nicht.«

»Warum denn nicht? Ich bezahle dir für den Tag den vollen Lohn, warum soll es nicht gehen?«

»Weil heute Montag ist und ich nur bis mittags arbeite«, antwortete Kirschla. »Danach muss ich meine kleine Cousine von der Schule abholen, meiner kranken Mutter den Hintern wischen und dafür sorgen, dass meine Cousins etwas auf den Tisch bekommen. Du siehst, mein Tagwerk heute ist nicht besonders appetitanregend. Da schmeckt die Erinnerung an die Nacht mit dir umso süßer, mein Täuberich. Wenn du ein Schatz sein und mir den Tag freigeben willst, nehme ich dich beim Wort, weil sich Berge von Arbeit über mir auftürmen. Wir sehen uns morgen im Verlag, ja? Und dein Trudchen schickst du bald wieder einmal zur alten Mutter an den Rhein.«

»Mathilde!« In seinem schicken, auf Taille geschnittenen Anzug ging er auf die Knie. »Was Hiltrud tut oder nicht tut, weiß der Himmel. Und überhaupt – wissen wir denn, was morgen ist? Aber hier und heute können wir doch leben, meine Liebste. Bis Aschermittwoch gehört die Welt uns, als wären wir die ersten Menschen. Philip und Mathilde im Garten Eden.«

Sie lachte. »Philip und Mathilde und die Schlange und Gottvater. Und dann noch dein Verlag und meine sterbende Mutter, mein unbändiges Cousinchen und meine Cousins, die fressen wie Raupen mit neun Köpfen. Ein Idyll. In der Tat.«

Sein Blick war waidwund, und sie fühlte sich wie ein Unmensch. Er leitete den Verlag, den er von seiner Familie geerbt hatte, er war gezwungen, ein kühl kalkulierender Geschäftsmann zu sein, aber an ihm war ein Poet verlorengegangen. Seine Seele war butterweich und einer Hexe wie Kirschla nicht gewachsen. Manchmal malte sie sich aus, wie seine Hiltrud wohl war, das Töchterlein aus gutem Haus, das ihm blassblonde Kinderchen gebar und hochkarätige Gäste empfing. Wusste sie, dass er auf dem Höhepunkt der Liebe weinte, sich an Frauenschultern krallte und »danke, danke, danke« schrie?

Er sah auch jetzt aus, als wäre ihm zum Weinen. »Bitte, Mathilde. Du weißt, ich würde dir jeden Wunsch erfüllen.«

Kirschla lachte. »Nicht jeden, mein Täuberich.«

Er stützte die Ellbogen auf das Bett und vergrub den Kopf in den Händen. »Verweigerst du mir deshalb das, was ich mir am meisten wünsche – dich einmal hier vorzufinden, wenn ich nach Hause komme, als wärst du meine Frau? Weil ich mich von Hiltrud nicht scheiden lasse? Ich habe dir doch erklärt, dass ich ein Gefangener in meinem eigenen Haus bin, mir sind die Hände gebunden. Mein Vater hat in großem Stil Kriegsanleihen gezeichnet, und gleich danach kam die Inflation. Ohne das Geld, das Hiltruds Familie eingebracht hat, hätte ich den Verlag nicht halten können.«

»Oje, du armer Täuberich – worüber zerbrichst du dir denn den Kopf?« Kirschla lachte und umarmte ihn. »Ich will dich doch gar nicht heiraten, Gott bewahre, und wenn dir so viel daran liegt, dann bleibe ich eben heute hier. Ich verbrauche dann aber sämtliches heißes Wasser und den Badezusatz von deiner Hiltrud, obendrein trinke ich deinen Champagnervorrat leer, und bis du kommst, liege ich volltrunken hingestreckt über dem Flügel.«

»Das kannst du alles tun, das macht mir nichts aus.« Er ergriff ihre Hände und bedeckte sie mit Küssen.

»Außerdem muss ich dein Telefon benutzen. Ich muss meinen Cousin anrufen und ihm sagen, dass er seine Schwester von der Schule holen muss. Und wenn ich ihn bei seiner Arbeitsstelle nicht erreiche, bleibt mir nichts übrig, als selbst zu gehen.«

»Wie alt ist denn das Mädel?«, fragte er.

»Pušo? Elf. Aber das glaubt kein Mensch.« Kirschla lachte. »Sie ist abwechselnd ein kleines Rotzgör, dass so lange greint, bis es seinen Willen bekommt, und eine ausgewachsene Kokotte, die dasselbe tut.«

»Liebenswert klingt das nicht.«

»Nein?«, rief Kirschla. »Oje, dann vergiss es. Pušo ist das liebenswerteste Teufelchen, das auf zwei Beinen herumläuft, und leid tun mir nur die armen Kerle, denen sie demnächst das Herz brechen wird.«

Er sah sie an, und seine Augen wurden schmal. »Das ist nicht komisch, Mathilde. Was ein gebrochenes Herz für Schmerzen verursacht, weißt du nicht.«

»Nein«, sagte Kirschla, ganz in Gedanken. »Es weiß eben jeder etwas anderes.«

»Und dieses Mädel von dreizehn – kann die nicht allein nach Hause gehen?«

»Wie alt ist denn dein Mädel?«, fragte Kirschla zurück. »Da du mir ihren Mantel für Pušo gegeben hast, nehme ich an, sie ist ein Jahr älter. Aber vom Kindermädchen zur Schule bringen und abholen lasst ihr sie trotzdem, du und deine Hiltrud, richtig?«

»Das ist doch etwas anderes …«, begann er, erschrak und presste die Hand auf den Mund.

»Schon gut.« Kirschla setzte sich auf und schwang die Beine aus dem Bett. »Natürlich ist das etwas anderes. Deine ist ein kostbares höheres Töchterlein, und Pušo ist ein Balg von Zigeunern, die sowieso wie Karnickel Kinder kriegen. Da kommt's auf eines mehr oder weniger ja nicht an.«

»Das habe ich nicht gesagt!«, rief er.

»Nein. Aber gedacht«, entgegnete Kirschla.

»Das stimmt nicht.« Hilflos schnaufte er, griff nach ihr, ließ aber die Arme wieder sinken. »Ich wollte lediglich sagen, ihr seid doch zäher als wir, ihr schlagt euch durch, ihr …«

»Wir sind nicht totzukriegen. Wie die Ratten. Das wolltest du sagen. Stirbt uns eins, machen wir drei neue.«

Er fuhr zusammen wie unter einem Schlag. »Warum redest du so mit mir?«, fragte er, vor Leid krächzend. »Habe ich dich je so behandelt?«

»Ja«, erwiderte Kirschla ruhig. »Aber das tun alle, und wir sind es gewohnt.« Sie trug in ihrem Innern ein Gummipessar, damit er ihr kein Kind machte, keinen Bastard aus goldheller Reinheit und Nachtschwärze, und zusätzlich zog er sich einen Gummi über den Schwanz, denn bei solchen wie ihr ging man besser auf Nummer sicher. »Nur wollen wir eben trotzdem, dass unsere Brut überlebt«, fuhr sie fort. »Deshalb lassen wir Pušo nicht allein gehen. Sie ist schon öfter auf dem Heimweg angegriffen worden, und du hast recht, sie ist zäh und weiß sich ihrer Haut zu wehren. Aber seit neuestem …«

Diesmal war es Kirschla, die einen Satz in der Luft hängen ließ. Es war nicht ihre Art. Für gewöhnlich fing sie nichts an, wenn sie es nicht zu Ende bringen wollte.

Philip verstand sie trotzdem. Seit ein paar Wochen verstanden eine ganze Menge Leute angebrochene Sätze, die bedeutungsschwanger in der Luft hingen. Er strich ihr über das Haar, was sie gönnerhaft fand und nicht mochte, aber auf einmal war es ihr zu anstrengend, darüber zu streiten. Sie wollte, dass er ging, dass sie unter die seidene Decke kriechen, die Vorhänge zuziehen und noch ein paar Stunden lang die Welt vergessen konnte. »Benutz das Telefon, sooft du willst«, sagte er. »Und, Mathilde …«

»Ja?«

»Vielleicht solltet ihr das Mädel bei einem gewöhnlichen christlichen Taufnamen rufen. Zur Sicherheit. Nur die paar Wochen, bis dieser österreichische Prolet samt seinem Raritätenkabinett wieder von der Bühne abgetreten ist.«

»Ja, vielleicht sollten wir das tun. Vielleicht sollten wir ihr auch die Haare färben. Und die Augen am besten gleich mit.«

»Warum legst du mir heute eigentlich alles zum Schlechten aus?«, fragte er. »Ich habe nur versucht zu helfen. Dass diese unmanierlichen Rabauken sich jetzt herausnehmen können, was sie wollen, bis ihr *Heil!* kreischender Leithammel wieder abgesägt ist, gefällt mir auch nicht. Aber sie regieren ja nicht im luftleeren Raum, wir haben immerhin einen Reichstag, in dem sie keine Mehrheit haben, und du musst dich nicht betragen, als wäre die ganze Welt dir spinnefeind. Ich bin es jedenfalls nicht.«

»Verdammt, ich habe Angst um meine Familie«, entfuhr es ihr. Eigentlich war das nichts, über das sie mit ihm sprechen wollte. Es ging ihn nichts an, sie machte ihre Probleme mit sich selbst ab, aber die Anspannung, die durch die Ernennung Hitlers zum Reichskanzler auf die Spitze getrieben worden war, rieb ihr mit der Zeit die Nerven blank.

»Das musst du doch nicht, Liebste.« Wieder tätschelte er sie auf seine gönnerhafte Weise. »Du weißt, durch den Verlag bekomme ich so einiges mehr mit, als in den Zeitungen steht. Von unseren Autoren sind ja selbst etliche betroffen. Weißt du, dass ich bereits in der Woche nach der Ernennung eine Weisung direkt aus der Reichskanzlei erhalten habe. Nichts Offizielles. Nur den angeblich gut gemeinten Rat, mein Programm in Hinblick auf den übergroßen Anteil fremdrassiger Literaten zu überdenken. Fremdrassig. Ich bitte dich. Als wäre Literatur etwas, das sich züchten ließe wie Tomaten. Dieser erstaunliche Ausfall richtet sich jedoch gegen unsere jüdischen Schriftsteller, die ich in Schutz zu nehmen wissen werde. Nicht gegen euch.«

»Natürlich nicht«, erwiderte Kirschla spitz. »Zigeuner schreiben ja keine Bücher. Sie gehen auch nicht auf Universitäten und tun überhaupt nichts so Kluges und Sauberes wie Juden, die sich die Schläfenlocken abgeschnitten haben. Juden lädt man zum Kaffee ein, aber wer trinkt denn Kaffee mit einem Zigeuner?«

»Ich«, sagte Philip.

»Wann trinken du und ich denn Kaffee?«, versetzte Kirschla. »Da ist doch kein Alkohol drin. Die meisten Leute bei uns am Marheinekeplatz wissen überhaupt nicht, wer von ihren Nachbarn Jude ist und wer nicht. Aber was wir sind, das wissen sie genau. ›Jetzt, wo wir den Hitler haben, wird mit euch aufgeräumt‹, hat mir die Frau vom Hochparterre vor die Füße gespuckt, die ich von klein auf jeden Morgen gegrüßt habe. ›Ihr passt euch eben nicht an‹, hat mein Gemüsehändler gesagt, der kein böser Mensch ist. Und er hat recht, oder nicht? Ein Jude kann, wenn er will, in der Masse aufgehen. Ein Zigeuner nicht. Und mag er es noch so sehr wollen.«

»Aber du kannst es doch. Du bist wundervoll, Mathilde, und du weißt es. Du kannst alles, was du willst.«

Gellend lachte Kirschla auf. »Was für ein Unsinn. Wenn ich es könnte, wenn ich in der Lage wäre, zu sein wie deine Hiltrud oder wenigstens wie Grete, die bei dir die Toilette putzt, dann würdest du dich nicht so überschlagen, um mit mir zu schlafen.«

»Ich mag nicht, wenn du so ordinär sprichst, Mathilde. Es passt nicht zu dir.«

»O doch, das tut es. Außerdem habe ich kein einziges schmutziges Wort benutzt. Ist es schon ordinär, das, was wir hier tun, zu erwähnen? Sollen wir es lieber Streuselkuchen essen nennen? Oder Entchen füttern?«

»Natürlich nicht. Ich will nichts, als dass es dir gutgeht. Ich liebe dich.«

»Das weiß ich«, sagte Kirschla. »Jetzt mach, dass du loskommst. Dein Verlag wartet.«

Er küsste sie. »Ich brauche dich. Heute Abend mache ich dich glücklich, damit du Hitler vergisst.« Dann strich er sich verlegen die Falten aus den Hosen, warf ihr noch einen Blick zu wie ein Hund, der seinem Herrn entrissen wird, und ging. Kirschla kroch unter die Decke und zog sie sich über den Kopf, aber sie konnte nicht wieder einschlafen. Sie hätte netter zu Philip sein sollen. Sie dachte das meistens, nachdem Philip und sie sich getrennt hatten. Er war ein Engel. Über die Frage, was ihre Familie ohne Philip anfangen sollte, wollte sie nicht einmal nachdenken.

Die Anstellung auf dem Postamt hätte sie nicht mehr lange behalten. Inzwischen waren mehr als die Hälfte der Leute, mit denen sie dort gearbeitet hatte, entlassen worden, und sie stand als Nächste auf der Liste: die schwarze Mathilde. Die Zigeunerin, die man im Auge behalten musste, damit sie nichts aus den Paketen stahl. Der Aufseher, der sie eingestellt hatte, war befördert und durch eine Frau ersetzt worden, und bei Frauen kämpfte Kirschla auf verlorenem Posten. Binnen kurzem hätte die Aufseherin sie vor die Tür gesetzt, und sie hätte tun müssen, was die Frau ihr unterstellte: »Was willst du eigentlich auf der Post? Wie deinesgleichen sich ihr Brot verschafft, das weiß man ja.«

Ein Mensch musste sich Brot verschaffen. Und wenn man jung und ins Leben verliebt war und gern hübsche Dinge hatte, war es mit Brot allein nicht getan. Kirschlas Vater und Mano Rose verkauften nur noch alle naselang etwas zum Spottpreis. Kirschlas Mutter wurde krank, starb langsam und vor Schmerzen wimmernd vor sich hin und brauchte Medikamente. Musla Rose behielt zwar ihre Arbeit in der Wäscherei, doch ihre Chefin halbierte ihr den Lohn. Wenn es ihr nicht passe, könne sie die Stelle einer anderen geben, warf sie ihr hin. Ihre Kunden beschwerten sich sowieso, bei der Zigeunerin werde die Wäsche eher schmutzig als sauber. Die jungen Männer der Familie, Kirschlas Brüder und Cousins, bekamen höchstens noch tageweise Arbeit. Verstört waren sie alle: Weshalb hatte man sie in eine Welt gezwungen, in der sie sich nur unter Mühen zurechtfanden, wenn darin jetzt kein Platz für sie war?

Einzig Tokeli setzte unbeirrt den Weg fort, den er begonnen hatte. Er hatte sein Reifezeugnis erworben, wie er es sich vorgenommen hatte. Die Väter der Mitschüler schenkten ihren Söhnen Aktienpakete und Reisen durch Europa, Tokelis Vater packte den seinen im Genick und zählte ihm sein Aktienpaket auf den Hintern, was Tokeli mit seinen bald neunzehn Jahren schmerzlich kränkte, aber nicht von seinen Plänen abbrachte. Tags darauf hatte er sich Arbeit gesucht, um sich das Geld zum Studieren zu verdienen. »Wer soll einen wie dich denn nehmen?«, hatte sein Vater ihn verhöhnt. »Wenn selbst gestandene Männer wie deine Brüder auf der Straße stehen?«

Aber jemand hatte Tokeli genommen. Nach nur drei Tagen fand er eine Stelle als Laufbursche in der Kanzlei dreier Anwälte. Noch immer hatte sein Vater gehofft, ihm seine fixen Ideen auszutreiben, und an jenem Abend verdrosch er ihn mit der Reitpeitsche und schimpfte ihn einen Verräter. Jeder *Sinto*-Sohn, der sich seinem Vater so vehement widersetzte, wusste, dass ihm dafür Schläge blühten, aber das Klatschen der Peitsche tat Kirschla in den Ohren weh. Tokeli widersetzte sich ja nicht wirklich. Er war anders als die anderen, und ihn dafür zu schlagen schien unrecht, denn er hatte sich schließlich nicht gemacht, und anders zu sein war hart genug. Außerdem besaß er diesen frechen Stolz und dieses Weltvertrauen, das verbarg, wie zart er war. Ihn zu demütigen kam ihr vor, als schlüge man einen jungen Kirschbaum, der die Zweige himmelwärts reckte, in der Blüte krumm.

Vermutlich begriff der Vater das selbst. Er schlug seinen Sohn mit einer Härte, die nicht zu ihm passte, weil er die Welt, die ihm den Sohn wegnahm, nicht schlagen durfte und weil er den seltsam anderen ein wenig mehr liebte als die übrigen. Als er jedoch sah, dass er Tokeli zwar die Tränen in die Augen treiben, ihn aber nicht dazu bringen konnte, seine Pläne zu ändern, hörte er auf und sagte: »Genug. Ich wollte dich zur Familie zurückholen, weil ein Mann ohne seine Familie ein Nichts ist. Aber ich gebe keinem meiner Söhne die Peitsche, wenn sie ihm nur Schmerzen, keinen Nutzen bringt.« Er zerrte Tokeli hoch, rieb ihm Schweiß und Tränen von den Wangen und konnte nicht verbergen, dass er selbst weinte.

Am nächsten Morgen begann Tokeli, in der Kanzlei zu arbeiten. Er verdiente erbärmlich wenig, nicht genug, um mehr als Pfennige zu sparen, aber auch das beirrte ihn nicht. Er tat seine Arbeit wie ein Uhrwerk, und danach saß er bis tief in die Nacht über seinen Büchern. Raba, seine älteste Schwester, bekam Zwillinge und zog mit Mann und Kindern in das Dachzimmer. Tokeli hätte in der Wohnung keinen ruhigen Ort zum Lernen mehr gehabt, also zog er in den Wagen, der leer stand, weil der Vater keine Waren mehr zu lagern hatte. Die Anwälte erkannten rasch, was für ein Juwel sie sich eingehandelt hatten, und übertrugen ihm die Arbeiten eines Gehilfen. Seinen Lohn erhöhten sie kaum, aber Tokeli beklagte sich nicht. »Ich kann von ihnen vielleicht mehr lernen als später auf der Universität«, erklärte er Kirschla. »Und in ein paar Jahren ist das alles vergessen, dann kaufe ich mir selbst so eine Kanzlei und heirate dich.«

Das war ihm nicht auszureden. Er konnte ein Trotzkind sein wie Pušomori, und er geriet in Zorn, weil Kirschla mit Philip Behring schlief. Kirschla hingegen fand, dass sie mit Philip beinahe so etwas wie glücklich war. Er nahm manchmal ein Zimmer in einem luxuriösen Hotel für sie beide, und wenn seine Hiltrud bei ihrer Mutter war, übernachteten sie in seiner feudalen Wohnung am Flussufer, in der Königin-Augusta-Straße. Diese Nächte waren Oasen für Kirschla, Augenblicke, in denen ihr Alltag Pause machte. Sie hatte befürchtet, ihren Körper an Männer verkaufen zu müssen, die außer Geld nichts zu bieten hatten, stattdessen hatte sie ihn an Philip verkauft, der ihn verehrte wie ein Heiligtum.

Außerdem half er ihrer Familie. Er gab Kirschla Arbeit in seinem Verlag, ließ sie Briefe sortieren, was sich mit einer Hand wegschaffen ließ, und bezahlte ihr mehr, als sie wert war.

Durch diese Briefe hatte sie ihn kennengelernt. Eines Tages war er mit einem hohen Stapel vor ihren Schalter im Postamt getreten und hatte sich fortwährend entschuldigt, weil er ihr Arbeit machte. »Ich bin Verleger. Der Junge, der sonst die Post für uns erledigt, ist krank.«

Der Junge schien nie mehr gesund zu werden, denn von da an kam der verlegene Mann im Maßanzug täglich. Nie wagte er es, mit Kirschla mehr als ein paar belanglose Worte zu sprechen, doch er ließ keinen Tag aus. An einem Samstag verabschiedete er sich wie üblich: »Bis Montag dann«, doch an diesem Samstag hatte die Aufseherin ihr wieder einmal gedroht, und Kirschla war mürbe und übellaunig von der ständigen Sorge.

»Ich glaube kaum, dass ich am Montag noch hier sein werde«, hatte sie geblafft.

»Warum denn nicht?«, hatte er entsetzt ausgerufen.

»Weil wir nicht auf der Insel der Seligen leben«, hatte Kirschla geantwortet. »Menschen verlieren alle naselang ihre Arbeit, und diesmal erwischt es eben mich.«

»Das darf es nicht! Ich lebe dafür, Sie zu sehen!«

Kirschla hatte lachen müssen. »Seien Sie ein Ritter, halten Sie die Weltwirtschaftskrise auf, und ich bleibe gern.«

Philip war ein Ritter: Er, der sonst selbst über der Speisekarte im Restaurant endlos zauderte, hatte keine Minute überlegt. »Sie kommen zu mir«, hatte er bestimmt. »In meinen Verlag. Dann habe ich Sie jeden Tag um mich, und meine Welt hat jeden Tag Glanz.«

Daran, dass er sein Versprechen halten würde, hatte sie keinen Augenblick lang geglaubt, aber da sie nichts zu verlieren hatte, hatte sie ihm ihre Telefonnummer gegeben. Tokelis Telefonnummer bei den Anwälten. Eine andere hatte sie nicht.

Ehe er gegangen war, hatte er sie gefragt: »Ich bin verheiratet. Stört Sie das?«

Kirschla hatte noch einmal gelacht. »Stört es Sie?«

Philip hatte keine leeren Versprechungen gemacht, sondern noch am selben Nachmittag angerufen. Er war die ehrlichste Haut, die Kirschla kannte, und dank seiner Großzügigkeit konnte sie die Familie über Wasser halten. Sie war auch ehrlich zu ihm gewesen. So ehrlich, wie es für ihn gut war. Dass er der Einzige war, hatte sie ihm nie vorgeheuchelt. Sie wollte sich vergnügen. Wild und verdorben. Wenn er darüber in Verzweiflung geriet und klagte, für ihn sei sie aber die Einzige, erwiderte sie trocken: »Ich denke, das sieht deine Hiltrud anders.«

Nur dass sie mit Tokeli schlief, verschwieg sie ihm. Halb und halb war ihr klar, dass sie damit längst hätte aufhören sollen, dass sie eine Kinderverderberin war, wie es die *Gadže* von Zigeunerinnen glaubten. Nur war Tokeli ein *Sinto*-Kind, und wen kratzte es, ob so eines verdorben wurde? Mich kratzt es, dachte Kirschla. Herzen zu brechen machte ihr nichts aus, so bemerkte ein Kerl wenigstens, dass er eines besaß. Tokeli aber war blutjung, und auch wenn sie hundertmal mit ihm schlief, war er so etwas wie ein Bruder. Ein kleiner Bruder, der glaubte, ihm liege die Welt zu Füßen, der in Wahrheit aber Schutz und Führung brauchte.

Es gab noch einen weiteren Grund, und der betraf sie selbst mehr als ihn: Sie hätte aufhören sollen, mit Tokeli zu schlafen, weil sie es schon seit drei Jahren tat. Und weil sie es immer noch wollte. Mit keinem ihrer Männer schlief sie drei Jahre lang, und das Wollen beruhigte sich in den meisten Fällen schon nach drei Wochen. Ich habe andere Sorgen, sagte sie sich, nur täuschte sie damit nicht einmal sich selbst: Gerade wegen der anderen Sorgen hätte ihr klar sein müssen, dass sie weitere Komplikationen nicht brauchen konnte.

Kirschla zog sich die Decke vom Kopf und sah auf die Standuhr neben der Tür. Halb neun. Um acht fing Tokeli in der Kanzlei an, während die Anwälte erst gegen neun kamen. Sie sprang aus dem Bett und ging quer durch die Wohnung in Philips Herrenzimmer, wo das Telefon stand. Beim Verlassen des Schlafzimmers sah sie ihr Bild in dem mannshohen Spiegel. Das Nachthemd aus durchbrochener rosa Spitze hatte Philip ihr aus Frankreich mitgebracht. Kirschla fand es scheußlich, sie fühlte sich darin wie das Püppchen mit dem Porzellankopf auf Pušos Bett. Ihr schwarzes Haar auf den rosa Schultern wirkte, als sitze auf dem Körper der falsche Kopf. Einmal hatte sich Philip in seinem puderblauen Pyjama neben sie vor den Spiegel gestellt, und sie war in Gelächter ausgebrochen.

Tokeli war noch ein Kind. Aber auf den Gedanken, sich einen Pyjama anzuziehen, ehe er zu einer Frau ins Bett stieg, wäre er nie gekommen. Manchmal ließ er sein Hemd an, knöpfte es über dem Brustkorb auf und trug es schlampig auf seinen hübschen Schultern, Weiß auf dem Braun von geöltem Holz. Tokeli war noch ein Kind, aber eines ohne jeden Anstand. Verdammt, Tokeli, ich will nicht lachen müssen. Aber warum nicht? Warum lässt ein kreischender Gernegroß namens Hitler, der nicht weiß, wie man sich einen Schnurrbart rasiert, mich seit vier Wochen glauben, wir hätten zum Lachen keinen Grund mehr?

Die Wohnung war riesig. War es nicht eigenartig, wie verschieden Menschen waren? Hier verlor sich ein ruhiges Paar mit zwei gesitteten Kindern in einer wahren Zimmerflucht, und daheim, in den zwei Wohnungen am Marheinekeplatz, drängten sich so viele Menschen in ein paar Kammern, dass man glaubte, beim Öffnen von Schüben und Schranktüren müssten noch weitere herauspurzeln. In ihrer Behausung kamen die Augen nie zur Ruhe, weil ständig etwas in Bewegung war. Es duftete nie, roch immer, und meistens stank es, es gab kein Flüstern, nur Lärmen, es gab Küsse und Backpfeifen, Umarmungen und verdroschene Hintern, Stöße, Tritte, Rangeleien, geklopfte Schultern, liebkoste Nacken und Sex, aber keine Unberührtheit, nichts Privates.

Tokeli hätte gern getauscht. Er wünschte sich eine Wohnung mit schneeweißen Wänden und einem Parkett, über das man auf Socken ging, damit kein Absatz klickte und das schimmernde Holz keinen Schaden davontrug. Er hasste das Leben im Wagen, den Gestank der Hühner und Ziegen, die sich in der Frühe auf den Stufen drängten und blökend und gackernd ihr Futter verlangten. Eine Woge erfasste Kirschla, die sie nur mit Mühe niederrang. Ich wünsch dir das, dachte sie und ballte die Fäuste um die Daumen. Ich wünsch dir alles, was du dir wünschst. Wenn du deine braunen Glieder in weißen Betttüchern räkelst, siehst du aus wie der Inbegriff des faulen

Zigeuners, dem die Nachbarn den Hitler auf den Hals hetzen wollen. Aber so einer bist du nicht. Du hast dein makelloses Paradies verdient, wenn du es willst. Willst du es denn? Will es einer von uns? Würde ich, würden Rigo, Raba oder Pušo die geräumigen, blank geputzten Hallen von Philip gegen unser Lager im vierten Stock tauschen?

Kirschla fand nichts Romantisches an der Art, wie ihre Familie lebte. Hätte sie dem Haushalt am Marheinekeplatz nicht oft genug entfliehen können, hätte sie ihn vermutlich nicht ertragen. Aber es war das, was sie kannten. »*Das Streunen liegt der asozialen, nichtsnutzigen Fremdrasse der Zigeuner im Blut*«, hatte sie in einem der Schaukästen gelesen, die über Nacht an allen Ecken der Stadt aus dem Boden schossen, sie hatte sich erschrocken, doch wie meist hatte sie nach dem Schrecken lachen müssen. Im Blut, was sollte da liegen? Und wenn man sich schnitt und welches vergoss, war man dann weniger asozial, nichtsnutzig, fremdrassig, zog es einen dann weniger zum Streunen?

Eines aber ließ sich nicht leugnen: Sich von dem loszureißen, was Eltern, Großeltern, Urahnen getan hatten, was die Helden der Geschichten taten, die man als Kind erzählt bekam, war mit Schmerzen verbunden, egal, wie sehr man sich sehnte. Kirschla erkannte den Schmerz selbst bei Tokeli, der mit lässigem Schwung das alles verwarf. Manchmal, wenn er aus dem Schlaf schreckte und aussah, als wisse er nicht, wo er sich befand, zeigte sich, dass die Wurzel dort, wo sie aus dem Boden gerissen worden war, in Strömen blutete. Dass er mit dem Blutverlust würde leben müssen und dass er seinen Wagen mitnehmen würde, selbst wenn er eines Tages seine weißen Wände und sein versiegeltes Parkett bekam.

Kirschla setzte sich auf den wuchtigen Stuhl vor Philips Schreibtisch und wählte die Nummer der Anwaltskanzlei.

Tokeli meldete sich nach dem ersten Klingeln mit den Namen der drei Anwälte und klang, als hätte er nie etwas anderes getan.

»Tokeli«, sagte sie.

»Adam«, korrigierte er. »Wo bist du? In Behrings Verlag? Und wo hast du die Nacht verbracht? Bei ihm?«

»Bin ich in einem Verhör?« Jäh fiel Kirschla ein, dass sie ihre Zigaretten im Schlafzimmer vergessen hatte. Ihr Blick schweifte über den Schreibtisch, aber Philip war Nichtraucher, und wo er die Kiste für die Gäste hingestellt hatte, wusste sie nicht. »Mir wäre neu, dass ich dir Rechenschaft schulde.«

»Deine Mutter ist gestorben«, sagte Tokeli.

Kirschla stöhnte. Auch das noch. Sie hatte ihre Mutter von Herzen geliebt und hatte getan, was sie konnte, um sie gut zu pflegen, aber sie hatte ihr auch den Tod gewünscht, weil kein Mensch auf so viehische Weise leiden sollte. Von ihrer zärtlichen, fröhlichen Mutter, die sie ins Leben geleitet hatte, hatte sie vor langer Zeit Abschied genommen. »Und weiter?«, fragte sie Tokeli. »Bin ich jetzt ein Unmensch, weil ich nicht bei ihr war, sondern mit meinen siebenundzwanzig Jahren die Nacht bei einem schönen Mann verbracht habe? Meine Mutter hat das gar nicht gewusst. Die hat nicht mehr mitbekommen, ob jemand bei ihr war oder nicht.«

»Ja, du bist ein Unmensch«, sagte Tokeli, »weil du mir ins Gesicht sagst, dass du einen anderen schön findest und mit ihm deine Nächte verbringst.«

»Das weißt du doch. Außerdem ist dein Gesicht nicht hier.«

»Aber mein Herz«, sagte Tokeli. »Es ist immer da, wo du bist.«

»Lieber Himmel. Wieso bin ich eigentlich mit lauter Kerlen gestraft, die sentimentale Verse hauchen, statt wie vernünftige Menschen zu reden?«

»Ich hauche nicht«, sagte Tokeli. »Ich bin auch nicht sentimental, ich nenne die Dinge nur beim Namen. Mein Beileid, Kirschla. Du fragst mich zwar nicht, aber ich sage es dir trotzdem: Deine Mutter ist keinen harten Tod gestorben, und sie war nicht allein. Sie liegt aufgebahrt, und ich kümmere mich nachher um das Begräbnis, damit dein Vater bei ihr bleiben kann. Er nimmt es schwer. Ich denke, er hätte seine einzige Tochter jetzt gern bei sich.«

»Und ich bin schon wieder ein Unmensch, weil ich nicht bei ihm bin, nicht wahr, das wolltest du doch sagen?«

»Wenn du weißt, was ich sagen will, wozu reden wir dann?«

»Herrgott!«, schrie Kirschla los. »Warum spielst eigentlich ausgerechnet du dich so auf? Bist du deinen Eltern etwa ein braver Sohn?«

»Nein.«

»Um meine Mutter geht es dir doch gar nicht!«, schrie sie weiter und bemerkte, dass ihr die Tränen übers Gesicht strömten. »Es geht dir darum, dass ich die Nacht nicht in deinem, sondern im Bett von einem *Gadžo* verbracht habe.«

»Ob er ein *Gadžo* ist, ist mir egal. Von mir aus kann er Adolf Hitler persönlich oder der Tennō von Japan sein. Die Frau, die ich liebe, schläft mit einem anderen. Soll mir darum nicht das Herz weh tun? Was bin ich denn dann für ein Mann?«

»Überhaupt keiner.« Kirschla hatte im Weinen keine Übung. Sie bekam kaum Luft. »Du bist ein kleiner Junge, der seinen gekränkten Stolz vor sich herträgt, statt sich um die Dinge zu kümmern, die wichtig sind. Wir werden für das Begräbnis bezahlen müssen, und wir haben nicht einmal das Geld für den Mietrückstand.«

»Für welchen Mietrückstand?«

»Deine Mutter hat am Ersten eure Miete nicht einzahlen können«, antwortete Kirschla. »Weil Rabas Junge krank war und weil in der Wäscherei Geld fehlte. Sie wollte die Schuld sofort von ihrem nächsten Lohn begleichen.«

»Und wie sollte das gehen? Am Ersten wird doch schon die nächste Miete fällig. Weißt du, wie viele *Sinti* mit solchen Milchmädchenrechnungen ins Elend geraten und ihre Wohnung verlieren? Ich verstehe nicht, warum mein Vater euch mit dem Geld hantieren lässt, statt sich selbst darum zu kümmern.«

»Und verstehst du, wie es deinen Vater kränkt, dass er seine Familie nicht ernähren kann, du blöder Moralapostel? Wenn kein Geld da ist, kann keiner es ausgeben, weder wir Frauen, die du für dumme Glucken hältst, noch dein Vater, und auch nicht der über alles erhabene Tokeli.«

»Adam«, korrigierte Tokeli.

»Ist mir doch egal.«

»Es tut mir leid«, sagte er. »Du hast recht, ich weiß nicht mehr, was ich sage, weil mir das mit deinem Verleger weh tut. Du opferst dich auf. Ihr macht es so gut, wie ihr könnt.«

»Sei nicht so ein Weichling, Tokeli«, sagte sie weinend und wünschte sich auf einmal, ihn bei sich zu haben. »Du hast immer gewusst, dass ich ein gefallenes Mädchen bin, das nichts von Treue weiß.«

»Ich weiß auch nichts von Treue«, sagte er. »Von Liebe aber schon.«

»Erzähl mir nicht, du schläfst noch mit anderen.«

»Warum nicht?«

»Verdammt, weil du noch ein Kind bist«, rief sie, »ein dummer Bengel, der keine Ahnung hat, wie leicht man sich da draußen das Genick bricht.« Angst befiel sie. Ihre süße Mutter war tot, sie hatten kein Geld, weder für die Wohnung noch für das Begräbnis, die neue Regierung hängte Hetzplakate gegen ihr Volk in Schaukästen, und Tokeli, ihr lockenköpfiger, zur Liebe geborener Tokeli, schlief sich durch fremde Betten. »Uns erzählst du, du lernst Tag und Nacht für dein Studium, und was tust du in Wirklichkeit?«

»Tag und Nacht für mein Studium lernen«, sagte Tokeli. »Weinst du, Kirschla? Hör zu, ich habe Unsinn erzählt. Und für das Begräbnis zahle ich.«

»Wovon denn?«, schluchzte Kirschla. *Sinti*-Begräbnisse waren teuer, der Blumenschmuck musste von weit her zu sehen sein, Kleider mussten verbrannt und hundert Gäste verköstigt werden, das war man der Ehre des Verstorbenen schuldig. Man brauchte nicht daran zu glauben, Kirschla glaubte gewiss nicht daran, aber wie konnte sie ihrer Mutter, die sie auf den Knien gewiegt und ihr Pferdelieder vorgesungen hatte, die Ehrerbietung schuldig bleiben?

»Ich habe doch Geld gespart«, sagte Tokeli. »Nicht viel, ob es für den Mietrückstand noch reicht, weiß ich nicht, aber ich spreche mit Böttger, ja? Bitte hör auf zu weinen. Soll ich dich holen kommen?«

Böttger war der Hauswirt, ein übellauniger Nichtsnutz, der den gesamten Häuserblock geerbt hatte. Und Tokeli, der gehofft hatte, im Herbst mit dem Studium zu beginnen, wollte verzichten und das Geld für das Begräbnis ihrer Mutter hergeben. »Du brauchst dein Geld doch, *Cino*«, schluchzte Kirschla. »Du hättest für dieses Studium deine eigene Großmutter verkauft.«

»Will die einer haben?«, fragte Tokeli. »Schickt der mir ein Angebot?«

Kirschla lachte beim Heulen. Tokeli lachte nicht.

»Du bist unverkäuflich«, sagte er. »Ich komme jetzt zu dir, ja? Ich will nicht, dass du allein bist.«

»Musst du denn nicht arbeiten?«

»Ich habe Dr. Dietrich gesagt, dass ich einen Trauerfall in der Familie habe«, erwiderte Tokeli. »Hergekommen bin ich eigentlich nur, weil ich gehofft hatte, du würdest anrufen. Ich kann gehen, wann ich will.«

»Du hörst dich ja an wie ein Erwachsener, Tokeli.«

»Adam«, korrigierte Tokeli. »Du bist im Verlag, ja? Ich hole dich ab.«

Sie wollte nichts lieber als das. Aber Philip würde in Verzweiflung ausbrechen, wenn er mit seinem Salzkrustenbraten von *Horcher* anrückte und feststellte, dass der Vogel ausgeflogen war. Sie konnte ihn nicht einfach sitzenlassen, er betete sie an, aber selbst seine Geduld würde irgendwann erschöpft sein, und wie es aussah, brauchte sie sein Geld nun dringender denn je. Außerdem hatte er so etwas nicht verdient, doch wenn sie ehrlich war, war ihr das im Augenblick egal. Sie hätte ihn gern auf den Mond gewünscht, damit sie Tokeli bei sich haben konnte.

»Ich bin nicht im Verlag«, murmelte sie. »Ich bin in Philips Wohnung. In der Königin-Augusta-Straße.«

Sie hörte ihn hart schlucken, und es tat ihr weh. »Ist er auch da?«

»Nein.« Sie würde Philip auf einen Zettel schreiben, dass ihre Mutter gestorben war.

»Ich bin gleich bei dir«, sagte Tokeli.

9

Kirschla

Kirschla war eine Zigeunerin, sie hatte kein Herz in der Brust und konnte keinen Mann lieben, aber an diesem scheußlichen Tag im Februar vergaß sie das. Tokeli war ja auch kein Mann. Er war ihr kleiner Bruder, ihr gelehriger Schüler, den sie zum perfekten Liebhaber ausgebildet hatte. Und dennoch: Wenn sie einen hätte lieben können, dann hätte er sein müssen wie Tokeli. Philip war ein Ritter, mit seinem Anstand berührte er sie, aber er konnte ihr nicht das Wasser reichen. Tokeli hatte gerade bewiesen, dass er in einem anderen Leben womöglich auch zum Ritter getaugt hätte, aber es war seine dreckige Seite, der sie nicht widerstehen konnte. Er schlief mit ihr in Philips weiß bezogenem Ehebett. Am Ende steckte keines der Laken mehr unter der Matratze, Kissen und Decken lagen auf dem Boden verteilt, und an seinen Schenkeln klebte Blut. Seines, nicht ihres. Oder das von ihnen beiden.

Sie liebten sich Mut an. Er wütend und sie verheult. Hinterher stand er splitternackt in Philips elegantem Wintergarten, sah auf die Spree und rauchte eine Zigarette aus der vergoldeten Kiste für Gäste. »Eines Tages habe ich auch so eine Wohnung, Kirschla. Eines Tages …«

Es war nicht der Zeitpunkt, um sich wie sonst über ihn lustig zu machen, und ihr stand nicht der Sinn danach. Sie trat hinter ihn und umarmte seinen Rücken, lehnte die Wange an sein Schulterblatt und dachte: Wenn ich sesshaft wäre, dann wäre ich bei dir zu Hause.

Sie machten das Bett, Kirschla schrieb einen Zettel für Philip, dann gingen sie, um Pušomori von der Schule abzuholen. Das Wetter war trocken, trüb und kühl, eine S-Bahn fiel aus, und sie mussten ein ganzes Stück zu Fuß gehen, was Kirschla wohltat. Sie passten zusammen, sogar ihre Schritte, die sich aufeinander einstellten, und ihre Schatten, die verschmolzen. Meine Mutter ist tot, dachte Kirschla, ich bin jetzt ein halbes Waisenkind, auch wenn ich kein Kind mehr bin. Eine *Sintiza* blieb ein Töchterchen, so wie ein *Sinto* ein Söhnchen. Sie fühlte sich klein und hatte dieses eine Mal nichts dagegen, dass Tokeli den Arm besitzergreifend um sie legte.

Sie gingen am Reichstag vorbei, der in den blassgrauen Himmel ragte und aussah, als sorge er für Ruhe, als wäre auf ihn Verlass. Kirschla hatte dem Gebäude nie Beachtung geschenkt, weil sie fand, das, was darin beschlossen wurde, gelte für alle, aber nicht für ihresgleichen. Jetzt fiel ihr ein, was Philip gesagt hatte: *Wir haben immerhin noch einen Reichstag, in dem sie keine Mehrheit haben.* Und Tokeli, der von Verfassungen und Gleichheitsgrundsätzen schwärmte – war etwas Wahres daran, ging von steinernen Gebäuden und auf Papier gebannten Gesetzen ein Schutz aus, der niemanden ausschloss, auch wenn er schwarze Haare, Hundeaugen und einen ungewaschenen Hals hatte?

Gerade ertönte die Schulklingel, als Kirschla und Tokeli das Tor erreichten. Unter den Kindern, die mit Ranzen und Brotdosen aus dem Portal strömten, war Pušo das hübscheste. Sie war sehr sauber, auch ihr Hals, sie war eindeutig Tokelis Schwester. Ihr Haar hatte sie sich in ordentlichen Zöpfen um den Kopf geflochten, und ihr Kragen war weißer als der aller anderen Kinder. Ihr lieblich geschnittenes Gesicht war spitz vor Zorn. So wie Tokelis Gesicht, wenn er verletzt war und nicht weinen wollte.

Pušo hatte geweint. Es war ihren Augen anzusehen, so wütend sie auch funkelten.

»Was ist denn los?«, fragte Kirschla und spürte, wie Tokelis Körper neben ihrem sich anspannte, wie er in Angriffsstellung ging. Auf dem Hetzblatt im Schaukasten hatte gestanden: »*Dem Zigeuner ist die Zivilisation fremd. Sein Geist ist triebhaft, primitiv, er kriecht vor Gewalt, greift aus Rachsucht zum Messer und wird zum verschlagenen Tier.*«

»Die haben uns vermessen«, stieß Pušo hervor.

»Was?«

»Zwei Männer und eine Frau. Die sind in die Klasse gekommen, und wir mussten uns einer nach dem anderen vorn auf einen Stuhl setzen. Dann haben die mit so einer Zwinge und einem Band an unseren Köpfen etwas ausgemessen. Bei mir haben sie dreimal so lange gebraucht wie bei den anderen. Sie müssen alles wissen, haben sie gesagt: Wie lang meine Nase ist. Wie dicht meine Augen zusammenstehen. Wie viele Zähne ich hab, und in die Augen mussten sie mir leuchten, damit sie sehen konnten, welche Farbe die haben. Braun, hab ich gesagt. Aber die haben nicht hingehört.« Ihre Stimme, die rotzig klingen sollte, begann zu zittern. »Die haben das alles in eine Liste eingetragen. Ich bin ein typischer Zigeunermischling, haben sie gesagt, ich habe schwarze, blitzende Augen, eine niedrige Stirn und spitz zulaufende Ohren.«

Die Tränen ließen sich nicht länger zurückhalten, sosehr Pušomori die Fäuste ballte. Tokeli wurde zum verschlagenen Tier. »Wo sind die? Wo sind diese Dreckschweine hingegangen?«

Er wollte loslaufen, das Schulgebäude stürmen, den Kopf gesenkt wie ein wütender Stier. Sie und Pušo packten ihn gleichzeitig bei den Armen. Er war schlank und jung, aber er hatte so viel Kraft, dass sie ihn loslassen mussten, wenn sie nicht mitgeschleift werden wollten.

»Verdammt, bleib stehen, du Idiot«, schrie Kirschla über den Schulhof, dass sich die Köpfe nach ihr drehten. Was die dachten, konnte sie sich vorstellen: *Das ist die Zigeunerin. Triebhaft und unbeherrscht, blitzende Augen, Messer in der Tasche.* Sie legte den Arm um Pušo und schrie Tokeli hinterher: »Komm zurück, was willst du denn da? Jemanden umbringen? Was wird dann aus deiner glorreichen Laufbahn als Rechtsanwalt?«

Tokeli drehte sich um. In seinen Blick verliebte sich Kirschla. »Das ist mir scheißegal«, sagte er. »Pušo weint.«

Kirschla ging zu ihm, nahm ihn bei den Armen, rüttelte ihn. »Komm zu dir, ja? Pušo schämt sich. So hilfst du ihr nicht.«

Noch immer wirkte er, als wäre er nicht bei sich, und sein Körper machte eine Bewegung wie ein Pferd, das sich bäumte und losreißen wollte. Sie fasste ihn härter an, gab ihm einen Streich auf die Wange. »Verdammt, reiß dich zusammen – hör auf, dich aufzuspielen, und bring deine Schwester nach Hause.«

Er brauchte noch einige Sekunden, dann fiel die Spannung in den Schultern in sich zusammen. Sie ließ ihn los, und er trottete neben ihr vom Schulhof. Pušomori stand verloren am Gitter. Sie nahmen sie in die Mitte und machten sich auf den Heimweg.

Nach einer Weile fragte Pušo: »Warum machen die das? Warum bin ich fremdrassig, warum sagen die, ich bin ein Zigeunermischling?«

»Du bist keiner«, sagte Tokeli. »Deine beiden Eltern sind *Sinti*, und du bist eine *Sintiza*. Außerdem bist du die Tochter von werktätigen, sesshaften deutschen Staatsbürgern, und was du noch sein willst, entscheidest du selbst, wenn du mit der Schule fertig bist. Vielleicht eine Ärztin. Oder eine Lehrerin. Du brauchst nicht zu sein, was die sagen. Du bist, was du willst.«

»Aber warum sagen die das? Warum sagen die, ich stinke nach Scheiße, obwohl wir nicht einmal neben Scheiße stehen bleiben dürfen und der Vater mir Backpfeifen geben würde, wenn ich so ein Wort in den Mund nehme?«

»Um dir weh zu tun, Pušo. Um uns weh zu tun, weil wir dich nicht schützen können. Um uns ganz klein zu halten. Aber wir sind ja nicht ganz klein. So, wie wir nicht nach Scheiße stinken.«

»Und so, wie wir keine Mischlinge sind?«

»Nein. Als Mischling bezeichnen sie einen *Sinto*, der nicht mehr wie seine Ahnen umherzieht, sondern sich eine Wohnung einrichtet und einen Beruf ausübt wie sie. Sie sagen: Der muss sich mit uns vermischt haben, denn wenn er nur ein *Sinto* wäre, hätte er das doch nicht schaffen können. Damit wollen sie uns noch kleiner machen, besonders wenn sie selbst nicht viel geschafft haben. Dann brauchen sie einen, der noch kleiner ist als sie.«

Pušo reckte das Kinn, sah zu ihm auf und gab im Dämmerlicht zu erkennen, wie schön die Frau war, die sie bald sein würde. »Die Frau, die mich vermessen hat, hat gesagt, das ist hässlich, dass meine Stirn so niedrig ist. Dabei war auf ihrer Stirn ein Pickel, und sie hatte so fransige Haare, die hätte sie sich nicht mal drüberkämmen können.«

Tokelis Lachen klang gequält, aber das hörte nur Kirschla. Pušo lachte befreit mit, und dann machte sie sich los und rannte mit fliegendem Rock voraus, weil sie in ihre Straße einbogen und sie ihre Freundin entdeckt hatte, die vor der Tür des Vorderhauses mit einem Reifen Tanzschritte übte. Kirschla blieb stehen und nahm Tokelis Arm. »Sieh mich an.«

Er hatte seiner Schwester nachgestarrt und wandte den Kopf zu ihr, als wäre er aus Blei. Kirschla strich ihm durchs Haar, tat es wieder und wieder, und als er nicht reagierte, gab sie ihm einen Kuss. »Ich hab dich vorhin nicht kränken wollen«, sagte sie. »Ich hab dich nur angeschrien, um dich von diesem Schulhof herunterzubekommen, weg von den verdammten Gaffern. Als deren Zielscheibe bist du mir zu schade. Ich fand dich großartig, *Cino*.«

Er bekam von ihr nicht viele Komplimente zu hören, sie fand, er hätte keine nötig, und für gewöhnlich stürzte er sich auf jedes einzelne wie ein Welpe, der Milch aufleckte. Jetzt verzog er keine Miene. »Kannst du mir einen Gefallen tun, Kirschla?«

»Ich glaub schon. Du warst heute sehr nett zu mir, und das, was du zu Pušo gesagt hast, hat mir mächtig imponiert. Du sitzt dir doch nicht ganz umsonst den Hintern platt bei deinen Rechtsanwälten.«

»Ich heiße Adam«, sagte er. »Es steht in meinem Pass. Bitte nenn mich so. Und wenn du mich nicht lieben kannst wie einen Mann, dann lieb mich besser gar nicht. Eine Mutter, zwei Schwestern und eine endlose Sammlung von Tanten habe ich schon.«

»Oh, mein Gott, Tokeli! Ach, verzeih mir – Adam.« Sie schlang die Arme um ihn und drückte ihn mitten auf der Straße an sich. »Ich weiß, dass du dir das wünschst, und das hättest du dir heute auch verdient, aber das könnte jede andere besser als ich. Versuch doch, zu verstehen: Als du geboren wurdest, war ich fast sieben Jahre alt, und deine Mutter rief uns herüber, damit wir ihr ins Tuch hineinlugen und sehen konnten, was für ein süßes, dickes, wonniges Baby du warst. Ich fand, die Familie hatte längst zu viele Babys, aber vor deinem Charme bin ich wie Butter zerschmolzen. Du warst selig, wenn wir dich nur anschauten, und wir waren auf den ersten Blick in dich verliebt. Wir Mädchen haben uns gestritten, wer dich hochnehmen durfte, am lautesten ich, die sich aus Babys nichts machte. Wie soll ich denn das vergessen und dich als Mann lieben? Das kann ich nicht, Liebling, aber eines ist gewiss: Du warst ein zauberhafter kleiner Junge, und wenn irgendwer das Zeug zu einem zauberhaften Mann hat, dann du.«

Kirschla holte Atem. Sie hatte gegeben, was sie hatte, und ihm gestanden, dass sie keinen Menschen so sehr liebte wie ihn. Dass er dennoch aussah wie nach einer Backpfeife, einem

Schlag auf die Ehre, konnte sie ihm nicht verdenken. »Gehen wir«, sagte er, und sie folgte ihm mit schleppenden Schritten. Es war kalt, es war dunkel, und sie war unendlich müde. Sie würde sich mit ihrem Vater und den Geschwistern die Totenwache teilen müssen, davor hatte sie Angst, denn wie konnte man das Leben lieben und vor dem Tod nicht das Grausen bekommen? Außerdem war bei der Totenwache nichts erlaubt als Wasser und Brot, kein Schlückchen Schnaps, keine Zigarette, nichts Süßes, das den Schrecken besänftigt hätte. Sie hatte gehofft, Tokeli würde sich zu ihr setzen, aber wie durfte sie das jetzt noch von ihm verlangen?

Durch das düstere Vorderhaus traten sie in den Hof. Wie gewöhnlich tönten ihnen Gegacker und Geblöke entgegen, und die zwei struppigen Köter, die das Vieh hüteten, sprangen kläffend heran, um ihnen die Hände zu lecken. Was fehlte, war der Menschenlärm. Heulen, Zetern, Zanken, Lachen. Ohne ein Wort fielen Kirschla und Tokeli in Laufschritt. Ihre Familien standen versammelt um den Wagen, in dem Tokeli hauste, und um die Remise, in der Mano Rose seine Lederwaren fertigte. Eine schweigende Menschenschar, schwarz- oder grauhaarig, hundeäugig, hilfesuchend. »Was ist denn?«, rief Tokeli, der sich wünschte, dass sie ihn Adam nannte. »Was ist denn jetzt schon wieder passiert?«

Raba, seine Schwester, die ihre Zwillinge trug und wieder schwanger war, schluchzte auf. Sein Vater trat vor und sprach atemlos vor Zorn: »Die haben uns rausgeworfen. Vierzehn Jahre zahl ich hier die Miete, und dann kommt dieser Mann, der selbst Kinder und Enkel hat, und setzt mich und meine Leute vor die Tür.«

Also alle zu uns, dachte Kirschla. Mit hämmerndem Herzen überschlug sie die Räume in der Wohnung ihrer Familie. Was geschah, wenn man zu elf beengt lebenden Menschen noch einmal dreizehn dazustopfte? Angenehm würde es nicht werden, zumal zu der Jahreszeit, doch niemand würde sich den Tod holen. Ihre Mutter, die jetzt dort oben aufgebahrt lag, hatte ihr einmal von ihrer Schwester erzählt, die im Alter von drei Monaten gestorben war, erfroren während des Umherziehens, weil aus den zugigen Wagen die Kälte nicht fernzuhalten war. In ihrer Wohnung würden sie sich vielleicht Flüche und Geschirr an den Kopf werfen, aber daran würde niemand draufgehen.

Dann trat ihr Vater neben Mano Rose. Er war ein kerniger Mann mit roten Wangen, doch jetzt war sein Gesicht wie Wachs. »Wir auch, Kirschla«, sagte er tonlos. »Wir auch.«

In dem Tumult, der entstand, suchte Kirschla zu begreifen. Die Einzelheiten vor allem. Die Tatsache, dass sie morgen früh keinen Spiegel haben würde, um sich halbwegs für den Verlag herzurichten. Dass sie kein Bett mehr hatte, um sich zumindest eine halbe Stunde hinzulegen, obwohl ihr vor Müdigkeit übel war. Dass ihre Habe in Taschen, Bündeln und Haufen über den Hof verstreut lag. Dass ihre Mutter irgendwo sein musste, ihre tote Mutter, der sie eine Aufbahrung schuldig waren.

Tokeli lief von einem zum anderen und stellte Fragen, debattierte, machte Vorschläge. Dann begann er zusammen mit seinen Brüdern, die Mitglieder der Familie in die Remise und den Wagen zu treiben. Kirschla ging zu ihm und half. »Suchst du Decken heraus und verteilst sie?«, fragte er. »Ich gehe zu Böttger und zahle ihm, was ich habe. Wenn er uns dann nicht wieder in die Wohnungen lässt, gehe ich zu Dr. Dietrich und bitte ihn, uns das Geld, das uns fehlt, zu leihen.«

»Ich kann Philip fragen«, bot Kirschla an.

»Dich verkaufen?«

»Wenn du es so nennen willst, von mir aus. Wo ist meine Mutter?«

»Im Wagen. Es tut mir leid, Kirschla.«

»Meine Mutter braucht dir nicht leidzutun. In einem Wohnwagen sind sämtliche Frauen ihrer Familie aufgebahrt worden.«

Sie gingen beide an ihre Aufgaben. Kurz darauf kam er mit der übelsten Nachricht zurück. Er sah aus, als stürze sein Bild von der Welt in Brocken auf ihn nieder, und starrte fortwährend in seine leeren, verkrampften Hände: »Böttger will uns weghaben, ob wir bezahlen oder nicht. Die anderen Mieter beschweren sich. Er sagt, er bekommt das Haus nicht voll, solange Zigeuner darin wohnen. Rechtens kann das nicht sein. Ich gehe zu Dr. Dietrich und bitte ihn um Hilfe.«

»Du gehst um diese Uhrzeit zu deinem vornehmen Chef und bittest ihn, einem Haufen Zigeuner zu helfen?«

»Er hat gesagt, ich soll mich an ihn wenden, wenn ich Hilfe brauche«, erwiderte Tokeli wie ein Schüler, der etwas Auswendiggelerntes hersagt. »Er hat gesagt, er schätzt mich, er nimmt mich in die Kanzlei, wenn ich meinen Abschluss habe.«

»Und das glaubst du?«, fuhr sie ihn an. »Dass er einen Zigeuner seinen hochwohlgeborenen Klienten vorsetzt, die nicht einmal ertragen, wenn solche wie wir auf derselben Etage wohnen? Das erzählt er dir nur, damit du dir weiter für einen Hungerlohn bei ihm den Buckel krumm schuftest.«

Tokeli gab keine Antwort mehr, sondern ging. Kirschla lief ihm hinterher, weil sie den Gedanken, mit den anderen und ihrer Verzweiflung in der vollgestopften Remise oder mit ihrer toten Mutter im Wagen zu hocken, nicht ertrug. Schweigend eilten sie durch die eisige Winternacht, die sich – wie so oft Ende Februar – anfühlte, als würde es nie mehr Frühling werden. Mit der S-Bahn war noch immer etwas nicht in Ordnung, und wie schon am Nachmittag mussten sie eine weite Strecke zu Fuß zurücklegen. Den roten Schein, der ganz plötzlich aufglühte und den Himmel füllte, sahen sie beide zugleich. Er wirkte sofort bedrohlich, machte ohne Zweifel klar, dass es sich nicht um ein Feuerwerk handelte, nicht um etwas Harmloses, das morgen wieder in Ordnung kam.

»Da brennt es«, sagte Kirschla.

Tokeli sagte nichts, blickte starr geradeaus und strebte mit immer schnelleren Schritten auf den Feuerschein zu.

»Wollten wir nicht hier in die Bahn steigen? Ich dachte, dein Chef wohnt in Charlottenburg.«

»Ich muss dahin«, sagte er und lief weiter. »Ich muss das sehen.«

Das Atmen wurde schwerer, Kirschlas Augen begannen zu tränen, und die Straße entlang trieben ihnen schwarze Fetzen entgegen. »Was ist denn das?«, rief sie und hatte Mühe, ihm zu folgen. »Es muss doch etwas Riesengroßes sein, was da brennt.«

»Der Reichstag«, sagte Tokeli.

10

Franka

Mai 1933

Schorschie, nu' kiek doch ma', wat det Viech für Hörner hat!«

»Wenn der dir aufs Korn nimmt, kannste aus 'm Bauchnabel pinkeln.«

»So 'n ausjewachsener Kampfstier – und denn so 'n kleenet Mädel. Na, die muss Mut haben, wa?«

Den Mut brauche ich höchstens, um die ewig gleichen Sprüche der Besucher zu ertragen, dachte Franka, die die Raufen der

Tiere mit Heu und dem Brei aus Getreide- und Gemüseabfällen füllte, den Winnie in der Futterküche für die Tiere anrührte. In gewisser Weise war Winnie ein Koch wie sein Freund Dieter Seppelfricke: Aus den einfachsten Zutaten schuf er eine erlesene Komposition, nur dass er keine hungrigen Kneipenbesucher, sondern Herden von fremdländischen Rindern zufriedenzustellen hatte, für die Lutz Heck weitläufige Gehege auf dem neu erworbenen Gelände des Zoos errichtet hatte.

Die massigen, dickfelligen Köpfe der Tiere drängten auf die Futterstelle zu, ohne Franka mit ihren Hörnern auch nur zu streifen. Zurückweichen musste sie nur, um nicht zwischen ihnen eingequetscht zu werden. Dennoch war sie über die Kommentare der Besucher, die sich mit schönster Regelmäßigkeit bei jeder Fütterung wiederholten, nicht wirklich verärgert, sondern eher amüsiert. Sie wusste, dass sie als einzige Frau unter den Pflegern, die sich zwischen die gefährlichen Gehörnten wagte, eine Attraktion darstellte, und eine Attraktion, die zahlende Gäste anzog, war gut für den Zoo.

Man konnte über die Neuerungen, die Lutz Heck vornahm, denken, was man wollte, aber es strömte endlich wieder Geld in die Kassen. An nichts mehr musste gespart werden, weder am Tierfutter noch an neuen, artgerechten Gehegen und auch nicht an den Löhnen für Mitarbeiter. Heute beispielsweise würde Winnie einen Bewerber begutachten, der, wenn er taugte, die Reihen der Pfleger verstärken sollte. Das war ein Grund zur Freude. Allzu lange hatten sie in Unterbesetzung und in ständiger Erschöpfung gearbeitet, und nichts belastete Franka mehr, als einem Tier nicht die Zeit und Sorgfalt widmen zu können, die ihm zukam. Sie hatten die Tiere in ihre Stadt geholt, weil es sie glücklich machte, sie um sich zu haben, und sie hatten die Pflicht, für sie zu sorgen. Jedes Paar Hände, das dabei mit anpackte, war mehr als willkommen!

Es blieb nur zu hoffen, dass der junge Mann sich für die Stellung eignete. Tierpflege bestand nicht darin, bunten Vögeln Körner hinzustreuen und kuscheligen Kälbern die Hälse zu kraulen, wie viele Besucher es sich vorstellten. Es war Knochenarbeit, weit härter, als Franka es sich ausgemalt hatte, als sie vor zweieinhalb Jahren ihren Posten antrat. Wer dazu befragt worden war, war dagegen gewesen: Eine Frau könne den Anforderungen unmöglich gewachsen sein, schon gar kein junges, nicht eben stämmiges Mädchen wie Franka. Im Grunde traute nicht einmal ihr geliebter Winnie es ihr zu.

»Klar will ick dir hierhaben, Kleene«, hatte er gesagt. »Die Sache mit deinem Studium is' verdammt ungerecht, und dass wir dir helfen, is' klar wie Kloßbrühe. Mutterns Jüngstem wär's halt bloß lieber, wir hätten 'ne Stelle im Büro frei.«

Von ihrem zweiten Fürsprecher, dem sie ihre Einstellung schließlich verdankte, war schon gar nicht zu erwarten, dass er sie für geeignet hielt. Carl Leutner – daran hegte Franka keinen Zweifel – war nur aus einem Grund helfend eingesprungen: Er hatte Winnie einen Gefallen tun wollen. Winnie war eben Winnie – einen Menschen, der ihn nicht mochte, gab es nicht, und das galt selbst für den menschenfeindlichen Tierarzt.

»Ick brauchte ihm die Sache nicht mal zu Ende zu erklären«, hatte Winnie ihr berichtet. »Das ist doch keine Frage, hat er gesagt. Fräulein Fröhlich kommt zu mir und Schluss.«

Es war nicht einfach, jemandem dankbar zu sein, den man nicht mochte. Schon gar nicht, wenn man überhaupt keinen plausiblen Grund hatte, ihn nicht zu mögen. Ihm vorzuwerfen, dass er sie vor einer Ewigkeit einmal herablassend behandelt hatte, weil sie ein krankes Krokodil erschreckt hatte, war mehr als albern. Das Krokodil – ein Brillenkaiman – hieß Heinz-Peter und wäre Carl Leutner bis ans Ende der Welt gefolgt. Panzerechsen ließen sich nicht zähmen, sie hatten an Menschen nur als Beute Interesse, so stand es in sämtlichen einschlägigen Büchern. Aber die Verfasser sämtlicher einschlägiger Bücher kannten eben Heinz-Peter nicht.

Franka hatte Verhaltensforscherin werden wollen, und wenn sie eines gelernt hatte, dann dies: Wer das Verhalten von Tieren erforschen, wer ihr Geheimnis ergründen wollte, musste ihnen zusehen und dabei vorgefasste Urteile über Bord werfen. Die schottischen, ungarischen und korsischen Rinder, die sie derzeit fütterte, boten das beste Beispiel dafür: Weil sie groß waren, bullig wirkten und zum größten Teil Hörner hatten, galten sie als gefährlich und aggressiv, doch keines von ihnen hatte die Neigung, Menschen anzugreifen. Natürlich war ein fleischfressendes Reptil mit einem vegetarischen Wiederkäuer nicht zu vergleichen, und dass ausgerechnet Krokodile Menschen ihre Liebe vergalten, hätten Fachleute für einen Witz gehalten.

Aber der zwei Meter lange Kaiman vergalt Carl Leutner seine Liebe. Er war nicht irgendein Reptil, sondern Heinz-Peter, und wer Tiere respektierte, der schor sie nicht über einen Kamm. Heinz-Peter lief hinter Leutner her wie ein Hund, wann immer der Tierarzt ihm dazu Gelegenheit bot. Manchmal spazierten die beiden in den Abendstunden, nach Torschluss, über die Wege des Zoos und boten ein seltsames Bild von Glück.

Die Direktion hatte Leutner mehr als einmal gedrängt, eine solche Vorführung in einem sicher abgetrennten Bereich vor den Besuchern zu liefern. Ohne Zweifel hätten die Berliner den Mann, der mit einem Kaiman wie mit einem Dackel Gassi ging, über Nacht zur Sensation erkoren. Leutner aber hatte sich standhaft geweigert: »Kaimane sind scheu«, hatte er erklärt. »Warum er mich davon ausnimmt und hinter mir hergehen will, weiß nur er selbst, aber ich möchte, dass er es tun kann, ohne dabei Schaden zu nehmen.«

Bei einem anderen als Leutner hätte Franka diese Haltung bewundert. Bei einem anderen hätte sie an der innigen Beziehung zwischen Mensch und Tier ihre Freude gehabt. Solche Beziehungen entstanden im Zoo häufig zwischen einem bestimmten Tier und dem Menschen, der für es sorgte: So hatte Winnie seinen Liebling in Bobby, dem Gorilla, gefunden, der als Einziger seiner Art im Affenpalmenhaus lebte und unter Einsamkeit litt. Bobby war 1928 in einem Zugabteil aus Marseille nach Berlin gekommen, ein nur sechzehn Kilo schweres Jungtier, und vom ersten Tag an hatte Winnie sich seiner angenommen.

Ludwig Heck hatte Bobby gekauft, weil er sich einen der majestätischen Riesen unter den Menschenaffen für seinen Zoo wünschte, doch bisher hatte die Gorillahaltung in Berlin unter keinem guten Stern gestanden. Jedes Tier, das hierhergelangt war, war innerhalb von Monaten gestorben, und auch Bobby wurde sofort nach seiner Ankunft krank. Winnie aber sorgte für ihn nicht wie ein Pfleger für einen Schützling, sondern wie ein Ziehvater für seinen Sohn. Er badete ihn in einer Waschschüssel, kroch auf allen vieren durch den Käfig, um mit ihm zu spielen, fütterte ihn mit der Hand und wachte über seinen Schlaf. Bobby wurde gesund, gedieh und war mittlerweile fünf Zentner schwer. Aber er betrachtete sich noch immer als Winnies Sohn und begrüßte ihn täglich mit einer Umarmung, als hätte er ihn wochenlang nicht gesehen.

Während Franka dem Umgang zwischen Winnie und Bobby nicht oft genug zusehen konnte, so erfüllte sie der zwischen Leutner und Heinz-Peter mit einem Gefühl, das sie bis zur Übelkeit reizte: Sie war eifersüchtig. Sie missgönnte Leutner die Liebe des Tieres, und dass sie sich dafür schämte, machte es nicht besser.

Sie konnte Leutner nicht ausstehen – daran ließ sich nichts ändern. »Das geht auf keinen Fall«, hatte sie ausgerufen, als

Winnie ihr den Vorschlag unterbreitet hatte. »Es tut mir so leid, du gibst dir solche Mühe, mir zu helfen, aber für Leutner kann ich nicht arbeiten. Du denkst jetzt, ich bin eine zickige, undankbare Kuh, nicht wahr?«

»Wenn einer Kuh sich vor einem Menschen derart die Haare sträuben, dann hat sie normalerweise recht«, hatte Winnie erwidert. »Aber du hast nicht recht. Was hat dir Carl bloß getan?«

»Nichts, Winnie, bitte hör auf, mich das immer wieder zu fragen. Ich habe Sorgen genug.«

»Um ehrlich zu sein, versucht Carl, dir bei deinen Sorgen zu helfen. Keiner von uns kann die Penunzen für dein Studium auftreiben, und das tut mir in der Seele weh. Aber wenn du bei uns im Zoo ein bisschen was verdienen könntest, wärst du immerhin beim lieben Vieh und müsstest die Zeit, bis du zurück an die Uni kannst, nicht in irgendeinem Büro verplempern. Und eine Bleibe hättest du auch, wo doch dein Onkel das Zimmer für dich nicht mehr zahlen kann.«

»Ich würde nichts lieber tun«, hatte Franka gesagt. »Ich komme mir selbst unmöglich vor, aber mit Leutner kann ich nicht arbeiten. Ich weiß nicht, warum, Winnie. Vielleicht erinnert er mich zu sehr an meinen Vater mit seiner ewig mürrischen Art.«

Dass sie ihren Vater erwähnte, war ein Zeichen tiefen Vertrauens, und Winnie wusste das und setzte ihr nicht länger zu. »Carl ist gar nicht mürrisch«, sagte er traurig. »Er ist nur scheu, aber das glaubst du mir nicht, also ist das ganze Gerede in den Wind gepustet.«

Er ging, um mit Leutner zu sprechen, und der zögerte nicht. Vermutlich war er ebenso froh wie Franka, nicht mit ihr arbeiten zu müssen, nahm stattdessen einen von Winnies Pflegern als Assistenten in seine Praxis, und dessen Platz wurde für Franka frei. Wenn man dem Tierarzt eines zugutehalten musste, dann dies: Er machte es ihr leicht, ihm aus dem Weg zu gehen. Seit sie hier lebte und arbeitete, hatte sie kaum mehr als ein paar Worte mit ihm wechseln müssen.

Franka klopfte der trächtigen korsischen Kuh, die ihr Maul in die Raufe senkte, den Hals und ging in den Unterstand, um Wasser für die Tränke zu holen. Viele Kühe waren trächtig, und die Geburt der Kälber wurde von Lutz Heck sehnsüchtig erwartet. Seinem Ziel, den ausgestorbenen Auerochsen nachzuzüchten, um der Welt die verlorene Art zurückzugeben, war er nie so nah gewesen. Den ersten Zuchterfolg hatte er bereits im letzten Jahr erzielt, und das Kalb, ein gesunder Bulle, hatte ganz seiner Vorstellung entsprochen. Erst jetzt aber flossen ihm die staatlichen Mittel zu, um seine Pläne in großem Stil umzusetzen.

In der Anlage war vieles noch unfertig. Eine Wasserleitung sollte erst in den nächsten Tagen nach draußen verlegt werden, und bis dahin musste Franka die schweren Eimer schleppen. Als sie sie anhob, spürte sie die Muskeln, die sich an ihren Armen spannten – der Beweis für die unglaubliche Tatsache, dass jener Tag im November, an dem ihre Welt unter- und gleich darauf wieder aufgegangen war, bereits zweieinhalb Jahre zurücklag. Sie hatte nicht fassen können, dass die Leute im Zoo ihr aus ihrer Not halfen, und hatte sich mit ihrer Tasche am Personaleingang herumgedrückt, nicht wie das Kind, das auf diesem Gelände aufgewachsen war, sondern wie eine Fremde, der das Herz in die Hose gerutscht war.

Winnie hatte ihr nicht versprechen können, sie in Empfang zu nehmen. Durch die Einsparungen hatte er mehr zu tun als je zuvor, und bei der Arbeit mit Tieren ließ sich kein Tag mit der Stechuhr planen. Tatsächlich war es dann auch nicht Winnie, der über den Wirtschaftshof auf Franka zukam, sondern eine Frau, die im Zoo so fehl am Platz wirkte wie ein Kamel im Pinguinbecken. Sie trug ein helles, schmal geschnittenes Kostüm, das ihre schlanke Figur betonte, Pumps und eine Frisur, an der jedes blondierte Härchen wirkte wie einzeln gelegt. Als sie näher kam, wallte Franka eine Wolke ihres Parfüms ins Gesicht und warf sie beinahe um.

»Anita Cornelius«, sagte die Frau und streckte Franka die perfekt manikürte Hand hin. »Ich bin die Direktionssekretärin und soll Ihnen Ihr Zimmer zeigen.«

Sie war eine von diesen Frauen, neben denen Franka sich schäbig und ungepflegt fühlte. Ihr eigener Rock war zu weit, und der Mantel, den sie darüber trug, hing um sie wie ein Sack. Sie wusste, welchen Eindruck sie machte. Auf dem Gymnasium war ihr Spottname nicht länger Franka Vierbein, sondern Vogelscheuche gewesen, doch sie konnte nicht anders: Ihre Kleider wählte sie so, dass sie keine Kontur ihres Körpers erkennen ließen, und ihr Haar schnitt sie sich mit der Küchenschere kurz. Die Frau, die ihr gegenüberstand, musste sie für eine Landstreicherin halten, doch auch bei ihr passte etwas nicht ins elegante Bild. Es war die Stimme. Die Aussprache. Sie klang antrainiert, und ab und an klang ein Ton durch, den Franka erkannte. *Habt ihr jetzt nicht mal genug?*, hallte es durch ihre Erinnerung. *So komisch ist das doch nicht, wenn's einem elend geht.*

»Anni?«, fragte sie ungläubig. »Anni Pelzin?«

Der Frau stand die Fassungslosigkeit im Gesicht. »Franka? Franka Frieda Fröhlich?«

Jetzt war es nicht länger zu verkennen. Hinter dem schmalen, geschickt geschminkten Gesicht verbarg sich noch immer das dicklich verquollene mit den fast wimpernlosen Augen. Flüchtig schien Franka die Kehle zu eng zum Atmen. Nach ihrem Wechsel ans Gymnasium hatte sie von Anni nie wieder etwas gehört. Beim Abschied hatte sie der Gefährtin, die sie tagein, tagaus beschützt hatte, noch versprochen, sich zu melden, doch im Grunde wusste sie bereits, dass sie es nicht tun würde. Anni gehörte wie die gesamte Volksschule zu einer Zeit, die sie vergessen wollte. Sie hatte sich ein neues, ein sauberes Leben gewünscht wie eine ausgewischte Tafel: eines, in dem es keinen Lehrer Rothert gab.

Das Gefühl, das sie jetzt überfiel, war ein anderes: Vor ihr stand keine Fremde, sondern Anni, ein Stück Vertrautheit in einem Moment, in dem sie den Boden unter den Füßen verloren hatte und ihn sich erst wieder neu erkämpfen musste. Sie liebte den Zoo, aber sie war nicht so töricht, sich einzubilden, dass sie in der Männerwelt der Pfleger willkommen sein würde. Die Männer waren von Entlassungen bedroht, und in der ganzen Stadt hofften Familienväter verzweifelt auf Arbeit. Dafür, dass Winnie in einer solchen Zeit ein nutzloses Mädchen einstellte, durfte sie nicht auf Verständnis hoffen.

Anni aber würde Verständnis haben. Ihr schien es genauso zu ergehen wie Franka, denn als sie die Arme hob, tat Anni es ihr wie ein Spiegelbild nach. Sie zögerten beide, waren ungeübt, doch dann trafen sich ihre Blicke, und im nächsten Augenblick fielen sie sich um den Hals. Keine halbe Stunde später hockten sie in der Kaffeeküche im Direktionshaus und erzählten einander ihr Leben. Anni hatte dasselbe tun wollen wie Franka: einen Strich ziehen. Neu beginnen. Nach der Volksschule hatte sie Kurse belegt, um sich eine Zukunft zu schaffen, und in anrüchigen Bars gearbeitet, um sich das Geld dafür zu verdienen. »Man möchte zwar glauben, einen Bratklops wie mich stellen solche Lokale gar nicht ein«, sagte sie. »Aber es gibt Gelüste und Vorlieben, die du dir besser gar nicht erst versuchst vorzustellen. So, wie du nicht wissen willst, was ich in diesen Bars gemacht habe.«

»Und wenn ich es doch wissen will?«

Heftig schüttelte Anni den Kopf. »Ich will es auch nicht mehr wissen, und seit ich hier ins Paradies geraten bin, kommt es mir manchmal vor, als wäre es einer anderen passiert, nicht mir.«

»Wie bist du überhaupt hierhergeraten?«, fragte Franka. »Ich wusste ja gar nicht, dass du Tiere magst.«

Anni lachte. »Ich mag ja auch keine. Obwohl ich zugeben muss, dass man sich an das ganze Gekreuche und Gefleuche gewöhnt. Ich würde mir kein Krokodil zum Kaffee einladen wie Dr. Leutner, und ich möchte auch Vasco, diesem Lama, nicht unbedingt noch einmal aus der Nähe begegnen, aber solange sie hübsch brav in ihren Käfigen bleiben, fange ich an, mich für sie zu erwärmen. Sie haben alles Mögliche, das wir nicht haben – Klauen, Zähne, Hörner, und dennoch kommen sie einem so merkwürdig hilflos vor, nicht wahr?«

Franka nickte. Zwar hätte sie es nicht in Worte fassen können, doch sie glaubte zu wissen, was Anni meinte. Die erzählte ihr, wie sie einen neuen Menschen aus sich gemacht hatte: »Irgendwann dachte ich, ich halte es nicht mehr aus, noch einen Tag länger als Anni der Bratklops herumzulaufen. Ich habe nur noch von Wasser und Rüben gelebt und jeden Pfennig für Zeitschriften ausgegeben, um zu lernen, nicht mehr hässlich zu sein.«

»Du bist hübsch«, rief Franka. »Als du eben auf mich zugekommen bist, habe ich gedacht: Ojemine, was macht denn dieser Filmstar hier im Zoo?«

»Das hast du nicht gedacht.«

»Doch, genau das!«

Anni lachte verlegen und war eine Sekunde lang wieder das dicke Mädchen im Geräteschuppen, das sich über ein wenig Freundlichkeit freute. »Mir genügt schon, dass ich nicht mehr wie ein Monstrum aussehe«, sagte sie.

»Ich wette, all die Männer hier sind in dich verliebt.«

Heftig schüttelte Anni den Kopf. »Sie sind nett zu mir. Wenn es etwas zu feiern gibt, wie Dr. Heinroths Geburtstag oder Geheimrat Hecks Pensionierung, werde ich eingeladen und sitze nicht allein an meinem Tisch. Das genügt mir. Ich fühle mich zum ersten Mal in meinem Leben angenommen, es macht mich glücklich, und mit dem anderen – mit der Liebe –, da hab ich's nicht so.«

»Ich auch nicht«, hatte Franka in Gedanken versunken erwidert. »Und mir ist es hier immer so ergangen wie dir: Ich fühle mich angenommen. Ich kann sein, wer ich bin.«

Damit hatte zwischen ihnen etwas begonnen, was sie beide noch nie besessen hatten: eine Freundschaft. Anni, die Franka auf ihren Wunsch fortan Anita nannte, hatte ihre Wohnung in der Stadt behalten, doch schon bald überredete Franka sie, diese aufzugeben und sich stattdessen mit ihr eine winzige Dienstwohnung in der Personalunterkunft zu teilen. Sie hatten nur ein Zimmer, eine Küche, in der man sich kaum umdrehen konnte, und ein ebenso enges Bad, aber sie waren beide Menschen, die spürten, wann der andere Abstand brauchte, und kamen sich nicht in die Quere.

Es gab überhaupt nur ein Thema, bei dem sie aneinandergerieten und das Anita nicht fallenlassen konnte, sosehr Franka sie drängte: Carl Leutner. Für die Freundin war der Tierarzt ein Heiliger, auf den sie nichts kommen ließ. Dass Franka ihn nicht mochte, ließ ihr keine Ruhe.

»Du täuschst dich, Franka. Dr. Leutner mag wirken wie ein Stoffel, weil er mehr Angst vor Menschen als vor Krokodilen hat, er sagt grässlich uncharmante Dinge, vergleicht Frauen mit Flusspferden, aber das ist nur, weil er so furchtbar einsam ist, dass selbst ich gegen ihn die reinste Partylöwin bin. Wenn du dem armen Kerl ein bisschen hilfst, wenn du ihm nur einen Schritt entgegenkommst, lächelt er. Und dann ist er der netteste Mann auf der Welt.«

»Und weshalb hat er mehr Angst vor Menschen als vor Krokodilen?«, blaffte Franka. »Einen Grund dafür hat er beileibe nicht: Er war hier Cheftierarzt, kaum dass er aus den Windeln heraus war, er ist der gehätschelte Protegé der Direktion, und binnen kurzem werden sie ihn selbst auf einen Direktorensessel hieven.« Und er ist ein Mann, fügte sie in Gedanken bitter hinzu. Er braucht vor Menschen keine Angst zu haben, denn niemand fasst ihn an, wenn er das nicht will.

»Ich weiß es doch auch nicht«, sagte Anita. »Er hat einfach nie gelernt, mit anderen umzugehen. Manchmal glaube ich, es wäre ihm das Liebste, sich in eine Schlammhöhle einzubuddeln wie sein Krokodil.«

»Dann soll er sich keinen Zwang antun«, versetzte Franka. »Wenn du mich fragst, ist er da gut aufgehoben.«

»Du bist ungerecht«, sagte Anita.

»Und ist das schlimm? Deinem heiligen Leutner kann doch egal sein, was ich von ihm denke.«

»Vielleicht ist es das«, erwiderte Anita. »Aber mir ist es nicht egal, weil ich es ihm verdanke, dass ich mich selbst nicht mehr in eine Schlammhöhle verkriechen will. Weißt du noch, wie ich zu dir gesagt habe, du hast bei mir etwas gut, und das vergesse ich nicht?«

»Ja«, antwortete Franka kleinlaut. »Dabei hätte ich es eigentlich zu dir sagen sollen.«

»Unsinn. Es gilt immer noch«, sagte Anita. »Und für Dr. Leutner gilt es auch. Ich bin zwar kein solcher Tieranbeter wie ihr, aber wenn jemand freundlich zu mir ist, werde ich gern für ihn zur Tigerin.«

Franka berührte noch immer nicht gern Menschen, doch in Gedanken legte sie die Arme um Anita. »Zu dir sollte jeder freundlich sein. Du verdienst es.«

»Wenn jeder Freundlichkeit bekäme, der es verdient, wäre die Welt vor Freundlichkeit nicht auszuhalten.« Sie hatten beide gelacht. Auch wenn Winnie noch immer gelegentlich zu ihr sagte: »He, Frollein Fröhlich, machense doch mal Ihrem Namen Ehre«, kam es Franka vor, als ob sie jetzt oft lachte.

Sie hatte Grund dazu. Sie fühlte sich sicher und geborgen. Beinahe geliebt, auch wenn das ein allzu großes Wort war. Erst gestern hatte sie darüber nachgedacht. Sie hatte abends wie so oft mit Winnie in der *Waldschenke* gesessen, um bei einem Glas Rheinwein den Tag ausklingen zu lassen, und hinterher waren sie Seite an Seite den kurzen Weg nach Hause geschlendert. Mit Winnie ging sie gern so. Mit niemandem sonst.

Anita war noch wach gewesen und hatte im Spülstein ihre Seidenstrümpfe ausgewaschen. »Darf ich dich was fragen?«, hatte sie sich erkundigt. »Ist das eigentlich ernst zwischen euch, ist die Liebe jetzt doch etwas für dich?«

»Zwischen mir und Winnie?« Franka musste innehalten und überlegen. Hätte jemand sie gefragt, wer ihr der liebste Mensch auf der Welt war, hätte sie, ohne zu zögern, Winnie genannt. Auch wenn sie dabei dem armen Onkel Gerhard gegenüber, der so viel für sie getan hatte und dem es elend ging, ein schlechtes Gewissen hatte. Fand sie ein paar Tage lang keine Gelegenheit, mit Winnie zu sprechen, vermisste sie ihn. Er war der einzige Mann, mit dem sie gern allein war, dem sie gern die Hand und manchmal sogar gern einen Kuss gab. Wenn sie sah, dass er zu ihr kam, wenn er lachte, wie um einen Pokal zu gewinnen, spürte sie ihr Herz.

War das Liebe?

»Ich weiß, die meisten Leute finden dicke Menschen hässlich«, sagte Anita. »Aber ich finde, Winnie ist ein schöner Mann.«

»Er ist der schönste Mann, den es gibt!«, rief Franka.

Anita lächelte. »Also ist es ernst. Muss ich mir demnächst eine neue Bleibe suchen?«

»Quatsch«, versetzte Franka. »Ich weiß ja nicht einmal, ob er mich auch mag.«

»Weißt du das wirklich nicht?«

Hilflos hatte sie die Schultern gezuckt. »Ich verstehe so wenig davon, wie soll ich das wissen? Und selbst wenn es so wäre, würden Winnie und ich ja nichts daraus machen. Nicht so wie andere Leute, meine ich. Wir würden nicht in eine Wohnung ziehen und heiraten wollen wie Dr. Heinroth und seine Katharina.« Oskar Heinroths Frau Magdalena war vor anderthalb Jahren auf einer Reise plötzlich verstorben. Ihr Mann, der doch in seiner Arbeit zwischen Vögeln und Fischen aufzugehen schien, war nicht mehr er selbst, er schlich umher wie ein Schatten. Dann aber hatte er in Halle Katharina Berger kennengelernt und sie quasi über Nacht zu sich nach Berlin geholt. Die Zoologin war erst sechsunddreißig und damit ein Vierteljahrhundert jünger als er, doch von ihrer Liebe sprach der ganze Zoo. Ehe das Jahr zu Ende ging, wollten die beiden heiraten.

Dahin zieht mich nichts, dachte Franka. Aber wenn ich es tun müsste, wäre Winnie der Mann, mit dem es für mich keinen Schrecken hätte. »Uns genügt es so, wie es ist«, hatte sie zu Anita gesagt.

»Das wundert mich nicht.« In Anitas Stimme und auf ihrem Gesicht hatte sich auf einmal eine Sehnsucht abgezeichnet, die Franka nicht an ihr kannte. »Ich hoffe, du nimmst mir nicht übel, dass ich euch zugesehen habe. Ich habe einfach aus dem Fenster geschaut und habe gedacht: Frankie könnte abends ruhig mal was anderes anziehen als die zu große Uniform, aber ansonsten seid ihr ein schönes Paar.«

Jetzt leerte Franka die beiden schweren Wassereimer mit Schwung in die Tränke. Dann sah sie an sich herab. Die für einen Mann gefertigte grünbraune Tierpflegeruniform aus Jacke und Hose schlackerte an ihr wie alle ihre Kleider. Störte sich Winnie daran? Er hatte nie etwas gesagt, aber er selbst zog abends, ehe sie auf ihr Glas Wein gingen, oft gut sitzende Gabardinehosen und ein helles, fein gestreiftes Hemd an, das er ohne Krawatte trug und das ihm stand. Falls sie heute Abend wieder Zeit fanden, würde sie ihm sagen, dass er ihr darin gefiel. Und sie würde ihn fragen, ob er es gern hätte, wenn auch sie sich besser kleidete. Was sie allerdings tun sollte, wenn er die Frage bejahte, wusste sie nicht.

Sie holte noch einmal zwei Eimer Wasser, dann waren die Zuchtrinder versorgt, und der Strom der Besucher rollte zur nächsten Fütterung weiter. Franka küsste eine der Kühe zum Abschied auf den Stirnfleck, dann wollte sie gehen, um weitere hungrige Mäuler zu stopfen, doch am Gatter stand ein Mann und winkte. Er sagte wohl etwas, doch zu leise, um es zu verstehen.

Nicht ihr Winnie.

Auch nicht einer der anderen Pfleger, in deren Gemeinschaft sie im Laufe der Monate hineingewachsen war.

Sondern Carl Leutner. Die schlimmste aller Möglichkeiten.

Franka blieb stehen. Eine Zeitlang wartete er, doch als sie keine Anstalten machte, ihm entgegenzugehen, um sein Genuschel verstehen zu können, stützte er die Hände auf das Gatter, schwang sich hinauf und auf der anderen Seite hinunter. In langen Schritten kam er auf sie zu, Franka wich zurück, und er blieb stehen, jetzt nahe genug, um sich verständlich zu machen. »Winfried hat mich gebeten, Ihnen Bescheid zu geben«, sagte er, ohne ihr wenigstens einen guten Morgen zu wünschen, wie es schlichte Höflichkeit gebot. »Er wollte selbst kommen, aber er ist bei der Einstellungsprüfung aufgehalten worden. Wir bekommen zwei neue Großtiere, und Winfried war der Ansicht, Sie würden gern dabei sein.«

Unter dem Stammpersonal siezte sich sonst niemand. Und niemand nannte Winnie Winfried. Leutners Art, sie über die

Entfernung hinweg anzustieren, jagte ihr einen Schauer über den Rücken. Aber was kümmerte sie Leutner? Zwei neue Tiere kamen an!

»Ich habe die Bergziegen zu füttern«, wandte sie ein. Gern hätte sie sich Leutners unverschämtem Blick entzogen, aber sie wollte nicht ebenso unhöflich wirken wie er.

»Ich habe Georg gebeten, das für Sie zu übernehmen«, sagte Leutner. »Wenn es Ihnen nicht recht ist, sage ich ihm wieder ab.«

Wenn es Ihnen nicht recht ist! Konnte dieser Stoffel eigentlich auch sprechen wie ein normaler Mensch? Sie benahm sich albern. »Ich komme gern«, sagte sie.

Sie verließen das Gehege, und Leutner ging in Richtung Wirtschaftshof voran. Dort hatte sich bereits eine Reihe von Pflegern um einen bunt bemalten Lastwagen versammelt. Franka hatte solche Wagen, die Firmen sich bei einem Tiertransport mieteten und mit Werbung dekorieren ließen, schon des Öfteren gesehen, aber dieser war erheblich größer und so breit, dass sie sich fragte, wie er durch die Berliner Straßen gekommen war. Offenbar waren die beiden Tiere in Boxen nebeneinander untergebracht, und um kleine Tiere konnte es sich kaum handeln.

»Was für Tiere sind das denn?«, fragte sie Leutner und kam sich dumm vor.

»Ein Zebrahengst«, sagte Leutner.

Zum Kuckuck, war dieser Mensch kein einziges Mal in der Lage, eine angemessene Antwort zu geben? Ein Zebra – und was noch?, hätte sie fragen wollen, doch ihr Stolz verbot es ihr. Sollte der Stoffel mit seiner Geheimniskrämerei selig werden, sie bekäme beide Tiere ja ohnehin gleich zu Gesicht.

Zwei der Männer machten sich an der Rampe zu schaffen, während Frankas Blick auf die bemalte Seitenfläche des Wagens fiel. *Dies ist ein Geschenk für den Berliner Zoo,* stand dort zwischen grinsenden Tiergesichtern. *Ihr Kaufhaus des Westens.*

Das *Kaufhaus des Westens* am Wittenbergplatz war jedem Berliner bekannt. Es war das größte Kaufhaus der Stadt, und wenn man Anita Glauben schenkte, auch das eleganteste. Aber hatte nicht Anita, die liebend gern dort einkaufte, erzählt, es werde geschlossen, weil Hugo Zwillenberg, einer der Geschäftsführer und Erben des Unternehmens, pleite war? »Ich dachte, das gibt es gar nicht mehr«, murmelte Franka, ehe sie sich eines Besseren besinnen konnte.

»Es ist enteignet worden«, sagte Leutner in jäh verändertem Ton. »Aber Herr Zwillenberg hatte diese Tiere bereits für den Zoo gekauft, ehe die neuen Machthaber zum Boykott gegen das Geschäft seines Schwiegervaters aufriefen, um es ihm hernach aus den Händen zu reißen.«

Maxim, einer der Pfleger an der Rampe, fuhr herum. »Halt die Klappe, Carl.«

Leutner hielt nicht die Klappe. »Nicht einmal Herr Hitler kann verbieten, eine simple Tatsache in Worte zu fassen«, sagte er. »Außerdem wäre mir neu, dass er hier irgendwo steht und mich hört.«

Dämlicher Stoffel, dachte Franka wohl zum hundertsten Mal an diesem Tag. Dass man bei der neuen Regierung besser ein wenig aufpasste, was man sagte, war doch allgemein bekannt, auch wenn Franka der Sinn des Wortwechsels verschlossen blieb. Maxim sagte nichts mehr, und das hätte Franka an seiner Stelle auch nicht getan. Aber Leutner sagte noch etwas. »Hugo Zwillenberg wollte damit jemandem eine Freude machen«, sagte er zu Franka.

»Eine Freude? Wem denn?«

»Ramses und Ihnen.«

»Warum denn mir?«

»Er hat Sie mit Ramses gesehen, als Sie Georg vertreten haben«, antwortete Leutner und klang nicht mehr so schroff. »Es hat ihn berührt, dass Sie ihn so sehr mochten.«

»Und woher wissen Sie das?«

»Er hat es mir erzählt«, erwiderte Leutner. »Und mich gefragt, über welches Tier Sie sich freuen würden.«

»Und da haben Sie ihm gesagt, ich würde mich über ein Zebra freuen?«

Sie war schon wieder wütend. Natürlich liebte sie Zebras, wie hätte man Zebras nicht lieben sollen, aber was maßte der Kerl sich an? Hätte er nicht die Pflicht gehabt, sie zu fragen, statt über ihren Kopf hinweg zu entscheiden? Zudem verfügte der Zoo über eine stattliche Herde Steppenzebras und hätte andere Tiere weit besser gebrauchen können.

Dennoch war die Geste des Kaufhausinhabers reizend. Ja, Ramses, der Großflusspferdbulle, war ihr unter allen Tieren das liebste, auch wenn er Georgs Pflegling war und sie sich nur selten um ihn kümmern durfte. Ramses mit der dicken Haut, Ramses mit den runden, sprechenden Ohren, Ramses mit den schönen, wie verträumten Augen. Er war der letzte der drei Bullen, die Lutz Heck von seiner Afrikareise mitgebracht hatte, die beiden anderen hatten während der Notzeit verkauft werden müssen. Ohnehin war es sinnlos, drei geschlechtsreife Bullen zu halten, wenn man ihnen keine Kühe bieten konnte.

Ihre Gedanken wurden jäh unterbrochen, weil das Zebra in dem Wagen schrie. Kaum ein anderes Tier verfügte über eine solche Palette von Lauten, und wer das dumpfe Grollen ahnungslos gehört hätte, hätte es für das Brüllen eines Löwen gehalten. Für ein Zebra war es der Ausdruck von Panik. Gerade waren Maxim und ein anderer Pfleger in den Wagen gestiegen, um es die Rampe hinunterzuführen, und jetzt brüllte es wie in höchster Not. Die Rufe der Männer mischten sich mit dem Poltern von Hufschlägen und immer wilderen Verzweiflungsschreien.

Leutner lief die Rampe hinauf. Ehe er in dem Wagen verschwinden konnte, erschien der Kopf des brüllenden Zebras. Franka sah Maxim, der versuchte, das Tier an einer Führleine zurückzuhalten, aber ausglitt und drei Schritte mitgeschleift wurde. Franka hielt den Atem an. Der Zebrahengst war weit größer, stämmiger und dichter gestreift als die Tiere in ihrer eigenen Herde. Es war eines der seltenen Grevyzebras, und es war wunderschön.

Leutner stellte sich ihm in den Weg und hob die Arme. Dass das couragiert war, musste sie ihm zugestehen. Der Hengst bäumte sich, rannte ihn aber nicht um. Pferdeartige taten dies in der Regel nicht, doch sich darauf zu verlassen, grenzte bei einem Tier, das kopfscheu und außer sich war, an sträflichen Leichtsinn. Als Maxim dem Zebra folgen und nachfassen wollte, sagte Leutner ruhig: »Nicht.« Er sah den Hengst lange Zeit nur an, dann hob er langsam in seinem Blickfeld die Hand und legte sie ihm zwischen die angelegten Ohren. Als der Hengst den Kopf warf, zog er die Hand wieder weg, und nach einer Weile versuchte er es von neuem. Beim dritten Mal hielt das verstörte Tier still.

Sie standen lange, fast ohne sich zu bewegen, und Franka sah ihnen zu. Die Ohren des Tieres flogen noch eine Zeitlang vor und zurück, dann richteten sie sich nach vorn und blieben ruhig. Erst jetzt begann Leutner, ihm mit der flachen Hand den Hals zu streicheln. Es war, als striche er das Beben aus den angespannten Muskeln, die Furcht aus dem großen Körper. Leise sprach er mit ihm in einem Singsang, der selbst auf Franka besänftigend wirkte. An der Erkenntnis kam sie nicht vorbei: Er war ein unerträglicher Schnösel, wenn er mit Menschen umging, aber er war großartig mit Tieren.

Ohne Hast führte er den Zebrahengst die Rampe hinunter. Die Wartenden traten auseinander. Als er an Franka vorbeikam, sagte er leise: »Ich bringe Arpad ins Gehege. Kümmern Sie sich um Waltraud?«

Nie zuvor hatte er so nah bei ihr gestanden, und sie war gezwungen, es auszuhalten. Jede heftige Bewegung hätte das Zebra von neuem erschreckt. Gerade noch hatte der Mann ihr Bewunderung abgenötigt, jetzt aber sah er sie an, als zöge sein Blick sie aus. Sie wollte sich wehren, ihm zeigen, dass sie sich von ihm nicht einschüchtern ließ, aber sie musste auf das Tier Rücksicht nehmen. Also nickte sie nur und senkte den Blick, sosehr sie es hasste, ihm den Triumph zu lassen. Er sagte nichts mehr und ging mit Arpad, dem Zebra, davon.

Franka brauchte eine Minute, um sich aus der Starre zu lösen, dann ging sie, um nach der Stute im Wagen zu sehen. Die übrigen Pfleger waren bereits oben an der Rampe und öffneten die Tür der zweiten, weit breiteren Transportbox. Der Kopf des Tieres erschien, ein Blick traf Franka, und ihre Hand fuhr zu ihrem Herzen. Nur mit größter Mühe unterdrückte sie einen Laut: Aus dem Halbdunkel des Wagens reckte sich ihr kein Zebrakopf, sondern die breite Schnauze eines Flusspferds entgegen.

11

Franka

Sie verbrachte den Tag bei Waltraud, für die ein Bereich, in den sie sich vor Besuchern, vor Ramses und vor dem Rest der Welt zurückziehen konnte, bereits hergerichtet war. Wie erwartet, floh die Flusspferdkuh in einen Winkel und beäugte ihre Umgebung mit wachsam fliegenden Blicken. Franka setzte sich an den Durchgang, weit genug von Waltraud entfernt, so dass diese sich nicht bedrängt fühlte, und doch nah genug, um zur Stelle zu sein, falls sie gebraucht wurde.

In Wahrheit war das eine Ausrede. Wozu sollte Waltraud sie brauchen? Zu glauben, das Tier würde sich ohne sie einsam fühlen, war eine Vermenschlichung, die Franka sich nie gestattet hatte.

Sie saß hier nicht um Waltrauds, sondern um ihrer selbst willen. Sie hätte zurück an die Arbeit gemusst, hatte am Nachmittag Dienst in der Futterküche, aber sie war nicht in der Lage, sich von Waltraud zu trennen, sondern hätte die Schönheit des mächtigen Tieres ununterbrochen bewundern wollen. Flusspferde waren alle schön, sie waren erhaben und strahlten Gelassenheit aus, als glitte das hektische Gezappel der Welt an ihnen ab. Waltraud aber war die schönste von allen. Sie hatte seidige Wimpern, und ihre Nüstern, die sich beim Atmen blähten, waren geradezu zart. Das ganze Gesicht fand Franka zart, wie modelliert, und ausdrucksvoll. Waltraud war eine Ägypterin, und wenn sie den Atem einzog und ausblies, kam es Franka vor, als erzähle sie eine Geschichte aus dem fernen, alten Land, in einer Sprache, die niemand verstand. Zugleich aber stand sie fest auf ihren vier Paarhufen, wirkte kernig und bodenständig, als passe sie nirgendwohin so gut wie nach Berlin.

Meine Waltraud, dachte Franka, mein Dickhäuter, mein Flusspferd. Ich will, dass es dir hier gutgeht. Dass du spürst, wie willkommen du bist. Als kleines Mädchen in der Klasse von Herrn Rothert habe ich von einem Tier wie dir geträumt. Du hast mir geholfen, weißt du das? Hätte ich mich nicht in deine dicke Haut hineingedacht, hätte ich vielleicht nicht durchgehalten. Darf ich jetzt dir helfen, Waltraud? So wie du damals mir? Über kurz oder lang musst du ins Wasser, meine Hübsche, da gehört ein Tier wie du hin, und anders kann dir ja auch dein Ramses kein Kalb machen. Ihr habt da draußen ein schönes Becken, aber du kauerst hier wie ich damals unter der Schulbank, als fändest du einfach nicht den Mut. Ich helf dir, ja? Meine Eltern haben mir nicht viel beigebracht, aber immerhin hab ich im Hambuttenpfuhl schwimmen gelernt. Wenn du dich an mich gewöhnt hast und wenn du dich dann noch immer nicht ins Wasser traust, gehe ich mit dir rein.

Franka war immer entschlossen gewesen, nie ein Tier gegen seinen Willen zu berühren, nie einem Tier anzutun, was ihr getan worden war, und Anita, die nichts von Tieren verstand, hatte recht: Tiere im Zoo waren hilflos. Sie standen zwischen Gitter gezwängt, dem ausgeliefert, was Menschen an ihnen verrichteten, und alle Macht und Würde, die sie in ihrem natürlichen Lebensraum umgaben, waren hier verloren. Sie würde Waltraud nicht anfassen wie ein Spielzeug aus Plüsch, auch wenn das Verlangen, sie durch Zärtlichkeit zu beruhigen, übermächtig war.

Warum will man das so gern?, fragte sie sich. Ein Geschöpf, das man liebhat und leiden sieht, streicheln, selbst wenn man sich selbst nichts weniger wünschte, als von einem anderen gestreichelt zu werden?

Franka wünschte es sich nicht einmal von Winnie, obgleich er der eine war, von dem sie es ertrug. Sie sah Waltraud, das Flusspferd, an und dachte: Ich verstehe dich, und du verstehst mich, oder nicht? Wir beide sind keine zum Streicheln, wir wollen uns in unserer dicken Haut verkriechen, aber wir sind auch fremd in der Welt, wir finden uns nicht zurecht. Ich möchte mich an dich lehnen, Waltraud, an deine kräftige Schulter, und dir versichern: Du bist zu Hause hier. Du bist nicht allein.

So, wie Carl Leutner es dem Zebrahengst Arpad versichert hatte.

Franka saß still und sah unentwegt Waltraud an, und Waltraud stand still und sah von Zeit zu Zeit Franka an, und so verstrich ihr Dienstbeginn in der Futterküche. Vor der Tür ins Freigehege, die angelehnt stand, wurden das Lärmen und Lachen der Besucher leiser.

Irgendwann verstummten sie ganz.

Franka rutschte ein Stück näher an Waltraud heran, ohne sie aus den Augen zu lassen. Das Flusspferd blieb stehen, und Franka blieb sitzen. Bis sie noch ein Stück näher rutschte und nun schon so nah war, dass ihr der Duft, den das Tier verströmte, in die Nase stieg.

Der Eindringling schob sich beinahe lautlos herein, nur die Instrumente in seinem ausgebeulten Koffer klirrten. Als er das Geräusch vernahm, hielt er inne und setzte den Koffer ab. Carl Leutner. Franka fuhr herum, und er hob beide Hände.

»Es tut mir leid, Sie zu stören«, sagte er. »Ich bin gekommen, weil ich Waltraud untersuchen muss, um auf diesem Empfangsschein zu bestätigen, dass ich das Tier bei einwandfreier Gesundheit erhalten habe.«

Alles in Franka wurde steif. Er behauptete, es tue ihm leid, sie zu stören, aber er zerstörte ihren kostbarsten Augenblick. Zudem war Waltraud noch nicht einmal angekommen, noch nicht einmal heimisch genug, um die Gräser und belaubten Zweige in ihrer Raufe anzurühren, und wenn er ihr jetzt mit seinen Instrumenten zu Leibe rückte, mochte er sie in heillosen

Schrecken versetzen. Vielleicht würde sie sich davon nicht erholen wie so viele Tiere vor ihr. Vielleicht würde sie Franka niemals vertrauen.

Du spinnst, sagte sie zwar stumm, aber scharf zu sich selbst. Der Mann ist ein Ekel, aber er ist Tierarzt, und diese Bögen, die ausgefüllt werden müssen, kennst du selbst. Sei vernünftig. Du bist Tierpflegerin, kein dummes Schulkind mehr.

Er trat einen Schritt näher und ließ den stechenden Blick, den Franka hasste, über Waltraud gleiten. Dem Flusspferd machte der Blick nichts aus, es zuckte lediglich mit dem Schwanz.

Leutner wandte den Kopf nach Franka: »Sie ist in Ordnung, oder? Keine Schmerzlaute, keine verkrampften Bewegungen? Hat sie gefressen?«

Franka schüttelte den Kopf.

»Stuhlgang?«

Wieder ein Kopfschütteln.

»Können Sie den Abend über bei ihr bleiben? Bis wir jemanden finden, der Sie ablöst? Ich denke, dann kann ich ihr diese Untersuchung ersparen.«

»Ich bleibe die ganze Nacht bei ihr«, rief Franka. »Ich hätte nur meinen Dienst in der Futterküche antreten sollen, ich habe die Kollegen im Stich gelassen, ich …«

Er winkte ab. »Ich habe mir erlaubt, das mit Winfried zu regeln. Dass Sie nicht an zwei Orten gleichzeitig sein können, versteht sich von selbst.«

Er war anmaßend, selbstherrlich und eigenmächtig. Dankbar war sie ihm dennoch: »Es ist also jemand für mich eingesprungen?«

»Ja.«

»Und ich werde heute Abend nicht mehr gebraucht?«

Der stechende Blick fing den ihren. »Das wäre eine Beleidigung, oder? Zu sagen, Sie würden nicht gebraucht?«

Verblüfft hielt Franka inne. »Darauf geben Sie doch sonst nichts.«

»Nicht?« Er kratzte sich am Kopf, bis das wirre Haar in die Höhe stand. »Gut, dann sage ich nein, Sie werden heute Abend nicht gebraucht. Würden Sie mir Bescheid geben, wenn etwas Ihnen Anlass zur Sorge gibt? Ich bin drüben bei Arpad, im Zebrahaus.«

Franka sah auf das hochstehende Haar und nickte.

»Danke. Fressen muss sie heute Nacht nicht unbedingt, solange sie in sich zufrieden wirkt.«

Er schien zu warten. Als sie nichts sagte, ging er einen Schritt rückwärts, ohne den Blick, der an den Nerven zerrte, von ihr zu lösen. »Wenn Sie etwas brauchen …«

»Ich brauche nichts!«, rief Franka.

»Sie haben nicht zu Abend gegessen, oder? Zu Mittag auch nicht?«

»Ich brauche nichts«, wiederholte sie, und als er ihr weiter in die Augen stierte, vergaß sie eine Sekunde lang Waltraud und herrschte ihn an: »Was wollen Sie denn, warum hören Sie nicht endlich auf, mich anzustarren?«

Er erschrak, trat noch weiter zurück und senkte den Blick. »Bitte entschuldigen Sie«, murmelte er. »Ich hatte nicht vor, Sie anzustarren. Ich sehe nur schlecht.«

»Zum Kuckuck, warum tragen Sie dann keine Brille?« Vage glaubte sie, sich zu erinnern, ihn irgendwann einmal mit einer gesehen zu haben.

»Ich …«, begann er und fuhr sich wieder in das hoffnungslos zerwühlte Haar. »Ich nehme sie meistens ab, wenn ich mit Tieren umgehe, weil sie mich behindert. Und vorhin muss ich sie irgendwo verlegt haben …«

Hilflos hob er die Schultern, und alles Bedrohliche, Einschüchternde fiel von ihm ab. Sie kannte ihn praktisch ihr

Leben lang, aber es kam ihr vor, als hätte sie nie gewagt, ihn richtig anzusehen. Er war groß und linkisch, lang aufgeschossen, als wäre der Körper gewachsen, ehe er gelernt hatte, mit ihm umzugehen. Eckig zeichneten sich die Schultern unter dem verbeulten Jackett ab. Ohne zu überlegen, stand Franka auf und ging langsam, um Waltraud nicht zu erschrecken, zu dem abgestellten Arztkoffer. Als sie ihn öffnete, brauchte sie nicht lange zu suchen. Mehrere Instrumente steckten nicht in den für sie vorgesehenen Laschen, sondern lagen durcheinander auf dem Boden des Koffers. Darunter fand sich auch die Brille. Sie zog sie hervor und hielt sie ihm auf Armeslänge hin.

»Danke«, murmelte er und nahm sie ihr ab. Eine Sekunde lang war sie ihm nahe genug, um die Kerbe zu erkennen, die die Brille in seine Nasenwurzel geschnitten hatte, die roten Ränder um seine Augen und die Schatten darunter. Dann schob er sich die Brille auf die Nase, und sein Blick verlor die Härte. Er wirkte nur noch müde. Franka wich zurück.

Er hob die Hände, die Handflächen ihr zugewandt. Hab keine Angst, hieß die Geste, aber Frankas Herz raste. Sie wollte, dass er ging.

»Bitte«, sagte er, »darf ich Ihnen etwas zu essen bringen? Wenn Sie die ganze Nacht hier mit leerem Magen sitzen, wird Ihnen schlecht.«

Sie schüttelte den Kopf. Er sollte nicht wiederkommen, sondern sie hier mit Waltraud allein lassen. Hunger verspürte sie zwar, doch ihre Kehle war so trocken, dass sie keinen Bissen hätte schlucken können.

Er hob seinen Koffer auf und ging bis zur Tür, wo er stehen blieb, um sich noch einmal umzudrehen. »Anita«, sagte er leise. »Ich schicke Ihnen Anita mit einem Abendessen, ja?«

Sie hätte etwas sagen müssen, sich bedanken, ihr sonderbares Verhalten erklären, aber das konnte sie nicht. Ihr Herz raste noch immer zum Zerspringen, und in ihren Schultern entstand ein Zittern, das auf ihren ganzen Körper übergriff.

»Fräulein Fröhlich«, sagte er leise. »Bitte drehen Sie sich einmal um.«

Franka rührte sich nicht.

»Tun Sie's, wenn ich weg bin«, sagte er und ging.

Franka stand noch immer unbewegt. Nur sehr langsam löste sich die Starre, bis sie in der Lage war, sich umzudrehen. Hinter ihr an der Wand stand Waltraud. Das mächtige Tier war vor die Raufe getreten und machte sich in schönster Ruhe über die Gräser und Zweige her, wobei die Kiefer gleichmäßig mahlten. Sie sah aus, als hätte sie nie etwas anderes getan, als aus dieser Raufe zu fressen, als hätte sie auf der Welt keine Sorge.

Als wäre sie hier zu Hause.

12

Anita

Juli 1933

Mit einem Kopfschütteln nahm sie die Tasse vom Schreibtisch, fuhr mit dem Löffel durch den Kaffeegrund am Boden und ging, um sie auszuschütten.

Carl Leutner blickte von den Papieren, über die er seit seiner Rückkehr aus der Rinderanlage gebeugt saß, auf. »Mein Kaffee …«, wagte er einen leisen Protest.

»Das ist kein Kaffee«, verwies ihn Anita. »Das ist Gift. Da ich denke, dass wir Sie noch brauchen, kippe ich das weg und mache Ihnen einen neuen.«

»Sie haben Feierabend«, sagte er. »Dafür, dass Sie mich bekochen, werden Sie nicht bezahlt.«

»Nein«, sagte Anita. »Das mache ich aus purer Menschenliebe. Einer muss es ja tun, da in dieser Institution sonst alle nur Wesen lieben, die entweder vier Beine, ein Paar Flügel oder Flossen und Schuppen haben. Außerdem bekoche ich Sie nicht. Ich schmiere Ihnen höchstens eine Mettwurststulle, wenn Sie mich nett darum bitten.«

Er lächelte. »Nett kann ich nicht. Das wissen Sie ja.«

»Doch«, sagte Anita. »Wenn Sie sich Mühe geben, können Sie das ganz ausgezeichnet. Also, was ist jetzt – Mettwurst oder Harzer Roller?«

»Bitte nur Kaffee«, sagte er, nahm die Brille ab und rieb sich die Augen. »Es ist mir peinlich, dass ich Sie ausnutze, als wären Sie meine Haushälterin, aber wenn Sie mir meinen Kaffee wegnehmen …«

»Von dem, was Sie Kaffee nennen, stirbt man«, erwiderte Anita.

»Das mag sein. Aber man bleibt wach.« Er ließ von den Augen ab, und Anita sah, dass sie tränten.

»Genau das ist das Problem«, sagte sie. »Wie lange wollen Sie heute wieder hier sitzen? Bis Mitternacht oder bis Sie vom Stuhl kippen? Haben diese Papiere nicht Zeit bis morgen?«

»Der Direktor will sie morgen früh gleich haben«, antwortete Carl Leutner. »Er brennt darauf, sie auszuwerten, bevor er nächste Woche seinen Vortrag vor der Akademie hält.«

»Erhalt der Artenvielfalt«, sagte Anita ein bisschen stolz. Sie hatte seit Tagen Material für den Vortrag ins Reine getippt, und auch wenn sie vom Inhalt nichts verstand, glaubte sie dessen Bedeutung zu spüren.

Dr. Leutner kritzelte auf dem Bogen herum, ohne etwas zu schreiben. »Eigentlich dachte ich immer, erhalten hieße achtgeben, dass nichts verlorengeht«, murmelte er. »Aber das weiß der Direktor zweifellos besser als ich.«

Es war Anita nicht entgangen, dass Carl Leutner seit einigen Wochen keinen Namen mehr benutzte, sondern nur noch von *dem Direktor* sprach, wenn er Lutz Heck meinte. Die beiden Männer, die eng zusammenarbeiten mussten, schienen einander mit Wertschätzung zu begegnen, doch die Spannung zwischen ihnen ließ sich beinahe mit den Händen greifen. Über die Gründe konnte Anita nur spekulieren. Carl Leutner war durch und durch Ludwig Hecks Mann gewesen, und er verehrte Oskar Heinroth, den ein wenig verschrobenen Verhaltensforscher, den Anita bei sich den *Vogelprofessor* nannte und der ganz und gar in seiner Arbeit aufging. Gut, dass er wieder eine Frau bei sich hatte, die patente Katharina Berger, die Mensch und Tier hier im Zoo im Sturm erobert hatte. Oskar Heinroth hatte selbst etwas von einem Vogel, er brauchte eine bodenständige Gefährtin, die ihn am Davonflattern hinderte und dafür sorgte, dass er regelmäßig Mahlzeiten zu sich nahm – und zwar um seinen Körper zu nähren, nicht nur um auszuprobieren, welches Getier für den menschlichen Organismus verdaulich war.

Neuerdings hatte er mit Katharinas Unterstützung eine Brieftaubenzucht begonnen, weil er herausfinden wollte, ob das Heimkehrverhalten dieser Tiere erlernt oder angeboren war. Wieso befasste ein Mensch sich mit solchen Fragen, was war daran bedeutsamer für das eigene Leben als ein Sack Reis, der in China umfiel? Anita unterdrückte ein Lachen. All diese schrulligen, in sich selbst vergrabenen Sonderlinge, die nicht weniger Schutz und Pflege benötigten als die über dreitausend Tiere, die sie betreuten, waren ihre Familie geworden, die Familie, die sie sich als Kind sehnlichst gewünscht und von der sie als Erwachsene geglaubt hatte, dass sie sie nie bekommen würde. Sie brauchte sie nicht zu verstehen. Es genügte, sie zu lieben und ihr winziges Scherflein dazu beizutragen, dass es ihnen wohl erging.

Der, der vor ihr am Schreibtisch saß, hatte das mehr als jeder andere nötig. Er hätte ebenfalls eine Katharina gebraucht, eine, die dafür sorgte, dass seine Hemden gebügelt waren, dass er bei miesem Wetter einen Schal trug und nicht ohne Frühstück aus dem Haus ging. Eine, die ihn jetzt am Kragen gepackt und in sein Bett verfrachtet hätte, damit er nicht die dritte Nacht in Folge aufblieb, und eine, die ihm manchmal durchs Haar gestreichelt hätte, nicht um es zu glätten, denn das hätte er mit seiner ewigen Wühlerei sofort zunichtegemacht, sondern um zärtlich mit ihm zu sein.

Er hatte ihr einmal erzählt, wie er angefangen hatte, sein Krokodil, das er Heinz-Peter getauft hatte, zu streicheln. Sie hatte beobachtet, wie er mit seinen behutsamen Händen an den Lippen der Bestie entlanggefahren war, hatte sich flüchtig gewundert, ob er nicht doch in eine Anstalt für Verrückte gehörte, und ihn am Abend gefragt, ob das Untier mit seiner dicken, zackigen Haut die Liebkosung überhaupt spüre.

»Krokodile sind feinfühlig«, hatte er gesagt. »An ihren Kiefern spüren sie die winzigste Bewegung, die ein Beutetier im Wasser verursacht, und ihre Eier rollen sie auf ihren Zungen umher, bis die Schale bricht und ihre Jungen schlüpfen. Wären sie stumpfsinnig, hätten sie wohl kaum überlebt, sondern wären ausgestorben wie die anderen Echsen dieser Größe. Heinz-Peter scheint es zu genießen, wenn ich seinen Kiefer streichle, denn sonst würde er mir nicht gestatten, es zu tun.«

»Aber wie sind Sie denn auf eine derart verrückte Idee gekommen?«, hatte Anita ausgerufen, und Carl Leutner, der nie beleidigt zu sein schien, hatte erwidert: »Auf die Idee, meinen Brillenkaiman zu streicheln? Ich weiß nicht, ich dachte:

Alle Welt streichelt Hunde und Pferde, aber er sieht aus, als hätte es noch nie jemand bei ihm gemacht.«

Das Gleiche dachte Anita, wenn sie ihn ansah: Du siehst aus, als hätte es noch nie jemand bei dir gemacht. Und als hättest du es bitter nötig, auch wenn ich die Letzte bin, die das beurteilen kann. Doch ich bin nicht blind, und der Mann, den du hinter deiner verbogenen Brille, deinem unmöglichen Aufzug und deinem Geknurr verbirgst, ist nicht nur auf der Welt, um Krokodile in den Arm zu nehmen. Anita schüttelte etwas ab. Sie war heilfroh, dass er auf dieser denkwürdigen Arche, diesem Narrenschiff behütet schien, denn die Welt draußen vor den Toren wäre mit einem wie ihm gnadenlos verfahren. Hier war er unter seinesgleichen und genoss wie seine felligen, gefiederten und geschuppten Lieblinge so etwas wie Artenschutz.

Lutz Heck aber war anders. Ehrgeizig, charismatisch, ein Mann, der Rampenlicht und Presse für sich und seinen Zoo zu nutzen verstand. Das war gut so. Es sicherte Mittel. In Notsituationen wie damals während der Wirtschaftskrise würde der Zoo unter seiner Führung vermutlich nie geraten. Dennoch war es für Männer wie Carl Leutner, die es gewohnt waren, dass man ihnen ihren eigenen Kopf ließ, gewiss nicht einfach, sich dem neuen, strafferen Zügel zu fügen.

Die Verlaufsbögen, die über den Schreibtisch verteilt lagen, waren ein Teil davon: Für jedes Kalb, das Hecks Zuchtrinder zur Welt brachten, hatte der Tierarzt einen solchen Bogen anzulegen, in der die körperliche Entwicklung des Jungtiers, sein Gewicht, sein Fress- und Kampfverhalten peinlich genau protokolliert wurden. Außerdem war für jedes Tier ein Stammbaum anzulegen, in dem Dr. Leutner aufzulisten hatte, was immer er über die Elterntiere wusste. Wie groß, wie schwer waren sie, hatten sie Krankheiten durchgemacht, hatten sie erbgesunden Nachwuchs gezeugt?

Auf der Basis dieser Angaben würde Lutz Heck entscheiden, welche Tiere er zur Weiterzucht verwenden und welche er aufgrund von schwächerem Erbgut aussondern wollte. Das Zuchtprojekt begeisterte ihn. Demnächst wollte er mit irgendwelchen ausgestorbenen Pferden ein zweites beginnen.

Das alles war gut und schön und kam bei Besuchern und Presse offenbar gut an, aber sein Cheftierarzt war kein Sack, den er ausschütteln konnte, bis er leer war, sondern ein erschöpfter Mann, der dringend Schlaf brauchte. »Wissen Sie was?«, fragte sie abrupt. »Ich koche Ihnen jetzt überhaupt keinen Kaffee, sondern sage Tanja, sie soll Ihnen eine *Ovomaltine* machen.«

»Eine was bitte?«

»*Ovomaltine*«, wiederholte Anita. »Ein warmes Getränk aus Milch und Malz und Eiern, das gut ist gegen Erschöpfung und für Kinder, die ihren Teller nicht leer essen.«

Er verzog das Gesicht so gequält, dass ihm die Brille über den schmalen Nasenrücken hinunterrutschte und Anita lachen musste. »Und ich dachte, Tanjas *Sbiten* wäre der Gipfel der Grausamkeit. Was immer ich verbrochen habe, das klingt nach einer allzu harten Strafe.«

»Ach was, vor *Sbiten* macht sogar mein Pferdemagen schlapp.« Anita schüttelte sich beim Gedanken an das aus Kräutern und Gewürzen bereitete Heißgetränk, das die russische Hausmutter ihren Schützlingen gegen jedes erdenkliche Übel verabreichte. »*Ovomaltine* dagegen ist zuckersüß, voller Honig, Kakao und Traubenzucker, und wenn ich nur daran denke, läuft mir das Wasser im Mund zusammen.«

»Warum muss ich es dann trinken und nicht Sie?«

Unsanft klopfte sich Anita auf die Taille. »Weil Sie es nötig haben und ich nicht. Und weil man danach gut schläft. So, und jetzt geben Sie mir diese Papiere und dann ab ins Bett. Wenn Sie brav sind, bekommen Sie sie morgen früh wieder.«

Hätte sie wirklich Grund gehabt, ihn zu bestrafen, so hätte sein Lächeln sie auf der Stelle entwaffnet. Es saß in seinem Gesicht, als wisse es nicht genau, wie es dorthin gekommen war, und es machte seine Augen dreieckig. Gleich darauf erlosch es. »Bitte lassen Sie Gnade walten, Fräulein Cornelius.«

»Quatsch mit Soße, ich will Ihnen doch nur helfen. Außerdem nennt Ihre ganze Menagerie mich Anita, und Sie dürften das auch längst tun.«

»Nennen Sie mich dann Carl?« Ihre Blicke trafen sich.

»Sie sind mein Chef!«, rief Anita. »Ich kann Sie nicht einfach Carl nennen.«

»Aber ich heiße doch nun einmal Carl. Dafür kann ich ja nichts.« Hilflos spreizte er die Hände. »Was gefiele Ihnen denn besser? Bodo? Könnten Sie mich Bodo nennen?«

»Wieso soll ich Sie Bodo nennen, wenn Sie Carl heißen?«

»Carl gefällt Ihnen doch nicht.«

Sie musste die Fäuste ballen, um nicht über den Schreibtisch zu langen und ihm die Hände festzuhalten, die immer hektischer in den Papieren und in seinem Haar herumfuhrwerkten. »Schluss jetzt«, sagte sie mühsam. »Wenn Sie vernünftig sind und sich schlafen legen, ehe Sie mir zusammenklappen, nenne ich Sie ab morgen Carl.«

Die wühlenden Hände stockten. Geradezu bittend sah er zu ihr auf. »Ich kann nicht schlafen, Anita. Bitte lassen Sie mich meine Arbeit tun, das ist leichter, als allzu viel zu denken.«

Anita hielt seinen Blick ein paar Sekunden lang fest. Dann ging sie in die Kaffeeküche und bereitete zwei Tassen Kaffee zu. In seine gab sie Milch und drei Stück Zucker, auch wenn er das nicht mochte. Ein Mann, der schwer arbeitete, konnte nicht allein von Luft und Liebe und Butterbrot mit Kresse leben, schon gar nicht, wenn er überhaupt keine Liebe bekam. Sie trug die Tassen zurück in sein Büro, stellte ihm seine hin und setzte sich auf den Stuhl, auf dem sie damals gesessen hatte, als er ihr gesagt hatte, dass sie hierbleiben durfte. Dass es jetzt einen Ort gab, an den sie gehörte. »So«, sagte sie. »Und jetzt erzählen Sie mir, warum Sie nicht schlafen können.«

»Das kommt überhaupt nicht in Frage«, fuhr er auf. »Sie sind hier als Sekretärin angestellt, nicht als mein Mädchen für alles, über das ich nach Belieben verfügen kann. Gehen Sie nach Hause in Ihre nette Wohnung, setzen Sie sich mit Fräulein Fröhlich ans Fenster, trinken Sie ein Glas Wein, genießen Sie die Sommernacht. Warum wollen Sie sich die öden Grübeleien von einem Griesgram anhören, der offenbar nicht genug zu tun hat?«

»Ich hole gleich die *Ovomaltine*«, drohte Anita. »Jetzt machen Sie gefälligst den Mund auf. Ich sitze hier nicht als Ihre Sekretärin, sondern als eine Freundin, wenn Sie wollen. Als die, in deren Leben hundert Jahre passen.«

Er blickte auf. »Auch tausend?«

»Warum tausend?«

»Das sagt Adolf Hitler«, erwiderte er. »Sein Reich werde tausend Jahre bestehen wie das des wiedergekehrten Christus.«

»Junge, Junge. Kleinere Brötchen backt der nicht, was? Ist es das, was Sie um den Schlaf bringt? Hitlers Regierung?« Damit wäre er nicht allein. Unter den Mitarbeitern des Zoos schien es einige zu geben, die sich mit dem Geschrei und Getöse der Nationalsozialisten unwohl fühlten. Frankas Winnie war offenbar einer von ihnen. Bei dem Gedanken fiel Anita auf, dass Winnie sich in letzter Zeit zurückzog und sie die beiden kaum noch miteinander sah.

Dr. Leutner, den sie Carl oder wenigstens Bodo nennen sollte, nickte. »Jetzt spreche ich besser doch nicht weiter, richtig? Wollen Sie lieber Ihre Malzmilch trinken und nach Hause gehen?«

»Wissen Sie was?«, fragte Anita. »Sie beleidigen mich. Jetzt reden Sie endlich – was stört Sie an Hitler? Ich hätte, ehrlich gesagt, gedacht, Sie alle müssten etwas für ihn übrighaben. Seit er am Ruder ist, ist doch endlich Geld da, wir brauchen bei Futterkäufen nicht mehr zu sparen, und Direktor Heck kann all diese neuen Häuser und Gehege bauen …«

»Es kommt sogar noch besser«, unterbrach sie Carl Leutner. »Unter der Hand ist uns zugesichert worden, dass der preußische Staat innerhalb des nächsten Jahres ein Areal von mehr als zwanzigtausend Quadratmetern an den Zoo abtreten wird. Dort soll der Direktor dann eine Anlage mit ausschließlich einheimischen Tieren einrichten – den deutschen Zoo. Das ist Grund zum Jubeln, oder?«

»Warum nicht?«, fragte Anita. »Eichhörnchen, Hasen, Rehe – das ist auch nett, es müssen ja nicht immer Krokodile und Flusspferde sein. In der Zeitung hat außerdem gestanden, dass Hitlers Regierung sich für den Tierschutz einsetzen will, wie es die Republik nie getan hat. Soll nicht sogar ein eigenes Gesetz dafür erlassen werden?«

»In der Tat«, antwortete Carl Leutner dumpf, förderte aus seiner heillosen Unordnung einen Zeitungsbogen zutage und reichte ihn ihr. »Sehen Sie sich das mal an. Ich mag dieses pseudo-witzige Hetzblatt nicht. Aber das da ist ganz lustig, oder?«

Anita betrachtete den Bogen. Es war die Titelseite einer offenbar satirischen Zeitschrift mit Namen *Kladderadatsch*. Die obere Hälfte nahm eine farbige Karikatur ein, auf der Hermann Göring an einer Schar Tiere vorbeimarschierte, die ihm die Vorderpfoten zum Hitlergruß entgegenreckten. Selbst die Tauben hielten den rechten Flügel stramm vorgestreckt. Über den Köpfen der tierischen Versammlung hing ein Schild mit der Aufschrift *Vivisection verboten!*.

»Was ist das?«, fragte Anita und kam sich wieder einmal hoffnungslos dumm vor.

»Vivisektion? Ein Eingriff am lebenden Tier, der zu Forschungszwecken vorgenommen wird. Nach dem Gesetz, das die Nazis im Herbst verabschieden wollen, soll das nicht länger gestattet sein. Das Schächten von Tieren ist bereits vor zwei Monaten verboten worden.«

Was Schächten war, wusste Anita immerhin. »Und stimmen Sie dem nicht zu?«, fragte sie. »Sie ertragen doch nicht, dass einem Tier auch nur ein Haar gekrümmt wird, ein Gesetz, das Tiere vor Schmerz schützt, müsste also ganz in Ihrem Sinne sein.«

»Sicher«, erwiderte Carl Leutner, aber es klang nicht wie Zustimmung. »Ich bin nur dagegen, dass solche Maßnahmen zu Propagandazwecken ausgeschlachtet werden, um jemanden, der anders ist, als barbarisch hinzustellen. Und ich bin gegen die Drohung, Menschen, die dem Gesetz zuwiderhandeln, in Konzentrationslager zu stecken.«

»In was?«, fragte Anita. Mochte er sie endgültig für eine ungebildete Gans halten, sie hatte diesen Begriff noch nie gehört.

»Genau«, sagte er. »Das habe ich mich auch gefragt. Wie es aussieht, werden überall im Land Lager geplant, die den Internierungslagern des Weltkriegs nachgestaltet sind und sich dazu eignen, Menschen in Massen zusammenzupferchen. Man erwartet offenbar, dass die Gefängnisse überquellen und ein völlig neues, ausgeklügeltes System nötig wird, um uns Wohlverhalten aufzuzwingen. Mir verursacht das Alpträume.«

»Warum? Es kommt doch wohl niemand in so ein Lager, wenn er nichts Böses getan hat.«

»Und was heißt das – wenn er nichts Böses getan hat?«, fragte er zurück. »Wenn wir Lager brauchen, in die halb Deutschland gepfercht werden kann, haben wir womöglich alle etwas Böses getan. Vielleicht brauchen wir künftig auch gar nichts mehr zu tun, vielleicht genügt es, zu sein, was wir sind, um durch ein Raster zu fallen. Wir jubeln, weil Hitler uns Geld zuspricht, damit wir unsere Käfige größer, lichter und artgerechter gestalten können. Und zur selben Zeit gibt er anderen Geld, damit sie kleinere, dunklere, überhaupt nicht artgerechte Käfige für Menschen bauen? Ich kann mit eingesperrten Menschen nicht umgehen, Anita.«

»Ist das alles?« Anita kämpfte um eine Strenge, die sie nicht empfand. »Ein bisschen dünn, oder nicht? Menschen, die Verbotenes tun, müssen nun einmal bestraft werden, und wenn wir dafür neue Gefängnisse brauchen, ist das kein Grund, vom Schwarzen Mann zu träumen. Reißen Sie sich am Riemen. Sie sind doch kein kleiner Junge mehr.«

Er zuckte zusammen. Dann wurde sein Gesicht hart. »Der Schwarze Mann ist braun und lässt Menschen verschwinden«, sagte er ausdruckslos. »Aus der Universität werden Kollegen entlassen, die Koryphäen auf ihrem Gebiet sind. Auf dem Platz davor errichten sie Scheiterhaufen für Bücher, und tags darauf werden uns Projekte mitten in der Arbeit gestrichen. Die Forschungsstipendien werden stattdessen Genetikern zugeschanzt, Erbbiologen, die ihre Erkenntnisse aus der Tierzucht auf Menschen übertragen. Namentlich den Eugenikern, deren Theorienkonstrukt ich, mit Verlaub, für blanken Unsinn halte. Rassenhygiene heißt die Disziplin der Stunde. *Rassenhygiene.* Können Sie mir sagen, wie krank ein Hirn sein muss, um ein solches Ungetüm von Wort auszuspucken?«

»Davon verstehe ich nichts«, rief Anita auf der Suche nach etwas Harmlosem, an dem sie sich festhalten konnte. »Aber damit, dass ein Projekt, das Sie für Quatsch mit Soße halten, dem Ihren vorgezogen wird, werden Sie sich abfinden müssen. Hat Ihr Stolz einen kleinen Dämpfer abbekommen? Das passiert. Daran stirbt keiner.«

»Nein«, sagte er. »Daran nicht.«

Sie sah ihn an. Er hielt den Blick auf seine heillose Unordnung gesenkt, und die Hände lagen darauf still. »Es tut mir leid, Carl«, sagte sie und stand auf. »Ich wollte das, was Sie mir erzählt haben, nicht gering achten, aber ich glaube, dass Sie sich zu viele Sorgen machen. Vermutlich tut das jeder, der nicht genug schläft und über die immer gleichen Probleme nachdenkt. Wissen Sie, was ich Ihnen rate?«

Er hob den Kopf und zog die Brauen in die Stirn.

»Gehen Sie mal aus«, sagte Anita. »Raus aus dem Zoo, meine ich, nicht in die *Waldschenke* oder zum Sonntagskonzert in den Pavillon, sondern irgendwohin, wo Sie noch niemanden kennen, wo getanzt wird und wo Sie die Arbeit ein paar Stunden lang vergessen können.« Verlieben Sie sich, wollte sie hinzufügen, lassen Sie sich auf Ihren schönen Mund mal einen Kuss verpassen. Anita erschrak und konnte sich dennoch nicht daran hindern, ihm auf den Mund zu starren. Zugleich hatte sie die Finger an den eigenen Mund gelegt und strich sich über die Lippen.

»Ich kann gar nicht tanzen.«

Anita seufzte. »Das habe ich befürchtet. Hören Sie, die meisten Leute haben keine Tanzstunde besucht, aber tanzen kann jeder. Wenn man es mit jemandem macht, mit dem man es gern macht, braucht man es nicht gut zu machen.«

Sein Lächeln verkroch sich in einen der Mundwinkel. »Ich mach's nicht gut. Und mit mir macht es, fürchte ich, auch niemand gern.«

»O weh! Meinen Sie nicht, das käme auf einen Versuch an, Sie Angsthase?«

»Besser nicht.« Er gab sich einen Ruck und straffte die kantigen Schultern. »Und Sie gehen jetzt nach Hause. Das ist keine Bitte, Anita. Es ist eine dienstliche Anordnung.«

»Und wenn ich die nicht befolge?« Anita erschrak. Woher nahm sie die Dreistigkeit, so eine Frage zu stellen?

»Dann müssen Sie *Ovomaltine* trinken.« Er lächelte sie an und hielt ihr seine Tasse entgegen. »Und Ihren eigenen grässlich übersüßten Kaffee dazu.«

»Das macht mir nichts aus. Möchten Sie wirklich, dass ich gehe?«

»Ja, Anita. Haben Sie vielen Dank.«

»Quatsch mit Soße«, sagte sie und brauchte all ihre Kraft, um sich abzuwenden.

Sie war schon an der Tür, als er ihr leise hinterherrief: »Könnten Sie bitte Fräulein Fröhlich etwas ausrichten?«

»Franka? Natürlich.« Dass Frankie etwas, das von ihm kam, nicht einmal anhören würde, brauchte er nicht zu wissen.

»Sagen Sie ihr bitte, wir würden sie gern zu einer Vortragsreihe an die Universität senden, zum Thema Vermehrung afrikanischer Großtiere in Gefangenschaft. Wir dachten, das könnte vielleicht interessant für sie sein.«

»Wer ist denn wir?«

Er gab keine Antwort.

Anita ging.

13

Anita

Die Sommernacht war in der Tat so schön, dass es Anita eng um die Brust wurde. Sie ging schnell. Bis zu ihrem Wohnhaus waren es nur ein paar Schritte. Als sie schon den Schlüssel ins Schloss schieben wollte, hörte sie Winnies Stimme und fuhr herum. Der charismatische Oberpfleger, der nicht hier, sondern in einem kleinen Haus hinter den Lagergebäuden wohnte, kam vom Personaleingang her, und er war nicht allein. Flüchtig hoffte Anita, die Person, die neben ihm ging, wäre Frankie, und die beiden hätten die milde Nacht und den Sternenglanz bei einem Ausflug durch die Stadt gefeiert.

Um Frankie sorgte sich Anita beinahe ebenso sehr wie um ihren Chef. Sie mochte behaupten, die Liebe sei für sie so wenig gemacht wie für Anita, sie mochte das sogar glauben, aber darin täuschte sie sich. Anita hatte lange genug in Bars gearbeitet und genügend Männern zugehört, die ihr zu später Stunde ihr Herz ausschütteten, um Bescheid zu wissen. Frauen wie Franka verliebten sich. In Männer, nicht in Flusspferde. Dass Franka seit ein paar Wochen umherlief wie eine traurige Schlafwandlerin, hatte nichts mit irgendeinem der Tiere im Zoo, aber alles mit deren Pfleger Winnie Senoner zu tun.

Der allerdings war nicht mit Frankie im nächtlich glitzernden Berlin unterwegs gewesen, sondern mit Heiner Schulte, dem neuen Hilfspfleger, den er unter seine Fittiche genommen hatte. Schulte war selbst im schwachen Licht unschwer zu erkennen: Er war dürr wie ein Zaunpfahl, hatte einen dichten, weißblonden Schopf und überragte Winnie, der alles andere als ein kleiner Mann war, noch um einen halben Kopf. Die anderen Oberpfleger waren dagegen gewesen, Schulte einzustellen, weil sie ihn für ungeeignet hielten: zu zart, zu schwächlich, zu intellektuell, und obendrein schien er Angst vor Tieren zu haben. Weiß der Himmel, warum er sich damit ausgerechnet im Zoo bewirbt, dachte Anita, aber das Gleiche hätte man auch von ihr sagen können. Sie wusste es selbst nicht mehr. Nur dass sie damals gedacht hatte, keine andere Chance zu haben. Und wenn sie sich heute zurückerinnerte, hatte sie die ja auch nicht gehabt.

Carl Leutner hatte sich nicht gefragt, ob sie geeignet wäre, sondern ihr die Tür geöffnet, und der Zoo war zu dem Ort geworden, an den sie gehörte.

Winnie hatte sich ebenfalls nichts gefragt. Ungeachtet der Proteste seiner Kollegen, hatte er darauf beharrt, der junge Schulte sei anstellig, und was er nicht könne, das werde er, Winnie, ihm schon beibringen. Schulte war erst neunzehn, stammte aus Hamburg, war seinen großbürgerlichen Eltern davongerannt. Wahrscheinlich eine nicht standesgemäße Liebesaffäre, dachte Anita, und Winnie, der niemanden leiden sehen konnte, hatte sich seiner erbarmt. Das war ihm hoch anzurechnen. Nur dass er darüber Frankie zu vergessen schien, nahm Anita ihm krumm.

Die beiden Männer waren stehen geblieben, standen einander wie Kämpfer gegenüber und redeten aufeinander ein. Sie wirkten erregt, Winnie geradezu wütend, als schimpfe er den Jungen aus, und Heiner Schulte, als kämpfe er mit den Tränen. Anita verstand nur einzelne Worte, die keinen Sinn ergaben. Sie überlegte, ob sie Winnies Namen rufen, ihn einladen sollte, mit ihr in die Wohnung zu kommen und die Flasche Wein zu teilen, die Direktor Heck ihr geschenkt hatte. Frankie würde sich freuen. Andererseits hatte sie kein Recht, das Gespräch der beiden zu belauschen, und fühlte sich unwohl. Als Heiner Schulte schließlich tatsächlich in Tränen ausbrach und Winnie tröstend die Arme um ihn legte, gab sie sich einen Ruck und ging ins Haus.

Wie erwartet war Franka noch wach. Sie saß mit angezogenen Beinen auf der Fensterbank und starrte scheinbar ziellos hinaus in die Nacht. Hatte sie gesehen, dass Winnie nur ein paar Schritte von ihrem Haus entfernt entlanggegangen war, ohne wie früher kurz heraufzukommen? Was war mit der Freundschaft der beiden geschehen? Sie waren unzertrennlich gewesen, doch jetzt schien es, als hätten sie einander kaum gekannt.

»Frankie?«

Die Freundin fuhr herum. »Ach, Anita.« Ihr Lächeln war traurig. Dieses kleine, traurige Lächeln, das so unpassend an jemandem wirkte, der Fröhlich hieß, war Anita als Erstes an Franka aufgefallen, und wären sie damals erwachsen und Mann und Frau gewesen, hätte sie vielleicht gesagt, sie hätte sich in dieses Lächeln verliebt. Aber es tat ihr auch weh. Je mehr ihr Franka ans Herz wuchs, desto stärker wünschte sie sich, es möge sich einmal befreien. Franka konnte lustig, vergnügt, ja geradezu albern sein, aber sie konnte nicht unbeschwert lächeln. Wenn sie von den Abenden mit Winnie nach Hause gekommen war, hatte Anita manchmal gedacht: Jetzt steht sie kurz davor, um Haaresbreite, ein winziges Quentchen nur fehlt noch, und wenn Winnie sie zum ersten Mal küsst, dann löst sich diese Starre, und das letzte Quentchen ist geschafft.

Aber den Kuss schien es nie gegeben zu haben, und das Lächeln zog sich wieder zurück. Jäh musste Anita daran denken, wie sie Carl Leutner auf den Mund gestarrt und ihm einen Kuss gewünscht hatte.

»Du kommst jeden Abend später«, sagte Franka. »Bezahlt er dir wenigstens die unzähligen Überstunden, in denen er dich ausbeutet?«

»Wer ist *er?*«, fragte Anita scharf. »Da ich annehme, dass du Carl meinst, versichere ich dir: Er beutet mich nicht aus. Wenn es nach ihm gegangen wäre, dann wäre ich schon seit Stunden zu Hause.«

Franka sah sie an, als erfasse sie den Sinn ihrer Worte nicht. »Carl«, murmelte sie. »Carl.«

»Hör auf«, fuhr Anita sie an. »Ich habe ihn gebeten, mich beim Vornamen zu nennen, weil alle Welt es tut, aber er bestand darauf, dass ich es dann auch tun müsse. Anders als der Rest der Direktion ist er nämlich nicht der Meinung, er stünde himmelweit über mir.«

»Der heilige Carl.«

Anita stöhnte, ging in die Küche und holte den Wein. »Was ist mit euch los, Frankie?«, fragte sie, während sie zwei der drei Gläser, die sie besaßen, auf die Fensterbank stellte und vollschenkte. Der Wein war hellgolden. Das Leben ist schön, dachte Anita. Wir sind so frei, wie es Menschen, zumindest Mädchen, noch nie waren, sitzen am Fenster unserer eigenen Wohnung, trinken in einer Sternennacht Wein, und kein Mensch auf der Welt hat das Recht, uns weh zu tun.

»Was soll mit uns los sein?«, fragte Franka. »Wer ist überhaupt wir?«

»Du und Winnie«, antwortete Anita. »Du fängst ja wohl nicht diesen Streit über Carl mit mir an, den wir tausendmal durchgekaut haben, weil Carl dir einen Grund gegeben hat. Vermutlich hast du ihn überhaupt nicht zu sehen bekommen, weder heute noch die letzten Tage. Der arme Mann arbeitet doch Tag und Nacht für Direktor Hecks Zuchtstation.«

»So arm ist der nicht«, versetzte Franka bissig. »Soweit ich weiß, wird er bestens bezahlt, und außerdem würden sich im ganzen Land Zoologen und Veterinäre darum reißen, für Direktor Hecks Nachzuchtprojekt arbeiten zu dürfen.«

»Ich glaube, Carl reißt sich nicht darum«, murmelte Anita. »Ich habe noch nie darüber nachgedacht, aber jetzt kommt es mir auf einmal vor, als wenn sich etwas in ihm regelrecht dagegen sträubt.«

»Sei mir nicht böse, aber dann ist dein Carl ein Idiot. Diese Zuchtreihe zur Erhalt der Artenvielfalt ist eine Sensation, ein ganz großer Wurf. Stell dir das doch einmal vor – keine Lebensform müsste je wieder verlorengehen.«

»So etwas Ähnliches hat Carl heute auch gesagt: *Ich dachte, erhalten hieße achtgeben, dass nichts verlorengeht.* Wie du weißt, habe ich von der Materie keine Ahnung, aber etwas daran lastet ihm auf der Seele.«

»Mir kommen die Tränen«, ätzte Franka. »Warum flitzt du dann nicht schnell zu ihm und tröstest ihn?«

»Weil ich seine Sekretärin bin, nicht seine Frau«, antwortete Anita. »Und warum liegt dir so viel daran, derart ekelhaft zu sein – in einer so schönen Nacht? Weißt du eigentlich, dass ich in allen Momenten wie diesem daran denken muss, wie wir beide zwischen den Geräten von meinem versoffenen Vater gekauert haben und Angst vor dem hatten, was hinter der nächsten Ecke auf uns lauerte? Dass ich unendlich dankbar bin für das, was wir haben, und dass ich, wenn ich nicht so verklemmt wäre, die Welt gern umarmen würde?«

Franka rutschte näher zu ihr, ließ ihr Glas mit zitternden Fingern gegen Anitas klingen und legte flüchtig den Arm um sie. »Ich hab dich lieb, Anita. Ich finde, du bist die tollste Frau aller Zeiten, und ich bin auch dankbar.«

Sie hielten beide inne und sahen sich an wie ertappt.

»Ich hab das noch nie zu einem Menschen gesagt.« Fast flüsterte Franka. »Ich hab dich lieb, meine ich.«

»Ich auch nicht«, erwiderte Anita ebenso leise. »Und ich hab dich auch lieb, Frankie.«

»Zu Waltraud«, murmelte Franka. »Zu Waltraud hab ich's gesagt.«

Anita musste lachen. »Bei jedem anderen Menschen wäre ich jetzt beleidigt – aber für dich ist ja dieses dicke Nilpferd das schönste Geschöpf auf Beinen.«

»Waltraud *ist* das schönste Geschöpf auf Beinen!«, fuhr Franka auf. »Aber gleich danach kommst du.«

Sie lachten beide, tranken ihren Wein, fühlten sich sekundenlang leicht. Dann suchte Anita Frankas Blick. »Und Winnie?«, fragte sie. »Wann kommt der?«

Franka stockte und schwieg.

»Jetzt sag's. Habt ihr euch gestritten?«

»Kein bisschen«, erwiderte Franka. »Ich weiß nicht, was los ist, Anita, wirklich nicht. Er ist einfach aus meinem Leben verschwunden, ohne einen Grund, ohne eine Erklärung – seit dem Tag, an dem Waltraud angekommen ist. Wenn es nicht so völlig absurd wäre, würde ich glauben …«

»Was würdest du glauben, wenn es nicht völlig absurd wäre?«

»Dass er eifersüchtig ist. Eifersüchtig, weil er mich mit einem Flusspferd teilen muss.«

»Das ist allerdings absurd – aber was weiß denn ich? Mir scheint, Männer sind viel schneller gekränkt als Frauen, wenn sie sich zurückgesetzt fühlen. Frauen sind es gewohnt, die zweite Geige zu spielen oder auch erst die dritte oder vierte – aber Männer? Carl zum Beispiel, der sonst ein völlig vernünftiger Mann ist und viel reifer wirkt als seine zweiunddreißig Jahre, kam mir heute beleidigt wie ein kleiner Junge vor, weil

Männer wie Direktor Heck Stipendien für ihre Forschungsprojekte erhalten, während seines gestrichen wurde.«

»Woran forscht denn Leutner?«, unterbrach Franka.

»Keine Ahnung. Du weißt doch, ich verstehe nichts davon. Von Männern womöglich noch weniger als von Tieren, aber könnte es nicht sein, dass Winnie sich gekränkt fühlt, weil er für dich nicht mehr die erste Geige spielt? Weil du mehr Zeit für ein Nilpferd hast als für ihn?«

»Aber er ist es doch, der für mich keine Zeit hat!«, rief Franka. »Ja, ich kümmere mich um Waltraud und Ramses, aber das ist doch mein Beruf, das ist …« Jäh unterbrach sie sich und sah Anita wieder an. »Du hast recht«, sagte sie. »Ich bin ekelhaft und habe dazu keinen Grund. Eigentlich müsste ich mich bei Leutner bedanken, weil er Georg zum Tausch bewegt und dafür gesorgt hat, dass die Flusspferde jetzt meiner Obhut unterstehen.«

»Er erwartet keinen Dank«, sagte Anita. »Seit ich hergekommen bin, hat er immer wieder im Hintergrund Fäden gezogen, um für mich etwas leichter oder schöner zu machen, und ich habe meist nicht einmal gewusst, dass er dahintersteckte. Heute hat er mir gesagt, ich solle dir ausrichten, du könntest auf einen Lehrgang an der Universität gehen, wenn du wolltest. Träumst du noch davon, Frankie? Von deinem Studium, das du dir so sehr gewünscht hast?«

Franka überlegte. Dann nickte sie. »Im Augenblick habe ich Waltraud und träume von gar nichts. Ich sage mir: Welcher Student hat schon das Glück, tagtäglich ein lebendes Flusspferd um sich zu haben und ihm mit der Stielbürste den Rücken schrubben zu dürfen? Aber später? Mit einem Studium könnte ich eines Tages selbst forschen, ich bräuchte niemanden mehr, der im Hintergrund für mich Fäden zieht, sondern könnte allein meinen Weg gehen.«

»Allein, Frankie? Ohne Winnie?«

»Ich weiß es nicht«, antwortete Franka. »Ich weiß nicht, was mit uns los ist, ich weiß nicht einmal, was mit mir selbst los ist. Ich fühle eine Unruhe in mir, die mich kaum noch schlafen oder auch nur ruhig sitzen lässt. Vielleicht ist es gar nicht allein wegen Winnie. Mir lastet auch mein Onkel auf dem Gewissen, den ich dringend öfter besuchen müsste. Aber ich schiebe es immer wieder auf, weil es ihm so schlechtgeht und ich ihm nicht helfen kann.«

»Und daher kommt deine Unruhe? Dann geh zu ihm, schaff es am besten gleich morgen nach der Arbeit aus der Welt. Aber vorher sollten wir beide versuchen, ein bisschen Schlaf zu kriegen. Komm, leg dich hin. Sonst muss ich dir mit *Ovomaltine* drohen wie Carl.«

»Der kann auch nicht schlafen?«

Anita schüttelte den Kopf. »Er sagt, er bekommt Alpträume, weil die Regierung irgendwelche neuen Gefängnisse baut und Gesetze erlässt, die ihm nicht schmecken. Wenn du mich fragst, ist das Quatsch mit Soße, nur weiß ich leider weder bei ihm noch bei dir, was wirklich dahintersteckt.«

14

Franka

Oktober 1933

Wie lange willst du den Zirkus noch aufführen, Winnie? Bleib verdammt noch mal stehen und sprich mit mir.«

Winnie hatte tun wollen, was er seit Monaten tat: Die Holme der Schubkarre ergreifen, die er gerade mit dem Dung der Warzenschweine vollgeschaufelt hatte, und sich auf und davon machen. Franka ausweichen. Sie schneiden, als wäre ihm ihre Gegenwart nicht zuzumuten.

»Keine Zeit, Kleene«, nuschelte er, hielt zwar an, setzte aber die Karre nicht ab. »Ein andermal, ja?«

»Nein«, sagte Franka. Sie hatte selbst keine Zeit, sondern einen Gang vor sich, vor dem ihr graute und den sie schnellstmöglich hinter sich bringen wollte, aber diesen Zustand hielt sie nicht länger aus. »Wenn du mir nicht endlich sagst, was ich dir getan habe, gibt es kein andermal, Win. Dann ist unsere Freundschaft für mich beendet. Vielleicht willst du das ja. Aber ich finde, dann bist du es mir wenigstens schuldig, mir dafür einen Grund zu nennen.«

»Himmel, Arsch und Zwirn«, hörte sie ihn murmeln, und ohne dass irgendetwas ausgesprochen war, fiel ein Gebirge von ihrem Herzen. »Das glaubst du doch wohl nich', dass ick das will, Kleene. Das kannst du doch nicht glauben!«

Sie sah ihn sich an. Er war wirklich ein schöner Mann. In letzter Zeit trug er seine Pflegerkappe nicht mehr, und die Herbstsonne, die sich durch tiefgraue Wolken stahl, tupfte Glanzlichter auf sein schwarzes Haar. Es kam Franka vor, als wäre er sogar ein wenig schlanker geworden, das Gesicht markanter, die stattlichen Schultern straffer, der Bauch wie eingezogen. Das schönste an ihm aber waren nach wie vor die leuchtend blauen Augen, die Bände sprachen. Ich bin dir böse, dachte Franka. Aber leicht fällt mir das nicht. »Gib mir mal ein Blockmalz, du Blödmann«, sagte sie.

»Hab keins dabei«, druckste er. »Ich versuch gerade … na ja, nicht mehr ganz so viel Süßes in mich reinzustopfen.«

Franka musste lachen, obwohl sie ihn so leicht nicht davonkommen lassen wollte. »Sag bloß, du wirst jetzt eitel?«

Winnie zog die Brauen zusammen. »Willst du mich auf den Arm nehmen, oder ist dir wirklich nicht aufgefallen, dass Mutterns Jüngster von klein auf der eitelste Fatzke gewesen ist, der Beine hat? Ich hatte nie einen Baukasten und auch keine Eisenbahn. Zum vierten Geburtstag hab ick mir einen Spiegel gewünscht, zum fünften ein Necessaire und zum sechsten einen Satz Bartbinden.«

»Ach, Winnie. Weißt du, wie sehr ich dich vermisse?«

»Ick vermiss dir ooch, Kleene«, sagte er viel leiser, als sie es von ihm kannte. »Aber ick muss jetzt los. Diese duftende Pracht soll auf die Gemüsebeete …«

»Gemüse läuft nicht weg«, beschied ihn Franka. »Und wenn du noch so herzig mit den Wimpern klimperst, du schuldest mir eine Erklärung. Bald ein halbes Jahr hechle ich dir hinterher wie ein Hund, und du lässt mich links liegen, als hätte ich die Krätze. Ich will endlich wissen, warum.«

»Stimmt doch nicht, Kleene. Ick hab bloß 'ne Menge zu tun …«

»Sag mal, ist das dein Ernst? Hast du es jetzt nötig, mich anzulügen?«

Er setzte endlich die Holme der Schubkarre ab. »Ich weiß doch auch nicht, Kleene …«

»Was weißt du nicht?«

Winnie seufzte, überlegte, dann nahm er die Holme wieder auf. »Also schön, lass uns reden«, sagte er. »Aber nicht hier, wo uns bereits halb Berlin begafft wie zwei Kaiserpinguine, die sich den Bauch kraulen. Außerdem muss ich wirklich los. Treffen wir uns zu Mittag in der *Schänke?*«

Franka schüttelte den Kopf. »Ich muss zu meinen Eltern, diese Urkunden für das Personalbüro holen, auch wenn mir davor graut. Hinterher will ich gleich noch meinen Onkel besuchen, mein Gewissen ist bereits rabenschwarz. Hol mich nach Dienstschluss da ab, ja? Du darfst mich in deine Erbsenkneipe einladen, wenn du Lust hast.«

»Zu *Seppelfricke?* Die Kneipe gibt's nicht mehr.« Seine Stimme klang wie der Himmel, wo jäh das Schwarz den Spalt vor der Sonne verschloss. Der Umschwung kam so heftig, dass Franka keine Worte fand. »Abholen kann ick dir ja trotzdem«, sagte Winnie endlich. »Muss noch was absagen und weiß nicht, ob ich's ganz pünktlich schaffe, aber dein Onkel findet es ja sicher knorke, wenn du nicht gleich wieder abzischst.«

Von Vorfreude auf ihren gemeinsamen Abend, wie er sie sonst immer freimütig an den Tag gelegt hatte, war nichts zu spüren. Franka willigte trotzdem ein. Zumindest würde sie ihn endlich sprechen und erfahren, was die Nähe zwischen ihnen zerstört hatte. Jemand rief seinen Namen, und Winnie fuhr herum. Der blonde Heiner Schulte kam den Weg zwischen den Gehegen heruntergerannt und winkte. Auf seinem Gesicht stand jener Ausdruck völliger Hilflosigkeit, der nicht nur das Herz der Hausmutter Tanja erobert hatte. Dieser Junge war kein Tierpfleger. Er war ein Künstler oder Dichter, der in eine verwunschene Dachstube, nicht in ein von Gekreische erfülltes Affenhaus gehörte.

»Ich muss los«, sagte Winnie. »Wie es aussieht, hat Heiner wieder mal seinen Schlüssel zum Geschirrschrank verlegt.«

»Bis heute Abend«, mahnte ihn Franka.

Er warf ihr noch einen blauen Blick zu, dann ging er.

Bei ihren Eltern war Franka nicht mehr gewesen, seit sie aus deren Wohnung ausgezogen war. Sie hätte sich auch freiwillig nicht dorthin begeben, sondern war froh, dass die Vergangenheit hinter ihr zurückgeblieben war wie die abgestorbene Hautschicht, die Schlangen sich abstreiften. Jetzt aber streckte die Vergangenheit den Arm nach ihr aus: Für einen Nachweis, den das Personalbüro von sämtlichen Mitarbeitern brauchte, hatte sie ihre Geburtsurkunde und die Heiratsurkunde ihrer Eltern vorzulegen. Sie konnte nur hoffen, dass ihr Vater nicht daheim war und ihre Mutter ihr die Dokumente anstandslos aushändigte, damit sie sich dem beklemmenden Griff so schnell wie möglich wieder entziehen konnte.

Welchen Zweck dieser Nachweis erfüllen sollte, wusste sie nicht. Zuerst hatten ihn nur die wissenschaftlichen Mitarbeiter des Zoos erbringen müssen, doch jetzt war er bei ihnen allen erforderlich. »Sollten Sie die geforderten Dokumente schuldig bleiben, sehen wir uns zu unserem Bedauern außerstande, Sie weiter zu beschäftigen«, hatte in dem Schreiben gestanden. Das war kein Ton, in dem die Zoo-Familie, wie Anita sie nannte, miteinander verkehrte, doch der Brief war amtlich und vorgedruckt. Sicher stammte er aus einer der zahllosen neu gegründeten Behörden, deren Namen sich kein Mensch merken konnte, zumal sie alle mit »Reichs-« anfingen.

Seit die Nationalsozialisten an der Macht waren, wurden ständig von irgendeiner dieser Behörden Papiere verlangt. Vermutlich wussten die Herrschaften, die auf diesen Reichs-weiß-der-Kuckuck-Ämtern hinter ihren Schreibtischen saßen, einfach nicht, wie es in einem Betrieb mit Tieren zuging und dass es dort Wichtigeres zu tun gab, als den Bauchumfang von Fischottern in Listen einzutragen.

Waltraud zum Beispiel nahm Franka weit mehr in Anspruch, als sie erwartet hatte. Flusspferde galten als pflegeleicht, aber Waltraud war eben nicht irgendein Flusspferd, sondern Waltraud. Es war nicht so, dass sie sich überhaupt nicht einlebte: Sie fraß gut und gern die hundertfünfzig Kilo Grünfutter am Tag, die ein erwachsenes Flusspferd brauchte, wirkte die meiste Zeit über entspannt und störte sich auch nicht an lärmenden Besuchern, die Schnappschüsse knipsten. Schlechte Erfahrungen schien sie hingegen mit ihren Artgenossen gemacht zu haben, denn sie hatte geradezu panische Angst vor Ramses. Der einzige Versuch, die beiden in ihrem Wasserbecken zusammenzubringen, endete in einem Fiasko, bei dem nur durch Glück beide Tiere unverletzt davonkamen. Seither weigerte Waltraud sich, auch nur einen Zeh ins Wasser zu setzen.

Flusspferde waren den Walen näher verwandt als jedem Landtier und gehörten ins Wasser. Sie verbrachten zwei Drittel des Tages darin, und obwohl ihre Haut sich durch eine rötliche, schleimige Substanz von selbst feucht halten konnte, würde Waltraud Schaden nehmen, wenn sie fortwährend auf dem Trockenen hockte. Deshalb hatte Franka damit begonnen, ihr mit einer Stielbürste täglich eine Stunde lang Wasser über dem großen Leib zu verteilen. Waltraud liebte diese Prozedur, sie zog dabei ein Gesicht, als hätte sie gern wie eine Katze geschnurrt, und Franka konnte sich vor Entzücken kaum halten.

Es war schön, für Waltraud zu sorgen, Franka hatte sich nie zuvor so gebraucht gefühlt. Aber es kostete Zeit, weshalb sie die Beschaffung der Urkunden bis zum letzten Augenblick aufgeschoben hatte. Genau wie den Besuch bei Onkel Gerhard.

Sie würde ihm von Waltraud erzählen und hoffen, dass er sie verstand.

Eigentlich hatte sie gehofft, dass ihr der Besuch erspart bliebe, dass stattdessen er sie besuchte. Sie hatte ihm Postkarten mit Bildern ihrer Tiere geschickt und ihn immer wieder eingeladen, obwohl doch gar keine Einladung notwendig war: Solange Franka ihn kannte, hatte Onkel Gerhard keine einzige Woche ohne einen Besuch im Zoo verstreichen lassen, doch seit er von der Arbeit rund um die Tiere ausgeschlossen worden war, ging er nicht mehr hin. Vielleicht würde sie ihn heute überreden können, auf ihre Arche, auf der sie durch so viele Unwetter gesteuert waren, zurückzukehren.

Zudem hatte sie hin und her überlegt, ob sie keine Möglichkeit hatte, ihm wieder zu einer Arbeit im Umfeld des Zoos zu verhelfen. Aber wen hätte sie darum bitten sollen? Sie war nicht mehr als eine einfache Pflegerin ohne Verbindung zur Riege der Direktoren, und mit den neuen Strukturen kannte sie sich ohnehin nicht aus.

Nachdenklich erreichte sie den Bahnhof Südende und sah über den Dächern die Kirche ihres Vaters aufragen. Der schwarz bezogene Himmel tat ein Übriges. Frankas Magen schmerzte, und ihr erwachsenes Ich schien jäh ausgelöscht. Sie sah sich als Kind diese Straße entlangschleichen, mit jedem Schritt langsamer werdend, die Brotdose umklammernd, als könnte sie sich daran festhalten. Warum hatte sie solche Angst vor ihrem Elternhaus gehabt, warum hatte sie noch immer Angst? Bis auf ein paar Ohrfeigen war sie kaum geschlagen worden, und die Strafen, die sie bekommen hatte – Stubenarrest, ins Bett ohne Abendessen –, hatten ihr nichts ausgemacht. Im Gegenteil. Das Einzige, was ihr am Herzen lag, den Zoobesuch mit Onkel Gerhard, hätte ihr Vater ihr nie verboten, denn dazu war er viel zu froh, sie einen Tag lang los zu sein.

Es ist dieses Gefühl, kleingemacht zu werden und wertlos zu sein, dachte sie, als sie vor dem Haus stand und auf den Klingelknopf drückte. Das Gefühl, nicht sein zu dürfen, was sie war. *Fröhlich* stand in ordentlich geprägten Buchstaben auf dem Türschild, aber in der Wohnung dort oben gab es keine Fröhlichkeit, keine Liebe zum Leben, nicht den Wunsch, zu springen, zu lachen oder, wie Anita es ausdrückte, die Welt zu umarmen. In der Wohnung war für Franka nie Platz gewesen. Den Platz, den sie einnahm, hatte sie gestohlen. Er gehörte einem Mann namens Frank Frieder Fröhlich, der war gestorben, und daran, dass er nicht in einem kleinen Jungen wiedergeboren wurde, war Franka schuld. Von ihr wurde erwartet, dass sie sich ebenfalls wie eine Tote verhielt: kein Lärmen, kein Toben, kein Lachen.

Das Gesetz, das in der Wohnung galt, lautete: Weil Frank Frieder, für dessen Tod der Weltkrieg ins Jahr 1912 verlegt worden war, kein Glück mehr genießen konnte, durfte auch kein anderer es tun.

Am wenigsten Franka, die auf unerklärliche Weise am Tod von Frank Frieder schuld zu sein schien, obwohl sie damals noch gar nicht gelebt hatte.

Von oben hörte sie den schlurfenden Schritt ihrer Mutter, die mit dem Schlüssel herunterkam. Der Tag, an dem sie nach dem Zusammenstoß mit Lehrer Rothert hier gewartet hatte, fiel ihr ein, und Annis Stimme hallte ihr im Ohr: *Du musst es jemandem erzählen, Franka. Jemandem, der dir hilft.*

Ich will es jemandem erzählen, hatte sie gedacht. Jemandem, der mir hilft, der mich beschützt, der mir sagt, dass ich nichts getan habe, um daran schuld zu sein. Als aber ihre Mutter mit dem Schlüssel gekommen war, hatte sie in deren Gesicht gelesen: *Sag nichts*. Sie hatte nichts gesagt, sondern gewusst: Wenn ich es sage, bin ich schuld.

Die Mutter schlurfte zur Tür, sperrte auf und sagte: »Ach.« In ihrem Gesicht stand: *Sag nichts.* Ich will hier weg, dachte Franka, alles an ihr schien das zu denken, ihre Beine, ihre Arme, ihr Kopf. Sie riss sich zusammen. Du bist erwachsen, beschwor sie sich, das hier ist etwas völlig Normales, eine Tochter, die ausgezogen ist, besucht ihre Eltern, weil sie ein paar Papiere braucht. Sie würde sich normal verhalten, auch wenn ihre Eltern es nicht taten. »Guten Morgen«, sagte sie. »Wie geht es dir? Ist der Vater auch da?«

»Im Pfarramt«, sagte ihre Mutter. »Der Vater hat da jetzt viel zu tun, weil die Leute doch alle ihre Dokumente brauchen.«

Franka unterdrückte ein Aufatmen und zwang sich stattdessen zum Lächeln. »Genau deswegen komme ich«, sagte sie aufgesetzt heiter. »Ich muss auf meiner Arbeitsstelle eure Heiratsurkunde und meine Geburtsurkunde vorlegen. Meinst du, du könntest sie mir geben? Ich sorge dafür, dass du sie so schnell wie möglich zurückbekommst.«

»Ariernachweis«, sagte ihre Mutter. »Die Heiratsurkunde von meinen Eltern brauchst du dann ja auch. Das bewahrt alles der Vater auf, mich musst du nicht fragen. Und die Urkunde von Vaters Eltern, die hat ja wohl sein Bruder Gerhard.«

Ariernachweis. Ja, das war das Wort, das in dem Schreiben gestanden hatte, eines der unzähligen Worte, die in Frankas Kopf nicht richtig ankamen, weil sie beim Lesen an die Geburt eines Braunbären, die Paarung zweier Schimpansen, Waltrauds Stuhlgang, Annelieses Schuppenflechte und das Heizungsproblem im Straußenhaus dachte. Wenn sie ehrlich war, wusste sie nicht genau, was ein Arier war. Jeder Deutsche, der kein Jude war, oder nicht?

»Bist du denn Beamtin?«, fragte ihre Mutter. »Einen Ariernachweis müssen doch nur Beamte erbringen, oder was jetzt?«

»Ich bin bei einem Staatsbetrieb angestellt«, sagte Franka, die es selbst nicht wusste. »Die Dokumente kann mir also nur der Vater geben?«

Die Mutter zuckte die Achseln. »Kannst ja warten.«

»Ich denke, ich gehe lieber rasch hinüber aufs Pfarramt«, sagte Franka. »Zu Onkel Gerhard muss ich ja auch noch, und ich kann nicht so lange von der Arbeit weg.«

Das war gelogen. Sie hatte sich den Tag über freigenommen, aber ihre Mutter meldete ohnehin keinen Protest an. Sie hatte ihre einzige Tochter seit Jahren nicht gesehen, aber sie fragte sie nicht einmal, wie es ihr ging und warum sie bisher nie gekommen war. Franka begann, sich nach Waltraud zu sehnen, die mit dem Fuß scharren und Ausschau halten würde, weil sie nicht nur ihre Dusche, sondern auch Franka vermisste. Flusspferde waren gesellig. Und Menschen? In diesem Augenblick, als von neuem Enttäuschung und Demütigung, die sie überwunden geglaubt hatte, in ihr aufwallten, wäre es Franka recht gewesen, wenn sie nie wieder einem Menschen, sondern nur noch Flusspferden hätte begegnen müssen.

Stattdessen machte sie sich auf den Weg zum Pfarramt. Der schwarze Himmel schien von Minute zu Minute tiefer zu hängen, als werde er demnächst auf sie niederstürzen. Unvermittelt stellten sich Bilder ein. Kalifa, das Elefantenkind, das in den Trenngraben gestürzt war, und seine Mutter Toni, die verzweifelt davor ihren Rüssel schwang und ihr gewaltiges Gewicht von einer Seite auf die andere schwenkte, außer sich vor Angst und durch nichts zu beruhigen, bis Kalifa befreit und wieder an ihrer Seite war. Titine, die schöne Schimpansin, die auf dem Rücken lag, ihr totes Söhnchen in den Armen hielt und vor Schmerz schrie.

Was stimmte nicht mit einem Kind, das seiner Mutter nicht das Geringste bedeutete? Wäre Franka in den letzten drei Jahren gestorben, hätte ihre Mutter es vermutlich nicht einmal zur Kenntnis genommen.

Ihr Vater war nicht in dem Büro, das sie kannte, sondern in dem Archivraum im Souterrain des Hauses. Dort stand er an einem langen Tisch vor aufgereihten Karteikästen, entnahm von Zeit zu Zeit eine Karte, an die Urkunden geheftet waren, und übertrug einzelne Zeilen auf einen Notizblock. Dann schob er die Karte samt Urkunden wieder in den Kasten zurück. Einmal verharrte er, zog eine der Urkunden aus der Heftklammer und betrachtete sie genauer, stieß sodann ein »Ha, wer sagt es denn!« aus und legte die Urkunde auf einen von zwei Stapeln, ehe er die Karte wieder in den Kasten steckte. Dass seine Tochter eingetreten war, bemerkte er nicht.

Sein Treiben erschien so bizarr, so verbissen, dass Franka eine Zeitlang nur still dastand und zusah. Etwas fiel ihr auf, über das sie nie nachgedacht hatte: Ihre beiden Eltern waren hässlich. Nicht weil ihnen gemeinhin als schön bezeichnete Attribute wie schlanker Wuchs, glänzendes Haar, regelmäßige Gesichtszüge fehlten, sondern weil nichts Sinnliches, Lebendiges an ihnen war. Sie dachte an Winnie, der sich mit leuchtenden Augen über einen Teller mit Tanjas süßer *Pastila* hermachte, und an Anita, die das Gesicht in einem duftenden Blumenstrauß vergrub und verzückt dabei lächelte. Nichts davon war bei ihren Eltern vorstellbar, ihre Gesichter waren wie Tod ohne Stille.

Und wie stand es um sie selbst? Alle Welt redete doch jetzt von Erbgut, im Zoo gab es durch Direktor Hecks Zuchtprojekt kaum mehr ein anderes Thema. Wenn sie also das Erbgut ihrer beiden Eltern in sich vereinte – wie leblos und hässlich musste das Ergebnis dann sein? War das der Grund, war daran ihre Freundschaft mit Winnie zerbrochen, ehe etwas noch Größeres daraus hätte wachsen können?

»Ha«, rief ihr Vater wieder, »wer sagt's denn!« Dann trennte er eine der Urkunden von einer Karteikarte. »Perla Reinhardt. Perla Reinhardt. Perla Reinhardt.« Er versprühte ein paar Tröpfchen Speichel, die die Zungenspitze von den Lippen leckte. »Was glaubst du eigentlich?«, fuhr er die Karteikarte an. »Dass du dich mit so einem Namen irgendwo verstecken kannst?«

Franka hielt es nicht länger aus. Sie brauchte ihre Papiere und musste hier weg, ehe sie den Verstand verlor oder daran zweifelte, dass Menschen auf Dauer einen besaßen. »Guten Tag, Vater«, sagte sie und fuhr fort, ehe er das Wort ergreifen konnte. »Ich brauche ein paar Dokumente für meine Dienststelle und wäre dankbar, wenn du sie mir geben könntest. Ich schicke sie dir mit einem Boten zurück und falle dir nicht länger als nötig zur Last.«

Ihr Vater richtete die zwei Stapel Urkunden, die er bereits dem Kasten entnommen hatte, mit ein paar Handbewegungen gerade aus und setzte eine weitere Notiz auf seinen Block. »Du wirst also zur Erbringung des kleinen Ariernachweises herangezogen«, bemerkte er, ohne seine Tätigkeit zu unterbrechen. »Nun, selbstredend bin ich in der Lage, meiner Tochter, was ihre Ahnenreihe betrifft, eine lückenlose Dokumentation zu liefern. Allerdings irritiert es mich, dass dies von Mitgliedern meiner Familie überhaupt verlangt wird.« Abrupt packte er den Stapel und klatschte ihn auf die Tischplatte. »Ich bin ein Mann Gottes. Mein Vater war ein Mann Gottes. Ich habe mich in den Dienst von Gott dem Herrn gestellt und im Krieg als Feldgeistlicher mein Leben für mein Land riskiert.«

Nicht zu vergessen der tote Frank Frieder Fröhlich, durchfuhr es Franka, aber sie sagte nichts.

»Was glaubt man von mir?«, fuhr der Vater fort. »Dass ich in meiner Familie Unregelmäßigkeiten dulde? Ich bin Mitglied der Deutschen Christen seit der ersten Stunde, ich habe mich keiner Überprüfung verweigert, ich habe mich sauber gehalten. Jeder Pfennig, den ich entbehren kann, geht der Kirche zu, ich opfere mich auf, um einen Saustall auszumisten, und noch immer gibt es keine Vergebung?«

Franka sah auf seine Hände, die auf die Stapel schlugen und dabei krampfhaft zuckten. Sie wollte gehen, ehe sie eine Frage stellte, aber die Frage stellte sich von selbst: Er war ihr Vater. Sein Erbgut war in ihr. »Was machst du da?«

»Ich?« Ihr Vater schob das kleine Kinn und den schmalen Brustkorb vor. »Ich erledige, was längst hätte erledigt werden sollen. Sortiere aus diesen Karteien aus, wer gar nicht erst wegen eines Ariernachweises bei mir zu erscheinen braucht. Judenchristen.« Er klopfte auf einen der Stapel. »Leute, die sich die Taufe erschleichen und glauben, damit ändere sich etwas in ihrem Blut.«

»Und was geschieht mit denen?«

»Darüber habe nicht ich zu befinden«, antwortete der Vater. »Ich suche die Papiere von denen heraus, die in meiner Gemeinde verkehren, obwohl für ihre Großeltern aus gutem Grund keine Taufscheine vorliegen. Was ich aufdecke, leite ich an die Gauleitung weiter, die dafür dankbar ist.«

Franka reckte sich und warf einen Blick auf das oberste Dokument. Es war eine Heiratsurkunde. *»Bräutigam: Grothe, Ferdinand, Bäckermeister«*, las sie. *»Braut: Grothe, Erna, geborene Kohn.«*

Ihr Vater schob den Stapel beiseite und zog den anderen heran, benutzte angeekelt nur zwei Fingerspitzen. »Natürlich könnte die Gauleitung das auch selbst heraussuchen, ich nehme ihr lediglich Arbeit ab. Weit übler steht es um die hier. Das Nachtgesindel. Schwer aufzufinden. Dafür erfordert es Geduld und nimmermüde Entschlossenheit.« Wie um vorzuführen, was er meinte, begann er wieder, in einem der Karteikästen zu wühlen. »Und die Hilfe unseres Herrn Jesus Christus, der für uns gestorben ist.«

Ich will das nicht, hatte Franka als Kind gedacht, wenn sie vor dieser Phrase ihres Vaters das Grauen packte. Einen, der für mich stirbt, den brauch ich nicht, warum zeigt er mir nicht lieber, wie man lebt?

»Was sind das für Leute?«, fragte sie und wunderte sich darüber, wie ruhig und nüchtern sie klang.

Die Augen des Vaters wurden schmal. »Zigeuner. Nichtsesshafte. Die fremde Rasse, die uns verdirbt.«

Franka wartete ab und lauschte ihrem Atem, bis der sich beruhigt hatte. »Die Papiere, die ich brauche, hast du die zur Hand?«, fragte sie dann. »Ich muss noch zu Onkel Gerhard, und ich habe wenig Zeit.«

Er begann, Unverständliches vor sich hin zu murmeln, ging zu einer hohen Anrichte, die düster und wurmstichig wirkte, und zog eine Schublade auf. »Damit du Bescheid weißt«, sagte er. »Für den Fall, dass mir etwas zustoßen sollte, bewahre ich hier sämtliche Dokumente der Familie auf. In der Wohnung ist es mir nicht sicher genug, schließlich steht meine Adresse im Gemeindeblatt.«

Diese Logik verschloss sich Franka. Stand die Adresse des Pfarramtes etwa nicht im Gemeindeblatt? »Was soll in der Wohnung denn passieren?«, fragte sie.

»Das weiß man nie.« Er zog eine Mappe aus abgeschabtem Leder hervor und wies auf den Stapel. »Vor Zigeunern ist keine Verriegelung sicher, da kann man sein Fenster vernageln und sich Hunde an die Kette legen.«

Er gab Franka die Mappe, ohne ihre Hand zu berühren. Sie nahm sie an sich, fand kaum drei Worte zum Abschied und hatte das Gefühl, nicht zu gehen, sondern aus dem Raum zu fliehen.

15

Franka

Die Wohnung war ihr immer wie eine Art Paradies erschienen, wie ihre Zuflucht, der Ort, wo sie den Kopf unter die gestutzten Flügel ducken und einen Rest von sich wiederfinden konnte. Jetzt erschien sie ihr eng, verstaubt, ohne Persönlichkeit. Ganz anders als ihr eigenes winziges Zuhause, das Anita mit allem möglichen Krimskrams schmückte und in dem man die Menschen spürte, die dort lebten. Anita hatte die Zoo-Aktie, die Onkel Gerhard ihr zum Reifezeugnis geschenkt hatte, über Frankas Bett gehängt, und über ihrem eigenen hingen getrocknete Blumen an einer Schnur .

»Man muss lernen, sich das wert zu sein«, hatte sie zu Franka gesagt.

Onkel Gerhard war sich offenbar gar nichts wert. Er lebte von einer winzigen Unterstützung, die die Akademie ihm zahlte, und konnte sich keinerlei Luxus erlauben, doch das traf auch auf Anita und Franka zu. In dieser Wohnung, die Frau Glasenapp nicht einmal notdürftig sauber hielt, schien ein Mensch zu hausen, der sich aufgegeben hatte.

Frankas Gewissen setzte ihr gnadenlos zu. Der Onkel war für sie da gewesen, er hatte ihr gegeben, was er aufbringen konnte, und als er nichts mehr zu geben hatte, hatte sie ihn fallen lassen wie einen ausgewrungenen Lappen. Aber so war es doch nicht, setzte sie sich gegen ihr Gewissen zur Wehr. Es war nur so schwierig gewesen, sich ein Leben aufzubauen, sie hatte den Rest vergessen wollen, hatte für nichts Kraft gehabt als für sich selbst.

War das eine Entschuldigung?

Hatten Menschen das Recht, so miteinander umzugehen?

Als der Onkel die Tür geöffnet und sie erkannt hatte, waren ihm Tränen in die Augen geschossen. »Springböckchen«, hatte er gestammelt. »Mein Springböckchen. Du hast ja keine Ahnung, was du mir für eine Freude machst.«

Die Scham machte es Franka beinahe unmöglich, ihm in die Augen zu sehen. Aber das andere wühlte noch heftiger in ihr. »Ich war bei meinen Eltern«, platzte sie heraus, statt ihm von Waltraud zu erzählen, ihn mit Geschichten aus dem Zoo aufzuheitern, wie er es jahrelang für sie getan hatte. »Mein Vater sucht aus seinen Kirchenregistern Akten heraus und gibt sie an die Gauleitung – Akten von Menschen, mit deren Abstammung etwas nicht stimmt. Was will die Gauleitung mit diesen Akten, Onkel Gerhard? Was passiert mit den Menschen?«

»Nichts, Springböckchen, gar nichts.« Der Onkel machte jetzt auch keine Anstalten mehr, ihr in die Augen zu sehen. »Das ist nur eine Vorsichtsmaßnahme.«

»Vorsicht wovor?«

»Ein Volk muss sich schützen«, sagte er. »Das ist bei den Menschen nicht anders als im Tierreich, und das wichtigste Gut, das ein Volk zu bewahren hat, ist seine Erbmasse. Jetzt komm erst mal herein. Ich weiß, das ist alles nicht leicht zu begreifen. Mir fällt es selbst schwer, glaub mir das.«

Er ging in die Stube voran, in der sie so viele Stunden lang über *Brehms Tierleben* gesessen oder Geschichten erzählt hatten. Franka blickte sich um. Auf der Anrichte lag ein Stapel Zoo-Aktien wie die, die Onkel Gerhard ihr geschenkt hatte, bedruckt mit den Gesichtern von Tieren. Ihr Blick blieb daran hängen: Die Aktien waren Liebhaberpapiere, die zu freiem Eintritt berechtigten, ansonsten aber keinen Wert hatten. Sie waren zur Unterstützung des Zoos erworben worden und durften ohne dessen Zustimmung nicht wieder verkauft werden.

Dennoch hatten sie sich großer Beliebtheit erfreut – hatte nicht neulich jemand ihr erzählt, es gebe keine mehr zu kaufen?

Sie setzten sich auf die Stühle mit den hohen Lehnen, auf denen sie gesessen und zusammen Abendbrot gegessen hatten, als Franka ein Kind gewesen war: Pumpernickel mit Leberwurst, harte Eier und Gürkchen, von Onkel Gerhard in Spalten geschnitten. Sie hatte dieses Essen geliebt – es stank nicht nach Kohl und war eigens zubereitet worden, weil sie es mochte.

Franka vergaß die Aktien, weil die Bücher und Schriften, die sich wie immer auf dem Teetisch stapelten, sie ablenkten. Ein in schweres Leder gebundener Band trug den Titel *Menschliche Erblichkeitslehre und Rassenhygiene.* Daneben lag ein schmaleres Buch, aus dem etliche Lesezeichen ragten: *Das Problem der Rassenkreuzung beim Menschen.* Unter den Blättern und Broschüren, die dazwischen herumlagen, stach eine mit einem grellrot gedruckten Titel hervor. Sie wirkte amateurhaft gemacht, ein wenig wie eine Studienarbeit: *Zur erbbiologischen Forschung an Zigeunerbastarden* verkündeten die roten Lettern. *Eine Abhandlung von Robert Ritter.*

»Was ist das?«, fuhr Franka auf. »Bist du kein Zoologe mehr, verbringst du deine Zeit jetzt nur noch mit Sachen, von denen Anthropologen mehr verstehen?«

»Du weißt, wie es mich immer zur Eugenik gezogen hat«, sagte Onkel Gerhard. »Wer sich lange genug mit der Vererbung beim Tier befasst, landet unweigerlich beim Menschen. Zumindest wenn die Zukunft der Menschheit ihm am Herzen liegt, wenn ihm die Entwicklung Sorge bereitet – diese grauenhaften Verluste edelsten Menschenmaterials im großen Krieg, dann die Umwälzungen, eine Gesellschaft ohne Halt und Boden …«

»Ich mag das Wort nicht«, rutschte es Franka heraus. »Menschenmaterial.«

»Das liegt wohl daran, dass du zu meinem Bedauern nicht lange genug studieren konntest, Springböckchen. Beim wissenschaftlichen Arbeiten gewöhnt man sich einfach an, die Dinge bei nüchternen Namen zu nennen, da Emotionen uns sonst hindern, zu tun, was geboten ist.«

»Zum Beispiel irgendwelche Leute, die zu meinem Vater in den Gottesdienst kommen, der Gauleitung zu melden, weil ihre Großmutter nicht getauft ist?«, fragte Franka. »Ich will jetzt wissen, was diese Gauleitung mit den gemeldeten Leuten macht.«

»Überhaupt nichts, Springböckchen, das habe ich dir doch gesagt. Die Gauleitung hat dafür ja auch gar nicht die Kompetenzen, sie sammelt nur die Daten, bis entsprechende Strukturen geschaffen sind.«

»Ist das deine wissenschaftlich nüchterne Ausdrucksweise?« Vor ihrer Schärfe erschrak sie selbst. »Worthülsen? Leeres Geklimper? Von welchen Strukturen redest du?«

»Forschungseinrichtungen, die in der Lage sind, die Daten auszuwerten«, erwiderte Onkel Gerhard leise. »Und gegebenenfalls Konsequenzen zu ziehen.«

»Was für Konsequenzen sollen denn daraus gezogen werden? Ordnet deine Forschungseinrichtung an, dass die Großmutter unserer Bäckersfrau im Grab getauft werden muss?«

»Blödsinn vor dem Herrn«, erwiderte Onkel Gerhard. »Bitte glaub mir, es geht nicht darum, diesen Menschen irgendetwas aufzuzwingen, sondern lediglich darum, Schädigungen am Erbgut unseres Volkes einzudämmen.«

»Erbgut?«, fragte Franka fassungslos. »Du hast recht, das ist wirklich Blödsinn vor dem Herrn. Ob jemand getauft ist oder nicht, ist doch nicht erblich.«

»Das nicht. Aber die Rasse, der er angehört.« Onkel Gerhard schien jedes Wort im Mund umzudrehen, ehe er es aussprach.

»Die Forschungen der Eugenik zeigen klar auf, dass nichts eine Rasse so sehr in ihrem Erbgut schwächt wie ihre Bastardisierung. Selbst minderwertige Rassen erreichen dadurch keine Verbesserung, sondern das Gegenteil.«

Franka schwirrte der Kopf. Die Worte waren wie kleine Geschosse, die in ihrem Schädel umhersausten und schmerzhaft gegen die Wände prallten: *Bastardisierung, Erbgut, minderwertige Rassen.* Sprachen sie noch von Menschen, harmlosen Leuten wie Erna Grothe, die Kuchenreste an Kinder verschenkte?

Jäh wünschte sie sich, die Türklingel würde schrillen und Winnie würde draußen stehen. Vor dem Fenster erlosch das Tageslicht – musste er nicht bald hier sein? Nie zuvor hatte sie sich so heftig nach ihm gesehnt, nach seiner Art, Dinge in klare Worte zu fassen, nach seinem Talent, zu lachen, wie um einen Pokal zu gewinnen, und dabei das Leben ernst zu nehmen, jeden Menschen, jedes Tier.

Heute Abend sage ich es dir, dachte sie. Auch wenn ich dich noch ein wenig zappeln lassen und dir böse sein sollte. Wenn du mich heute Abend aus diesem Irrsinn herausholst und mir die Welt wieder geraderückst, sage ich dir, dass ich dich liebhabe. Dass ich um deinetwillen die Last aus meiner Vergangenheit abschütteln und den nächsten Schritt gehen will. Es wird nicht einfach. Aber wenn du Geduld hast und mir hilfst, dann lerne ich es – so, wie Waltraud lernen wird, keine Angst vor Ramses zu haben.

»Springböckchen?«

Franka nickte mühsam.

»Bitte glaub mir: Um die Menschen, die Einzelschicksale tut es mir selbst weh. Ich habe mit etlichen jüdischen Kollegen gearbeitet, die durch und durch wertvolle Mitglieder der Gesellschaft waren, ich habe …«

»Du hast gesagt, ihnen passiert nichts!«, fuhr Franka ihm ins Wort. »Warum tut es dir dann um sie weh?«

»Nein, ihnen passiert nichts«, wiederholte Onkel Gerhard ausdruckslos. »Sie werden lediglich aus dem Staatsdienst entlassen, so, wie man mich entlassen hat.«

»Und was hat das mit Vererbung zu tun?«, rief sie. »Ihr macht diesen Leuten, die vielleicht Familien zu ernähren haben, ihre Existenz kaputt, weil ihr glaubt, sie könnten irgendetwas vererben, das euch nicht passt? Du kannst mir doch als Wissenschaftler keinen solchen Humbug einreden!«

Du hast kein Recht, ihn anzuschreien, hämmerte es in ihrem Kopf. Hat er dich jemals angeschrien, wenn du dich elend und klein gefühlt hast? War nicht vielmehr er es, der dich aufgebaut hat? Er ist einsam, er hat sein Lebenswerk verloren, und du hast dich einen Dreck um ihn gekümmert – ist es da verwunderlich, dass er diesen hanebüchenen Schwachsinn glaubt, dass er nach irgendetwas greift, um den endlosen Tag mit Beschäftigung zu füllen?

»Es ist komplizierter, Springböckchen«, presste er quälend langsam hervor. »Versuch doch, der Sache Zeit zu geben, dir anzusehen, wie dieser Staat sich entwickelt. Ohnehin ist Politik nicht unser Metier. Wir haben die wissenschaftliche Basis zu liefern – wie sie zu verwalten ist, entscheiden die, die etwas davon verstehen. Ich erwarte, dass man mir auf meinem Gebiet vertraut, also bin ich auch bereit, anderen Fachleuten auf ihrem Gebiet zu vertrauen. Wir wollen schließlich alle dasselbe: eine Zukunft, in der es für unser Volk keine Not, kein Elend, keine gescheiterten Träume mehr gibt. Und wenn die Politiker der NSDAP erklären, dazu sei es ein richtiger Schritt, die Juden aus der Volksgemeinschaft auszusondern, dann bin ich bereit, das erst einmal hinzunehmen. Man trennt ja damit nur, was nicht zusammengehört.«

»Und was ist mit den Zigeunern?«, fiel Franka ein. »Um ehrlich zu sein, glaube ich nicht, dass mir schon einmal einer begegnet ist. Sie bleiben für sich, nicht wahr? Du hattest keine Zigeuner als Kollegen an der Akademie, oder?«

»Gewiss nicht.« Die Augen des Onkels wurden schmal, und zum ersten Mal fand Franka, dass er ihrem Vater ähnlich sah. Sie erschrak. Wie hatte Frank Frieder ausgesehen? Wirkte sie auch so auf Menschen? Warum nur hatte sie überhaupt kein Gefühl für sich selbst?

»Der Zigeuner wäre dazu nicht in der Lage«, fuhr Onkel Gerhard mit zusammengekniffenen Augen fort. »Er ist kein vernunftgesteuerter Mensch, sondern lässt sich einzig und allein von seinen Trieben leiten, er ist primitiv, kaum bildungsfähig und kennt kein Rechtsempfinden. Angebote, sich einzugliedern und ein bürgerliches Leben zu führen, nimmt er nicht an.«

War das noch ihr Onkel Gerhard, der mit Achtung von jedem kleinsten Lebewesen gesprochen hatte? Oder war es das Echo ihres Vaters, der außer Gott dem Herrn und seinem toten Bruder Frank überhaupt kein Wesen achten konnte? Franka wartete nicht ab, bis noch mehr Abscheulichkeiten aus dem Mund des Onkels kamen, sondern schnitt ihm das Wort ab: »Nun gut. Wenn also Zigeuner zu all dem, was wir tun, gar nicht fähig sind und sich absondern – wozu muss mein Vater dann ihre Daten der Gauleitung melden? Sie müssen doch aus keinem Staatsdienst entlassen werden, ihr könnt sie einfach so weiterleben lassen wie bisher.«

»Sag nicht *ihr*«, bat Onkel Gerhard. »Ich bin kein Mitglied der NSDAP. Dass ich versuche, dir bestimmte Zusammenhänge zu erklären, bedeutet nicht, dass ich sie zu verantworten habe.«

»Was geschieht mit den Zigeunern, Onkel Gerhard?«

»Nichts«, sagte er. »Es ist, wie du sagst: Sie sollen so weiterleben wie bisher. Es gibt lediglich einen Lebensbereich, in dem sie auf unser Territorium vordringen, und daran müssen sie gehindert werden. Aber davon verstehst du nichts.«

»Dann erklär's mir.«

»Das möchte ich lieber nicht tun.«

»Dann werde ich jemand anderen fragen«, sagte Franka. »Abspeisen lasse ich mich nicht.«

Onkel Gerhard räusperte sich. »Du bist sehr jung und unschuldig«, sagte er. »Es gibt Dinge, die du dir nicht vorstellen kannst, und eines davon ist die erotische Anziehungskraft, die Zigeuner ausüben. Wäre mir als Naturwissenschaftler so ein Gerede nicht zuwider, würde ich sagen, sie hat etwas Magisches, dem sich nur mit äußerster Willenskraft widerstehen lässt.«

Alles in Franka zog sich zusammen. Unvermittelt erwachte der alte Wunsch, sich in sich selbst zu verkriechen, nichts mehr hören zu müssen oder ein Tier zu sein, das die obskuren Händel von Menschen nicht verstand. Sie wusste nicht einmal, warum die Worte des Onkels solch einen Sturm in ihr auslösten, und sie wollte es auch nicht wissen. Sie wollte zu Waltraud. Sie wollte, dass Winnie sie abholen kam.

»Springböckchen, du musst dich doch mit diesen Dingen nicht beschäftigen«, begann Onkel Gerhard. »Du bist jung, dein Leben fängt erst an, du sollst tun, was wir geschafft haben: glücklich sein.«

»Was geschieht mit den Zigeunern?«, hörte Franka sich fragen und erkannte ihre Stimme kaum.

»Es muss … es muss dafür gesorgt werden, dass … nun … es muss gehandhabt werden wie bei einem Tier, von dem Nachwuchs nicht wünschenswert ist, weil er die Art beschädigen würde. Das ist es, was Eugenik fordert: Die natürliche Zuchtauswahl, die wir durch unsere Wohlfahrtssysteme ausgeschaltet haben, müssen wir durch geeignete Maßnahmen ersetzen.«

Franka sprang auf. »Das ist nicht dein Ernst! Hast du mir gerade erzählt, dass ihr diese Menschen, die mein Vater an den Gauleiter meldet … dass ihr die unfruchtbar macht?«

»Nicht ihr«, wandte er kaum hörbar ein. »Und nur so wie bei einem Hengst: Wenn er Hufrehe hat, wenn das Erbgut geschädigt ist, dann hat man als Züchter die Pflicht, ihn zu verschneiden …«

»Zum Teufel, du redest von Menschen!«, schrie Franka.

In die letzte Silbe hinein schrillte das Klingeln an der Tür. Winnie. Die Erlösung. Wie blind rannte Franka aus der Wohnung, ohne sich nach dem Onkel umzudrehen. Sie wollte nur weg, nur nach Hause, hinter das Elefantentor und auf ihre Arche. Sie wollte nur einen Menschen spüren, der wie ein Mensch fühlte, der wie ein Mensch lachte und andere in den Armen hielt. Nicht andere. Sie. Zum ersten Mal wünschte sie sich, in den Armen eines Mannes zu liegen und von ihm gehalten zu werden.

Ohne Atempause rannte sie sämtliche Treppen hinunter, riss die Haustür auf und nahm über Winnies Schulter hinweg wahr, dass es draußen stockdunkel war. Dann ließ sie sich fallen. »Oh, Winnie, ich bin ja so froh, dass du da bist. Ich bin ja so froh, so froh, so froh.«

Seine Arme schlossen sich um sie, ihre Wange lehnte an weicher, ein wenig feuchter Wolle, und dicht an ihrem Ohr schlug ein Herz. Eine Sekunde lang kam sie zu Atem. Er hielt sie fest. Sie konnte nicht fallen. Es würde nicht alles wieder gut werden, denn es gab Dinge, die unmöglich gut werden konnten, aber sie würde es nicht allein bestehen müssen.

Die Arme wiegten sie. »Ganz ruhig. Was immer es war, es ist jetzt vorbei.« Die Stimme, die auf sie einsprach, war so sanft, dass der Knoten in ihrer Brust sich löste. Es war eine Stimme, die Zebrahengste beruhigen konnte, Flusspferde, Lamas, verletzte Kaimane. Aber es war nicht Winnies Stimme. Franka erschrak, doch sie hatte gar nicht die Kraft für einen neuen Schrecken. Sie hatte nicht einmal die Kraft, sich von ihm loszumachen.

»Winfried hat mich gebeten, Sie abzuholen«, sagte Carl Leutner. »Er kann nicht kommen, und Sie dürfen ihm nicht böse sein, Fräulein Fröhlich.«

Dazu habe ich auch nicht die Kraft, dachte Franka. Aber wie kann er denn jetzt nicht bei mir sein, was kann denn so wichtig sein, dass er mich allein lässt? Sie vernahm Schritte von oben. Ohne Zweifel kam der Onkel ihr hinterher und wollte reden, doch sie hätte kein Wort mehr ertragen. »Bringen Sie mich von hier weg«, sagte sie zu Leutner, obwohl sie nicht sicher war, dass ihre Beine sie tragen würden.

Leutner fackelte nicht lange, er stellte keine nutzlosen Fragen, sondern legte stützend den Arm um sie und führte sie die Straße hinunter. Die Kälte war klamm, und es regnete. Franka hatte ihren Mantel in Onkel Gerhards Wohnung vergessen und würde sich einen neuen kaufen müssen, denn in die Wohnung würde sie um nichts in der Welt zurückkehren. Als Leutner sah, wie sie zitterte, zog er seinen schweren, schäbigen Ulster aus und legte ihn ihr um die Schultern. »Wir haben nicht weit zu gehen«, sagte er. »Ich habe vorn an der Ecke das Auto stehen.«

Sein Auto war wie er, und das hatte etwas unglaublich Tröstliches: groß, irgendwie eckig, abgenutzt und unordentlich. Und warm. Er hangelte eine schottisch karierte Wagendecke vom Rücksitz und wickelte Franka darin ein. »Ich bringe Sie nach Hause«, sagte er und klang, als spüre er alles, was sie quälte. Mitfühlend, dachte Franka. Auf einmal wusste sie, was das Wort bedeutete. »Dort macht Ihnen entweder Tanja ihren *Sbiten* oder Anita ihre *Ovomaltine*, und wenn Sie das überleben, kann alles andere nicht mehr so schlimm sein.«

Franka traute ihren Ohren nicht und musste aufblicken: Neben ihr saß tatsächlich Carl Leutner, der Menschenfeind, und lächelte sie an. Seine Lippen waren schmal und gerade, eher braun als rot, und das Lächeln drückte sich verlegen in die Mundwinkel. Durch die Brillengläser war sein Blick warm und ruhig und machte ihr keine Angst.

»Doch«, sagte sie gepresst. »Es ist auch mit *Sbiten* und *Ovomaltine* noch schlimm.«

Das Lächeln verzog sich. »Fräulein Fröhlich«, sagte er. »Ich weiß, Sie hätten gern Winfried bei sich, aber er kann nicht kommen, und er hat mich als Vertretung geschickt. Wenn Sie mich als Ersatz akzeptieren können, höre ich Ihnen zu und verspreche, es hinterher zu vergessen. So als hätten Sie es nicht mir, sondern Winfried erzählt.«

»Wo ist Winnie?«

»Er …«

»Bitte drucksen Sie nicht herum!«, rief Franka. »Ich kann keinen Mann mehr ertragen, der zu feige ist, einen geraden Satz auszusprechen.«

»Ich bin nicht feige«, sagte er um eine Spur gekränkt, was sie seltsam berührte. »Ich habe Angst, weil es Ihnen elend geht und ich Ihnen nicht noch mehr weh tun will. Winfried hatte einen Unfall, Fräulein Fröhlich.«

»Nein!«

Im nächsten Augenblick fühlte sie seine Hände an ihren Wangen, zart, gerade noch spürbar, dann schon wieder verschwunden. »Es ist nicht schlimm«, sagte er. »Oder doch, es ist sehr schlimm, aber er ist nicht schwer verletzt. Er bleibt über

Nacht im Krankenhaus, um eine Gehirnerschütterung auszuschließen, ansonsten hat er nur Prellungen und Schürfwunden. Heiner hat es übler erwischt. Er hat eine ausgekugelte Schulter und vermutlich eine Grünholzfraktur, doch auch das ist etwas, das wieder in Ordnung kommt.«

»Heiner Schulte? Der war auch in den Unfall verwickelt? Aber um Himmels willen, was ist denn passiert? Sind sie im Auto gefahren? Winnie hat doch gar keinen Führerschein.«

Er nahm die Brille ab und rieb sich die Augen, deren Ränder bereits gerötet waren. Ich glaube, ich habe nie einen müderen Menschen gesehen, ging es Franka durch den Kopf. Dann schob er sich die Brille wieder auf die Nasenwurzel und sah sie an.

»Nein, sie sind nicht im Auto gefahren«, sagte Leutner. »Sie sind in einer stillen Seitenstraße, wo sie sich allein glaubten, überfallen und zusammengeschlagen worden.«

»Winnie und Heiner Schulte?«, rief Franka entsetzt. »Aber wer, um alles in der Welt, kann denn Winnie und diesem trotteligen Heiner Schulte etwas tun?«

»Heiner ist kein Trottel«, sagte Leutner. »Er ist erst neunzehn, er will Theater spielen, und er kann herzzerreißend singen. Den Rest der Frage stelle ich mir allerdings auch, und ich würde ihn gern in die Welt hinausschreien.«

»Hat man die Schläger gefasst?«, fragte Franka.

Leutner schüttelte den Kopf, als wäre er ihm zu schwer. »Leider nicht. Und man wird sie auch nicht fassen. Es war eine Horde Hitlerjungen, die nicht einmal weggerannt sind, als Passanten die Polizei gerufen haben. Wenn Sie jetzt bei der Dienststelle vorsprechen und Anzeige erstatten wollen, wird man Ihnen etwas über gesunden Volkszorn erzählen. Ich an Ihrer Stelle würde mir das ersparen.«

»Wollen Sie damit sagen, die Polizei deckt diese Leute?«

»Ich will damit sagen: Wenn nicht so viel Volk zusammengelaufen wäre, hätte die Polizei den Schlägern geholfen. Oder wäre zumindest wieder tatenlos abgezogen. Die Anstiftung zu solchen Akten von Gewalt erfolgt von allerhöchster Stelle, dagegen lehnt niemand sich auf.«

»Aber warum denn nur?«

»Weil Adolf Hitler uns nicht nur vorschreiben möchte, was wir denken, was wir wählen, was wir lesen und wann wir Eintopf essen«, sagte Leutner. »Sondern obendrein, wen wir zu lieben haben.«

»Und wer ein Kind bekommen darf und wer nicht«, entfuhr es Franka.

Leutner hielt inne. »Ist es das, was Sie heute Abend erfahren haben? Dass es Pläne gibt, Menschen, die der Regierung nicht genehm sind, zu sterilisieren?«

Franka nickte und war ihm dankbar, dass sie das Wort nicht hatte aussprechen müssen. »Es klingt zu monströs, um wahr zu sein. Und mein Vater und mein Onkel spielen dabei mit.«

»Ihr Onkel hat sehr unter dem Verlust seiner Arbeit gelitten, nicht wahr? Ich glaube, wenn man mir meinen Beruf nehmen würde, würde ich den Verstand verlieren. Vielleicht hofft er, wieder Fuß zu fassen, wenn er den neuen Machthabern nach dem Mund redet.«

»Sie haben dafür Verständnis?«, fragte Franka fassungslos.

»Nein«, antwortete Carl Leutner. »Aber ich brauche ja auch keines. Er ist nicht mein Onkel.«

Franka war zu verstört, um über die Antwort nachzudenken. »Ich begreife nur nicht, was das alles mit dem Überfall auf Winnie und Heiner Schulte zu tun hat«, sagte Franka. »Die beiden sind ja keine Zigeuner. Juden sind sie auch nicht, oder?

Ich habe Winnie mal gefragt, ob er Kommunist ist, aber er hat gesagt, er ist zu faul dazu.«

»Vor dem Hass der Nazis schützt ihn auch das nicht«, sagte Leutner. »Heiner und Winfried sind überfallen worden, weil sie in dieser Seitenstraße standen und sich küssten, Fräulein Fröhlich. Er hat die ganze Zeit nach einem Weg gesucht, es Ihnen zu erklären, aber er hatte Angst, Ihre Freundschaft zu verlieren. Die beiden lieben sich. Und nach Ansicht unserer Machthaber mit ihrem kruden Weltbild darf das nicht sein.«

DRITTER TEIL

»Gehen Sie bei der Wanze
Aufs Ganze.
Doch lassen Sie krabbeln, bohren und graben
Getier, das Ihnen gar nichts entstellt.«

Joachim Ringelnatz: »Tierschutz-Worte«

16

Kirschla

Juli 1936

Ich will aber weiter hingehen. Sybille und Christa gehen auch, und die sind beide dümmer als ich. Wenn du mir nicht hilfst, sag ich's Adam. Der hilft mir.«

Kirschla seufzte. Pušomori war fast fünfzehn, war hübsch wie achtzehn und betrug sich, als hätte sie gern wie mit drei mit dem Fuß gestampft. Leider hatte sie recht: Wenn sie mit Tokeli sprach, den sie Adam nannte, würde der alles tun, was in seiner Macht stand, um ihr zu helfen. Leider stand nichts in seiner Macht. Nur wutschnaubend loszuziehen und sich eine blutige Nase zu holen. Oder Schlimmeres.

Es war nicht so, dass Kirschla Pušomori, die mit Tränen der Wut in den Augen behauptete, sie heiße Marie, nicht verstand. Sie verstand sie bestens. Viel zu gut. Sogar die Empörung über ihren Namen. Alle anderen besaßen schließlich zwei: Gerlinde Raba, Mathilde Kirschla, Adam Tokeli, Johann Rigo und so weiter. Kam ein *Sinto*-Kind zur Welt, sann der *Sinto*-Vater rasch auf irgendeinen Namen, der ins Geburtsregister eingetragen werden konnte, und erst dann, im Laufe der Zeit, sah er seinem Kind zu und fragte sich: Wie soll ich es wohl nennen, was fällt mir zu ihm ein?

Nur bei Pušomori war es anders gewesen. Sie war Mano Roses Letzte, er hatte schon kaum noch Geld verdient und jede Arbeit annehmen müssen, die sich finden ließ, und so war die Sache mit dem Geburtsregister immer wieder verschoben worden. In der Zeit hatte aber Pušo längst ihren *Sintiza*-Namen erhalten, denn wer sie sah, diesen Springball, der nur darauf wartete, hinaus in die Welt zu hüpfen, der hegte über ihren Namen keinen Zweifel: Pušomori musste sie heißen, *Kleiner Floh*, und als Mano Rose endlich ging, um sein letztes Töchterchen ins Register eintragen zu lassen, da war sie schon zwei Jahre alt, und ihr Name stand eben fest. Pušomori. Sie konnte keine Hilde oder Helene oder Gerda mehr sein, nicht einmal für das Register.

Der Standesbeamte war vielleicht nicht nüchtern gewesen, er verstand *Mohri*, sah das kleine Mädchen an, das Musla Rose noch im Tuch trug, und sagte: »Von mir aus. Ein Christenname ist's nicht, aber wie ein Christenmensch sieht das Dingelchen ja auch nicht aus.«

Kirschla sah Pušo jetzt an und dachte: Nein. Du und ich, wir sehen wie zwei Heidinnen aus. Philip, ihr getreuer Ritter, hatte sie bedrängt, sich das Haar schneiden zu lassen, damit sie im Verlag nicht so auffiel.

»Warum?«, hatte Kirschla gefragt. »In deinem Verlag sitzen doch einige, die sich das Haar wachsen lassen, und ihre Wolfis und Fritzes und Viktors finden das ziemlich hübsch.«

»Oh, mein Gott«, hatte Philip gestöhnt und seine Hände in Kirschlas Mähne versenkt, in diese schwarze Masse von Locken. »Aber doch nicht solches Haar!«

Heidenhaar. Hexenhaar.

Kirschla hatte es abschneiden lassen, weil es das Vernünftigste war und weil es ihr letztlich egal sein konnte. Wenn Philip glaubte, seine Sünderin Kirschla sähe mit bravem Rundschnitt auch nur im Geringsten harmloser aus, hatte er sich geschnitten. Sie war eine Gottlose, die brave Söhne verführte. Man hätte ihr den Kopf scheren müssen, um daran etwas zu ändern.

Pušo hatte Geld gestohlen, um zum Friseur zu gehen. Als sie mit dem kurzen Haar im Wagen stand und ihr Tuch abnahm, hatte sie triumphierend ausgerufen: »Dass ich dafür Schläge bekomme, macht mir nichts aus. Mit Schlägen kriegt ihr meine scheußlichen Haare auch nicht wieder an meinen Kopf.«

Jedes andere Kind der Roses und der Reinhardts hätte dafür tatsächlich Schläge bekommen, aber Pušo, die Marie heißen wollte, blieb verschont. Es war doch schon keiner mehr da, der die Kraft hatte und sich anmaßte, in all der Verwirrung zu wissen: So erziehe ich mein Kind zu seinem Besten.

Und so war es auch jetzt. Pušo stand vor ihr und brauchte ihre Hilfe, und Kirschla, die sie ihr unbedingt geben wollte, hatte keine Ahnung, wie ihr zu helfen war. Ihr die Schule ausreden – in dem Wissen, dass sie Tokeli Sturschädels Schwester war? Ihr etwas anderes schmackhaft machen, wo es kaum noch etwas gab? Ihr die Wahrheit sagen, die brutale Wahrheit, ohne zu wissen, womit dieser süße kleine Springinsfeld das verdient hatte? Ich kann dir gar nicht helfen, Pušo-Marie, ich habe dich so lieb, dass meine Liebe Berge versetzen müsste, aber gegen diesen läppischen grauen Brief bin ich machtlos.

»Das sehe ich nicht ein«, würde Tokeli sagen und mit der Stirn voran gegen die nächste Wand rennen. So hatte er es auch gemacht, als sie in der unsäglichen Nacht, in der der Reichstag niedergebrannt war, vor der Villa seines Chefs gestanden hatten. Kirschla hatte erwartet, dass der Chef die zwei Schäferhunde, die im Garten kläfften, auf sie hetzen würde, doch stattdessen hatte er ihnen tatsächlich geholfen. So weit, wie es eben möglich war. Er hatte dem Böttger zugesetzt, doch ihre Wohnungen hatte der ihnen nicht wiedergegeben. Er hatte sie bereits weitervermietet. Einen Tag später hatten sie im Hof stehen und zusehen müssen, wie ein Reinigungstrupp anrückte und ihre Zimmer desinfizierte, als hätten Ratten darin gehaust, eine Rattenplage, die eine Spur aus Seuchen und Gestank hinterließ.

Auf Drängen von Tokelis Chef hatte Böttger sich jedoch bereitgefunden, ihnen den Keller zu überlassen. Drei Räume, keine Küche, das Bad eine halbe Etage höher. »Wir sind fünfundzwanzig Menschen«, hatte Tokeli gesagt und den Kopf gehoben, dass der Nachtwind ihm die Locken aus der Stirn riss. »Wenn wir uns in drei Zimmer ohne Bad pferchen, werden wir alles das tun, was die Welt von Zigeunern glaubt: stinken, schreien, krank werden, uns prügeln, zu viele Kinder machen und die, die wir schon haben, verwahrlosen lassen. Uns betragen wie Menschen ohne Würde, denn man lässt uns keine.«

Er hatte es zu seinem Chef gesagt, der nichts dafür konnte, und Kirschla hatte ihn angeschrien: »Bist du wahnsinnig? Wir haben doch keine Wahl!«

Der Chef aber hatte abgewinkt: »Lassen Sie nur«, und hatte Tokeli auf die Schulter geklopft. »Es tut mir leid, dass ich nicht mehr tun kann, Adam. Ich werde Ihren Hauswirt veranlassen, Ihnen den Stellplatz und die Remise weiterhin zur Verfügung zu stellen.«

»Ich verstehe«, sagte Tokeli. »Ihre Leute zwingen unsere Leute, Macht und Freiheit aufzugeben und uns anzupassen, fort mit den Wagen, den Fiedeln und den Pferden, her mit den Büchern, der Bildung und dem Rolladenschrank. Und wenn wir folgsam sind? Wenn wir unser Bestes tun und uns sogar daran gewöhnen, dann kommen Sie und sagen: Halt, so haben wir nicht gewettet, zurück in euren Dreck, Gesindel, nur ohne den Fahrtwind dazu. Habt ihr euch etwa eingebildet, ihr könntet mit uns auf Augenhöhe stehen?«

»Er ist von Sinnen«, hatte Kirschla Tokelis Chef angefleht. »Er weiß nicht, was er redet. Bitte hören Sie nicht hin.«

»Glauben Sie das wirklich?«, hatte der Chef, der hübsche Augen hatte und Felix Dietrich hieß, sie gefragt. »Ich habe Leute sagen hören, *Roma*-Männer seien Kriecher und Kuscher, die unter Gewalt buckeln und unverschämt werden, wenn sie glauben, ihnen könne nichts passieren.«

»Wir sind *Sinti*«, sagte Kirschla. »Aber egal – man hört dergleichen alle naselang. So lange, bis man es selbst glaubt.«

»Adam ist anders«, sagte Felix Dietrich. »Es tut gut, das zu sehen, gerade in dieser Zeit. Einen Mann mit Rückgrat.«

»Er ist ja noch kein Mann«, sagte Kirschla. »Danke, dass Sie uns geholfen haben.«

»Keine Ursache. Bitte achten Sie darauf, dass Adam morgen wieder zur Arbeit kommt, dass er sich nicht verkriecht, um seinen Stolz zu schonen, und sich nicht alles, was er sich erkämpft hat, zunichtemacht.«

»Warum kümmert Sie das? Was schert Sie ein verlauster Zigeuner?«

»Mich schert Talent«, sagte Felix Dietrich. »Es kommt mir nicht vor, als hätten wir in diesem Land genug davon, um es zu vergeuden. Wenn ich daran denke, wer für diese Sache mit dem Reichstag vor Gericht gezerrt werden wird, scheint mir, dass wir auf dem Gebiet des Rechts alles Talent brauchen, das wir bekommen können.«

Für die Sache mit dem Reichstag – den Brand – wurde ein Kommunist vor Gericht gezerrt, der mit seinem Parteibuch in der Tasche in das Gebäude gegangen war, um es in Flammen zu setzen. Warum, fragte sich Kirschla, nimmt einer sein Parteibuch mit zur Brandstiftung? Als Folge auf den Brand wurden allerlei neue Gesetze erlassen, die *Verordnungen zum Schutz von Volk und Staat* hießen und, wie Tokeli Kirschla erklärte, die Verfassung von Weimar mit all ihren Gleichheitsgrundsätzen außer Kraft setzten. Vermutlich hätte alles Talent, das zu bekommen war, nicht ausgereicht, sich dagegenzustemmen, weil Mut noch weniger zu bekommen war als Talent.

Kirschla hatte weder Zeit noch Lust, noch Nerven, sich mit Politik zu befassen. Sie hatte anderes zu tun, musste der Familie helfen, in den beengten Räumen der Kellerwohnung Fuß zu fassen. Irgendwie ging es. Irgendwie ging es ja immer. Ihr Vater trieb noch einen weiteren Wagen auf, den sie durch die Zufahrt in den Hof zerrten und neben den von Tokeli stellten. Es war nicht das Ende der Welt, sie hatten es warm, recht trocken, sie bekamen die Kinder satt und die Toten unter die Erde. Nur in Tokeli war in jener Nacht etwas zerbrochen, das Gefühl, alles sei machbar, wenn man es nur wollte, das in jedem Kind zerbrechen musste. Dass es ihr bei Tokeli leidtat, war sentimental. Er war wütender, bitterer, schärfer, er wurde erwachsen, und es stand ihm beileibe nicht schlecht.

Tokelis Chef war es ernst. Um etwas an Tokeli gutzumachen, setzte er sich für ihn ein, umging Schranken und Formalitäten, und im Herbst nach dem Reichstagsbrand begann Tokeli, an der Friedrich-Wilhelms-Universität Rechtswissenschaften zu studieren. Nicht mit seinem eigenen Pass natürlich, doch welche Rolle spielte das schon? Neben dem Studium arbeitete er weiter in der Kanzlei, brachte ein bisschen Geld heim, und zusammen mit Kirschlas Verdienst kamen sie besser zurecht als zuvor, weil die Miete billiger war. Kirschla schlief ein paarmal mit Felix Dietrich, um sich zu bedanken und weil sie fand, er war ein reizender Mann. Philip greinte, und Tokeli durfte nichts davon erfahren, es war auf die Dauer zu anstrengend, also hörte sie wieder damit auf.

Ich sollte besser aufhören, mit Tokeli zu schlafen, dachte sie zum abertausendsten Mal. Aber das Leben war selten leicht, es war gefährdet, und sie war nicht mehr lange jung.

Alles in allem war es ihnen in diesen drei Jahren nicht allzu übel ergangen. Sie hatten sich wieder beruhigt, sich arrangiert. Und jetzt das: ein Brief von der Schule, in dem stand, mit Vollendung der achten Klasse sei die Schulpflicht für Pušomori erloschen, und die Direktion betrachte sie als abgemeldet. Aber

Pušo wollte nach den Ferien unbedingt wieder hingehen, sie wollte tun, was Tokeli ihr versprochen hatte: Abitur machen, studieren, eine Ärztin werden. In einem hübschen Häuschen aus roten Klinkersteinen wohnen. Keine *Sintiza* mehr sein.

Pušos Eltern kümmerten sich nicht um die Schule. Ihre Mutter ging in die Wäscherei, und ihr Vater war, seit er seine Werkstatt verloren hatte und seiner Familie nichts mehr nützte, selbst zum Kind geworden, das versorgt werden musste. Pušos Erziehung blieb Tokeli und Kirschla überlassen, also waren es Tokeli und Kirschla, die eine Lösung finden mussten.

»So gut hat es dir doch gar nicht gefallen in der Schule«, versuchte Kirschla es bei Pušo. »Sei doch froh, dass du all die Dummköpfe, die ekelhaft zu dir waren, los bist. Weißt du was? Was hältst du davon, wenn ich Herrn Behring frage, ob du bei ihm im Verlag anfangen könntest? Als Lehrmädchen, nicht als Hilfsarbeiterin. Wäre das nichts für dich? Wir könnten jeden Morgen zusammen zur Arbeit gehen.«

»Ich will nicht zur Arbeit gehen«, sagte Pušo. »Ich will kein Lehrmädchen bei deinem Herrn Behring sein. Ich will zur Schule gehen. Und weißt du, was ich noch will?«

»Kaiserin von China werden?«

»Die Olympischen Spiele sehen. In meiner Klasse haben alle Karten, ich bin die Einzige, die keine hat.«

»Das glaube ich dir nicht«, sagte Kirschla, da Pušo ständig behauptete, alle Mädchen in ihrer Klasse hätten irgendetwas, das sie nicht bekam. »Aber ich frage Herrn Behring, ob er uns welche besorgt, ja?« Philip bekam über den Verlag für alles Mögliche Freikarten zugesandt. Wenn er Pušo welche für die Spiele beschaffen konnte, die in zwei Wochen in dem gigantischen neuen Olympiastadion stattfinden würden und ganz Berlin in Atem hielten, würde sie darüber vielleicht die Schule vergessen.

Was für ein Unsinn, schalt sich Kirschla. Pušo vergaß nichts. Pušo war Tokelis Schwester. »Du musst zu meiner Schule gehen und denen sagen, dass sie mich nach den Ferien wieder aufnehmen müssen«, sagte sie. »Und sag ihnen auch gleich, dass ich nicht mehr neben Ilse sitzen will. Ilse behauptet, ich stinke, dabei stinkt sie selbst.«

Kirschla seufzte. Sie hatte sich dieses Geseufze angewöhnt und kam sich damit vor wie eine zahnlose *Sinto*-Greisin, die am Ofen saß und den Lauf der Welt beklagte. »Als Erstes gehe ich jetzt zum Kartoffelhändler«, sagte sie zu Pušo. »Ansonsten kriegt hier nämlich keiner, der heute hungrig von der Arbeit kommt, sein Essen auf den Tisch.« Kirschla selbst war schon mittags von der Arbeit gekommen, weil Philip gesagt hatte, sie solle sich den Nachmittag freinehmen.

»Wir haben ja gar keinen Tisch.«

»Jetzt hör auf, klug daherzuschwätzen. Willst du mit?«

Da sie nichts Besseres zu tun wusste, rutschte Pušo vom Bett und verließ mit Kirschla die Remise. Sie hatte recht, einen Raum, der groß genug war, um einen Tisch aufzustellen, hatten sie nicht mehr, doch im Sommer war das auch nicht nötig. In dem engen Hof, wo die beiden Wagen, die Remise und die Front des Hauses eine Art Burg bildeten, herrschte das übliche Treiben der Familie. Raba, die ihr viertes Kind erwartete, hängte ächzend Wäsche auf, während die ersten drei ihr am Rockzipfel hingen. Settela, die junge Frau von Rigo, saß an der Kochstelle, die sie errichtet hatten, weil es in der Wohnung keine Küche gab, schälte Rüben, schnippelte sie und warf sie in den Topf. Dede, Kirschlas Neffe, hielt ein Zicklein im Arm und sang ihm wie einem Baby ein Liedchen vor.

Es war ein bisschen voll, ein bisschen laut und im Vergleich zu den weißen Wänden, von denen Tokeli träumte, sicher mehr als nur ein bisschen schmutzig, aber es war ihr Nest, in das sie von überall hätten zurückkehren können. An hellen Sommertagen wie diesem war es nicht so schlecht, dachte Kirschla. Das dachte sie jetzt oft: nicht so schlecht. Es könnte schlimmer sein.

Kirschla und Pušo verließen die Wagenburg und betraten das Vorderhaus, um hinaus auf die Straße zu gelangen. Kaum standen sie in dem dunklen, kühlen Hausflur und hörten, wie die knarrende Hoftür hinter ihnen ins Schloss fiel, flog die Vordertür auf. Ein halbes Dutzend Männer polterten herein und warfen die Tür wieder hinter sich zu. »Stehen bleiben! Keine Bewegung.« Sie trugen die Uniformen der Schutzpolizei.

Alle sechs Männer umringten Kirschla und Pušo, rückten ihnen in dem engen Flur so nahe, dass Kirschla Zwiebeln und Wurst in ihrem Atem roch. Einer packte sie am Arm. Ein anderer hielt ihr ein Papier vor die Nase, erst so dicht, dass sie nichts lesen konnte, dann ein Stück weiter entfernt.

»Sie sind die nach Zigeunerart herumziehende Person Musla Rose?«, herrschte ein Dritter sie an.

Kirschla hatte Augen wie ein Adlerweibchen, sie sah auch im Zwielicht gut genug. *Anordnung der Staatspolizeileitstelle für den Landespolizeibezirk Berlin* entzifferte sie auf dem Schreiben. Sie hatte Tokeli immer bewundert, weil er sich in diesem Drahtnetz aus langen Worten nie verfing. *Überführung aller nach Zigeunerart umherziehenden Personen aus Groß-Berlin auf den Rastplatz bei Marzahn.*

»Musla Rose ist meine Mutter«, sagte Pušo. »Das hier ist Mathilde Reinhardt, und ich bin Marie Rose. Wir ziehen nicht nach Zigeunerart umher, sondern wir wohnen hier. Ich gehe zur Schule, Mathilde arbeitet bei Herrn Behring im Verlag, und mein Bruder geht zur Universität. Lassen Sie uns los.«

»Mathilde«, murmelte einer der Polizisten und griff in Kirschlas Haar, das sie sich ganz umsonst hatte schneiden lassen. »Das will mir doch wohl keiner erzählen, dass dieses Weibsbild Mathilde heißt.«

Kirschla haute ihm eine Backpfeife herunter und bereute es im selben Augenblick.

Sie bekam eine zurück und schrie auf. Nicht vor Schmerz, sondern vor Schreck. Außer ihrem Vater hatte nie ein Mann sie geschlagen.

Pušo schrie auch: »Sie tun mir weh, das dürfen Sie nicht! Mein Bruder wird ein Rechtsanwalt und klagt Sie an.«

»Dein Bruder wird, was der Hund macht«, versetzte der Polizist und gab Pušo auch eine Backpfeife. »Wo ist der Rest von eurem Gesocks? Da im Hof?«

Pušo weinte. Kirschla entfuhr vor Zorn ein Geräusch, wie sie es nie zuvor von einem Menschen gehört hatte. »Lass die Kleine in Frieden, du Dreck.«

Sie betrug sich töricht, und sie hasste es, töricht zu sein, aber die Wut war zu wild, sie ließ sich nicht zügeln. Der Mann wollte sie noch einmal schlagen, doch einer seiner Kumpane fiel ihm in den Arm. »Jetzt lass mal, Ernst. Sind doch Frauen.«

»Zigeunerweiber.«

»Egal. Frau ist Frau. Du, hör mal«, wandte er sich an Kirschla. »Solange ihr keine Zicken macht, passiert euch nichts. Der Führer will nur ein sauberes Berlin, wenn zu den Olympischen Spielen jetzt die halbe Welt auf Besuch kommt. Keine Lumpensammler, keine Landstreicher, kein Gesindel, das arbeitsscheu herumlungert. Wer keinen festen Wohnsitz hat, muss raus aus der Stadt, in ein neues Lager vor Marzahn. Da seid ihr unter euresgleichen und habt alles, was ihr braucht, eure Wagen, eure Feuer, Wasserlöcher, viel Platz zum Scheißen, haha.«

Kirschla riss sich zusammen. »Wir haben einen festen Wohnsitz«, sagte sie. »Unsere Familien wohnen in diesem Haus seit fünfzehn Jahren.«

»Na bestens«, erwiderte der Beamte. »Dann zeigst du uns das jetzt, wo ihr seit fünfzehn Jahren wohnt, und wir lassen euch laufen.«

»Das kannst du doch nicht machen«, rief der andere, der sie geschlagen hatte, dazwischen. »In der Zweiten Verordnung steht, wir sollen die alle mitnehmen, alle, wo wie bei der da klar ist, dass das Zigeuner sind.«

»Jetzt wart's doch mal ab. Also los, Mädel. Sehen wir uns deine Wohnung an.« Er versetzte Kirschla einen Knuff, der beinahe kameradschaftlich wirkte.

Sie kehrten in den Hof zurück wie ein Begräbniszug. Pušo weinte. Nur der Sarg fehlte. Die Wagenburg lag halb im Schatten und halb im Licht der Nachmittagssonne, zwischen den Rädern spielten die Kinder, und aus Settelas Rübentopf stieg eine Dampfwolke. Vor der Remise saßen Mano Rose, der nicht mehr ganz sicher war, was er tat, und Kirschlas Vater in ihren Unterhemden und besserten einen Kessel aus. Es war ein uraltes Bild, eines, das Vorurteile bestätigte, und Kirschla begriff, dass man es auf zweierlei Weise betrachten konnte: Für sie war es das Bild ihrer Familie, die tat, was sie ihr Leben lang getan hatte, der es recht gutging, die zu essen hatte und die das schöne Wetter genoss. Für die Polizisten war es das Bild des Zigeunerlagers, vor dem ihre Verordnungen warnten: zerlumpte, verdreckte Gestalten mit zu schwarzem Haar, Nichtsesshafte, die zwielichtigen Beschäftigungen nachgingen und ihre Kinder verwahrlosen ließen.

»Ist sie das?«, höhnte der Mann, der sie geschlagen hatte. »Die Wohnung, in der du seit fünfzehn Jahren wohnst, Zigeunerin?« Den anderen rief er zu: »Los, festnehmen, das ganze Pack. Rein in die Wagen, da sparen wir Platz auf dem Laster, die Gäule müssen ja hier irgendwo sein.«

»Man hat uns doch die Wohnungen weggenommen!«, fauchte Pušo. »Was können denn wir dafür, dass der Hauswirt ein Betrüger ist?«

Ehe das Mädchen noch eine Ohrfeige abbekam, riss sich Kirschla los und trat dazwischen. Der Schlag traf sie vorn am Hals, und er war so heftig, dass sie zurücktaumelte. Pušo heulte auf, und ein anderer Mann schlug ihr ins Gesicht.

»Mein Mädchen!«, hörte Kirschla Mano Rose rufen. »Mein kleines Mädchen mit den Schwarzkirschenaugen, sie kann doch gerade erst laufen, weshalb schlagt Ihr sie denn?« Er sprang auf und stieß den Kessel um. Im Nu rief und kreischte alles durcheinander. Die Hunde kläfften. Die Hühner flatterten. Kirschla kam es vor, als wäre etwas in ihrer Kehle zerborsten. Ein Beamter packte sie und drehte ihr die Arme auf den Rücken, dass sie vor Schmerzen ächzte.

Hinter sich hörte sie die Tür knallen, dann schnelle Schritte und dann Tokeli, der ein Wutgebrüll ausstieß, das nicht menschlich klang. Es gelang ihr, den Kopf ein Stück zu drehen, so dass sie ihn aus den Augenwinkeln sah. Er trug seinen besten Anzug, aus zweiter Hand, aber so gut wie neu, einreihig, auf Figur geschnitten, die schlanke Taille betont, die hübschen Schultern gepolstert, dazu seinen schneeweißen Kragen und einen Binder mit Streifen. Sein Rasierwasser duftete bis zu Kirschla hin, noch immer dasselbe, das er damals im *Kaufhaus des Westens* gestohlen hatte. Er rasierte sich untertags meist nach, weil sein Bart so schnell wuchs, und ging alle vier Wochen zum Friseur. Er tat alles, um wie einer von ihnen auszusehen, aber er sah nicht aus wie einer von ihnen. Jetzt schon gar nicht. Jetzt vergaß er, dass er es wollte.

»Lasst sie los! Lasst meine Verlobte und meine Schwester los!« Wie das Tier, das sie in ihm sahen, sprang er den Mann an, der Kirschla hielt, riss ihn herum und schüttelte ihn, so dass er

Kirschla loslassen musste. Aber was nützte das schon? Selbst wenn das Haus, die hintere Zufahrt in den Hof, nicht umstellt war – sollten sie künftig auf der Flucht leben?

Tokeli hatte den Mann losgelassen und wollte sich auf den anderen stürzen, der Pušo hielt. Ehe er ihn aber packen konnte, hatte der, der vorhin den Leutseligen gespielt hatte, etwas aus seinem Koppelgürtel gezogen. Lang und schwarz sah Kirschla es durch die Luft zischen und auf Tokelis Schulter niedersausen. Mit ihr und Pušo hatten die Männer nur ihr Spiel getrieben, sich ein bisschen vergnügt, aber mit einem Mann machten sie Ernst. Der Schlag war so hart, dass Tokeli in die Knie ging. Ehe er sich aufrichten konnte, traf ihn ein zweiter von der anderen Seite. Stahlruten. Der dritte Schlag streckte ihn nieder, und jetzt standen sie zu viert über ihm. Mit einem Tritt rollte der Mann, der Ernst hieß, seinen Körper auf den Rücken, während sein Kumpan schon ausholte und Tokeli seine Stahlrute quer über Brust und Bauch drosch. Der nächste Hieb traf das Gesicht, riss die Wange auf.

»Nein!«, schrie Kirschla. »Hört auf, wir tun alles, was ihr sagt! Wir haben keine Pferde, aber wir gehen, wohin ihr wollt, nur hört endlich auf.«

Siehst du, Felix Dietrich? Wir sind Kriecher und Kuscher, wir buckeln unter Gewalt, und unsere Unverschämtheit vergeht uns im Nu.

Schläge prasselten. Aus einer Wunde unter Tokelis Haar sickerte Blut auf den Stein.

Kirschla nahm einen der Männer beim Arm, bettelte und heulte: »Wir gehen hier weg, wir kommen nicht wieder, nur hört auf!«

»Finger weg, du Hure.«

»Beschimpf mich«, heulte Kirschla und fiel neben dem Mann auf die Knie. »Nimm mich. Tu alles, aber bitte schlagt ihn nicht tot.«

17

Franka

Juli 1936

»Hossa!«

Die Peitsche knallte.

Für den Mähnenlöwen auf seinem Metallhocker war der Laut das Signal. Träge richtete er sich auf, drehte sich ein wenig, als wäre ihm bewusst, wie prächtig sein goldenes Fell in der Sohne schimmerte und dass sich am Gatter die Bewunderer reihten. Mit einer Bewegung, die für ein so schweres Tier erstaunlich lautlos geriet, ließ er sich hinuntergleiten.

Franka hielt den Reifen in die Höhe. Na komm, Simba, lockte sie das Tier in Gedanken. Noch ein Sprung, dann hast du den Zirkus für heute hinter dir.

Simba tat einen ersten Satz, und Franka spürte förmlich, wie das Publikum den Atem anhielt. Die Sensation war dabei sie – das zarte Mädchen, *Flusspferd-Frankie,* die den Mut besaß, sich in die Höhle des Löwen zu begeben. Eine Höhle war die brandneu angelegte, zweitausend Quadratmeter weite Löwensteppe mit ihrer Felsenanlage aus Sandstein zwar nicht, aber auf solche Kleinigkeiten kam es nicht an. Um die Gelder für die paradiesische Anlage zu erhalten, hatte Direktor Heck zusichern müssen, dass er den Besuchern aus aller Welt, die zu den Olympischen Spielen nach Berlin anreisten, ein besonderes Spektakel bieten würde. Und hier bekamen sie also ihr Spektakel: Aus dem Zirkus Hagenbeck war eigens der berühmte Dompteur Alfred Kaden engagiert worden, der Simba und Franka zweimal täglich durch die Vorführung dirigierte.

Simba mochte es auf die Nerven gehen, und Franka widerstrebte es, ihre Tiere wie Zirkusclowns vorzuführen. Reichte die Majestät des Mähnenlöwen nicht aus, war es nicht atemberaubend genug, ihn zu beobachten, wie er in seinem Revier fast wie in freier Wildbahn seinem Leben nachging? Letzten Endes aber wäre ein Streit darüber Zeitvergeudung gewesen, die Anlage war es wert, und in sechs Wochen war das ganze Theater überstanden.

Simba vollführte drei weitere Sätze, dann war die Distanz überwunden, und er setzte zum Sprung an. Na komm, mein Schöner, ermunterte Franka ihn stumm, und im nächsten Augenblick schoss der goldene Leib durch den Reifen, dass sie Mühe hatte, ihn ruhig zu halten. Angst hatte sie keine. Simba war der »dienstälteste« Löwe im Zoo und gelassener als jede Hauskatze. Aus der Ruhe bringen konnten ihn höchstens die Zuschauer, wenn sie trotz der Verbotsschilder applaudierten, aber Winnie und Carl gingen eigens während der Vorführung durch die Reihen und mahnten die Versammelten im Flüsterton, still zu sein.

Bisher war es gutgegangen, und auch heute ging es gut. In aller Regel waren Zoobesucher verständige Leute, und die Tiere, die hier lebten, waren an Aufmerksamkeit gewöhnt. Dennoch sah Franka mit einem raschen Seitenblick, dass Carl tief aufatmete, als Simba hinter dem Reifen noch ein paar Sätze vollführte, dann in Schritt fiel und sich schließlich mitten in einem Sonnenfleck niederlegte.

Sie sandte ihm ein Lächeln zu. Carl, nicht Simba. Nachdem Direktor Heck sich mit der Frage an sie gewandt hatte, ob sie bereit wäre, die Frau in der Löwengrube zu spielen, war Carl zu ihr gekommen und hatte sie beschworen, das Ansinnen abzulehnen. »Es ist nicht ungefährlich, Franka. Kein Tier ist berechenbar.«

»Und das sagt der Mann, der mit einem Krokodil bei Fuß durch die Gegend spaziert«, hatte sie erwidert und ihm einen

Nasenstüber verpasst, ein Stupsen als Ersatz für Zärtlichkeit, mit der sie sich beide noch immer schwertaten.

»Das ist etwas anderes. Heinz-Peter ist …«

Sie hatte gelacht. »Ja, ich weiß. Heinz-Peter ist eigentlich gar kein Kaiman, sondern ein verkapptes Eichhörnchen.«

»Eichhörnchen beißen. Heinz-Peter nicht.«

»Simba auch nicht, wenn man vernünftig mit ihm umgeht«, hatte Franka erwidert. »Und du weißt das. Du weißt auch, dass weder Direktor Heck noch Alfred Kaden mir die Sache erlauben würden, wenn Gefahr bestünde, dass mitten im Olympia-Taumel eine holde Maid von einem Löwen zerrissen wird und die Party verdirbt.«

»Diesen Kaden kenne ich nicht«, hatte Carl geknurrt. »Und was Heck betrifft, bin ich mir manchmal nicht mehr sicher, ob ich ihn je gekannt habe. Löwen durch Reifen springen lassen ist jedenfalls nicht vernünftig. Und das andere, was er den Gerüchten nach vorhat, auch nicht.«

»Was hat er denn den Gerüchten nach noch vor?«

»In Hitlers Partei eintreten«, stieß Carl angewidert heraus und gab sich dabei nicht die geringste Mühe, seine Stimme zu dämpfen. Für Carl waren die Nationalsozialisten Abschaum in Menschengestalt, und er ließ kein einziges gutes Haar an ihnen. Nicht einmal die Gelder, die sie dem Zoo zur Verfügung stellten, und die Gesetze für den Tierschutz hielt er ihnen zugute. »Mit dem Geld für Hecks Forschungen ist keinem Tier geholfen«, hatte er gesagt. »Und ein Gesetz, das in einem falschen ethischen System verankert ist, mag scheinbar richtige Gedanken enthalten, aber es kann niemals ein gutes Gesetz sein.«

Nicht um ihn umzustimmen, sondern eher um ihn ein wenig zu reizen, weil sein Grimm ihr manchmal an den Nerven zerrte, hatte Franka ihm einmal erzählt, dass Hitler Vegetarier sei.

»Ich bin keiner«, hatte Carl prompt versetzt. »Aber Menschenfleisch esse ich nicht.«

Manchmal hätte sie ihn bei seinem zerzausten Schopf packen und eine Spur Leichtigkeit in seinen Kopf hineinschütteln wollen, aber dazu war er nun einmal nicht gemacht. Sie musste Geduld mit ihm haben, wie er sie auch mit ihr gehabt hatte, und dass er Angst um sie hatte, berührte sie, gerade weil er sich sonst so schwertat, ihr seine Gefühle zu zeigen. »Wenn Direktor Heck diesen Parteieintritt für notwendig hält, dann ist er das vermutlich«, hatte sie gesagt und ihm flüchtig die Wange gestreichelt. »Und für den Fall, dass du recht hast und wir ihm nicht trauen dürfen, ist es umso wichtiger, ihn bei Laune zu halten. Es geht um Winnie und Heiner, Carl. Ich darf ihm diesen Wunsch mit dem Löwen nicht abschlagen.«

»Dein Wort in Gottes Ohr«, blaffte er. »Wozu verschwende ich eigentlich meinen Atem? Du tust ja doch, was du willst.«

Stoffel, hatte Franka wie so oft in ihrer Beziehung gedacht, und: Die Welt ist voller Männer, die Charme haben – wieso muss ausgerechnet ich mich in den muffeligsten Kerl von ganz Berlin verlieben?

Ernst meinte sie die Frage nicht. Nicht ganz ernst, und wenn er, so wie jetzt, ihr Lächeln auf seine schüchterne Art erwiderte, meinte sie sie kein bisschen ernst. Sie hatte sich in ihn verliebt, weil er der Mann war, der zu ihr gehörte. Mann aus Eis für ein Mädchen aus Eis, damit sie zusammen auftauen konnten. Sich alle Zeit der Welt lassen. Dass alle Zeit der Welt für ihn offenbar das Weltall einschloss und dass Eismänner langsamer tauten als Eismädchen, war lästig. Aber an ihrer Liebe zu ihm vermochte es nicht zu rütteln.

An ihrer stillen Liebe, die in jener Oktobernacht vor bald drei Jahren einfach da gewesen war, als hätte sie sich bisher lediglich unter anderem verborgen. Bis zum Morgengrauen hatte sie mit Carl in seinem Auto gesessen, hatte geredet, geweint, geschwiegen und zum Denken keine Zeit gehabt. Erst in der Frühe, als Carl sie fuhr, weil sie um jeden Preis Winnie besuchen wollte, war ihr klargeworden, was geschehen war: Sie saß neben Carl Leutner, ihrem Erzfeind, dem einzigen Menschen im Zoo, den sie nicht ausstehen konnte. Sie konnte ihn ausstehen. Sie war unendlich froh, dass er bei ihr war und niemand anderer als er. Ihre ganze Abneigung war nichts als verkappte Angst gewesen.

Er war mit ihr ausgestiegen und hatte ein paar Sekunden lang mit ihr in der regnerischen Kälte des Herbstmorgens gestanden, ehe er sie zu Winnie entließ. »Bitte, Franka«, hatte er leise gesagt. »Können Sie mich nicht mehr ganz so sehr hassen? Fiele Ihnen das schwer?«

Sie hatte ihn sich angesehen, sein müdes, kantiges Gesicht, seine hellbraunen Augen, seine Lippen, auf denen er herumbiss. »Das fällt mir nicht schwer«, hatte sie gesagt.

Schwer fiel etwas anderes. Aber das würde sie lernen.

Sie hatte sich von ihm verabschiedet, war die Treppe des Krankenhauses hochgestürmt und, ohne sich um die Besuchszeit zu scheren, in Winnies Krankenzimmer marschiert. Mit einem Blick auf sein jämmerlich zugerichtetes Gesicht hatte sie ihn gefragt: »Hast du nun eine Gehirnerschütterung oder nicht?«

»Ich hab keine.« Es war das erste Mal, dass sie Winnie zerknirscht erlebte.

»Umso besser«, erwiderte Franka und kredenzte ihm eine Ohrfeige – auf die weniger zerschundene Wange. Keine ganz feste. Aber eine, die klatschte. »So, mein Lieber. Jetzt ist mir wohler. Weißt du zufällig, wofür du die bekommen hast?«

»Nee. Eher nicht.« Verdutzt rieb Winnie sich die Wange und grinste schief.

»Dafür, dass du dämlicher Kerl glaubst, du könntest mir nicht erzählen, dass du dich verliebt hast. Dafür, dass du deinen Heiner nicht vor mich hingestellt und gesagt hast: Heiner, das ist meine Freundin Franka, und Franka, das ist mein Liebster Heiner. Fünf Monate lang zieht ihr durch die Gegend wie der siebte Himmel auf Beinen, während ich mir den Kopf zerbreche, weil ich nicht weiß, warum du mir böse bist. Wenn ich es mir recht überlege, war die kleine Schelle viel zu milde.«

»Jetzt sei nicht so streng«, murmelte Winnie kläglich. »In den Ohren brummt's mir ja schon, und ich hab doch gedacht ...«

»Was hast du gedacht? Dass ich ein strammes Nazimädel bin, das Menschen vorschreiben will, wem sie ihr Herz zu schenken haben?«

»Himmel, Arsch und Zwirn«, sagte Winnie. »Doch nicht das. Ich hab mir halt eingebildet, dass ...«

»Dass ich in dich verliebt bin, du unwiderstehlicher Fleischberg?« Ihre Wut schmolz wie Wachs. Sie beugte sich über das Bett und küsste ihn zart auf den Mund. »Ach, Winnie, das bin ich doch auch, und das werde ich immer sein. Aber das heißt ja wohl nicht, dass ich dir deinen Heiner nicht gönne, es heißt nicht einmal, dass ich traurig bin, es heißt – ach, was weiß denn ich? Warum muss denn immer alles ordentlich, erklärlich und in Listen eingetragen sein? Können wir das nicht den Nazis überlassen, und wir nehmen das Leben so in die Arme, wie es ist?«

»Und ob wir das können«, sagte Winnie. »Ick lieb dir ooch, Kleene. Du bist knorke, und dir lieb ick am allermeisten.«

Dass das nicht zutraf, lag auf der Hand, denn mehr als Winnie Heiner liebte, konnte unmöglich ein Mensch einen anderen lieben. Aber das machte nichts aus. Winnie konnte lieben, er hätte fürs Lieben sämtliche Pokale gewonnen, und von seinem Glück mit Heiner gab er ihnen allen überreichlich ab. Die beiden mussten vorsichtig sein. Wie Franka nun erfuhr, waren die Schläge in der dunklen Seitenstraße nicht das erste besorgniserregende Ereignis gewesen: Dieter Seppelfricke, der ebenfalls Männer liebte, war zu einem Freund nach Paris gezogen, nachdem SA-Leute ihm die Kneipe zerlegt hatten, und andere Freunde waren verhaftet, verhört und misshandelt worden. »Dem Leo, meinem ersten Liebsten, haben die ein Auge ausgeschlagen. Der ist weg, zu den Amis, und kommt nicht wieder.«

Winnie und Heiner hätten auch gehen sollen, aber für Winnie war allein der Gedanke undenkbar: »Weg von meinem Viehzeug, Kleene? Weg von euch? Da geh ick ein wie 'ne Primel, da sollen mir lieber die Nazis kaltmachen.«

»Ich kann nur hoffen, dass du für den leichtsinnigen Unfug, den du schwatzt, keine Quittung bekommst«, hatte Carl geschimpft, aber er wollte doch selbst nicht, dass Winnie ging, und überdies war seit dem Überfall in jener Nacht die Zoo-Familie zur Stelle. Sie bildeten einen schützenden Ring, der sich um Winnie und Heiner schloss, und zu dem Ring gehörten auch Oskar und Katharina Heinroth, dessen war sich Franka sicher. Die beiden gaben durch nichts zu verstehen, dass sie Bescheid wussten, aber nachdem Heiner aus dem Krankenhaus entlassen worden war, forderte Oskar Heinroth den schmächtigen Dichter als Pfleger für seine Brieftauben an, wodurch er einen festen Arbeitsvertrag erhielt. Zudem duldeten sie stillschweigend, dass Heiner in Winnies Häuschen zog, auch wenn er offiziell sein Zimmer in der Personalunterkunft behielt.

Liebe zwischen Männern war verboten. Das war vor Hitler nicht anders gewesen, nur hatte sich da kein Mensch darum geschert. Es hatte Männer-Bars und einschlägige Kneipen gegeben, und selbst Prominente lebten ihre Neigung offen aus. Heiner und Winnie hingegen mussten sich verstecken, doch das hinderte sie nicht daran, glücklich zu sein. Sie brauchten einander nur anzusehen, von einem Ende eines Geheges zum andern, über eine Herde Warzenschweine hinweg, und wo sich ihre Blicke trafen, hätte man Eis schmelzen können. Winnie, der über alles lachte, wurde todernst, wenn jemand seinen Heiner mit freundlichem Spott bedachte, wenn etwa der ruppige Pfleger Maxim ihn gegen den streichholzdünnen Arm boxte und sagte: »In der *Waldschenke* lass dich lieber nicht blicken, da sind die Zahnstocher ausgegangen.«

Auf der Stelle fuhr Winnie herum und bedachte Maxim mit einem Blick, unter dem der andere förmlich schrumpfte. »Heiner trainiert mit Hanteln. Jeden Morgen. Wo er hintritt, wär ick lieber nicht das Gras.«

»Ach, Winnie«, rief Heiner verlegen, »wer soll dir denn das glauben?«

Alles lachte. Nur Winnie nicht. »Jeder, der ein Paar Augen im Kopp hat«, knurrte er.

An dem Morgen im Krankenhaus hatte er zu Franka gesagt: »Sei mir wirklich nicht mehr böse, nein? Ick hatte mir ja schon überlegt, wie ick dir einen Antrag mache, aber dann steht da dieser blonde Götterliebling vor mir, piepst mit seinem Hamburger Lispeln: *Ich soll mich bei einem Herrn Senoner melden*, und alles war zu spät.«

»Nein, ich bin dir nicht böse. Ich weiß nicht, wie irgendwer das fertigbringen sollte.« Franka hatte ihm noch einen Kuss gegeben. Und noch einen. Franka Frieda Fröhlich, die sonst nur Flusspferde küsste. Bei Winnie aber war Küssen so leicht wie bei Waltraud, und an diesem Morgen im Krankenhaus begriff sie, warum: Sie hatte ihn lieb, sie fand ihn hübsch, und sie hatte Spaß daran, ihn zu küssen, doch etwas in ihr hatte immer gespürt: Sie war bei ihm in keinerlei Gefahr.

Bei Carl war das etwas völlig anderes. Dass sie ihn liebhatte, klang ungefähr so, als hätte sie Waltraud ihr Schoßtier genannt, ob sie ihn hübsch fand, musste sie sich erst noch überlegen, und nicht nur etwas, sondern alles in ihr rief in seiner Nähe so laut *Gefahr!*, dass sie nichts anderes mehr hörte. Carl zu küssen war nicht leicht. Es war wie eine Bergbesteigung. Aber Leute, die auf Berge stiegen, gab es zuhauf, und wenn man sie fragte, warum sie sich auf solch eine Verrücktheit einließen, dann sagten sie etwas wie: »Keine Ahnung. Ich weiß nur, ich muss da rauf.«

Das war es auch, was Franka gedacht hatte, als Carl sie nach der endlosen Nacht im Wagen zum Krankenhaus gefahren und mit ihr vor dem Portal gestanden hatte. Er hatte die Manschette seines Hemdes unter dem Pulloverärmel herausgezerrt, aufgeknöpft und in den Regen gehalten, bis sie durchnässt war. »Keine Angst«, hatte er gesagt, die Manschette genommen und Franka mit dem weichen, abgetragenen Stoff das Gesicht abgewischt. Er hatte es getan wie bei dem Zebrahengst Arpad, so dass sie seine Hände sich nähern sah, dass die Hände ihr Zeit ließen, dass die Fingerspitzen zart auftrafen und keinen Schrecken in die Haut brannten. Im Verlauf der Nacht hatte er sie mehrmals so berührt, und das erste Mal hatte er zu ihr gesagt: »Ich möchte Ihnen nicht noch mehr Angst machen. Aber ich möchte auch nicht mit den Händen im Schoß neben einem Menschen sitzen, der weint.«

Als er sie vor dem Portal des Krankenhauses noch einmal so zart berührte, um ihr das Gesicht zu säubern und vielleicht um Abschied zu nehmen, ehe sie zu Winnie hineinging, hatte sie sich seinen Mund angeschaut und gedacht: Ein bisschen fester darfst du schon zufassen. Und koste es, was es wolle – ich muss da rauf.

So hatte es begonnen. Franka und Carl. Eine Liebe im Winter, eine Geschichte von zweien, die sich vor Liebe nicht trauten. Er mochte ein Stoffel sein, schwierig, grimmig, verschüchtert, aber er hatte die sachtesten Hände der Welt, und er machte Franka niemals klein. Manchmal stand sie vor ihm wie vor der

Haustür ihrer Eltern und hatte Annis Stimme im Ohr: *Du musst es jemandem erzählen. Jemandem, der dir hilft.*

Vor der Haustür war Franka in sich zusammengeschrumpft. Vor Carl jedoch schrumpfte die Angst.

Er half ihr. Bei dem, was sie ihm erzählte, und bei dem, für das sie keine Worte hatte. Über das, was ihr Onkel redete, und über das, was ihr Vater tat, konnte sie sprechen und weinen. Über ihre Kindheit – den Grauschleier, Gott den Herrn, den hochbegabten Frank Frieder – war Sprechen schwieriger, aber Carl half ihr, indem er wartete, ohne zu drängen, indem er ihr deutlich machte, dass sie seine Achtung nicht verlieren konnte, dass er sie nicht schuldig sprach. Über Lehrer Rothert zu sprechen war nahezu unmöglich, doch er half ihr auch hier, indem er keine Fragen stellte, sondern mit ihr schwieg.

Im Kreis ihrer Freunde, der Zoo-Familie, wurde ihre Liebe ebenso behütet und angenommen wie die von Winnie und Heiner. Wir sind auf unserer Arche, dachte Franka, bei uns wird Artenvielfalt geschützt, nicht ein Einzelner verbogen, bis er sich von den anderen nicht mehr unterscheidet. Hier dürfen wir sein, was wir sind. Zu lernen, dass das möglich war, dauerte lange. Vielleicht lernte man es nie ganz, sondern würde sich sein Leben lang erstaunt umdrehen und wundern: Warum sagt niemand, dass Gott der Herr mich zurückweist, dass ich Frank Frieder Fröhlichs Opfer nicht wert bin, dass ich der Familie Schande mache, dass ich eine Zigeunerin bin? Warum sagt niemand, dass ich anders sein muss, warum wendet niemand sich ab, warum gibt es kein Gekicher, keinen Hohn? Warum darf ich Franka Vierbein sein, in Gedanken noch immer auf allen vieren um Stuhlbeine kriechen, und meine Menschen haben mich trotzdem lieb?

Carl wunderte sich darüber noch ein wenig mehr als Franka. Einmal, als Anita in ihrer kleinen Wohnung ihren Geburtstag feierte und sie und Franka unter Gelächter und Trinksprüchen zwei Flaschen eines zuckersüßen Kirschlikörs an die Gäste verteilt hatten, gab sie Carl ein Glas, das mit einem Marmeladendeckel verschlossen war und klaren, goldenen Wein enthielt. Sie war eine leidenschaftliche Gastgeberin, die sich ins Zeug legte, bis jeder ihrer Gäste sich verwöhnt fühlte, als wäre er ihr einziger. »Und der ist für dich. Ein trockener Franke. Den habe ich von Direktor Heck geschnorrt, weil du doch nicht gerne Süßes trinkst.«

Carl, der sich noch immer erschrak, wenn ihn die anderen duzten, nahm das Glas, zog sich die Brille herunter und rieb sich die Augen. »Sie haben … du hast dir von dem Direktor ein Glas Wein geben lassen und es von seinem Haus bis hierher balanciert – für mich?«

»Ja, für wen denn sonst?«, fragte Anita leichthin. »Wir anderen können von Zuckrigem ja nicht genug kriegen, habe ich recht, Winnie?« Sie stellte Winnie und Heiner, die in der Ecke auf dem Bett lümmelten, eine Schale mit Tanjas russischen Süßigkeiten hin.

»Ich nehme ab«, brummte Winnie, aber Heiner hatte sich schon eines der *Batontschiki* geschnappt und ihm zwischen die Lippen geschoben. »Sei nicht albern. Ich finde dich so, wie du bist, schon viel zu schön.«

Winnie ließ sich die Praline und das Kompliment im Mund zergehen und schloss genießerisch die Augen. Dass alle ihn anstarrten, störte ihn nicht, sie waren schließlich im Zoo, und Winnie hatte nie etwas merkwürdig daran gefunden, dass andere ihn mochten, wie er war. Darin bestand sein Zauber: Er mochte sich selbst.

Carl hingegen starrte fassungslos einmal auf Winnie, der sich ungehemmt verzärteln ließ, und dann wieder auf das Glas Wein, das Anita für ihn ergattert hatte.

»Ich weiß, ich hätte eine Flasche kaufen sollen«, entschuldigte sich Anita. »Aber Franka und ich haben den gesamten Inhalt unseres Sparschweins fürs Essen und diesen Likör verprasst, so dass auf einmal nur noch zwei Rockknöpfe übrig waren.«

»Nein, nein!«, rief Carl hastig und schloss beide Hände um sein Glas, als fürchte er, jemand könne es ihm streitig machen. »Ich will keine Flasche. Das hier ist viel schöner.«

Anita sah eine Weile auf seine Hände, dann lächelte sie und sagte: »Soll ich dir ein Geheimnis verraten? Du musst den Deckel abnehmen.«

Er blickte zu ihr auf. »Ich glaube, ich kann das nicht trinken.«

»Warum denn nicht?«, fragte Anita entgeistert. »Direktor Heck hat gesagt, es ist der trockenste Wein, den es gibt, er ist so trocken, dass er auf der Zunge staubt. Sag mir jetzt bloß nicht, du hättest doch lieber etwas Liebliches gehabt?«

»Das hier *ist* lieblich«, sagte Carl. »Mir hat noch nie jemand etwas so Liebliches geschenkt. Ich will es nicht trinken, weil ich es dann nicht mehr habe.«

Winnie prustete. »Himmel, Arsch und Zwirn. Kleene, gib diesem Mann einen Kuss, und zwar schnell, denn sonst mach ich's.«

»Untersteh dich«, sagte Heiner.

Anita nahm Carl behutsam das Glas aus den Händen, löste den Deckel, den sie mit einem Weckgummi befestigt hatte, und gab es ihm zurück. »Du wirst doch wohl auf mein Wohl trinken«, sagte sie, als würde sie ihn mit jedem Wort streicheln. »Aufzuheben brauchst du das nicht. Von mir aus hole ich dir jeden Tag ein neues.«

»Was soll denn dann der Direktor denken?«, fragte Carl mit dem versteckten Lächeln im Mundwinkel. »Dass du unter die Säufer gegangen bist?«

»Das ist mir egal«, sagte Anita. »Wenn einer sich über ein kleines Glas Wein so freuen kann, dann gäbe es, glaube ich, nichts, das ich nicht gern für ihn täte.«

Franka tat das Herz weh. Es hämmerte beim Pumpen gegen ihre Brust und schlug sich wund. »Warte«, sagte sie, als Carl das Glas zum Mund führen wollte, beugte sich zu ihm und gab ihm einen raschen Kuss, der nur die Hälfte der Lippen erwischte. Es fiel ihr noch immer nicht leicht, was wie beim Bergsteigen aber keinesfalls bedeutete, dass sie es nicht furchtbar gern tat.

18

Franka

Und dann gab es noch etwas. Augenblicke, die niemand teilte, die keinem Menschen außer Carl und Franka gehörten, und in denen von ihnen beiden, von Herrn und Frau Schwermut, alles Schwere abfiel. Sogar die Scheu fiel in diesen Momenten von ihnen ab, die Angst, nicht gemocht zu werden, und sie konnten sich mit lachenden Augen einander in die Arme werfen. Es waren die Augenblicke, die sie mit ihren Tieren teilten, in denen ihre Tiere ihnen halfen, den langen Weg zueinander zu überwinden: Wenn zwischen zwei Menschen ein Tier stand, das beide streicheln wollten, fanden sich die Hände, die einander streicheln wollten, wie von selbst.

Der Erste war Arpad. Der Zebrahengst, dem in seinem Leben so übel mitgespielt worden sein musste, dass er die Zähne bleckte und die Ohren anlegte, sobald er in seiner Nähe nur eine Bewegung spürte. Die Panik machte aus ihm, einem

Fluchttier, einen Angreifer, und sie ergriff ihn beim Anblick von Menschen wie von Tieren. Er konnte Besuchern praktisch nicht gezeigt werden, da er so wild trat und buckelte, dass er in Gefahr geriet, sich zu verletzen, und er konnte trotz seiner augenfälligen Schönheit nicht für Zuchtzwecke in Betracht gezogen werden, da er seine Artgenossen vor lauter Furcht attackierte. Zudem war er ohnehin das einzige Grevyzebra im Zoo, und Direktor Heck, der so emsig Rinder kreuzte, um Auerochsen zu erhalten, wollte bei seinen Zebras keine Bastarde.

»Der Jude hat's sicher gut gemeint«, bemerkte Geheimrat Meyer zu Köcker, einer der Direktoren, der mit seinem Privatvermögen dem Zoo über schwere Zeiten geholfen hatte. »Aber wie heißt es so schön? Wer einen Juden zum Freund hat, braucht keine Feinde mehr, und diesem geschenkten Gaul wäre besser ins Maul geschaut worden, ehe man ihn sich aufhalste.«

Mit *dem Juden* war Hugo Zwillenberg gemeint, der das *Kaufhaus des Westens* geleitet hatte, als es unter undurchschaubaren Umständen einem anderen Eigentümer übergeben worden war. Zwillenberg hätte andernfalls das Unternehmen zugrunde gerichtet, hieß es, und das war ja auch durchaus möglich – Franka verstand von Wirtschaft noch weniger als von Politik. Etwas anderes verstand sie jedoch: Und wenn Zwillenberg hundertmal ein prassender Bonze gewesen war, der sich der Misswirtschaft schuldig gemacht hatte, ihr hatte er das schönste Geschenk ihres Lebens gemacht – Waltraud. Ihre Freundin mit der dicken Haut. Manchmal wünschte sie sich, dem unbekannten Wohltäter einen Brief zu schreiben und ihn zu fragen, ob es irgendetwas gebe, womit sie ihm ihr Glück vergelten konnte.

Geheimrat Meyer zu Köcker sah das anders: »Nicht nur das Zebra, auch das Flusspferd ist ein unnützer Fresser«, bekundete er. »Bekennen wir doch Farbe, und Sie alle wissen, wie sehr mir unser Zoo am Herzen liegt: Eine Einrichtung, die sich dem Erhalt von Tierarten verschreibt, kann es sich nicht leisten, ein Exemplar durchzufüttern, das sich zur Vermehrung nicht eignet. Schon gar kein so großes wie eine Flusspferdkuh, die sich dem Geschlechtsakt verweigert.«

Franka wusste von diesem Gespräch, weil Carl gezwungen worden war, ihm beizuwohnen. Er war ins Gremium der Direktoren erhoben worden, und gewiss glaubten die Herren, ihm damit eine Belohnung für seine außerordentlichen Verdienste zu erteilen. Carl aber hatte vor Franka gestanden, als wäre er bestraft worden, als ließe sich vor Schmerz und Zorn und Ohnmacht keines seiner Glieder stillhalten.

»Meine Waltraud«, stammelte Franka. »Er hat wirklich so etwas über meine Waltraud gesagt?«

»Waltraud geschieht nichts«, sagte Carl, trat zu ihr und schloss in einer resoluten Geste, die bei ihm so selten war, die Arme um sie. »Hab keine Angst. Der Direktor hat sich gegen Meyer zu Köckers Reden verwahrt. Es wird nach einem Sponsor für weitere Flusspferdkühe gesucht, weil Ramses sich vermehren sollte, aber Waltraud bleibt.«

»Wie lange?«, brach es aus Franka heraus. Der Unterhalt des Flusspferdhauses war teuer, und wenn die gewünschte Zucht erst einmal erfolgreich angelaufen war, gab es keinen Platz mehr für eine Kuh, die dazu nicht taugte. Waltraud würde an einen kleineren Zoo verkauft werden, der sich damit begnügte, seinen Besuchern ein einzelnes Flusspferd zu präsentieren. Und ich?, fragte sich Franka. Und ich?

»Wenn Waltraud verkauft wird, gehe ich mit ihr«, sagte sie und sah zu spät, dass ihre Worte Carl wie ein Schlag ins Gesicht trafen. Beinhart. Sie hatte keine Erfahrung mit Männern, aber das begriff selbst sie. Man durfte keinem Mann hinwerfen:

Wenn es um mein Flusspferd geht, bist du mir gleichgültig. Man traf ihn an Stellen, an die man einen Menschen nicht schlug, schon gar nicht einen, den man liebte, der nichts getan hatte, um dergleichen zu verdienen, und der durch die Welt taumelte, als wisse er über Schmerz schon genug.

Carl ließ sie los. Aber er stieß sie nicht weg, und er sagte auch nicht, Gott der Herr müsse bitterlich weinen über sie. »Ein so empfindsames Tier wie Waltraud noch einmal zu verpflanzen wäre unverantwortlich«, sagte er. »Für den Augenblick besteht keine Gefahr, aber ich denke, du hast recht: Wir tun gut daran, uns zu überlegen, wie wir sie im schlimmsten Fall schützen.«

Es war einer der Momente, in denen Franka sich innig wünschte, ihr fiele Küssen so leicht wie Winnie. Nicht weil er dafür einen Kuss verdient hatte – einen Kuss zu bekommen, weil man ihn verdiente, schien ihr auf einmal so demütigend wie die Weigerung ihrer Eltern, ihr einen zu geben, weil sie ihn *nicht* verdient hatte. Nicht einmal, weil Carl aussah, als hätte er einen Kuss dringend nötig, sondern einfach weil sie es wollte. Ihren Mund auf den Mund dieses Mannes drücken und ihm mit Lippen, Zunge und Zähnen zu verstehen geben: Du bist knorke, Carl. Himmel, Arsch und Zwirn.

Sie traute sich nicht. Ein rasches Streichen durchs Haar, das hochstehende Büschel niederpflügte, erforderte schon all ihren Mut. Dabei der Gedanke: Ich habe dich schrecklich lieb, und ich wünschte, wenigstens einer von uns beiden hätte das, was Winnie *'nen Arsch in der Hose* nennt.

Er blickte auf. »Waltraud kann immerhin gezeigt werden«, sagte er dumpf. »Arpad nicht. Der Direktor hat mich am Ende der Sitzung aufgefordert, eine abschließende Untersuchung durchzuführen, um auszuschließen, dass er an übertragbaren Krankheiten leidet.«

»Und dann?«

»Wird versucht, ihn an einen anderen Zoo zu verkaufen.«

»Was heißt ›versucht‹?«

»Dass vermutlich niemand ein Zebra kauft, das sich nicht zeigen lässt.«

»Aber was wird denn dann mit Arpad?«, fuhr Franka auf.

Carl stand still, nur seine Lippen zitterten. »Der Direktor hat zu mir gesagt: ›Wenn es nicht möglich ist, ihn an einen anderen Zoo zu verkaufen, walten Sie Ihres Amtes, Leutner. Schnell und schmerzlos. Das Beste für alle Beteiligten.‹«

»Er hat zu dir gesagt, du sollst Arpad töten?«

Männer, die heulten, waren Waschlappen. Hotte Kroll hatte geheult, wenn der Lehrer ihn verprügelt hatte, und Armin Wernecke und die Kinder, die Macht hatten, hatten gegrölt: »Waschlappen, Waschlappen, Waschlappen – guckt euch mal an, wie der heult, das ist doch kein Mann.«

Jungen von elf.

Carl war über dreißig.

Über sein Gesicht rannen Tränen.

»Ich werde das nicht tun, Franka«, sagte er, und in seiner Stimme war kein Weinen, sondern Entschlossenheit. »Ich werde kein kerngesundes Tier töten, weil es jemandem nicht in seinen Plan passt, ich wollte unbedingt Tierarzt werden, ich habe …«

Er brach ab und rieb sich die Stirn, obwohl es kein bisschen heiß war.

Franka trat vor und wünschte sich, eine normale Frau zu sein, die diesen Mann an sich zog und ihm die Schultern streichelte, bis er sich entspannte. Die ihm mit einem Kuss versicherte: Du bist nicht allein.

»Ich will, dass du das weißt«, sagte er. »Wenn es von mir verlangt wird, werde ich mich weigern. Arpad ist zum Leben geschaffen, wenn er sich abends im leeren Gehege ausgaloppiert, bebt er vor Lebensfreude. Ihm ist weh getan worden, so sehr, dass er jetzt kopfscheu ist, wie Vasco, und es vermutlich bleibt. Dafür werde ich ihn nicht auch noch ums Leben bringen, und darüber gibt es mit mir keine Diskussion. Wenn ich meine Stellung verliere, habe ich nichts, Franka. Kann dir nichts bieten. Mein Erbe habe ich bereits auf ähnliche Weise verloren, und du siehst dich besser nach jemandem um, der in der Lage ist, sich anzupassen.«

Vielleicht kann ich das besser, dachte Franka, Backpfeifen austeilen, wenn mir nach Küssen ist. Sie ging zu ihm, gab ihm einen weichen Klaps und ließ die Hand auf seiner Wange liegen. »Das war unnötig, oder? So dumm bist du nicht. Ich glaube, jeder hier weiß, dass ich ein guter Arbeiter bin und Geld nicht mal ausgeben könnte, wenn ich es hätte. Solltest du wirklich nicht wissen, wie stolz ich auf das bin, was du gesagt hast, dann frage ich mich, ob du mich eigentlich kennst.«

Es war dunkel, die Wege leer und still. Er schob sich die Brille in die Brusttasche des Sakkos, die zur Hälfte abgerissen war, und sie dachte: Ojemine, Carl. Die verlierst du doch wieder, und dann irrst du herum wie ein Maulwurf im Spiegelsaal. Falls wir zwei doch noch irgendwie zu Geld kommen, sollten wir dir ein neues Sakko kaufen. Vielleicht sogar ein gutes. Du bist nämlich kein hässlicher Mann.

Inmitten der fliegenden, tanzenden Gedanken fiel ihr erst jetzt auf, dass er sie ansah. Ohne die Brille dazwischen. »Ich lasse Arpad um diese Zeit ein bisschen laufen«, raunte er mit einer Note in der Stimme, die fast schon klang, als hätte man sie Gott dem Herrn verschweigen sollen. »Hast du Lust, mitzukommen und ihn dir anzusehen?«

Sie gingen zum Zebrahaus, wo die übrigen Tiere für die Nacht eingeschlossen waren, und Carl trat vor die Einzelbox, die Arpad bewohnte, und ließ den Hengst ins Freie. Das Schauspiel war atemberaubend. Tigerpferd, hatten die Menschen der Antike das große Grevyzebra genannt, und der schwarz-weiße Blitz, der durch die Dunkelheit schoss, hatte in der Tat etwas von einer Raubkatze. Arpad stob kreuz und quer durchs Gehege, keilte aus, bäumte sich, freute sich an seiner Kraft. Carl und Franka traten hinter die Schranke vor den Boxen zurück und standen still, um ihm zuzusehen. Carl legte den Arm um Frankas Schultern, und Franka legte den Arm um Carls Taille, und sie zogen einer den anderen an sich, bis ihre Knochen sich rieben. Es war ganz leicht. Als das Zebra schließlich müde wurde und begann, im Boden nach Halmen zu scharren, wandten sie sich einander zu und küssten sich.

Der Zweite war natürlich Heinz-Peter. Franka hatte Carl nach Feierabend in der Krokodilhalle aufgesucht, weil sie ihm etwas ausrichten sollte. Sie fand ihn an einem durch Pfähle abgetrennten Bereich des künstlichen Gewässers, mit Heinz-Peters Kopf auf den Schenkeln. Zögernd flüsterte sie seinen Namen, und als er ihr mit einem Nicken zu verstehen gab, näher zu kommen, beschlich sie der merkwürdige Eindruck, sie werde jetzt offiziell als Auserwählte seiner Familie vorgestellt. Es war eine Ehre. Dass sie zugleich ein bisschen lachen musste, tat dem keinen Abbruch.

Für einen Brillenkaiman war Heinz-Peter mit seinen zweieinhalb Metern Länge ein Riese. Eine Schönheit war er auch. Dunkel, stark, die Haut glänzend, die schwarzen Augen, die sich aus dem Kopf hervorwölbten, wachsam und ruhig zugleich. Langsam trat Franka näher, wie sie es inzwischen verinnerlicht hatte, und musste an ihre erste Begegnung mit dem Kaiman denken. Carl dachte offenbar an dasselbe, er hob den Kopf, und zum ersten Mal sah sie ihn grinsen. »Inzwischen ist er erwachsen«, sagte er. »Und Schmerzen hat er auch keine, allzu leicht lässt er sich nicht aus der Ruhe bringen. Setz dich zu uns, wenn du willst.«

Franka setzte sich an seine Seite und betrachtete das wilde, ganz und gar fremdartige Tier, das aussah, als stamme es aus einem anderen Zeitalter der Welt. Friedvoll dösend lag es auf den Schenkeln des Mannes, und sie empfand so etwas wie Ehrfurcht. Heiligkeit. Carl streichelte Heinz-Peter an der Lefze entlang, aus der die dolchspitzen, weißen Zähne ragten. Kurz überlegte Franka, ob sie es auch versuchen sollte, sie hätte den schönen Kaiman gern berührt. Dann aber besann sie sich darauf, dass die Beziehung der beiden ungewöhnlich und eigen war. So, wie sie von Carl berührt werden wollte, nicht von aller Welt, ging es gewiss auch Heinz-Peter. Also streichelte sie stattdessen Carls Arm, und sie saßen lange miteinander still. Dann schob Carl den großen Kopf von seinen Schenkeln. »Zurück ins Wasser, mein Freund. Für einen Kaiman sitzt du schon viel zu lange auf dem Trockenen.«

»Dasselbe denke ich ständig von Waltraud«, sagte Franka, während sie zusahen, wie der Kaiman zum Wasserloch watschelte und sich ohne Innehalten hineingleiten ließ. »Diese zwei sind doch gemacht, um den größten Teil des Tages im Wasser zu verbringen. Wenn Heinz-Peter vor dem Wasser Angst hätte – was würdest du tun?«

»Mit ihm reingehen«, erwiderte Carl, ohne mit der Wimper zu zucken. Dann lächelte er verlegener denn je. »Aber nicht ausgerechnet jetzt, wo du hier bist.«

»Warum denn nicht?«

Wie hypnotisiert blickte sie ihm auf die Brust, auf den fadenscheinigen Hemdstoff, der die Muskeln, die sich darunter bewegten, erahnen ließ. Ich würde dich gern sehen, dachte sie. Ohne Stoff, nur dich. Ich würde dich gern berühren, wo dein Herz schlägt. Alle Leute gingen miteinander schwimmen, es war nichts dabei, und früher, am Hambuttenpfuhl, waren sogar etliche nackt gewesen. Warum machte allein der Gedanke sie beide so verlegen?

»Das kann ich dir nicht sagen«, rief er und senkte den Kopf. »Unmöglich, Franka, das kann ich nicht.«

»Doch, bitte, sag's mir. Ich habe nämlich überlegt, ob ich das mit Waltraud nicht tatsächlich tun sollte – wenn es jetzt wärmer wird, einfach ihr voran ins Wasser steigen.«

»Aber nicht allein«, mahnte er. »Du weißt, nicht einmal Waltraud ist berechenbar.«

»Heinz-Peter auch nicht!«

Er sandte ihr ein halbes Grinsen. »Heinz-Peter geht ja ohne mich schwimmen.«

»Schuft«, sagte sie. »Ich will mit dir und Waltraud schwimmen gehen. Und ich will, dass du mir sagst, warum das nicht gehen soll.«

»Weil …«

»Jetzt mach hinne, Kerl.«

»Weil ich Angst habe«, sagte er. »Davor, dass du mich dann nicht mehr magst.« Abrupt stand er auf. »Und jetzt muss ich gehen, weil ich mich sonst in Grund und Boden schäme.«

Sie lief ihm bis vor die Tür des Aquariums nach, ließ ihn dann aber gehen und sah seinem Rücken hinterher. Wir werden das ausprobieren müssen, dachte sie. Wenn wir den Mut nicht finden, entgeht uns vielleicht, dass wir uns so sehr mögen, wie es kaum auszuhalten ist.

Im Sommer wurde wieder Gerede laut, man solle die Tiere, die sich nicht zeigen ließen, aussondern, um andere anzuschaffen. Seltene Tiere – keine Flusspferde oder Zebras, die man alle naselang zu sehen bekam. Mit Zuzana war eine zweite Kuh eingezogen, und sie wurde im Nu von Ramses trächtig. Waltraud hingegen hockte in ihrem Verschlag und ließ sich von Franka mit Wasser bürsten. »Ich muss etwas tun«, sagte sie zu Carl, als sie abends bei dem Flusspferd saßen und ihm die Schwarte tätschelten. »Die Angst, sie könnten sie wegschicken, macht mich verrückt. Ich wünschte, sie wäre eine Attraktion, ein Liebling wie Bobby, der Gorilla, oder Anneliese – eines dieser Tiere, für die die Berliner ihr letztes Hemd herschenken würden, ehe sie zuließen, dass sie aus dem Zoo verschwinden.«

»Sie hat zweifellos Charisma«, sagte Carl. »Wenn sie mit diesem Pfund wuchern würde, hätte sie sicher das Zeug zum Star.«

Franka überlegte. »Ich tu's«, sagte sie dann. »Das Wetter soll morgen wieder prachtvoll werden. Abends, wenn die Besucher weg sind, gehe ich mit Waltraud schwimmen.«

Sie trafen sich um acht, als die Sonne schon den ganzen Tag Zeit gehabt hatte, Boden und Wasser zu erwärmen, und das letzte Licht auf der schwarzen Oberfläche glitzerte. Carl hatte einen Stapel Handtücher mitgebracht und sorgte dafür, dass Zuzana und Ramses ihre Verschläge nicht verlassen konnten. Winnie und Heiner wollten darauf achten, dass kein anderer Pfleger in die Nähe des Flusspferdhauses kam und Waltraud womöglich erschreckte.

Waltraud oder mich, dachte Franka.

Aber das war Unsinn. Ob die anderen Pfleger sie in ihrem verschossenen Schulbadeanzug zu sehen bekamen, war ihr herzlich gleichgültig, und erschrecken konnte sie nur einer – Carl.

Da der Entschluss nun einmal getroffen war, gab es kein Zurück mehr, doch am Beckenrand überkam sie jäh die gleiche Angst wie ihn. Ihr Körper würde seinen Blicken ausgeliefert sein, der zu weiten Kleider, unter denen sie ihn versteckte, beraubt. Was, wenn sie ihm nicht gefiel, wenn er enttäuscht war und sich fragte: Hat sich für dieses unscheinbare Ding etwa die ganze Warterei gelohnt?

Unschlüssig stand sie drei Schritte von ihm entfernt, nestelte am Kragen ihres Kittels, öffnete jedoch keinen Knopf.

»So ist es nicht fair«, murmelte sie. »Wenn ich dich nicht sehen darf, darfst du mich auch nicht sehen.«

»Das ist unwissenschaftlich«, sagte er.

»Warum?«

»Dinge oder Phänomene miteinander zu vergleichen, die nicht vergleichbar sind, zeitigt nie ein verwendbares Ergebnis«, dozierte er.

»Und was für Dinge oder Phänomene sind nicht vergleichbar, Herr Professor?«

»Du und ich«, sagte er.

»Warum nicht?«

Er gab ihr einen Blick, den sie bis ins Innerste spürte und gern festgehalten hätte. »Weil du schön bist«, sagte er.

Als sie anfing, die Knöpfe ihres Kittels zu öffnen, zitterten ihre Finger, doch nicht vor Furcht, sondern vor Freude und Erregung. Sein Kompliment veränderte alles. Es verzauberte den Sommerabend, verzauberte Franka, machte eine Königin des Wassers aus ihr. Carl hielt den Blick abgewandt, sah aufs Becken und tat dann wieder, als müsse er den Handtuchstapel neu ausrichten. Erst als sie alle Kleider abgestreift hatte und in dem blauen Schwimmanzug dastand, fragte er: »Darf ich dich bitte doch anschauen?«

»Und ob du darfst«, sagte sie. »Ich habe überhaupt keine Angst mehr, Carl, und ich würde dir so gern beibringen, dass du auch keine zu haben brauchst.«

»Soll ich dir wieder etwas über nutzlose Vergleiche erklären?«

Statt ihr etwas zu erklären, sah er sie an, und sein Blick machte etwas heil. Er umfasste ihren Körper mit seinem Staunen, seiner Bewunderung und schenkte ihn ihr ein bisschen zurück, machte aus Franka, die in dem Körper verkrochen war, und der Hülle, die das Üble von Franka abhalten musste, wieder ein zögerliches Ganzes. Auch wenn die Luft im schwindenden

Licht rasch abkühlte, hätte sie ewig so vor ihm stehen bleiben und die Zärtlichkeit seines Blicks, das andächtige Lächeln in den goldbraunen Augen genießen wollen.

Mit Bedauern riss sie sich los und ließ sich ins Wasser gleiten, dessen Kälte überraschend und ein wenig schmerzhaft war. Wie zwischen ihnen besprochen, ging Carl hinüber zu Waltrauds Verschlag und öffnete die Zwischentür. Waltraud war es gewohnt, dass Franka um diese Zeit noch einmal zu ihr kam, sie lief ihr häufig entgegen und stürmte auch jetzt aus dem Gebäude, um nach ihr Ausschau zu halten. Franka reckte sich aus dem Wasser und rief Waltrauds Namen im gleichen Ton wie sonst auch.

Das Flusspferd blieb stehen und wandte ihr den Kopf zu. Die kleinen Ohren flogen, wie um Fliegen zu vertreiben.

»Na komm, meine Schöne. Das Wasser ist wundervoll, und wir zwei Badenixen haben es ganz für uns allein!« Sie konnte nicht glauben, wie kühn sie sich fühlte, wie strahlend, wie lebendig. Wie zur Antwort gab Waltraud das meckernde Geräusch von sich, mit dem sie Franka zu begrüßen pflegte, nur klang es jetzt erregt und verstört.

»Du fehlst mir«, fuhr Franka fort, sie zu locken. »Allein ist es nur halb so schön.«

Das Flusspferd beobachtete sie, schlug hektisch mit dem Schwanz und ließ die Ohren zucken. Franka rief noch einmal, dann fällte es seine Entscheidung. Das Wasser schwappte nach allen Seiten hoch, als der mächtige Körper hineinglitt, doch es gab nicht einmal ein Platschen.

»Waltraud!«

Wie konnte man irgendwem erklären, was für ein Glück das war?

Franka schwamm auf das große Tier zu, legte ihm den Arm um den Rücken und drückte einen Kuss auf seine Wange. Waltraud grunzte und meckerte. Dann tauchte sie. Flusspferde, für die das Wasser doch ihr Element war, waren miserable Schwimmer, doch zum Ausgleich waren sie erstaunlich geschickt darin, auf dem Grund spazieren zu gehen. Waltraud tat ein paar Schritte, genoss es, drehte sich um sich selbst wie eine Tänzerin und tauchte prustend auf. Franka küsste sie wieder, dann drehte sie sich zu Carl um. Er stand im schwindenden Licht am Beckenrand und lächelte, sein Gesicht spiegelte das Glück, das Franka empfand.

»Komm doch zu uns«, lockte sie ihn zärtlich wie zuvor das Flusspferd, nur leiser, raffinierter. Auf einmal ging alles, war alles leicht. Die gewichtige Waltraud war im Wasser eine Tänzerin, und sie selbst wurde ebenfalls zu einer. Mit drei Stößen schwamm sie zum Rand und streckte die Arme nach ihm aus. Sie sah sein Sträuben, seinen Kampf mit sich selbst und seine Sehnsucht, die schließlich siegte. Er ging in die Hocke. Franka umschlang ihn mit nassen Armen, zog sich halb aus dem Wasser und war ihm so nah wie nie zuvor. »Du bist wundervoll«, sagte er atemlos. »Ihr beide seid wundervoll. Jemand, der euch zusieht – wie kann der andere Menschen, andere Tiere züchten wollen, wo die, die leben, so perfekt sind?«

Sie küsste ihn auf den Hals, versuchte, sich höher zu recken, aber schaffte es nicht. »Bitte komm doch zu mir, Carl. Ich hätte dich so gern bei mir.«

»Vorsicht!«, rief er und versuchte, sich loszumachen, aber Franka hielt ihn fest. Im Rücken spürte sie die Wasserbewegung, dann stieß das Flusspferd ihr die Schnauze an die Schulter. Franka taumelte zur Seite und riss Carl in ihren Armen mit sich. Mit einem Platschen gerieten sie beide unter Wasser und tauchten nach Luft schnappend wieder auf. Es war furchtbar leichtsinnig, sträflich, verrückt, doch vor allem war es die pure, herzklopfende Seligkeit. Als er sie ansah, mit nassen Wimpern blinzelnd, um seine Augen von Tropfen zu befreien, fand sie ihn so hübsch, dass sie ihm die freigeblinzelten Augen wieder nass küssen musste, erst das eine, dann das andere und dann das erste gleich noch mal. Hinterher öffnete er sie nicht gleich wieder, sondern lächelte mit frisch geküssten Lidern.

Im Wasser hielten sie sich in den Armen, strampelten mit den Beinen, um nicht unterzugehen, und weil im Wasser alles leicht war, küssten sie sich erst übers ganze Gesicht und dann auf den Mund. Ihre Lippen hielten sich aneinander fest, während ein Flusspferd sie umkreiste, prustete und mit der Schnauze stupste.

Franka hätte noch weiter gehen wollen, sie hätte in dieser Nacht keine Grenze gekannt, aber das Wasser wurde kalt und die Luft noch kälter. Als sie aus dem Becken kletterten, klapperten ihnen die Zähne, und Franka schlotterte am ganzen Körper, doch noch immer fühlte sie sich schier irrsinnig vor Glück. Carl hüllte sie in die Handtücher und presste sie an seinen Körper, der in triefenden Kleidern steckte. Unter dem dünnen, durchnässten Stoff schlug wie rasend sein Herz.

»Und?«, fragte er fast unhörbar.

»Und was?«

»Magst du mich noch? Wenigstens ein bisschen?«

Sie streichelte sein Herz, öffnete zwei Knöpfe an dem nassen Hemd und klopfte ihm auf die Finger, als er sie daran hindern wollte. Die Haut war glatt, die Rippen spürbar, das Schlüsselbein kantig. Er hatte ganz recht: Die Menschen, die lebten, waren durch und durch perfekt. »Ich mag dich ein bisschen sehr«, sagte sie.

19

Franka

Juli 1936

Seit jenem Bad in der Sternennacht badete Franka oft mit Waltraud und zuweilen, zu besonderen Anlässen, tat sie es vor Publikum. Die Direktion hatte ihr dazu einen grünen Badeanzug und eine ebenfalls grüne Badekappe mit der Aufschrift *Zoo Berlin – Flusspferd-Frankie* anfertigen lassen, und wenn das Bad beendet war, musste sie vor der jubelnden, dicht gedrängten Menschenmenge mit Waltraud für Fotos posieren. Franka, die tausend Tode gestorben war, wenn der Schulfotograf ihre Klasse aufgenommen hatte, hätte nie für möglich gehalten, dass sie dazu in der Lage war. Aber sie war es. Dass Carl sie schön fand, war ihr Schutzschild. Sie brauchte sich nicht mehr in sich zu verkriechen, weil an diesem Schutzschild jeder Angriff abgeprallt wäre.

Außerdem griff niemand sie an, im Gegenteil. *»Flusspferd-Frankie und die wackere Waltraud«*, wie sie auf Plakaten angekündigt wurden, avancierten zum Lieblingsgespann der Berliner, und weder Lutz Heck noch Geheimrat Meyer zu Köcker hätten jetzt noch den Vorschlag machen dürfen, Waltraud wegzugeben. Sie würde in Berlin bleiben. Dafür war ein bisschen Herumgeplansche in grüner Badekleidung nicht der Rede wert.

Bot sich ein schöner Sommerabend dafür an, dann wartete sie, bis die Besucher heimgegangen waren, und genoss ihr Bad mit Waltraud allein – und wenn er sicher sein konnte, dass niemand ihn sah, auch mit Carl. Ihr Weg zueinander war nicht auf einen Schlag einfach geworden, sondern blieb schwierig, verzweigt, kompliziert, auch wenn die Süße einzelner Augenblicke half. Dass Carl sich seines Körpers so sehr schämte, tat Franka weh. Einen sichtbaren Grund dafür gab es nicht. Er war nackt so wie in Kleidern: groß, schlank, ein bisschen eckig und linkisch, und sie liebte ihn sehr. Unendlich gern hätte sie seinen Körper in den Armen gehalten und ihm gezeigt, was so schwer zu sagen war: Für mich bist du schön. Ich sehe dich gern an. Ich bin verliebt in dich, und was Gott der Herr dazu sagt, ist mir egal.

Vermutlich wäre manches nicht halb so schwer gewesen, hätte sie den Grund dafür gekannt, hätte er sich ihr anvertraut. Sooft sie ihn fragte, prallte sie jedoch gegen Mauern: »Ich vertraue dir doch. Ich vertraue dir genau wie Waltraud – muss sie dir deshalb ihre Lebensgeschichte erzählen?«

»Manchmal frage ich mich, was bei diesem vernagelten Schädel noch helfen soll«, beklagte Franka sich bei Anita. »Ein Satz heißer Ohren?«

»Das ist nicht dein Ernst.«

»Natürlich nicht. Aber irgendetwas muss ich mal tun, um ihn aufzuwecken, sonst …«

»Sonst was?«

Franka war ins Stocken geraten, weil sie sich die Frage selbst gestellt hatte. Für die Antwort musste sie ihren Mut zusammennehmen: »Sonst versäume ich, was ich mir wünsche: mit ihm zu leben. Ganz. Er lullt mich ein mit seinem Gerede, er vertraue mir, wie Waltraud es tut, aber Waltraud würde ohne Wimpernzucken in meinen Armen einschlafen. Von Carl weiß ich nicht einmal, wie er aussieht, wenn er schläft.«

»Kein Wunder«, sagte Anita. »Er schläft ja nie. Wäre ich dein gertenschlanker Liebster, würde ich es mir übrigens verbitten, mit einem Nilpferd verglichen zu werden, aber was soll's, bei euch und eurem Viehzeug gewöhne ich mich ja an alles. Und vermutlich hilft bei Carl dasselbe wie bei deinem Dickhäuter, auch wenn seine Haut mir zum Zerreißen dünn vorkommt: keine heißen Ohren, kein Zerren und Knuffen, sondern Achtung und Geduld.«

»Meinst du wirklich? Manchmal macht es mir Angst, dass wir uns betragen, als hätten wir ewig Zeit.«

»Die habt ihr doch auch.«

Ganz kurz überlief Franka ein Schauer. »Winnie sagt, er muss Heiner ab und an zu seinem Glück zwingen, und dazu ist es nötig, ihn ein bisschen zu zwiebeln.«

»Winnie spinnt und spielt sich nur auf«, versetzte Anita. »Er würde eher tot umfallen, als seinem Heiner ein Haar zu krümmen.«

»Haarkrümmen meinte ich nicht«, gab Franka zu. »Aber er hat mir erzählt: Wenn Heiner allzu stur ist und aus den Augen verliert, was Winnie von ihm braucht, dann weckt es ihn auf, wenn er den Kopf dreht – nach einem anderen Mann.«

»Autsch«, sagte Anita.

»Zu hart?«

»Wie du weißt, habe ich in derlei Dingen so viel Erfahrung wie dein Flusspferd am Klavier«, erwiderte Anita. »Aber falls du mich fragst, braucht man, um solch eine Radikalkur unbeschadet durchzustehen, das blühende Selbstbewusstsein von Winfried Senoner. Wenn du das einem Mann antust, der so wenig von sich hält wie Carl, brichst du ihm das Herz. Schenk ihm doch noch ein bisschen Zeit – es ist nicht leicht, was er trägt und mit sich allein abmacht. Bei diesen ständigen Kämpfen mit der Direktion und den Behörden wäre ich längst mürbe geworden.«

»Und warum redet er mit mir nicht darüber?«

»Herrgott, weil er glaubt, all die anderen Männer, nach denen du deinen Kopf drehen willst, um ihn ein bisschen zu zwiebeln, würden dir Tanzlokale bieten, Reisen, Theater, Smoking und Abendkleid in glitzernden Restaurants, keine vor Müdigkeit tränenden Augen und Schriftwechsel über enteignete Aktien.«

»Was für enteignete Aktien?«

»Na, solche Zoo-Aktien mit einer Giraffe drauf, wie die, die bei uns an der Wand hängt«, antwortete Anita. »Glaub nicht, dass er mit mir darüber spricht, aber ich bekomme eben manches mit, weil die Briefe durch meine Hände gehen. Ich habe ihm schon hundert Mal gesagt: Wenn diese Aktien gar nichts wert sind, warum regst du dich dann so darüber auf? Aber dein Carl ist ein Kämpfer gegen Windmühlenflügel. Er erträgt kein Unrecht, er muss sich zu jedermanns Anwalt machen – ob es um ein Zebra geht, das eingeschläfert werden soll, oder um einen Juden, dem seine wertlose Aktie weggenommen wird.«

»Und begreifst du nicht, wie weh es mir tut, dass er mich davon ausschließt? Dass er mich behandelt wie ein Dummchen, das ihn nicht versteht?«

»Doch«, sagte Anita. »Aber das tut er, weil er vor nichts so sehr Angst hat wie davor, dich zu verlieren. Brich ihm nicht das Herz, Frankie, nimm ihm nicht den Rest Stolz, denn er hat keine dicke Haut, und wer weiß, was er dann täte. Er begibt sich doch ohnehin schon ständig in Gefahr, und er liebt dich so sehr. Du bist das Glück seines Lebens, Franka. Wenn er dich nicht mehr bei sich hätte, würde er vielleicht die letzte Vorsicht außer Acht lassen.«

Franka erschrak. »Was für eine Gefahr meinst du denn? Die, sich mit Heck endgültig zu überwerfen und seine Stellung zu verlieren?«

Anita schüttelte den Kopf. »Ich weiß, Carl hat sich auf Heck eingeschossen, weil der förderndes Mitglied in der SS ist und weil er Hecks heilige Auerochsenzucht für Quatsch mit Soße hält, aber ich glaube nicht, dass Heck ein übler Mensch ist. Leider gibt es weit üblere. Winnie sagt, sie haben ihre Ohren überall, man kann nicht vorsichtig genug sein, und er hat Freunde, von denen er nicht weiß, wo sie abgeblieben sind.«

Frankas Innerstes zog sich zusammen. »Eben das ist es«, entfuhr es ihr. »Das ständige Gefühl, auf einen Abgrund zuzusteuern, seit diese Regierung an der Macht ist – das macht mir solche Angst, Carl und ich könnten die Zeit, die wir haben, vergeuden. Dabei ist so ein Gefühl sicher Unsinn, bei Winnie wie bei mir. Es rührt vielleicht nur daher, dass Nationalsozialisten so viel mit Säbeln rasseln und grundsätzlich mit diesem gruseligen Schnarren in der Stimme sprechen. Seit sie ihre Olympiade vorbereiten, wirken sie eigentlich recht harmlos, und dumme Bengel, die sich nicht benehmen, sondern nur zuschlagen können, gibt es schließlich überall. Erinnerst du dich an die in unserer Klasse? Die, die die Macht hatten, Armin Wernecke allen voran?«

»Und ob ich mich an den erinnere«, antwortete Anita düster. »Der sitzt jetzt im Reichssicherheitshauptamt, Reichszentrale zur Bekämpfung des Zigeunerunwesens.«

»Wie bitte?«

»Genau das habe ich auch gedacht. Kannst du dir vorstellen, was für Augen ich gemacht habe, als ich von denen einen Brief bekommen habe, unterschrieben von Armin dem Schrecklichen in Person?«

»Was wollte denn diese Reichs-was-weiß-ich-Zentrale von dir?«, fragte Franka perplex.

»Von mir persönlich nichts. Die wollen wissen, ob wir hier auf dem Gelände von nach Zigeunerart umherreisenden Personen belästigt werden. Die werden jetzt wohl irgendwo alle zusammen untergebracht, vor der Stadt, damit sie den Gästen der Spiele nicht lästig fallen, und wer welche sieht, hat die

Pflicht, sie zu melden. Für den Fall, dass man dem zuwiderhandelt, droht unser Armin auch gleich drakonische Strafen an.«

»Aber das ist doch nicht so schlimm, oder?«, fragte Franka, der etliche Gedankenfetzen im Kopf umherschossen. »Dass man diese Leute irgendwo zusammen unterbringt?«

»Sicher nicht«, erwiderte Anni. »Es ist ja vieles nicht so schlimm, weder die Autobahnen noch die neuen Arbeitsplätze, weder das große Gelände für euer Vieh noch diese Spiele, auf die die ganze Stadt sich freut. Dein Carl meint aber, das eigentlich Schlimme ist, dass dieses System Leuten wie unserem Armin Tür und Tor öffnet: kleinen Bürschlein, die großtun wollten und von ihren Vätern mit dem Stock was hintendrauf bekommen haben, bis sie wieder klein waren. Jetzt schäumen sie über vor Zorn und schwingen über einem ganzen Land den Stock, um ihren Hintern zu rächen.«

Franka lachte. »Das passt wie die Faust aufs Auge. Du hattest schon als Kind eine unvergleichliche Art, Armin zu beschreiben. Sag ehrlich, Anita – glaubst du denn, dass diese Hinternrächer gefährlich sind?«

»Das mag eben das Problem sein«, antwortete Anita. »Wenn man sie zum Beispiel Straßenbahnschaffner sein ließe, dann wären sie diese furchtbaren Schaffner, die eine alte Frau in den Regen rausschubsen, weil sie keinen Fahrschein hat. Höchst unangenehm, aber unbedeutend. Nur sind sie bei Hitler eben keine Straßenbahnschaffner, sondern sitzen an Schreibtischen, auf denen die Alte ohne Fahrschein zum Tode verurteilt werden kann.«

»Das ist nicht dein Ernst.«

Anita zuckte die Achseln. »Ich weiß es nicht, Frankie. Dein Carl sagt, es ist ernst.«

»Ich wünschte, mein Carl würde mit mir so sprechen wie mit dir.«

»Er will dich nicht gefährden«, sagte Anita. »Mich natürlich auch nicht, aber ich sehe nun einmal diese Briefe.«

»Und ich will nicht, dass er sich gefährdet!«, fuhr Franka auf.

»Dann gebe ich dir den schlichten Rat, ihm öfter den Mund mit einem Kuss zu verschließen, damit er sich manchmal seinen Teil nur denkt, statt ihn auszusprechen. Halt ihn fest, Frankie. Er ist ein unglaublich netter Mann, und ein seltenes Exemplar dazu: einer, der das, was ihm einmal angetan worden ist, nicht zu heilen versucht, indem er es anderen antut.«

Franka horchte auf. »Weißt du's? Das, was ihm getan worden ist?«

Anita schüttelte den Kopf. »Und selbst wenn ich es mir zusammenreimen könnte, weil auch die Personalakten durch meine Hände gehen, dürfte ich es dir ja nicht sagen. Warte ab, Frankie. Irgendwann erzählt er es dir selbst.«

»Und wenn nicht? Der dämliche Kerl sagt doch, er ist meine Flusspferdkuh, die ihre Lebensgeschichte nicht erzählt.«

»Dann mach mit ihm, was du mit deiner Flusspferdkuh machst.«

»Abschrubben? Mit kaltem Wasser übergießen?« Franka war nicht zum Lachen, aber der kleine Scherz tat ihr wohl.

»Ins Ohr flüstern, dass du ihn lieb hast und dass er in Ordnung ist so, wie er ist«, sagte Anita, ohne zu lachen. »Geduld haben. Den Nacken klopfen. Es bist doch nicht du, der er nicht vertraut. Es ist er selbst.«

Franka sah über den sonnendurchfluteten Sand der Löwensteppe nach dem Gatter, wo sich die Schar der Besucher aufgelöst hatte. Nur ein einziger stand noch da. Der, auf den es ihr ankam. Der Dompteur Alfred Kader hatte sich bereits bis zum nächsten Tag verabschiedet, und Maxim räumte die Gerätschaften weg. Franka lächelte und trat zu dem Mann am Zaun, der nur Augen für sie hatte. »Na, Herr Doktor? Haben Sie nichts zu tun?«

Er trat von einem Fuß auf den anderen, senkte leicht den Kopf und verschränkte die Hände im Rücken. Als er eine hob, um ins Haar zu fahren, hielt er in der Bewegung inne und beherrschte sich. »Ich habe mir den Abend freigenommen.«

Franka fand seine Verlegenheit unwiderstehlich, aber ihr entging nicht, dass er litt. Zudem fiel ihr erst jetzt auf, dass er nicht aussah wie sonst. Sein Haar war ungewöhnlich sorgsam gekämmt und schimmerte, so dass sie verblüfft feststellte: Ich kenne diesen Mann nun schon so lange, aber mir ist nie aufgefallen, was für einen schönen Farbton sein Haar hat. Braun mit Sommer darin. Kecker als sein Besitzer. Er trug ein helles, tadellos gebügeltes Hemd unter einem Sakko aus leichtem, grauen Tweed, das elegant, teuer und kein bisschen abgetragen wirkte. »Was ist denn mit dir los?«, platzte sie heraus. »Bist du auf einen Empfang im *Kaiserhof* eingeladen?«

Die reizende Verlegenheit verflog. »Dann würde ich mir Winfrieds Dunghosen borgen.« Seine Augen wurden schmal, und Franka fürchtete bereits, die Stimmung verdorben zu haben, wie immer, wenn das Thema Politik auch nur gestreift wurde. Der *Kaiserhof* war das Lieblingshotel von Hitlers Parteigrößen. Diesmal aber fing sich Carl und schüttelte die Schultern, wie um den Gedanken loszuwerden. Deinen Schultern steht das neue Sakko, dachte Franka, und ehe sie nachdenken konnte, langte sie über das Gitter und strich darüber, spürte Muskeln und Knochen unter dem weichen Stoff.

Er blickte auf. Lächelte. »Ich wollte dich fragen, ob du mit mir ein Glas Wein in der *Waldschenke* trinkst. Ich habe mit Winfried gesprochen, er meinte, es sei kein Problem, wenn du heute eine Stunde früher Feierabend machst.«

»Soso. Du hast also wieder einmal über meinen Kopf hinweg mit meinem Vorgesetzten gekungelt – und das soll ich euch beiden durchgehen lassen? Glaubt ihr etwa, Frauen haben kein Recht auf eine eigene Entscheidung?«

»Ich dachte, du würdest … ich meine …«

»He. Schon gut.« Sie nahm ihn an beiden Schultern und setzte ihm einen Kuss auf die Wange. »Ich habe Spaß gemacht, in Ordnung? Du siehst ein bisschen zu edel aus für mich und meine Pflegeruniform und auch für die *Waldschenke,* aber das lasse ich mir gefallen. Welche Frau wird nicht gern um den hübschen Kerl an ihrer Seite beneidet?«

Sein Lächeln wurde schief. »Wolltest du noch einen mitnehmen?«

Sie zupfte an seinem Ohr. »Sieh mal an, was du alles kannst. Nach Komplimenten fischen – und dabei denkt alle Welt, du könntest kein Wässerchen trüben.«

»Ich kann auch kein Wässerchen trüben!«, protestierte er empört. »Und nach Komplimenten fischen doch wohl alle Menschen, oder? Ist ein Kompliment nicht vor allem die Versicherung: Na los, sag schon, was du zu sagen hast, ich reiße dir nicht den Kopf ab und werde dich auch weiterhin für einen halbwegs leidlichen Kerl halten?«

»Lieber Carl?«

Er hob die Brauen und legte die Stirn in Falten.

»Ein Mann, der mit einem Krokodil durch die Gegend rennt, aber Angst hat, ein kleines Mädchen könne ihm den Kopf abreißen, muss ein ziemlich leidlicher Kerl sein.«

»Heinz-Peter ist ein Kaiman. Und wir rennen nie.«

»Jetzt sag's schon.«

»Erst in der *Waldschenke.*«

»Jetzt gleich?«

Er nickte, und sie schwang sich verbotenerweise über den Zaun.

Den Weg bis zum Restaurant gingen sie umschlungen, wie sie es kaum je taten, ein bisschen übermütig, ein bisschen vom Sommer berauscht. Die Leute, die ihnen entgegenkamen, machten ihnen den Weg frei, lächelten oder grüßten, verblassten aber rasch zu Schatten. Carl, ihr schüchterner Trau-michnicht, spielte mit dem Haar in ihrem Nacken, ließ dabei die Hand unter ihren Kragen wandern und zupfte an zarten Härchen auf der Haut. Das Kribbeln, das Frankas Rücken hinunterglitt, ergriff Besitz von ihrem Arm, der sich fester um seine Taille schloss und auf seine Hüfte rutschte. Seit wann war ihr Arm so dreist? Als sie zu ihrem Liebsten aufblickte, erwiderte er ihren Blick unter halb gesenkten Lidern und sah beinahe verwegen aus.

Eine Frau mit Hund kam ihnen entgegen, und der Hund, ein großer Collie, riss die kleine ältere Frau fast zu Boden, um Carl anzuspringen. Carl liebkoste den Hund, wie Franka es sich bei ihm mit keinem Menschen vorstellen konnte, vergrub die Hände im Nackenfell des Tieres, rieb die Wange an seiner und lachte. Der Hund sah aus, als lachte er auch – so wie Waltraud, wenn Franka mit ihr im Wasser tobte. Nach einer Weile drängte Carl den Hund sacht auf den Boden zurück und wandte sein Gesicht Franka zu. An seiner Wange klebten Hundehaare, die Brille war so weit heruntergerutscht, dass er sie abnehmen musste, und seine Augen leuchteten.

Sie hatte ihn nie, nicht einmal mit Heinz-Peter, so entspannt gesehen, so sehr eins mit sich.

»Das war aber eine Freude für Leo«, sagte die Frau, »Sie einmal wiederzusehen, Herr Doktor.« Dann wandte sie sich an Franka, sah sie mit knopfrunden Augen an: »Der Herr Doktor hat nämlich meinem Leo das Leben gerettet, als er ein Welpe war, und ein Hund, der vergisst so was nicht. Und ich auch nicht.«

»Das Leben haben Sie ihm gerettet«, sagte Carl. »Ich habe nur einen Rat beigesteuert, mehr nicht.«

Die kleine Frau, deren Gesicht an einen Winterapfel erinnerte, sandte Franka ein Lächeln. »Bescheidenheit ist eine Zierde«, sagte sie. »Aber Ihr Mann übertreibt es, finden Sie nicht?« Spontan streckte sie die Hand aus und umschlang Carls Handgelenk. »Haben Sie Dank für Ihre Güte, Herr Dr. Leutner. Menschen wie ich finden Güte jetzt nicht mehr oft.«

Carl legte seine Hand auf die der Frau und hielt sie fest. »Lassen Sie mich bitte wissen, wenn Sie Hilfe brauchen, Frau Birnbaum. Es war schön, Sie und Leo zu sehen.«

»Ganz meinerseits. Dass wir jetzt wieder kommen dürfen, ist ein Wunder. Als würde auch für uns alles doch noch einmal besser.«

»Ich hoffe es so sehr«, sagte Carl.

Zum Abschied ging er in die Hocke, um den Hund zu umarmen, der Hund leckte sein Gesicht, und als er aufstand, war sein schönes Sakko bedeckt mit weißen Haaren.

»Carl«, fragte Franka im Weitergehen, »als du ein Kind warst, hattest du da einen Hund?«

Er strahlte sie an. »Nicht nur einen. Zwei.«

»Du Glücklicher!«, rief sie. »Ich habe mir nichts so sehr gewünscht, aber mein Vater …«

Er legte den Arm um sie und zog sie an sich. »Vielleicht könntest du hier einen haben? Die Einzige wärst du nicht.«

Franka focht die aufflammende Sehnsucht nieder. »Die, die hier Hunde halten, sind Direktoren mit eigenen Häusern«, sagte sie. »In unserer Wohnung wäre für einen Hund kein Platz, und du weißt, Anita ist froh, wenn sie wenigstens in der Nacht nicht noch Tiere um sich haben muss.«

Carl vertrat ihr den Weg und blieb stehen. »Anita ist unser aller Segen«, sagte er. »Ich werde mich dafür einsetzen, dass ihr

Gehalt erhöht wird. Dann könnte sie die Wohnung allein halten.«

Franka lachte. »Und wo bleibe ich? Bei Waltraud?«

Er zog sie an sich, fester als gewohnt. »Können wir gleich darüber reden? Im Restaurant?«

Es war schön in seinen Armen. Sie küsste sein Kinn. »Wenn du mir sagst, wie deine beiden Hunde hießen.«

»Was denkst du denn?«, raunte er in ihr Ohr. »Der eine Heinz. Der andere Peter.«

»Dein Ernst?«

»Sie waren nicht wirklich meine«, gestand er. »Sie gehörten dem Hausmeister, und ich habe ihre Namen nicht ausgesucht. Aber als Junge war ich überzeugt, die schönsten Namen der Welt wären Heinz und Peter.«

Von seiner Kindheit hatte er ihr nie zuvor ein Wort erzählt, als wäre er schon schlaksig, scheu und mit verbogener Brille zur Welt gekommen.

»Und jetzt?«, fragte sie. »Was sind jetzt die schönsten Namen der Welt?«

Er küsste sie. »Heinz und Peter und Franka.«

Die *Waldschenke* war samt der breiten hölzernen Terrasse bis auf den letzten Platz mit Besuchern besetzt, die lärmten, lachten und mit Gläsern klirrten. Vollkommen überwältigt stand Carl im Eingang und sah sich hilfesuchend um. »Was hast du denn erwartet?«, fragte Franka lachend. »Wir haben die Olympischen Spiele in der Stadt, das Wetter ist traumhaft, der Zoo platzt aus allen Nähten. Und da meinst du, du bekommst an einem Samstag um halb sechs hier einen freien Tisch?«

Er fuhr zu ihr herum. »Jeder normale Mann ist dazu in der Lage, nicht wahr? Ein Mädchen auf ein Glas Wein einzuladen, dafür zu sorgen, dass sie sich hofiert fühlt und einen schönen Abend hat?«

»Meine Güte, Carl, mach nicht aus allem ein Drama. Ich weiß nicht, was normale Männer können, ich will es auch nicht wissen, und ich hätte einen wunderschönen Abend, wenn du nicht jede alberne Kleinigkeit zum Anlass nehmen würdest, dich selbst in den Boden zu stampfen.«

Köpfe wandten sich nach ihnen um. Erschrocken wich er zurück, dann wurden seine Züge hart. »Es tut mir leid«, sagte er scharf. »Dass ich einem anderen Menschen nicht zuzumuten bin, weiß ich selbst, ich ertrage mich schließlich vierundzwanzig Stunden am Tag!«

»Verdammt, bis eben war die ganze Welt in Ordnung, wir haben uns angehimmelt, dass wir um ein Haar gestolpert wären, und jetzt gibt's keinen freien Tisch, und die Welt geht unter. Warum muss das so sein?«

»Frag mich nicht. Vermutlich weil ich ein Idiot bin, der zu alldem nicht taugt. Ich hätte das hier nicht anfangen dürfen.«

»Was meinst du mit *alldem?* Mich?« Sein Reden verletzte sie. Dem plötzlichen Umschwung fühlte sie sich nicht gewachsen.

»Mit dir hat es nichts zu tun. Dein einziger Fehler ist: Du hast bei Männern einen schlechten Geschmack.«

»Zum Teufel, ich habe diese ewige Selbstzerfleischung satt!«, rief Franka. »Ich dachte, wir könnten diesen einen Abend lang ausgelassen sein, aber kaum geht das Geringste schief, ist selbst das zu viel verlangt. Warum, Carl? Warum nimmst du nicht meine Hand, läufst mit mir nach draußen in die Sonne, lachst, wirbelst mich herum, tanzt mit mir ohne Musik? Warum können wir nicht glücklich darüber sein, dass wir uns haben, dass wir Heinz-Peter und Waltraud und die wundervollsten Freunde haben, dass wir hier arbeiten dürfen, dass niemand uns verletzt – dass wir am Leben sind?«

Es tat ihr weh. Vielleicht mehr als ihm. Drei Jahre lang hatte sie gekämpft, um mit ihm zusammen ihren Berg zu besteigen, hatte jeden Schritt voran bejubelt und nach jedem Rückschritt versucht, neuen Mut zu fassen, aber dieses Mal wog die Enttäuschung zu schwer, um sie zu schlucken. Er ließ sie im Dunkeln tappen, am ausgestreckten Arm verhungern, sie würden die schönen Jahre mit Warten vergeuden, bis welche kamen, die hart waren, und ihnen nur die Reue blieb.

So wie meiner Familie, schoss es ihr durch den Kopf, obwohl sie nicht einmal wusste, was ihr Vater und ihr Onkel zu bereuen hatten. Sie hatte den Onkel nicht wieder besucht, hatte ihm lediglich geschickt, was sie an Geld entbehren konnte, weil ihr Gewissen sie plagte, doch sie hätte mit ihm nicht mehr verkehren können. Vor ein paar Wochen hatte er ihr stolz geschrieben, er habe wieder Arbeit gefunden, eine Stellung im Reichsgesundheitsamt, und seither war der Kontakt ganz erloschen. Franka war froh darum. Ich will so nicht enden, dachte sie, mit einem ungelebten Leben, an dessen Ende ich mich in irgendwelche Phantasien von Menschenzüchtung hineinsteigern muss. Ich will nicht die Achtung vor dem Leben verlieren, weil ich gar nicht richtig weiß, was Leben ist.

»Franka.«

»Ist schon gut.« Sie spürte, wie ihr die Tränen kamen, und wollte nicht weinen. Es war so lächerlich. Hier stand sie unter all den fröhlichen Menschen und war kurz vorm Heulen, weil sie keinen freien Tisch gefunden hatten.

»Nein«, sagte er hart, »es tut mir leid, ich hätte dir mich gar nicht erst aufhalsen dürfen. Wenn du kannst, sei mir nicht allzu böse, das wäre deine Zeit nicht wert. Ich bin nur ein Waschlappen, dem niemand beigebracht hat, wie man lebt, und der zu schwächlich und dämlich ist, es sich selbst beizubringen.«

»Du bist nicht schwächlich und dämlich, du bist bequem!«, herrschte sie ihn an. »Sich auf seinem Selbstmitleid auszuruhen ist ja so viel einfacher, als sich ein bisschen am Riemen zu reißen oder womöglich gar über sich zu lachen, sich zu fragen: Wie albern bin ich eigentlich, so einen Aufstand zu machen, weil es in einem Restaurant keine freien Tische gibt? Und überhaupt – an diesem Restaurant gehst du doch jeden Tag hundert Mal vorbei. Wenn dir so viel daran gelegen war, wieso hast du den Tisch dann nicht vorbestellt? Und wenn du so darauf erpicht warst, mir einen schönen Abend zu bereiten – wieso bist du nicht auf die glorreiche Idee gekommen, anderswo einen Tisch zu bestellen, nicht hier, wo ich tagein, tagaus meine Bockwurst mit Schrippe esse?«

Erschrocken brach sie ab. Was sie gesagt hatte, war wie eine Ohrfeige für sie beide: Sie liebten doch diesen Ort. Und sie hatten immer akzeptiert, dass sie beide so waren: scheu und linkisch, nicht ganz zu Hause in der Welt vor den Toren, ein Krokodil und ein Flusspferd, die an Land im Watschelgang umherirrten und sich zurück in ihr Wasser sehnten, in ihr Element, wo sie sein konnten, was sie waren.

Carls Augen waren weit, als könnte er nicht glauben, dass sie das gesagt hatte. Franka konnte es auch nicht glauben. Sie hatte ihn kleingemacht, und dabei hatte sie ihm versprochen, ihm nicht den Kopf abzureißen! Sie hatte ihm getan, was sie selbst nie mehr erleben wollte, hatte ihm ins Gesicht geschleudert: So wie du bist, so kann man nicht sein!

Und wofür? Sie war wütend auf ihn, aber letztlich hatte er nur mit ihr ausgehen, ihr eine Freude machen wollen, hatte sich dabei ungeschickt angestellt und war verzweifelt, weil er sie enttäuscht hatte. »Mein Gott, Carl. Ich weiß nicht, was in mich gefahren ist. Lass uns das vergessen, wir betragen uns beide albern, es ist gar nichts geschehen, und ich hab dich …«

Sie stockte. Eine Sekunde lang trafen sich ihre Blicke, und in derselben Sekunde fiel ihr ein, dass sie ihm das nie gesagt hatte. Sie hätte es ihm ins Ohr flüstern wollen: Du treibst mich zur

Verzweiflung, wir treiben mich beide zur Verzweiflung, weil wir uns das Leben so schwermachen und weil ich manchmal sein möchte wie Winnie und Heiner, wie Ramses und Zuzana, aber wir sind wie Waltraud und Arpad, und so, wie du bist, so hab ich dich lieb.

Vielleicht hätte sich die alberne Tragödie um das überfüllte Zoo-Restaurant in Wohlgefallen aufgelöst, wenn sie eben dies gesagt, wenn sie ihn beruhigt hätte: Nun mal halblang. Wir kriegen das schon hin.

Vielleicht hätte sie sich auch sonst in Luft aufgelöst – in einer anderen Zeit.

Stattdessen stand an einem der eng stehenden Mitteltische ein Mann auf, der schwankte. »Richtig so, Mädel«, lallte er. »Ganz richtig so. Ick wollte auch schon wat sagen, man muss sich ja schämen.«

Der Mann war offensichtlich volltrunken, nicht ernst zu nehmen, so wenig wie die Sache mit den fehlenden Sitzplätzen. Er hatte gehört, dass Franka Carl angeschrien hatte, und in seinem Rausch irgendetwas missverstanden. Zwei der Serviererinnen und Gustav, der Oberkellner, eilten schon heran, um den Mann an die Luft zu setzen, doch erst einmal sprach er weiter: »Sie sind doch die Frankie, oder? Und Sie hau'n hier mal auf den Tisch, das is' janz richtig so. Gleich wo wir jekommen sind, hab ick zu meiner Frau jesacht: Wo is' denn dat Schild hin, was hier hing? *Für Juden verboten?*«

Unwillkürlich fuhr Franka herum und sah den leeren Fleck an der Wand. Sie hatten auf das Schild geschimpft, als es vor zwei Jahren aufgehängt worden war, sie hatten sich daran gewöhnt und es vergessen, und jetzt war es auf einmal verschwunden. Die Frau mit dem Hund fiel ihr ein, Frau Birnbaum, die gesagt hatte, es sei wie ein Wunder, dass sie wieder kommen dürfe.

»Na, komm'se mal, Mennekin, gehn'se mal nach Hause, zu Muttern in die Heia. War 'n Schlückchen zu ville, wat?« Die gemütliche Serviererin Lore versuchte, den Mann am Arm zu nehmen, aber der stieß sie grob zur Seite. Jäh fiel Franka auf, wie viele ausländische Gäste das Lokal bevölkerten, ein Sprachgemisch, das verstummte, weil sich niemand die Szene entgehen lassen wollte. Am Stammtisch an der hinteren Wand saßen eine Anzahl Männer mit Sturmbinden, die Anzüge, keine Uniformen trugen, also vermutlich Amtsträger der Hitlerpartei waren. Einer von ihnen, ein Rothaariger mit Bürstenschnitt, stand auf und machte ein paar Schritte auf sie zu. »Nur die Ruhe, kein Aufhebens, Mann. Das hat schon seine Richtigkeit.«

»Richtigkeit?«, belferte der Betrunkene. »Seit das Schild da weg ist, geht's hier zu wie im Scheunenviertel. Sehen Sie sich das Pack da doch mal an – widerlich is' das, da könnt' einem aufrechten Deutschen das Kotzen kommen.« Er wies auf einen Tisch auf der anderen Seite, so weit wie möglich von dem der Nazis entfernt. Eine Familie mit mehreren Kindern saß dort, die schweigend dem Geschehen folgten. Sie waren dunkelhaarig, wirkten eingeschüchtert, doch ob sie Juden waren, ließ sich nicht erkennen. Man bildete sich alles Mögliche ein, und die Familie unterschied sich im Grunde nur durch ärmlichere Kleidung von den Gästen an anderen Tischen.

»Ich habe doch gesagt, Sie sollen Ruhe geben«, fuhr der Bürstenschnitt gereizt auf, doch was er noch sagte, hörte Franka nicht, weil Carl dazwischensprang und den Betrunkenen von Lore wegriss. Als er sich über ihm aufrichtete, duckte der Mann sich und schien nun gut und gern einen ganzen Kopf kleiner als er.

»Das Schild ist weg, weil ein anderes hinkommt«, sprach Carl auf ihn hinunter. Wie üblich war seine Stimme nicht laut, doch sie klang, als bohre sie sich dem Betrunkenen in die Brust.

»Ein neues Schild, auf dem steht: *Für Nazis verboten*. Für dreckiges, lebensfeindliches Pack wie dich ist dieser Ort nicht gemacht.« Er packte den Mann beim Revers und schüttelte ihn, dabei glich er einem Marder, der zubiss und dann seine Beute herumschleuderte, bis ihr das Genick brach. Der Mann wimmerte.

»Carl!«, schrie Franka, die aus den Augenwinkeln sah, dass der Mann mit dem Bürstenschnitt den letzten Schritt auf die Streitenden zutat, dass seine Kumpane aufsprangen und zwischen den Tischen hindurch auf die Szene zuströmten.

»Einen Augenblick«, sagte der Bürstenschnitt in einer Art Plauderton. »Habe ich Sie richtig verstanden, mein Herr? Dieses Schild mit der Aufschrift *Für Juden verboten*, das haben Sie entfernt?«

Carl schien wie von Sinnen, er schüttelte noch einmal den Betrunkenen, dann erst blickte er auf. »Ja«, sagte er. »Das Drecksschild habe ich entfernt. Es war eine Schande für den Berliner Zoo, für ganz Berlin, für uns alle.«

»Carl!«, rief Franka verzweifelt. Lore stellte sich zu ihr, und aus der Küche kam die Russin Tanja gelaufen, die sie am Arm packte. »Du komm zurück«, zischte sie. »Diesem kreuzdummen Helden hilft nicht, wenn sie dich nehmen auch noch mit.«

Der Bürstenschnitt blieb ruhig, fast heiter: »Und ich gehe auch recht in der Annahme, dass Sie hier ein neues Schild aufhängen wollen? Ach, wiederholen Sie doch noch einmal – was soll darauf stehen?«

»*Für Nazis verboten*«, sagte Carl. »Bevor dieses ganze Land an euch zugrunde geht.«

»Ich denke, das reicht«, sagte der Bürstenschnitt freundlich.

Zwei Männer sprangen hinter Carl und drehten ihm die Arme auf den Rücken. Zwei weitere stellten sich zu seinen Seiten auf, bereit, zuzupacken, falls er versuchte zu entkommen.

Der Bürstenschnitt lächelte. Dann schlug er Carl ins Gesicht. Franka schrie.

Carls uralte Brille zerbrach und fiel zu Boden. Er blinzelte wie damals, als sie aus Waltrauds Wasserbecken aufgetaucht waren, wohl um seine Augen von Splittern zu befreien. Der Bürstenschnitt ohrfeigte ihn noch einmal. Carl röchelte, spuckte Blut, und Tanja hielt Franka den Mund zu. Ihre Hand schmeckte nach Milch und eingekochten Preiselbeeren.

»Mitnehmen«, kommandierte der Bürstenschnitt.

Die Amtsträger mit den Hakenkreuzbinden verließen mit Carl, der sich nicht mehr umdrehte, das Restaurant.

20

Kirschla

August 1936

Sie hatten sie auf den Laster getrieben wie Tiere. Ihre ganze Familie, den alten Mano Rose, der nicht mehr er selbst war, die weinende Pušo, die kleinen Kinder und den blutenden Tokeli. Aber Tiere trieb man so nicht. Kirschla entstammte einer Familie von Pferdehändlern, und keiner von ihnen wäre mit den Tieren, die ihren Lebensunterhalt darstellten, so schonungslos umgegangen, hätte sie die Rampe hinaufgeprügelt und gestoßen und auf einen Wagen geworfen, der bereits überfüllt war. Sie hätten sich verletzen können, und kein Pferdehändler wollte ein wertvolles Pferd verlieren. Sie verluden ihre Tiere mit Bedacht, und wenn sie scheuten, klopften sie ihnen den Hals und sagten: »Ist ja gut, mein Junge. Keiner tut dir was.«

Zu Zigeunern sagte niemand: *Ist ja gut,* und schon gar nicht: *Keiner tut dir was.* Zigeunern klopfte niemand den Hals oder schob ihnen Zucker in den Mund. Zigeuner waren nicht wertvoll, sondern Ungeziefer, das man aus den sauberen Straßen weghaben wollte, ehe die Gäste zur Jubelfeier kamen. Wenn dabei einer draufging, umso besser: einer weniger zu verladen und zu füttern.

Während sie mit Schlägen und Tritten die Rampe hinaufgetrieben wurden, nach ein paar Habseligkeiten griffen und den bewusstlosen Tokeli mit sich schleiften, kam Musla Rose aus der Wäscherei nach Hause. Sie war eine tapfere Frau, die über sich ergehen ließ, was das Leben ihr hinwarf, doch als sie sah, wie man ihren Sohn zugerichtet hatte, schrie und weinte sie. »Wir sind doch keine Wanzen! Warum erschlagen die mir meinen Jungen, was hat mein schöner, lieber Junge denn getan?«

Kirschla musste Tokeli loslassen, so schwer es ihr fiel, und die Rampe hinunterlaufen, um Musla zum Schweigen zu bringen, damit sie sie nicht auch noch schlugen. Der Wagen war so überfüllt, dass sie keinen Platz fanden, Tokeli hinzulegen. Sie mussten ihn im Sitzen zwischen sich quetschen, er kam kurz zu sich, übergab sich über Kirschlas Schulter, dann rollten ihm die Augen weg, und er fiel wieder in Ohnmacht.

Das Erbrochene stank wie der ganze Wagen. »Das macht mir nichts aus«, sagte Kirschla und streichelte Tokeli. »Vor dir ekelt mir nicht, mein armer Liebling. Vor dir nicht.«

Ich muss Philip erreichen, dachte sie, oder Felix Dietrich, irgendwen, der alle Hebel in Bewegung setzt. Philip war ihr verfallen, er schwor ihr wieder und wieder, dass er ohne sie nicht leben konnte, er ging vor ihr in die Knie und goss Champagner über ihrem Bauch aus, damit er ihn ihr von der Haut lecken konnte. Er würde nicht zulassen, dass seine Sirene, seine Liebesgöttin ihm genommen und wie Dreck aus der Stadt gekarrt wurde. Und Felix Dietrich hatte eine Schwäche für Tokeli, für ihn war verschwendetes Talent eine Schande. Die beiden würden helfen. Pušo war außer sich, sie musste irgendwie beruhigt werden, und Tokeli brauchte einen Arzt.

So waren sie nach Marzahn gelangt, nach stundenlanger Fahrt. Kirschla hatte sich für eine abgeklärte Frau gehalten, die nichts erschreckte und die keine Illusionen hatte – schon gar nicht über Menschen. Aber Marzahn erschreckte sie. In Marzahn lernte sie, dass alles, was sie bisher von Menschen geglaubt hatte, eine Illusion gewesen war, eine Gutenachtgeschichte für Kleinkinder. Es wehte kein Wind, als sie ausstiegen, es brannte noch immer die Sonne, aber Kirschla zog den Kopf ein und schlug die Arme um den Leib. Im Wagen hatte es gestunken, was bei all den zusammengepferchten Menschen, die sich vor Angst in die Hosen machten, kein Wunder war. Sie hatte gehofft, die Ankunft werde zumindest frische Luft bringen, um durchzuatmen und zu Sinnen zu kommen, aber als die SA-Männer die Klappe öffneten und »Raus mit euch, raus, raus, raus« brüllten, schlug ihnen ein Gestank entgegen, der den im Wagen betäubte.

Sie mussten Tokeli tragen, er war schwer, aber sie konnten ihn dort, wo sie standen, unmöglich niederlegen. Kirschla gab nichts auf *Sinto*-Bräuche, sie machte sich darüber lustig, aber das hier war eine Kränkung, die ihr den Atem verschlug wie der Gestank. Kein *Sinto* durfte Orte auch nur betreten, die als unrein galten, weil an ihnen Notdurft von Mensch oder Tier gelagert wurde, geschweige denn dort siedeln. Dieses Lager, das sie Rastplatz nannten und das von Menschen überfüllt war, lag zur Hälfte umgeben von Rieselfeldern. Das Gras wuchs so hoch, dass die kleinen Kinder bis über den Hals darin verschwanden, dass nur ihre Köpfe herausschauten, und aus den Feldern stieg stinkender Dampf. Auf der anderen Seite erstreckte sich ein Friedhof, schier endlos reihten sich Kreuze und Steine. Auch der Tod war unrein. Tür an Tür mit ihm durfte kein *Sinto* sich schlafen legen.

Dass aber überhaupt einer von ihnen sich an diesem Ort schlafen legen würde, hielt Kirschla bei der Ankunft für unmöglich. Sie hatten am Marheinekeplatz beengt gehaust wie in einem Karnickelbau, doch sie hatten ein Dach über dem Kopf gehabt, fließendes Wasser, Licht. Hier gab es nur Löcher in der Erde, keinen Strom. Es gab auch keine Häuser, nicht einmal Baracken, lediglich ein Sammelsurium dicht an dicht gestellter Wagen, aus denen Scharen von Menschen quollen. Überall dazwischen wimmelte es von dem aus der Stadt vertriebenen Leben, dem Ungeziefer. Frauen versuchten, in zu kleinen Kanistern Wäsche zu waschen, auf tragbaren Öfen Essen zu wärmen, Kinder abzufüttern, zu beschäftigen, zu beruhigen. Kreuz und quer standen Feldbetten, die in den Wagen keinen Platz gefunden hatten.

Die Roses und die Reinhardts hatten ihre Wagen nicht herbringen können, weil sie keine Zugtiere besaßen. Sie waren sesshaft geworden, wie die Behörden es von ihnen verlangt hatten. Dafür wurden sie jetzt bestraft.

Sie hatten nichts. Nur ein paar Decken und Pappe und Wellblech, das ihnen hingeworfen wurde. »Da habt ihr. Baut euch eine Bude, wenn ihr wollt, darin seid ihr ja geübt.«

»Mein Sohn!«, rief Musla Rose, lief zu dem Polizisten, der das Blech geworfen hatte, und hielt ihn am Arm fest. »Er ist verletzt, er blutet, ich brauche ein Bett, wo ich ihn hinlegen und verbinden kann.«

Tokelis Brüder und Kirschla trugen Tokeli noch immer auf den Armen. Er war nicht bei Bewusstsein, dennoch stöhnte er vor Schmerzen. In Kirschlas Brust zerriss etwas, nicht einmal, sondern immer wieder.

»Ich brauche auch sauberes Wasser«, sagte Musla.

»Fass mich nicht an, du Ratte.« Der Mann stieß sie so heftig von sich, dass sie zu Boden fiel. »Dir werde ich zeigen, was du brauchst.« Er hob seine Stahlrute und wollte Tokelis Mutter damit schlagen.

»Du rührst meine Mutter nicht an!« Rigo ließ Tokeli los, stürzte sich auf den Mann und fiel ihm in den Arm. Zwei weitere Wachleute kamen dazu, schlugen Rigo nieder, der gerade erst geheiratet und einen Sohn bekommen hatte, und verprügelten ihn, wie sie Tokeli verprügelt hatten. Musla heulte auf und wollte zu ihrem Sohn kriechen, doch Kirschla ließ Tokeli ebenfalls los, rannte zu ihr und riss sie zurück. Sie kauerte sich zu ihr auf den Boden und umarmte sie so fest, dass sie ihr nicht entwischen konnte. »Lass, Musla, du kannst ihm ja nicht helfen. Er bekommt nur noch mehr Schläge, oder du bekommst sie, und du würdest sie nicht überleben.«

Kirschla hasste sich, weil sie kalt genug war, um das Vernünftige zu tun, und zugleich war sie froh darüber.

Das Vernünftige hieß: Die Wachen nicht reizen, damit nicht noch einer von ihnen geschlagen wurde. Froh sein, dass sie von Rigo bald abließen, ihn nicht so schwer verletzten wie Tokeli. Einen Platz abstecken, ein kleines Stück Erde, das ihres war, das ihnen etwas wie Halt geben konnte. Dafür sorgen, dass Kinder und Alte und die schwangere Raba ein Lager zum Schlafen hatten, dass Pušo nicht mehr weinte, dass alle zu essen bekamen. Verrückt klang das. Als zünde man sich in der Hölle ein Feuerchen an und briete Würstchen. Aber selbst in der Hölle hätte man das tun müssen, wenn man leben wollte, und leben, dachte Kirschla, wollte man immer. Weil solange man lebte, auch alles wieder anders werden konnte. Weiße Laken, Champagner und Lachen.

Sie hatten aus Pappe und Wellblech einen Ring gebaut, so gut es ging. Sie hatten das hohe Gras ausgerissen, sich die Arme voll geladen, es aufgeschichtet. Etwas zu tun zu haben tat gut, denen helfen zu können, die es am härtesten traf. Alte zuzudecken. »Legt euch hin, ruht euch aus, morgen sehen wir weiter.« Den Kindern ein Kartenspiel zu geben. »Vertreibt euch die Zeit, wir bauen euch Betten, dann bekommt ihr zu essen.« Die Verletzten zumindest ruhig zu lagern. Tokeli war in einem erbärmlichen Zustand. Die aufgeplatzten Striemen auf Bauch, Brust und Gesicht waren angeschwollen, und an den Rändern verfärbte die Haut sich blau. Er fühlte sich heiß an, schwitzte, bekam Fieber. Trotzdem fror er in der Sonne und zitterte. Von den Verletzungen, so schwer sie auch waren, konnte das nicht kommen. Sie hatten so hart auf seinen Körper eingeschlagen, dass der dumpfe Aufprall der Schläge für immer in Kirschlas Ohren dröhnen würde. Gewiss hatten sie etwas in seinem Innern verletzt.

Er könnte sterben, begriff Kirschla. Ein Vierundzwanzigjähriger, kerngesund, klug, hübsch. Totgeschlagen. Im Hinterhof eines Hauses, in einer Großstadt des zwanzigsten Jahrhunderts. Es war nicht zu begreifen. Tokeli stöhnte.

»Ich brauche Wasser«, sagte sie zu Jaja, seinem ältesten Bruder. »Ich muss es ihm irgendwie leichter machen.«

Jaja ging, nahm zwei andere Männer mit, um das Lager nach einer Wasserstelle und einer Ausgabe für Essen abzusuchen.

Sie kamen mit leeren Händen zurück. »Es gibt nichts«, rief Jaja zwischen Verzweiflung und Unglauben. »Gar nichts. Keine Toiletten, kein Essen, und Wasser nur in stinkenden Löchern.«

»Aber die können uns doch hier nicht verhungern lassen.«

»Sie sagen, wir haben uns selbst zu versorgen. Wir können ins Dorf Marzahn gehen, da gibt es einen Schlachter, der an Zigeuner verkauft und in Eimern Wasser ausgibt.«

Aber wie sollen wir denn das Geld dafür verdienen?, fragte sich Kirschla. Wenn ich mich nicht sauber halten kann, kann ich nicht mehr im Verlag meines Liebhabers arbeiten, der Weg in die Stadt ist endlos, den kann eine Frau wie Musla nicht bewältigen, und Tokeli, unsere Hoffnung, haben sie uns zu Brei geprügelt. Woher soll das Geld kommen? Sollen wir betteln, sollen wir die Olympiabesucher bestehlen, wo wir doch aus der Stadt geschafft worden sind, damit wir es nicht tun?

Zumindest habe ich noch etwas, dachte Kirschla und tastete nach dem Geldbeutel, den sie eingesteckt hatte, als sie mit Pušo zum Kartoffelladen hatte gehen wollen. Sie würde morgen einkaufen können, wenigstens zwei, drei Tage lang die Familie versorgen. Länger durfte das hier nicht dauern, sie würde aus Marzahn Philip anrufen und ihm sagen, in welcher Lage sie sich befanden. Heute Abend aber war es zu spät, die Läden hätten geschlossen, ehe sie den Ort erreichen würde. Also band sie sich eines von Rabas Kindern vor die Brust, als wäre es ihr eigenes, nahm Pušo, die Hübscheste, deren Elend gemalt gehörte, und ging, um auf den Stufen der Wagen zu betteln.

»Ich will keine Bettlerin sein«, widersetzte sich das weinende Mädchen.

»Pušo«, sagte Kirschla, »ich will manches nicht, und ich kann dir nur eines raten: Denk's dir weg und tu, was du tun musst. Dein Bruder hat furchtbare Schmerzen, ich will ihm irgendwie helfen. Wir haben Hunger. Wenn wir etwas zu essen auftreiben, wenn wir alle zusammen essen, fühlen wir uns sicherer. Wir können nichts gutmachen, aber wir können es ein bisschen besser machen.«

»Ich will nichts besser machen. Im Gras sind Flöhe, da leg ich mich nicht hin, ich bin schmutzig, ich kann nicht schlafen, wenn ich mich nicht gewaschen habe, ich esse kein dreckiges Essen von fremden Leuten.«

Kirschla küsste sie auf den Kopf. »Ist gut, Prinzessin Pušomori. Du tust das alles nicht. Aber du tust es heute und denkst es dir weg, damit die uns nicht kleinkriegen, damit wir bei Kräften bleiben und hier wieder wegkommen, ja?«

»Ich heiß' doch Marie.«

»Auch gut. Prinzessin Marie.«

Die Leute in den verwahrlosten, vollgestopften Wagen wollten ihnen nichts geben. Sie hatten selbst nichts, konnten nichts entbehren, wussten nicht, woher das Geld kommen sollte, um Nachschub zu kaufen. Aber Kirschla war schön, sie war noch sauber und gepflegt, und wenn ihr Männer die Tür aufmachten, schickten die sie nicht mit leeren Händen weg. Bei Frauen schob sie Pušo vor. Es war erbärmlich wenig, was sie zusammentrugen, aber eine der Frauen borgte ihnen einen Kessel und einen Eimer voll Wasser, nachdem Kirschla versprochen hatte, ihn morgen zu ersetzen. Sie würden Feuer machen und aus den paar Kartoffeln und verschrumpelten Rüben Suppe kochen, der Geruch, die Wärme, das alles würde ihnen guttun. Ein Mann schenkte ihr eine Zigarette, die sie gierig auf dem Rückweg rauchte. Ein wenig schämte sie sich, weil sie sie hätte teilen müssen, aber wenn es ihr besserging, konnte sie mehr für die anderen tun.

Die Nacht war das Grauen. Frierend und verängstigt kauerte die Familie beieinander. Aus einem der Wagen warf jemand einen Toten. Die Leute hatten keine Wahl, es gab keinen Platz zum Aufbahren, der Tote musste von den Lebenden fort. Das Schlimmste war: Kirschla war krank vor Angst, dass sie Tokeli fortwerfen müssten, dass er ihr unter den Händen wegstarb.

Weil sie nichts hatte, womit sie ihn wärmen konnte, weil sie gar nichts hatte, um ihm die Schmerzen zu erleichtern, legte sie sich neben ihn und zog ihn an sich. Ob es ihm guttat, wusste sie nicht, aber für sie war es eine Erlösung. Sein fiebriger Körper an ihrem wärmte sie durch und durch, und sie schlief ein. Als sie in der Morgenkälte erwachte, war Tokeli noch am Leben.

Sie brachte es nicht über sich, ihn allein zu lassen, also mussten die anderen einkaufen gehen, und der Anruf bei Philip musste warten. Tokeli starb nicht. Er erholte sich. Sobald er konnte, kämpfte er sich hoch, schleppte sich herum, versuchte, mit anzupacken, obwohl er kaum Kraft hatte. Beim Gehen verdrehte er die Hüfte, zog das linke Bein nach.

Er hatte sein Strahlen verloren, seine unverwüstliche Zuversicht, sein Weltvertrauen. Er sprach kaum. Früher hatte sie ihm manchmal nach der Liebe Klapse auf die Taille, auf Hintern und Schenkel gegeben und gesagt: »Pass bloß auf, du setzt Speck an, und welches Mädchen schmachtet dann noch nach dir?« Er hatte gelacht und erwidert: »Die Mädchen schmachten nach jedem Gramm von mir. Ich bin ein sinnlicher Mann, mir steht ein bisschen Fleisch.«

Jetzt verlor er in erschreckender Geschwindigkeit an Gewicht, nicht nur weil sie so wenig zu essen hatten, sondern weil er auf allem ewig herumkaute. Seine Wangen fielen ein. Auf der linken würde eine Narbe bleiben. Seine Augen wirkten riesig und schwarz, sein Haar lockte sich in die Stirn und warf Schatten auf sein Gesicht.

In der Nacht, wenn die anderen schliefen, blieben sie beide noch auf. »Tokeli, bitte lass dich nicht gehen«, flehte Kirschla ihn an. »Allein schaffe ich es nicht, dazu fehlt mir die Kraft, ich habe niemanden, bei dem ich nur eine Sekunde lang schwach sein kann.«

»Ich lass mich nicht gehen«, versprach er und umarmte sie. »Sei bei mir schwach, das ist alles, was ich für dich tun kann.«

Es ist so viel, dachte Kirschla und klammerte sich an ihm fest. »Tokeli. Liebling. Es tut dir weh, dass du nicht mehr studieren kannst, nicht wahr?«

Er überlegte. »Nein«, sagte er dann, »eigentlich nicht. Wie kann mir das weh tun, wenn ich hier zusehen muss, wie die

Familie zugrunde geht, meine Mutter, meine Schwestern, meine Liebste. Und du hattest ja recht: Ich kann kein *Gadžo* sein, es hätte ja doch keinen Sinn gehabt.«

»Ich hatte nicht recht«, sagte sie und streichelte seinen Rücken, immer wieder, hinauf und hinunter. »Sie haben dich nicht gelassen, aber du hättest auch ein *Gadžo* sein können, wenn du gewollt hättest, du hättest alles sein können, du hattest das Zeug dazu.«

»Scht«, sagte er und küsste ihren Nacken. »Tu das nicht, Kleines, quäl dich nicht damit.«

Niemals, solange sie lebte, war irgendjemand auf die Idee gekommen, zu Kirschla Kleines zu sagen. Bei einem anderen Mann hätte sie sich kaputtgelacht, oder sie hätte es ihm verboten, aber bei diesem überwältigte sie seine Zärtlichkeit. Sie hatte das nie gewollt: einen Mann, der zärtlich zu ihr war. Sie wollte Wildheit, Eroberung, Kampf, doch in dieser Nacht ließ sie sich in seinen Armen fallen. Ich will mit dir schlafen, dachte sie, jetzt, wo wir beide stinken, wo unsere Haare verfilzen, wo wir keinen Flecken haben, um für uns zu sein.

Er bettete ihren Kopf auf seine Schulter und kämmte ihr Haar mit seinen Fingern aus. »Von den *Gadže* verstehe ich wohl wirklich nichts«, sagte er. »Ich habe sogar noch gedacht, jetzt, wo sie ihre Olympiade haben, wird es besser.«

Er hatte so nie gesprochen, *die Gadže* und *ihre Olympiade*, er hatte einer von ihnen sein wollen, und mit seinem blendenden Selbstvertrauen hatte er nicht daran gezweifelt, dass es möglich wäre. Sie hatten es ihm mit ihren Stahlruten in den Rücken geschrieben, über die Brust, auf die Hüfte, ins Gesicht: Du bist ein Zigeuner. Du bist keiner von uns. Hieb für Hieb.

»Warum hast du gedacht, es wird jetzt besser, Tokeli?«

»Weil all die Schilder weg waren – in den Straßenbahnen, an den Bushaltestellen, in der Mensa: *Für Juden verboten.* Mich haben sie immer rausgeworfen, und wenn einer zu dir sagt: Du bist hier nicht erwünscht, Jude, kannst du ja nicht antworten: ›Ich bin kein Jude‹, und dich hinsetzen. Aber in den letzten Wochen hat es keiner mehr zu mir gesagt. Die Schaukästen mit diesem Hetzblatt von dem Streicher, der ständig über Rassenschande wettert, sind auch verschwunden. Ich habe gedacht: Sie beruhigen sich jetzt, sie hören auf, sich aufzublasen. Aber in Wirklichkeit wollten sie nur nicht, dass die Ausländer, die zu ihrer Olympiade kommen, sie Barbaren schimpfen, nicht wahr?«

»Ja, Liebling. Ich glaub schon. Sei nicht traurig.«

»Ich bin nicht traurig.« Er rieb ihr Haar zwischen seinen Fingern, wenn er ihr Öl hineinmassiert hatte, damit es glänzte. »Willst du nicht versuchen zu schlafen? Du hältst uns alle über Wasser, du musst völlig erschöpft sein.«

»Doch«, sagte sie, »das würde ich gern. Bleibst du wach, ist es dir nicht zu viel? Du bist noch nicht gesund.«

»Ich bin in Ordnung, wirklich. Ich halte dich fest.«

Ich liebe dich, dachte sie.

»Tokeli, meinst du, wir können morgen nach Marzahn gehen und versuchen, jemanden um Hilfe zu bitten – Philip oder deinen Dr. Dietrich?«

»Daran habe ich auch schon gedacht«, sagte Tokeli. »Ich gehe morgen.«

»Ich komme mit. Lass sie uns beide anrufen. Einer von ihnen wird uns helfen.«

»Vielleicht lassen sie uns ja auch wieder in die Stadt, wenn ihre Olympiade vorbei ist.« Eine Spur Hoffnung hellte seine Stimme auf. »Sie wollten ihre Straßen sauber haben, für die Besucher, aber wenn die wieder weg sind …«

»Von den *Gadže* verstehst du noch immer nichts«, unterbrach sie ihn, küsste seinen Hals und sagte nichts mehr. Im

Einschlafen dachte sie: Jetzt weiß ich, was ein tapferer Mann ist, selbst wenn er eben noch ein Kind war. Einer, den sie so gnadenlos verprügeln, dass sein Körper zerbricht und nicht mehr heilt, dem sie alles wegnehmen und der trotzdem noch immer denkt: Der Mensch ist gut. Was er tut, muss irgendeinen Sinn haben.

21

Kirschla

Am nächsten Morgen gingen sie nach Marzahn. Durch Tokelis Hinken kamen sie nur langsam voran, aber es war wieder ein warmer Tag, und sie hatten ein wenig Zuversicht gefasst, die sie trug. In den Straßen der Vorstadt redeten die Leute von den Olympischen Spielen, von irgendwelchen Reitern, die Medaillen gewonnen hatten und »eine Zierde für Deutschland« seien.

Bei dem Schlachter, der auch einen kleinen Laden mit Gemischtwaren betrieb, verprassten sie ihr letztes Geld. An den Regalen bedienten die Kunden sich selbst, legten die Waren dann auf die Ladentheke und warteten, bis der Schlachter aus der Schlachterei herüberschlurfte. Die, die schon bezahlt hatten, zogen nicht ihrer Wege, sondern drückten sich in Ecken und starrten Kirschla und Tokeli an. »Das sind welche von den Rieselfeldern«, tuschelte eine Hausfrau im Kittel einer anderen ins Ohr. Die andere hielt sich die Nase zu.

Ohne sich abzusprechen, häuften Kirschla und Tokeli Unmengen von Waren auf die Theke, auch solche, die sie gar nicht brauchten: Dauerwurst, Seife, eine Tafel Schokolade. Morgen würden sie nichts mehr kaufen können, aber morgen würde von Philip Behring und Felix Dietrich Hilfe kommen, und heute sollte die Familie spüren, dass sie etwas wert war. Sie würden die Schokolade Pušo geben, die sich aus Süßem nichts machte, und zu ihr sagen: »Du bist doch schon groß. Verteil du sie unter den Kindern, gib Acht, dass sie nicht zanken und dass jeder seinen Anteil bekommt.«

Der Schlachter verlangte von Tokeli den doppelten Preis und grinste ihn dummdreist mit gebleckten Vorderzähnen an. Kirschla wollte die Schokolade und die Seife zurück ins Regal legen oder lieber noch das ganze Zeug vom Tisch fegen und aus dem Laden stolzieren. Dann aber hätte sie mit leeren Händen ins Lager zurückkehren müssen, hätte ihren Stolz noch gehabt, aber nichts, nicht das kleinste bisschen vorzuzeigen, während die Augen der Familie ihr entgegenstarrten. Tokeli zog seine Uhr aus der Tasche, eine silberne Uhr, die sein Vater ihm zur Kommunion geschenkt hatte, und legte sie auf die Theke. Dann stopfte er die Waren in eine Papiertüte, lud sie sich auf den Arm und hinkte an Kirschlas Seite aus dem Laden.

»Das hättest du nicht tun müssen«, sagte sie, als sie draußen standen.

»Warum nicht?«, fragte er. »Die Lagerwachen nehmen uns die Wertsachen doch sowieso weg. Ich hatte sie nur noch, weil mich bisher keiner durchsucht hat, also kaufe ich lieber ein bisschen Krimskrams dafür.«

Ein bisschen Krimskrams. Deinen Stolz, meinen Stolz und eine Tafel Schokolade. Sie gingen zum Postamt, blieben zwischen der Litfaßsäule und dem Telefonhäuschen stehen. An der Litfaßsäule stand: *Besuchen Sie die Olympischen Spiele!* Und:

So wichtig wie die Braut zur Trauung
Ist Bullrich Salz für die Verdauung.

»Willst du zuerst, oder soll ich?«, fragte Tokeli und kramte die Telefongroschen aus der Hosentasche. Er stand schief. Dass seine Hüfte ihm weh tat, war nicht zu übersehen.

»Setz dich dahin.« Kirschla wies auf eine Bank, von der das Schild *Für Juden verboten* entfernt worden war. »Ich rufe sie beide an. Ruh dich aus.«

»Warum rufst du meinen Chef an?«

»Weil ich eine Zigeunerhure bin, Liebling«, sagte Kirschla traurig. »Weil ich den beiden zur Not noch etwas anzubieten habe.«

Er stöhnte. »Das erlaube ich nicht.«

»Es macht mir nichts aus«, sagte Kirschla. »Die zwei sind nette Männer, sie sehen gut aus, sind sauber und kein bisschen geizig.«

Er richtete sich auf, wie es ein Hahn tat, sprang vor sie hin, wobei ihm die Hüfte einknickte, und hob die Hand. »Weißt du noch, was für eine mörderische Backpfeife du mir verpasst hast, weil ich gestohlen und Wasser auf Mühlen geschüttet habe?«

»Und ob«, sagte Kirschla zärtlich und strich ihm über die Wange. »Die war doch gut investiert. Einmal ordentlich hingelangt, und du hast es nie wieder getan. Du warst der gelehrigste Schüler, den man sich wünschen kann, aber bei mir ist Hopfen und Malz verloren.«

Er ließ die Hand sinken.

»Du tust mir weh«, sagte er.

Ich mir auch, dachte sie.

»Hältst du's aus, oder hättest du stattdessen gern noch eine Tracht Prügel mit Stahlruten?«

»Lieber das«, sagte er mit zitternden Lippen. »Ein Mann, der sich verprügeln lässt, ist verächtlich, ich weiß. Aber was ist denn ein Mann, der sein Mädchen verkauft, um seine Haut zu schützen?«

»Sei kein Rindvieh«, sagte sie und kämpfte gegen den Wunsch, ihn zu küssen. »Für die wilde Kirschla, die einen Heidenspaß daran hatte, verdorben zu sein, opfern wir nicht unser gelungenstes Exemplar. Setz dich gefälligst dahin, leg dein Bein hoch und warte.«

Sie ließ ihn stehen und ging in die Telefonzelle. Die Verbindung mit dem Verlag verlangte sie als Erstes, wartete eine kleine Ewigkeit, ehe die Vermittlung sie durchstellte, und musste mit den Fingern ans Glas der Zellenwand trommeln, um nicht vor Ungeduld zu schreien. Endlich ertönte Philips atemlose Stimme: »Großer Gott, Mathilde. Dem Himmel sei Dank, dass du anrufst, du weißt nicht, welche Angst ich um dich hatte.«

»Die hattest du zu Recht«, erwiderte sie und erzählte ihm, was geschehen war. »Ich brauche deine Hilfe«, sagte sie zum Schluss. »Dringend. Schnell.«

»Natürlich, meine Liebste, natürlich. Ich bin so erschüttert. Mach dir keine Sorgen, ich rufe sofort im Reichssicherheitshauptamt an und beschwere mich.«

»Und du meinst, das bringt etwas? Wir halten nicht mehr lange durch, Philip.«

»Aber ja doch, meine arme Liebste«, tröstete er sie wie ein Kind. »Ich habe denen doch auf Anfrage mitgeteilt, dass ich auf dich nicht verzichten kann. Es ist ein Irrtum, wirklich. Ich kläre das, und dann schicke ich ein Taxi, das dich abholt. Am liebsten würde ich selbst kommen, das weißt du, aber Hiltruds Mutter hat Geburtstag. Den siebzigsten. Ich buche dir ein Hotel, du lässt dich auf den Schrecken rundum verwöhnen, und morgen Abend sehen wir uns, ja?«

»Philip«, sagte Kirschla. »Wir sind hier fünfundzwanzig Menschen, davon die meisten in weit schlechterem Zustand als ich. Ein Taxi nützt nichts. Mit ein bisschen Mühe schaffen wir es zu Fuß, aber du musst dafür sorgen, dass man uns passieren lässt und uns unsere Wohnung wieder gibt. Und Geld brauche ich auch. Wir haben nichts mehr.«

»Aber Mathilde, wie stellst du dir das denn vor? Ich kann doch nicht von denen verlangen, dass sie mir eine ganze Zigeunersippe herausgeben, wie sollte ich das denn begründen?«

»*Sinti*«, sagte Kirschla. »Es heißt *Sinti*, nicht Zigeuner. Du verlegst Bücher. Ich dachte, du wüsstest das.«

»Genau, ich verlege Bücher«, versetzte er leicht verschnupft. »Darunter solche, die von der Reichsschriftgutkammer verboten und auf dem Opernplatz ins Feuer geworfen wurden. Meine Position ist ebenfalls gefährdet, und ich trage Verantwortung für meine Autoren. Für deine Familie kann ich nichts tun, so gern ich den Leutchen helfen würde, aber dieses Lager ist doch auch nicht das Ende der Welt.«

»Nein«, sagte Kirschla. »Denn wo das Lager ist, ist die Welt längst zu Ende.«

»Meine arme Geliebte. Jetzt erhol dich erst einmal. Ich nehme mich deiner Sache sofort an und schicke dir das Taxi.«

»Nein«, sagte Kirschla. »Schick nichts. Schick mir gar nichts mehr, vergiss, dass du mich gekannt hast.« Dann legte sie auf.

Sie brauchte eine Weile, um den Aufruhr in ihrem Inneren niederzukämpfen, die Wut, die Demütigung, den Klumpen in der Kehle. Dann wählte sie die Nummer von Felix Dietrich und musste wiederum etliche Minuten lang an die Glaswand der Zelle trommeln, ehe sie mit ihm verbunden war.

»Fräulein Reinhardt«, sagte er, obwohl er sie auch schon einmal anders genannt hatte, damals, als ein *Gadžo*-Schwanz zwischen *Sintiza*-Schenkeln noch nicht als Rassenschande strafbar war. »Wo ist Adam?«

»In Marzahn«, sagte Kirschla. »Auf einem Rieselfeld ohne Baracken, ohne Wasser, ohne Strom, mit Stahlruten bewusstlos geprügelt, und jetzt verdreht er bei jedem Schritt vor Schmerzen die Augen. Bitte helfen Sie uns. Ich habe Angst, sie schlagen ihn tot, wenn er das nächste Mal den Mund aufmacht. Oder sie tun etwas anderes mit ihm. Ich weiß nicht, was.«

»Sie sind alle dort?«, fragte Felix Dietrich entsetzt. »Auf diesem Zigeuner-Rastplatz? Und Sie werden dort misshandelt?«

Kirschla gab keine Antwort.

»Hören Sie«, bat Felix Dietrich. »Es tut mir in der Seele weh, Ihnen das sagen zu müssen, doch ich glaube nicht, dass ich etwas für Sie tun kann. Die Rechtslage ist völlig undurchsichtig. Ich sollte das so nicht aussprechen, schon gar nicht über eine Telefonleitung, aber es herrscht reine Willkür. Ich kann allerdings beantragen, dass man mir Adam zurückschickt, weil er für die Kanzlei unentbehrlich ist.«

»Bitte tun Sie das«, sagte Kirschla und weinte. »Bitte tun Sie es schnell.«

»Ich schließe die Kanzlei ab und komme sofort«, sagte Felix Dietrich. »Ich hole den Jungen da weg, die Formalitäten haben ja dann Zeit. Und Sie selbst? Brauchen Sie Geld, kann ich Ihnen wenigstens mit Geld helfen?«

»Ja«, sagte Kirschla, »jeder Pfennig hilft uns, haben Sie tausend Dank.« Sie hätte ihm sagen wollen, dass er von ihr haben konnte, was er wollte, aber es kam ihr schäbig vor.

Auf dem Weg zurück ins Lager trieb sie Tokeli zur Eile an, auch wenn er sich bei jedem Schritt ein Ächzen verbiss. Auf seine Fragen gab sie nur ausweichend Antwort: Ja, sein Chef werde ihnen helfen, er werde sich umgehend darum kümmern, es werde alles gut.

Als sie das Lager erreichten, war Felix Dietrich schon da. Seine schwarze Limousine stand am provisorischen Tor im Schlamm, er war ausgestiegen und redete mit den Wachen. Als er Kirschla und Tokeli kommen sah, drehte er sich um, lief auf sie zu und nahm Tokeli in die Arme, drückte ihn an seinen hellen Sommermantel und streichelte ihm durch die Locken. »Ich wünschte, ich hätte Bescheid gewusst, Adam. Ich wünschte, ich hätte Ihnen das ersparen können.«

Tokeli befreite seinen Kopf und ließ verstört den Blick über Dietrichs Gesicht wandern, als suche er etwas darin.

»Sie kommen jetzt mit mir«, sagte Felix Dietrich. »Ich bringe Sie in ein Krankenhaus, Adam, ich sorge dafür, dass man Ihnen hilft.«

»Mir geht es gut«, sagte Tokeli.

»Das tut es nicht.« Felix Dietrich streichelte ihn weiter, von der Schläfe hinunter, über die kaum verschorfte Wunde auf der Wange. »Ihnen geht es schon lange nicht mehr gut, ich hätte Sie schützen müssen, und das werde ich fortan auch tun. Ich bin so froh, dass Fräulein Reinhardt mich angerufen hat.«

Vermutlich hätte er gern einen Sohn gehabt, dachte Kirschla, und wenn er sich Tokeli dazu auserkoren hat, macht seine Wahl ihm Ehre. Geh mit ihm, mein Liebling, du hast es mehr als verdient. Sie wollte erleichtert sein, dankbar, aber alles, was sie denken konnte, war: Diese Szene hier vor meinen Augen könnte regelrecht herzig sein. Störend ist nur, dass Tokeli schon einen Vater hat, einen, der geweint hat, als er erkennen musste, dass er ihn verlieren würde, und der jetzt hinter dieser Schranke kauert, in seinem eigenen Dreck, und nicht begreift, wie er da hingekommen ist.

»Kommen Sie, Adam«, sagte Felix Dietrich. »Sie haben genug durchgemacht.«

»Ich heiße Tokeli«, sagte Tokeli.

Felix Dietrich hielt inne.

»Was ist mit meiner Familie?«, fragte Tokeli.

»Ja, natürlich.« Felix Dietrich zog aus der Manteltasche einen prallen braunen Umschlag und gab ihn Kirschla. »Alles

Gute für Sie, Fräulein Reinhardt. Wenn es etwas gibt, das in meiner Macht steht, lassen Sie es mich bitte wissen, und auf eines können Sie sich verlassen: Ihr Bruder ist keiner Gefahr mehr ausgesetzt. Er steht unter meinem Schutz.«

Von ihrem Lagerplatz kam Pušo mit der Schar der kleinen Kinder angelaufen. Sie wollten an der Schranke vorbei, doch die Wachleute stießen sie zurück. Kirschla hob die Dauerwurst, winkte damit und hoffte, die Meute ruhigzuhalten, bis Tokeli und Felix Dietrich abgefahren waren.

»Ich bin nicht ihr Bruder«, sagte Tokeli. »Ich bin genauso ihr Liebhaber wie Sie, auch wenn Sie Anwalt sind und ich nur *Sinto*-Dreck. Wir dreckigen *Sinti* treiben's manchmal eben gern miteinander. Da schäumt das Blut, da spricht die dunkle Leidenschaft, das kennen Sie doch aus Ihren Operetten. Auf Wiedersehen, Herr Dr. Dietrich. Sie sind sehr freundlich, aber ich bleibe lieber hier.«

»Tokeli!« Kirschla hörte sich kreischen. »Tu das nicht, ich flehe dich an, wirf nicht für deinen angekratzten Stolz dein Leben weg.«

»Welcher Stolz?«, fragte Tokeli. »*Sinti* haben keinen, und sein Geld nehme ich gern.« Er schwang herum, knickte in der Hüfte ein und nahm ihren Arm. »Gehen wir nach Hause.«

VIERTER TEIL

»Ist ein Krümelchen wohl eines Totschlags wert!?

Mag sie meinetwegen
Ihre Eier legen
Wann, wohin und wieviel ihr beliebt!

Immer noch studiere
Ich am kleinsten Tiere:
Welche himmelhohen Rätsel es gibt.«

Joachim Ringelnatz: »Meine Musa Domestica«

22

Anita

Februar 1939

Der Reichspresseball fand alljährlich am ersten Samstag im Februar im geradezu legendären Marmorsaal des Zoos statt. Das Ereignis erfreute sich wachsender Beliebtheit. Da neben den Pressevertretern die Elite der nationalsozialistischen Regierung anrückte und sich zahlreiche Gäste einlud, war es nicht möglich, auch die Mitarbeiter des Zoos zu der festlichen Ballnacht zu bitten, die in den Rahmen auch kaum gepasst hätten. Karten erhielten ausschließlich die obersten Direktoren und einige Großaktionäre.

Kein Problem, sagte sich Anita, ich bin schließlich kein kleines Mädchen mehr, das davon träumt, einmal Prinzessin spielen zu dürfen. Ohnehin hatte sie sich für diese Rolle nie geeignet und bekam höchstens eine als Kürbis zugeteilt. Sie tanzte mehr schlecht als recht und war ledig geblieben, wie sie es beschlossen hatte. Wirklich ledig. Nicht nur unverheiratet, sondern ungebunden, ungeküsst, ungeliebt.

Nein, nicht ungeliebt.

Sie war noch immer umringt von den liebenswertesten Menschen der Stadt und hätte Zähne und Klauen eingesetzt, um diese Menschen zu verteidigen. Vermutlich gewöhnte man sich das an, das mit den Zähnen und Klauen, wenn man zu lange in einem Zoo wohnte. Anita wohnte mittlerweile seit fast zehn Jahren dort.

In den zwei Tagen vor dem Ball hatte sie alle Hände voll mit den abschließenden Vorbereitungen zu tun, die von Jahr zu Jahr umfangreicher wurden: Ständig trafen Anfragen nach Pressekarten, Sitzordnungen, Ballprogrammen und Fototerminen ein, die Wochenschau wollte wissen, wann die Ausrüstung aufgebaut werden konnte, und am Menü ergab sich in letzter Sekunde eine Änderung. Anita kam sich vor wie das personifizierte Seufzen. Nein, man brauchte nicht für die Rolle der Prinzessin zu taugen, um ein glückliches Leben zu führen. Aber es war auch keine Todsünde, davon zu träumen, einen einzigen Abend lang ein Kürbis zu sein, der sich bis Mitternacht verwandelte.

Dann kam Carl.

Klopfte an seine eigene Bürotür so leise, dass außer Anita, die daran gewöhnt war, niemand ihn gehört hätte, und schob den Kopf in den Türspalt. »Hast du eine Minute Zeit für mich, Anita?«

»Da du mein Chef bist, liegt die Entscheidung über Minuten, die ich für dich Zeit habe, bei dir.«

»Ich mach's kurz.« Er kratzte sich am Kopf.

Franka beklagte sich gelegentlich bei ihr und verdrehte die Augen: »Ich wünschte ja nur, es wäre auch mal irgendetwas einfach mit ihm.«

Anita verstand sie. Aber sie konnte nicht aus ihrer Haut. Etwas an der Hilflosigkeit dieses Mannes schmolz ihr Herz.

»Wenn du dich überwinden könntest, es zu sagen, würde es kürzer werden, Carl.«

Erst einmal wurde das Kopfkratzen heftiger, dann gab er sich einen Ruck, schob mit der eckigen Schulter die Tür auf und räusperte sich. »Ich wollte dich etwas fragen.«

»Ich höre.«

»Gehst du morgen Abend mit mir zu diesem Ball?«

Anita war sicher, dass ihr all das passierte, was den Heldinnen in Heftromanen widerfuhr: Sie erbleichte. Ihr stockte der Atem. Ihr schlug das Herz bis zum Hals. »Das ist nicht dein Ernst.«

»Ehrlich gesagt, doch. Ich habe aus irgendwelchen Gründen zwei Karten bekommen, ich habe mir sagen lassen, man dürfe das unmöglich absagen, und ich dachte …« Er brach ab.

»Aber warum, um alles in der Welt, gehst du denn nicht mit Frankie?«, rief Anita.

Er räusperte sich. Er kratzte sich am Kopf. »Willst du dafür einen Grund oder alle drei?«

»Alle drei.«

»Franka macht sich aus derlei Anlässen genauso wenig wie ich«, sagte er.

»Das war einer.«

»Franka und ich haben zurzeit gerade …«

»Ihr habt euch mal wieder gestritten.«

»Das wäre zu viel gesagt. Aber: ja.«

»Carl, so geht es doch nicht weiter. Ihr müsst irgendwann diese ganzen Probleme, die keine sind, aus dem Weg räumen. Ihr habt euch doch lieb, verdammt noch mal.«

Traurig lachte er auf. »Wie gesagt, so arg ist es nicht. Sie braucht nur manchmal ein bisschen Erholung von mir. Sind das jetzt Gründe genug?«

»Nein. Bis drei zählen kannst du selbst.«

»Den dritten sage ich dir morgen.«

Anita seufzte. »Und warum fragst du ausgerechnet mich? Die halbe Stadt reißt sich um diese Karten.«

»Tatsächlich?«, fragte er. »Ich dachte, der einzige Mensch, der gern dorthin gehen würde, wärst du.«

»Das glaubst du doch wohl selbst nicht. Winnie würde zehn Jahre seines Lebens dafür geben.«

»Soll ich Winfried fragen? Hältst du das für eine gute Idee? Ganz abgesehen davon, dass Heiner ziemlich ungemütlich werden würde, könnte es uns womöglich mehr als zehn Jahre unseres Lebens kosten.«

Damit war das Geplänkel, in das sie sich beide gern retteten, beendet. Menschen, die den Verdacht der Homosexualität erregten, wurden gehetzt, zu Gefängnisstrafen verurteilt, und wenn sie die abgesessen hatten, tauchten sie nicht wieder auf. Wir leben in einem Land, in dem Menschen verschwinden wie Socken in der Wäsche, dachte Anita. Damals, als du verschwunden warst, war das unsere schwärzeste Angst: dass wir dich nicht finden und nie erfahren, was mit dir geschehen ist.

»Du musst dich nicht verpflichtet fühlen«, sagte Carl. »Ich kann auch allein gehen, drei Stunden griesgrämig an meinem Tisch absitzen und mich dann auf Englisch verabschieden. Von mir erwartet schließlich niemand etwas anderes.«

Anita kam es vor, als verschwinde das gerade erst vage ertastete Prinzessinnenkleid aus ihren Händen, und an seiner Stelle tauchte wieder der Kürbis auf. »Ich habe doch nicht nein gesagt«, rief sie hastig. »Du hast recht, ich würde furchtbar gern gehen, ich würde auch zehn Jahre meines Lebens dafür geben, und du machst mir eine riesige Freude. Ich möchte nur gern begreifen: Warum ausgerechnet ich?«

»Darauf braucht's keine Antwort, oder?«

»Doch.«

Carl nahm seine Brille ab, rieb sich die Augen und sah sie an. »Ich wüsste mehr als drei«, sagte er. »Weil diese Institution dir, verdammt noch mal, eine Einladung geschuldet hätte, mehr als jedem von uns. Weil ich mich, wenn du mit mir gehst, nicht mehr ganz so fehl am Platz fühle und weil ich gern jede Gelegenheit, dir eine Freude zu machen, nutzen würde.«

»Warum?«

»Wie wäre es damit? Du hast mein Leben gerettet.«

»Das habe ich nicht«, sagte sie und wollte noch etwas anfügen, doch wie immer, wenn ihre Gedanken in diese Zeit des Entsetzens, in der alle Welt die Olympischen Spiele bejubelt hatte, zurückwanderten, versiegte ihr ein Wort nach dem anderen.

»Doch«, sagte er. »Was ist jetzt mit diesem Ball?«

Ich muss Frankie fragen, dachte Anita. Er ist immerhin ihr Verlobter, auch wenn er ihr den Antrag, den er ihr an jenem schwarzen Tag machen wollte, nie mehr gemacht hat, und auch wenn diese beiden, die so viel Glück verdient hätten, vielleicht eines Tages daran zerbrechen. Sie hatte sich damals so geschmeichelt gefühlt, war erregt und gerührt gewesen, weil er ausgerechnet sie eingeweiht hatte, weil dieser scheue Mann sich an ihren Schreibtisch geschlichen hatte wie ein ungeübter Verschwörer, um zu fragen: »Anita, glaubst du, Franka würde in Ohnmacht fallen, mich für größenwahnsinnig erklären oder mir den Kopf abreißen, wenn ich …«

»Wenn du *was?*«

»Wenn ich sie fragen würde, ob sie mich heiratet.«

Anita würde den Augenblick nie vergessen. Sie würde nie die Prinzessin sein dürfen, ihr Start ins Leben war dazu nicht geeignet, aber sie durfte dabei sein, wenn eine gekrönt wurde. Nicht als Kürbis. Als eine der Hauptpersonen. Wie sie kurz darauf erfuhr, hatte die Direktion Carls Gehalt erhöht und ihm im Fall einer Familiengründung eines der Häuser hinter dem Wirtschaftshof in Aussicht gestellt. Anita hatte ihn sich angesehen, von Kopf bis Fuß, als wäre sie Frankies Schwester und prüfe den künftigen Schwager auf seine Eignung. »Ich denke, du solltest ein Held sein und in einen wirklich guten Friseur investieren«, sagte sie. »In einen wirklich guten Herrenausstatter auch.«

»Tatsächlich? Ich dachte, ein Juwelier genügt.«

»Bei einem Juwelier warst du schon?«

Verlegen begann er, seine Hände zu kneten und sich auf die Lippen zu beißen. »Schon vor einem Jahr. Ich weiß auch nicht …«

Anitas eigene Scheu verschwand wie Sand, der durchs Stundenglas schoss. Sie stand auf, ging zu ihm und gab ihm einen Kuss auf die Wange. »Frag sie«, sagte sie. »Sie wäre dumm, wenn sie nein sagte, und sie ist nicht dumm.«

Es war alles so zauberhaft gewesen, so einzigartig, der Sommer tauchte die Welt in ein goldenes Flimmern, und Anita musste Franka drei Tage lang aus dem Weg gehen, damit ihr kein Wort herausrutschte. Sie würde Brautjungfer sein und Winnie und Heiner Trauzeugen, die zwei würden nicht glauben können, was für ein hübsches Brautpaar sie abgaben, und die einzige Herausforderung bestand darin, sie davon abzuhalten, das Krokodil und das Nilpferd mit zur Kirche zu nehmen. Wenn sie überhaupt zur Kirche gingen. Frankie graute davor. Anita war es gleichgültig, von ihr aus hätten sie im Affenstall heiraten können, und es wäre dennoch die schönste Hochzeit aller Zeiten gewesen.

Wir sind eben wir.

Bei uns ist nie etwas ganz so, wie es sein sollte, aber wer sich daran stört, der soll draußen bleiben.

Auf unserer Arche genießen wir Artenschutz – all die merkwürdigen, ein wenig fehlplazierten Gestalten, die anderswo keiner haben wollte: spuckende Lamas, dicke Nilpferde, Krokodile mit Reißzähnen, schüchterne Männer, die ein Jahr lang Ringe mit sich herumschleppten, und hässliche Mädchen, die Bratklops genannt wurden. Hier, hinter dem Tor mit den Elefanten, wurde jedes von ihnen auf seine Weise schön.

Die Hochzeit hätte der Höhepunkt sein sollen, das Fest ihres Lebens, ihrer Freundschaft. Aber Carl hatte Franka nie gefragt. Dass er es hatte tun wollen, wusste sie von Anita, die es irgendwann nicht mehr hatte für sich behalten können. Als sie sah, wie entsetzlich Franka weinte und sich selbst zerfleischte, hätte sie es gern zurückgenommen.

»Ich bin schuld«, hatte sie immer wieder geschrien und mit fliegenden Fäusten auf das Bett getrommelt. »Er hat mir sein ganzes Leben schenken wollen, und ich habe ihn fertiggemacht, weil er eben Carl ist und mit der Planung überfordert war. Wenn die ihn umbringen, Anita, wenn die ihn zerbrechen, dann bin ich daran schuld!«

Es war erstaunlich, welcher Untaten Menschen sich bezichtigten – wohlmeinende, liebenswerte Menschen, die nichts Böses im Sinn hatten, die in einen harmlosen Streit geraten waren, weil sie sich mit der Verständigung schwerer taten als mit der Liebe. Andere hingegen, die ein sich küssendes Paar auf der Straße zusammenschlugen, ganze Familien verschwinden ließen, Synagogen in Brand steckten, Existenzen zertrümmerten und rechtschaffene Männer für einen unbedachten Satz ins Gefängnis verschleppten, bezichtigten sich für gar nichts, sondern erklärten, die Juden, die Roten, die Siegermächte, die Zigeuner, die Homosexuellen und der halbe Rest der Welt seien schuld.

Ich lasse das nicht zu, hatte Anita gedacht. Dass dieser Mann dafür stirbt und dieses Mädchen daran zugrunde geht, das lasse ich nicht zu. Diese beiden haben mir ihre Freundschaft geschenkt, mir, der dicken Anni Pelzin, die ihnen nichts zu bieten hatte, und ich habe ihnen beiden versprochen, dass ich ihnen das nie vergesse. Sie hatte Franka in die Arme genommen und an sich gedrückt. »Wir holen ihn da raus«, hatte sie ihr geschworen. »Wir holen ihn dir zurück, und dann hältst du ihn fest und lässt ihn nicht mehr los. Ja, er ist ein bisschen ungeschickt, aber darauf stehst du doch – Herrgott, du magst Nilpferde, Frankie!«

Sie hatte ihr Versprechen gehalten und war am nächsten Morgen losgezogen, um Carl Leutner aus der nationalsozialistischen Maschinerie zu befreien, auch wenn sie nicht einmal wusste, in welchen Winkel, welche Schreckenskammer dieser

Maschinerie er geraten war. Was konnte ihm für die Behauptung blühen, er habe ein Schild entfernt, das die Nazis höchstpersönlich konfisziert und inzwischen längst wieder aufgehängt hatten? Für ein paar unbedachte Schimpfworte über die Regierung, wie man sie der Hitze hätte zuschreiben können und wie sie noch vor ein paar Jahren gang und gäbe gewesen waren?

Winnie, der von ihnen allen am besten Bescheid wusste und selbst gegen Wände rannte, weil er seinen Freund nicht in der Gewalt von Barbaren lassen wollte, hatte die wohl düsterste Miene seines Lebens aufgesetzt. »Die haben schon Leute einen Kopp kürzer gemacht, weil die dumme Witze erzählt haben. Die haben schon Leute zu Tode gekloppt, weil die gar nüscht gemacht haben. Nur irgendwo im Weg gestanden. Die brauchen keinen Grund, Anneken, die haben schon einen: Sie hassen Menschen. Alle Menschen, auf die sie neidisch sind, weil die mehr Geld, mehr Platz, mehr Frauen, mehr Sexappeal, mehr Haare auf dem Kopp, mehr Arsch in der Hose, mehr Tassen im Schrank, mehr Spaß am Leben haben – und das trifft leider Gottes auf so ziemlich jeden erträglichen Zeitgenossen zu.«

Anita glaubte zu begreifen. Vor allem begriff sie, wie elendig schlecht Carls Chancen standen. »Wenn die ihm was anhängen wollen, brauchen sie ja nicht lange zu suchen«, hatte Winnie hinzugefügt. »Schließlich hat er nie einen Hehl daraus gemacht, was er von dem janzen Firlefanz mit Zucht und Blut und Rasse hält. Und so ein Leisetreter, wie er bei den Mädels ist – wenn's um Nazis geht, ist Zurückhaltung nicht seine Sache. Direktor Heck hat er ein paar Sachen an den Kopp geknallt, als der in die Partei eingetreten ist, da haben selbst mir die Ohren geschlackert. Mein lieber Scholli, hab ick jedacht, wenn das man bloß kein böses Ende nimmt.«

»Aber Direktor Heck würde das doch wohl nicht der Gestapo melden!«, rief Anita entsetzt.

»Das ist das Übelste an einem Staat, der Denunzianten erzieht«, erwiderte Winnie. »Zu glauben, man weiß, wem man trauen darf, kann den Hals kosten.«

Zudem erinnerte Winnie sie an einen weiteren Aspekt, den Anita nicht bedacht hatte: Was die Nazis wissen wollten, bekamen sie auch aus Menschen heraus, die zum Schweigen entschlossen waren. »Wenn die dir die Hände zerquetschen oder dir ein Auge rausprügeln, was machst du da?«, fragte er sie. »Ick fürchte, ick würde meine Großmutter verraten. Davor hab ick übrigens den größten Bammel – dass die glauben, Carl, unser einsamer Streiter, gehört einer Gruppe von Widerständlern an und hat ihnen irgendwas zu sagen. Dann werden sie versuchen, ihm die Kiefer auseinanderzuzwingen, und dann wünsch ick ihm, dass er's nicht lange macht.«

»Hör auf!«, hatte Anita gerufen. »So zu reden ist schrecklich.«

»So zu reden ist harmlos«, hatte Winnie erwidert.

Sie hatten sich eine Nacht lang beraten und dann beschlossen, sich an die Heinroths zu wenden. Die waren sofort bereit, tätig zu werden, Oskar Heinroth wollte alle Hebel in Bewegung setzen, aber er war ein Wissenschaftler, ein vertrauensvoller Träumer, der in seinem Garten Eden zwischen Fischen und Vögeln lebte – kein Kämpfer. Er lief von Pontius zu Pilatus, doch er ließ sich überall abwimmeln. »Niemand scheint zu wissen, wo Dr. Leutner sich befindet«, erklärte er verzweifelt.

»Oskar, dass niemand es dir sagt, heißt nicht, dass niemand es weiß«, gab seine um so viel jüngere Frau zu bedenken, die dennoch manchmal wirkte, als bemuttere sie ein hochbegabtes Kind. Ihr Mann war von neuem aufgebrochen, doch er kehrte auch dieses Mal unverrichteter Dinge zurück.

Dann war auch noch Winnie ausgefallen. Als Anita zum Affenpalmenhaus gerannt war, um sich erneut mit ihm zu besprechen, war er ihr entgegengetaumelt, weiß wie ein Laken und tränenüberströmt. »Bobby ist tot!«

Im ersten Augenblick hatte Anita sich beim besten Willen nicht darauf besinnen können, wer Bobby war. Im nächsten hatte sie Winnie angeschrien: »Hast du den Verstand verloren? Dein Freund wird vielleicht zu Tode gequält, und du heulst um irgendwelche Affen?«

»Nicht um irgendwelche. Ich heule um meinen Freund Bobby.«

Dass zwischen Affen und Menschen ein Unterschied in der Wertigkeit bestand, vermochte Winnie nicht einzusehen, aber das war Anita von ihren Freunden ja gewohnt. Immerhin war Winnie klar, dass an Bobbys Tod nichts zu ändern war, während Carl alle Hilfe brauchte, die er bekommen konnte. Er gab sich alle Mühe, sich zusammenzureißen, doch genau wie Franka war er viel zu angeschlagen, um klar zu denken. Anita fühlte sich allein. Wenn es für Carl überhaupt noch eine Hoffnung gab, dann lastete sie auf ihr, und die Last wog schwer.

Sein Leben hatte sie dennoch nicht gerettet, und den, der es getan hatte, durfte sie ihm nicht nennen. Sie hatten ihn wiederbekommen, nach vier Monaten des Kämpfens, das schien damals das Einzige zu sein, das zählte. Dass er nicht mehr derselbe war, hatten sie vermutlich bereits geahnt, als er an dem eisigen Wintermorgen in seinem dünnen Mantel am Tor gestanden hatte. Jäh hatte Anita daran denken müssen, wie er ihr gestanden hatte, er könne eingesperrte Menschen nicht ertragen. Leer und leblos hatten seine Augen vor sich hin gestarrt, und eine Zeitlang hatte er kein Wort herausgebracht. Er war nur noch Haut und Knochen, das Gesicht einem Totenschädel so ähnlich, dass man sich zwingen musste, es anzusehen, und jede Bewegung fiel ihm schwer wie einem alten Mann. Damals aber hatten sie noch geglaubt, was immer ihm zugefügt worden war, würde sich heilen lassen. Ein Übermaß an Gewalt ließe sich aufwiegen durch ein Übermaß an Liebe, Freundschaft, Wärme und Tanjas Wohltaten für Leib und Seele.

Inzwischen wusste Anita: Liebe mochte zum Trost taugen, aber sie war kein Allheilmittel. Und der, der liebte, blieb ein Mensch – mit eigenen Schwächen, Wünschen und Grenzen. Franka hätte eine Heilige sein müssen, um an dem Mann, der neben ihr herlebte und ihr im entscheidenden Moment doch immer wieder entglitt, nicht zuweilen zu verzweifeln. Hinzu kam, dass sie fortfuhr, sich selbst zu quälen: Jedes Mal, wenn sie wütend auf Carl war, weil der sie nicht an sich heranließ, musste sie die Wut am Zügel packen und sich sagen: Was verlangst du denn von ihm? Dass er so ist, wie er ist, ist doch nur dir zu verdanken.

»Manchmal weiß ich nicht, ob er mich noch liebt«, hatte sie zu Anita gesagt. »Ob er dazu noch in der Lage ist und ob er es überhaupt noch will.«

»Das tut er ganz sicher«, beschwor sie Anita, auch wenn ihr nichts einfiel, um es der Freundin zu beweisen. »Bitte halte durch, lass ihm noch etwas Zeit, gib noch nicht auf.«

»Ich lasse ihm mein ganzes Leben lang Zeit«, sagte Franka, und ihre Traurigkeit schnitt Anita ins Herz. »Hätte ich ihm damals Zeit gelassen, hätte ich nur fünf Minuten länger Geduld mit ihm gehabt, hätte ich jetzt vielleicht von ihm ein Kind.«

»Ich habe nicht gewusst, dass du dir ein Kind wünschst, Frankie.«

»Ich ja auch nicht«, hatte Franka erwidert und die Achseln gezuckt. »Wünschen sich nicht alle Menschen, die so aufgewachsen sind wie wir, ein Kind – die Chance, alles ganz anders zu machen?«

Anita wusste darauf keine Antwort – die Frage kam der Prinzessin, nicht dem Kürbis zu, und auf den Ball sollte Frankie mit ihrem Liebsten gehen, nicht sie. Als er die Karten jedoch auf ihren Tisch legte und sie noch einmal fragend ansah, siegte die Sehnsucht. Nur ein einziges Mal, dachte sie und sagte: »Wenn du wirklich mit mir gehen willst, komme ich gerne mit. Ich muss dich aber warnen: Tanzen kann ich nicht.«

Er lächelte. »Warst das nicht du, die mir erzählt hat, was man gerne macht, braucht man nicht gut zu machen oder so ähnlich? Nein, zieh kein besorgtes Gesicht, ich habe nicht zwei linke Füße, sondern vier, und wenn es dir nichts ausmacht, schenken wir uns die ganze Tanzerei. Wir setzen uns in eine Ecke, tun so, als würde deutscher Schaumwein wie Champagner schmecken, und bestaunen die Tanzkünste der anderen, ja?«

Anita musste lachen. »Das machen wir. Auch wenn ich ziemlich gern gesehen hätte, wie du den zweiten Satz linker Füße ausfährst.«

Sie sagte es Frankie, als diese spätabends nach Hause kam. Seit dem letzten Herbst verbrachte die Freundin nicht nur endlose unbezahlte Stunden bei ihrem Flusspferd, sondern hatte ein weiteres Tier in ihr Herz geschlossen: Anneliese, die Lieblingsgiraffe der Berliner, hatte im vergangenen Oktober ein Kalb zur Welt gebracht, das Franka, Carl und Winnie, die bei der Geburt dabei gewesen waren, Friederike getauft hatten.

»Den Namen hat Carl ausgesucht«, hatte sie Anita erzählt.

»Warum Friederike?«, hatte Anita gefragt.

»Weil er Angst hat, dass es Krieg gibt, glaube ich.«

Vielleicht auch, weil er eine Schwester hatte, die so hieß, überlegte Anita, eine Mutter, eine Tante? Oder weil er gern einer Tochter diesen Namen gegeben hätte? Die kleine Rike, die auf langen Beinen in die Welt stakste, fand sogar Anita entzückend. Franka, die dem Giraffenkind ihren Nachtschlaf opferte, hatte beteuert: »Für mich ist Rike ein wenig Ersatzkind, weil Waltraud doch nie ein Kalb haben wird. Wir haben alles versucht, aber sie und Ramses kommen einfach nicht zusammen.«

Meinst du nicht, sie ist eher ein Ersatzkind, weil du selbst nie eines haben wirst?, fragte sich Anita. Wir haben alles versucht, aber du und dein Carl, ihr kommt einfach nicht zusammen.

»Rike war heute wieder wundervoll«, sagte Franka und ließ sich auf ihr Bett fallen. »Stell dir vor, die verrückte Nudel ist in die frisch gefüllte Tränke gestiegen. Liegt es eigentlich an mir, dass keines meiner Tiere sich artgerecht verhält? Mein Flusspferd war nicht ins Wasser zu bekommen, und mein Giraffenkind bekommen wir nicht wieder raus.«

Sie lachte. Ein bisschen wie eine Verliebte, die verklärt berichtet, ihr Liebster habe Käsefüße.

»Frankie«, sagte Anita, »worüber hast du dich mit Carl gestritten?«

Der selige Ausdruck auf Frankas Gesicht erlosch. »Ich habe mich nicht mit Carl gestritten. Ich streite mich nie mehr mit Carl. Ich habe ihm nur gesagt, dass ich mir nicht länger anhören kann, wie er sich selbst als feigen Schlappschwanz beschimpft, der vermutlich noch in Hitlers Krieg marschieren wird.«

»Kannst du ihn nicht verstehen?«, fragte Anita. »Das Kriegsgeschrei wird immer lauter, kleine Jungs verkünden beim Affenfüttern, wir sollten die Tschechoslowakei annektieren, als bräuchte man dazu nur ein paar Schachteln mit Zinnsoldaten. Bist du kein bisschen stolz darauf, dass Carl sich dem verweigert, dass er lieber in den Widerstand ginge?«

»Nein«, sagte Franka. »Ich habe Angst, dass er es tut.«

Anita stand von ihrem Bett auf und setzte sich zu ihr. Sooft sie einander so nah waren, musste sie flüchtig an den Geräteschuppen denken, an den wärmsten Augenblick ihrer Kindheit. »So weit geht er nicht, Frankie. Nicht, solange er nicht fürchten muss, dich verloren zu haben. Nach der Reichskristallnacht habe ich auch gedacht, jetzt weiß er nicht länger, was er tut, aber solange sein Zoo und seine Franka ihn brauchen, wird er sein Leben nicht riskieren.«

»Ich bin mir nicht sicher«, sagte Franka. »Vergiss nicht, was er damals getan hat, 1936. Was die Nazis aus seiner Welt machen, erträgt er einfach nicht. Carl liebt alles, was lebt, auch wenn er vor Menschen solche Angst hat.«

»Aber dich liebt er am meisten«, sagte Anita. »Damals hat er eine Sekunde lang geglaubt, er hätte dich verloren, deshalb hat er sich vergessen.« Sie schlug sich hart auf den Mund. »O Gott, Frankie, es tut mir leid, was rede ich nur für einen Quatsch mit Soße. Ich hab nicht sagen wollen, dass du schuld bist, wirklich nicht.«

»Ist schon gut«, erwiderte Franka. »Ich sage mir das doch selbst jeden Tag.«

»Frankie«, sagte Anita, »Carl hat mich heute gefragt, ob ich mit ihm zum Ball gehe, weil du ihn im Moment nicht erträgst. Geh zu ihm, sag ihm, du erträgst ihn sehr wohl und du willst die ganze Nacht mit seinen vier linken Füßen tanzen.«

Müde schüttelte Franka den Kopf. »Das ist lieb gemeint, aber ich glaube, auf dem Ball ertrage ich ihn wirklich nicht. Der Saal wird voller Nazigrößen sein, und mein Carl wird wie ein Schluck Wasser in irgendeinem geborgten, uralten Anzug in der Ecke hängen und sich innerlich mit Beschimpfungen überhäufen, weil er mit Nazis dieselbe Atemluft teilt. Das Letzte, was er tun wird, ist, mit mir zu tanzen. Ich weiß nicht einmal, ob ich gern tanzen würde, aber manchmal wünsche ich mir ganz frivol und wie ein dummes Ding, er käme zumindest auf die Idee.«

»Vielleicht könntest du ihn ja auf die Idee bringen? Oder ihm wenigstens zu verstehen geben, dass sein uralter Anzug dich nicht stört?«

»Und wenn er mich stört? Bin ich dann ein Monstrum?«

»Ja«, antwortete Anita, ohne zu zögern.

»Meine Güte, Anita.« Franka stöhnte. »Mir ist egal, was er anzieht, mir ist egal, was ich anziehe, ich wünsche mir nur ein einziges Mal, auf einem solchen Anlass lachen zu dürfen, sorglos zu sein, vielleicht sogar verliebt – ohne mich wie ein Unmensch fühlen zu müssen, weil Carl leidet. Herrgott, es ist ein Presseball. Kein Spießrutenlauf.«

Anita zuckte zusammen.

»Geh du mit ihm, ja?« Franka drückte Anitas Hand. »Gib ihm einen Kuss von mir.«

»Gib ihm den doch bitte selbst!«

»Ich weiß nicht mehr, ob er das will«, sagte Franka. »Ich weiß es wirklich nicht.«

Franka war bei Rike, als Carl Anita abholen kam. Carl im Smoking – Anita stand der Mund offen.

Es war ihr ein wenig peinlich gewesen, dass sie sich für einen solchen Anlass, der nie kommen würde, vor Jahren ein Kleid gekauft hatte, ein fliederfarbenes, von dem die Verkäuferin behauptet hatte, es mache schlank. Zumindest Anitas Geldbeutel hatte es schlank gemacht, und sie hatte es nie getragen. Nach dem Gespräch mit Franka hatte sie gedacht: Ich kann es auch morgen nicht tragen. Ich kann nicht einen Mann, der sich im geborgten Anzug fühlt, als müsse er Spießruten laufen, noch mehr blamieren.

Angezogen hatte sie es schließlich trotzdem, weil sie kein anderes Abendkleid besaß. Als sie Carl sah, dachte sie: Wenn er den geborgt hat, muss er jemanden kennen, der seine Anzüge maßschneidern lässt und der aufs Haar so gebaut ist wie er.

Carl bemerkte ihren Blick und sah an sich herab. »Wie ich mich kenne, habe ich irgendwo Spucke von Vasco oder Haare von Arpad. Was mir leidtäte. Darf ich dir sagen, dass du umwerfend aussiehst, Anita?«

»Du darfst.« Ihre Stimme klang belegt. »Und ich gebe das Kompliment zurück. Du hast nirgendwo Spucke oder Tierhaare, sondern bist ganz perfekt.«

Er grinste und hob die Hand an seinen Kopf.

»Nicht«, rief Anita, sprang hinzu und hielt seine Hand fest.

Sie erschraken beide. Fragend sah er sie an.

»Dein Haar.« Sie zwang sich zu lächeln.

Er sah auf ihre Hände, dann wieder in ihr Gesicht und lächelte auch. »Ich bin wirklich unmöglich. Winfried hat sich solche Mühe damit gegeben.«

»Du bist nicht unmöglich«, sagte Anita. »Du bist einer der nettesten Männer, die ich kenne, und heute Abend auch einer der attraktivsten. Und jetzt gehen wir auf diesen Ball und amüsieren uns. Danke, dass du mich mitnimmst, Carl.«

»Danke, dass du mitkommst, Anita.«

23

Anita

Als sie den Saal betraten, fand die Verwandlung statt. Anita spürte es körperlich. Der Kürbis zog sich zurück, und das Haar, das ihren bloßen Nacken streichelte, gehörte der Prinzessin. Es hatte zu schneien begonnen, und im Schwarz des Abends glitzerte der fallende Schnee wie Silberschnüre vor den hohen Fenstern. Der Saal erstrahlte in Weiß- und Goldtönen, blendete, gehörte nicht in die Wirklichkeit. Die Musik war süß. Geigen wie im Tonfilm, wo die Prinzessin am Ende den Prinzen bekam, was immer ihnen zwischendurch widerfuhr. Köpfe drehten sich nach ihnen. Anita glaubte, Getuschel zu hören: *Was für ein schönes Paar, er so groß und schlank, und sie so zierlich, geradezu grazil.*

Der Kürbis, Niti das Nilpferd und der Bratklops existierten nicht mehr.

Sie hatten ihre Plätze am Ende des Direktionstisches. Zwar fanden sie sich nicht weit von Direktor Heck und seiner Frau, die sich mit Pressevertretern umringt hatten, doch bei ihnen saßen auch die Heinroths, und die Größen aus Partei und Regierung sammelten sich auf der anderen Seite des Saales. Sie liefen nicht Spießruten, sondern wurden herzlich begrüßt, hatten ein paar Hände zu schütteln und ernteten bewundernde Blicke.

»Unser Cheftierarzt«, so wurde Carl dem leitenden Redakteur des *Völkischen Beobachters* von Oskar Heinroth vorgestellt. »Der Mann, ohne den in diesem Garten alles zusammenbrechen würde, und seine reizende Verlobte, Fräulein – äh, wie war doch der Name?«

»Aber Oskar!« Katharina Heinroth, die alle Welt Käthe nannte, lachte. »Fräulein Anita ist doch nicht die Verlobte von

Herrn Dr. Leutner. Herr Dr. Leutner ist mit ihrer Freundin Franka Fröhlich verlobt, die heute Abend wohl verhindert ist.« Sie schenkte Carl ihr herzliches Lächeln und legte ihm die Hand auf den Arm. »Lassen Sie mich raten, wer Ihnen diesmal Ihre Liebste entzieht – Waltraud oder Rike? Gibt es eigentlich einen eigenen Ausdruck für Strohwitwer, die ihre Frauen fortwährend mit Tieren teilen müssen?«

»Mitarbeiter des Zoos Berlin?«, schlug Carl vor, und alle lachten, während Käthe Heinroth sich Anita zuwandte. »Wie schön, dass Sie unseren Dr. Leutner begleiten konnten, Anita. Im nächsten Jahr sorge ich dafür, dass Sie eine eigene Einladung erhalten. Es ist eine Schande, dass die Herren Wissenschaftler Sie übergehen, obwohl sie ohne Sie keine einzige Zeile veröffentlichen und keinen Termin im Kopf behalten würden.«

Diese zweite Frau Heinroth war ein Segen, fand Anita. Offenbar war sie der einzige Verhaltensforscher, der sich auf Menschen ebenso verstand wie auf Tiere. Sie legte Wert darauf, jeden einzelnen Bewohner des Zoos zu kennen, und hatte ein Händchen dafür, brenzlige Situationen zu entschärfen.

Anita fand auch den Chefredakteur Wilhelm Weiß sympathisch, er machte einen besonnenen Eindruck und stellte Fragen, die von ehrlichem Interesse zeugten. Carl hingegen bedachte ihn mit giftigen Blicken und Antworten, die in ihrer Knappheit an Unverschämtheit grenzten. Der Grund war leicht zu erraten. Immerhin stand Weiß dem Parteiorgan der NSDAP vor und hatte für die Gleichschaltung der Presse verantwortlich gezeichnet. Anita wünschte sich inständig, jemand möge die Aufmerksamkeit auf sich und von Carl fort lenken, ehe es zu einem Eklat kam, doch der, der es schließlich tat, machte die Lage eher noch heikler.

Es war Lutz Heck.

Mit dem ihm eigenen beflissenen Eifer stellte er Wilhelm Weiß seinen Münchner Bruder vor. Weiß biss an, begann Fragen nach dem Erfolg von Hecks Nachzüchtungen zu stellen, und rasch scharte sich ein Pulk aus Pressevertretern und Politikern um sie.

»Ja, man kann es wirklich so sagen«, dozierte Lutz Heck, ganz in seinem Element. »Unser Versuch ist geglückt, der Auerochse ist wiedererstanden.«

»Dazu gratuliert man gern«, sagte Weiß. »Was für eine erstaunliche Leistung für die Artenvielfalt.«

»Damit aber nicht genug«, ereiferte sich Heck. »Nun, wo wir gesehen haben, dass unser Weg, allen Miesmachern zum Trotz, zum Erfolg führt, stecken wir uns natürlich noch höhere Ziele.« Bei dem Wort Miesmacher warf er Carl einen strafenden Blick zu, wandte sich dann aber erneut Weiß zu. »Mit ersten Kreuzungen zur Wiedererschaffung des Tarpan ist bereits begonnen worden, doch die bisher größte Herausforderung stellt für uns der Wisent dar: Einst war dieses stolze Tier der Recke unserer germanischen Wälder, den zu jagen nur den Landesherren vorbehalten war. Ihn der Tierwelt unseres Landes zurückzugeben ist unser edelstes Zuchtziel.«

»Interessant«, schnitt Carls Stimme in die Beifallsbekundungen der Umstehenden. »Zwar dachte ich immer, Erhalt von Artenvielfalt bedeute, das Bestehende zu schützen, aber man lernt ja nie aus. Ist eigentlich die Übertragung Ihrer Nachzuchterfolge auf den Menschen geplant? Sollten wir dafür nicht Gehege frei räumen wie früher zur Völkerschau? Später könnten die Exemplare dann in die freie Wildbahn ausgesetzt werden, wo wir Platz schaffen, indem wir unliebsame Rassen ausmerzen. Sie könnten den Neandertaler nachzüchten. Oder vielleicht eine spezielle Form des Ur-Germanen?«

Die Stille fuhr auf die Versammelten nieder wie ein Schlag. Käthe Heinroth erbleichte, das Gesicht von Lutz Heck verfärbte sich rot, und Wilhelm Weiß sah verwirrt von einem zum andern. Oskar Heinroth kratzte sich am Kopf wie sonst Carl, der bewegungslos dastand. Was am anderen Ende des Saals geschah, wer herübereilte und wie schnell die unglaublichen Worte weitergetragen wurden, wollte Anita nicht wissen. Adolf Hitler war verhindert, aber mindestens Goebbels und Göring befanden sich im Saal. Wenn sie dich holen kommen, dachte sie und umklammerte sein Gelenk, wenn sie dich wieder einsperren wollen, müssen sie erst mich von dir wegreißen.

Direktor Heck räusperte sich, und irgendwer zu ihrer Linken erhob scharf die Stimme. Anita blendete alles aus, konzentrierte sich nur auf das, was sie selbst zu sagen hatte. Sie reckte sich auf die Zehenspitzen, gab Carl ein paar neckische Klapse auf die Wange und flötete in dem unerträglich frivolen Ton, den Schauspielerinnen in neuen UFA-Filmen an den Tag legten: »Na, na, mein Lieber. Was ist denn das für ein Benehmen? Soll ich vielleicht meiner Freundin Franka erzählen, du hättest dich vor der Presse wichtiggemacht und versucht, mit absurden Vorschlägen Direktor Heck die Schau zu stehlen?«

Kurz war es noch still, dann ertönte erstes verhaltenes Gelächter. Spiel jetzt um alles in der Welt mit, beschwor sie Carl in Gedanken und tätschelte weiter seine Wange. »Eigentlich hat Franka mir ja aufgetragen, dir einen Kuss von ihr zu geben, aber ob du den jetzt noch verdient hast? Was meinen Sie, meine Herren?«

Frauen kicherten. Heinz Heck, der wie eine gemütliche, unaufgeregte Variante seines Bruders wirkte, ließ ein dunkles Lachen hören: »Seien Sie nicht ganz so streng, Fräulein. Wir schießen alle mal über die Stränge – erst recht, wenn es darum geht, uns vor dem schönen Geschlecht in Szene zu setzen.«

Wieder gab es einen Augenblick abwartender Stille, in der Anita nicht zu atmen wagte. Dann wandte Carl ihr das Gesicht zu, nahm die Brille ab und schob sie in seine Brusttasche. Eine Strähne des von Winnie gelegten Haars fiel ihm über die Stirn, er hatte zum ersten Mal etwas Verwegenes, und das zerknirschte Lächeln, das er aufsetzte, hätte die strammste Nazifrau zum Schmelzen gebracht. »Ich bekenne mich schuldig«, sagte er ungewohnt charmant. »Darf ich es bitte wiedergutmachen?«

Anita, die erst jetzt Angst vor ihrer eigenen Courage bekam und zu zittern begann, konnte nur nicken.

Carl nahm ihre Hand, verneigte sich und berührte den Handrücken mit den Lippen. »Ich bitte dich um diesen Walzer, Anita.«

Käthe Heinroth lachte wie befreit. »Ach ja, meine Lieben, lassen Sie uns tanzen, so jung wie heute kommen wir nicht mehr zusammen!«

Während die Geigen wie im Tonfilm zu einer schwelgenden Kaskade schwollen, führte Carl Anita auf die Tanzfläche, nahm souverän mit ihr Tanzhaltung ein und begann, sie in Vierteldrehungen durch den Saal zu wirbeln. Anita entfuhr ein Laut der Verblüffung. Seine Führung war sacht, aber völlig bestimmt, so dass sie sich ihm nach wenigen Schritten überlassen konnte und nicht mehr fürchtete, andere Paare zu rammen. Nach ein paar weiteren Schritten legte sie sich in seinen Arm, gab sich der Musik hin und begann, den Walzer zu genießen. Carl tanzte, als täte er selten etwas anderes. Wenn er vier linke Füße hatte, hatte er drei davon gegen einen rechten getauscht.

Einen Tanz lang ließ er ihr Zeit, um sich zu erholen, um zu begreifen, dass sie noch einmal davongekommen waren. Der zweite war zum Auskosten. Um die Prinzessin zu sein. Sie hatte es sich redlich verdient. Erst beim dritten Tanz, einem langsamen Walzer, begannen sie zu reden.

»Ich sollte mich entschuldigen, nicht wahr?«, fragte er. »Aber ich entschuldige mich nicht. Ich hatte recht.«

»Nein«, sagte Anita und erkannte ihre Stimme kaum wieder. »Entschuldige dich nicht. Sei ein Held. Was haben sie mit dir gemacht, als du in der Prinz-Albrecht-Straße festgehalten wurdest? Dich ausgepeitscht? Dich an den Armen aufgehängt, bis die Schultern ausgekugelt sind?«

Er sagte nichts.

»Kannst du dir vorstellen, sie würden das mit Franka tun? Möchtest du das aushalten müssen?«

Unter ihrer Handfläche, die auf seinem Rücken lag, spürte sie, wie ein Muskel zuckte. Flüchtig streichelte sie ihn. »Ich will nicht, dass du dich entschuldigst«, sagte sie. »Aber eine Erklärung wäre unter Freunden schön.«

Er senkte den Kopf, ohne aus dem Rhythmus zu geraten. »Allen jüdischen Tierärzten wurde die Approbation entzogen«, murmelte er. »Das weißt du, oder? Mein Doktorvater, der hier früher Cheftierarzt war, hat sich gestern Nacht das Leben genommen. Dr. Alexander Goldstein. Als ich ein Junge war, hat er mich gerettet. Als wir beide Männer waren, habe ich ihn im Stich gelassen.«

Sie streichelte ihn noch einmal. Nur ganz kurz, damit es nicht gönnerhaft wirkte. »Du hast keinen Grund, dich zu entschuldigen«, sagte sie. »Aber einen, besonders vorsichtig zu sein. Du hilfst niemandem, wenn du dich mit Betrunkenen anlegst oder Direktor Heck Beleidigungen an den Kopf wirfst. Helfen kannst du hier, in deinem Zoo, wo Menschen wie Winnie und Heiner Schutz finden, und du bist ein kluger Mann, der das weiß.«

Unter den streichelnden Fingern spürte sie, wie tief er aufatmete. »Ich entschuldige mich nicht«, sagte er. »Aber ich bedanke mich bei dir.«

»Gern geschehen«, sagte Anita, spürte Hitze in den Wangen und den Wunsch zu weinen.

»Willst du noch tanzen? Oder kann ich dich zu einem Glas von dem Zeug, das nicht im mindesten wie Champagner schmeckt, überreden?«

»Unter einer Bedingung«, sagte Anita, die ein bisschen außer Atem geriet. »Erzähl mir, warum du so ein Schwindler bist, warum du behauptest, nicht tanzen zu können, warum du dich wie ein Landstreicher anziehst und so tust, als wüsstest du nicht, wie man Champagner buchstabiert.«

»Ich bin kein Schwindler«, sagte er leise und in einem Ton, in dem nichts als die Wahrheit möglich war. »Den willfährigen Duckmäuser, dem eingebleut wurde, wie man Walzer tanzt, wie man Maßanzüge trägt und aus Kelchen ein flüssiges Vermögen schlürft, den wollte ich irgendwo hinter mir stehenlassen. Ich wollte …«

»Der sein, den nur du kanntest? Den die anderen in dir zugeschüttet hatten?«

Er nickte.

»Ich habe es genauso gemacht.« Sekundenlang blitzten Bilder in ihr auf. Anni, der Bratklops, an dem ihr besoffener Vater seinen Hass auf sein eigenes Versagen ausließ, und Niti, das Nilpferd, die hässliche Frau, bei der Männer sich groß fühlten, die in ihrer eigenen Welt ganz klein waren. Hatte man kein Recht, diese Bilder von sich selbst zu vergessen und sich in die zu flüchten, die man sich mit so viel Blut und Schweiß erkämpft hatte?

»Ich weiß«, sagte Carl. »Hättest du es nicht genauso gemacht, hätte ich es dir nicht erzählen können. Aber du hast es allein geschafft. Ich hatte Hilfe.«

»Dr. Goldstein?«, fragte Anita.

Er nickte wieder. »Und Heinz und Peter.«

»Krokodile?«

Über ihren entsetzten Ausruf lachte er. Es klang nach dem silbrigen Schnee vor den Fenstern: nicht froh, aber schön. »Hirtenhunde. Ich mochte sie schrecklich gern, und sie waren die einzigen Wesen, die mich auch mochten.«

Quatsch mit Soße, dachte Anita, aber das sagte sie nicht, sondern streichelte über seinen Rücken. »Ich hatte auch Hilfe«, sagte sie. »Franka und dich. Ich glaube, ohne Hilfe schafft es kein Mensch.«

»Nein, vielleicht nicht«, sagte er. »Aber du bist trotzdem ein Phänomen. Geht es dir gut, Anita?«

»Ja«, sagte sie. »Sehr gut. Viel besser, als ich es je erwartet hätte. Aber dir nicht, oder?«

»Doch, doch«, erwiderte er schnell. »Ich habe wahrhaftig keinen Grund, mich zu beklagen. Als Junge habe ich gedacht: Wenn ich als Mann nur einem Tier helfen kann, nicht wie bei Heinz und Peter zusehen muss, wie sie elend zugrunde gehen, dann ist mein Leben gut.« Das Lachen, zu dem er sich zwang, klang gequält.

Sie zwang sich auch. »Ja, ich denke, in dem Fall machst du wirklich keinen üblen Schnitt. Wie viel Viehzeug haben wir hier zurzeit?«

»Viertausendeinhundertneunundfünfzig Einzelexemplare. Und das Wort Viehzeug habe ich überhört.«

»Willst du wissen, was ich mir vorgenommen habe, als ich ein Mädchen war?«, fragte Anita.

Er nickte, lenkte sie von der Tanzfläche weg, ehe die Musik von neuem einsetzte, und führte sie zurück zu ihrem Tisch.

»Ich darf alles«, sagte Anita. »Nur nicht mich noch einmal verwundbar machen. Mich nicht verlieben. Das habe ich mir vorgenommen.«

»Ja«, sagte er, küsste ihr die Hand und rückte ihr den Stuhl zurecht wie einer Prinzessin. »Das war eine kluge Devise.«

»Wer ist Klara?«, fragte Anita.

Ein Kellner kam und nahm Carls Bestellung entgegen. »Personalakten sollten unter Verschluss gehalten werden«, sagte er, noch immer stehend. »Klara ist Dr. Goldsteins Tochter.«

»Du hast sie geliebt?«

»Ja.«

»Aber du hast dich von ihr scheiden lassen.«

»Sie sich von mir«, entgegnete er. »Mit mir war kein Staat zu machen, ich hatte ständig Tierhaare am Sakko, und ich konnte weder Theaterkarten noch Tische in Restaurants reservieren. Eine Frau wie Klara hatte das nicht nötig. Auf die warteten Dutzende.«

»Bitte setz dich hin«, sagte sie. »Trink deinen Wein mit mir.«

Als er nicht reagierte, stand sie auf und drückte ihn an den Schultern auf seinen Stuhl. »Sie hat dich von vorn bis hinten beschissen, ja?«

»Sie war erst vierundzwanzig«, sagte er. »Sie hat nicht wissen können, welche Pleite sie erwartete.«

»Wie alt warst du denn?«, fragte Anita.

Er starrte zu Boden. »Neunzehn.«

Die Antwort tat ihr körperlich weh. Sie klang, wie er gewesen war, als er aus der Gestapohaft gekommen war: dürr, schutzlos, nackt trotz der Kleidung.

Sie schob ihm sein Glas zu, und gleich darauf kam der Kellner und stellte eine Étagère mit üppig dekoriertem Feingebäck und zu Dreiecken geschnittenen Häppchen vor sie hin.

»Warum denn das?«, rief sie aus.

»Ich dachte, als Entschädigung«, sagte Carl.

Als der Kellner gegangen war, legte sie ihm die Hände um den Nacken und küsste ihn zart auf beide Wangen. »Einer ist von Franka«, sagte sie. »Der andere ist von mir. Was ist jetzt mit deiner Klara? Die Dutzende, die auf sie gewartet haben, haben sie nicht geheiratet, nein?«

Er schüttelte den Kopf. »Ich ging davon aus, einer von ihnen hätte es getan. Aber sie haben wohl zu lange gewartet, und dann ist dieses ekelerregende Blutschutzgesetz erlassen worden.«

Anita nahm ein daumengroßes Schokoladenéclair und stopfte es ihm in den Mund. »Nicht so laut. Wir hatten uns auf Vorsicht geeinigt.«

Er schluckte, ohne zu kauen. »Tut mir leid.«

»Jetzt erzähl mir von Klara. Sie ist Volljüdin, ja? Und du versuchst, sie zu schützen?«

»Ich bemühe mich, die Scheidung annullieren zu lassen«, sagte er. »Ein Visum für die USA wäre besser, aber ich habe keinerlei Beziehungen. Wie es bislang aussieht, ist beides aussichtslos. Aber was soll denn werden, wer soll sie denn beschützen?«

Sie schloss die Hand um seinen Arm, an dem alle Muskeln sich spannten. Sie war die Prinzessin. Auch wenn sie nicht mehr tanzten. »Liebst du sie noch?«

Er schüttelte den Kopf. »Darum geht es schon seit Jahren nicht mehr, Anita. Sie hat keinen Menschen, der für sie einsteht, und die Raserei der Nazis ist noch lange nicht zu Ende. Die fängt jetzt erst an.«

Mahnend legte Anita einen Finger auf die Lippen. »Und Franka hast du kein Wort davon erzählt?«, fragte sie. »Sie weiß nicht, dass du schon einmal verheiratet warst?«

»Nein, sie weiß nichts«, erwiderte er. »Ich will, dass Franka sich von mir trennt.«

»Willst du das wirklich? Herrgott, Carl, du erträgst doch nicht einmal den Gedanken daran!«

Er stützte das gequälte Gesicht in die Hände. »Nein. Den ertrage ich nicht, aber es hat ja keinen Sinn. Franka hat hundertmal Besseres verdient, und das kann sie von mir nicht bekommen.«

Sie hätte ihm gern gesagt, dass er sich irrte, doch sie war sich auf einmal nicht mehr sicher. Vielleicht hatte er recht, vielleicht hatten sie beide recht, vielleicht hatte diese Liebe keine Chance mehr. Was aber sollte dann werden? Wenn Franka ihn nicht mehr dazu brachte, Maß zu halten – wie lange würde es dauern, bis die Nazis ihn wieder in ihre Schreckenskammer holten? Und ein zweites Mal würden sie ihn nicht lebend herausgeben, daran hegte Anita keinen Zweifel.

Vor den Fenstern fiel immer noch der Schnee in silbernen Schnüren. Die Musik wechselte, schlug einen dunklen, verlangenden Ton an, der eine Last auf das Herz legte.

»Was ist mit den Hunden passiert? Mit Heinz und Peter?«

»Mein Großvater hat sie ersäuft.«

Jäh sprang er auf, zog Anita an den Armen zu sich. »Hast du das schon einmal getanzt?«

»Tango? Nein, nie.«

»Versuchen wir's.«

Als er mit ihr auf die Tanzfläche stürmte, sah sie den Mann, der ihnen entgegenkam und grüßend die Hand hob. Carl hob die Hand ebenfalls, lief aber weiter, ohne dem Mann ein Wort zu gönnen. Auf dem Parkett begann er rigoros, geradezu wütend mit ihr zu tanzen, sie in den Drehungen fast bis zum Boden hintüberzubeugen, um sie dann an sich zu ziehen und sich wiegend mit ihr in die Promenade zu legen. Zweifellos war er auf einem dieser sündhaft teuren Internate gewesen, wo die Zöglinge mittels Stockhieben gegen die Waden lernten, wie um ihr Leben zu tanzen. Aber so tanzte er nicht. In seinem Tanz brach die Sehnsucht auf, die er sich aberzogen hatte, genau wie sie. Es war erregend. Aber es kostete Anita die letzte Kraft. Als die Musik verstummte, keuchte sie.

»Ich bedanke mich«, sagte er.

Sie wollte ihn etwas fragen, doch eine Dame trat zu ihnen, eine von denen, die sie vorhin flüchtig an der Tischhälfte der Parteifunktionäre gesehen hatte. Sie hatte schweres, dunkles, aufgestecktes Haar, und ihr Deutsch hatte den Zungenschlag der Balkanländer. »Passen Sie auf Ihren Mann auf«, sagte sie zu Anita. »Man tanzt den Tango heute nicht mehr so, es gehört sich nicht, ist ein bisschen undeutsch, nicht wahr? Aber hübsch sah es aus.«

»Wer hat dir das beigebracht?«, fragte Anita, als die Frau gegangen war. »Klara?«

»Es gibt so vieles, das einem irgendwer beibringt«, sagte er bitter, »so vieles, das wir nicht mehr zu sehen bekommen, wenn wir einen Zaun um uns errichten und ein reinrassiges Volk züchten.«

»Wer war der Mann vorhin?«, fragte sie weiter. »Der mit dem zurückgekämmten grauen Haar, der uns aufhalten und mit dir sprechen wollte? Er kam mir vage bekannt vor, aber dann auch wieder nicht. Wer ist er, und warum sind wir vor ihm geflitzt wie Kinder, die einen Klingelstreich gemacht haben?«

»Frankas Onkel«, sagte Carl. »Der dritte Grund.«

»Onkel Gerhard?«

Carl nickte. »Ich wollte nicht, dass er Franka über den Weg läuft.«

»Aber was macht der denn hier?«, fragte Anita verwirrt. »Ich dachte, der war ewig ohne Arbeit und hat jetzt irgendeine Stellung im Gesundheitsamt?«

»Das kann man so sehen«, erwiderte Carl. »Muss man aber nicht. Hier ist er als Aktionär. Statt der Unterstützung, die der Zoo ihm für seine Verdienste geschuldet hätte, haben sie ihm stapelweise Aktien zukommen lassen, und später hat er wohl selbst noch welche dazugekauft.«

»Diese bunten Tierbilder-Aktien, die auch Franka hat? Die zum freien Eintritt berechtigen? Ich dachte, die wären nur eine Spielerei für Liebhaber und dürften gar nicht weiterverkauft werden.«

»Sie sind ja auch nicht verkauft worden«, sagte Carl. »Sondern enteignet. Juden wird hier kein Eintritt mehr gewährt, weder kostenlos noch gegen Bezahlung, und sie dürfen auch keine Aktien mehr halten. Bitte sag Franka nichts davon. Sie hängt an ihrem Onkel, auch wenn sie nicht mehr mit ihm verkehrt. Sie hängt an der Erinnerung, weil er sie gerettet hat, so, wie ich an Dr. Goldstein hing. Weil sie ohne ihn nicht im Zoo wäre. Mir wäre es lieber, wenn sie von dieser Sache mit den Aktien nichts erfährt.«

»Den Onkel trifft eigentlich doch keine Schuld«, überlegte Anita. »Nun gut, er hat diese Aktien angenommen, aber eine Entschädigung stand ihm ja zu, und es ist nicht er, der die Besitzer enteignet hat.«

»Das kann man so sehen«, sagte Carl noch einmal. »Wie Franka es sieht, weiß ich nicht, aber ich möchte vor allen Dingen verhindern, dass sie erfährt, womit der Onkel jetzt beschäftigt ist.«

»Aber dass er im Gesundheitsamt arbeitet, weiß sie doch!«, rief Anita. »Gerade neulich hat sie gesagt, sie muss ihn demnächst einmal besuchen und den alten Streit begraben, denn jetzt, wo er wieder eine Aufgabe hat, wird er mit diesem krankhaften Rassenwahn ja wohl abgeschlossen haben.«

»Anita«, sagte Carl und führte sie von der Tanzfläche, doch nicht auf ihren Tisch zu, an dem Frankas Onkel sich noch immer suchend umsah, sondern in einen Winkel hinter dem Orchester. »Bitte tu mir einen Gefallen: Sag Franka nicht, dass wir ihn hier getroffen haben, sag ihr gar nichts von ihm und bestärke sie nicht darin, ihn zu besuchen.«

»Aber warum denn nicht? Und woher kennst du diesen Onkel überhaupt?«

Er sah zu Boden. »Ich kenne ihn gar nicht. Ich habe ihn lediglich an seiner Dienststelle aufgesucht, um Bescheid zu wissen, weil ich nicht will, dass Franka noch mehr weh getan wird. Ich war damals dabei, als sie begriffen hatte, was für Gedankengut er hegt. Ihr Weltbild ist zusammengebrochen, und sie hat so viel Kraft aufgewendet, um sich ein neues aufzubauen. Ich will nicht, dass es ihr noch einmal zerstört wird, sollte sie begreifen müssen, dass der Onkel es beim Denken nicht belässt.«

Franka hat nicht recht, dachte Anita. Von der Liebe brauchte man nicht mehr zu verstehen als ein Nilpferd vom Klavierspiel, man brauchte nur hinzusehen, um zu wissen, dass dieser Mann sie liebte. Er war linkisch und verlegen, er konnte keine Tische reservieren und seiner Liebsten keinen sorglosen Abend schenken, aber er hätte sich für Franka Frieda Fröhlich mit der ganzen Welt angelegt.

Sie klopfte ihm unter das Kinn, damit er den Kopf wieder hob. Als er es nicht tat, ließ sie ihn gewähren. »Wenn du etwas von mir willst, wirst du mit mir sprechen müssen«, sagte sie. »Solange du dazu nicht bereit bist, ist dieser Onkel für mich ein harmloser Kauz, der in Dahlem im Gesundheitsamt arbeitet und sich über einen Besuch seiner Nichte sicher freuen würde. Genau wie Franka sich freuen würde, ihr lastet der Onkel nämlich auf dem Gewissen.«

»Reichsgesundheitsamt«, sagte Carl zum Boden. »Ich bin auch manchmal dort, denn das Amt für Veterinärwesen ist dem angegliedert, so wie jede gesundheitliche Behörde. Aber dieses Amt ist nicht gesund. Es macht mich krank.«

Das war nicht zu übersehen. Auf der Stirn brach ihm der Schweiß aus, und seine Hände krampften sich ineinander. »Die

Abteilung, für die Frankas Onkel tätig ist, heißt *Rassenhygienische Forschungsstelle*«, fuhr er fort. »Sie wird von einem Dreck namens Robert Ritter geleitet, der neuerdings auch hier salonfähig ist, auch wenn er an diesem Ort nicht das Geringste zu suchen hat.«

Abrupt warf er den Kopf hoch und wies mit einer Bewegung auf einen Mann, der sein spärliches Haar um einen kahlen Oberkopf drapiert trug. Er war weder groß noch klein, weder dick noch dünn, sondern sah völlig unauffällig aus. Nur das Lächeln, mit dem er jetzt auf Frankas Onkel zutrat, war nicht unauffällig. Es war gewinnend, schon fast überwältigend, es nahm sofort für ihn ein.

»Was machen die da?«, fragte Anita. »In dieser Forschungsstelle?«

Carl starrte den Mann namens Ritter an, und seine Augen wurden schmal. »Menschen erfassen, die sie aussortieren wollen«, sagte er. »Zigeuner. Solche, die eines Tages vielleicht irgendwer nachzüchten will und die er der Welt dann genauso wenig zurückgeben kann wie Heck seinen Auerochsen.«

»Aber Heck züchtet doch wirklich diese Auerochsen«, sagte Anita und fand den Einwand hilflos und falsch.

»Nein, das tut er nicht«, erwiderte Carl, die Stimme schwerer als die Musik. »Vielleicht kann er etwas züchten, das ein bisschen ähnlich aussieht. Aber ein Volk, das wir über Bord stoßen, ertrinkt und taucht nie wieder auf.«

24

Kirschla

April 1939

Der Winter war härter gewesen als alle bisherigen. Im April lag noch Schnee. Der kleine Sohn von Settela und Rigo starb an einer Lungenentzündung. So etwas kam bei so kleinen Kindern vor, es hätte auch in einer Wohnung passieren können.

»Das nächste Mal bringe ich noch einen Ölofen«, sagte Tokeli. »Und Öl. Ich verspreche es.«

Tokeli konnte nicht zaubern, aber er hielt fast alle seine Versprechen. Es ging ihnen besser als den anderen im Lager. Manchmal so gut, dass sie etwas abgeben konnten. Kirschla wünschte, es wäre ihnen schlechter ergangen und Tokeli hätte für das bisschen Öl und Milch nicht den Preis bezahlen müssen. Aber sie durften kein Kind mehr verlieren. Nicht noch eines.

Dass sie seit bald drei Jahren hier lebten, war schwer zu glauben. Dass Zeit verging. Das hohe Gras gab es nicht mehr. Die Lagerbewohner hatten es niedermähen und den Zufahrtsweg pflastern müssen. Sie hatten auch zwei Toilettenanlagen und eine Wasserstelle errichtet und versucht, einen Brunnen auszuheben. Der Plan mit dem Brunnen war allerdings gescheitert, denn die nahen Rieselfelder verseuchten das Wasser. Stattdessen hatten sie eine Baracke gebaut, in der die Kinder, die das Lager nicht mehr verlassen durften, unterrichtet wurden.

Die meisten dieser Aufgaben wurden von den Frauen erledigt, während die Männer auf Lastwagen zu Zwangsarbeiten in die Fabriken gebracht wurden. Die Arbeit der Frauen wurde nicht bezahlt, aber wer sie ordentlich erledigte, wer das Lager nicht ohne Genehmigung verließ und seinen Stellplatz sauber hielt, bekam keine Strafen, keine Schläge, keinen geschorenen Kopf. Kirschla wünschte sich manchmal, sich schlagen oder scheren zu lassen, wenigstens einmal aufzubegehren, sich selbst zu beweisen, dass sie noch da war, aber sie durfte es sich nicht gestatten. Es waren jetzt vorwiegend die Frauen, von denen das Überleben im Lager abhing, also durfte sie ihre Kraft nicht schwächen.

Sie durfte Tokeli nicht alleinlassen. Nicht noch mehr allein, als er es ohnehin schon war.

Seit dem vergangenen Sommer gab es in Marzahn kaum noch arbeitsfähige Männer, denn die meisten von ihnen waren zusammengetrieben und in ein anderes Lager deportiert worden. Sachsenhausen hieß dieses andere Lager, es lag ein Stück weiter nördlich, nicht allzu weit entfernt. Kirschlas sämtliche Brüder, Rabas Mann und Tokelis Brüder hatten zu denen gehört, die auf Transport gingen. Als Arbeitsscheue hatten man sie bezeichnet, *Aktion Arbeitsscheu Reich* stand auf den Verordnungen für ihre Verhaftung.

»Ich bin nicht arbeitsscheu!«, hatte Jaja geschrien. »Solange man mir anständige Arbeit gab, habe ich sie immer getan, Tag für Tag, seit ich vierzehn Jahre alt war.«

»Sei doch still.« Ehe der Aufseher mit dem Knüppel kam, hatte ihm Rigo den Mund zugehalten. »Besser, wir kommen in ein anderes Lager, wo wir Geld verdienen und den Frauen was schicken können. Und schlimmer als hier kann es ja nicht werden.«

Die Wagen waren abgefahren. Dass sein kleiner Sohn starb, hatte Rigo nicht miterleben müssen, und das war gut so. Bei den Frauen und Kindern blieben nur Kirschlas Vater und der alte Mano Rose, den sie versteckten, weil Gerüchte umgingen, dass Kranke und Geistesschwache ganz wegkamen, niemand wusste, wohin.

Und Tokeli.

Seine Mutter betete manchmal: »Dem Himmel sei Dank für meinen Tokeli, der für uns sorgt, der uns nicht zuschanden gehen lässt.«

Solange sie Tokeli hatten, würden sie überleben, würden sie es irgendwie schaffen, bis es vorbei war, würde es ihnen besser gehen als den meisten. Darüber, was es ihn kostete, durfte Kirschla nicht nachdenken. Er hatte es ihr selbst verboten: »Denk nicht nach. Frag mich nichts. Lass uns erst überleben, alles andere kann warten.«

Kirschla tat ihr Bestes, um sich daran zu halten, nicht zu denken, dankbar zu sein. Manchmal setzte sie sich zu ihm, in der Nacht, wenn die anderen schliefen und auch Tokeli schlief. Dann streichelte sie ihn. Nicht lange. Er hatte von ihr nie auf mütterliche Weise geliebt werden wollen, und um ihm zu sagen, dass sie ihn längst so sehr liebte, wie es nur eine Mutter, eine Freundin und eine Liebste zusammen können, war es zu spät.

Die hellen Jahre, in denen ihrer Liebe alle Türen offen gestanden hätten, waren vorüber, und die dunklen hinterließen Spuren, die nicht mehr zu tilgen waren. Auch wenn Tokelis Heilhaut erstaunlich und die Narbe auf der Wange kaum mehr zu sehen war.

Die Leute waren am Ende des ersten Sommers gekommen. 1936. In ihrer Angst vor dem Einbruch des Herbstes war Kirschla jeden Tag von einem Aufseher zum andern gelaufen und hatte gebettelt: »Es wird kalt, und meine Familie hockt noch immer im Freien. Wir haben doch Kinder, wir brauchen irgendetwas, um uns zu schützen, wenn Regen kommt.«

Sie war noch immer schön. Einer der Aufseher sagte zu ihr: »Dass die Zigeunerweiber schön sind, wird einem ja immer erzählt, aber eine wie du geht ins Blut. Die nimmt einem den Verstand.«

Von dem, was dem Aufseher ins Blut ging, bekam Kirschlas Familie kein Dach über dem Kopf. Sie erhielt Geschenke. Decken, einen Kuchen, einmal eine schneeweiße Bluse. »Ist von meiner Else. Der steht so was nicht.«

»Ich brauche einen Wagen.«

»Woher soll ich den denn nehmen und nicht stehlen, Mädchen? Du wirst dich wohl mit dem begnügen müssen, was du kriegst.«

Dann kamen die Leute. Zwei Männer und eine Frau. Einer der Männer war alt, der andere hatte eine kahle Stelle auf dem Kopf und ein Lächeln, als wollte er die Welt verschenken. Die Frau war jung, jünger als Kirschla, sie trug ein Schneiderkostüm, eine Bluse mit Schleife und wunderschöne Strümpfe. Kirschla, die einen Blick dafür hatte, musste ihr auf die Beine starren, die schlank und vollkommen geformt wie bei einem Filmstar waren. Ihr aschblondes Haar trug sie dagegen aufgesteckt wie ein ältliches Fräulein, eine Lehrerin.

Die drei gingen von Wagen zu Wagen, von Platz zu Platz, und vermaßen die Leute, wie es damals in Pušos Schule geschehen war. Sie setzten sie vor ihren Wagen auf Stühle, setzten ihnen Zwingen an die Köpfe, bogen die Ohren auf, leuchteten mit Stablampen in Augen und Nasenlöcher und öffneten die Münder. Einigen banden sie die Arme ab, um ihnen Blut abzunehmen, bei anderen maßen sie die Temperatur. Dabei waren sie freundlich, schlugen und schrien nicht, sondern stellten Fragen wie:

»Na, und ihr genießt wohl das schöne Wetter?«

»Was machst du denn so den ganzen Tag, sitzt gern hier draußen und freust dich des Lebens, nicht wahr?«

Oder:

»Das ist aber ein hübsches Kopftuch – hast du das selbst genäht?«

Wer nett Antwort gab, dem klopften sie die Wange, und an die Kinder verteilten sie Bonbons.

Als Pušo sie kommen sah, immer näher auf ihren Lagerplatz zu, begann sie zu weinen. Noch eher war es ein Wimmern. Sie tat das jetzt häufig, und wenn sie einmal damit anfing, hörte sie so schnell nicht wieder auf.

Tokeli hatte etwas abseits gesessen und versucht, den defekten Gaskocher zu reparieren. Als Einziger der Rose-Söhne verfügte er über keinerlei handwerkliches Geschick, aber er hasste es, nutzlos herumzusitzen. Als Pušo zu wimmern begann, sprang er auf und packte sie. »Jetzt hör auf, ja? Ich erlaube denen nicht, dich anzufassen.«

»Wirklich nicht?«

»Nein. Auf keinen Fall. Setz dich hier zu mir und Kirschla. Sie fassen dich nicht an.«

Mach doch nicht solche Versprechungen, hätte ihn Kirschla gern beschworen, sag ihr lieber, sie soll es sich wegdenken. Aber dazu war es zu spät. Pušo setzte sich zu ihnen und hörte auf zu wimmern. Die Leute kamen.

In drei Schritten Abstand blieben sie stehen, sprachen untereinander und deuteten auf ihre Gruppe, auf Kirschla, Pušo und Tokeli. Sie unterschieden sich zweifellos von den anderen. Auch jetzt noch. Tokeli vor allem. Er wusch sich das Haar, er wusch sich den Kragen, egal wie. Er rasierte sich und hielt seine Fingernägel sauber, auch wenn er die Ölflecken an den Händen nicht wegbekam.

»Sehen Sie sich doch mal die an«, sagte der kahlköpfige Mann zu dem Alten. »Die sollten wir fotografieren. Was meinen Sie, Eva?«

»Allerliebst«, sagte die Frau, die als Eva angesprochen worden war. »Ich mit der Kleinen, das kann ich mir ansprechend vorstellen. Die zwei anderen drumherum.«

Der Mann mit dem Kahlkopf winkte einem Fotografen, der herbeigeeilt kam und sein tragbares Stativ aufbaute. Die Frau stellte ihren Stuhl vor sie hin und sagte zu Pušo: »Na, und du? Bist ein großes Mädchen, was? Wollen wir uns mal anschauen, wie groß du bist?«

Pušo begann wieder zu wimmern, und Tokeli stand auf und schob sie hinter sich. »Meine Schwester wird nicht vermessen«, sagte er.

Vor Verblüffung lachte die Frau auf. »Ich denke, wer hier vermessen wird, entscheiden immer noch wir«, sagte sie, nicht einmal unfreundlich.

»Bei meiner Schwester nicht«, sagte Tokeli, ebenfalls nicht unfreundlich. »Über meine Schwester entscheide ich. Sie wird nicht vermessen.«

Ich halt's nicht aus, dachte Kirschla. Wenn sie ihn wieder schlagen, werde ich verrückt. »Vermessen Sie doch erst einmal mich!«, rief sie wie ein eifriges Schulkind und setzte sich auf den Stuhl

Die Frau, die Eva hieß, wandte sich nach dem Mann mit dem Kahlkopf um. »Ich weiß jetzt auch nicht, Herr Dr. Ritter …«

Der Mann, der Ritter hieß, hörte auf zu lächeln und stellte sich vor Tokeli hin. »Hör mal«, sagte er. »Wir sind Wissenschaftler. Wir tun unsere Arbeit, wie du ja sicher auch deine tust, Kesselflicker oder was du bist. Wir wollen euch nichts Böses, tragen keine Stöcke und nichts bei uns. Wenn ihr uns hier keinen Ärger macht, passiert euch nichts.«

»Sie vermessen meine Schwester nicht«, sagte Tokeli.

»Soll ich denn jetzt ein Bild machen?«, fragte der Fotograf.

»Warten Sie.« Die Frau Eva trat neben den Mann namens Ritter. »Darf ich?«

»Sie haben freie Hand, meine Liebe.«

Die Frau fasste Tokeli ins Gesicht, zog ihm ein Unterlid herunter. Tokeli hielt ganz still.

»Er hat diese Hundeaugen«, sagte sie. »Sehr ausgeprägt. Die Farbe ist so gut wie schwarz – und dann erst die Lidstellung. Genaueres wäre natürlich noch zu untersuchen, aber auf den ersten Blick glaube ich nicht, dass das hier ein Zigeunermischling ist.«

Jetzt mischte sich der Alte ein, er schien regelrecht aus dem Häuschen: »Würden Sie mich das einmal ansehen lassen, Frau Justin? Ich darf doch, Herr Dr. Ritter?«

Der Kahlkopf gewann sein Lächeln zurück. »Aber bitte, Kollege«, sagte er, als lüde er den anderen ein, sich an seinem Büfett zu bedienen.

Der Alte trat zu der Frau namens Eva.

»Kirschla«, sagte Tokeli, ohne den Kopf zu drehen. »Geh mit Pušo zu den anderen.«

Wie konnte sie das? Ihn diesen Leuten überlassen, ohne einen Finger zu rühren, und sich davonmachen? Aber was konnte sie sonst tun? Der Alte zog Tokeli erst die Augenlider, dann die Nasenlöcher auseinander. »Ich tue dir nicht weh«, sagte er. »Wie Herr Dr. Ritter schon sagte, wir sind Wissenschaftler. Keine Schläger.« Er strich über Tokelis Wangenknochen. »Erstaunlich. Und so ausgeprägt. Sie haben recht, Frau Justin, es könnte sich um einen blutreinen Vollzigeuner handeln. Gewissheit hätten wir natürlich nur nach einer Reihe von Untersuchungen und einer ausführlichen Prüfung der Ahnenreihen.«

Der lächelnde Kahlkopf sagte zu dem Fotografen: »Machen Sie doch ruhig mal ein paar Bilder. Zwanglos. Eine Gruppenszene.«

»Kirschla«, sagte Tokeli. »Geh mit Pušo zu den anderen.«

»Komm, Pušo«, sagte Kirschla und nahm das Mädchen bei der Hand. Im Weggehen hörte sie, wie die drei ihr Gespräch fortsetzten.

»Wenn Sie den Burschen gern hätten, bin ich sicher, dass die Lagerleitung ihn uns überlässt«, sagte der Mann namens Ritter. »Er scheint in gutem Zustand und dürfte sich für eine Anzahl weiterer Versuchsreihen eignen, die wir Ihnen gerne übertragen würden.«

»Wenn sich das einrichten ließe, wäre es ganz ausgezeichnet«, freute sich der Alte. Was er mit Tokeli machte, konnte Kirschla nicht sehen, aber er sprach ihn wieder an, in diesem Ton, in dem freundliche Onkel mit artigen kleinen Jungen sprachen. »Würdest du gern an ein paar Tagen in der Woche zu mir kommen und mir bei meiner Arbeit helfen? Es soll dein Schaden nicht sein. Ich würde dafür sorgen, dass du gut zu essen bekommst und was du sonst gern noch hättest. Zigaretten? Ein bisschen Schnaps?«

»Sie brauchen ihm jetzt nicht den Himmel auf Erden zu versprechen, Kollege. Das zahlt sich nicht aus.«

»Ich brauche einen Wagen«, sagte Tokeli. »Es wird Winter. Meine Familie hat kein Haus.«

»Da haben Sie's«, trumpfte der Mann namens Ritter auf. »Der Zigeuner, auch der reinrassige, wird immer zur Unverschämtheit neigen, sobald man es ihm erlaubt.«

Kirschla wollte mit Pušo so weit weggehen, dass sie nichts mehr hören musste. Aber sie brachte es nicht über sich. Sie blieb stocksteif stehen, mit dem Rücken zu der Szene, und drückte Pušo an sich.

»Allzu unverschämt finde ich ihn gar nicht«, sagte der gute Onkel. »Wenn den Leuten kalt ist – können wir ihnen denn so einen Wagen nicht beschaffen? Dass der Junge gesund bleibt, ist ja auch in unserem Interesse.«

»Tun Sie, was Sie nicht lassen können«, knurrte Ritter. »Aber denken Sie an meine Worte. Wenn man dem Teufel den kleinen Finger gibt …«

»Ich passe schon auf«, sagte der gute Onkel. »Wenn jemand von leidvollen Erfahrungen mit Zigeunern ein trauriges Lied singen kann, dann ist es meine Familie. Aber es gehört sich trotzdem, sie wie Menschen zu behandeln, erst recht, wenn sie sich gesittet betragen. Du sollst deinen Wagen bekommen, mein Junge. Jetzt setz dich hier auf den Stuhl, damit wir dich untersuchen können. Angst haben musst du nicht. Wenn du stillhältst, tut es gar nicht weh.«

Sie bekamen zwei große Wagen mit festen Dächern. Was mit den Familien geschehen war, die vorher darin gehaust hatten, wussten sie nicht. Sie bekamen auch mehr Decken, ein bisschen Hausrat, einen Ölofen und einen Sack mit abgelegten Kleidern. Es war eng, aber nach den Wochen im Freien war es das Paradies. Viele von ihnen wollten tagelang kaum etwas anderes als schlafen. Jetzt, wo die Männer weg waren, hatte fast jeder von ihnen ein eigenes Bett. Wenn Tokeli aus der Stadt nach Hause kam, brachte er immer Lebensmittel, oft sogar Süßigkeiten und Fleisch mit. Auch reichlich Seife, Zigaretten für Kirschla und einmal ein rotes Schultertuch, das er seiner Mutter mit einer streichelnden Bewegung um den Hals legte.

Meist ging er zwei- oder dreimal in der Woche zu dem Alten. Dann wieder eine Woche lang gar nicht, und zuweilen blieb er für mehrere Tage, in denen Kirschla vor Angst nicht schlafen konnte. Er sprach nicht darüber, was der Alte mit ihm machte oder was er für ihn machen musste. »Es ist in Ordnung«, war alles, was er sagte. »Es ist nicht weiter schwer.«

Kirschla beobachtete ihn mit Argusaugen, doch es war unmöglich, etwas festzustellen. Er hatte nie Verletzungen, Spuren von Misshandlungen, höchstens Einstiche oder Ritzungen von Blutabnahmen, die sorgfältig versorgt und verbunden waren. Sie fragte ihn ständig, ob er zu essen bekomme, und er bejahte, aber trotzdem verlor er Gewicht. Er verfällt, dachte sie. Seine Haut wurde grau, die Augen trübe, die Bewegungen schleppend. Sie versuchte ein paarmal, sich zu ihm zu legen, unter seine Decke zu kriechen, aber er erlaubte es nicht.

»Sei mir nicht böse, Kirschla.«

Sie war ihm nicht böse. Aber sie gewann den Eindruck, dass er Schmerzen hatte, wenn man ihn nur berührte.

Die Angst, die sie um ihn hatte, quälte sie bei Tag und Nacht, sie konnte an kaum etwas anderes denken. Dabei bemühte sie sich, sich um alle zu kümmern, Pušo zu beschäftigen, die so gern lernen wollte und der Tokeli ab und zu ein Buch von dem Alten mitbrachte, die Wagen warm zu halten, für ordentliches Essen zu sorgen. Sie tröstete auch Nachbarn, deren Verwandte auf Transport geschickt worden waren oder die vor Schwäche alle Hoffnung verloren.

Wie waren darüber fast drei Jahre vergangen? Wo sickerte ihr Leben hin? War es ein gutes Zeichen, dass sie nach der langen Zeit noch lebten, dass sie noch bei Kräften waren, dass sie manchmal Karten spielten oder lachten? Hieß es, dass sie durchhalten, dass sie noch da sein würden, wenn eine andere Zeit kam? Kam denn eine? Und wenn, fragte sich Kirschla, wer sind wir dann? Man durfte nicht allzu viel denken, es kostete mehr Kraft als Handeln.

Tokeli kam mit einem neuen Ölofen und einer Papiertüte voll mit Lebensmitteln, die er kaum tragen konnte. Seine Hüfte hatte sich im Lauf der Monate erholt, aber sein ganzer Körper schien ohne Kraft. Kirschla erschrak, als sie ihn sah. Warum hatte sie nicht bemerkt, wie krank er war? Die Schatten unter seinen Augen hatten eine Farbe, die sie nie zuvor bei einem Menschen gesehen hatte.

»Ich gehe morgen wieder zurück«, sagte er. »Und ich werde eine Weile fortbleiben. Ich wollte euch nur diese Sachen und etwas Geld bringen.«

»Tokeli, ich wünschte, du müsstest nicht mehr zu diesem Menschen gehen.«

»Es gibt Schlimmeres«, sagte er.

»Ich bin mir dessen nicht sicher«, sagte Kirschla. Dann sah sie, dass er weinte. Sie zog ihn in die Arme, bettete seinen Kopf auf ihre Schulter, hielt ihn behutsam fest. »Mein armer Liebling. Bitte sag mir doch, was er mit dir macht.«

Verzweifelt schüttelte er den Kopf.

»Du gehst nicht mehr zu ihm. Wir schaffen dich irgendwie hier weg, ich weiß noch nicht, wie, aber ich finde einen Weg.«

Er schüttelte noch heftiger den Kopf, dann blickte er auf. »Das geht nicht, Kirschla. Ihr könnt doch nicht alle verschwinden.«

»Aber wir können doch auch nicht erlauben, dass jemand dich so quält.«

»Er quält mich nicht. Er tut mir nichts.«

»Doch«, sagte Kirschla und drückte seinen Kopf wieder auf ihre Schulter. »Er macht dich kaputt. Ich weiß nur nicht, wie. Bitte sag es mir, bleib nicht damit allein, mich brauchst du doch nicht zu schonen.«

»Ich schone dich nicht. Ich kann's nicht sagen.«

»Oh, mein Gott.« Sie grub die Hand in sein Haar. »Ich will, dass das aufhört, dass es irgendeinen Weg gibt, dass du das nicht aushalten musst.«

»Kirschla«, sagte Tokeli. »In seiner Wohnung liegen immer Zeitungen, und er verbietet mir nicht, die zu lesen. Er findet das faszinierend, der primitive Nomade, der sich Bilder in der Zeitung ansieht. In den Zeitungen steht, dass Hitler nicht nur die Tschechoslowakei annektiert hat, er hat auch das Flottenabkommen mit Großbritannien und den Nichtangriffspakt mit Polen gekündigt. Ich glaube, dass es Krieg gibt. Vielleicht ist dann das alles hier vorbei.«

»Glaubst du das wirklich?«

»Es ist möglich. Halte noch durch, Kirschla, versuch noch eine Weile, daran zu glauben. Bitte.«

Er blickte auf, sie nahm sein Gesicht in die Hände und bedeckte es mit Küssen. Sie wünschte sich so inständig, ihm etwas Gutes zu tun, aber es kam ihr nicht vor, als würde er ihre Zärtlichkeit genießen. Seine Haut, die sehr schön gewesen war, schimmernd und flaumig, war jetzt so trocken, dass sie schuppte.

Anderntags ging sie mit ihm zum Tor, er trug seine Tasche über der Schulter, so, wie er früher zur Universität gegangen war, nur war er jetzt kaum fähig, das bisschen Gewicht zu tragen. »Pass, so gut du kannst, auf dich auf«, sagte er. »Wenn es länger dauert, mach dir keine Sorgen.«

»Oh, mein Gott, wie soll denn das gehen, Tokeli? Ich bin krank vor Sorge um dich.«

»Mir geht es gut«, sagte er. »Ich habe es warm und sauber, ich bekomme alles, was ich mir wünsche. Auf Wiedersehen, Kirschla.«

Sie küsste ihn, dann musste sie ihn gehen lassen und sah ihm nach. Wenn unser Leben anders verlaufen wäre, dachte sie, ich weiß nicht, ob ich dir hätte treu sein können. Ich war nicht sonderlich gut darin, und du wärst vermutlich nicht gut darin gewesen, die flatterhafte Kirschla auszuhalten. Aber etwas anderes weiß ich: dass du recht hattest, als du siebzehn warst. Du bist die Liebe meines Lebens, mir wäre kein anderer Mann je gewachsen gewesen. Wenn du dich jetzt umdrehst, wenn du zurückkommst und mich fragst, ich würde dich heiraten. Ich würde mir ein Kind von dir wünschen. Selbst wenn wir nur noch drei Tage zu leben hätten.

25

Franka

Mai 1939

Die kleine Giraffe Rike gedieh prächtig, und sie war so zutraulich, als wäre sie zum Publikumsliebling geboren. Ihr Charme entschädigte die Berliner für die Abreise von Happy, dem Bambusbären aus den Wäldern Szetschuans, der als Leihgabe Chinas zwei Monate lang im Antilopenhaus sein Gastspiel gegeben hatte. Die Bärin war das erste Tier ihrer Art, das in Europa gezeigt worden war, und eine Sensation. Viele Menschen hatten den schwarz-weißen Bären für eine Erfindung, ein Fabeltier gehalten und hatten sprachlos vor Staunen vor dem lebendigen Wesen gestanden.

Es ist gut, dass es Zoos gibt, dachte Franka, dass wir uns anschauen können, wie tausendfältig das Leben ist, und lernen, es in jeder, auch der fremdesten Form zu achten. Sie streichelte der vorwitzigen Rike das weiche Maul. »Jetzt ist Schluss, du Nimmersatt. Meine Waltraud kommt sich ja vernachlässigt vor.« Rike hungerte nach Streicheleinheiten wie andere Tiere nach Futter. »Außerdem muss ich heute Abend noch weg und kann mir nicht wieder die halbe Nacht mit euch um die Ohren schlagen. Wir sehen uns morgen, ja?«

Schweren Herzens riss sie sich los. Im Grunde fühlte sie sich nur noch bei ihren Tieren frei und ein wenig unbeschwert. Als sie das Gehege verließ, wäre sie um ein Haar mit Carl zusammengestoßen. »Oh«, entfuhr es ihr. Dass er sie von sich aus aufsuchte, war nicht mehr geschehen, seit er damals, vor drei Jahren, an der Absperrung der Löwensteppe gestanden hatte. Wenn Franka etwas von ihm wollte, musste sie zu ihm gehen, und in letzter Zeit hatte sie sich kaum noch dazu durchringen können.

»Sehr begeistert klingt das nicht.« Er schenkte ihr sein halb verrutschtes Lächeln.

»Um ehrlich zu sein, ich bin ein bisschen in Eile«, sagte Franka. »Ich muss noch weg und will mir schnell irgendetwas anziehen, worin ich mich in die Stadt wagen kann.«

»Du kannst dich in allem in die Stadt wagen.«

Sie horchte auf. An das letzte Mal, als Carl ihr ein Kompliment gemacht hatte, konnte sie sich nicht mehr erinnern. Eine Erwiderung wusste sie auch nicht.

»Kann ich dich vielleicht überreden, deinen Besuch in der Stadt zu verschieben?«, fragte er. »Ich möchte gern mit dir reden. Ein Glas Wein trinken. Ich habe sogar einen Tisch bestellt, und nicht in der *Waldschenke*.«

Fast erschrocken sah sie ihn sich genauer an. Er trug einen dunklen Straßenanzug und wirkte darin für seine Verhältnisse geradezu elegant. Vor ein paar Monaten wäre ich ihm um den Hals gefallen, dachte sie. Etwas in mir möchte es noch immer tun, möchte mit Zärtlichkeit die Mauer zwischen uns überwinden, aber ich bin so müde geworden. Waltraud zu lieben, zu Rike zärtlich zu sein, das war so viel einfacher, die Antwort der Tiere kam unmittelbar, ohne Hemmung und Furcht.

»Es ist nichts Besonderes«, sagte Carl und hob die Hände. »Nur ein Fenstertisch, gegenüber in den *Zoo Terrassen*. Es gibt etwas, das ich dir sagen muss, ich hätte das längst tun sollen, und da das Problem jetzt viel glücklicher als erwartet gelöst ist, dachte ich, ich fasse mir ein Herz und schiebe es nicht länger auf.«

Tatsächlich wirkte er entspannter, als sie ihn seit Monaten erlebt hatte. Aber er würde warten müssen, ihren Termin heute Abend würde sie nicht aufschieben. »Es tut mir wirklich leid«, sagte sie. »Vielleicht hättest du ja vorher fragen sollen, ob ich heute Abend Zeit für dich habe.«

»Dann muss es mir leidtun, nicht dir. Ich bekomme es einfach nicht richtig hin, was?«

Franka unterdrückte ein Stöhnen. War das der übliche Auftakt, würde er jetzt wieder einmal beginnen, sich zu zerfleischen? Ehe sie jedoch antworten konnte, sprach er weiter, und seine Stimme veränderte sich, sie wurde vor Sehnsucht weich. »Bitte, Franka. Nimm dir heute Abend eine Stunde lang Zeit für mich.«

In ihr hatte sich der gewohnte Ärger geregt, aber diese paar Worte fegten ihn hinweg. Was sie ihn kosteten, wusste sie, und sie hätte ihm seinen Wunsch gern erfüllt. Sie hatte nur wirklich keine Zeit. »Können wir es nicht auf morgen verschieben?«, fragte sie und berührte seine Wange. »Ich will meinen Onkel besuchen, ich habe ihn seit Jahren nicht gesehen und will endlich mein Gewissen beruhigen. Frieden schließen. Ich habe ihm eine Karte geschrieben und ihm für heute Abend meinen Besuch versprochen. Ich kenne ihn doch – bestimmt kauft er Gurken und Leberwurst für mich ein, und ich möchte nicht, dass er damit umsonst wartet.«

Carls Gesicht zuckte, als wäre an Gurken und Leberwurst etwas Erschreckendes. »Nein«, sagte er.

»Was soll das heißen, ›nein‹?«

»Bitte geh nicht.«

»Meine Güte, Carl, lass uns das beenden. Ich weiß, keiner von uns meint es böse, aber ich bin einfach zu erschöpft für diese Gespräche, bei denen die harmloseste Bemerkung sich zum Problem auswächst. Wenn du morgen oder an einem anderen Abend mit mir ausgehen willst, werde ich mich freuen, aber heute besuche ich nun einmal meinen Onkel, und darüber gibt es jetzt nichts mehr zu reden.«

»Bitte besuch ihn nicht!« Er klang nicht länger erschrocken, sondern entsetzt.

Ihn um eine Erklärung zu bitten war zweifellos wie üblich sinnlos, also sandte sie ihm nur einen Blick, der deutlich machte, dass das Gespräch für sie beendet war.

Er schluckte und fuhr sich mit der Hand ins Haar, dann besann er sich und strich es wieder glatt. »Ich komme mit dir«, sagte er. »Ich fahre dich mit dem Auto.«

Er besaß noch immer denselben Wagen wie damals, eckig, staubbedeckt und angefüllt mit der typischen Carl-Unordnung, die Franka früher nicht hatte ansehen können, ohne von Zärtlichkeit überwältigt zu lächeln. Papiere, Aktenordner, Bücher auf allen Sitzen, lebenswichtige Utensilien wie Schlüssel oder Geldbeutel irgendwo darunter vergraben, und das Ganze dekoriert mit Haaren von Vasco, Arpad, Pongo, dem neu eingetroffenen Gorilla, und vermutlich einem guten Dutzend Tiere mehr.

Einst musste ich das hier nur ansehen, um zu wissen, dass ich dich liebe und mit dir leben will, dachte sie, und erschrocken fragte sie sich: Weiß ich es jetzt denn nicht mehr? Will ich nicht immer noch, dass es uns gelingt, das, was zwischen uns steht und das wir beide nicht verursacht haben, niederzureißen?

Doch, dachte sie müde. Am Wollen liegt es nicht. Nur am Hoffen.

Vor dem Haus des Onkels parkte er ein. Erinnerungen übermannten Franka. Sonntage über *Brehms Tierleben,* Abende bei Gurke, Leberwurst und tröstlicher Fürsorge mischten sich mit jenem furchtbaren Abend, an dem der Onkel mit ihr über Zigeuner gesprochen hatte und Winnie und Heiner zusammengeschlagen worden waren.

Der Abend, an dem sie sicher gewesen war, den Verstand zu verlieren, und an dem Carl sie gerettet hatte. Der Abend, an dem sie entdeckt hatte, dass sie ihn liebte.

»Soll ich wirklich nicht mit nach oben kommen?«, fragte er.

»Carl, ich habe Onkel Gerhard seit Jahren nicht gesehen – meinst du nicht, es ist für uns beide besser, wenn wir ein bisschen Zeit für uns allein haben? Was soll denn passieren? Du benimmst dich ja, als könnte mein Onkel mir etwas Böses tun.«

»Nein«, sagte er, ohne sie anzusehen. »Ich benehme mich, als wüsste ich noch, wie du dich vor sechs Jahren gequält hast. Ich benehme mich, als täte mir der Gedanke weh, dass dir das womöglich noch einmal geschieht.«

Was er sagte, berührte sie. Umso mehr, als es so lange her war, dass er sich zuletzt derart geöffnet hatte. Sie legte ihm die Hand auf den Arm. »Er hat sich sicher beruhigt, schließlich hat er nun schon seit Jahren wieder Arbeit«, sagte sie. »Und du warst es doch, der mir damals erklärt hat, er fühle sich nutzlos und abgeschoben und versuche in seiner Verzweiflung nur, sich den neuen Machthabern anzudienen. Jetzt macht er irgendwas im Gesundheitsamt, da wird er wieder gebraucht, und es geht ihm besser.«

»Franka«, sagte er. »Weißt du, was dein Onkel im Reichsgesundheitsamt macht?«

»Nein, aber er wird es mir sicher gleich erzählen. Und jetzt muss ich gehen, Carl, ich bin schon eine Viertelstunde zu spät, und bestimmt sitzt er da oben und hat Angst, ich komme nicht mehr. Wenn du nicht davon abzubringen bist, dann warte eben hier. Auch wenn mir nicht wohl dabei ist, dich stundenlang im Auto sitzen zu lassen.«

»Mir wäre nicht wohl dabei, dich allein zu lassen. Mir ist nicht einmal wohl dabei, dass du ohne mich da hinaufgehst ...«

»Schluss jetzt.« Sie drehte sich nach ihm um, und einen Augenblick lang sahen sie sich schweigend an. Franka kam es vor, als nähme sie Abschied, nicht nur für diesen Abend, sondern für lange Zeit.

Oder für immer, durchfuhr es sie. Aber das war doch Unsinn. Das Gegenteil war der Fall – dass er mit ihr ausgehen wollte, dass er sich so sehr um sie sorgte und bemühte, war ein Grund zu neuer Hoffnung.

Sie öffnete den Schlag und stieg aus. »Bis nachher, Carl. Danke, dass du wartest.«

Die Haustür stand offen. Sicher hatte Onkel Gerhard sie bereits für sie aufgesperrt. Franka sprang die Treppen hinauf wie als Kind, als der Onkel sie Springböckchen getauft hatte. An der Tür zu seiner Wohnung klopfte sie und drückte gleichzeitig auf den Klingelknopf. Wenn sie früher aus dem Zoo gekommen waren, die Papiertüte mit gebrannten Mandeln in der einen und das Heft von Papa Heck in der anderen Jackentasche, hatte sie es genauso gemacht, und Onkel Gerhard hatte gelacht und gefragt: »Was glaubst du denn, wer dir aufmacht? Mein Hausgeist?«

Jetzt dauerte es eine Weile, bis sie schlurfende Schritte hörte.

»Bitte stellen Sie die Sachen vor die Tür, Frau Glasenapp«, sagte Onkel Gerhard. »Ich kann leider gerade nicht öffnen – haben Sie vielen Dank.« Seine Stimme klang seltsam, Franka hätte sie fast nicht erkannt.

»Ich bin es, Onkel!«, rief sie.

Ein paar Augenblicke lang herrschte Stille. Dann legte der Onkel die Türkette vor und zog die Tür den schmalen Spalt weit auf. »Springböckchen«, stammelte er. »Was ... was machst du denn hier?«

»Aber wir sind doch für heute Abend verabredet!«, rief Franka. »Ich habe dir geschrieben, die Postkarte mit Anneliese und Rike, hast du das etwa vergessen? Du solltest mir Bescheid geben, wenn mein Besuch dir nicht gelegen kommt ...«

»Ich habe keine Karte erhalten«, murmelte Onkel Gerhard hastig. »Ich hatte in letzter Zeit viel zu tun, und Frau Glasenapp wird allmählich vergesslich, da ist sicher etwas verlorengegangen. Leider passt es mir heute tatsächlich nicht ...«

»Sag mal, ist das dein Ernst? Wir haben uns jahrelang nicht gesehen, und jetzt lässt du mich wie einen Hausierer vor der Tür stehen, weil du meine Karte nicht bekommen hast?« Franka wurde ihrer Verwirrung kaum Herr. Etwas lief hier entsetzlich schief, und auf einmal wünschte sie sich, sie hätte Carl erlaubt, sie zu begleiten. Aber sie war nicht mehr die Frau, die vor sechs Jahren an Carls Brust gelegen und sich die Augen ausgeweint hatte. Sie hatte Schlimmeres als diesen albernen Tick mit der Türkette, den Onkel Gerhard sich offenbar zugelegt hatte, überstanden.

»Nein, nein«, nuschelte der Onkel und begann an der Kette zu nesteln. »Natürlich nicht. Komm herein. Es ist nur ...« Die Kette fiel herab und klirrte gegen die Wand.

»Ich bleibe nicht lange«, sagte Franka und schob sich in den Flur.

Die Wohnung roch anders, als sie es kannte. Ein bisschen wie Carls Behandlungsräume: nach Desinfektionsmittel und dem Geruchsgemisch, das sie mit Krankheit verband, der metallischen Note von Blut und dem Säuerlichen von Galle und Erbrochenem. Nur der tröstliche Tiergeruch fehlte.

In der Wohnstube brannte Licht. Anders als bei ihrem letzten Besuch wirkte die Wohnung gepflegt, weniger ärmlich und schäbig, wenn auch so, als wäre Frau Glasenapps Putztermin fällig. Sie setzten sich auf die Stühle mit den hohen Lehnen. Auf dem Tisch lag kein Buch, dafür standen dort Gläser, Teller, Tassen, eine halb geleerte Flasche Moselwein und eine Kanne Tee.

»Hattest du gerade Besuch?«

»Ich?« Der Onkel fuhr zusammen. »Ach so, ja. Ein Kollege ist kurz vorbeigekommen. Ein Kollege aus dem Amt.«

Auf einem der Teller lagen eine Klappstulle aus Pumpernickel, ein mit Senf dekoriertes, geviertelte Ei und ein in Spalten geschnittenes Gürkchen. Onkel Gerhard, der einem vorbeischauenden Kollegen Stullen schmierte und Gurken aufschnitt, war eine eigenartige Vorstellung. Eher sah der nicht angerührte Teller aus wie eine jener Mahlzeiten aus Frankas Kindheit, die er ihr mit liebevoller Umständlichkeit zubereitet hatte, wenn sie über Nacht hatte bei ihm bleiben dürfen. Es waren ihre schönsten Nächte gewesen – das Wissen, dass sie keinen stinkenden Kohl zu essen brauchte, sondern sich aussuchen durfte, was auf ihrem Teller landete, dass sie nicht tun musste, was Gott der Herr gebot, sondern Franka Frieda Fröhlich sein und schon in aller Herrgottsfrühe, noch im Nachthemd, *Brehms Tierleben* aufschlagen durfte.

Sie hatte noch nicht zu Ende gedacht, als sie bemerkte, dass das Sofa zum Bett aufgeklappt war wie früher, wenn der Onkel hier im Wohnraum übernachtet hatte, damit Franka das winzige Schlafzimmer für sich haben konnte.

»Übernachtet dein Kollege etwa bei dir?«, fragte sie perplex. Aber der Kollege war doch nur kurz vorbeigekommen, wie Onkel Gerhard ihr gerade erzählt hatte, er war schon wieder gegangen, ohne sein Leberwurstbrot mit Ei und Gurke anzurühren.

Etwas stimmte hier nicht. Etwas stimmte so entschieden nicht, dass Franka das heiß geliebte Leberwurstbrot anschauen konnte, ohne den geringsten Appetit zu verspüren.

»Mein Kollege?«, druckste Onkel Gerhard. »Nein, nein, er musste ja gleich wieder gehen ...«

Es klingelte an der Tür.

Wie von der Tarantel gestochen fuhr der Onkel hoch. »Das wird Frau Glasenapp sein. Ich hatte sie gebeten, mir ein paar Sachen zu besorgen. Du bleibst hier sitzen und wartest, ja? Bleib enfach sitzen. Ich bin gleich wieder da.«

In der Zimmertür drehte er sich noch einmal nach ihr um und wirkte, als hätte er Angst. Vor ihr? Vor Frau Glasenapp? Warum sagte er ihr zweimal, sie solle sitzen bleiben, nachdem er zuvor regelrecht versucht hatte, sie abzuwimmeln?

Seine Schritte entfernten sich durch den Flur, und Franka hörte die Haustür in die vorgelegte Kette fallen. Ihr Onkel war immer ein vertrauensseliger Mensch gewesen, und in seiner Wohnung gab es nichts zu stehlen – was sollte diese alberne Vorsichtsmaßnahme mit der Kette, die er früher nie benutzt hatte?

Franka wollte auf die Worte lauschen, die er mit seiner Hauswirtin wechselte, doch sie kam nicht dazu. Von der anderen Seite des Flurs, wo das Schlafzimmer und das Bad lagen, drang ein Geräusch zu ihr herüber, das ihr durch Mark und Bein ging. Sie hatte das bisher für eine dieser Redensarten gehalten, mit der niemand etwas Konkretes meinte. Als ihr aber jetzt die Worte durch den Kopf schossen, hätte sie es konkreter nicht meinen können: Das Geräusch ging ihr buchstäblich durch Mark und Bein. Wie ein Stromstoß bis in die Zehen.

Wenn man so lange in einem Zoo arbeitete wie Franka, erkannte man am Geräusch, ob ein Tier sich in Not befand, noch ehe man zuordnen konnte, was es peinigte oder um welches Tier es sich überhaupt handelte. Der Körper setzte sich bereits in Bewegung, um zu helfen, bevor das Denken einsetzte: Wer ist es, und was könnte passiert sein? Genauso erging es Franka jetzt: Das Tier, das diesen Laut zwischen Röcheln und Stöhnen von sich gegeben hatte, war in höchster Not. Es wurde gequält. Und es hatte Angst. Ehe irgendein Gedanke Form annehmen konnte, war Frankas Körper bereits in Bewegung. Sie stürmte aus dem Zimmer, rannte den Gang entlang und riss die Tür zum Badezimmer auf.

Das Tier lag auf den Knien vor der Toilettenschüssel, sein Körper wand sich in Krämpfen, während es versuchte, sich zu übergeben, und dabei stieß es jene grauenhaften Laute aus. In der Pfütze, in der es kniete, mischten sich Wasser und ein wenig Blut. Das Tier war ein Mensch. Als er Franka hörte, fuhr er herum und starrte sie in blankem Entsetzen an.

Franka musste nichts denken. Sie tat genau das, was sie bei einem Tier getan hätte, das litt und bei dem sich mit einem Blick erkennen ließ, dass es keine Gefahr darstellte. Sie ging zu ihm, kniete sich ebenfalls hin und hob ihm den Kopf, strich über Haar, Hals und Nacken und sprach ruhig auf ihn ein: »Ist ja gut. Haben Sie keine Angst, Sie sind nicht mehr allein. Sie brauchen Hilfe, und die bekommen Sie jetzt.«

»Bitte nicht.« Unter dem Röcheln war die Stimme kaum zu vernehmen. Der Kopf sackte weg. Franka stützte ihn, sah ihm ins Gesicht und erschrak. Der Mensch war ein junger Mann, er hatte riesige, geweitete Augen, und von der Qual darin hätte sie sich um ein Haar abgewandt. Aber sie beherrschte sich. »Sie haben Fieber«, sagte sie liebevoll und strich ihm das Haar, die Fülle verklebter schwarzer Locken zurück. Seine Stirn glühte. »Sie brauchen dringend einen Arzt«, sagte Franka und streichelte ihn weiter. »Können Sie gehen? Ich würde Sie gern irgendwo niederlegen, wo Sie es bequemer haben, dann hole ich jemanden.«

Der Mann starrte sie an. »Bitte nicht«, sagte er noch einmal. »Keinen Arzt. Mir ist nur übel. Es geht schon besser.«

»O nein, das tut es ganz und gar nicht.« Wie mechanisch strich sie ihm die Locken immer wieder zurück, und mit jeder Bewegung schien seine Haut sich stärker zu erhitzen. »Ihnen ist nicht nur übel. Sie fiebern. Und Sie bluten.«

Woher das Blut kam, war ihr beim Eintreten bereits klar gewesen. Der Mann trug nur ein Hemd und Unterhosen, er war ihr wehrlos ausgeliefert, und sie würde nicht noch einmal an seinem Körper herabsehen. Nicht weil sie sich ekelte. Sie war Tierpflegerin, und an Verletzungen ekelte sie nichts, doch es war unschwer zu erkennen, dass er sich bemühte, es vor ihr zu verbergen, dass die Scham ihn mehr als alles andere quälte. »Es ist schon gut.« Ihr eigener Körper krümmte sich, weil sie glaubte, seine Qual zu spüren, aber der Wunsch, ihm zu helfen, war stärker. »Ich tue nichts, das Sie nicht wollen, bitte versuchen Sie, mir zu vertrauen. Wissen Sie, was das Beste für Sie wäre? Lassen Sie sich fallen. Werden Sie ohnmächtig. Ich fasse Sie nicht an, ich sorge dafür, dass ein Mann sich um Sie kümmert, und wenn Sie zu sich kommen, geht es Ihnen schon ein wenig besser.«

Der Blick der fiebrigen Augen zuckte über ihr Gesicht. Dann nahm er seine Kraft zusammen, hielt ihn still und sagte: »Bitte keinen Arzt. Sie sind sehr nett. Vielen Dank.«

Wieder sackte ihm der Kopf weg. Franka fing ihn ab und bettete ihn an ihre Schulter. Während sie das Haar von seiner pochenden Schläfe strich, kämpfte sie gegen eine wachsende Panik: Sie durfte nicht noch mehr Zeit verlieren, sie musste ihn irgendwo hinlegen, wo er es weich und trocken hatte, und Hilfe holen.

»Großer Gott, Adam!«

Erschrocken fuhr Franka herum. In der Tür stand Onkel Gerhard, der beide Hände vors Gesicht geschlagen hatte. »Geht es dir denn noch nicht besser, hast du dir vielleicht doch bei euch im Lager etwas eingefangen?«

Erst dann schien ihm klarzuwerden, dass seine Nichte bei dem Verletzten kniete. »Ich begreife das nicht«, sagte er zu Franka. »Es war doch alles gut, die Sache hat doch ein ordentlicher Facharzt durchgeführt.«

»Was für eine Sache?«, hörte Franka sich fragen, und ihre Stimme war so kalt, wie sie sich fühlte. »Wer ist der Mann, was hast du mit ihm gemacht?«

»Ich gar nichts!«, rief Onkel Gerhard. »Das musst du mir glauben, du kannst Adam fragen. Ich habe ihn nie geschlagen, mal eins hinter die Ohren, mehr hat er von mir nie bekommen. Ich bin nicht der Mensch, der zu Gewalt greift, du kennst mich doch. Es war ja auch gar nicht notwendig, er ist sehr anstellig, bescheiden, sogar sauber, überhaupt nicht, wie man es sonst von seinesgleichen kennt. Ich habe ihn immer ordentlich behandelt. Wie einen Gast.«

Franka fragte sich, warum ihr so übel war. Ihr war von Blut noch nie übel geworden, aber jetzt hätte sie sich am liebsten über die Kloschüssel gehängt und ihren Magen entleert. Aber das konnte sie nicht. Sie durfte sich nicht gehenlassen. Der verletzte Mann hing in ihren Armen, er schien nicht mehr richtig bei Bewusstsein, er brauchte unbedingt Hilfe. Sie würde nicht schlappmachen, schwor sie sich, sie würde durchhalten, bis er in Sicherheit war. Carl fiel ihr ein. Dem Himmel sei Dank für Carl.

»Unten sitzt Dr. Leutner in seinem Wagen und wartet auf mich«, sagte sie zu Onkel Gerhard.

»Großer Gott!«, rief der Onkel noch einmal. Franka hatte ihn nie so oft Gottes Namen im Munde führen hören wie in diesen paar Minuten. »Ich habe Adam nichts getan, Franka, ich habe gut für ihn gesorgt, vorhin habe ich noch Frau Glasenapp gesagt, sie soll mir aus der Apotheke ein Stärkungsmittel bringen, damit er wieder zu Kräften kommt …«

»Hol Dr. Leutner«, sagte Franka, ehe ihr noch übler wurde.

»Franka, wir haben ihn nicht misshandelt, wir haben getan, was im Dienst der Wissenschaft notwendig ist. Mir war daran gelegen, dass er dafür auch eine Art Lohn erhält, und wenn er Wünsche hatte, habe ich mich immer bemüht, sie ihm zu erfüllen. Aus meiner eigenen Tasche. Dr. Ritter ist da weit weniger sentimental.«

»Sentimental«, murmelte Franka. Sie tat, was sie in all den Jahren von Carl gelernt hatte, beherrschte Zorn und Erregung, solange sie ein Geschöpf bei sich hatte, das litt und nicht noch mehr beunruhigt werden sollte. Um des verletzten Mannes willen sprach sie ganz ruhig, auch wenn alles in ihr raste. »Hol Dr. Leutner. Ich bin kein Arzt, ich kann nicht beurteilen, wie nahe der Mann am Verbluten ist, ich möchte keine Zeit verlieren.«

»Ach, so dramatisch ist es doch nicht.« Onkel Gerhard versuchte sich an einem Lächeln, das zur Fratze geriet. »Vorhin war er ja schon auf den Beinen, und der Eingriff ist fachmännisch durchgeführt worden. Ich hätte nicht gestattet, dass an ihm herumgepfuscht wird, Franka, ich habe echte Sympathien für ihn. Er ist ein lieber Kerl, ganz zutraulich, auch gelehrig, freut sich immer, wenn ich ihn die Zeitung anschauen lasse.«

»Er ist ein Mensch!« Es kostete Franka alle Mühe, nicht zu schreien, sondern die Stimme ruhig zu halten, als redete sie dem Verletzten liebevoll zu. »Wenn du über unseren Gorilla Pongo so sprechen würdest, würde Winnie dich aus dem Affenhaus werfen, weil er nicht gestattet, dass jemand ein Tier betrachtet, ohne es zu achten«, sagte sie und fühlte sich fast überrollt von einer Welle der Dankbarkeit, weil es Menschen wie Winnie gab, Menschen, denen von den Worten des Onkels so übel geworden wäre wie ihr jetzt.

»Du hast mir das auch einmal beigebracht«, fuhr sie fort. »Achte jedes Geschöpf, auch das kleinste. Ich habe es von dir gelernt, nicht von meinem Vater, der mir zwar Predigten über Gott den Herrn hielt, bis ich Alpträume bekam, aber nicht einmal Achtung für seine eigene Frau empfand. Bei dir war es anders.« Auf einmal musste sie nicht mehr nur gegen die Wut, sondern auch gegen Tränen kämpfen. »Ich dachte, ich hätte von dir gelernt, dass jedes Leben kostbar ist.«

»Das ist es doch auch. Ich habe dir gesagt ...«

»Ich weiß, was du mir gesagt hast, ich will es nicht noch einmal hören: Er ist gelehrig, eins hinter die Ohren, und schon pariert er, und wenn er blutend bei dir vor der Kloschüssel liegt, bekommt er dafür seinen Lohn. Großer Gott, Onkel Gerhard – was hat dieser arme Mann dir denn getan?«

»Er selbst gar nichts. Aber ...«

»Was ›aber‹?« Sie hielt dem Mann das Ohr zu, weil sie längst nicht mehr so ruhig sprach, wie sie es beabsichtigte. In der freien Hand hielt sie die seine, streichelte tröstend über den fliegenden Puls. Er hielt sich an ihr fest. Vertraute sich ihr an.

»Er ist ein Zigeuner, Franka. Zigeuner dringen in unseren Volkskörper ein und fügen ihm bleibenden Schaden zu. Das hier ist nichts Persönliches, es steht im Dienst des großen Ganzen, für das der Einzelne nun einmal Opfer bringen muss. Doch da du fragst: Es waren Zigeuner, die unsere Familie zerstört haben, und wir sind beileibe nicht die Einzigen.«

Unwillkürlich sah Franka auf das Gesicht des Mannes hinunter. Er sah ein bisschen anders aus als die Menschen, die sie kannte. Dunkler. Die Züge schärfer geschnitten. Sonst nichts. Über seine Wange liefen Tränen, und auf seiner Stirn stand Schweiß. »Ich will kein Wort mehr reden«, sagte Franka. »Holst du jetzt Dr. Leutner?«

»Dr. Leutner würde das nicht begreifen!«, rief ihr Onkel. »Wissenschaft muss nun einmal forschen, wenn sie weiterkommen will – stell dir einmal vor, welche gewaltigen Probleme wir lösen könnten, wenn wir unsere Organismen lehren würden, dem Wasser der Meere Nahrung zu entnehmen. Dr. Leutner ist selbst zwar Wissenschaftler, aber er gehört einem Schlag an, der im Althergebrachten verhaftet ist, der zu weich ist, zu wenig Mut hat für die Erfordernisse der neuen Zeit …«

Einst hatte Franka geglaubt, ihr Onkel sei der weichste Mann auf der Welt. Sie hörte nicht mehr hin. »Er heißt Adam, ja?«, fragte sie in seine Rede hinein.

»Ich mag ihn gern«, sagte der Onkel. »Ritter wollte ihn nach Sachsenhausen schaffen lassen, aber ich habe darauf bestanden, dass er hierbleibt.«

»Hören Sie mich, Adam?« Franka beugte ihr Gesicht über seines. »Ich bin Franka. Ich muss Sie hier auf den Fliesen niederlegen, das ist nicht schön, aber es ist nur für einen Augenblick. Ich hole einen Freund, der Ihnen hilft, wir bringen Sie an einen Ort, wo Ihnen niemand mehr weh tun kann.« In unseren Zoo, dachte sie, auf unsere Arche. In Sicherheit.

Seine Lippen bewegten sich. »Keinen Arzt.«

Warum er solche Angst vor Ärzten hatte, glaubte Franka jetzt zu begreifen. Wenn das Gesundheitsamt die barbarische Behandlung abgesegnet hatte, die an ihm vorgenommen worden war, dann durfte er eher dem Teufel trauen als einem Arzt. Mit einem Finger strich sie ihm über die Lippen, die schorfig ausgetrocknet waren. »Mein Freund ist Tierarzt«, sagte sie. »Er kann keiner Fliege etwas zuleide tun – und einem Menschen erst recht nicht. Er wird alles tun, damit es Ihnen bessergeht.«

Ganz langsam wollte sie seinen Kopf auf die nassen Fliesen gleiten lassen, als Onkel Gerhard sie unterbrach: »Geht es ihm wirklich so schlecht? Kann es ihm schaden, da am Boden zu liegen?«

»Es ist kalt und hart«, versetzte Franka. »Ihm ist genug weh getan worden, und wenn er sterben muss, dann will ich, dass er es in Würde tun kann – nicht mit dem Gesicht in seinem eigenen Blut.«

Sie glaubte zu hören, wie Onkel Gerhard schauderte. »Ich hole Dr. Leutner«, sagte er.

26

Franka

Monster«, hatte Carl gesagt, als er das Badezimmer betreten und den Zigeuner in Frankas Armen gesehen hatte. »Allesamt Monster.«

Dann hatte er sich zu Franka in die Lache aus Wasser und Blut gekniet und ihr den Bewusstlosen abgenommen. »Am besten, du lässt mich kurz mit ihm allein«, sagte er. »Ich muss ihn mir anschauen, bevor wir entscheiden können, was wir als Nächstes tun. Und bitte – schaff mir deinen Onkel aus den Augen, oder ich vergesse mich.«

Der Zorn ließ seine Stimme beben, doch seine Hände, die den Verletzten so bequem wie möglich auf seine Schenkel lagerten, waren nichts als sanft. Menschenliebe, dachte Franka, und den fast zärtlichen Bewegungen zuzusehen tat ihr unendlich gut. Sie hätte Carl gern gefragt, ob der junge Mann durchkommen würde, aber natürlich war ihr klar, dass Carl das unmöglich schon wissen konnte. Noch lieber hätte sie gesagt: Er muss durchkommen! Bitte tu alles, was möglich ist, nur lass ihn nicht sterben.

Im Aufstehen sah sie noch einmal auf ihn herab. Er war jetzt wirklich bewusstlos, vielleicht hatte er eine Weile lang keine Schmerzen. Ich habe noch nie etwas so Trauriges gesehen wie sein Gesicht, dachte sie.

Sie hatte Onkel Gerhard regelrecht aus der Tür gedrängt und dabei sein Gejammer – »Ich hab nichts getan, ich hatte keine Wahl, Ritter hätte ihn sonst nach Sachsenhausen geschafft!« – über sich ergehen lassen. Weil sie sich plötzlich schwach fühlte, hatte sie sich in der Wohnstube wieder an den Tisch gesetzt und den Blick nicht von dem austrocknenden Pumpernickel wenden können.

Irgendwann kam Carl, von oben bis unten durchnässt. »Wir nehmen ihn mit zu uns«, sagte er, ihre Blicke trafen sich, und Franka verspürte ein wenig Erleichterung. Sie hatten beide denselben Gedanken gehabt: Wir nehmen ihn mit. Bei uns ist er in Sicherheit. Carl berührte ihre Schulter. »Wenn du mir die Türen aufhältst, müsste ich es schaffen, ihn zum Auto zu tragen. Ihn in ein Krankenhaus zu bringen wäre zu gefährlich, aber ich denke, wir haben bei uns alles Nötige zur Verfügung.«

Endlich wagte sie zu fragen: »Kommt er durch?«

Carl sandte ihr die Spur eines Lächelns und strich flüchtig über ihre Wange. »Ich glaube schon.«

Dann wandte er sich an Onkel Gerhard: »Wir sind in Ihrer Hand«, sagte er. »Wenn Sie uns verraten wollen, kann ich Sie nicht daran hindern, sondern nur an Sie appellieren, Ihre Nichte aus dem Spiel zu lassen.«

»Ich verrate Sie nicht«, rief Onkel Gerhard. »Ich würde nie etwas tun, was Franka gefährdet, und ich will doch selbst, dass Adam gesund wird. Wenn Sie ihn mir zurückbringen, sorge ich dafür, dass er … dass er …«

»Ich bringe ihn nicht zurück«, fuhr ihm Carl scharf ins Wort. »Sie sehen diesen Mann nicht wieder. Vergessen Sie, dass Sie ihn gekannt haben. Ich wünschte, er könnte das auch: Sie vergessen. Aber ihm wird all das hier leider bis an sein Lebensende im Gedächtnis bleiben.«

»Aber was soll ich Dr. Ritter denn sagen?«, rief Onkel Gerhard entsetzt, und Franka verspürte erneut Übelkeit in sich aufsteigen.

»Sagen Sie ihm, er ist Ihnen davongelaufen«, antwortete Carl so zynisch und ätzend, wie Franka ihn nicht kannte. »Er ist ja ein Zigeuner, verschlagen, hinterhältig, was hätten Sie tun sollen? Weinen Sie Ritter etwas vor, erzählen Sie ihm, er habe Ihr Tafelsilber gestohlen oder Ihre jungfräuliche Nachbarin verführt, mir ist das egal – und jetzt gehen wir.«

Er hatte den jungen Mann in eine Decke gehüllt und die Treppe hinuntergetragen, um dann mit seiner Last auf der Straße zu stehen und zu warten, während Franka hektisch den Rücksitz leer räumte – an die Unordnung in seinem Wagen hatte er überhaupt nicht mehr gedacht. Sie betteten den Verletzten so bequem wie möglich auf die Rückbank, und Franka setzte sich davor in den Fußraum, damit er auf der Fahrt nicht herunterrutschen konnte. Sie war froh, etwas tun zu können. Ihn halten, ihm Schweiß abwischen, ihm die

Decke fester um den Leib wickeln, als sie sah, wie er zitterte. Carl fuhr an.

»Er stöhnt beim Atmen.«

»Sobald wir nach Hause kommen, gebe ich ihm etwas gegen die Schmerzen«, sagte Carl. »Franka, wir müssen unglaublich vorsichtig sein – wenn dieser Ritter Verdacht schöpft, wenn man ihn bei uns findet, sind wir alle dran.«

»Hast du Angst? Hätte ich dich nicht mit hineinziehen dürfen?«

»Bist du noch bei Verstand?«, entgegnete Carl. »Du hast das einzig Richtige getan. Ich will nur, dass du weißt: Wir müssen uns sehr gut überlegen, wem wir vertrauen können und wem nicht.«

»Unseren Freunden doch wohl …«, begann Franka.

»Anita, Winfried und Heiner«, sagte Carl. »Wir werden ihre Hilfe brauchen, aber je weniger Menschen Bescheid wissen, desto besser. In meine Wohnung kann ich ihn nicht bringen, da gehen Heck und Konsorten ein und aus.«

»Bring ihn in meine«, sagte Franka ohne Zögern. »Zu uns kommt kein Mensch, den wir nicht einladen.« Sie wollte den Verletzten bei sich haben, ihn pflegen, zur Stelle sein, wenn er etwas brauchte. Ihr Verstand sagte ihr zwar, dass sie für das, was ihr Onkel getan hatte, nichts konnte, und doch empfand sie eine Schuld, die sie erdrückte. Was immer sie an dem jungen Mann gutmachen konnte, würde sie tun.

»Mir ist nicht wohl dabei«, sagte Carl. »Das größte Risiko liegt dann bei dir, und außerdem weiß ich nicht, wie ihr in dem beengten Raum zu dritt wohnen wollt.«

»Anita könnte zu dir ziehen«, fiel Franka ein. »Wir könnten sagen, dass du und sie …« Sie brach ab.

»Ja, das könnten wir«, erwiderte Carl. »Wenn Anita das mitmacht.«

»Du kennst doch Anita«, sagte Franka. »Es gibt nichts, das sie nicht tun würde, um dir und mir zu helfen, und Gerede gibt es seit dem Ball doch sowieso.«

»Und dir … dir macht das nichts aus?«

Im ersten Augenblick wusste Franka nicht einmal, was er meinte. Dann schüttelte sie den Kopf, obwohl er sie vom Fahrersitz aus gar nicht sehen konnte. »Gerede gibt es doch immer. Und wenn ich nur daran denke, was dem armen Mann angetan worden ist, macht mir gar nichts mehr etwas aus. Ich will ihm helfen, Carl. Ihn an einem Ort wissen, wo er sicher und geschützt ist, wo er Pflege bekommt und niemand mehr ihm weh tut.«

»Ja«, sagte Carl. »Das ist ein tröstlicher Gedanke. Der einzige. Dann machen wir es so, wie du sagst, aber du versprichst mir, vorsichtig zu sein, ja? Mit niemandem zu reden, ohne dass wir uns abgesprochen haben? Über kurz oder lang werden wir vermutlich nicht umhinkommen, die Heinroths einzuweihen, denn ich fürchte, dass wir ihn eine ganze Weile lang verstecken müssen. Vielleicht so lange, bis wir einen Weg finden, ihn ins Ausland zu schaffen. Das, was mit Menschen wie ihm gemacht wird, ist erst der Anfang, Franka.«

»Und was ist das Ende?«

Das Schweigen, das folgte, war als Antwort schmerzlich beredt. Erst nach einer Weile fügte Carl hinzu: »Heck züchtet sich Spieltiere nach. Und Hitler rottet echte Menschen aus.«

Frankas Herz jagte. »Wir verstecken ihn!«, keuchte sie. »Wir geben ihn nicht heraus. Wenn es um ein Leben geht, würde ich den Heinroths blind vertrauen, Carl.« Sie hatte den Satz kaum ausgesprochen, als ihr einfiel, dass sie auch ihrem Onkel in dieser Frage blind vertraut hätte.

»Ich eigentlich auch«, erwiderte Carl. »Aber außer unseren engsten Freunden dürfen wir jetzt niemandem mehr blind vertrauen, versprichst du mir das?«

»Ja. Natürlich.« Sie bogen in den Kurfürstendamm ein, der selbst zu dieser späten Stunde noch beinahe taghell erleuchtet schien und vor Leben pulsierte.

»Ich fahre den Wagen auf den Wirtschaftshof«, sagte Carl. »Kannst du mir Winnie schicken, damit er mir ein paar Sachen aus meiner Praxis bringt und mir hilft? Ich versorge ihn erst einmal notdürftig im Auto, und du bereitest in der Zwischenzeit Anita vor und machst ein Bett zurecht – meinst du, so bekommen wir es hin? Bis wir so weit sind, sollte bis auf die Nachttiere niemand mehr wach sein, und Winnie und ich können ihn einigermaßen gefahrlos ins Haus schaffen.«

Franka kam nicht umhin, ihm Bewunderung zu zollen. Der Mann, der überfordert war, wenn er einen vergnüglichen Abend organisieren sollte, hatte in wenigen Minuten einen kompletten Rettungsplan entworfen. Sie machten es so, wie er es vorgeschlagen hatte, und es funktionierte. Ihre Freunde waren ebenso erschüttert wie sie, Winnie vor Wut schäumend, Anita fassungslos. »Es macht dir wirklich nichts aus, wenn ich zu Carl ziehe und alle Welt mich für seine neue Verlobte hält?«, fragte sie, während sie gemeinsam Anitas Bett bezogen und aus Laken und Handtüchern eine Art trennenden Vorhang an der Decke befestigten, damit der Mann sich nicht länger schämte. »Wir könnten es umgekehrt machen, Frankie. Ich könnte hierbleiben und mich um den Verletzten kümmern …«

Sie bemerkten beide, wie unsicher Anitas Stimme klang, wie viel Überwindung es sie kostete, diesen Vorschlag zu machen. »Bitte entschuldige«, presste sie hervor.

»Du hast wahrhaftig keinen Grund, dich zu entschuldigen«, sagte Franka. »Was wir hier von dir verlangen, ist eine Zumutung – kein normaler Mensch würde mitten in der Nacht sein warmes Bett an einen Wildfremden abtreten, den Freunde irgendwo aufgelesen haben.«

»Artenschutz«, erwiderte Anita und sandte ihr ein Lächeln, das nicht recht gelang. »Was für Winnie und Heiner und für Klara gilt, gilt selbstverständlich auch für euren Verletzten. Es ist nur … ich weiß nicht, wie ich es sagen soll, und ich schäme mich selbst.«

Dass sie sich schämte, war nicht zu übersehen. Flüchtig hatte sich Franka gefragt, wer Klara war, doch sie vergaß es gleich wieder, weil es Drängenderes gab. »Sag es mir«, forderte sie Anita auf. »Wofür schämst du dich?«

»Man muss sich an so vieles, das einem fremd ist, erst gewöhnen«, murmelte Anita. »Würde ich Winnie und Heiner nicht kennen, vielleicht würde ich dann auch denken, Liebe zwischen zwei Männern sei schändlich und krankhaft und müsse ausgemerzt werden.« Hilflos sah sie zu Franka auf und zuckte die Achseln. »Würde ich deine Waltraud und diesen spuckenden Vasco und das ganze andere Viehzeug nicht kennen, wäre ich vermutlich weiterhin der Ansicht, Tiere stinken, beißen und gehören in den Kochtopf. Ab und zu bin ich der Ansicht übrigens immer noch.«

Sie grinsten sich an, um es sich leichter zu machen. Aber Grinsen und Leichtigkeit ließen sich nicht halten. »Ich weiß, was du sagen willst«, erklärte Franka. »Zumindest glaube ich, es zu wissen, und ich nehme es dir nicht übel.«

»Bis du mir eben diese entsetzliche Geschichte erzählt hast, hätte ich gedacht, das, was alle reden, ist eine Tatsache: Zigeuner sind schmutzig, stehlen wie die Raben, richten da, wo sie auftauchen, Schaden an, und verführen unschuldige Mädchen. Von denen hält man sich besser fern, andernfalls hat man es bald bitter zu bereuen.«

»Ich hätte das auch gedacht«, entfuhr es Franka. »Aber wenn du auf einmal einen Menschen vor den Füßen liegen hast, der sich vor Schmerzen in seinem eigenen Blut krümmt, dann hältst du dich nicht fern. Ich habe nie studiert und bin nicht Verhaltensforscherin geworden, wie ich es mir erträumt hatte, aber ich denke: Wenn ein Mensch gesund ist, erkennt sein Instinkt in einem Menschen in Not den Artgenossen, nicht den Fremden.«

»Das klingt schön«, sagte Anita gedankenverloren. »Nur scheint es, als würden wir in einem Land voller Kranker leben.« Sie stopfte das weiße Bettlaken unter der Matratze fest und fuhr zu Franka herum. »Hast du schon einmal einen Zigeuner gesehen? Ich meine – vorher?«

»Nein.«

»Ich auch nicht. Ist es nicht schäbig? Wir unterstellen einem ganzen Volk, dass es stinkt, stiehlt und uns mit lüsternen Blicken verfolgt, ohne auch nur einem davon je begegnet zu sein. Irgendwie scheint jeder jemanden zu kennen, der von einem stinkenden Zigeuner bestohlen oder lüstern bedrängt worden ist …«

Frankas Mund war so trocken, dass ihr das Sprechen schwerfiel. »Du zumindest kennst jemanden, der von einem reinrassigen, sauber gewaschenen Arier lüstern bedrängt worden ist«, sagte sie.

»Daran habe ich auch gerade gedacht«, gestand Anita. »Ich habe mich nur nicht getraut, es auszusprechen. Kein Mensch würde auf die Idee kommen, uns zu unterstellen, wir alle wären wie Lehrer Rothert oder wie unsere Väter, deiner und meiner. Wie die Männer, die ich gekannt habe, bevor ich hierhergekommen bin.«

»Stell dir einmal vor, eines Tages erginge es uns so«, dachte Franka laut vor sich hin. »Die ganze Welt würde annehmen, alle Deutschen wären wie Adolf Hitler und würden Menschen, die ihnen nicht passen, das Recht auf Leben absprechen.«

»Dann würde ich der ganzen Welt sagen, dass das Quatsch mit Soße ist, weil es auch Deutsche gibt wie dich und Carl«, rief Anita und warf die Arme um sie. »Deutsche, die gesund sind und nicht zuschauen können, wenn anderen weh getan wird – ganz egal, was sie damit auf sich nehmen und was ihnen selbst angetan worden ist.«

»Ich hab dich lieb, Anita. Sehr. Ich sage Carl und Winnie, dass wir fertig sind, ja? Dass sie ihn endlich ins Warme bringen können?«

Anita nickte. »Sagst du mir, wie er ist?«, fragte sie leise. »Euer Zigeuner? Ich komme mir so schäbig vor, weil mir nach allem, was wir geredet haben, immer noch mulmig ist.«

»Nein«, antwortete Franka und drückte sie an sich. »Ich sage dir gar nichts, sondern du bleibst hier, bis sie kommen, und überzeugst dich selbst. Ich bin sicher, dann wird dir nicht mehr mulmig sein.«

Dass Anita Angst hatte und sich innerlich sträubte, war nicht zu übersehen, und Franka verstand sie. Sie hatte selbst Angst. Nicht vor dem jungen Mann, aber vor dem, was ihm geschehen war. Dem Unaussprechlichen. Die Angst verflog jedoch, als Winnie und Carl ihn schweigend in den kleinen Raum trugen. Winnie sah aus, als hätte er geweint, Carl wirkte bis ins Innerste erschöpft, und der Verwundete schlief. Sie hatten ihm eine Pyjamahose übergestreift, die so weit um den verletzten Körper hing, dass sie zweifellos Winnie gehört hatte. Als sie ihn in das weiß bezogene Bett legten, erschien er Franka dunkel, sauber und erschreckend jung.

Der Impuls, ihn zu berühren, ihm die schwarzen Locken aus der Stirn zu streichen, überraschte sie, weil sie sich so nicht kannte. Es war der Wunsch, seinen Körper über das, was ihm zugefügt worden war, hinwegzutrösten, obwohl ihr klar war, dass er untröstlich bliebe. Sie hatte die Hand schon ausgestreckt, zog sie jedoch wieder zurück. Keines ihrer Tiere hätte sie gestreichelt, ohne sich sicher zu sein, dass das Tier es wollte, und sie selbst hatte sich einst eine Welt gewünscht, in der sie unberührbar hätte bleiben können. Ich kann dich nicht heilen, dachte sie traurig. Ich kann nur versuchen, dir zu zeigen, dass wir dich achten, so wie jeden von uns.

»Lass mich den Dreckskerl nicht in die Finger kriegen, Kleene.« Winnie ballte die Fäuste. »Den, der diese Schweinerei auf dem Gewissen hat.«

»Ich will ihn auch nicht mehr sehen«, murmelte Franka. »Nie mehr. Falls mein Onkel hier auftaucht und nach mir fragt – bitte schickt ihn weg.« Fragend sah sie zu Carl. »Wie geht es ihm?«

»Besser«, sagte der in seinem beruhigenden Ton, der unbezahlbar war. »Was diese Experimente auf lange Sicht in seinem Körper angerichtet haben, können wir nicht ermessen, aber die Blutung ist gestillt. Ich habe ihm ein Schmerzmittel gegeben und hoffe, er wird ein paar Stunden ruhig schlafen. Wenn er wach wird, muss er viel Wasser trinken. Er ist vollkommen ausgetrocknet.«

»Hat mein Onkel ihm nicht einmal Wasser gegeben?«

»Doch. Reichlich sogar.« Carls Gesicht verzog sich zu einer hässlichen Grimasse. »Die nationalsozialistischen Retter der Menschheit würden gern das Salz der Meere ausbeuten, um ihre Ernährungsprobleme zu lösen. Also probieren sie aus, was in einem menschlichen Organismus vor sich geht, wenn man ihm über Monate Meerwasser zu trinken gibt. Einer meiner Assistenten im dritten Semester hätte ihnen das auch ohne bestialische Folter an einem Artgenossen sagen können: Es macht die Nieren kaputt. Es entzieht die Flüssigkeit aus jeder einzelnen Körperzelle.«

Unwillkürlich streckte Frankas Hand sich von neuem aus und streifte die des Mannes. Sie fühlte sich an wie dünnes Rauhleder.

»Immerhin muss dein Onkel Anflüge von Erbarmen gezeigt und seinem Opfer Pausen gegönnt haben«, fuhr Carl fort. »Ansonsten wäre der Mann längst qualvoll gestorben.«

»Wie kann man nur!«

Alle fuhren herum und sahen Anita, die wie gebannt auf das Gesicht des Zigeuners starrte. »Wie kann man nur!«, wiederholte sie und legte ihm die Hand an die Wange. »Wenn sie ihn angeschaut haben – hat es ihnen da nicht das Herz umgedreht?«

Sie hatte in Worte gefasst, was Franka empfand. Tiere lasen in den Gesichtern von Jungtieren Signale, die ihnen einen Angriff unmöglich machten. Etwas Ähnliches glaubte sie im Gesicht des Mannes wahrzunehmen: Es erschien ihr vollkommen offen, ungeschützt und verletzlich schön. »Jetzt ist dir nicht mehr mulmig, nicht wahr?«, fragte sie Anita gepresst.

»Doch«, erwiderte Anita. »Jetzt ist mir mulmiger denn je. Aber daran hat dieser junge Mann keine Schuld.«

27

Franka

Sommer 1939

Ich bin ein *Sinto*. Das kannten Sie nicht? Macht nichts, dafür kennen Sie all diese Tiere, zu denen ich nur sagen würde: ein Pferd mit Streifen, ein Pferd mit Hörnern, ein Pferd mit endlosem Hals – und ein Pferd mit fürchterlich langen Zähnen, das ganz sicher vergessen hat, dass Pferde nur Pflanzen fressen.«

Sein Lachen war zart, und Franka musste einstimmen. Er war wundervoll. Er machte alles leicht. Wie jemand dem Leben und den Menschen so arglos gegenüberstehen konnte, dass er nach alldem noch lachte, erschien ihr unbegreiflich.

»Ich finde, dass es doch etwas macht«, widersprach sie. »Ihr Volk lebt in dieser Stadt genau wie meines – und ich wusste nicht einmal, dass es existiert.«

»Jetzt wird es nicht mehr viel länger in dieser Stadt leben«, sagte er, und seine Traurigkeit war so klar wie die heitere Freundlichkeit zuvor. »Sie schaffen uns weg. Da lohnt es sich für Sie nicht mehr, etwas über uns zu lernen.«

Das ist Unsinn, wollte sie sagen, ihm seinen Kummer rasch kleinreden, aber sie sagte etwas völlig anderes: »Wenn es so wäre, würde ich es erst recht lernen wollen. Als Kind habe ich alle Namen der ausgestorbenen Tiere auf den Reliefs am Aquarium auswendig gelernt und über jedes geweint. Ich dachte mir: Wenn ich mir ihre Namen merke, wenn ich lerne, wie sie gelebt haben, dann sind sie nicht ganz fort.«

Weiter konnte sie nicht sprechen.

»Fräulein Franka«, sagte er. »Bitte tun Sie das nicht, hier bei mir sitzen und weinen, denn sonst muss ich etwas tun, das ich nicht darf.«

»Was denn?«

»Sie in die Arme nehmen.«

Sie hob den Kopf, und ihre Blicke trafen sich. Er wich ihr nicht aus. In seinen Augen war nur Interesse. Keine Angst. Er war einer, der unbesorgt seine blanke Brust darbot und damit sein Gegenüber entwaffnete.

»Ich möchte Sie auch in die Arme nehmen, Adam.«

Er saß aufrecht, mit allen Kissen im Rücken, im Bett, und es war jetzt schon schwierig, ihn darin zu halten. Carl hatte ihn dazu verdonnert, noch mindestens eine Woche liegen zu bleiben, damit die Wunde in seinem Inneren nicht noch einmal zu bluten begann und sie keine neue Entzündung riskierten, aber es drängte ihn, aufzustehen, Franka nicht länger zur Last zu fallen. Unendlich gern hätte sie ihm zu verstehen gegeben, dass er ihr nicht zur Last fiel, dass es ihr eine Freude war, für ihn zu sorgen, wie sie sie sonst nur bei Tieren erlebt hatte, dass etwas in ihr heilte, seit er da war. Aber dafür gab es keine Worte. Sie wollte ihn in die Arme nehmen.

Er rückte näher, wobei er ihr unentwegt in die Augen sah, und strich ihr mit einer Fingerspitze eine Träne von der Wange, vorsichtig, so, wie sie einem Tier einen Splitter entfernt hätte. »Danke, dass Sie darüber traurig sind, Franka. Danke, dass Sie so nett zu mir sind. Ich stehe jetzt ein bisschen auf, ja? Ich kann Ihnen etwas helfen.«

»Nein.« Sie lachte auf. Er bedankte sich ständig bei ihr, aber er war dabei nicht im mindesten unterwürfig. Er konnte etwas, das verblüffend wenige Menschen vermochten, stellte Franka fest: Wohltaten annehmen. Sich darüber freuen. Flüchtig strich sie ihm über die Hand. »Sie sind brav und bleiben im Bett. Oder ich muss Sie anbinden.«

Er hob die Brauen, riss die Augen auf, sprach mit seinem ganzen Gesicht. »Anbinden wäre nicht schön. Ich glaube, ich bleibe dann lieber.«

»Gut so.«

»Vielleicht könnte ich trotzdem etwas tun?«, rief er begeistert wie ein Kind über einen plötzlichen Einfall. »Ich könnte die Erbsen für Sie pulen. Meine Mutter hat mich auch immer die Erbsen pulen lassen, sie hat gesagt, da kann nicht einmal einer etwas falsch machen, der all seinen Verstand im Kopf hat.«

»Wo soll einer seinen Verstand denn sonst haben?«

»In den Händen, Franka.« Er zeigte ihr seine. »Meine Geschwister haben ihren alle in den Händen, ich nicht, aber ich bin ein ziemlich guter Erbsenpuler.«

Sie musste schon wieder lachen und begriff, dass amüsiert sein berührt sein hieß – dazu brauchte man weder sorglos noch ohne Traurigkeit zu sein. »Aber ich habe doch gar keine Erbsen, und ich brauche auch niemanden, der sie mir pult.«

»Nein«, stellte er verwundert fest. »Sie sind noch eine Frau, die nicht kocht. All das gute Essen, mit dem Sie mich mästen, holen Sie von irgendwoher auf Tabletts.«

»Von Tanja«, sagte Franka. »Sie mästet uns alle, und bei Ihnen kann sie sich ruhig noch ein bisschen mehr ins Zeug legen.«

»Finden Sie?«

»Allerdings. Beim Essen müssen Sie sich Mühe geben, ja? Sie sind nur Haut und Knochen, und Ihr Körper braucht Kraft, um zu heilen.« Das Wort versetzte ihr einen Stich. Er gab sich ja Mühe, er tat alles, um ihr gefällig zu sein, aber sein Körper würde nicht heilen. Dass er mit ihr sprach und alberte, lächelte, sich ihr als Erbsenpuler anbot, als liege er hier mit einem gebrochenen Bein, von dem in ein paar Tagen der Gips abgenommen würde, war nicht zu fassen, und für den Respekt, den er ihr einflößte, gab es keine Worte. »Sie haben gesagt, ich bin *noch* eine Frau, die nicht kocht. Wer ist denn die andere?«

»Kirschla«, sagte er. »Das Mädchen, das ich geliebt habe.«

Franka wünschte, sie hätte nicht gefragt. »Adam …«

»Was ist denn los?«, fragte er. »Habe ich etwas Falsches gesagt?«

Sie nahm seine Hand und strich über die Vene am Gelenk, in der sein Leben pochte. Es war unendlich schwer, darüber zu sprechen, sie hatte es Carl überlassen sollen, aber es konnte jetzt nicht warten. »Adam, Sie müssen nicht glauben, dass Sie kein Mädchen mehr lieben können. So ist es nicht. Es wird Ihnen nicht mehr lange so weh tun. Ich meine … es wird Ihrem Körper nicht mehr lange weh tun.«

Warum war man so ungeschickt, warum machte man mit jedem Wort alles nur schlimmer, warum eignete sich Sprache so perfekt dazu, zu zerstören, zu kränken, zu demütigen, aber versagte, wenn sie zum Trost gebraucht wurde? Und was rede überhaupt ich von der Liebe der Körper?, fragte sie sich bitter. Was verstehe denn ich von dem, was dieser zauberhafte Mann verloren glaubt, eine alte Jungfer, die mit ihrer jungfräulichen Nilpferdkuh baden geht?

»Ach so«, sagte er. »Das meinen Sie. Franka, ich bitte Sie, schauen Sie nicht drein, als hätten Sie irgendwem Böses getan.«

»Das habe ich doch. Ich habe Sie verletzt, ich habe mich in Dinge eingemischt, die mich nichts angehen, ich …«

»Nicht doch, *Rakli.*« Er rückte noch näher, legte die Arme um sie und blies in ihr Haar. »Nicht doch, nicht doch. Ich habe Kirschla bis zum Himmel geliebt, sie dagegen hat mich vielleicht bis zur nächste Ecke geliebt, wo einer stand, der hübscher war, und so etwas geht nie gut.«

Sie hatte vorsichtig sein wollen, schließlich wusste sie nicht, wo er sonst noch verletzt war, doch seine Brust lud sie ein, und ehe sie sich zurückhalten konnte, lehnte ihr Kopf daran. An ihrem Ohr schlug sein Herz. »Ist das Ihr Ernst? Oder haben Sie sich das ausgedacht?«

»Alle Zigeuner sind Lügner?«, fragte er.

Erschrocken blickte sie auf, aber sein Gesicht stellte nur eine Frage, es klagte nicht an.

»Das habe ich nicht gemeint. Ich habe gedacht, dass Sie mir das vielleicht erzählt haben, damit ich mich besser fühle. Nicht, dass Sie ein Lügner sind.«

»Ich bin manchmal einer«, sagte er. »Sie nie?«

»Doch, Adam. Ganz oft.«

Er blies in ihr Haar, und sie hielt sich an ihm fest. »Ich auch ganz oft. Ich habe immer meiner Mutter erzählt, wie ich in der Schule der Allerbeste war und der Liebling aller Lehrer. Jeden Tag auf dem Heimweg habe ich mir neue Heldentaten über mich ausgedacht.«

Er war unglaublich. Sie lag ihm weinend in den Armen und musste im nächsten Augenblick lachen. »Sagen Sie bloß, Ihre Mutter hat Ihnen das geglaubt?«

»Ach«, sagte er, »*Sinto*-Mütter interessiert das mit der Schule ja gar nicht – sie wollen nur hören, dass alle Welt ihre Söhne für unvergleichlich hält, dann sind sie glücklich und strahlen. Mein Vater hat uns Jungen immer freitags zu sich beordert und gefragt, wer von uns etwas Böses getan und Schläge verdient hat und wer von uns etwas Gutes getan und ein Bonbon verdient hat. Mein Bruder Rigo ist furchtbar gewissenhaft, er hat gesagt: Vater, ich habe gelogen, und dafür hat er sechs Schläge bekommen. Als ich an der Reihe war, habe ich gesagt: Ich habe der Mutter eine Freude gemacht, und dafür habe ich gleich zwei Bonbons bekommen, weil mein Vater meine Mutter so liebgehabt hat. Ich habe aber eines für Rigo aufgehoben.«

Franka musste noch mehr lachen, dann legte sie die Arme um ihn. »Ich mag Sie schrecklich gern, Adam. Und ich hätte Ihnen auch Bonbons gegeben.«

»Ich mag Sie auch schrecklich gern, *Rakli*«, sagte er. »Aber bitte – das ist kein Grund zum Weinen.«

»Ich lache doch.«

Er löste eine Hand von ihrem Rücken und fuhr mit der Fingerspitze durch die Nässe unter ihrem Auge. »Lügnerin«, sagte er, lächelte sie an, und sie war sicher, sie hatte nie ein zärtlicheres Wort gehört.

»Wie viele Brüder waren Sie zu Hause?«

»Fünf«, antwortete er stolz. »Und zwei Schwestern – Raba und Pušomori.«

»Das muss schön gewesen sein. Ich habe mir immer Geschwister gewünscht.«

»Hatten Sie keine? Kein einziges? Das ist sehr traurig, *Rakli.*« Auf einen Schlag wurde sein Gesicht starr vor Schreck. »Was ist mit meiner Familie? Jemand von Ihnen ist dort gewesen, nicht wahr? In Marzahn? Sie haben ihnen etwas gebracht?«

»Bitte sorgen Sie sich nicht. Dr. Leutner war dort, wie wir es Ihnen versprochen haben, er hat Ihrer Familie Öl und Lebensmittel und Geld gebracht.« Es war das Erste, was er sie gefragt hatte, als er in jener Nacht zu sich gekommen war: »Was ist mit meiner Familie?« Immer wieder. »Woher bekommt meine Familie jetzt Öl? Woher bekommen sie jetzt zu essen?«

Carl hatte ihm versprochen, sich darum zu kümmern, gleich am nächsten Morgen nach Marzahn zu fahren und für die Familie zu tun, was er konnte. Als er Adam endlich so weit beruhigt hatte, dass dieser wieder in rastlosen Schlaf tauchte, sagte er zu Franka: »Sein Mut beschämt mich. Er hat sich dem Teufel verkauft, um seine Leute zu retten.«

»Danke«, sagte Adam jetzt zu Franka. »Ich könnte Ihnen versprechen, ich zahle es Ihnen eines Tages zurück, aber das wäre eine Lüge, und zwar keine, für die man sich Bonbons verdient. Ich kann Ihnen wohl zu gar nichts nütze sein, oder? Dr. Fröhlich konnte mich immerhin gebrauchen …«

»Sie können den Mund halten und nie wieder so etwas auch nur denken«, fuhr Franka auf. »Was mein Onkel mit Ihnen getan hat, ist ein Verbrechen. Was Ihrer Familie angetan wird, ist auch eines, und wenn wir das kleinste bisschen an Ihnen gutmachen können, ist es nicht mehr als unsere verdammte

Pflicht und Schuldigkeit. Das alles wissen Sie doch selbst. Sie sind nicht dumm, Sie sehen sich in der Zeitung nicht nur die Bilder an.«

Er blickte sie an, die Augen dunkel, fragend, ernst. »Ich habe Rechtswissenschaften studiert. Nicht bis zu Ende. Vor dem schriftlichen Examen sind wir nach Marzahn gekommen. Glauben Sie mir das?«

Ihr Blick und seiner hingen aneinander. Ich kann nicht mehr loslassen, dachte Franka und sagte: »Ja. Das glaube ich Ihnen. Es tut mir leid.«

»Muss es nicht. Hitler hat verfügt, dass alle angehenden Juristen vor ihren Examina in eine Art Ferienlager müssen, wo sie zwar keine Paragraphen lernen, aber im aufrechten Geist gestählt werden. Dort hätten sie ja so oder so bemerkt, dass ich nach Zigeuner stinke. Ich habe unter falschem Namen studiert – dafür habe ich schon wieder kein Bonbon verdient.«

Franka machte sich los, stand auf und ging zu ihrem Nachttisch, in dessen Schublade sie eine ganze Tüte von Winnies Blockmalz aufbewahrte. »Doch, das haben Sie«, sagte sie und hielt sie ihm hin. »Nur das mit dem Stinken sagen Sie nie wieder, versprochen? Ich habe auch nicht fertigstudiert. Um ehrlich zu sein, hatte ich gerade erst angefangen, dann kam die Wirtschaftskrise, und für mein Studium war kein Geld mehr da.«

Er blickte zu ihr auf. »Und jetzt? Könnten Sie nicht noch einmal anfangen?«

»Vielleicht«, antwortete Franka. »Ich weiß es nicht. Carl – ich meine Dr. Leutner – fragt mich das auch manchmal, aber ich glaube, ich hätte Angst vor solchen Naziferienlagern und dem aufrechten Geist. Ich bin glücklicher hier, bei Waltraud und Rike, wo ich weiß, wem ich vertrauen kann.« Sie hatte ihm ihr Album mit den Bildern von all ihren Tieren gezeigt.

»Waltraud ist das Pferd mit Bauch, und Rike ist das Pferd mit Hals?«

Franka lachte. »Hüten Sie Ihre Zunge, oder Sie sind gleich das Pferd, das etwas an den Kopf bekommt.«

Ohne den Blick abzuwenden, riss er die Tüte mit dem Blockmalz auf und hielt sie ihr hin. »Versöhnung?«

Sie nahmen sich gleichzeitig einen der braunen Brocken aus der Tüte und schoben sie sich in den Mund. Etwas war wundervoll am Lutschen dieser dicken Bonbons, etwas, das nur von Winnie kommen konnte, der sich auf das verstand, was Menschen guttat: Die Süße im Mund war eine kleine Explosion, man hatte das Gefühl, etwas furchtbar Kindisches, ein bisschen Sündiges zu tun und dabei Gott dem Herrn ein Stück vom Himmel zu stehlen.

Seine Augen lachten. Verschwöreraugen, dunkel, leuchtend, blank. »Darf ich bitte noch eines haben?«

»Sie haben doch das eine noch im Mund.«

»Ich weiß. Aber diese Dinger sind ein bisschen wie Küsse, oder? Je weniger man sie verdient, desto besser schmecken sie, und je mehr man bekommt, desto lauter denkt man: noch mehr, noch mehr, noch mehr.«

Wie soll ich das wissen?, dachte Franka traurig. Die Küsse, die ich bekommen habe, kann ich an meinen zwei Händen abzählen, und ich glaube, ich hatte mir jeden einzelnen mühevoll verdient. »Sie dürfen so viele haben, wie Sie wollen«, sagte sie.

Er fischte mit zwei Fingern drei zusammengeklebte Brocken aus der Tüte, zeigte sie ihr und hob fragend die Brauen.

Franka nickte, und er schob sich die Brocken in den Mund. Sie beulten seine Wange aus, er schloss beim Lutschen zur Hälfte die Lider und gab einen kleinen Laut des Wohlbehagens von sich. Auf seine Lippen, die nicht mehr trocken, sondern samtig aussahen, trat ein Tropfen brauner Feuchtigkeit. Franka konnte nicht anders. Sie setzte sich wieder zu ihm aufs Bett, legte die Arme um ihn und küsste ihn sacht auf die Wange. »Wie können Sie nur so sein, Adam? Ihnen ist so entsetzlich weh getan worden, dass mir übel wird, wenn ich nur daran denke. Und Sie sitzen hier, sind reizend zu mir und haben das Leben lieb.«

»Ich bin reizend zu Ihnen?«, fragte er mit dem Blockmalz nuschelnd. »Ich esse Ihnen Ihre Bonbons weg.«

»Essen Sie sie auf. Heute Abend bringe ich Ihnen neue. Sagen Sie mir, wie Sie das machen?«

»Bonbons essen?«

»Leben lieben.«

»Ich weiß gar nicht, wie man es nicht macht«, sagte er. »Lieben Sie es denn nicht?«

»Doch«, sagte Franka. »Aber ich glaube, ich finde es schwer.«

Seine wachen, klugen Augen sahen sie an. »Ich möchte Ihnen einen Kuss geben, kleine *Rakli*«, sagte er. »Aber das darf ich nicht. Wenn Sie gleich an Ihre Arbeit gehen, sagen Sie dann bitte Herrn Dr. Leutner, er soll es für mich tun?«

»Herr Dr. Leutner schmeckt nicht nach Blockmalz«, entfuhr es Franka. »Er isst nicht gern Süßes. Was bedeutet *Rakli?*«

»Kleines Mädchen, das keine *Sintiza* ist.«

»Haben *Sinti* eine eigene Sprache?«

»Ja.«

»Bitte sagen Sie etwas auf … auf …«

»*Sintitikes*«, sagte Adam. »Das kann ich leider nicht, denn sonst müssten Sie mich heiraten.«

»Warum?«

»Weil wir unsere Sprache nur mit Angehörigen unseres Volkes teilen. Wir sind komisch, *Rakli*. Wir bauen Mauern um uns, die man von Ort zu Ort tragen, aber nicht durchdringen kann. Mir war das immer zu eng. Aber warm war es auch.«

Sie stand auf, sie musste zur Arbeit, war in neun Jahren nie zu spät gekommen und jetzt bald eine Stunde über der Zeit. Im Aufstehen streifte sie mit der Hand seine Locken. »Ihre Kirschla soll Sie heiraten. Sie würde eine gute Wahl treffen. Auch wenn Sie …« Von neuem stockte sie, entsetzt über ihren Mangel an Takt. »Zum Teufel, warum muss ich immer wieder daran rühren und Ihnen weh tun?«

»Vielleicht sollten Sie es einmal aussprechen«, schlug er vor.

»Ich kann nicht. Können Sie's?«

»Nein«, sagte er. »Aber Kirschla wollte nie Kinder haben. Sie würde es überhaupt nicht merken. Sie will nur nicht heiraten. Mich schon gar nicht.«

»Und Sie?«

»Ich will, dass es ihr gutgeht«, sagte er und klang auf einmal verloren. »Dass sie wieder leben kann, wie es ihr gefällt, will ich. Und die anderen auch.«

»Wir kümmern uns darum«, versprach sie und widerstand der Versuchung, ihn noch einmal an sich zu ziehen. »Dr. Leutner setzt sich dafür ein, Ihre Familie aus diesem furchtbaren Lager herauszubekommen. Aber Sie können dann trotzdem nicht zu ihr zurück, Adam. Nicht jetzt. Bitte verstehen Sie das. Es wäre zu gefährlich.«

»Ich will nicht zurück«, sagte er leise. »Wenn ich weiß, sie brauchen mich nicht mehr, und wenn Herr Dr. Leutner mir erlaubt aufzustehen, verschwinde ich, esse Ihnen keine Bonbons mehr weg und bringe Sie nicht länger in Gefahr.«

Franka war schon an der Tür. »Bitte sagen Sie das nicht mehr. Sie bleiben so lange bei uns, bis Sie in Sicherheit und Würde da draußen leben können. Wir würden Sie gar nicht hergeben. So wenig wie …«

»Ihr Pferd mit Bauch?«

»Verstehen Sie das nicht falsch. Das ist bei uns keine Herabsetzung, sondern ein Kompliment.«

»Das weiß ich. Ich fühle mich geehrt.«

»Sie sind unser Pferd, das lächelt«, sagte Franka. »Nicht nachzuzüchten. Wir passen auf Sie auf.«

Adams Körper verfügte über erstaunliche Heilkräfte. Er wurde gesund, kam zu Kräften, war bald nicht mehr im Bett zu halten. Er kam Franka vor wie ein Tier im Käfig, nur dass sein Käfig viel zu klein war und nicht artgerecht. So weit wie möglich versuchte er, sich nützlich zu machen, doch in der winzigen Wohnung gab es kaum etwas zu tun, und so viele Hülsenfrüchte, wie sie ihm zum Pulen brachte, konnte die *Waldschenke* schwerlich verbrauchen. Der Anblick des schön gewachsenen Mannes, der sich mit der Konzentration eines Kindes über die Erbsenschüssel beugte, war zauberhaft, aber Adam war kein Objekt zum Begaffen, sondern ein Mensch, der sich nutzlos fühlte. Noch musste er sich schonen und ermüdete schnell, doch wenn seine Genesung noch weiter voranschritt, würde seine Energie ihn in dem engen Raum zum Wahnsinn treiben.

Franka ging dazu über, von sämtlichen Kollegen Bücher und Zeitschriften zu borgen, die sie ihm am Abend mitbrachte. Zu ihm nach Hause zu kommen und seine Freude zu erleben war schön, und sie ertappte sich dabei, dass sie dem Feierabend entgegenfieberte, wie sie es zuvor nie getan hatte. Sie hatte ihn gefragt, was er gern lesen wolle, und er hatte gesagt: »Ich würde alles gern lesen. Ich bin auf Buchstaben fast so wild wie auf Bonbons.«

»Ich habe leider nur Tierbücher«, sagte sie, als sie miteinander auf der Fensterbank saßen, und wies auf das Regalbrett mit *Brehms Tierleben*.

»Das finde ich schön«, sagte er. »Das habe ich mir als Junge gewünscht: ein Brett an der Wand und darauf Bücher, die mir gehören.«

»Hatten Sie kein einziges?«

»Nein«, sagte er, »so, wie Sie keinen einzigen Bruder und keine Schwester hatten.«

Franka lachte, wie man es manchmal tat, wenn man verstecken wollte, dass man etwas nicht komisch fand. »Vielleicht hätten wir tauschen sollen?«

»Wir hätten teilen sollen«, sagte er und berührte mit seinen weichen Lippen ihre Schläfe. »Aber tauschen geht nicht, denn meine Brüder und Schwestern hatten mich ja lieb, und vielleicht finde ich es deshalb leicht, das Leben zu lieben, und Sie finden es schwer, arme *Rakli.*«

Du bist ja ein Verhaltensforscher, dachte Franka. Ganz ohne Studium und Experimente. »Ihre Eltern hatten Sie auch lieb, oder?«

»Aber natürlich«, rief er. »Ganz fürchterlich! Als Junge war ich ein Kreuz für meinen Vater, ich fand, ich hätte die Weisheit mit Löffeln gefressen und es wäre unter meiner Würde, mir von einem ungebildeten Mann ein Wort sagen, geschweige denn den Hintern versohlen zu lassen. Einmal habe ich zu ihm gesagt: Ich wünschte, ich hätte keinen Sattelflicker ohne Arbeit zum Vater, sondern einen, auf den ich stolz sein kann.«

»Ich hoffe, dafür hat er Ihnen nach Strich und Faden den Hintern versohlt«, sagte Franka.

Er schüttelte den Kopf, dass die Locken flogen, presste die Lippen aufeinander und tat ihr so leid, dass sie die Arme um ihn legen und seinen verkrampften Rücken streicheln musste. »He, ist ja gut. Junge Leute reden Unsinn, oder? Ich habe keine Erfahrung, aber Winnie hat mir so etwas auch von sich erzählt.

Er hat zu seinem Vater *vernagelter, kaisertreuer Spießer* gesagt.«

»Und sein Vater?«, fragte Adam ganz leise, ganz verkrochen in ihren Arm. Dass ein Mensch ihr ein solches Vertrauen schenken konnte, hatte sie nie erlebt – sie kannte es von Waltraud, von Vasco, von Rike, aber nicht von Menschen.

»Sein Vater hat gesagt, er haut ihm jetzt vernagelt und kaisertreu den Hintern windelweich, und am nächsten Abend sind sie zusammen zum Sechstagerennen gegangen. Zwei Jahre später ist Winnies Vater gestorben. Winnie hat ihn in den Armen gehalten, und als er sich für das, was er damals zu ihm gesagt hat, entschuldigen wollte, hat der Vater erwidert: Nun lass schon. Wenn junge Leute so nicht reden würden, bliebe die Welt ja stehen.«

Adams Rücken zuckte. »Winnies Vater hatte Arbeit, oder? Seine Familie hatte keinen Hunger, er hat sich für sein Leben nicht geschämt?«

»Winnies Vater war Tierpfleger. So wie sein Großvater, sein Onkel und Winnie selbst.«

»Mein Vater war Sattler«, sagte Adam. »Und *Sinto*. Von ihm hat niemand mehr etwas gekauft, das Geld für die Familie musste meine Mutter in der Wäscherei verdienen, und seiner hübschen Tochter konnte er zur Hochzeit keinen Kranz kaufen. Er hat mir nicht den Hintern windelweich gehauen, er hat mich stehen lassen und geweint.«

»O weh.« Sie zog ihn noch dichter heran, küsste ihn auf die Stelle im Nacken, auf die sie auch Waltraud geküsst hätte, aber er grunzte nicht, und seine Haut war zart.

»Ich wollte das nicht sehen«, sagte Adam. »Ich dachte: Kein Sohn sollte seinen Vater als eine solche Heulsuse sehen müssen. Er hatte mich lieb. Später hat er mich doch noch einmal geschlagen, weil er Angst um mich hatte, aber am Ende hatte er mehr Angst um meinen Stolz und hat aufgehört. Ich habe geweint, weil mir mein Hintern weh getan hat, und er hat geweint, weil ihm sein Herz weh getan hat und weil er wusste, wir würden uns nicht wiederfinden. Er hat mir das Gesicht abgewischt. Ich ihm nicht. Es tut mir so leid, *Rakli*. Ich würde ihm so gern sagen, wie stolz ich darauf bin, sein Sohn zu sein.«

Franka streichelte seinen Rücken. »Adam, Ihr Vater ist noch in Marzahn, nicht wahr? Ich weiß nicht, wie gefährlich es ist, ich muss erst mit Carl sprechen – aber vielleicht könnten Sie Ihrem Vater einen Brief schreiben? Wenn Carl es bedenklich findet, den Brief in Ihrer Handschrift einzuschmuggeln, schreibe ich ihn ab. Wir könnten ihn so aufsetzen, dass nur Ihr Vater merkt, dass er von Ihnen kommt.«

Adam richtete sich in ihren Armen auf. Seine Augen waren weit. »Ich muss Sie einmal küssen dürfen, Franka. Um mich zu bedanken. Darf ich? Ich bitte Herrn Dr. Leutner um Entschuldigung.«

Franka nickte, sah in seine Augen und dachte: Gleich werde ich geküsst. Er schloss die Hände um ihren Kopf wie Muschelschalen, als sein Gesicht sich näherte, sah sie die Kränze seiner Wimpern, und dann berührten seine weichen Lippen die ihren. Nicht aufhören, dachte sie, und er hörte auf. Löste die Lippen, zog sich eine Handbreit zurück, ließ aber die Muschelhände um ihren Kopf liegen. »Danke, Franka. Warum sind Sie eigentlich so nett zu irgendwelchen fremden, stinkenden Zigeunern?«

»Ich glaube, Sie sind der letzte Mensch auf der Welt, dem ich eine Ohrfeige geben könnte«, sagte Franka. »Aber wenn Sie noch einmal behaupten, dass Sie stinken, dann tu ich's. Ich habe Ihnen gesagt, ich mag Sie gern, und mit dem Brief können wir es machen, wie ich es vorgeschlagen habe. Setzen Sie den Text auf, und ich schreibe ihn ab. Es täte Ihnen und Ihrem Vater gut, und mir auch.«

Ihren eigenen Vater, ihren eigenen Onkel wollte sie nie wiedersehen, aber seinen Vater hätte sie gern kennengelernt. Sie hätte gern zugesehen, wie er spöttisch und zärtlich stolz auf den Sohn war, den er mit all seiner Liebe stark gemacht hatte.

»Sie haben mal einen Preis gewonnen, oder?«, fragte Adam. »Als nettestes Mädchen von Berlin? Leider geht es trotzdem nicht.«

»Warum denn nicht?«

»Mein Vater kann nicht lesen.«

Franka erschrak.

»Trotzdem danke.« Er streichelte ihre Wange. »Und jetzt habe ich getan, was Männer immer tun, nicht wahr? Die Liebenswürdigkeit, das weiche Herz und die offenen Ohren einer Frau ausgenutzt, um mich über meinen Kummer auszuweinen, als hätte ich nicht gehört, dass Sie einen noch größeren haben. Als hätte ich nicht gehört, dass mein Vater mich liebhatte und Ihrer Sie nicht.«

»Ich muss ein schreckliches Kind gewesen sein«, brach es aus Franka heraus. »Ich habe dieses Gefühl bis heute: Wäre ich ein Sohn gewesen, ein Frank Frieder Fröhlich, oder auch nur eine bessere Tochter, dann hätten meine Eltern nicht so jämmerlich gelebt. Und mein Onkel vielleicht auch nicht. Hätte ich ihnen allen etwas geben können, hätte er sich womöglich an Ihnen nicht vergreifen müssen.«

»Franka, Franka.« Adam wiegte seinen Kopf wie ein weiser alter Mann und sah dabei blutjung aus und mit zunehmender Genesung auf einmal bildhübsch. Nicht mehr fremd. »Wie können Sie denn so etwas sagen? Weil mit Ihren Eltern irgendetwas nicht stimmt, glauben Sie, Sie wären nicht liebenswert? Ich schwöre Ihnen, ein anderer Vater hätte Sie vor Liebe aufgefressen wie eines von Ihren Pferden mit Reißzähnen. Wenn Sie meine Schwester wären, dann wären Sie eine *Sintiza,* und das wäre kein guter Tausch, aber was immer mit Ihnen geschehen würde, wir würden Ihnen bis zum Schluss mit unserer Liebe auf die Nerven gehen.«

Er löste die Spange, in die sie sich jeden Morgen ihre Haare stopfte, und fing an, mit den Strähnen zu spielen. »Meine Schwestern fehlen mir«, sagte er. »Wenn Sie sich immer einen Bruder gewünscht haben und wenn Sie wirklich nicht finden, dass *Sinti* stinken – könnte dann nicht ich Ihr Bruder sein? Ich würde Sie liebhaben, bis Sie mich anraunzen: Jetzt rück mir doch mal von der Pelle! Das sagt meine Schwester Raba zu mir. Und im Austausch dafür könnten Sie mir ein Buch schenken, denn ich habe mir doch immer ein Buch gewünscht.«

Franka ließ ihn ganz los, wich zurück und sah ihn sich an. Er trug irgendein altes, zu großes Hemd von Winnie, das ihm von der Schulter gerutscht war, und seine eigenen Hosen, aus deren Beinen schlanke, nackte Füße ragten. »Ich schenke Ihnen ein Buch«, sagte sie mit trockenem Mund. »Auch zwei oder so viele Sie wollen. Ich nagele Ihnen in diesem Zimmer ein Brett an die Wand, nur für Ihre Bücher.«

»Aber als Bruder wollen Sie mich nicht? Ich bin ein Held, mit Ihrer Ohrfeige schüchtern Sie mich nicht ein: Stinke ich? Ist ein *Sinto* als Bruder Rassenschande?«

»Das ist nicht komisch, Adam.«

»Ich finde es auch nicht komisch«, sagte er. »Ich bin gekränkt, weil ich Ihnen als Bruder nicht gut genug bin, und daran ändern Sie nichts, wenn Sie mir obendrein einen Schlag geben, der meine Ehre verletzt. Ich finde mich gut genug. Ich war nicht immer der beste aller Söhne, aber ich war ein ziemlich ordentlicher Bruder.«

»Ich gebe Ihnen gar keinen Schlag«, presste Franka heraus. »Ich hätte gern einen Bruder wie Sie. Aber Sie sind nicht mein Bruder.«

Ehe er etwas erwidern konnte, sprang sie von der Fensterbank und floh aus ihrer Wohnung. Der Zoo war menschenleer, die Besucher bereits gegangen, die Luft noch warm von einem langen sonnigen Tag. Uns läuft die Zeit davon, dachte Franka. Mit einem Mal begriff sie, was der Gedanke bedeutete, und das Begreifen legte sich wie eine Klammer um ihr Herz. Sie rannte bis zu dem Haus, in dem Carl seit dem letzten Winter seine Wohnung und die Behandlungsräume hatte. Sie würde es ihm sagen, sie würde das eine Mal alle Hemmungen überwinden: Carl, uns läuft die Zeit davon. Sie ist schon weit weg, und wenn wir sie jetzt nicht festhalten, holen wir sie nicht mehr ein.

Lieb mich, Carl, oder ich muss einen anderen lieben.

Ich will nicht noch länger damit leben, dass der Einzige, der meinen Körper begehrt hat, Lehrer Rothert bleibt.

Die Tür des Hauses stand offen wie meist, in den Behandlungsräumen konnte jeder ein und aus gehen. »Carl«, rief Franka. Es war erst acht Uhr, er würde noch hier sein, nicht oben in der Wohnung. Aber er gab keine Antwort. Vielleicht war er überhaupt nicht in dem Haus, sondern irgendwo in der Anlage, bei einem der Tiere, das seine Hilfe brauchte. Frauke, die Eisbärin, erwartete Nachwuchs, womöglich hatte die Geburt begonnen. Franka beschloss, auf ihn zu warten. Wenn statt seiner Anita nach Hause kam, würde sie ihr sagen, dass sie ein wenig Zeit mit Carl allein brauchte.

Sie durchquerte den Schlauch der drei Räume, erreichte die Hintertreppe, die zur Wohnung führte, und eilte sie, immer drei Stufen auf einmal nehmend, hinauf. Auf dem Absatz blieb sie stehen und lauschte, um festzustellen, ob oben doch jemand war. Sie hörte Schritte. Stimmen. Erst die von Carl, dann ein ganz helles Lachen, ein Frauenlachen, das völlig anders als das von Anita klang.

Ihr Verstand sagte ihr, dass das nicht sein konnte, eine andere Frau, dass es Sinnestäuschungen und Zufälle gab und dass es zu jedem passte, aber nicht zu Carl. Geh nach oben, sagte ihr der Verstand, drück auf die Klingel, überzeug dich selbst. Dann aber sah sie sich selbst neben Adam auf der Fensterbank, sah seine Schulter, von der das Hemd gerutscht war, und spürte, dass ihr Herz noch immer raste, seit er ihr vorgeschlagen hatte, ihr Bruder zu sein.

Zu mir passt es auch nicht, dachte sie. Ich war immer sicher, für mich gäbe es nur einen einzigen Mann auf der Welt. Aber die Zeit ist uns davongelaufen.

Sie ging die paar Stufen wieder hinunter in den leeren Raum mit dem Behandlungstisch. Dort blieb sie stumm sitzen, starrte auf die Karten mit Skeletten und Blutkreisläufen von Säugetieren, die an den Wänden hingen, und erfasste nichts. Ob Zeit verstrich oder nicht, hätte sie nicht zu sagen vermocht. Erst als sie von der Treppe her Schritte hörte, schreckte sie aus ihrer Trance.

Versteck dich nicht, sagte ihr Verstand, tu dir das nicht an, entwürdige dich nicht. Ihr Körper hörte nicht hin. Sie versteckte sich hinter einem hohen Blechschrank für Instrumente und hielt den Atem an.

Carl und die Frau durchquerten Seite an Seite den Raum. Die Frau sah entzückend aus, sie hatte gewelltes, rund geschnittenes Haar, das wie polierte Kastanien glänzte, und einen dunkelrot geschminkten Mund. Frankas Verstand sagte ihr: Das hier ist albern und grotesk, es gehört in einen schlechten Film. Carl ist nicht der Mann dafür, und wenn ich die Frau dafür wäre, läge ich jetzt in Adams Armen. Es steckt etwas anderes dahinter. Es lässt sich aufklären. Sie wusste die ganze Zeit über, dass es nicht das war, wonach es aussah, aber es änderte nichts. Sie selbst und Adam waren auch nicht das, wonach es aussah, aber etwas waren sie eben doch, es war nicht ohne Belang. Dies hier war ein Teil von Carls Leben, es steckte voller Geheimnisse, zu denen er ihr keinen Zutritt gewährte.

Die Frau blieb im Durchgang stehen, umfing Carls Schultern mit geschmeidigen Armen und gab ihm einen Kuss auf den Mund. »Jetzt hab noch einmal tausend Dank, mein Süßer. Und gib auf dich Acht, es sind schon viel zu viele von den Besten draufgegangen.«

Es klang so falsch, eine Frau, die zu Carl *mein Süßer* sagte, dass es in Frankas Ohren dröhnte. Was Carl sagte, hörte sie nicht. Er begleitete die Frau zur Tür, und als er zurückkam, sah Franka den Streifen Lippenrot, der über seinen Mund verschmiert war. Sie fragte sich, was sie hätte empfinden sollen – Wut, Empörung, Eifersucht? Sie empfand nur Traurigkeit. Ich bin jetzt allein, dachte sie, und es kam ihr vor, als wäre sie nur hierhergerannt, weil sie sich davon hatte überzeugen müssen. Sie wartete hinter dem Blechschrank, bis Carl in seine Wohnung zurückgekehrt war, dann verließ sie das Haus und ging zu Waltraud.

Das Flusspferd badete. Es konnte minutenlang unter Wasser bleiben, ganz von der Erdoberfläche verschwinden, ehe es auftauchte, um prustend Atem zu holen. Wenn es das tat, während sie am Beckenrand saß, kam es Franka immer vor, als lächle Waltraud ihr entgegen und blase ihre Wasserfontäne zu ihrer Begrüßung aus.

»Ich wünschte, ich könnte das auch, Dickhäuterin«, sagte sie. »Abtauchen. Nichts sehen und nichts hören, weil alles ein solches Durcheinander ist. Hast du es klüger gemacht als ich? Fühlt es sich besser an, wenn man gar nicht erst jemanden liebt? Oder hast du den dicken Ramses geliebt, und ihr zwei habt nur zu lange gewartet, bis dann die kokette Zuzana kam und euch die Zeit davongelaufen war?«

Das Flusspferd schwamm heran, der große Leib teilte das Wasser, ohne Wellen zu schlagen, bis Franka ihr die Hand auf den Nacken legen konnte. Der Abend war noch warm, dass sie nass wurde, machte ihr nichts aus. »Man sollte sich nicht mit seinen kleinen Händeln beschäftigen, die in hundert Jahren vergessen sind«, sagte sie, »sondern mit den Belangen der Welt. Mit diesem Pakt, den Hitler mit Stalin geschlossen hat zum Beispiel, mit den Berichten über Zwischenfälle an der polnischen Grenze – seit Adam bei mir ist, habe ich ständig Zeitungen im Haus, weißt du? Aber interessiert sich irgendwer dafür? Interessiert sich irgendein Mensch wirklich für mehr als das, was sein kleines Leben betrifft? Weißt du, was ich glaube, Waltraud? Eine gute Zeit ist eine, in der niemanden kratzen muss, was in der Zeitung steht.«

Es war so schön, ein Tier bei sich zu haben, das stillhielt, während man Unsinn vor sich hin schwatzte, das einen nie unterbrach, nie kritisch die Stirn runzelte, sich nie lustig machte, sondern höchstens für kurze Zeit unter Wasser verschwand und kurz darauf wieder auftauchte. Es war so schwer, keinen Menschen bei sich zu haben, der einem Antwort gab, der die Arme öffnete, der sagte: Du, mir ist so etwas auch schon passiert – und ich habe es überlebt.

Es war tiefe Nacht und Franka bis auf die Knochen durchgefroren, als sie sich auf den Heimweg machte. Ihre Wohnung war dunkel. Hinter den Vorhang, wo Adams Bett stand, wagte sie nicht zu blicken. Sie vermutete ihn schlafend, doch als sie selbst im Bett lag und keine Geräusche mehr verursachte, hörte sie sein unterdrücktes Weinen.

Sie hätte ihn fragen sollen, ob es ihm recht war, aber sie fragte nichts, sondern ging zu ihm, kroch unter seine Decke und nahm ihn in die Arme. Er war ein so vollkommen anderer Mensch als sie und Carl, er ließ sich halten und trösten und machte keinen Hehl daraus, dass er sie brauchte. Franka wusste nicht, wie sie ohne ihn diese Nacht überstanden hätte.

Sie strich ihm durchs Haar, tupfte ihm kleine Küsse auf die Schläfe und flüsterte immer wieder in sein Ohr: »Es ist ja gut, mein Lieber, ich bleibe jetzt bei dir, ich lasse dich nicht mehr allein.«

Irgendwann bemerkte sie, dass nicht mehr er, sondern sie weinte, dass er sie liebkoste, tröstete und mit seinem Körper wärmte. Noch immer hatte sie Angst, ihm Schmerz zuzufügen, gar die frisch verheilte Wunde aufzubrechen, doch der Wunsch, seinen Körper zu erkunden, ihn sich zu eigen zu machen, wurde übermächtig. Er war schlank und geschmeidig, Brust und Schultern dabei überraschend kräftig, und bei allem, was sie ertastete, dachte sie: So wie sein Gesicht, so wie sein Herz ist auch sein Körper – wie aus Liebe zum Leben gemacht. In dieser Nacht war sie zu entkräftet, um der allzu neuen, allzu erregenden Versuchung nachzugeben, doch ihm nahe zu sein war schön, und seine Zärtlichkeit nahm ihr die Scham. Erschöpft vom Weinen und vom Ansturm der Gefühle schliefen sie eng umschlungen ein.

Als Franka erwachte, fiel Sonne durch den Spalt zwischen den Vorhängen, und der schlafende Adam lag noch immer in ihren Armen. Fasziniert betrachtete sie den blauschwarzen Schatten auf seinen Wangen, der gestern Abend nicht da gewesen war. Winnie, der Fachmann für männliche Eitelkeit, hatte ihm gleich am ersten Tag ein Rasiermesser gebracht, das er ständig benutzte. Jetzt aber ertastete sie staunend die Stoppeln, die ihm gewachsen waren, während sie nebeneinandergelegen hatten. In ihrer ersten Nacht bei einem Mann.

Adam wachte auf, als sie sich behutsam von ihm löste, und lächelte sie an.

»Danke.«

»Nichts zu danken.«

»Doch«, sagte er. »Du rettest mich immer wieder aufs Neue.«

»Worüber hast du geweint?«

»Das sage ich dir nicht. Über alles und nichts. Aber wenn dieses Reich von Hitler doch nicht tausend Jahre hält, wenn ich irgendwann wieder ein Mensch sein darf, dann gebe ich dir alles zurück.«

»Du gibst es mir zurück. Hier und jetzt. Wenn du kein Mensch bist, Adam, dann habe ich noch keinen gesehen.«

Er lachte silberhell und küsste ihre Wange. »So sehr viele hast du auch noch nicht gesehen, glaube ich. Die meisten, die du kennst, sind ja Pferde.«

Sie fuhr durch sein schönes Haar und dachte: Wir müssen etwas damit tun, er muss es sich bleichen oder kurz schneiden, wir müssen irgendwie dafür sorgen, dass er nicht mehr so anders aussieht, so unverkennbar, damit er nach draußen kann. Ihm darf nichts geschehen, aber ich kann ihn nicht in dieser Wohnung einsperren. Schweren Herzens zog sie sich für die Arbeit an, ehe sie noch einmal zu ihm ging, um sich zu verabschieden. »Warum hast du das gesagt?«, fragte sie. »Das mit Hitlers Reich, das vielleicht doch keine tausend Jahre hält?«

»Weil ich glaube, dass Krieg kommt«, sagte er. »Und weil Hitler verlieren könnte. Geh zu deinem Menschen, *Rakli*. Zu dem, der kein Pferd ist. Worüber auch immer ihr euch gestritten habt, klärt es auf.«

»Habe ich dir davon gestern Nacht erzählt?«

»Nein«, sagte er. »Aber ich bin ja ein Zigeuner. Ich bin eine wandelnde Kristallkugel.«

»Jetzt reicht es mir«, sagte Franka. Sie nahm ein Stück Blockmalz vom Nachttisch, legte es sich auf die flache Hand und schnippte es ihm an den Kopf.

»Autsch«, sagte er. »Du bist ungerecht. Man darf nur fürs Lügen bestraft werden, nicht für die Wahrheit.«

»Ich habe dich nicht bestraft, ich habe dir ein Bonbon gegeben«, versetzte Franka. »Schau nicht mehr in deine Kristallkugel, nein? Sprich nicht mehr von Carl. Das ist vorbei.«

Kerzengerade setzte er sich auf und rückte so weit von ihr ab, dass sie ihn nicht mehr streicheln konnte. »Sag das nicht zu mir, solange du dir nicht sicher bist«, forderte er. »Nicht, solange du es nicht mit ihm geklärt hast, solange ihr euch nicht beide einig seid, dass ihr euch nicht mehr wollt.«

»Warum denn nicht?« Ihr Herz schlug. Er hatte Gewicht zugelegt, die Haut auf seiner Schulter schimmerte, er war so schön, dass sie erschrak.

»Weil ich nicht dein Bruder sein durfte«, sagte er. »Ich bin ein *Sinto*, ich muss mich in deiner Wohnung verstecken, und ich bin verschnitten wie ein Köter. Jetzt habe ich es ausgesprochen. Aber das hält mich nicht ab. Dein Carl hält mich ab, weil er mein Leben und meine Familie rettet, aber wenn ihr euch nicht mehr wollt, werde ich mich in dich verlieben, *Rakli*. Und wenn ich gesund bin und du legst dich noch einmal neben mich, dann halte ich nicht still.« Er küsste sie auf den Mund und drehte sich weg. »Bitte lass mich allein.«

Franka ging hinaus in den Tag, tat ihre Arbeit und hatte das Gefühl, wie auf Eiern zu laufen. Sie war verwirrt, verstört, konnte keinen klaren Gedanken fassen, aber zugleich erlebte sie ein Glück, das sie nicht kannte: Wenn Menschen an ihr vorübergingen, wenn sie stehen blieben, hatte sie nie etwas anderes gedacht, als dass sie die Tiere sehen wollten, für die sie schließlich gekommen waren. Sie selbst war unsichtbar, verschmolz mit den Mauern der Tierhäuser. Selbst ihre Auftritte als *Flusspferd-Frankie* waren so sehr zur Routine geworden, dass sie die Blicke der Zuschauer nicht mehr spürte.

Jetzt hingegen dachte sie: Sieht einer mich an? Erkennt einer, dass unter der zu großen Uniform die Frau steckt, in die sich der schöne Mann, der mein Geheimnis ist, verliebt? Immer wieder musste sie die Arbeit unterbrechen und sich die Lippen betasten, die Adam geküsst hatte, oder die Brust, an der sein Kopf gelegen hatte, als sie am Morgen erwacht war.

Wie ein schwacher Blitz durchfuhr es ihre Gedanken, dass sie einen Anflug davon doch schon einmal erlebt hatte: damals, nachdem Carl ihr gesagt hatte, dass er sie schön finde. Danach war all das Schreckliche geschehen, und das Gefühl war wieder zerstoben, doch eine Sekunde lang hatte sie auch damals geglaubt, sie könne sorglos und ein bisschen stolz in ihrem Körper umherspazieren und müsse sich nie wieder vor der Welt verkriechen.

Sie wollte nichts entscheiden, nichts klären, nichts besprechen. Nur von Winnie Blockmalz erbetteln und von Käthe Heinroth ein paar Bücher und in Waltrauds Ohr flüstern: Sei mir nicht böse, heute kann ich nicht bleiben. Vielleicht erkläre ich dir auf unsere alten Tage doch noch, wie die Liebe schmeckt.

Carl versuchte, mit ihr zu sprechen. Anita versuchte, mit ihr zu sprechen. Sie wich allen aus. Vier Tage Zeit wollte sie sich stehlen: Nur bis zum Freitag, beschloss sie, dann spreche ich mit Carl und überlege mir, was werden soll.

Aber als der Freitag kam, überlegte sie nichts mehr. Am Freitag war Krieg.

FÜNFTER TEIL

»Der Schnee ist schwarz und traurig
In der Stadt.
Wer da keine Unterkunft hat,
Den bedaure ich.«

Joachim Ringelnatz: »Schnee«

28

Anita

Spätsommer 1941

Pferdefleisch, Seefisch, Wild.

Anita kreuzte alles an und trug die errechneten Mengen in die Spalten ein. Sie unterdrückte ein Seufzen. Solche Anträge waren jetzt wöchentlich auszufüllen, und das Reichsforstamt würde ihnen nie und nimmer die gesamte benötigte Menge an Futtermitteln genehmigen. Immerhin stand der dritte Kriegsherbst vor der Tür, an allen Ecken und Enden machte sich Mangel bemerkbar, und es gingen Gerüchte um, demnächst würden selbst die Brotrationen für Kinder und schwangere Frauen gekürzt.

Die in rascher Folge gewonnenen Schlachten im Westen, die ständigen Siegesmeldungen hatten die Menschen berauscht und dazu gebracht, die paar Entbehrungen klaglos hinzunehmen. Seit vergangenen Juli aber war aus der blitzhaften Eroberung ein Zweifrontenkrieg geworden, und es wurde auch in der Sowjetunion gekämpft. Wenn Anita versuchte, es sich vorzustellen, sah sie ein weites, leeres Land, über das riesige Truppen bewaffneter Menschen marschierten, immer tiefer nach Osten, immer tiefer hinein in unerträgliche Kälte und Stille.

Wo Armeen von solchem Ausmaß versorgt werden mussten, hatten Tiere zurückzustehen, und im Grunde erschien Anita die Reihenfolge richtig: Herrschte Not, so mussten erst Menschen, dann Tiere versorgt werden. Nur hatten ihre Tiere sich nun einmal nicht freiwillig dafür entschieden, aus ihrer Heimat verschleppt und in eine Stadt namens Berlin verfrachtet zu werden, deren Machthabern es eingefallen war, gegen die halbe Welt Krieg zu führen. Dass ihre Tiere in Käfigen saßen, in denen sie keine Möglichkeit mehr hatten, sich selbst zu versorgen, war nicht ihre eigene Wahl.

Ihre Tiere. Manchmal konnte Anita auch nach elf Jahren im Zoo noch nicht glauben, dass sie es war, die so dachte. Vasco, der Lamahengst, den sein Alter nicht vom Spucken abhielt, war noch immer ihr Erzfeind, jegliches Verständnis für die Liebe zu Krokodilen ging ihr ab, und wenn das infernalische Zebra tatsächlich aus dem Zoo verschwunden wäre, hätte sie ihm keine Träne nachgeweint. Auch der Wunsch, mit einem Nilpferd zu baden oder ein Giraffenkalb auf die Nase zu küssen, würde Anita auf immer unverständlich bleiben, aber darum ging es nicht. Dieser Ort war ihre Zuflucht, in Krieg und Todesangst mehr denn je. Er war die Arche an der Spree, sie selbst war hier beschützt worden, und sie würde dafür sorgen, dass jedes Geschöpf – Mensch oder Tier –, das hierhergeholt worden war, beschützt wurde.

Außerdem kamen Menschen hierher, die Angst hatten, die voller Trauer waren, die dringend Hoffnung brauchten. Menschen, die womöglich ausgebombt worden waren, die kaum ahnten, wo sich ihr Sohn, ihr Mann oder ihr Bruder befand, die nicht wussten, ob er noch lebte und wie lange sie selbst noch lebten. Sie brachten ihre Kinder mit, um ein paar Stunden lang zu Atem zu kommen und in eine andere Welt zu flüchten, in die Erinnerung an eine Zeit, in der für die Schönheit und Buntheit des Lebens Raum gewesen war. Den Zoo zu erhalten, mit Zähnen und Klauen darum zu kämpfen, war Dienst an Mensch und Tier. Also blätterte Anita die Seite des Antrags um und trug ihren Bedarf an Körnerfutter für die Vögel in die Spalten ein. Nein, sie würden nicht alles bekommen, was sie benötigten, aber da Lutz Heck zum Reichsforstamt in engster Beziehung stand, erhielten sie zumindest einen Teil.

Noch kurz vor Kriegsbeginn hatte der Direktor die Leitung der obersten Naturschutzbehörde übernommen, und Anita wusste, dass er damit unter ihren Freunden nicht an Beliebtheit gewonnen hatte. Für Männer wie Carl und Winnie war sein Schritt ein weiterer Beweis dafür, dass er sich in den Apparat der Nazis als willfähriges Rädchen einfügte. In ihren Augen war er einer wie Frankas Onkel: »Wer mit dem Teufel paktiert, braucht sich die Hörner nicht vom Kopp zu sägen«, hatte Winnie gesagt. »Das ist wie beim Geweih. Das wächst nach.«

Anita selbst fand die Frage nicht ganz so einfach zu beantworten, aber das war sie von sich ja nicht anders gewohnt. Was Direktor Heck betraf, gab es Dinge, in die die anderen keinen Einblick hatten, und die Schwierigkeit der Beschaffung von Futtermitteln war nur eines davon. Lutz Heck hatte sich der Enteignung von jüdischen Aktionären nicht widersetzt, aber was hätte er durch seinen Widerstand erreicht? Seine Amtsenthebung. Die Ernennung eines neuen Direktors, der den Parteireihen der ersten Stunde entstammte und von den Bedürfnissen eines zoologischen Gartens mit über dreitausend verschiedenen Exemplaren nichts verstand.

Wenn man vom Teufel spricht, dachte Anita, als sie Lutz Hecks charakteristisches Klopfen an der Tür vernahm. Dabei war der Direktor in ihren Augen kein Teufel. Sooft sie sich als Kind einen vorgestellt hatte, hatte er das Gesicht ihres Vaters oder das von Lehrer Rothert gehabt.

Lutz Hecks Gesicht war aufgeräumt, aber müde. »Ah, Anita. Die Anträge schon fertig?«

»Gerade eben. Ausgefüllt und eingetütet.« Sie schob ihm den Stapel hin.

»Danke, Sie Perle. Was würden wir ohne Sie anfangen?«

»Das fragen Sie mich doch jeden Tag«, konterte Anita. »Ohne mich und die kleinen Kartoffeln müssten Sie immer die großen essen.«

»Ich für meinen Teil liebe kleine Kartoffeln.« Heck lächelte mühsam. »Auch wenn wir wohl erst wieder nach dem Endsieg welche bekommen werden. Wie sieht es aus, Anita – haben Sie Zeit, könnten Sie diese Bestandslisten rasch Dr. Leutner zur Überprüfung bringen? Ich brauche sie bis heute Abend zurück, sonst stellt das Reichsforstamt unsere Anträge hintan.«

»Wird erledigt.« Anita nahm die Listen entgegen. »Wir wollen doch das Reichsforstamt nicht auf seinen heiligen Papierkram warten lassen.«

Dass er selbst die paar Schritte zu Carls Praxis hätte gehen können, erwähnte sie nicht. Die beiden Männer, auf deren Schultern das Bestehen des Zoos ruhte, gingen einander aus dem Weg, und sie taten gut daran. Die Einzigen, die mit beiden auskamen und somit die Verbindung hielten, waren Anita und die Heinroths, zumal der verträumte, alternde Oskar Heinroth von Zank und Intrigen in seiner Umgebung ohnehin kaum etwas mitbekam.

»Sie sind ein Schatz, Anita.«

»Ich weiß.«

Der Direktor zog sich zurück, und Anita verstaute rasch ein paar vertrauliche Akten, ehe sie sich auf den Weg zu Carls Praxis machte. Im Hinausgehen sah sie auf die Wanduhr: Schon halb vier, die Mittagszeit war lange vorüber, aber gewiss hatte Carl wie üblich keine Pause gemacht. An manchen Tagen musste sie sich zwingen, ihn anzusehen, weil sie nicht ertrug, wie er verfiel. Sie beschloss, bei Tanja in der *Waldschenke* vorbeizugehen und sich ein wenig Brot und Wurst für ihn einpacken zu lassen.

Es war ein gewöhnlicher Arbeitstag, das Wetter schon herbstlich trüb und die Spazierwege zwischen den Gehegen fast leer. Der Eisverkäufer lehnte lustlos an seinem Wagen, und der Händler mit den Datteln und gebrannten Mandeln war ganz verschwunden, weil es solche Köstlichkeiten am Ende des zweiten Kriegsjahrs nicht mehr gab. Aber der Mann mit der bunten Traube Ballons, die Tiergesichter zierten, war noch da, und gerade kaufte ein älterer Herr – ein Großvater oder ein Onkel – einen Ballon für ein kleines Mädchen. Anita musste stehen bleiben und zusehen, wie die Kleine endlos über die Auswahl grübelte und sich etliche Male umentschied, als gäbe es auf der Welt kein Problem, das schwerer wog. Endlich wählte sie einen blauen Ballon mit einem Elefantengesicht und zog stolz an der Hand ihres Begleiters von dannen.

Anita ging ebenfalls weiter, mit einem Druck auf der Brust, der mit jedem Schritt schwerer wurde. Franka hatte ihr mehr als einmal erzählt, wie ihr Onkel ihr einen dieser Ballons gekauft hatte, und natürlich hatte sie immer den grünen mit dem Flusspferd gewählt. »Ich musste ihn bei Onkel Gerhard in der Wohnung lassen. Mein Vater wollte so etwas nicht haben, und so klebte er dann die ganze Woche über an Onkel Gerhards Zimmerdecke. Und wenn ich am nächsten Sonntag wiederkam, war er wie eine Trockenfrucht eingeschrumpelt, und mein Flusspferd hatte Sorgenfalten.«

Dieser Onkel war es, der Anita auf der Seele lastete. Die Frage, ob er ein Teufel war oder nicht, gestaltete sich völlig anders als bei Dr. Heck, der gewiss vieles duldete, aber keinem Menschen durch sein Zutun Schaden zufügte. Die Bilder von dem jungen Zigeuner, den Carl und Winnie in jener Nacht vor mehr als zwei Jahren in ihre Wohnung getragen hatten, würden Anita dagegen nie mehr aus dem Kopf gehen.

Von dem jungen Zigeuner.

Dass sie so von ihm gedacht hatte, schien eine Ewigkeit her. Er war längst Adam geworden, aber wenn es einen Menschen gab, der für sein Volk hätte werben und sämtliche Vorurteile über den Haufen hätte werfen können, dann er. Es war unmöglich, ihn nicht zu mögen, und noch unmöglicher, sich vorzustellen, dass er einer Menschenseele ein Leid antat. Seit er sein kurzgeschorenes Haar unter einer Kappe verbarg und im Zoo als Hilfspfleger mit anpackte, gewann er überall Herzen. »Der Junge ist Sonnenschein auf Beinen«, sagte Tanja, die ihn nicht vorbeigehen ließ, ohne ihm, den Rationierungen zum Trotz, eine Süßigkeit zuzustecken. »Gerade jetzt, wo all unsere schönen jungen Männer müssen weg.«

Tanja bemutterte ihn mehr als jeden anderen, aber nicht einmal ihr hatten sie verraten, wer Adam, den sie jetzt Max riefen, wirklich war.

»Der Maxl hat's im Rücken wie Heiner, deshalb darf er nicht an die Front«, hatte ihr Winnie, der das Blaue vom Himmel lügen konnte, erzählt. »Aus dem Bayerischen kommt der, da quatschen die Leute halt ein bisschen komisch – rollen das R wie wir einen Harzer Käse.«

»Ja, und da kommt öfter vor diese italienische Typus mit die schöne Glutaugen«, schwärmte Tanja und ließ die eigenen Augen glühen. Was hätte sie wohl gesagt, wenn sie gewusst hätte, welchem Volk ihr glutäugiger Bayer tatsächlich angehörte? Auch nette Menschen und sogar solche, die wie die russischstämmige Tanja froh sein konnten, dass sie unter Hecks Schutz standen und nicht selbst als Staatsfeindin zur Zwangsarbeit verpflichtet wurden, hatten für Zigeuner nichts übrig. Man hörte manchmal freundliche Stammgäste, die verstohlen darüber tuschelten, dass es doch nicht nötig sei, die Juden vom Zoobesuch auszuschließen, schon gar nicht die Kinder, »die nehmen hier doch niemandem was weg«.

Zigeuner hingegen erwähnte kein Mensch. Zigeuner wollte kein Mensch haben. Nicht im Zoo, nicht in der Nachbarwohnung, nirgendwo. Darüber, dass sie auf dem Rastplatz Marzahn wie die Fliegen starben, nur dass Fliegen vermutlich dabei nicht litten, fiel kein Wort. Vielleicht wusste es niemand. Wer ging schon auf Rieselfeldern spazieren? Wohin die kamen, die vom Rastplatz in Lastern abtransportiert wurden und nicht wieder auftauchten, wusste auch niemand. Sachsenhausen, Buchenwald, Neuengamme, hatte Carl in Erfahrung gebracht. Was war dort? Arbeitslager für Häftlinge, lautete die Auskunft, die man nach einigen Mühen von offizieller Seite bekam. »Todesfabriken«, behauptete Carl mit zusammengebissenen Zähnen. Über die Männer aus Adams Familie war kaum etwas in Erfahrung zu bringen. Sein Bruder Rigo war gestorben. An Herzversagen. Ein Mann von fünfundzwanzig.

Anita zwang sich, weiterzugehen.

Man konnte Menschen nichts vorwerfen, was sie nicht wussten, oder doch?

Was hätte sie selbst gewusst, hätten Carl und Franka in jener Nacht nicht Adam hergebracht? Sie hatte Zigeuner auch nicht gemocht. »Schließ ab, oder soll dich der Zigeuner holen?«, hatte die Wirtin vom *Nina* gesagt, wenn Anita nach dem Grauen einer Nachtschicht als Animierdame für bizarre Geschmäcker nicht sofort hatte aufstehen und hinaus ins Morgengrauen taumeln können. »Dem ist es so egal wie unseren besoffenen Säcken. Der nimmt alles. Sogar solche wie dich.«

Anita schauderte.

Manchmal kam es sie hart an, Adam lächeln zu sehen, manchmal wog Scham weit schwerer als Blei.

Ich habe es nicht gewusst, schwor sie sich. Dass Zigeuner wie Adam sein können, der sich weigert, Menschen anders als freundlich zu begegnen, wie hätte ich das wissen sollen? Sie stockte und hasste sich. Und wenn sie anders waren? Wenn Adam gestohlen hätte, gelogen, ein Mädchen verführt – hätte irgendwer deshalb das Recht gehabt, ihm anzutun, was Frankas Onkel getan hatte?

Ein Mädchen verführt hat er durchaus, konstatierte sie. Das eine Vorurteil konnte er nicht entkräften. »Kleine Franka hat also Herzchen an hübschen Maxl aus Bayern verloren«, stellte Tanja fest. »Ist auch kein Wunder. Tut mir in Seele weh für Herrn Doktor, aber war doch nix Halbes und nix Ganzes mit die beiden, und jetzt kleine Franka endlich blüht auf.«

Hätte der Onkel gewusst, dass der Zigeuner, den er sich zu Versuchszwecken von der Rassenhygienischen Forschungsstelle hatte überstellen lassen, seine Nichte zum Strahlen, zum Leuchten, zum Lachen brachte, dass er die Wunden, die ihre Kindheit ihr zugefügt hatte, gesund pflegte und sie lehrte, dass sie eine schöne, begehrenswerte Frau war, hätte er ihn verschont? Oder hätte er ihn, im Gegenteil, noch bestialischer gequält und seiner Deportation nach Sachsenhausen zugestimmt?

Der Onkel war schuldig. Daran bestand kein Zweifel. Ganz egal, was man wusste, ganz egal, wie verblendet man an Theorien über irgendwelches Erbgut festhielt, ganz egal, welches Leid man selbst von Angehörigen desselben Volkes erfahren hatte – so erbarmungslos ging kein Mensch mit einem anderen um. War aber der Onkel der Teufel? Waren alle schönen Geschichten über grüne Nilpferd-Luftballons, bezahltes Schulgeld und Pumpernickel mit Leberwurst mit dieser einen Tat ausgelöscht? Der Onkel hatte Adam fast vernichtet und Franka gerettet – durfte man das eine gegen das andere aufrechnen? Musste man es?

Anita wünschte, es wäre nicht an ihr gewesen, in dieser Frage eine Antwort zu finden, das Dilemma wäre nicht ausgerechnet ihr aufgebürdet worden. Gab es Situationen, in denen man verzeihen musste? Gab es Taten, für die Verzeihen nicht möglich war?

Er hatte sie nicht zum ersten Mal aufgesucht, und Anita war auch nicht die Einzige, an die er sich in diesen Jahren mit der Bitte gewandt hatte, zwischen ihm und Franka zu vermitteln. Von Anita, Carl und Winnie als Frankas Freunden nahm er einfach an, dass sie Bescheid wussten, und alle drei bestürmte er. Nur hatte er bei Winnie und Carl zweifellos auf noch Härteres als Granit gebissen, während Anita nicht umhinkam, mit ihm zu reden. Nicht nur aus anerzogener Höflichkeit, sondern auch weil sie sich fragte: Was ist, wenn diese hündische Unterwürfigkeit umschlägt und er uns verrät? Er weiß, wer Adam aus seiner Wohnung weggeschafft hat, er kennt den Zoo wie seine Westentasche, und es wäre ein Leichtes für ihn, zu erraten, dass sein entführtes Versuchskaninchen sich noch immer hier befindet.

Wenn er Adam zu Gesicht bekäme, wären sie ohnehin geliefert. Für Adam würde das den Tod bedeuten. Er hatte kein Verbrechen begangen und war nie für eines verurteilt worden, dennoch galt er als entflohener Häftling und wurde als solcher gesucht. Als gefährlicher Gewohnheitsverbrecher. Wenn er unter das Beil geschickt wurde, wenn man ihm erlaubte, schnell zu sterben, hatte er noch Glück.

Was mit denen geschehen würde, die ihm geholfen hatten, wusste Anita nicht. Zu behaupten, die Rechtslage sei unklar, war lachhaft, weil es eine solche gar nicht gab. Gewiss würde der Onkel davon absehen, seine Nichte zu denunzieren. Inzwischen wohnte Adam in einem der Zimmer, die durch die Einberufung von Tierpflegern leer standen, und Franka teilte die Wohnung wieder ganz unauffällig mit Anita. Würde sich Franka aber nicht selbst bezichtigen, wenn man ihr Adam entriss? Und Carl? An den durfte Anita gar nicht denken.

Mit solcher Angst im Nacken hatte sie nicht gewagt, sich dem Gespräch mit Gerhard Fröhlich zu verweigern, und so war er gestern wiedergekommen. Zu ihr, nicht zu den anderen. »Ich muss Sie sprechen, Fräulein Anita. Sie waren doch so nett zu mir – bitte hören Sie mich noch einmal an.«

Nett gewesen zu sein zu einem Menschenschinder war beileibe nichts, auf das Anita stolz war. Sie ließ den Onkel ein und schloss ihr Büro ab, wie sie es auf Direktor Hecks Geheiß tat, wenn sie vertrauliche Papiere zu bearbeiten hatte. Aber sie bot ihm nichts von ihrem Kaffee an. Der war auch rationiert. Den brauchte sie für ihre Lieben. »Bitte fassen Sie sich kurz, Herr Doktor. Meine Zeit ist sehr knapp, und mir fällt auch nichts ein, was wir miteinander zu bereden hätten.«

»Ich möchte mit meiner Nichte sprechen«, sagte der Onkel. »Es ist dringend.«

»Ja, das wollten Sie bereits bei Ihrem letzten Besuch, und ich habe Ihnen damals bereits gesagt, dass ich Ihnen nicht helfen kann«, erwiderte Anita. »Franka möchte nicht mit Ihnen sprechen. Daran hat sich inzwischen nichts geändert.«

»Ich bitte Sie noch einmal, sich für mich zu verwenden«, sagte der Onkel. »Ich möchte Ihnen etwas erzählen, das vielleicht meine Handlungsweise verständlicher macht.«

Und ich will es nicht hören, dachte Anita.

»Sie sind doch eine Frau mit einem offenen Herzen, Anita.«

Wenn er jetzt noch sagt: »Wir zwei gegen den Rest der Welt«, dann schreie ich, dachte Anita, die sich nicht erinnern konnte, ihm die Benutzung ihres Vornamens gestattet zu haben.

»Und Sie sind Frankas Freundin.«

Das allerdings. Und schon deshalb wünschte ich, du würdest gehen. Ich habe Franka und Carl einmal etwas geschworen, ich werde ihnen beiden nie vergessen, dass sie meine Freunde sind.

»Ich liebe Franka mehr als jeden lebenden Menschen«, sagte der Onkel. »Mehr als mein Leben. So sehr liebe ich sie.«

Unsere Zeit ist so pathetisch, durchfuhr es Anita. Diese ganzen Reden, die wir im Volksempfänger hören, sind wie Besen, die uns unsere eigene Sprache zu dicker Sahne schlagen, bis wir nur noch geschwollen daherreden können.

»Nur einen einzigen Menschen habe ich so geliebt wie sie«, fuhr der Onkel in demselben leicht zittrigen Ton fort. »Meinen kleinen Bruder, Frank Frieder. Unser Vater war nicht nur streng, sondern grausam. Er war Pastor. Was Gott der Herr bestimmte, war bei uns Gebot, und ich fürchte, zu Gott dem Herrn hatte er sich selbst ernannt. Ich habe einmal von ihm …«

»Nein!«, rief Anita und sprang auf. Das war zu viel, sie wollte nicht die Klagen dieses sechzig Jahre alten Mannes über seine traurige Kindheit hören, womöglich mitleiderregende Misshandlungen, mit denen er rechtfertigte, was er getan hatte. Sie musste an Carl denken, an Franka, an sich selbst. Wir schleppen alle unser Päckchen, dachte sie, wir stellen eine Menge Quatsch mit Soße an deshalb, und ich habe mir manches Mal gewünscht, ich hätte aufwachsen können wie Winnie oder Adam, die so schön sind und ganz gerade stehen, weil sie geliebt worden sind und nicht verbogen. Aber keiner von uns würde je auf die Idee kommen, deshalb einen anderen zu quälen, ihn zu behandeln, als wäre er kein Mensch.

Wenn du hergekommen bist, um mir zu sagen, dass jeder, dem Böses widerfahren ist, den Hang zu Bösem in sich trägt, dann geh. Selbst die Gänseküken von unserem komischen Professor haben trotz ihrer Prägung lernen können, dass sie in den Schwarm der Gänse gehören, und solche Behauptung lasse ich nicht auf uns sitzen. Nicht auf Franka, nicht auf Carl, nicht auf mir.

»Entschuldigen Sie«, sagte Gerhard Fröhlich. »Es war nicht ich, von dem ich erzählen wollte, sondern mein kleiner Bruder

Frank. Rüdiger – das ist Frankas Vater – und ich waren in der Lage, uns zu ducken und anzupassen: Rüdiger, indem er unserem Vater nacheiferte, und ich, indem ich mich ein wenig wie Franka in mich selbst verkroch und in meine Welt der Wissenschaft floh. Frank jedoch war zu keinem davon fähig. Er sprühte vor Leben, hatte Künstler werden wollen, war viel zu offen, um sich zu verstellen. Er hatte Unsägliches von unserem Vater auszustehen. Hätten Rüdiger und ich ihn nicht beschützt und vieles auf uns genommen – ich weiß nicht, wie lange er es überstanden hätte.«

Und jetzt?, dachte Anita. Soll ich den Helden in dir erkennen, der seinen kleinen Bruder beschützt hat, und dir dafür vergeben, dass du den kleinen Bruder von anderen mit deinen Versuchen fast zu Tode gequält hast? Erwartest du, dass Franka das tut? Das können wir doch gar nicht, nicht einmal, wenn wir es wollten. Nur Adam könnte es, aber den würdest du nicht darum bitten, selbst wenn du wüsstest, dass wir ihn bei uns haben.

»Frank ging noch zur Schule, als unser Vater starb«, fuhr Gerhard Fröhlich fort. »Wie sich herausstellte, hatte er all sein Geld einem Missionswerk gespendet, so dass wir mittellos dastanden, doch das schreckte uns nicht. Wir waren entschlossen, uns durchzuschlagen, zu studieren, um eine bessere Zukunft zu kämpfen. Wir haben das alles für Frank getan, aber Frank …«

»Ist im Weltkrieg gefallen«, platzte Anita heraus, weil sie die Selbstbeweihräucherung nicht länger ertrug. Franka hatte ihr die Geschichte mit der gefälschten Jahreszahl erzählt.

»Das hat Rüdiger erfunden«, sagte Onkel Gerhard. »Wir erzählen es, um Franks Andenken nicht zu beschmutzen, es ist das Einzige, worin wir uns einig sind. Ansonsten haben wir Jahre damit zugebracht, uns gegenseitig die Schuld zuzuschieben. Rüdiger glaubte, ich mit meiner Gottlosigkeit hätte Frank vom rechten Weg abgetrieben, und ich glaubte, er mit seiner bigotten Verbohrtheit hätte ihn in die Rebellion gezwungen.«

»Und was ist nun überhaupt geschehen?«, fuhr Anita dazwischen. »Ich habe wirklich keine Zeit, Herr Dr. Fröhlich. Kommen Sie jetzt zur Sache, oder lassen Sie mich meine Arbeit tun.«

»Frank hat uns Schande gemacht«, sagte Gerhard Fröhlich. »Er hat sich eingelassen. Mit einer Zigeunerin.«

Aufbegehren war sinnlos. Wenn Anita ehrlich war, wusste sie, dass jedes Elternpaar im Land dasselbe gedacht hätte, einerlei wie menschenfreundlich es sein Leben führte. Die Nationalsozialisten, die jetzt die Welt überrollten, waren ja nicht aus dem Nichts gekommen, sondern auf einem Boden gewachsen, auf dem ihr Same prächtig gedieh. Hätte sie selbst ein Kind gehabt, eine Tochter, was hätte sie gedacht, wenn das Mädchen mit Adam vor ihrer Tür gestanden hätte? Dass man Adam mögen musste, war Quatsch mit Soße. Um ihn zu mögen, musste man ihm ja erst einmal die Zeit geben, zumindest mehr als *guten Tag* zu sagen, und damit er diese Zeit bekam, musste er sogar hier, auf ihrer Arche, Max der Bayer sein.

»Sie hat ihn verführt«, sagte Gerhard Fröhlich. »Man kennt das ja.«

»Nein«, sagte Anita. »Ich kenne das nicht.«

»Nun ja, Zigeuner. Schwarze Augen, lose Sitten, dieses Freie, Wilde, die seltsame Anziehungskraft, die Menschen mit weniger wissenschaftlicher Ausrichtung Magie nennen.«

»Ich bin ein Mensch mit weniger wissenschaftlicher Ausrichtung«, sagte Anita, »und ich nenne das, was Sie da reden, Quatsch mit Soße, ich will es nicht hören. Nicht in meinem Büro. Wenn es sein muss, sagen Sie mir noch, was mit Ihrem Bruder passiert ist, und dann ist es genug. Hat sie ihn umgebracht, die Zigeunerin mit den schwarzen Augen und so weiter?«

Gerhard Fröhlich drehte das Gesicht zur Seite. Als Anita schon aufstöhnen wollte, weil sie mehr von diesem Zeug nicht ertrug, gab er Antwort: »Er sie«, sagte er.

Tatsächlich war es dem Mann gelungen, Anita zu überrumpeln, und tatsächlich geriet einen Augenblick lang das Bild, das sie sich gemacht hatte, ins Wanken. In ihre Erschütterung hinein erzählte der Onkel stockend den Rest: Die Brüder hatten Frank, der ihnen solche Schande gemacht hatte, verstoßen, in der Hoffnung, das brächte ihn auf den Pfad der Tugend zurück. Er aber hatte alles aufgegeben und war der Zigeunerin hinterhergerannt. Wie in der Oper. Sie hatte ihn betrogen und verspottet wie Carmen, und in seiner Not hatte er sie erwürgt. So jedenfalls lautete die Version von Gerhard Fröhlich. Wie es wirklich gewesen war, würden sie nie erfahren, und Anita legte keinen Wert darauf. Sie würde es Franka erzählen müssen. Irgendwann.

Eines verblüffte sie: Der bigotte Bruder Rüdiger, Frankas furchtbarer Vater, der seiner Tochter nicht einmal gegen Lehrer Rothert beigestanden hätte, musste Frank Frieder wirklich geliebt haben. Trotz Schande, Zigeunerliebe und Mord hatte er sein einziges Kind nach ihm benannt. Es war nie alles so eindeutig, wie es auf einen schnellen Blick aussah. Niemals.

Anita räusperte sich, fasste sich ein Herz. »Und für das alles wollten Sie sich rächen? Deshalb haben Sie sich einen wildfremden jungen Mann aus einem Lager schicken lassen und haben ihn ohne Mitleid missbraucht?«

»Nein, nein!«, rief Frankas Onkel. »Das eine hat mit dem andern nichts zu tun, das versichere ich Ihnen. Mir ging es um die wissenschaftliche Arbeit, darum, dass diese Versuchsreihen doch nun einmal am lebenden Objekt durchgeführt werden müssen …«

Er brach ab, und Anita schüttelte sich. »Das lebende Objekt heißt Mensch.«

Gerhard Fröhlich senkte den Kopf. »Ich habe es nicht ohne Mitleid getan, Fräulein Anita, bitte glauben Sie mir das. Der Junge hatte etwas an sich …«

»Und was?«, fragte Anita beißend. »Schwarze Augen, lose Sitten, Magie?«

»Nein. Ganz anders. Ich weiß nicht, wie ich es ausdrücken soll.«

Wärme, dachte Anita. Zärtlichkeit. Charme.

»Als Dr. Ritter mir sagte, er wolle den Jungen jetzt nach Sachsenhausen schaffen, hat es mir … das Herz umgedreht.«

»Warum denn?«, fragte Anita. »Was wäre ihm denn in diesem Sachsenhausen passiert, das Sie noch nicht mit ihm gemacht hatten?«

Frankas Onkel gab keine Antwort, er fasste sich nur an den Hals.

»Und dann?«, fragte Anita.

»Dr. Ritter hat gesagt, die erste Stufe, die Erfassung aller im Reichsgebiet lebenden Vollzigeuner, Zigeunermischlinge und nach Zigeunerart umherziehenden Personen sei abgeschlossen, und in der nächsten Stufe werde dafür gesorgt, dass noch in Berlin verbleibende Zigeunermischlinge zur Sterilisation herangezogen werden. Ich habe versucht, ihn zu überzeugen, dass es sich bei Adam um einen Vollzigeuner handelt, der für den Volkskörper weniger gefährlich ist. Aber Dr. Ritter hat mir vorgehalten, ich hätte den Beweis nicht erbracht. Da ich ihn nicht umstimmen konnte, habe ich ihn gebeten, ihn nach dem Eingriff zu mir zu bringen, damit ich ihn versorgen kann. Ich wollte nicht, dass er leiden muss, Fräulein Anita.«

»Er wird sein Leben lang leiden«, sagte Anita traurig. »Ganz egal, wie lange dieses Leben dauert.«

Gerhard Fröhlich starrte auf die Platte von Anitas Schreibtisch. »Es tut mir leid«, krächzte er. »Ich bin hergekommen, um Ihnen das zu sagen, um Sie zu bitten, es Franka weiterzugeben: Es tut mir von Herzen leid. Auch wenn ich nicht weiß, wie ich es hätte verhindern sollen.«

Unangenehm war, dass Anita das auch nicht wusste. Selbst wenn das Gerhard Fröhlich für sie kein bisschen liebenswerter machte.

»Bitte sagen Sie Franka doch dies: Wenn sie weiß, ob Adam noch lebt, wo er ist und ob er Hilfe braucht, soll sie es mich auch wissen lassen. Ich wäre froh, ihm helfen zu können.«

Solche Aussagen waren gefährlich. »Traut niemandem, der euch seine Hilfe anbietet«, hatte Carl ihnen eingeschärft. »Er könnte ein Spitzel sein, egal, wie gut ihr ihn zu kennen glaubt.« Sie hatten Käthe Heinroth einweihen müssen, damit sie kaschierte, dass »Max aus Bayern« einige Papiere fehlten, namentlich der Bescheid über seine Ausmusterung. Ansonsten aber durften sie niemandem vertrauen. Nicht einmal Käthes Mann, der reizend war, doch an nichts Böses im Menschen glaubte und sich allzu leicht verplappert hätte.

»Franka weiß nichts«, hatte Anita ein wenig zu schnell und zu heftig erwidert. »Wenn sie etwas wüsste, wüsste auch ich es, wir haben keine Geheimnisse voreinander.«

»Bitte sagen Sie es ihr trotzdem«, flehte Gerhard Fröhlich und blickte endlich wieder auf. Über seine zerknitterte Wange rann eine Träne.

»Geben Sie mir Bedenkzeit«, war alles, was Anita ihm hatte zugestehen wollen. »Und jetzt lassen Sie mich bitte allein. Wenn Franka Sie sprechen will, weiß sie ja, wo sie Sie findet.«

Schwerfällig wie ein uralter Mann stand er auf. »Eines noch«, murmelte er, schon an der Tür stehend. »Ich sage das nicht, um Franka unter Druck zu setzen, sondern um deutlich zu machen, dass ich nichts mehr zu verlieren habe. Ich habe Krebs. In einem fortgeschrittenen Stadium. Ich habe mich entschlossen, mich der Operation zu unterziehen für den Fall, dass mich Franka noch braucht. So oder so habe ich jedoch nicht mehr lange zu leben.«

29

Anita

Anita rannte den Rest des Weges. Das übliche Durcheinander in den Behandlungsräumen der Tierarztpraxis, Tierbeine und Menschenbeine, die durcheinanderzappelten, lenkten sie von den Gedanken an den Onkel ab. An manchen Tagen musste Carl mit der gesundheitlichen Versorgung von mehr als viertausend Tieren allein fertigwerden, weil es immer schwieriger wurde, Hilfskräfte zu bekommen. Nach Kriegsausbruch hatten sie noch eine recht große Zahl der Pfleger und Assistenten als unabkömmlich zurückstellen lassen, doch die beiden Fronten waren wie zwei Mäuler von Riesenkrokodilen, in die Ströme von Menschen hineinwanderten, um verschlungen zu werden.

Immer neue Soldaten wurden gebraucht, damit die beiden Krokodile satt wurden. Carl hätte ihren Vergleich gehasst, aber genau so kam es Anita vor. Der Zoo hatte Federn lassen und Pfleger freigeben müssen – Männer, die jetzt keine Elefanten mehr duschten, sondern Gewehre anlegten, die vielleicht schon tot waren, ihre Namen vergessen. Nur auf den Postkarten im Ständer am Elefantentor sah man noch ihre lachenden Gesichter neben Anneliese, Pongo oder Vasco.

Aus dem vorderen Behandlungsraum kam Winnie, der einen jungen Schimpansen wie sein Kind auf der Hüfte trug. Gott sei Dank müssen wir diesen Kerl nicht an die Front schicken, dachte Anita. Als Oberpfleger würde er seinen Unabkömmlichkeitsstatus nicht verlieren, und sein geliebter Heiner war ausgemustert worden. »Wegen seiner Hühnerbrust«, hatte Maxim gespottet, und dieses Mal hatte der Spott nicht ganz wohlwollend, sondern ein wenig ätzend geklungen. Maxim selbst hatte am Abend zuvor seinen Einberufungsbefehl erhalten, er hatte keine Wahl, als sich in einem Krieg, von dem er nichts verstand, verheizen zu lassen.

»Das kannste ja nun wohl wirklich nicht behaupten«, hatte sich Winnie empört. »Wäre Heiner diese Sache mit seinem Rücken nicht passiert, hätte er als Preisringer eine Kohle jescheffelt, dat icke mir hätte zur Ruhe setzen können.«

»Was ist ihm denn mit seinem Rücken passiert? Hast du den durchgesessen?«

Darüber hatte Heiner gestöhnt, der Rest der Mannschaft hatte gelacht, und Winnie hatte zu einer komplizierten Erklärung von Heiners Leiden angehoben. Kurze Zeit schien alles beim Alten, alles wie vor dem Krieg. Winnies Fähigkeit, im größten Wahn ein Stück Alltag zu bewahren und gehamsterte Bonbons zu verteilen, war für sie alle unentbehrlicher denn je. Davon abgesehen hätte Winnie die Front nicht überlebt.

»Ick wär' desertiert und hätt' mir erschießen lassen, Anneken«, hatte er Anita gestanden. Ein bisschen war Winnie wie Frankas Flusspferd: groß, schwer, furchteinflößend – aber er fraß nur Gräser. Dennoch töteten Flusspferde häufiger Menschen als Krokodile, und Anita hatte keinen Zweifel: Hätte jemand seinem Heiner oder den Menschen, die seine Liebe seit Jahren beschützten, etwas angetan, wäre Winnie vor nichts zurückgeschreckt.

Jetzt grinste er ein wenig erschöpft, aber aufgeräumt wie immer. »Na, Anneken – willste zu Carl?«

»Nur schnell ein paar Listen mit ihm durchsprechen«, sagte Anita und ertappte sich bei der Hoffnung auf mehr: Sie machte sich unentwegt Sorgen um Carl. Wenn sie ihn wie jetzt ein paar Tage lang nicht gesehen hatte, spielte ihre Phantasie verrückt: Beschuldigte er gerade einen der Aktionäre, die die Nazipartei finanziell unterstützt hatten, des Massenmordes? Nannte er Hitler einen Wahnsinnigen? Verlor er vor Schmerz und Zorn die Kontrolle? Er kam ihr vor wie ein Boot, das ins Schlingern geraten war und auf einen Wasserfall zutrieb. Solange er und Franka einander geliebt hatten, hatte er seine Wut auf die Menschenverachtung der Nazis zügeln können, hatte sich im letzten Augenblick auf sich selbst und seine Verpflichtung dem Zoo gegenüber besonnen. Franka war sein Anker gewesen, und seit die Kette zerrissen war, war er haltlos. Anita zerbrach sich den Kopf, aber ihr fiel nicht ein, wie sie ihm hätte helfen können.

»Er hat Arpad dadrin«, sagte Winnie, der es gewohnt war, dass er ab und zu keine Antwort bekam.

»Das Mörderzebra?«

»Na komm, so schlimm ist Arpad wirklich nicht. Er hat bloß Angst. Und seit Samtauge sich um ihn kümmert, wird er regelrecht zum Plüschtier.«

Adam und Franka hatten die Idee gemeinsam ausgetüftelt: Adam hatte sich um jeden Preis nützlich machen wollen, empfand vor den Großtieren des Zoos aber eine Heidenangst, die Anita eher als gesunden Respekt bezeichnet hätte. Lediglich Pferde waren ihm vertraut. Seine Familie hatte mit Pferden gehandelt, als er ein kleiner Junge gewesen war, also schlug er vor, sich des Zebras anzunehmen, das nur im Zoo verblieben war, weil Carl und Franka es nicht hatten hergeben wollen. Es hatte etwas mit Adam gemein: Wie er führte auch Arpad ein mehr oder weniger heimliches Dasein, wurde in Bestandslisten nicht aufgeführt und versteckt, wenn die Direktoren zum Rundgang kamen. Andernfalls wäre er gewiss über kurz oder lang verkauft oder Carl übergeben worden, damit er die Tötung vornahm.

Der Kelch immerhin ging an Carl vorüber, und darüber war Anita mehr als froh. Adam und das Zebra hatten offenbar ihre Seelenverwandtschaft entdeckt und Vertrauen zueinander gefasst. Es war eine gute Lösung für alle Beteiligten: Adam kam aus der Wohnung heraus und fühlte sich nicht länger nutzlos, und die Betreuung des Zebras blieb nicht auch noch an Carl und Franka hängen.

»Ist denn Adam ... ich meine Max mit ihm drin?«, fragte Anita.

»Klar«, antwortete Winnie. »Wolltest du den auch sprechen?«

Anita bemerkte den wachsamen Ton. Die Angst, Adams Tarnung könnte aufgedeckt worden sein, ließ sie nie völlig los. »Nein, gar nicht«, beruhigte sie ihn hastig. »Was hat denn das Zebra überhaupt?«

»Es lahmt«, antwortete Winnie. »Carl fürchtet, es könnte sich bei seinem Rumgetobe irgendwo angestoßen und das Hufbein gebrochen haben.«

»Und dann?«

Traurig zuckte Winnie die Achseln und strich dem jungen Affen über den Kopf. »Sieht schlecht aus. Arpad würde sich ja auch nicht ruhigstellen lassen.«

In dem Augenblick wurde aus dem hinteren Behandlungsraum ein Gepolter laut, und dann ertönte der gepeinigte Schrei des Zebras, der Anita durch Mark und Bein ging. Sie erkannte die beruhigenden Stimmen von Carl und Adam, und kurze Zeit später war wieder alles still. »Ick muss denn auch los«, sagte

Winnie. »Diese hungrige junge Dame hier zum Abendessen bringen. Mach's gut, Anneken. Grüß mir die Kleene. Vor lauter Liebe kriegt man die ja gar nich' mehr zu sehen, wa'?«

»Du sagst es.«

»Aber ick gönn's ihr, Anneken.« Winnies klare blaue Augen sahen Anita fast entschuldigend an. »Carl is' mein Freund, und ick kann det Elend kaum mit ankieken, aber wir haben Krieg, da braucht der Mensch wat fürs Herz. Und die zwee beeden – irgendwie kamen die doch nich' aus'm Quark.«

»Noch einmal: Du sagst es.«

»Und Samtauge ist ein verdammt feines Stück Mensch. Dem schuldet das Leben ja auch mal 'ne dicke Scheibe vom Glück.«

»Aller guten Dinge sind drei. Wie immer ist dein Durchblick bestechend, Winnie.«

»Falls wir hier pleitejeh'n, werd' ick Kummerkastentante.« Er drückte Anita einen Kuss auf die Wange, wobei der Affe ihr in aller Unschuld an die Brust fasste, und dann ging er. Anita wartete. Kurze Zeit später öffnete sich die Tür zum Behandlungsraum.

»Ich möchte eine solche Schweinerei nicht noch einmal sehen, haben Sie das verstanden?«, ertönte Carls Stimme ungewohnt barsch, zumal in Anbetracht der Tatsache, dass ein krankes Tier im Raum war. »Sie sind für Arpad verantwortlich, und wenn Sie dieser Verantwortung nicht nachkommen, können wir Sie hier nicht brauchen.«

»Es tut mir sehr leid«, sagte Adam bemerkenswert ruhig. »Ich habe seine Hufe ausgekratzt, wie ich es von meinem Vater gelernt habe.«

»Dann werden Sie es eben gründlicher machen müssen, als Sie es von Ihrem Vater gelernt haben. Und halten Sie seinen Verschlag sauber. Er hat sich diese Entzündung höchstwahrscheinlich beim Scharren in Kot und Urin geholt.«

»Ich habe seinen Verschlag jeden Tag gereinigt«, erwiderte Adam. »Ich werde es öfter tun. Es tut mir weh, dass Arpad meinetwegen Schmerzen hat.«

»Sie brauchen sich nicht so dramatisch auszudrücken. Bringen Sie ihn zurück, tragen Sie die Salbe heute noch zweimal auf. Morgen früh sehe ich ihn mir drüben im Zebrahaus an.«

»Vielen Dank, Herr Doktor.«

Anita war erschrocken. Dass Carl einen der Pfleger derart scharf zurechtwies, hatte sie nie zuvor erlebt. Dass er es bei dem jungen Zigeuner tat, der sich so viel Mühe gab, jedem gefällig zu sein, war eine Ungerechtigkeit, die ihr ins Herz schnitt. Aber Carl war auch nur ein Mensch. Der Krieg zermürbte, zerrte selbst Leuten wie Winnie und Heiner, die aus ihrer Liebe Kraft schöpften, an den Nerven. Carl dagegen war allein, er musste mit seinen verletzten Gefühlen ohne Beistand fertigwerden.

Adam kam mit dem Zebrahengst, hielt in der Rechten das Halfter unter dem Kinn des Tieres und umschlang mit dem freien Arm seinen Hals. Er hatte sichtlich alle Hände voll zu tun, das scheuende Zebra zu beruhigen, doch als er Anita sah, lächelte er. »Guten Abend, Anita. Sie wollen zum Tierarzt und haben gar kein Tier bei sich?«

Sein Blick traf geradewegs ins Herz. Anita lächelte zurück, obgleich das Zebra ihr Angst einflößte. »Dafür aber Sie ein sehr großes. Vielleicht können wir teilen?«

»Das würde Arpad sicher gefallen. Aber der Herr Streifenpferd darf schon wieder nach Hause.«

»Was hat er denn?«

»Strahlfäule. Er hat große Schmerzen. Ich habe seine Hufe nicht richtig sauber gehalten.«

»Ich bin sicher, das haben Sie doch«, sagte Anita. »Sie machen Ihre Arbeit gewissenhaft, Adam, und Sie würden kein Tier leiden lassen.«

»Ich glaube, ich heiße hier Max«, sagte er und lächelte wieder. »Es ist sehr nett von Ihnen, das zu sagen, Anita, aber Dr. Leutner hat Arpad ja untersucht. Ich werde es in Zukunft machen, wie er es mir erklärt hat, dann kann es nicht wieder passieren. Und der Herr Streifenpferd hat ein großes Herz – er hätte mir einen Tritt verpassen sollen, aber er hat mir verziehen.«

Das Lächeln von diesem Burschen heilt ein Stück der kaputten Welt, dachte Anita. Man möchte ihm pausenlos Nettigkeiten um den Bart streichen, nicht nur mit Worten, sondern zugleich mit den Händen, man steht sogar still neben dem Mörderzebra, nur damit er einem dieses Lächeln schenkt.

Adam und das Zebra gingen, und Anita trat zu Carl ins Behandlungszimmer. »Musste das sein?«, fragte sie. »Fühlst du dich besser, wenn du Adam kränkst, obwohl er jünger und in einer viel schwächeren Position ist als du? Oder willst du mir erzählen, er hatte deine Härte verdient?« Seit dem Ball damals, vor dem Krieg, hatte ihre Beziehung sich verändert, und sie konnte es sich herausnehmen, so mit ihm zu sprechen.

Getroffen senkte er den Kopf. »Nein. Gar nicht. Er kümmert sich vorbildlich um Arpad, und Strahlfäule kommt bei einem Zebra, das zu viel stillstehen muss, eben leider vor. Er hat es sofort bemerkt und ihn mir gebracht, ehe die Entzündung fortschreiten konnte.«

»Und den Rüffel hat er wofür bekommen? Dafür, dass Franka ihn liebt? Wäre er ein gewöhnlicher Rivale, würde ich sagen: Nur zu. Er trägt die Trophäe davon und wird's verkraften. Aber das ist er nicht, Carl. Er ist ein junger Mann, der alles verloren hat, der in ständiger Sorge um seine Familie lebt und auf Gedeih und Verderb von uns abhängig ist. Du kannst zu ihm nicht sagen: Wenn Sie dies oder jenes nicht tun, können wir Sie hier nicht brauchen. Es ist grausam, es passt nicht zu dir, und du tust dir damit keinen Gefallen.«

Er nahm die Brille ab und sah sie wieder an. Sein Gesicht war grau, die Lider schwer, als hätte er tagelang nicht geschlafen. Sein Anblick ging ihr durch und durch. Sie hätte alles getan, um ihm zu helfen, aber die Umarmung, die er so dringend nötig hatte, brauchte er nicht von ihr. Es war nicht seine Schuld, dass er Frankas Liebe verloren hatte. Er hätte mit ihr sprechen müssen, ihr erklären, dass er seiner geschiedenen Frau geholfen hatte, in die USA zu emigrieren, dass er unter dem Tod seines Doktorvaters litt, dass er die Entwicklung der politischen Lage wie eine Schlinge empfand, die sich zuzog – nicht um seinen Hals und nicht einmal allein um Deutschland, sondern um Europa und womöglich um die ganze Menschheit.

»Wenn das, was Hitler vorhat, nicht aufgehalten wird, werden wir die Welt nicht wiedererkennen«, hatte er zu Anita gesagt. »Und keiner hält ihn auf. Das Ausland hat ihn jahrelang gewähren lassen, und wir hier im Land ducken uns und denken: Gebe Gott, dass es mich nicht trifft. Ich habe Angst. Eine Handvoll größenwahnsinniger Verbrecher baut eine Menschenvernichtungsmaschine, und alle Welt schaut zu und schweigt.«

Er hätte über all das, was unablässig auf ihm lastete, mit Franka sprechen müssen. Aber dazu hatte er den Mut nicht aufgebracht. Liebe ist so merkwürdig, dachte sie. Denen wir am nächsten sein wollen, zeigen wir uns am wenigsten, weil wir vor Angst zittern, sie könnten erschrecken und sich von uns abwenden. Dabei sind wir ja nicht blöd. Uns ist klar, dass wir uns auf diese Weise voneinander entfernen, bis wir uns nicht mehr wiederfinden. Aber die Einsicht bewahrt uns davor nicht.

Adam war anders. »Er lässt mich bei ihm sein«, hatte Franka einmal Anita erzählt. »Ich glaube, ich kann mit Adam Glück erleben, weil er mich nicht von seiner Not ausschließt.«

Das Glück leuchtete ihr aus den Augen. Mitten im Krieg, wo alles welkte und entwurzelt wurde, blühte Franka auf. Es musste unendlich hart für Carl sein, zu erleben, dass seine Franka nicht nur einen anderen liebte, sondern dass der andere in der Lage war, ihr zu geben, was er selbst ihr so gern geschenkt hätte.

»Es tut mir leid«, sagte er.

»Du bist kein Übermensch«, erwiderte Anita. »Ich wollte lediglich, dass du weißt: Sei wachsam. Wenn du dich nicht imstande siehst, mit Adam anständig umzugehen, dann solltest du dir zugestehen, ihn zu meiden.«

»Das ist doch albern. Wir sind keine dreizehn mehr und prügeln uns auf einem Schulhof um ein Mädchen. Ich mag den Mann gern und finde ihn bewundernswert.«

»Ich weiß. Er dich zweifellos auch, und Franka hat, was Männer betrifft, einen tadellosen Geschmack. Aber zweiteilen kann sie sich eben nicht, und vielleicht sind die Prügeleien von Jungen auf Schulhöfen gesünder als das, was Erwachsenen zu tun bleibt.«

»Anita«, sagte Carl. »Kommst du mit mir nach drüben? Ich muss die Dauerpatienten versorgen, wir können dabei weiterreden.«

»Es ist schon Zeit für die Verdunkelung«, erinnerte sie ihn.

Er aber schüttelte den Kopf. »Ich bin Tierarzt. Und um Tiere zu verarzten, brauche ich Licht.«

Auch für die Missachtung der Verdunkelungsvorschrift konnte man im Zuchthaus landen, doch Anita wusste, dass man darüber nicht mit ihm reden konnte. Sie folgte ihm in den Nebenraum, wo in einigen Boxen Tiere untergebracht waren. Es waren die, die über Nacht in der Praxis blieben, sei es, weil sie Medikamente erhalten hatten und unter Beobachtung standen, oder weil Wunden und geschiente Glieder überwacht werden mussten. Carl machte sich an ihre Versorgung, und Anita hatte ein wenig den Faden verloren. Sie sah zu, wie er einem Luchs, dem bei einem Revierkampf der Vorderlauf fast zerfleischt worden war, die Verbände wechselte. Jäh blickte er von seiner Arbeit auf und drehte sich mit gequältem Gesicht zu ihr um.

»Sollte uns das nicht völlig egal sein? Wer mit wem in welchen Betten liegt? An allen Fronten herrscht Krieg, im Innern der Häuser wie draußen an den Fronten. Wenn kein Wunder geschieht, sind wir im nächsten Jahr tot.«

»Gerade deshalb ist nicht egal, wer wen liebt«, sagte Anita. »Ich glaube, es ist umgekehrt. Würden wir niemanden lieben, wäre uns egal, ob wir nächstes Jahr tot sind.«

Sie hatte den Satz kaum beendet, als der Alarm losging, die heulende, markerschütternde Sirene, die ankündigte, dass weitere Hunderte oder Tausende von Berlinern heute Nacht im Bombenhagel ihre Häuser oder ihr Leben verlieren würden. Carl hatte recht: Wenn kein Wunder geschah, würde keiner von ihnen das Gesicht des nächsten Jahres zu sehen bekommen.

Vom Flakturm im nahe gelegenen Tiergarten drang das Knattern und Jaulen der Flugabwehr herüber.

Der Zoo verfügte über einen eigenen, in der Nähe gelegenen Bunker, den die Mitarbeiter aufsuchen sollten, wenn genug Zeit war. Zudem hatten mehrere Häuser Luftschutzkeller, und es gab noch einen zentralen Raum hinter dem Wirtschaftshof. Wie es um dieses Haus stand, wusste Anita nicht: »Können wir in den Keller, Carl? Wenn nicht, müssen wir jetzt unbedingt laufen. Wo hast du deine Tasche?« Gepackte Taschen mit Papieren und den wichtigsten Habseligkeiten hielt jeder für die Nächte in Bunkern bereit.

»Ich habe keine«, sagte Carl. »Das Haus hat keinen Keller. Lauf in den zentralen Bunker.«

»Dann komm!«

»Ich habe hier noch zu tun.«

»Das muss warten«, beschwor sie ihn gegen das schwellende Heulen der Sirene. »Wenn wir uns nicht beeilen, kommen wir hier nicht mehr raus.«

»Geh du«, sagte er tonlos. »Ich bleibe hier.«

»Bist du von Sinnen?«

»Ja.«

»Carl, wir müssen hier raus. Du willst doch wohl nicht von einer Bombe in diesem Haus verschüttet werden.«

»Und die hier?«, fragte Carl und wies auf die Tiere in ihren Boxen. »Überlasse ich die sich selbst und bringe nur mich in Sicherheit? Juden dürfen keine Luftschutzräume aufsuchen. Sie müssen in den Wohnungen bleiben und sich zerbomben lassen in dem Krieg, den Hitler angezettelt hat.«

»Du bist aber kein Jude!«, schrie Anita der Panik nah.

»Nein«, sagte Carl, der mechanisch den verletzten, sedierten Luchs streichelte. »Ich bin keiner. Auch kein Zigeuner, Slawe, Erbkranker, Kommunist oder anderes Kroppzeug, das aus der Vielfalt ausgesondert und ausgelöscht werden muss, damit alles stumpf und tot und gleich ist. Ich bin der letzte Spross der edlen Sippe von Kanitz, Offiziere und Gutsbesitzer in der sechsten Generation. Zwar missraten, weil meine Mutter es gewagt hat, mit einem Bürgerlichen durchzubrennen, aber immerhin reinrassig.«

»Carl«, flehte sie, »bitte lass uns doch gehen! Ich will das hören, ich bin so froh, dass du es endlich erzählst, aber erst müssen wir in den Bunker.«

»Geh nur«, sagte er. »Ich gehe nie. Ich kann die Tiere, die wir hergeholt haben, nicht allein krepieren lassen, während ich im Bunker hocke und Karten spiele.«

»Aber was haben denn die Tiere davon, wenn du auch krepierst?«, rief Anita. »Was ist denn mit den Überlebenden, mit denen, die dich brauchen?«

Im nächsten Augenblick vernahm sie in nicht allzu großer Entfernung eine Detonation. Resigniert ließ sie die Arme sinken. Es war zu spät. Sie konnten das Haus nicht mehr verlassen. »Du bist verrückt«, murmelte sie fassungslos. »Du bist vollkommen verrückt.«

»Es tut mir leid. Dass du jetzt auch hierbleiben musst, wollte ich nicht.«

Irgendwo hatte Anita gelesen, man solle sich unter den nächsten verfügbaren Treppenabsatz kauern, wenn man den Weg in einen Luftschutzraum nicht rechtzeitig geschafft hatte. »Komm mit«, herrschte sie Carl an, und diesmal klang sie offenbar so resolut, dass er sich nicht widersetzte. Unter einem Treppenabsatz befand sich eine Schiebetür, und dahinter lag eine Kammer mit Transportkäfigen und Futterkanistern. Anita warf alles einfach in den Flur, bis genug Platz war, um sich nebeneinander hineinzusetzen. Eine Zeitlang hockten sie schweigend da und hörten den rasch aufeinanderfolgenden Detonationen zu. Anita zitterte. Nach einer Weile legte Carl den Arm um sie.

»Es tut mir leid«, sagte er. »Verzeih mir.«

»Darum geht es nicht«, sagte Anita. »Ich habe Angst um dich. Seit Franka dich verlassen hat, verlierst du die Kontrolle, Carl.«

»Ja«, sagte er dumpf. »Ich bin trotzdem froh. Sie hat es verdient, glücklich zu sein, und Adam ist einer, bei dem man vergessen könnte, zu welchem Dreck die Menschheit fähig ist.«

»Ja, das ist er. Aber was du gesagt hast, ist Quatsch mit Soße. Sie hätte auch mit dir glücklich sein können. Ihr habt euch so sehr geliebt, ihr habt euch nur nicht getraut, und wie Winnie immer sagt: Wer kein Glück hat, hat dazu auch noch Pech.«

Traurig lachte er auf. »Ich hoffe nur, dass Winnie Glück hat. Dass er und Heiner irgendwie hier wegkommen, wenn Hitler den Krieg gewonnen hat, dass es dann noch ein Land gibt, in dem diese zwei verliebten Pfundskerle in Sicherheit leben können.«

»Glaubst du, Hitler gewinnt den Krieg?«

»Sieh es dir doch an«, erwiderte er. »Wo er hinkommt, rennt alles aus dem Weg. Anita, ich muss dir etwas sagen. Du hast recht, ich bin der Einzige auf der gesamten Anlage, der Adam nicht erträgt, aber nicht nur, weil Franka ihn liebt. Sondern weil ich meine eigene Ohnmacht nicht ertrage. Ich kann nichts tun. In Marzahn vegetieren die Familien vor sich hin, sterben weg wie die Fliegen und werden einfach verscharrt. Noch erlaubt mir die Lageraufsicht, Adams Familie ein paar Sachen zu bringen, aber lange wird das nicht mehr der Fall sein. Das Sterben geht ihnen zu langsam. Sie wollen es ordentlich haben, nicht nur ein paar tote Juden, ein paar tote Zigeuner, sondern keine Juden und keine Zigeuner mehr auf der Welt. In den eroberten Ostgebieten bauen sie riesige Lager, die nicht zum Leben, sondern nur zum Sterben gemacht sind. Adams Familie bleibt nicht mehr lange hier, Anita – und wie soll ich ihm das denn sagen?«

»Oh, mein Gott. Du darfst es ihm überhaupt nicht sagen, hörst du? Wenn er es wüsste, würde er sich verpflichtet fühlen, mit ihnen in den Tod zu gehen. Er darf nicht sterben, Carl. Wir haben ihn gerettet, und er muss am Leben bleiben.«

»Ja«, sagte Carl, »ich habe mir das auch schon überlegt. Ich werde ihn anlügen müssen, und ich kann das vor meinem Gewissen auch vertreten. Aber dann gibt es Augenblicke, da überkommt mich auf einmal dieser tückische Gedanke: Sag es ihm. Dann geht er nach Marzahn, und Franka …«

»Wünschst du dir das?«, fragte Anita. »Dass Adam aus der Welt wäre und du und Franka noch einmal von vorn anfangen könntet?«

»Nein«, fuhr er verzweifelt auf, »natürlich nicht! Aber ich traue mir selbst nicht mehr. Du hast recht, ich verliere die Kontrolle. Deshalb werde ich gehen.«

»Und was soll das heißen: Du wirst gehen? Wohin willst du denn?«

»Weg von hier«, sagte er. »In den Untergrund. Widerstand leisten.«

»Das darfst du nicht!«, schrie sie ihn an. »Wie selbstsüchtig bist du denn? Willst du uns alle hier, auch dein geliebtes Viehzeug, im Stich lassen, weil Franka einen anderen Mann mehr liebt als dich?«

»Ich fürchte«, sagte er. »Es hört sich grauenhaft an, aber darauf läuft es wohl hinaus. Jemand muss doch versuchen zu kämpfen. Sabotage. Sprengungen auf Militärtransporten. Alles, damit eine Chance besteht, dass dieser Krieg doch noch verloren wird.«

»Das ist Selbstmord.«

»Vermutlich ist es das. Weshalb es die tun sollten, die nichts mehr zu verlieren haben.«

Anita fuhr zu ihm herum. »Sag mal, kennst du Leute, die nichts mehr zu verlieren haben? Keine Freunde, keine Zukunft, kein bisschen Würde, nichts? Ja, du hast Franka verloren, aber du hast immer noch dich. Wie kannst du denn so reden, wie kannst du dir ohne Franka denn selbst so überhaupt nichts wert sein?«

Hilflos zuckte er die Schultern. »Vielleicht ist es mir so lange eingeredet worden, bis ich es geglaubt habe. Nur mit Franka habe ich kurze Zeit gedacht, es könnte anders sein …«

Anita schluckte. »Wer hat dir das eingeredet? Dein Großvater? Der Offizier und Gutsbesitzer?«

Er nickte.

»Was war mit deinen Eltern?«

»Mein Vater hat meine Mutter verlassen, sobald feststand, dass ihre hochherrschaftliche Familie ihr kein Geld geben würde. Sie ist dann zu ihrem Vater zurückgekrochen, aber der hat die beschädigte Ware nicht mehr haben wollen. Mich hat er auch nicht haben wollen, aber ich lag ja nun einmal vor seiner Tür. Also hat er mich auf eines dieser Institute geschickt, die Kinder jeden Alters aufnehmen, solange dafür bezahlt wird. Und die sie behalten, bis sie keine Kinder mehr sind.«

»War der Nationalsozialist, dein Großvater?«, fragte Anita.

»Der ersten Stunde«, erwiderte Carl. »Wenn du mich fragst, war er ein Nazi, noch ehe die Nazipartei überhaupt gegründet wurde oder irgendwer den Begriff benutzte.«

»Aber du bist keiner«, sagte Anita und nahm seine Hände. »Ich denke, es gehört eine unglaubliche Kraft dazu, sich selbst aus solchem Sumpf herauszuholen und ganz anders zu werden. Ich habe gerade zum ersten Mal gedacht: Gott sei Dank, dass mein Vater nur ein perverses Schwein war, der zu sehr damit beschäftigt war, seinen Rest Verstand in Korn zu ersäufen und seine Wut an seiner hässlichen Tochter auszulassen, um sich um Politik zu scheren. Warum sind wir nur eine Generation mit so vielen verkorksten Vätern und Großvätern, Carl?«

»Es mag an dieser einstürzenden Ordnung des Kaiserreichs liegen«, sagte Carl. »Und an dem verlorenen Krieg. Ich glaube, die Generation unserer Eltern und Großeltern hatte das Gefühl, in einer Welt, mit der sie nicht zurechtkam, ein Nichts zu sein. Wenn man ein Nichts ist, schlägt man vermutlich auf den nächstbesten Schwächeren ein, damit der auch ein Nichts wird und man zumindest nicht mehr das kleinste Nichts ist. So habe ich es mir zusammengereimt. Aber in Wirklichkeit weiß ich nichts. Ich verstehe es nicht, Anita.«

»Ich auch nicht.«

Eine Detonation ließ sie verstummen. Es klang, als schlüge die Bombe in unmittelbarer Nähe ein. Gleich darauf folgte eine zweite. Anita hielt sich die Ohren zu und dachte an Frankas Onkel. Er war ihr widerlich, aber er hatte immerhin damit aufgehört, aus dem nächsten verfügbaren Schwächeren ein Nichts zu machen. War ihm zu trauen? Würde er helfen? Sie musste irgendetwas für Carl tun, der nur an der Seite von Franka geglaubt hatte, kein Nichts zu sein, sie musste ihn irgendwie davon abhalten, seinen selbstmörderischen Plan durchzuführen – koste es, was es wolle.

»Du darfst das nicht tun«, sagte sie, während in ihrem Kopf die Gedanken fieberhaft durcheinanderjagten und das Haus immer wieder in seinen Grundfesten durchgeschüttelt wurde. »Wenn wir hier lebend rauskommen, musst du mir versprechen, dass du bei uns und am Leben bleibst und für deine Freunde und deine Tiere kämpfst. Das hier ist dein Widerstand, Carl, hier wirst du gebraucht. Winnie, Heiner, Adam, Tanja – es gibt hier genug Menschen, die deinen Schutz dringend benötigen. Versprich es mir, ja?«

»Das kann ich dir nicht versprechen«, sagte er leer und tonlos. »Nur dass ich es versuche. Mehr nicht.«

Das ist immerhin etwas für den Anfang, dachte Anita, der das Herz so heftig raste wie das Geknatter der Flak. Es kauft mir hoffentlich Zeit. Sie sah auf seinen Mund, die geraden, rotbraunen Lippen, und erinnerte sich daran, wie sie ihm einen Kuss gewünscht hatte. Sie wünschte ihm wieder einen. Mehr denn je – einen Kuss, der ihn vor sich selbst bewahrte.

Irgendwann hörten sowohl das Geknatter als auch die Einschläge der Sprengbomben auf. Wenig später ertönte das langgezogene Heulen, das Entwarnung verkündete. Wie viel Zeit vergangen war, wusste Anita nie nach solchen Bombenangriffen, meist war sie nur froh, wieder nach draußen zu kommen. Aber dieser Angriff war anders gewesen. Er hatte hier stattgefunden. Im Zoo. An ihrem sicheren Ort. Ihrer Arche.

Sie mussten sich überwinden, zur Tür zu gehen und sie zu öffnen. Sie schien sich durch die Druckwellen und die Einschläge verzogen zu haben, denn sie ließ sich kaum aufdrücken. Das Erste, was Anita sah, war die *Waldschenke*. Oder richtiger: Das Erste, was sie nicht sah. Die *Waldschenke* war nicht mehr da. Dem Erdboden gleich. Erst im Näherkommen sah man die versprengten Trümmer, die Tische, Stühle, den halben Tresen und die Scherben, die im Dunkeln glitzerten. Ohne ein Wort traten sie hinaus in die raucherfüllte Dunkelheit, gingen nebeneinanderher auf das zerstörte Gebäude zu und wurden dabei mit jedem Schritt schneller.

Irgendwann begann Carl zu rennen. Ein Stück vor der *Waldschenke* war ein weiteres, kleineres Gebäude ebenfalls gesprengt worden, und eine Rauchsäule erhob sich aus den Trümmern. Anita musste kurz überlegen, was darin untergebracht gewesen war – Gerätschaften, Tiere, Menschen? Dann sah sie Carl, der vor zersplitterten Latten auf die Knie fiel. Er gab keinen Laut von sich, sondern hob nur das, was dort am Boden lag, in seinen Schoß.

Anita rannte ebenfalls los. Im Näherkommen sah sie, dass das, was Carl auf seinem Schoß umklammert hielt, der Kopf eines Tieres war, dessen Körper unter Trümmern begraben lag. Es war Vasco, das Lama. Er war tot.

30

Franka

Oktober 1942

Ich will dich heiraten«, sagte Franka. »Ob als Adam oder als Max, ist mir egal. Ich bin *Flusspferd-Frankie*, das Berliner Original, mich verdächtigt keiner. Ich will, dass du in Sicherheit bist.«

»Als Adam ist es Rassenschande«, sagte Adam, beugte sich über sie und küsste ihren Hals. »Das alles hier ist Rassenschande. Warum kann etwas, das so süß schmeckt, einen Namen wie bittere Galle haben, *Rakli?*«

»Hörst du damit bitte auf?« Sie rückte unter ihm weg. »Du weißt, ich hasse es, wenn du so sprichst.«

»Ja, ich weiß«, sagte er und schob ihr seinen Kopf wieder auf die Brust. »Aber ich dachte, wenn du mich dafür ausschimpfen kannst, vergisst du, was du gesagt hast.«

»Mein Gott, Adam. Nein, das vergesse ich nicht. Niemals.« Sie küsste sein raspelkurz geschorenes Haar. »Ich bin sicher, dass Käthe Heinroth uns hilft, irgendwelche Papiere zu besorgen. Die Zoo-Hochzeit, mitten im Krieg, beide Heinroths als Trauzeugen und ein bisschen Presse – so was mögen die Leute. Und wenn wir erst verheiratet sind, kommt niemand mehr auf die Idee, du könntest etwas anderes sein als der nette Max.«

Er tat, als höre er ihr nicht zu, spielte mit ihren Händen, küsste wieder ihren Hals. »Solange du den netten Max gut leiden kannst, soll's mir Jacke wie Hose sein, mein Herz.«

»Adam, ich meine es ernst. Ich will dich beschützen, ich will, dass du einfach da draußen herumlaufen und wieder

Luft holen kannst, dass du nicht zusammenfahren und um dein Leben fürchten musst, sobald jemand hinter dir hustet.« Sie schlang die Arme um ihn und drückte ihn an sich, bis es ihnen beiden weh tat. Sie küssten sich. Adam küsste, wie Winnie lachte: Er hätte jeden Pokal gewonnen, daran bestand kein Zweifel, auch wenn Franka praktisch keinen Vergleich hatte.

»Als Eheleute grüßen Max und Franka Brenninger«, murmelte Adam. »Komisch, oder? Da träumt man davon, seiner Liebsten eines Tages seinen Namen zu geben, und dann steht man plötzlich mit einer Frau Brenninger da.«

»Meine Güte, das ist doch egal«, herrschte sie ihn an, weil sie nervös war und weil es nicht egal war. Es tat ihr sofort leid. »Adam, wirklich – wir lassen es irgendwann, wenn der Wahn vorbei ist, ändern. Aber bis dahin spielen doch Namen keine Rolle. Ich will mit dir Hand in Hand den Kurfürstendamm entlanggehen. Mit meinem Mann. Ohne Angst.« Im Zoo taten sie es manchmal, weil es sich nicht verhindern ließ. Wenn sie nebeneinanderliefen, mussten sie sich einfach bei den Händen halten. Ohnehin war nicht zu übersehen, was mit ihnen los war. Die Spatzen pfiffen es von den Dächern: *Die Frankie und der Max.*

»Natürlich spielt es keine Rolle«, sagte er, setzte eine Reihe verspielter Küsse um ihren Mund, fischte dann ein Blockmalz vom Nachttisch und schob es ihr zwischen die Lippen. »Du kennst mich doch. Ich nehme so etwas nicht wichtig.«

Nein, dachte Franka und streichelte sein Gesicht. Du weinst nur zu viel, wenn du glaubst, ich höre es nicht.

»Mein Name Rose hätte allerdings hübsch zu dir gepasst. Aber so ist das eben. Ich würde ja auch gern Königin zu dir sagen, doch dann fällt mir immer ein, dass du dazu neben dir einen König bräuchtest.«

»Ich will keinen König. Ich will dich, und ich habe dir doch gesagt, wenn wir frei sind, wenn der Krieg zu Ende ist, lassen wir den Namen wieder ändern.«

»Tun wir nicht.« Mit seiner Zunge öffnete er ihr die Lippen und stahl ihr das Blockmalz aus dem Mund. »Vorsicht vor diebischen Zigeunern, *Rakli*.«

Sie lachte, auch wenn ihr die Kehle schmerzte. »Wenn du so weitermachst, bekommst du einen Wanst wie Waltraud, du Süßmaul.«

»Ehrlich?« Leicht entsetzt sah er an sich herab.

Sie zog ihn wieder an sich. »Blödsinn. Du hast kein Gramm zu viel an dir, du bist der unwiderstehlichste Bonbondieb aller Zeiten und von Kopf bis Fuß perfekt. Wir kaufen dir einen Anzug, und ganz Berlin wird mich beneiden, weil ich mir so einen schönen Mann geangelt habe.«

Er küsste ihre Augen. »Herzlichen Dank für die vielen Komplimente. Du darfst gern weitermachen. Die schmecken alle wie Bonbons, und ich bin ein netter Mann, ich werde keine Primadonna, wenn man mich verwöhnt.«

Franka musste jetzt wirklich lachen, ohne schmerzende Kehle. Früher oder später ging es ihr mit ihm immer so. Außerdem hatte er recht. Ihn zu verwöhnen war schön, weil er ein solches Talent hatte, sich zu freuen, weil er dem Schenker das Gefühl gab, er hätte ein kleines Wunder vollbracht. »Bekomme ich auch eines? Oder verklebst du mir nur die Wimpern mit deinen Blockmalzküssen?«

»Meine Blockmalzküsse sind Komplimente«, beteuerte er. »Sie bedeuten: Geliebte Franka Frieda, deine Zauberaugen haben mir armem bayerischen Bergbuben so den Kopf verdreht, dass mir der Blockmalzspeichel von den Lippen trieft und ich mich nicht beherrschen kann.«

»Adam, hör auf, mir tut schon der Bauch weh! Wie wär's,

wenn du für die Dauer deines Bergbubenkusses auf das Blockmalz verzichtest?«

»Auf Blockmalz verzichten? Ach, ich weiß nicht, mein Herz, da kann irgendwas nicht ganz reinrassig sein in meinem Bergbubenblut – im Verzichten bin ich nicht gut.«

»Dann lass es bleiben«, sagte sie liebevoll, barg seinen Kopf zwischen ihren Brüsten und streichelte ihm den kahlrasierten Nacken. Irgendwann musste er sein schönes Haar wieder wachsen lassen. Irgendwann. Bald. Ehe alles in Trümmern lag. »Nur das Wort reinrassig verkneifst du dir, ja? Mir zuliebe. Mir dreht sich der Magen davon um, auch im Spaß.«

»Das tut mir sehr leid, *Rakli*.« Er legte ihr die Hand auf den Bauch.

»Ist schon gut. Es ist nicht so, dass ich dich nicht verstehe.«

»Fürwahr nicht. Aber weh tun will ich dir nicht. Du bist gut zu mir, und ich will gut zu dir sein, *Rakli*.«

»Das bist du doch, Liebling. Außer Waltraud war zu mir nie irgendwer so gut.«

Ja, sie waren gut zueinander. Schon zwei Jahre lang. Es war ein Segen inmitten von Menschen, die sich zerfleischten, die alles in Trümmer schlugen, was sie sich in Jahrhunderten errichtet hatten. Sie achteten aufeinander, schufen einer dem anderen kleine Oasen, um Kraft zu schöpfen, schenkten sich Trost und Mut und Wärme und eine Flut von Zärtlichkeit. Mit ihm hatte sie gelernt, dass Mann und Frau zueinander nicht sein mussten, wie ihre Eltern zueinander gewesen waren, sondern dass sie einander geben konnten, was Menschen wohltat: Respekt und Wärme, Zuspruch und Zärtlichkeit. Lieben mit ihm war das zarte Lachen der Nacht, und wenn sie am Morgen in seinen Armen erwachte und er ihr, halb verschlafen und verliebten Unsinn murmelnd, den ersten Kuss gab, war ein verborgenes Stück ihrer Welt ganz heil. Auf diesem Stück würden sie das Leben neu errichten können, wenn Krieg und Hass besiegt waren, es würde ihnen die Kraft und die Hoffnung dazu geben.

Sie war so dankbar für ihn. Sie wünschte, sie hätte seine Mutter kennenlernen dürfen, die nur hören wollte, dass ihre Söhne unvergleichlich waren, und ihr sagen können: »Ihr Sohn ist mein Glück. Mein Pferd, das lächelt. Wo er hinkommt, ist die Welt nicht mehr schwarz.«

Was er aus sich hätte machen können, wäre er unter anderen Umständen zur Welt gekommen, aus seiner Klugheit, seinem Charme, seinem unglaublichen Lebensmut, durfte Franka sich nicht ausmalen, oder es drehte ihr das Herz um. Verschwendung, die zum Himmel schrie. Statt Gesetze zu schreiben, die von Menschlichkeit kündeten, oder in einem Gerichtssaal für das Recht zu plädieren, half er ihnen mit Arpad, verbrachte seine Tage zwischen Huftritten und Zebra-Äpfeln. Aber er beklagte sich nicht. Er fand, er habe dazu keinen Grund.

Schweigend sah er sie an, so dass sie sich schön fühlte. Viel mehr als schön – wieder heil, wieder heilig, frei von Lehrer Rothert. Adam lächelte, so als wäre sein Mund glücklich, sie bei sich zu haben, und als wären seine Augen traurig, weil er sie eines Tages, wenn ihr Leben zu Ende war, wieder verlieren würde. Für diesen lächelnden Blick hätte sie ihm alles schenken wollen, was sie hatte. Es war ihr Lieblingsblick. Wenn er sie so ansah, musste sie ganz stillhalten, und etwas in ihr dachte: Gott der Herr, an den ich gar nicht glaube, zeig einmal, dass du ein Herz hast, und beschütze ihn.

Der Blick löste sich, Adam gab ihr einen Kuss auf den Bauch, dann schwang er die Beine aus dem Bett. Sie betrachtete seinen Rücken, der glatt und schlank war, mit kräftigen Muskeln von der Arbeit im Zebrastall, sehnig und gesund. Zärtlich und ein bisschen stolz versetzte sie ihm einen Klaps in die Taillenbeuge, wo sein hübscher Rücken am schmalsten war, wo er verriet, wie verletzlich ein Mensch war, selbst ein Mann im Zenit, im Vollbesitz seiner Kräfte. »Ich glaube, ich stehle mir gleich Arpads Führleine.« Wie jeden Abend würden sie jetzt, wo niemand mehr auf den Wegen herumstrich, noch einmal losgehen, hoffen, dass es keinen Alarm gäbe, und die drei Tiere besuchen, Waltraud, Rikchen und Arpad, ihnen Gutenachtküsse geben und einander auch. Es war ihr kleines Stück Freiheit. Gestohlene Süße.

Er drehte den Kopf, schaute sich über seine Schulter nach ihr um und hob einen Mundwinkel. »Warum willst du das denn machen, mein Herz? Und wie soll ich Herrn Streifenpferd dann zu seiner Untersuchung bringen? Von den Leinen habe ich nur noch die eine, die zweite hat der schwarz-weiße Unhold zerkaut, ich fürchte, er stammt von Zigeunern ab.«

Sie gab ihm noch einen Klaps und begann, ihn zu kitzeln. »Zigeuner heißt das nicht. Sondern *Sinti*. Mein Liebster stammt auch von ihnen ab, und gefährlich ist er nur, wenn ich ihm zu tief in die Augen sehe oder zu lange auf seinen hübschen Rücken. Und die Führleine leihe ich mir, damit ich ihn auf unserer Hochzeit festhalten kann und keine ihn mir stiehlt.«

Geschmeidig fuhr er herum, nahm sie in die Arme und setzte in rascher Folge Küsse auf ihre Augen, ihr Kinn und ihren Mund. »Danke, mein Juwel, mein liebstes, schönstes, goldigstes Mädchen. Das war das süßeste Kompliment, das ich je bekommen habe, dafür würde ich auf Blockmalz verzichten, denn im Vergleich dazu schmeckt Blockmalz so sauer wie die Zitronendrops, die Winnie mir neulich angedreht hat. Ich liebe dich, Franka. Ich liebe dich so sehr und so gut, wie ich lieben kann, und ich glaube, das ist sehr gut, denn ich bin ein eingebildeter Mann.«

»Dazu hast du auch allen Grund«, sagte sie, schmiegte sich in seinen Arm und genoss seine Atemlosigkeit, seinen schnellen Herzschlag, die Wärme seiner Haut.

»Aber die Führleine brauchst du nicht.«

Franka lachte glücklich, strich ihm über die Stirn und vermisste seine Locken. »Warum denn nicht?« Die Frage war Koketterie. Zigeuner kennen keine Treue, das war auch eines der Vorurteile, die Leute achtlos verbreiteten, aber wie hätte der arme eingesperrte, völlig von ihr abhängige Mann ihr denn untreu sein sollen? Sofort schalt sie sich für den Gedanken. Adam war ihr treu, weil er treu war. Sie hatte das mit der Führleine erfunden, weil es solchen Spaß machte, ihm zu schmeicheln.

Und weil er es verdient hatte. Reichlich wie Blockmalz. Was bekam er denn sonst schon?

Sie stieß ihn mit dem Ellbogen. »He, gibst du mir keine Antwort?«

»Doch«, sagte er, »aber sie tut weh. Ich muss mir selbst ein bisschen Mut machen.«

»Liebling, ich will nicht, dass dir jetzt etwas weh tut.«

»Ich will das auch nicht«, sagte er und küsste ihre Stirn. »Aber das lässt sich nicht ändern. Die Führleine brauchst du nicht, weil ich dich nicht heirate, *Rakli*.«

Im ersten Augenblick glaubte sie, er habe einen Witz gemacht, was mit Adam nicht ganz einfach war, weil er alle seine Witze ernst meinte. Im zweiten Augenblick glaubte sie, er würde ihr wieder mit der Selbstquälerei über stinkende Zigeuner und Rassenschande zusetzen, was er nur selten tat, weil er wusste, wie schlecht sie es ertrug. »Adam, nicht«, sagte sie so weich, wie sie konnte. Es war sein Recht. An seiner Stelle hätte sie es viel öfter getan, hätte fortwährend Bestätigung gebraucht: Was die Welt von dir denkt, interessiert mich nicht. Ich urteile dich nicht ab für das, was andere reden, sondern sehe nur den, der du bist.

Es war sein Recht, aber sie ertrug es trotzdem nicht. Es tat zu weh. Über ihn war nicht nur gedacht worden: der stinkt, der stiehlt, der lügt, sondern: der muss weg. Von dem darf nichts übrig bleiben, keine Spur, kein Nachlass, nichts, das weiterlebt.

»Was soll das denn heißen, Adam?«

Ohne zu lächeln, sah er sie an. »Das, was ich gesagt habe: Ich heirate dich nicht.«

»Aber warum denn nicht?«, rief sie. »Du musst dir keine Sorgen machen, ich rede mit Käthe Heinroth, wir finden einen Weg, der sicher ist. Liebling, wenn es dich beruhigt, dann denk daran: Im schlimmsten Fall könnte ich immer behaupten, ich hätte nicht gewusst, wer Max Brenninger ist. Aber zum schlimmsten Fall kommt es nicht. Wir passen auf. Bitte hab keine Angst.«

»Ich habe keine«, sagte er. »Nur ein sehr dummer Mann würde sich mit Angst beschäftigen, wenn die Frau, die er liebt, ihm sagt, dass sie ihn heiraten will.«

»Genau«, rief Franka und nahm sein Gesicht bei den Wangen. »Ich habe dir einen Antrag gemacht, was eigentlich dir zufiele, und ich möchte darauf kein Nein hören.«

»Das musst du aber«, sagte er und küsste sie. »Und wenn du findest, das ist eine Ohrfeige wert, dann erlass sie mir, denn ich gebe mir gerade selbst eine, und die halte ich kaum aus.« Er verdrehte die Augen wie in den ersten Tagen, als sie ihn gepflegt hatte und er vor Schmerzen nicht hatte schlucken können. Es mochte ein Witz sein. Aber er meinte alle seine Witze ernst.

»Adam, was ist denn los? Warum hältst du nicht aus, dass ich dich heiraten will, und warum, um alles in der Welt, willst du nicht? Liebst du mich nicht genug?« Die Frage war lachhaft. Sooft Adam sie in die Arme nahm, fühlte sie sich in Liebe eingehüllt, wie nicht einmal Winnies Heiner es empfinden konnte. Wenn Adam sie nicht genug liebte, dann hatte nie ein Mensch es getan und keiner würde es je tun.

Er löste sich von ihr und stand auf. »Doch, mein Herz«, sagte er. »Ich liebe dich genug. Aber du mich nicht.«

Eine Sekunde lang hatte sie ihm die Ohrfeige wirklich geben wollen. Um die Worte aus seinem Kopf herauszuprügeln: *Weil du mich nicht liebst*. Aber das kam nicht in Frage. Es war ein Schlag auf die Ehre, hatte er ihr erklärt, und seine Ehre hätte sie nicht antasten wollen, nicht einmal um ihnen beiden zu helfen. Einst hatte sie gedacht: Ich bin so verkorkst, ich kann höchstens schlagen, aber nicht küssen, doch seit sie Adam hatte, konnte sie nur noch küssen, nicht mehr schlagen. Weinen schon. Darin waren sie und Adam Weltmeister. Sich festhalten und sich über die ganze verkorkste Welt die Augen ausweinen.

»Ich bin eine Heulsuse«, hatte er einmal zu ihr gesagt. »Findest du das schlimm?«

Er war keine. Er war ein tapferer Mann, der nur weinte, wenn er mit sich allein war. Oder allein mit Franka. »Mein tapferes Mädchen«, sagte er zu ihr und hüllte sie in seine Arme ein, damit sie auch weinen konnte. Dass er bei ihr weinte, war das größte Kompliment, das ein Mensch einem anderen machen konnte.

Sie sah ihm zu, während er sich anzog. Eines von Winnies Hemden, das Tanja ihm enger genäht und das er selbst sich gebleicht hatte, und seine eigenen Hosen, die bei seiner Ankunft um seinen Körper geschlackert hatten und die jetzt eng, wie für ihn gemacht, auf seinen Hüften saßen. Wie kannst du denn sagen, ich liebe dich nicht?, hätte sie rufen wollen, wie kann denn irgendeine Frau, die bei Verstand ist, dich nicht lieben? Ich bin eine Frau bei Verstand, ich habe in deinen Armen das

Glück meines Lebens gefunden und in deiner Zärtlichkeit mich selbst. Wenn dir etwas geschieht, überlebe ich es nicht.

»Adam, ich bin wie deine Kirschla. Dass wir kein Kind haben können, macht mir nichts aus. Ich habe Waltraud. Und Rike. Und dich.«

»Ich bin nicht dein Kind«, sagte Adam und knöpfte sich das Hemd bis zum Kehlkopf hinauf zu.

»Nein, bist du nicht«, schimpfte sie, »aber du beträgst dich wie eines. Wie ein dummes Trotzkind, das sich auf dem Boden wälzt, damit es ein Bonbon extra bekommt.«

»Nein«, sagte Adam, »so betrage ich mich nicht, denn das habe ich nicht nötig. Meine Liebste ist das netteste Mädchen von Berlin. Wenn ich ein Bonbon extra wollte, würde ich zu ihr sagen: Süße Franka, ich bin heute Abend ein Idiot, kannst du mir den Kopf ein bisschen zärtlicher streicheln und mir fünfmal hintereinander ins Ohr flüstern, dass du nichts gegen stinkende, verschnittene *Sinti* hast, sondern diesen gern in deinen Armen magst? Das ist gar kein Problem. Das gibt mir mein Mädchen. Dafür brauche ich mich nicht auf dem Boden zu wälzen.«

»Komm her«, sagte Franka. »Ich streichle dir den Kopf, bis er dir kribbelt, ich drücke meine Arme um dich zu und flüstere dir ins Ohr, dass du mein Lieblings-Dummkopf bist.«

»Das mache ich mit Vergnügen«, sagte er. »Aber auch wenn ich mich auf dem Boden wälzen würde – dich dazu bringen, mich zu lieben, kann ich nicht.«

»Ich glaube, du brauchst wirklich eine Ohrfeige«, rief Franka, sprang auf und hob die Hand, obwohl sie wusste, dass das hier kein Spaß war.

»Wenn ich eine verdient hätte, würde ich sie einstecken«, sagte er und hielt ihr sein schön geschnittenes Gesicht mit den dunklen Augen entgegen. »Vielleicht wäre ich sogar verrückt genug, mich darüber zu freuen. Aber ich habe keine verdient.

Schläge gibt es fürs Lügen, *Rakli*. Für die Wahrheit bekommt man Bonbons, und für eine, die so bitter schmeckt, braucht man ziemlich viele.«

»Adam, ich liebe dich!«, rief Franka, und als er die Arme öffnete, warf sie sich hinein und begann wie eine Heulsuse zu schluchzen. »Bitte glaub mir doch, du bist nicht nur der netteste Mann von Berlin, sondern der netteste Mann auf der Welt.«

»Das glaube ich dir«, sagte er. »Ich finde mich auch nett. Aber wem nützt das denn? Ich würde die netteste Frau der Welt ja auch nicht lieben, wenn sie nicht süß wie Franka Frieda Fröhlich wäre.«

»Aber du bist doch ...«

Sie brach ab, als sein Blick sie traf. Er war ein stolzer Mann, er bettelte nicht um Extrabonbons, und sie wusste nicht, wie sie ohne ihn leben sollte.

Er wartete, bis sie sich ebenfalls angezogen hatte, dann gingen sie den stillen Weg entlang bis zum Flusspferdhaus. Hand in Hand. Franka weinte. Der Abend war dunkel, sternenlos und scheußlich kalt, und wie üblich war Franka nicht warm genug angezogen. Selbst durch den Zoo zu gehen war jetzt wie barfuß auf Scherben laufen: Links und rechts erhoben sich hohle Ruinen, die Tierhäuser gewesen waren, klaffte die Lücke, wo die zerbombte *Waldschenke* gestanden hatte, ragte das leere Gehege auf, wo Vasco spuckend am Zaun gestanden hatte.

Nach ein paar Schritten zog Adam sich den schönen Staubmantel aus, den Winnie ihm geschenkt hatte, und legte ihn Franka um die Schultern. »Warum ziehst du eigentlich nie deinen eigenen an, kleiner Stern? Ich muss zwar dauernd ein Mann sein, aber mir ist ja auch kalt ...«

»Meiner ist nie so warm wie deiner«, sagte Franka und schluchzte herzzerreißend. »Meiner riecht nicht nach dir. Aber dass dir kalt ist, will ich nicht.«

»So kalt ist mir ja nicht«, brummte er und legte den Arm um sie.

»Adam, ich liebe dich.« Das Schluchzen schüttelte ihren ganzen Körper. »Ich hab mit dir gelernt, wie Glück geht, ich hab doch ohne dich gar nicht gewusst, dass es das gibt. Außer Winnie bist du der einzige Mann, den ich je schön fand, bei dir finde ich mich selbst schön, und das andere, das, was davon noch übrig ist, geht bestimmt vorbei! Bitte nimm mir dich nicht weg, Adam – ich kann ohne dich nicht leben!«

Sie hatten die Absperrung vor dem Becken der Flusspferde fast erreicht. Adam blieb stehen und zog sie in die Arme. »Das musst du doch nicht, mein Herz. Solange du mich bei dir haben willst, werde ich mich bestimmt nicht beklagen. Nur heiraten kann ich dich nicht und irgendwann meine Frau Brenninger trösten, die sich von Schluchzen geschüttelt nach einem anderen verzehrt.«

»Aber wenn wir nicht heiraten, bist du nicht beschützt!«

»Keiner von uns ist mehr beschützt, *Rakli*«, sagte er und wies mit dem Kinn nach dem zerbombten Büffelhaus am Ende des Weges. Dann hielt er inne. »Franka? Wo ist dein Pferd mit Bauch?«

Erschrocken sah Franka nach dem Becken, an dessen Rand die schwache Laterne flackerte. »Waltraud!«, schrie sie auf.

Das Flusspferd konnte länger als fünf Minuten unter Wasser bleiben, aber das tat es nicht, wenn es wusste, dass Franka kam. Es war nicht irgendein Flusspferd, sondern Waltraud, die jeden Abend hier mit ihr verabredet war und prustend auftauchte, sobald sie ihren Schritt erkannte. »Um Gottes willen, Adam, jemand hat sie gestohlen!«

Nur flüchtig erwog sie, dass Waltraud sich ins Haus zurückgezogen haben mochte. Zumindest würde sie dort nachsehen müssen, ehe sie Alarm gab, aber Hoffnung hatte sie nicht. Seit

Waltraud baden gelernt hatte, nutzte sie die stillen Abendstunden grundsätzlich, um sich wie ein schamhaftes Mädchen ungesehen im Wasser zu tummeln. Meine Badenixe, hatte Franka sie manchmal genannt.

Und jetzt war sie fort!

»Jemand hat meine Waltraud gestohlen«, rief sie noch einmal und wollte loslaufen, aber Adam hielt sie am Arm fest.

»Ja«, sagte er. »Jemand hat sie gestohlen. Ein Zigeuner, Franka, und ich glaube, er gibt sie nicht zurück.«

Sie wollte ihn anschreien, dass das nicht der Moment für seine Witze sei, dann sah sie sein Lächeln und die Richtung, in die sein Blick schweifte. Sie folgte ihm und spähte über die dünne Trennwand hinweg, die sie vor Jahren im Wasser installiert hatten, damit Waltraud ihren Frieden hatte. Sie ist wie ich, hatte Franka damals gedacht, ihrem Körper ist etwas Schlimmes geschehen, und sie braucht Zeit, ehe sie ihm wieder vertraut. Als die Zeit dann Waltraud ebenso wie Franka davongelaufen war, hatten sie die Tür in der Trennwand versiegelt, und Franka hatte gedacht: Ich hoffe, du bist trotzdem glücklich, Dickhäuterin. Ohne Liebe zu einem Mann. Ich bin es, weil ich dich habe.

Das war vor Adam gewesen. Seitdem hatte Frankas Welt sich um ihre eigene Achse gedreht, und jetzt stand die Tür in der Trennwand offen. Entweder hatte jemand sie geöffnet, oder die Versiegelung war mit der Zeit so morsch geworden, dass das Flusspferd sie hatte aufstoßen können. Drüben auf der anderen Seite wallte das Wasser, ohne Wellen zu schlagen. Auf der Oberfläche begannen sich zwei Kreise zu kräuseln, dann brachen die beiden prachtvollen Köpfe der Flusspferde aus dem Wasser. Zuzana konnte der zweite Kopf nicht gehören, denn ihr Sponsor hatte schon vor Wochen darauf bestanden, sie nach Köln zu evakuieren. Die beiden Tiere, die nun in ihrem Liebesspiel auf- und wieder untertauchten, als würden sie tanzen, waren Ramses und Waltraud.

»Beim Himmel, *Rakli!*« Adam stand wie vom Donner gerührt. »Deine Pferde mit Bauch sind so schön. Sie tun sich nicht weh, oder?«

Franka lachte und legte ihm die Arme um den Hals. »Doch, liebster Mann auf der Welt, sie tun sich sicher auch weh, so wie alle, die sich lieben. Aber das ist ja kein Krieg. Kein Verschlingen. Davon sterben sie ja nicht.«

Noch immer wie gebannt, sah er den Tieren zu. »Könnte es nicht ein Vorurteil geben, das besagt, dass Zigeuner Heiden sind?«, murmelte er. »Ich würde gern glauben, die beiden wären Gottheiten, und weil sie so stark sind, kann uns letzten Endes gar nicht viel geschehen.«

»Die Ägypter haben das geglaubt«, sagte Franka. »Für sie war die Flusspferdkuh Taweret eine Göttin, die am Nil lebte und den Menschen zugetan war. Sie war die Schutzgöttin der schwangeren Frauen und der Kindsgeburt … ach Gott, Adam, werde ich denn nie lernen, dir nicht in der Wunde herumzustochern?«

»Ich hoffe, du lernst es nie«, sagte er. »Kinder kann ich nicht haben, aber schöne Geschichten schon.«

Franka küsste ihn. Die Geschichte hatte ihr Onkel Gerhard erzählt, aber das sagte sie ihm nicht.

»Im Übrigen glaube ich jetzt auch an deine Flusspferdgöttin«, verkündete er stolz. »Es gibt nämlich durchaus Leute, die behaupten, Zigeuner würden aus Ägypten stammen. Wer weiß, *Rakli,* vielleicht werden wir beide ja Flusspferdeltern. Und jetzt müssen wir gehen, finde ich, ich möchte nämlich auch nicht gern, dass die zwei bei uns ins Fenster schauen, wenn ich dich in den Armen halte und vor Glück vergesse, wie ich heiße.«

»Ich auch nicht. Du heißt Adam, Liebling. Wie der erste Mann der Welt.« Sie gab ihm noch einen Kuss auf die von Stoppeln bedeckte Wange und fand seinen Blick schön, der noch immer an den Flusspferden hing. Dann nahmen sie sich wieder bei den Händen und wandten sich zum Gehen. Franka strich mit dem Daumen über Adams Handrücken. »Sag nie mehr, dass ich dich nicht liebe, Adam. Nie mehr, egal, was aus uns wird.«

»Aber dein Bruder kann ich doch jetzt nicht mehr sein, Süße.«

»Ich weiß. Aber irgendetwas wird sich schon finden. Nur verlieren will ich dich nicht.«

»Ist ja kein Krieg«, sagte er zärtlich. »Kein Verschlingen. Davon sterben wir ja nicht.«

Hand in Hand gingen sie den Weg zurück, sie in seinem schönen Staubmantel und er verstohlen mit den Zähnen klappernd. An diesem Abend würden sie Arpad und Rike nicht mehr besuchen, sie hatten schon zu viel Zauber im Kopf, für mehr war nicht Platz. Franka wollte sich in seinem winzigen Zimmer verkriechen, nicht mehr denken und in seinen Armen, mit dem Kopf auf seinem Herzen, einschlafen.

Vor der Tür des Wohnhauses standen vier Männer in langen Mänteln, die Franka auf den ersten Blick alle gleich groß erschienen. In der Sekunde, in der Franka und Adam begriffen, in der sie erstarrten, um sich gleich darauf wieder zu lösen und zur Flucht anzusetzen, hatten drei der Männer Adam bereits umringt. Der vierte riss Frankas Hand aus seiner und stieß sie beiseite.

»Leugnen ist zwecklos«, sagte einer der Männer. »Sie sind der Zigeunermischling Adam Tokeli Rose.«

Ein anderer hielt ihm irgendein Blatt Papier vors Gesicht, dann packten sie ihn bei den Armen und zerrten ihn den Weg zurück. Adam wehrte sich nicht. Franka hingegen schrie auf und wollte wieder zu ihm, aber der vierte Mann versetzte ihr einen Stoß, dass sie hintüberfiel.

»Du machst jetzt, dass du wegkommst, bevor ich es mir anders überlege«, sagte er. »Ich hab dich hier oft mit meinen Kindern gesehen, mit meinen zwei Jungs, die quietschen vor Vergnügen, wenn du mit deinem dicken Nilpferd schwimmst. Deshalb lass ich dich laufen, Zigeunerhure. Aber falls du dich muckst, soll's mir egal sein, dann nehmen wir dich mit, und du landest im KZ.«

31

Kirschla

März 1943

Das Lager wurde geräumt. Aufgelöst. »Ihr kommt weg«, hieß es nur. »Ihr kommt jetzt alle hier weg.«

Zweimal in der Woche fuhren Lastwagen ab, vollgepfercht mit Menschen. »Wo kommen all die Leute denn hin?«, hatte Kirschla den großen, fast blonden Mann gefragt, der jeden Monat kam und ihnen Heizmaterial und Lebensmittel brachte. Auch Bücher für Pušo. Pušo, die sonst ganz leblos war, geriet aus dem Häuschen, wenn er in seinem komischen Kastenauto mit den Büchern vorfuhr.

»Wo kommen all die Leute denn hin? In diesen Lagern, die Sie haben – Sachsenhausen, Neuengamme, Buchenwald –, ist da denn so viel Platz?«

»Bitte glauben Sie mir«, hatte der fast blonde Mann, der ein Doktor war und Carl Leutner hieß, gesagt. »Ich versuche alles, was in meiner Macht steht, um Sie hierzubehalten.«

Ihre Frage hatte er nicht beantwortet, aber die beiden Wagen der Roses und der Reinhardts gehörten zu den letzten, die noch auf dem Rastplatz bei den Rieselfeldern standen. Jetzt aber durfte niemand mehr bleiben, jetzt wurde das Lager geräumt. »Nach Osten kommt ihr«, hatte der behelmte Aufseher, der einmal behauptet hatte, Kirschla gehe ihm ins Blut, auf ihre ständigen Fragen geantwortet. »Zum Arbeiten. Das schmeckt euch nicht, ich weiß, aber da drüben wird man euch schon Beine machen. Nächste Woche seid ihr dran, steht alle auf der Liste. Dass euch euer vornehmer Freund da noch mal raushaut, hoffst du besser nicht.«

Kirschla bereitete die anderen vor. Es fiel ihr jetzt alles schwer. Solange der fast blonde Mann, der Leutner hieß, jeden Monat gekommen war und ihr erzählt hatte, es gehe Tokeli gut, hatte sie die Kraft gefunden, durchzuhalten. Sie hatte sich an den einen Gedanken geklammert: Ich halte durch, damit ich Tokeli wiedersehe. Egal, für wie lange, und auch wenn er nicht zu mir zurückkommt.

Daran, dass Tokeli eine andere hatte, eine *Gadži*, zweifelte sie nicht. Tokeli war zum Verlieben, das war seine Rettung, und Kirschla war darüber froh. Sie selbst war viel zu müde, sie war mehrmals schwer krank gewesen und würde auch nicht wieder richtig auf die Beine kommen. Die *Gadži* war besser für ihn. Sicher war sie die Schwester von dem fast Blonden, und weil sie so heftig in Tokeli verliebt war, hatte der Bruder schließlich nachgegeben. Nach ein bisschen Zähneknirschen hatten sie Tokeli in ihre ordentliche *Gadže*-Familie aufgenommen, in ihr hübsches, weiß getünchtes *Gadže*-Haus, wie Tokeli es sich immer gewünscht hatte.

Es war schön, sich solche Geschichten auszudenken. Verrückte Geschichten. Man konnte dabei einschlafen, selbst wenn man nicht in seinem Bett lag. Im Sommer schlief Kirschla manchmal auf der Stufe vor dem Wagen über ihren schönen, verrückten Geschichten ein. Als Mano Rose gestorben war, hatte sie eigens für ihn die Geschichte noch weiter ausgeschmückt: Tokeli hatte bei den *Gadže* studiert, er war jetzt Rechtsanwalt, er hatte die blonde *Gadže*-Frau geheiratet, die im hellen Sommerkleid in ihrem Garten saß und mit den Kindern spielte.

»Ist die denn aber auch hübsch?«, hatte Mano Rose gefragt.

»Sehr hübsch ist sie nicht«, hatte Kirschla geantwortet. »Eine *Gadži* eben. Aber Tokeli ist ja hübsch genug für zwei. Ihre Kinder werden gut aussehen.«

»Gewollt hab ich das nicht«, sagte Mano Rose, »meine Kinder ohne ihre Familie, meine Kinder bei den *Gadže,* aber Tokeli war doch so anders. Hab ich's denn falsch gemacht? Man kann doch seinem Sohn nicht den geraden Rücken krumm schlagen, man kann ihn auch nicht in einen Käfig sperren.«

»Nein«, sagte Kirschla. »Es war alles gut so.«

»Und er hat ja auch geschafft, was er sich vorgenommen hat, er hat bei den *Gadže* seinen Weg gemacht. Also hat er ja wohl recht gehabt und hatte das Zeug dazu.«

»Und ob er das hatte.«

»Hierher kommt er wohl nicht mehr. Für seinen Vater schämt er sich.«

»Er hat viel Arbeit«, sagte Kirschla. »Aber er kommt bald. Von seinen Schwiegereltern lässt er sich nichts schenken, er sagt: Ich schaffe es allein, das habe ich von meinem Vater gelernt, und ich bin stolz, der Sohn von Mano Rose zu sein.«

Mano Rose, der lange nicht so alt war, wie er aussah, lächelte. Ein bisschen wie Tokeli, so, wie sie ihn nie zuvor hatte lächeln sehen. Dann starb er.

Der fast blonde Mann, der Carl Leutner hieß, hatte ihnen geholfen, so dass sie ihn auf den Friedhof von Marzahn hatten tragen und begraben dürfen. Kirschla musste daran denken, wie Tokeli ihr gesagt hatte, dass ihre Mutter gestorben war. Sie hätte ihm den gleichen Liebesdienst erweisen wollen, aber der

Mann namens Leutner schüttelte betrübt den Kopf: »Wir können Ihren Bruder das jetzt nicht wissen lassen. Er wäre nicht zu halten, würde auf der Stelle herkommen wollen, und das wäre zu gefährlich.«

Tokeli ist nicht mein Bruder, wollte Kirschla protestieren, aber sie ließ es bleiben. Wieso glauben die *Gadže* eigentlich, dass alles, was sie in einen Wagen pferchten, untereinander verschwistert war?

Du warst ganz und gar nicht mein Bruder, mein Liebling. Aber jetzt bist du es wohl. Schlaf süß mit deiner *Gadži*. Lass sie dich streicheln und umschmeicheln, lass sie dir ins Ohr flüstern, dass Männer wie du ins Blut gehen und dass sie dir verfallen ist.

Wenig später war der Doktor Leutner gekommen, um Kirschla zu sagen, dass es Tokeli nicht länger gutging, dass er verhaftet und verschleppt worden war, dass die verrückten Geschichten nicht mehr taugten.

»Wohin?«, hatte Kirschla sich fragen hören.

Der fast blonde Mann namens Leutner hatte verzweifelt mit den eckigen Schultern gezuckt. »Bitte glauben Sie mir, ich wünschte, ich wüsste es.«

»Nach Sachsenhausen? Von wo keiner mehr wiederkommt?«

»Ihr Bruder kommt wieder«, hatte Leutner gemurmelt. »Ich werde alles tun, was in meiner Macht steht, um ihn zu finden.«

Der Doktor Leutner war einer wie Philip Behring: Solche meinten es gut, solche taten immer alles, was in ihrer Macht stand, nur kam nie etwas dabei heraus. Kirschla hatte keine Ruhe mehr gehabt, keinen Tag, keine Nacht. Von den verrückten Geschichten war kaum noch etwas übrig geblieben, nur: Er ist doch nicht wie wir anderen, er hat doch alles gegeben, die *Gadže* müssen ihm doch helfen. Er war mein einziger Liebster.

Wenn die *Gadže* ihn nicht wollen, warum geben sie ihn mir dann nicht zurück?

Jetzt wurde das Lager geräumt. Jetzt wurden sie irgendwohin, nach Osten, gekarrt, aber wie sollte sie denn von hier weggehen, wenn sie nicht wusste, wo Tokeli war?

Sie bereitete die anderen vor. Sie wies sie ein, damit sie unterwegs zurechtkamen. Pušo war die patenteste unter ihnen. Kirschla sagte zu ihr: »Du musst dich jetzt zusammennehmen und den anderen Halt geben, Pušo. Ich komme nicht mit. Ich bleibe hier und suche Tokeli.«

»Kann ich nicht mit dir hierbleiben?«

»Nein. Einer muss auf die anderen achten. Und allein bin ich besser dran.«

Sie sprach mit Carl Leutner: »Helfen Sie mir. Ich kann hier nicht weg, solange ich nicht weiß, wo mein Bruder ist. Sie können uns nicht alle hierbehalten, das haben Sie mir ja gesagt, aber behalten Sie mich hier.«

»Ich sage Ihnen jetzt die Wahrheit«, sagte der große Mann, der mit einer *Sintiza* nicht anders sprach als mit einer *Gadži* und der immer wirkte, als hätte er vor dem Sprechen Angst. »Wir hatten uns geschworen, Ihren Bruder zu beschützen, aber wir haben ihn nicht beschützen können. Es gibt unter uns einen Verräter, und wir wissen nicht, wer es ist. Wir sind schuld daran, dass Ihr Bruder verhaftet worden ist, und wenn ich Sie mit zu uns nähme, wären Sie genauso gefährdet wie er.«

Kirschla konnte nicht anders, so müde sie auch war. Sie musste laut auflachen. »Und was passiert mir dann? Wird mir der Kopf abgeschlagen, oder komme ich in ein Lager im Osten? Was mit mir wird, ist mir egal. Ich will nur Tokeli finden, sonst nichts.«

Ich will dir auf Wiedersehen sagen. Dir ins Ohr flüstern, dass es schön mit dir war, dass ich das dicke Baby, das du warst, von

Herzen liebhatte, aber den prachtvollen Mann, der du geworden bist, noch viel mehr.

»Ist gut«, sagte Carl Leutner. »Dann lassen Sie mich überdenken, wie wir Sie am sichersten von hier fortbringen.«

»Aber überdenken Sie es nicht zu lange. Wir kommen nächste Woche hier weg!«

Auf Transport, hieß es jetzt. Nicht mehr »weg«, sondern »auf Transport«.

Bis zu dem Morgen, an dem die Roses und Reinhardts, die noch übrig waren, auf Transport sollten, war Leutner nicht wiedergekommen. Sie hatten ihre Papiere erhalten, mussten in der untersten Spalte unterschreiben, dass sie über alles informiert worden waren, mit ihren Namen oder mit drei Kreuzen. Der Laster stand an der Zufahrt. Mitnehmen durfte jeder von ihnen, was in eine Tasche passte, aber so viel zum Mitnehmen hatten sie nicht. Der Morgen war diesig und entsetzlich kalt. Kirschla wollte nur schreien, sich am Türpfosten des Wagens festklammern und so laut und tierhaft schreien, dass niemand sich ihr zu nähern wagte.

Wie sollte sie hier weg? Sie wusste doch nicht, wo Tokeli war, es konnte doch ein Mann wie Tokeli, der so begabt, so klug, so voller Träume und so unverschämt gut gewesen war, nicht einfach unauffindbar verschwinden!

Dann kam der Wagen, das schwarze Auto des großen Mannes, das aussah, wie kein *Sinto* seinen Wagen hätte verwahrlosen lassen. Es fuhr neben den Laster, hielt dort an, und zwei Leute stiegen aus. Der große Mann und eine Frau, eine *Gadži*, die aber nicht plump und breithüftig war, sondern beinahe zart. Ach, hätte Kirschla zu Mano Rose sagen wollen, die *Gadži* von Tokeli ist doch hübsch, sie hat ganz helle Augen und ein Gesicht, als hätte einer die Traurigkeit gemalt.

Der Mann kam zuerst zu ihr, er trug fast so viele Papiere wie die Aufseher bei sich, und er sagte: »Es ist alles geregelt, Fräulein Reinhardt. Wir haben die Erlaubnis erhalten, Sie als Zwangsarbeiterin mit zu uns zu nehmen, weil es uns an Personal fehlt. Die Erlaubnis gilt erst einmal für sechs Monate, doch danach werden wir schon einen Weg finden. Es ist nicht ideal, aber zumindest brauchen Sie sich nicht zu verstecken und sind durch den Verräter nicht in Gefahr. Wir hatten bisher auch nur einen einzigen heftigen Bombenangriff, und der liegt anderthalb Jahre zurück.«

Kirschla hörte gar nicht richtig hin. Was dieser Mann redete, über Personal, Verräter und Bomben, war ihr egal. Sie wusste nicht einmal, wo er und seine Schwester wohnten, was sein ständiges *bei uns* bedeutete. Sie würde hierbleiben und Tokeli finden. Das allein zählte.

»Leider gibt es noch etwas.« Der Mann streckte die Hand aus und berührte ganz kurz ihre Schulter, als hätte er Angst, er verbrenne sich an einer Zigeunerin die Hand. »Fräulein Fröhlich möchte es Ihnen sagen. Es tut mir von ganzem Herzen leid, Fräulein Reinhardt, und das ist nicht genug. Kein Wort ist genug. Ich schäme mich für mein Volk.«

Die Frau kam, Tokelis *Gadži,* und schob ihn beiseite. Kirschla hätte um ein Haar gelacht. Ich weiß nicht, warum, Tokeli, aber ich kann das vor mir sehen, wie du mit flirrenden Blicken und säuselnden Lippen diese *Gadži* anhimmelst. Sie hat etwas Eigenes, etwas Entschlossenes, sie macht es dir nicht leicht, und sie ist traurig, aber irgendwann wird sie lachen, weil sie so innig verliebt in dich ist. Ich bin eifersüchtig, Tokeli. Seid ihr ein schönes Paar, eines, nach dem die Leute die Köpfe drehen?

»Sie sind Kirschla, ja?«

»Und Sie?«

»Franka.«

Die Stimme der *Gadži* war steinhart. Uh, dachte Kirschla, redest du in diesem Ton mit meinem Tokeli? Bei der Liebe auch? Da bekommt er ja Angst.

»Tokeli ist nicht mein Bruder«, sagte sie. Einfach so.

»Ich weiß. Sie sind Kirschla, die Frau, die nicht kocht, das Mädchen, das er bis zum Himmel geliebt hat, aber Sie ihn nur bis zur nächsten Ecke, wo ein Hübscherer stand.«

»Das ist nicht wahr«, sagte Kirschla und hörte sich Wort für Wort zu. Sie hatte vier Jahre lang darauf gewartet, es zu sagen, sie hätte es Tokeli sagen wollen, aber sie sagte es jetzt. Sie straffte die Schultern, und der Wind zerrte an ihrem Haar. »Ich liebe ihn so wie mein Leben«, sagte sie. »Oder mehr. Ob ich gelernt hätte, so sehr zu lieben, wenn man uns mehr als Liebe gelassen hätte, weiß ich nicht, aber das ist egal. Er ist die Liebe meines Lebens.«

»Er ist tot«, sagte die *Gadži.*

Sie blieb zwar stehen, aber sie sprach nicht mehr. Stattdessen kam wieder der Mann, der auf Kirschla einredete, es tue ihm leid, er schäme sich, und im Himmel sei Jahrmarkt.

Er ist tot.

Damit war alles sinnlos. Ich hab dich auf meinen Knien gewiegt, ich habe deine Locken geschnitten, ich habe dir die Liebe beigebracht. Ich habe dir einmal einen Schlag auf deine Ehre gegeben, weil du zu schade zum Stehlen warst, ich habe dich ausgeschimpft, wenn du zu hoch hinaus wolltest, und war dabei so stolz auf dich, dass ich lachen musste. Ich habe dich hier, an dieser Schranke, in den Armen gehalten, als du geweint hast, weil sie dich so sehr gequält haben, ich habe dich angefleht, es mir zu sagen, aber du hast vor Scham kein Wort herausgebracht. Das vergesse ich nie. Auch wenn mein *Nie* nur noch drei Tage dauert. Liebster Tokeli, bitte verzeih mir, dass ich nicht frage, wie du gestorben bist, aber das halte ich nicht aus. Es ist so schade, Liebling. Ich kann nicht einmal weinen.

Die Aufseher kamen mit ihren Hunden und Knüppeln. »Los, los, los, auf den Wagen!«, brüllten sie. »Wenn ihr spurt, passiert euch nichts.«

»Wir müssen gehen, Fräulein Reinhardt«, sagte der große *Gadžo*, der ständig redete wie der Priester bei der Erstkommunion, wo Tokeli das Wachs von der Kerze auf die Hände getropft war. »Es tut mir so unendlich leid.« Und dann machte er mit seinem Priestergerede auf einmal Schluss und schrie die Aufseher an: »Hören Sie auf, diese Leute zu triezen, nehmen Sie die Knüppel weg, passen Sie auf, dass sich die Hunde nicht losreißen. Fräulein Reinhardt möchte sich von ihrer Familie verabschieden, und das darf sie gefälligst in Würde tun.«

»Ich komme nicht mit«, sagte Kirschla. »Ich fahre mit meiner Familie in den Osten.« Der Wind zerrte an ihrem Haar. Sie packte die Kante der Ladefläche, die unter der Plane herausragte, und zog sich hinauf in den Gestank von allzu vielen Leibern. Einige ihrer Verwandten kauerten schon oben, andere standen gedrängt und eingeschüchtert noch am Weg.

Und dann fiel Kirschla etwas ein.

Es durfte nicht alles sinnlos sein, etwas musste übrig bleiben.

»Pušo«, sagte sie, »komm her zu mir.«

Pušo, die im Wagen gestanden und Decken verteilt hatte, drehte sich um und drängte sich durch die Menschen zu ihr durch. »Du gehst zu den *Gadže*«, sagte sie. »Sei fleißig. Stiehl nicht. Denk an Tokeli.«

Pušo war einundzwanzig, aber sie war sehr leicht. Kirschla nahm sie unter den Achseln und hob sie aus dem Wagen. »Sie heißt Marie«, sagte sie zu dem großen Mann Carl Leutner, der die Aufseher angebrüllt hatte. »Sie ist Adams Schwester. Passen Sie auf sie auf.«

32

Franka

Mai 1943

Sie hatten überall nachgeforscht, hatten gefragt, gebettelt und Anträge gestellt. Käthe Heinroth hatte sich persönlich verwendet, doch in Monaten hatte sie nichts in Erfahrung gebracht. Es hatte so weh getan, dass alles an Franka wund war, innen wie außen. Sie konnte keinen Schritt gehen, ohne dass es ihr weh tat, und sie musste den Mund ganz hart zusammenpressen, um nicht zu schreien.

Winnie legte ihr Blockmalz auf den Nachttisch. »Lutsch das mal, Kleene, ehrlich. Du gehst uns kaputt.«

Winnie selbst lutschte ununterbrochen Blockmalz. Heiners Rückstellung war aufgehoben worden, und er stand seit Januar an irgendeiner Front im Nordkaukasus.

»Bitte nimm das weg«, sagte Franka, die jedes überflüssige Wort vermied, weil jedes Wort ein Messer war, das schnitt. »Adam war so verrückt nach denen, er hat sie ununterbrochen in sich reingestopft, und ich kann sie nicht sehen, ohne zu denken: Da, wo er jetzt ist, was geben sie ihm da zu essen?«

»Umdenken«, sagte Winnie. »So mach ick's. Ick denk' mir aus, wat ick allet Köstlichet in meinen Heiner reinstopf', wenn ick ihn wiederhab', wat ick ihm in sein Bad tröpfle, wat ick ihm beim Baden in die Öhrchen säusele und wat ick mit ihm mache, wenn er wieder trocken ist. Damit schaff ick's übern Tag. Und manchmal kann ick damit sogar pennen.«

Bei Franka hatte es nicht funktioniert, sosehr sie sich auch bemüht hatte. Das Einzige, was ihr half, war die Rennerei durch die Stadt, die Suche, die Hoffnung, die bei jeder kleinsten Spur neu aufflammte. Zugleich aber quälte es sie, dass sie sich bei jedem, der ihr half, fragte: Und wenn er der Verräter war? Wenn er die Arme hebt und mir bedauernd erklärt, er habe wieder nichts herausfinden können, während er in Wahrheit alles weiß? Einzig bei Winnie und bei Anita war sie sich sicher, aber Anita half ihr nicht. Anita war selbst erloschen, am Boden zerstört, und kniff den Mund zusammen.

Arme Anita.

Sie ist auch in ihn verliebt, dachte Franka. Ich hätte es wissen müssen, sie hätte es mir ruhig sagen können, und es ist ja kein Wunder. Wie sollte denn irgendwer in meinen Adam nicht verliebt sein?

Und dann war nach den ganzen Mühen, nach all den Kämpfen die Nachricht eingetroffen, keine vier Zeilen lang, das Blatt gelblich, dünnes Kriegspapier: »Auf Ihre Anfrage vom 14.2.1943 teilen wir Ihnen mit …«

Konzentrationslager Neuengamme. Irgendwo bei Hamburg, wo Franka nie gewesen war.

Adam war an Herzversagen gestorben wie sein Bruder. Franka musste an seinen Rücken denken, an die muskulösen Schultern, die vor Gesundheit strotzten, an die zarte Taille, an junge, glatte Haut. Und an sein Herz, an das sie in unzähligen Nächten ihr Gesicht gebettet hatte, an den kräftigen, lebendigen Schlag, von dem sie friedlich eingeschlafen war. Aus hygienischen Gründen habe man seinen Leichnam umgehend verbrennen müssen, hieß es in dem Schreiben, die Urne könne gegen Entrichtung einer Gebühr jedoch zugestellt werden.

»Bitte sag mir, ob dir das hilft«, sagte Carl. »Es widert mich an, diesen Mördern auch nur einen Pfennig in den Rachen zu werfen, aber wenn es dir hilft, dann lasse ich sie zustellen.«

Als er sie scheu an der Schulter berührte, blickte sie auf. Er hatte sich die Brille in das wirre Haar geschoben, weil ihm aus den Augen unablässig Tränen strömten. Franka zuckte zur Seite, und er ließ sie auf der Stelle los. Vielleicht war sie ungerecht, aber sie konnte ihm nicht einmal antworten. Weshalb sollte sie die Urne haben wollen, weshalb sollte sie begreifen wollen, dass von dem Mann, der sie geliebt hatte und der das Leben geliebt hatte, nichts mehr übrig war, dass Menschen fähig gewesen waren, ihn ihr wegzunehmen, ihn der ganzen Welt wegzunehmen, aus keinem erklärlichen Grund?

Franka wollte nichts begreifen, sie wollte sich auch nicht trösten lassen, sie wollte gar nichts.

Nur noch tun, was Adam sich von ihr gewünscht hätte. Deshalb fuhr sie mit Carl nach Marzahn, um Kirschla zu holen, und statt mit Kirschla kamen sie mit Marie nach Hause. Adam war so stolz auf Marie gewesen, die er Pušomori nannte, er hatte Franka mit einem funkelnden Lachen in den Augen versichert: »Pušo ist hübsch. Sie sieht mir ein bisschen ähnlich.«

Franka hatte einen Blockmalzbrocken nach ihm geschnipst, ihn einen eitlen Prahlhans geschimpft und sich dann in die Arme nehmen und innig küssen lassen. Ja, er hatte gewusst, dass er hübsch und klug und besonders gewesen war, er hatte gern vor dem Spiegel gestanden und liebend gern Komplimente eingeheimst, und was war daran falsch? Nie hätte er daraus auch nur für einen Augenblick geschlossen, er sei mehr wert als andere. Er hatte sich gern gemocht – so, wie er alle Menschen gern gemocht hatte und Waltraud und Ramses und Arpad obendrein.

Alles Leben.

Was er über Pušo-Marie gesagt hatte, stimmte trotzdem nicht. Pušo mochte hübsch sein, aber sie sah Adam nicht ähnlich. Niemand sah Adam ähnlich. Nicht im Geringsten. Franka wollte keine Urne, die bewies, dass jemand Adams Schönheit und Lebensfreude zu Asche verbrannt hatte, aber sie hätte gern ein Foto von ihm gehabt. Nicht um es jetzt sofort anzusehen, sondern um zu wissen: Wenn die tausend Bilder vor meinem inneren Auge verblassen, wenn ich nicht mehr weiß, wie er gelächelt, geweint, seine Stirn gerunzelt hat, bleibt mir immerhin die Fotografie.

Sie hatte keine.

Als hätte Adam, der sie die Liebe gelehrt hatte, nie existiert.

Es gab nun keinen Grund mehr, zu suchen und nachzuforschen, also gab es auch kaum noch einen Grund, mit Menschen umzugehen. Anita war verständnisvoll. Sie zog aus der Wohnung aus und ließ Franka Raum. Carl schien ebenfalls um Verständnis bemüht, aber er hörte nicht auf, Frankas Nähe zu suchen. Manchmal tat es ihr gut, manchmal hörte sie seine Stimme, wie er die Aufseher in Marzahn angebrüllt hatte, und sah, wie er Pušo-Marie aufgefangen hatte und zwei oder drei Männer, die ihm das Mädchen entreißen wollten, allein mit seinem Blick in Schach gehalten hatte. Die zehn Jahre, in denen sie ihn geliebt hatte, ließen sich nicht auswischen, aber das andere auch nicht. Es tat so weh: Hätte Adam nicht gespürt, dass Franka sich aus dieser Liebe nicht lösen konnte, wäre er vielleicht wenigstens mit dem Gefühl gestorben, geliebt zu werden.

Ich habe dich geliebt, mein süßer Bonbondieb, mein Lächelpferd, mein netter Max, den ich so gut leiden mochte. Dafür, dass du gespürt hast, was ich selbst nicht wusste, und dass du mich zu lieb hattest, um mich trotzdem zu nehmen, habe ich dich noch mehr geliebt, und jetzt liebe ich dich, bis ich sterbe.

Nur dich.

Wie könnte ich denn anders, wie könnte ich dich denn verraten? Und wie könnte ich Carl in meiner Nähe ertragen, wenn ich nicht sicher bin, dass nicht er der Verräter ist?

Einmal, nach einer der zahllosen schlaflosen Nächte, verlor sie die Beherrschung und schrie es Carl ins Gesicht: »Und wer sagt mir, dass nicht du es warst? Dass nicht du ihn verraten hast, weil du ihn hier nicht mehr haben wolltest?«

Schon während sie die Worte herausschrie, wünschte ein Teil von ihr, sie zurückzunehmen. Carl sagte nichts, sondern drehte sich um und ging, und seither hielt er sich fern. Franka war allein. Winnie hatte genug damit zu tun, trotz der Angst um Heiner den Alltag zu meistern. Und das Mädchen Marie war so spröde und schroff, wie Adam zärtlich gewesen war. Franka war froh, dass sie da war, dass sie dies eine in Adams Andenken tun konnte, aber sie war auch froh, dass Marie so gern für sich war wie sie selbst. Sie bat Winnie, sie in die Futterküche zu versetzen, weil sie zum ersten Mal in ihrem Leben nicht einmal mit Tieren gern umgehen wollte. Mit gar nichts, was lebte. Alles, was Leben genoss, hieb ihr schärfer ins Gedächtnis, dass Adam es nie mehr tun würde.

Sie tat ihre Arbeit, häckselte Gemüse und verteilte das wenige Getreide auf die Schüsseln. Es gab Bombenangriffe, aber der Zoo blieb verschont. Es gab Gerede über den Kriegsverlauf, aber Franka hörte nicht hin. Es gab eine Kürzung aller Rationen, so dass jeder über Hunger klagte, aber Franka hatte stets Reste, die sie Winnie gab. Ihr schmeckte nichts mehr. Sooft sie sich zum Essen zwang, musste sie daran denken, wie gern Adam gegessen hatte, wie schwierig es gewesen war, ihn mit den Überbleibseln ihrer eigenen Lebensmittelkarte satt zu bekommen, und wie sehr sie es geliebt hatte, ihm zuzusehen, wenn er Essen genoss. Für dich hätte ich sogar Kochen gelernt, dachte sie. Für deine Freude ohne Rückhalt, für dein Staunen, wenn jemand dir etwas schenkte.

Ein einziges Tier gab es, dem gegenüber sie ein schlechtes Gewissen hatte. Waltraud, ihre verliebte Dickhäuterin, würde wissen, dass sie nicht anders konnte, und Rikchen, die Giraffe, war evakuiert worden, aber Arpad, den Adam Herr Streifenpferd genannt hatte, hätte sie wenigstens sagen wollen, dass sein Gefährte, der ihn liebevoll umsorgt hatte, nicht mehr lebte. Sie schob es auf. Es tat zu sehr weh, und sie wollte das Zebra nicht durch ihren eigenen Kummer beunruhigen.

Ich lebe nur noch für eines, dachte sie: Eines Tages werde ich den Verräter finden, den, der Adam das Leben genommen hat, und dann werde ich ihn fragen: Warum? Wenn ich die Antwort weiß, töte ich entweder ihn oder mich.

Nach der Arbeit saß sie meist in ihrer Wohnung, nicht auf der Fensterbank, wo sie und Adam umschlungen gesessen hatten, sondern auf dem Boden, und dachte ins Nichts. Eines Abends hämmerten Fäuste an ihre Tür. Franka blieb ruhig. Jetzt also, dachte sie. Jetzt kommen sie mich auch holen, und wenn sie mich gleich fragen, ob ich den Zigeunermischling Adam Rose bei seiner Flucht begünstigt habe, oder wie immer das in ihrer schwurbeligen Sprache heißt, dann sage ich ihnen die Wahrheit: Kommen Sie herein. Sehen Sie es sich an. Was ich begangen habe, nennen Sie Rassenschande, und ich habe es hier getan, auf diesem Bett. Schön war es. Lippen, die kitzeln, ein Lächeln, das streichelt, und ein Blick, der berauscht wie Wein. Legen Sie eigentlich die Welt in Schutt und Asche, weil Ihnen nie jemand etwas geschenkt hat, das so schön war, weil Sie sich nie fühlen durften wie König und Königin der Welt, ohne einen Streifen Land mit Gewalt zu erobern?

Wenn die Gestapo die Tür stürmte, um sie zu holen, würde sie es ihnen sagen: Was der Zigeunermischling Adam Rose mir geschenkt hat, ist alles wert, was jetzt geschieht.

»Franka!« Die Stimme gehörte Carl. »Mach mir auf, komm nach draußen. Ich brauche deine Hilfe.«

»Ich kann dir nicht helfen, Carl. Ich habe Feierabend. Gute Nacht.«

»Es geht um Waltraud«, sagte er. »Bitte komm schnell.«

Franka sprang auf. Wenn es um Waltraud ging, gab es kein Überlegen. Es war Mai, aber es war viel zu kalt für die Jahreszeit, also blieb ihr nichts übrig, als Adams Staubmantel anzuziehen. Ich hätte das längst tun sollen, dachte sie, als sie hineinschlüpfte. Deinen Mantel tragen, solange noch etwas von dir darin ist, dein Duft, die Beulen deiner Schultern, deine Körperwärme.

Atemlos und bleich wartete Carl vor der Tür.

»Was ist mit Waltraud?«

»Komm bitte mit«, sagte er und lief schon los.

»Carl, wenn es etwas Harmloses ist, will ich nicht kommen. Es geht mir schlecht, ich habe ein Recht auf meine Trauer, und Waltraud wird von euch gut versorgt.«

»Es ist nichts Harmloses«, sagte Carl und lief weiter.

Erst jetzt bemerkte sie, dass er seine schwere Notfalltasche bei sich trug. Wenn aber Waltraud sich gefährlich verletzt hatte – weshalb vergeudete er dann Zeit, um sie zu holen?

Meine Waltraud! Meine liebste Dickhäuterin!

Diesen jagenden Herzschlag hatte Franka zuletzt bei der Todesnachricht aus dem KZ Neuengamme gespürt. Dann, bei Erwähnung der Urne, die gegen eine Gebühr zugestellt werden konnte, war ihr Herz ins Stocken geraten, und sie hatte sich gewünscht, es würde stehenbleiben. Stattdessen hatte es langsam und stumpfsinnig von neuem damit begonnen, Blut zu pumpen, und Franka war sicher gewesen, es würde sich nie wieder beschleunigen, nie wieder voll Lebenskraft auf etwas reagieren.

Jetzt raste es wilder als Frankas Gedanken. Sie lief schneller und schloss zu Carl auf. Als das Flusspferdbecken in Sicht kam, glaubte sie einen Augenblick lang, sie ertrüge es nicht, weil die Bilder von jenem Abend vor ihr aufzogen, von ihrem letzten Abend, als sie Hand in Hand hier gestanden und zugesehen hatten, wie Ramses und Waltraud sich verliebten.

Aber sie ertrug es. Weil sie Waltraud sah, weil Waltraud sie brauchte.

Das Flusspferd lag am Beckenrand auf der Seite und gab kleine, fast erstickte Laute der Qual von sich. Der große Kopf schlug auf und ab, die kleinen Ohren flogen. »Was ist mit ihr?«, rief Franka, während Carl die Tür des Gatters öffnete. »Wer hat ihr das angetan?«

»Ramses«, sagte Carl. »Sieh sie dir an, Franka. Geh nicht zu nahe heran, bleib hier bei mir. Lass uns erst feststellen, ob sie uns braucht.«

Ein Teil von Franka begriff. Der andere vermochte nicht, es zu glauben. Doch dann übernahm der pragmatische Anteil in ihr das Kommando und sorgte dafür, dass Franka als erfahrene Tierpflegerin das Richtige tat. »Ich bin bei dir, Dickhäuterin«, sagte sie leise, um die Flusspferdkuh in ihrer hochkonzentrierten Arbeit nicht abzulenken. Fassungslos starrte sie auf Waltrauds Hinterteil. Es sah aus, als rage ein drittes Paar Beine unter ihrem Schwanz hervor, ein Paar schlaffer blaugrauer Flusspferdbeinchen, die ganz langsam länger wurden.

»Oh, mein Gott, Carl!«

»Sie macht es gut«, flüsterte er. »Als hätte sie nie etwas anderes getan. Wir sind gerade noch rechtzeitig gekommen. Wenn alles in Ordnung ist, geht es bei Flusspferden unglaublich schnell.«

Es war alles in Ordnung. Und es ging unglaublich schnell. Den schlaffen, glitschigen Beinen folgte ein schlaffes, glitschiges Hinterteil, und als der schlaffe, glitschige Bauch erschien, wiegte Waltraud ihr eigenes gewaltiges Hinterteil wie eine kokette Tänzerin. Das genügte. Mit einem letzten Ruck rutschte das ganze, fertige, perfekte Tier unter ihrem Schwanz heraus. Ein bisschen schlaff und glitschig plumpste es auf den Boden, und ein Schwall Fruchtwasser ergoss sich über seinen Kopf. Die Nachgeburt, die wie eine Riesenscheibe ungebratener Leber aussah, folgte und platschte ebenfalls dem Neugeborenen auf den Kopf.

Was für eine Begrüßung in der Welt!

Das kleine Tier schien sich daran jedoch nicht im Geringsten zu stören. Es wedelte mit den runden Öhrchen, wie Waltraud es tat, wenn sie aus dem Schlaf schreckte und sich orientieren musste, und im nächsten Augenblick schien es bereits beschlossen zu haben, dass es an einen guten Ort geraten war. Von Krieg und Mord und Menschenvernichtung wusste es nichts. Nur von einer stillen, dunklen Nacht und von dem großen Leib dicht vor seinem, der nach Milch und nach Wärme duftete. Dass zwei Menschen dicht hinter ihm ihren Atem anhielten und es mit Blicken verschlangen, kümmerte es nicht. Wenn es überhaupt etwas davon bemerkte, dann war es ihm von Herzen gleichgültig.

Es war das entzückendste kleine Tier auf der Welt.

Im ersten Impuls hatte Franka loslaufen und es begrüßen wollen, doch Carl hatte sie zurückgehalten. »Aber Franka«, hatte er in diesem leicht ungeduldigen Ton gesagt, der typisch für ihn war und klang, als sei am Leben noch etwas so, wie es einmal gewesen war. »Das weißt du doch selbst. Wenn wir nicht unbedingt müssen, dürfen wir ihr nicht zu nahe kommen. Sie ist jetzt gefährlich.«

»Sie ist meine Waltraud. Sie ist nicht gefährlich.«

»Das ist sie sehr wohl, und das brauche ich dir ja wohl nicht zu erklären. Sie hat jetzt das Kostbarste bei sich, das es in ihrem Leben geben kann, und sie würde es, ohne zu zögern, gegen alles und jeden verteidigen. Mit diesem Instinkt werden wir geboren: unsere Art zu erhalten, zu schützen und zu lieben. Nicht, ihr Schaden zuzufügen.«

Sein Ton war umgeschlagen. Er berührte Franka mehr als die Worte. Fassungslos stellte sie fest, dass sie froh war, mit dem Erlebnis der Geburt nicht allein zu sein, sondern es teilen zu können. »Du hast recht«, sagte sie leise. »Wir bleiben hier stehen. Sie braucht keine Hilfe, nicht wahr?«

Carl schüttelte den Kopf. Wie absichtslos streifte sein Arm den ihren. »Wie es aussieht, gibt es nichts Eiliges zu tun. Früher oder später werde ich das Kalb untersuchen müssen, aber das kann warten.«

Franka sah zu, wie die erschöpfte Waltraud ganz langsam ihren Kopf drehte, der neben ihrem Neugeborenen riesig wirkte. Sie hatte ihr Waltraud-Gesicht aufgesetzt und sah aus, als würde sie lächeln, fast ein wenig verschmitzt. Ohren, Augen und Halsfalten zuckten noch von der überstandenen Anstrengung, doch ansonsten wirkte sie in bester Verfassung. Mehr robbend als laufend und immer wieder stolpernd, bewegte sich ihr zerknautschter kleiner Sohn auf die Milchquelle zu.

Franka fing an zu weinen. Seit sie Adam verloren hatte, war sie wie ausgetrocknet gewesen, die Kehle beim Schlucken rauh und die Augen ohne Tränen. Sie hatte den Mund zusammengepresst, sonst nichts. Jetzt lief alles. Tränen wie Gedanken. Mein liebster Adam, dachte sie, warum kann ich denn nicht daran glauben, dass du noch irgendwo bist, wohin ich dir einen Kuss und ein Blockmalz schicken kann? Warum darf ich nicht wenigstens sicher sein, dass du nicht qualvoll gestorben bist, nicht ganz allein? Wir sind Flusspferdeltern geworden. Ich wünschte, ich hätte auch das Kostbarste, was es im Leben geben kann, in mir, ich bekäme ein Kind von dir, es bliebe etwas von dir hier. Aber weil wir keines haben können, hat meine Waltraud eines für uns bekommen, ein Kind von unserem letzten glücklichen Augenblick. Ich verspreche dir, ich passe auf es auf. Ich bringe es durch, und deine Pušo auch. Ich liebe dich.

Ohne Franka zu berühren, griff Carl nach dem Revers von Adams Mantel und zog ihn fester um sie. Erst jetzt bemerkte sie, dass sie vor Kälte zitterte.

»Willst du ihm einen Namen geben?«, fragte er. »Du wirst aber einen wählen müssen, der neutral ist, denn das Geschlecht wissen wir ja noch nicht.«

»Es ist ein Sohn«, sagte Franka. »Aber lass die Berliner seinen Namen aussuchen, sie stimmen doch so gern in der Zeitung ab, und ich denke, sie können es brauchen. Danke, dass du mich geholt hast, Carl.«

»Nichts zu danken. Wenn jemand ein Recht darauf hatte, dabei zu sein, dann du.«

Sie blickte zu ihm auf. Im Licht der Laterne zeichnete sich sein Kiefer scharf ab. Was verbiss er sich? Kälte, Schmerz, Furcht? Ohne nachzudenken, tat sie, was Adam getan hätte, und strich ihm zart, mit zwei Fingerspitzen, über den verhärteten Muskel.

Verwundert sah er sie an, der Blick nicht bohrend, sondern flackernd, nackt, verstört. *Ist schon gut,* wollte Franka sagen, obwohl nichts gut war. Sie nickte ihm zu, und er drückte rasch ihre Hand.

»Wir sollten gehen und den beiden ihre Ruhe lassen.«

»Ja«, sagte Franka, so schwer es ihr fiel. In der Welt, die Waltraud und ihr Sohn teilten, war jetzt kein Raum für einen Dritten.

Am nächsten Tag vertrieb die Geburt eines gesunden Flusspferdbullen das Gebrüll über Kriegstriumphe aus den Schlagzeilen. Die *Berliner Zeitung* forderte ihre Leser zur Wahl eines Namens auf, und in den Folgetagen prangte immer ein Foto des Neugeborenen auf der Titelseite. Im Zuge der Namenssuche wurde auch um Spenden gebeten, denn im vierten Kriegsjahr hungerten nicht nur Menschen. Vor dem Elefantentor standen wieder einmal Berliner Schlange, die ihre Konten, Sparstrümpfe oder Vorratskammern geplündert hatten. Eine Woche lang herrschte Festtagsstimmung, als hielte der Krieg seinen giftigen Atem an.

Ein Knautschgesicht zum Knutschen, pinselte Winnie auf das Plakat am Eingang. Als die Woche zu Ende ging, erhielt Waltrauds Sohn mit überwältigender Mehrheit den Namen Knautschke.

33

Franka

Hitler hatte die Welt mit Tod überzogen, und jetzt sah es aus, als schlüge der Tod zurück und verschlinge sein eigenes Land. Das war Unsinn. Die Saat für den Tod hatte er in seinem Land gesät, und der Tod hatte das Land überwuchert, ehe er über die Grenzen hinausschoss und die Welt verwandelte.

Bomben zerrissen die Stadt. Bomben zerrissen den Zoo. Das Vogelhaus. Die Elefantenpagode. Man durfte nicht nachdenken, sonst war es nicht möglich, aufrecht zu stehen und die Lebenden wenigstens notdürftig zu versorgen.

Ich halte mich daran fest, dachte Franka, das habe ich schließlich versprochen, und ich habe Lebende genug zu schützen: Marie und Knautschke. Arpad. Winnie, mein Fels in der Brandung, der zu bröckeln beginnt. Heiner galt als vermisst. »Was das heißt, weiß man ja«, hatte der taktlose Mensch gemurmelt, den Winnie schließlich in Hamburg ans Telefon bekommen hatte: Der Mensch schimpfte sich Heiners Cousin zweiten Grades. Heiner kratzte ihn wenig, dennoch galt er als Heiners nächster Angehöriger und hatte den Bescheid erhalten, während Heiners verzweifelter Liebster in Berlin an der Unwissenheit den Verstand verlor. »Ick bin ja schließlich keine Ehefrau«, hatte Winnie bitter ausgespuckt. »Obendrein hat der Mistkerl auch noch recht, vermisst ist nicht mehr als eine Floskel, und wat die heißt, weiß man ja.«

»Nein, das weiß man nicht«, sagte Franka und drückte Winnie an sich. »Solange wir keine Todesnachricht haben, glauben wir daran, dass Heiner lebt, und horten Blockmalz, ja? Die Tüte, die du mir geschenkt hast, kannst du auch wiederhaben. Sei mir nicht böse, aber mir schmeckt es wie Stroh ohne Adam. Ich will mir lieber vorstellen, wie du es dir mit deinem Heiner teilst, wenn er wiederkommt.«

Winnie, der wie ein Schlosshund heulte, hielt inne. »Weißt du was, Kleene?«, stammelte er zwischen Schluchzlauten. »Der Heiner, der mag gar kein Blockmalz. Himmel, Arsch und Zwirn, ist der Kerl mir auf die Nerven gegangen, wie er da ewig und drei Tage rumgejammert hat mit seinem Gelispel: ›Winnie, jetst s-topf dir doch nicht s-tändig diese s-tupiden Zuckerbrocken in den Mund.‹ Kannste mir vielleicht sagen, wo ich so einen noch mal herkriege, einen Kerl, der so ein zauberhaftes Hamburger Lispeln hat?«

Franka schüttelte den Kopf und zog ihn noch fester an sich. »Nein, Winnie. Wo wir all die Menschen, die jetzt fehlen, noch einmal herkriegen, kann ich dir nicht sagen.«

»Du bist meine Heldin, Kleene. Wie machst du das denn – leben ohne dein Samtauge?«

»Ich weiß es nicht, Win. Ich versuche, jeden Tag einmal daran zu denken, wie tapfer Adam war. Und dann hoffe ich, dass es mich auch ein bisschen tapfer macht.«

»Icke mag das Wort nicht«, sagte Winnie. »Tapfer, das klingt mir nach Hitler, nach hart wie Kruppstahl.«

»Adam war tapfer, weil er sich nie hätte hart machen lassen«, sagte Franka. »Hitler hat ihm verbieten können, sich auf eine Bank zu setzen, in einer Wohnung zu leben, einen Bus zu benutzen und eine Universität zu besuchen, sogar ein Mädchen zu heiraten und ein Kind zu zeugen. Aber er konnte ihm nicht verbieten, das Leben zu lieben. Im Lebenlieben war Adam ein Meister. Hitler liebt nur den Tod.«

»Und ick liebe dir, Kleene.« Der weinende Winnie hielt sie fest. »Und deinen Adam, den hab ick mir anfangs ja zur Brust nehmen wollen und ihm sagen: Finger weg von der Kleenen, die gehört meinem Freund Carl, der leidet wie ein Hund. Aber als das dann so richtig losging mit euch – nee, hab ick jedacht, das buttert einem ja das Herz, wer soll denn da noch meckern? Und der Carl hat's ja auch jesagt: Wenn mir das ernst ist, dass ick Franka liebe, muss ick doch froh sein, dass sie an einen so feinen Mann geraten ist, der sie verdient.«

»Das hat Carl gesagt?«

Winnie nickte. »Mutters Jüngstem wär' das 'n bissken zu edel jewesen – aber ein verdammt feiner Kerl war der Adam, und ihr zwei, ick gloobe, ihr wart das Lieblingsliebespaar vom janzen Zoo.«

»Jetzt hätte Adam gesagt: Guck mal, *Rakli*. Ich bin eine Heulsuse«, sagte Franka, ehe sie eine Zeitlang nicht weitersprechen konnte. Winnie umarmte sie, und sie hielten sich aneinander fest. Als sie wieder zu Atem kam, fuhr sie fort: »Deshalb habe ich beschlossen, dass ich noch da sein muss. Damit von meinem Lieblingsliebespaar nicht alles weg ist, damit ich noch allen und jedem erzählen kann, dass Adam der wundervollste Mann auf der Welt war.«

»Na, na!«, sagte Winnie. »Nicht übertreiben. Mutters Jüngster ist ja auch noch da.«

»Ich weiß. Aber trotzdem. Ich muss dir was erzählen, Winnie. Nur dir allein. Ich muss es einmal loswerden – geht das?«

»Hab' ick schon Anneken versprochen«, sagte Winnie. »In meinem nächsten Leben werd' ick Kummerkastentante. Schieß los, Kleene.«

Franka nahm ihren Mut zusammen. »Adam hat mich heil gemacht«, sagte sie. »Ich habe Carl so geliebt, aber es war immer, als wäre eine Wand zwischen uns, die im entscheidenden Augenblick hochschnellte. Wie die Trennwand zwischen Ramses und Waltraud. Diese Wand – die ist von dem übrig geblieben, was in meiner Kindheit geschehen ist. Und in Carls Kindheit wohl auch. Ich kam nicht darüber hinweg, sosehr ich es mir gewünscht habe. Bis plötzlich Adam in mein Leben spazierte und meine Mauern einriss. Mein Bonbondieb. Mein Pferd, das lächelt. Ach Gott, Winnie. Ich möchte um Adam so viel weinen. Nicht nur, weil er mir so fehlt – sondern weil es so furchtbar schade um ihn ist.«

»Weißt du, dass mir dieses Wort immerzu einfällt, wenn ick mir anseh', wat Hitler aus der Welt jemacht hat? Schade. Nur das. Das ganze Pathos stinkt mir.«

Franka nickte, und Winnie zog sie noch einmal an sich. »Ihr wart zum Anbeißen, ihr zwei. Mein Heiner war eifersüchtig. Und ick hab' zu ihm jesagt: Himmel, Arsch und Zwirn, das Sahneschnittchen möcht' ick nich' vernaschen, sondern auf dem seiner Hochzeit möcht' ick mit dir tanzen.«

»Das wäre schön gewesen, oder?« Frankas Stimme krächzte. »In der Nacht, in der sie ihn mir weggeholt haben, habe ich Adam gesagt, dass ich ihn heiraten will. Ohne Wenn und Aber. Als Max Brenninger, als Bräutigam aus der *Bullrich Salz*-Werbung, ganz egal. Aber weißt du, was er gesagt hat?«

»Nee.«

»Genau. Er hat gesagt, er kann mich nicht heiraten, weil ich nicht ihn, sondern Carl liebe. Er hat das gewusst. Ich weiß es immer noch nicht, aber für ihn war das klar: Ich habe ihn gesund gepflegt, und er hat mich gesund gepflegt. Und als wir beide gesund waren – hat er mich zurück zu Carl geschickt.«

Winnie stand auf und küsste Franka auf den Scheitel. »Hitler ist nicht nur ein Verbrecher, sondern ein Idiot«, sagte er. »Wie kann man ein Heldenvolk züchten wollen, indem man ihm solch einen Helden raubt?«

»Das ist es, was ich mich Tag und Nacht frage: Was soll denn das für eine Menschheit sein, die übrig bleibt?«

»Darf ick dir noch eins sagen?«, fragte Winnie. »Als deine Kummerkastentante? Glaub' allet, aber nicht, du wärst es deinem Adam schuldig, dass du jetzt allein bleibst. Das kann man der Erinnerung an seine Liebe gar nicht schuldig sein. Wenn ... wenn Heiner ...« Sein Gesicht erbleichte, und er schnappte nach Luft.

»Du brauchst es nicht auszusprechen, Winnie.«

»Danke, Kleene.« Er küsste ihren Schopf. »Wenn also dit, wat ick nich' aussprechen kann, passieren würde, wär's ick's meinem lispelnden Meckeronkel schuldig, dat ick ihn bis an mein Lebensende liebe. Und das würd' ick auch machen, darauf kannste Gift nehmen. Aber dass ick alleen bleibe – nee. Das hätte einer, der mir liebt, doch nie und nimmer jewollt.«

Durch den Tränenschleier suchte Franka seinen Blick. Zum ersten Mal seit Tagen erschienen die blauen Augen ruhig. »Carl ist auch ein feiner Kerl«, sagte er. »Einer, der dir ooch verdient hätte und der zu der Schweinerei, die du ihm zutraust, gar nicht fähig ist.«

Der Tod wütete weiter. Franka kam nicht dazu, über das, was Winnie gesagt hatte, nachzudenken, doch in einer schwarzen Oktobernacht standen sie und Carl von neuem Seite an Seite vor einem Tier. Dieses Mal jedoch war es kein Fest des Lebens. Durch das filigrane Glasdach der Krokodilhalle, durch die die Berliner in glücklichen Vorkriegsjahren flaniert waren wie auf einer Abenteuerreise, stürzte eine Sprengbombe und legte den exotischen Zauber in Trümmer. Zwei der großen Krokodile konnten sich wie durch ein Wunder retten und wurden in einer lebensgefährlichen Aktion auf dem Weg vor dem Aquarium eingefangen.

Carls Freund, der Brillenkaiman Heinz-Peter, mit dem er durch den Zoo gelatscht war wie der Durchschnittsberliner mit seinem Langhaardackel, hatte weniger Glück. Er lag tot an dem Wasserloch, an dem er vergeblich versucht hatte, sich in den Schlamm zu graben.

Nicht nur tot. Zu Tode erschreckt, von Bomben zerrissen, womöglich qualvoll verreckt. Als sie Carl bei Heinz-Peters Leichnam sah, drehte sich Frankas Herz vor Mitleid um, und es war ihr egal, dass man zu toten Tieren nicht Leichnam, sondern Kadaver sagte.

Du weißt nicht, wie dein Heinz-Peter gestorben ist, ob er sich gequält hat, wie sehr er dich vermisst hat, und ich weiß es von meinem Adam nicht, dachte sie. Das tut so weh. Dass der eine ein Tier ist und der andere ein Mensch, zählt das wirklich? Muss ich alle Liebe aufrechnen, statt sie zu achten, wo sie mir begegnet?

Carl kniete sich in Schlamm, Trümmer und Blut und zog das tote Tier in seinen Schoß. Er weinte wie um ein ganzes Land oder ein ganzes Leben, der Körper von Schluchzen geschüttelt, der Kopf zuckend, die Hände verkrampft. Franka setzte sich still neben ihn, legte den Arm um ihn und streichelte mit der freien Hand Heinz-Peters Schwanz.

»Wie hältst du das nur aus?«, fragte er sie, als er zu Atem kam. »Bitte glaube nicht, ich wollte das vergleichen, aber …«

»Ich habe es längst verglichen«, sagte Franka ruhig. »Du bist Tierarzt, du würdest hier nicht arbeiten, wenn du nicht damit leben könntest, dass ein Tier, das du liebhast, stirbt. Was du nicht aushältst, ist der Gedanke: Warum so sinnlos, unter solchen Qualen – und warum habe ich ihn nicht beschützt?«

Carl nickte. Den Tränen, die er sich vom Gesicht rieb, folgten neue.

»Das ist auch für mich die härteste aller Fragen«, sagte Franka. »Warum habe ich Adam in Sicherheit gewiegt, und als der Verräter kam, warum habe ich ihn nicht beschützt?«

»Franka …« Carl schluckte. »Du glaubst noch immer, dass ich der Verräter bin, nicht wahr?«

Franka fasste Mut, sah ihm in die Augen und fand eine Trauer darin, die die ihre zu spiegeln schien.

»Nein«, sagte sie. »So ist es nicht. Wenn ich dich hier sitzen sehe, halte ich den Gedanken für absurd. Aber ein anderer Teil von mir, der, der in den schwärzesten Momenten wach wird, hört nicht auf, mich zu bedrängen: Einer muss es getan haben. Und wen gab es denn, der Adam nicht mochte? Winnie mochte ihn so sehr, dass Heiner eifersüchtig war, Anita hat sich auf den ersten Blick in ihn verliebt, und Käthe Heinroth hat gesagt, er ist ein Segen und was immer sie tun könne, um uns zu helfen, tue sie gern …«

»Bleibe nur ich?«

Franka nickte. Dann umschlang sie sein Gelenk. »Es tut mir leid, Carl. Aber ich kann darüber nicht lügen.«

»Ich bin dir dankbar, dass du nicht lügst«, sagte er. »Und an deiner Stelle würde ich genauso denken. Ich habe Adam schlecht behandelt, Franka. In mir verkrampft sich alles, wenn ich daran denke, wie ich meinen Zorn auf mich selbst an einem

Wehrlosen ausgelassen habe.« Steif und hilflos streichelte er den toten Kaiman in seinem Schoß.

»Meine Güte, Carl. So hätte Adam niemals gedacht.« Ohne zu überlegen, ließ sie sein Gelenk los und schloss seinen erstarrten Körper in die Arme. Sie strich ihm den Rücken hinauf, der vor Anspannung bebte, legte ihm die Hand in den Nacken und bog seinen Kopf zu sich herunter. »Du hast ihm das Leben gerettet«, flüsterte sie an seinem Ohr. »Du hast dafür gesorgt, dass er an einen sicheren Ort kam, gepflegt und wie ein Mensch behandelt wurde. Du hast seine Familie versorgt, und du weißt nicht, wie dankbar er dir dafür war.«

»Aber ich habe doch nichts tun können!«, rief Carl fast außer sich, eine Hand um den Hals des toten Kaimans gekrallt. »Wäre es mir gelungen, sie zurück in eine Wohnung, in eine sogenannte bürgerliche Existenz zu schaffen, wären sie womöglich nicht aufgefallen und bei den Deportationen durchs Netz gerutscht.«

»Das glaubst du doch wohl selbst nicht«, schalt Franka und strich ihm das schweißnasse Haar aus der Stirn. »Durch die Maschen dieses Todesnetzes rutscht niemand, und du bist bei der Gestapo gelistet, dir sehen sie auf die Finger bei allem, was du tust.«

Bitter verzog er die Lippen und nickte. »Bei allem, was ich versucht habe, lag mir immer sofort ein Stein im Weg. Ja, du hast recht, Franka, ich habe ziemlich bald gewusst, dass ich auf verlorenem Posten kämpfte, dass Adams Familie zum Tod verurteilt war. Und statt diesem tapferen Mann, der damit zurechtkommen musste, meinen Beistand anzubieten, habe ich ihn zusammengestaucht, weil er einen Hufkratzer anders benutzte als wir.«

»Jetzt reicht es, Carl. Lass etwas von dir übrig, ja?« Zart klopfte sie ihm auf die Wange. »Du hast dein Leben riskiert, um Adam zu helfen, und wenn du ihn zwischendurch mal angeraunzt hast – mein Gott, Adam war überhaupt nicht kleinlich. Vermutlich kann man das gar nicht sein, wenn man mit diesem Riesenhaufen Brüder und Schwestern in einem Wohnwagen lebt. Und wehrlos war er auch nicht, jedenfalls hat er sich nicht so betrachtet, nur weil Hitler es gern gewollt hätte. Er war stolz und eigen, und er wusste, was er wert war, Carl. Mehr … mehr als du und ich.«

Er hatte versucht, die beschlagene Brille aufzusetzen, nahm sie aber gleich wieder ab und sah sie an. »Ich mochte ihn auch, Franka. Ich war nur neidisch. All das, was er mit dir konnte, hätte ich auch gern gekonnt: mit dir lachen, mit dir flirten, mit dir glücklich sein. Ich hatte so viel Zeit – und er so wenig. Und in der ganzen Zeit habe ich dir nicht einmal beibringen können, dass ich kein Mensch bin, der einen anderen der Gestapo ausliefert? Vielleicht hätte ich mich unter normalen Umständen wie ein Dreizehnjähriger mit ihm geprügelt – wer weiß, wozu liebestolle Männer fähig sind. Aber das? Niemals.«

»Du hast mir das beigebracht«, sagte Franka. »Ich habe dich in Marzahn gesehen, als du die Aufseher angebrüllt und Marie in die Arme genommen hast, und mein Kopf weiß, dass du zu so etwas nicht fähig bist. Aber ich bin auch toll vor Schmerz, und ich möchte jemanden dafür zur Rechenschaft ziehen. Das macht es nicht immer leicht, klar zu denken.«

»Ich bewundere dich, weil du überhaupt denken kannst.«

Längst hatten sie einander losgelassen, doch jetzt löste er eine Hand von Heinz-Peters totem Körper und schob sie zögernd über ihre. Franka ließ es zu, sah ihn jedoch nicht mehr an. »Schade, dass du mir das früher nie gesagt hast«, murmelte sie.

»Was?«

»Dass du ein liebestoller Mann bist. Dass du dich um mich hättest prügeln wollen.«

»Hast du das nicht gewusst?«

»Woher denn? Ich war doch in diesen Dingen genauso eine Blindschleiche wie du.«

»Ich war keine Blindschleiche«, sagte Carl. »Ich war ein Idiot.«

Flüchtig verschränkten sich ihre Finger, dann ließ Franka seine Hand los. »Weißt du, was wir zwei Idioten jetzt machen? Wir hören auf, uns in Schuldgefühlen zu wälzen, weil wir dazu keine Zeit haben. Ich kann nichts mehr für Adam tun, du kannst nichts mehr für Heinz-Peter tun, und ich habe genau wie du ohnmächtig danebengestanden, als Adams Familie auf den Laster getrieben und in den Tod geschickt wurde, wohl wissend, dass sie uns auch noch Marie nehmen, wenn wir den Mund aufmachen. Darüber kommen wir nicht hinweg. Aber wir haben hier immer noch eine Arche voller Kreaturen, die wir Hitler nicht als Opfer überlassen wollen – und für die wir etwas tun können.«

»Sag's mir. Was können wir tun?«

»Wir evakuieren sie. Wir fangen jetzt sofort an, für jedes einzelne Tier einen Platz zu suchen, an dem es sicherer ist als in Berlin. Und sobald wir den Platz haben, machen wir uns daran, es zu verschicken, ob die Direktion aufjault oder nicht.«

»Die Direktion wird aufjaulen.«

»Dann bekennt sie wenigstens Farbe.«

Franka stand auf.

Carl, der für so einen hageren Mann erstaunlich kräftig war, stand ebenfalls auf und hielt dabei den toten, zwei Meter langen Kaiman in den Armen. Einmal noch drückte er Heinz-Peters Gesicht mit den hervorstehenden Zähnen an das seine, dann legte er den Leichnam nieder und folgte Franka, weil die, die lebten, ihn brauchten.

Innerhalb von vier Wochen fanden Carl und Franka Plätze für mehr als zweitausend Tiere des Zoos. Gärten in Halle, Frankfurt / Oder, Oppeln und Breslau, Posen, Prag und Recklinghausen, Wien und München erklärten sich bereit, eines der in ganz Deutschland beliebten Berliner Tiere in Pflege zu nehmen. Um Knautschke bewarb sich jeder einzelne Zoo mit regelrechten Liebesbriefen. Aber der mitten im Krieg geborene Flusspferdjunge musste in Berlin verbleiben. Zum einen war er zu jung, um ohne seine Mutter verschickt zu werden, und der Transport so gewichtiger Tiere war in der Eile nicht zu bewerkstelligen.

Zum Zweiten war Knautschke für die Berliner so etwas wie ein Symbol geworden. Kein von der Regierung propagierter Durchhaltefilm, der zum Verheizen von immer noch mehr Menschen ermutigte, sondern ein Versprechen: Irgendwann, wenn auf den Alptraum ein Tag folgt, an dem es wieder licht wird, gehen wir wie damals in den Zoo, essen Datteln und sehen uns den kleinen Knautschke an.

»Zum Dritten kann ich nicht ohne dich«, raunte Franka in Knautschkes Ohr. »Du hast mir das Leben gerettet, weißt du das, Prinz Knitterfalte? Nein, was? So ein pathetischer Quatsch von Menschen interessiert dich nicht, so, wie es deine bezaubernde Mutter nicht interessierte, dass Flusspferde, die Kälber haben, gefährlich sind. Wir sind eben alle nicht ganz das, was wir sein sollten. Ich spiele die Tapfere, weil mein bonbonlutschendes Pferd, das lächelt, das so verdient hat, aber wenn ich nachts wach werde, Knautschke, dann tun mir meine Arme vor lauter Leere weh. Wenn ich nicht wüsste, dass mir gleich dein Flusspferdlachen entgegenkräht, ich glaube, dann würde ich gar nicht erst aus dem Bett aufstehen.«

Knautschke blieb. Mehr als tausend weitere Tiere blieben ebenfalls, weil sie entweder nicht transportfähig waren oder weil sich kein Platz für sie fand. Zweitausend wurden jedoch auf die Reise geschickt, und die Direktion heulte nicht auf, im

Gegenteil – die meisten Transportmöglichkeiten organisierte Direktor Heck. Franka war froh, dass ihr zum Denken keine Zeit blieb. Jedes Tier, das verladen wurde und der Sicherheit entgegenfuhr, ließ sie aufatmen. Ob unsere Arche an der Spree überlebt, um euch eines Tages zurückzuholen, weiß ich nicht, dachte sie. Aber wenn ihr irgendwo anders gepflegt und geliebt werdet, Gras rupft, mit Kot wedelt und Besucher bespuckt, dann ist für mich meine Arche noch da.

34

Franka

Juni 1945

Der Krieg war zu Ende. Von den im Zoo verbliebenen Tieren hatten einundneunzig überlebt.

Einundneunzig.

Jeden Morgen musste Franka sich die Zahl laut vorsprechen und sich daran erinnern, dass diese einundneunzig Tiere den Kampf wert waren.

Jeden Kampf.

Von dem Haus, in dem sie ihre Wohnung hatte, standen nur noch zwei Stockwerke, doch das Gebäude war als sicher und bewohnbar erachtet worden, und das war mehr, als viele andere Berliner von ihren Wohnhäusern sagen konnten. Die Stadt war ein Schlachtfeld, ihr Zoo eine Trümmerwüste. Wenn Franka aus der Haustür trat, sah sie Morgen für Morgen dasselbe: eine von Schützengräben durchzogene, von Scherben, Brocken und Splittern übersäte Stätte der Zerstörung.

»Warum wir weitermachen, kann ich Ihnen nicht erklären«, hatte Käthe Heinroth gesagt. »Aber ich glaube, das brauche ich im Augenblick auch nicht, habe ich recht?«

Käthe Heinroth war eine Heldin. Eine Woche zuvor war ihr Mann an der Lungenentzündung gestorben, die er sich in den letzten Kriegstagen zugezogen hatte. Lutz Heck war geflohen, um von den anrückenden sowjetischen Truppen nicht erschossen zu werden. Zuvor hatte er noch verhindert, dass die dreißig Männer, die der Zoobelegschaft geblieben waren, zum Volkssturm eingezogen und wie Unzählige vor ihnen verheizt wurden, indem er angab, sie seien zur Verteidigung des Zoos unabkömmlich.

Am Zoo gab es nichts mehr zu verteidigen. Aber die dreißig Männer überlebten.

Zwei von ihnen saßen in Frankas Wohnung, weil ihre eigene ausgebrannt war. Es würde eng werden, aber wie es aussah, brauchten die zwei nur einen einzigen Stuhl.

Auf dem saß Winnie, deutlich abgemagert, so dass man um die zierlichen Beine des Stuhls nicht fürchten musste. Heiner, bereits vor seinem Kriegsdienst nicht viel mehr als Haut und Knochen, saß auf seinem Schoß und war regelrecht durchscheinend. Was der Krieg ihm sonst noch angetan hatte und wie man lebte, wenn man aus der Hölle zurückkam, würde sich zeigen, doch für Winnie zählte im Augenblick nur eines: Er hatte seinen Liebsten wieder. Atmend, ungläubig um sich blinzelnd und in seinen Armen. Dass er ihn je wieder loslassen würde, bezweifelte Franka. Und sie bezweifelte auch ein wenig, dass er je wieder aufhören würde zu weinen.

Dafür lohnt es sich, musste sie sich jeden Morgen sagen, während sie durch das Trümmerfeld, das ein Paradies gewesen war, an ihre Arbeit ging. Für die paar, die lebten. Die die Erinnerung nicht loslassen, sondern gegen das Verbrechen anschreien würden. Für die, die nicht aufhören würden zu weinen:

Für Winnie und Heiner, die nicht fassen konnten, dass sie verschont worden waren.

Für die kluge, spröde Marie, die jetzt Pušomori genannt werden wollte und Medizin studieren würde.

Für Tanja, die für die überlebende Zoo-Belegschaft Stullen schmierte, weil es auf dem Gelände weder Strom noch fließendes Wasser gab.

Für Anita, die mit keinem Menschen mehr sprach.

Für Käthe Heinroth, die zu ihr gesagt hatte: »Ich brauche Sie, Franka. Bitte kommen Sie zu mir, lassen Sie uns reden.«

Für Carl, über den nachzudenken schwerfiel, der aber zur Stelle war, wann immer Franka die Kräfte erlahmten, wann immer sie etwas allein nicht stemmen konnte.

Und für einundneunzig überlebende Tiere: für Suse, die Schimpansin, Siam, den Elefanten, zwei Löwen, zwei Kamele, zwei Störche, eine Gruppe Mantelpaviane, deren Freigelände als einziges noch erhalten war, den Zebrahengst Arpad und das Flusspferd Knautschke.

»Du bist unser Star, Pferd mit Bauch«, hatte sie ihm ins Ohr geflüstert. »Wenn wir kämpfen wollen, werden wir lächeln müssen, du und ich, ganz egal, wie es in uns aussieht. Heulsusen sind wir erst, wenn die anderen außer Sicht sind, einverstanden?«

Das Becken, in dem Franka mit Waltraud geschwommen war, war in den letzten Tagen des Krieges von einer Bombe getroffen worden und ausgelaufen. Franka und Carl hatten die Nacht der Bombardierung bei Arpad verbracht und dabei gleichzeitig die Arme um den Hals des Hengstes geschlungen, damit er sich in seiner Panik nicht gegen eine Wand zu Tode rannte. Als er sich so weit beruhigt hatte, dass Carl allein mit ihm zurechtkam, war Franka hinüber zu ihren Flusspferden gelaufen und hatte Knautschke verzweifelt greinend neben seiner Mutter vorgefunden, die auf der Seite lag wie in der Nacht, in der sie ihn geboren hatte. Sie war eine Flusspferdkuh von außergewöhnlicher Schönheit, ein Gast aus dem fernen Ägypten, und sie sah aus, als schliefe sie. Der Bombensplitter, der sie getötet hatte, steckte in ihrer Brust und wurde erst sichtbar, als Franka so dicht vor ihr stand wie sonst, wenn sie ihr die Hand in den Nacken gelegt hatte.

Meine Waltraud. Dickhäuterin. Schutzgöttin Taweret vom Nil. Warum denn du?

Wie sie die ersten Minuten des Begreifens überstanden hatte, wusste sie nicht. Dann war Carl bei ihr gewesen, hatte sich hinter sie gestellt, ohne sie zu berühren, und gesagt: »Wenn du mich brauchst, bin ich bei dir, Franka. Ich würde dich gern in die Arme nehmen, wie du mich in die Arme genommen hast, als Heinz-Peter gestorben ist, aber ich kann auch einfach nur hier stehen bleiben, bis du mir sagst, ich soll gehen.«

Sie hatte nichts sagen können. Er war Schritt um Schritt näher gekommen und hatte die Arme um sie gelegt. Franka rührte sich nicht, verharrte nur still und war froh, umgeben von so viel Tod ein Herz zu hören, das schlug. Zusammen legten sie ihre Hände auf Waltrauds großen Leib, um Abschied zu nehmen. Viel Zeit hatten sie nicht. Knautschke war nicht unverletzt geblieben und musste dringend versorgt werden.

»Ihr beide wart das reizendste Schwesterngespann vom ganzen Zoo«, sagte Carl. »Von ganz Berlin. Von überall.«

Glücklicherweise erwies sich Knautschkes Verletzung als oberflächlich, und das verwaiste Flusspferd vertraute Carl und Franka genug, um sich verarzten und trösten zu lassen. Carl spritzte ihm ein Schmerzmittel, das jetzt so kostbar geworden und für die leichte Abschürfung eigentlich nicht notwendig war.

»Für sein Herz?«, fragte Franka.

Carl nickte. »Findest du, ich vermenschliche ihn?«

»Und wenn schon«, sagte Franka. »Das ist besser als das Gegenteil, und ich wünschte, du hättest für mich auch eines.«

»Wenn ich eines hätte«, fragte er, »würdest du mich dann versuchen lassen, ob es wirkt?«

Franka sah in seine Augen, und ihr Herz schlug vor Angst. Mit stocksteifem Nacken nickte sie. Er neigte den Kopf, ohne sie zu berühren, und legte seine Lippen auf ihre. Eine Sekunde lang unterbrach die Zeit ihr Rasen. Es nahm den Schmerz nicht weg, aber es half, um damit weiterzuatmen. Als Carl den Kopf wieder hob, sagte er: »Ich werde nie versuchen, Adams Platz einzunehmen, aber Knautschke kann jede Hilfe gebrauchen, die zu bekommen ist. Meinst du, ich könnte, wenn schon nicht sein Ersatzvater, dann vielleicht etwas wie ein Pate für ihn sein?«

Sie hatte genickt, dankbar für sein Angebot und dankbar, dass er nicht mehr von ihr verlangte.

»Tut so weh«, flüsterte sie in Knautschkes Ohr, wenn alle anderen außer Sicht und sie zusammen Heulsusen waren. »Aber wie kann ich denn schlappmachen? Wir beide, mein bonbonlutschendes Pferd, das lächelt, und ich sind doch Flusspferdeltern geworden. Wie kann ich denn dich im Stich lassen?«

Wer noch jemanden hatte, den er nicht im Stich lassen durfte, konnte sich glücklich schätzen. Wer jemanden hatte, der so viel Arbeit machte wie das Flusspferd Knautschke, befand sich in diesen ersten Tagen nach der Stunde null wahrscheinlich schon im siebten Himmel. Knautschke hatte kein Becken zum Baden mehr, aber ein Flusspferd brauchte Wasser. Zweimal täglich schleppte Franka Eimer heran und schrubbte ihn mit der Stielbürste wie vor einer kleinen Ewigkeit seine Mutter. »Dabei kann man gut eine Heulsuse sein«, erklärte sie Knautschke. »Wenn einer kommt und guckt, spritze ich mir einfach Wasser ins Gesicht und behaupte, das warst du.«

Flusspferd-Frankie im grünen Badeanzug wäre unerträglich gewesen, aber der Zoo besaß keinen Pfennig Geld, keinen Vorrat an Futtermitteln und einundneunzig Tiere, von denen kein einziges verlorengehen durfte. »Wir haben Hunger«, schrieben Carl und Franka auf zwei Hälften eines Pappschilds, hängten es Knautschke über den Rücken und spazierten mit ihm über den zerbombten Kurfürstendamm. Zehn Pfleger mit Eimern und Körben gingen im Gänsemarsch hinterher, um einzusammeln, was die Bewohner der hungernden Stadt herbeischleppten.

»Es verletzt seine Würde nicht, oder?«, hatte Carl gefragt.

»Knautschkes? Unsinn«, hatte Franka geantwortet. »Er ist wie Adam, er weiß, was er wert ist. Und wenn er für seine Gefährten das Abendbrot besorgen kann, ist er die Würde in Person.«

»Lieber würde ich: *Wir haben Hitler nicht gewählt,* oder: *Wir haben keinen Krieg angefangen* auf das Schild schreiben«, hatte Carl noch hinzugefügt, und Franka hatte schlucken müssen, ehe sie Antwort gab: »Ich auch. Aber wir brauchen Leute, die Futter spenden. Nicht solche, die uns empört erklären, sie hätten doch gar nichts gewusst.«

»Wie immer hast du recht«, sagte er. Nebeneinander führten sie Knautschke in der Abenddämmerung zurück in seinen notdürftig hergerichteten Verschlag, wo er sich weltvergessen über die Zweige in seiner Raufe hermachte. Der Tag war hart gewesen, aber solange alle Raufen und Tröge gefüllt waren, durften sie zufrieden sein.

»Du hast auch recht«, sagte Franka. »Lass uns das abwechselnd machen. Einmal lässt du den Zorn heraus, und ich spiele die mahnende Stimme der Vernunft, und das nächste Mal machen wir es umgekehrt, einverstanden?«

Carl gab keine Antwort, sondern leerte einen Eimer Wasser in Knautschkes Tränke. Dann drehte er sich nach ihr um. »Bist du auf mich noch zornig, Franka? Glaubst du noch manchmal, dass ich …«

Sie brachte kein Wort heraus, biss sich auf die Lippen und schüttelte den Kopf.

Mit zwei Schritten überwand er den Abstand zwischen ihnen. Franka erschrak und hatte das Gefühl, in zwei Hälften zerrissen zu werden. Die eine strebte ihm entgegen, wollte endlich die Mauer niederstoßen und bei ihm sein, die andere bäumte sich, drängte zur Flucht und rief empört: Wie kannst du nur?

Carl blieb stehen und strich ihr das Haar aus dem Gesicht. »Ich würde das so gern tun«, sagte er. »Nicht mich mit ihm prügeln, dazu bin ich nicht der Typ, und er war ein viel zu netter Mann. Aber mit ihm um dich kämpfen. Er hätte mit Sicherheit souveräner Tische reserviert und im Smoking die bessere Figur gemacht, aber ich bin kein übler Tangotänzer, und vielleicht hätte ich dich mit einem Korb voller Welpen bestechen können …«

»Er hat mich zu dir zurückgeschickt«, fiel ihm Franka ins Wort. »Wenn er in dieser Nacht nicht verhaftet, wenn er nicht ermordet worden wäre …«

Ihre Blicke trafen sich, und sie hatten beide keine Worte mehr. Erst als Knautschke gefressen hatte und gleich darauf begann, sie zu stupsen, mit dem Schwanz zu schlagen und nach seiner Dusche zu verlangen, lösten sie sich aus der Starre.

»Ich würde gern auf dich warten«, sagte Carl.

»Ich kann dir nichts versprechen«, entgegnete Franka.

»Das weiß ich.«

»Es käme mir vor wie Verrat.«

»Mir auch. Ich liebe dich.«

Franka zuckte zusammen.

»Mach dir nicht noch mehr Sorgen«, sagte Carl. »Wenn du nicht willst, brauchen wir nie wieder darüber zu sprechen. Ich möchte nur, dass du eines weißt: Bekäme ich noch einmal eine Chance, würde ich nicht wieder haareraufend und händeringend in der Ecke stehen. Im Übrigen hat Käthe Heinroth mich gebeten, dich daran zu erinnern, dass sie dich gern sprechen möchte. Morgen früh vor der ersten Fütterung, wenn es dir recht ist. Sie hat auch ihren Liebsten verloren, Franka. Und sie wäre dir dankbar.«

Sie riss sich zusammen und nickte. »Ich gehe morgen früh zu ihr. Danke, Carl.« Die Worte, die in ihrem Kopf rumorten und einen alles übertönenden Lärm veranstalteten, sprach sie nicht aus. Wenn ich es aufklären könnte, dachte sie, während sie allein den Weg von der einstigen Flusspferdanlage nach Hause ging, wenn ich wüsste, wer schuld daran ist, dass Adam sterben musste, und warum derjenige es getan hat, vielleicht könnte ich dann einen Schlussstrich ziehen. Und irgendwann auch einen neuen Anfang wagen.

Anderntags saß sie vor der ersten Fütterung in Käthe Heinroths Arbeitszimmer, das wie in den Tagen vor der Bombardierung mit Stichen von Faltern, Vögeln und Fischen geschmückt war – Tieren, die sie mit ihrem Mann gehegt, erforscht und geliebt hatte. »Ich brauche Sie, Franka«, sagte die Verhaltensforscherin noch einmal zu ihr. »Wenn wir beide daran glauben wollen, dass nichts so zu Ende gehen darf, dann brauche ich Sie.«

»Ich versuch's«, erwiderte Franka. Mehr konnte niemand verlangen: Ich versuche, nicht nach links oder rechts zu schauen und schon gar nicht zurück. Ich versuche, nur an das zu denken, was dringend notwendig ist. Ich versuche, nicht zu schreien, weder vor Zorn noch vor Schmerz. Ich versuche, dankbar dafür zu sein, dass ich noch etwas habe, um darum zu kämpfen.

»Haben Sie schon von der neuesten ironischen Wendung des Schicksals gehört?«, fragte Käthe Heinroth, deren Augen verrieten, dass auch sie in der Nacht eine Heulsuse war. »Jetzt, wo alles in Trümmern liegt, so dass kein Mann es sich mehr aufladen möchte, darf in Deutschland auf einmal eine Frau Zoodirektorin werden. Meinen Sie, ich soll die Ehre annehmen, Franka? Ich tue es nur, wenn Sie mir helfen. Sie und die Zoo-Familie. Das, was davon übrig ist.«

»Ich habe nicht Zoologie studiert«, wehrte Franka ab.

»Das ist eine lächerliche Antwort, und Sie wissen das. Also los – geben Sie mir die, die in Ihrem Kopf ist.«

Franka schluckte. »Ja, ich finde, Sie sollen hier Direktorin werden«, sagte sie dann. »Die Leute einweisen, die sich in Scharen freiwillig melden, um aufzuräumen, bei den Alliierten Anträge auf Futtermittel stellen, darauf achten, dass den einundneunzig Tieren, die wir noch in unserer Obhut haben, kein Leid mehr geschieht, und vielleicht eines Tages anfangen, die, die wir rechtzeitig evakuiert haben, nach Hause zu holen. Wenn Sie mich dabei brauchen können, helfe ich gern. Bis das Schlimmste geschafft ist. Aber ob ich es danach noch kann, weiß ich nicht.«

»Aber Sie gehören doch zum Zoo wie das Elefantentor!«, rief Käthe Heinroth.

»Das ist auch zerstört.«

»Wir bauen es wieder auf. Sie haben Ihr Leben lang nichts anderes gemacht, als hier zu arbeiten. Für Tiere und Menschen. Sagen Sie mir, warum Sie glauben, Sie könnten es nicht mehr, wenn das Schlimmste geschafft ist.«

»Weil ich es für die Tiere kann«, erwiderte Franka. »Was die Menschen betrifft, bin ich nicht sicher. Es tut zu sehr weh, und ich finde es so schwer, zu vertrauen. Ich sehe jeden an, der einen Kohlkopf in den Spendeneimer wirft, und frage mich: Was hast du auf dem Gewissen, wen hast du denunziert, wie viele Morde hast du unterstützt? Ich will noch immer wissen, wer Adam verraten hat, auch wenn ich inzwischen sicher bin, dass ich weder ihn noch mich umbringen werde. Ich will noch immer fragen: Warum?«

»Franka«, sagte Käthe Heinroth, »viele Menschen haben so unsäglich Schlechtes getan, dass wir das Wissen darum nicht einmal ertragen können. Daran lässt sich nichts rütteln und auch nichts schönreden. Aber andere Menschen haben so unsäglich Gutes getan, dass wir uns daran wie an einem Rettungsseil durchs Dunkel hangeln können, und Ihnen brauche ich das nicht zu erzählen. Sie sind eine davon.«

Franka hob die Hände und wollte protestieren, aber Käthe Heinroth schüttelte den Kopf und sprach weiter. »Dazwischen gibt es etliche, die weder Helden noch Teufel waren, sondern Entscheidungen zu treffen hatten, wie sie kein Mensch zu treffen haben sollte.«

Jäh musste sie an den Wagen denken, auf den Kirschla Reinhardt gestiegen war, an die Entscheidung, von der sie geglaubt hatte, sie bringe sie um: Wenn ich Pušomori retten will, muss ich jetzt gehen und all diese Menschen auf dem Wagen in den Tod ziehen lassen. Sie und Carl hatten die Entscheidung gemeinsam getroffen. Sie hatten nie wieder darüber gesprochen, aber die geteilte Verantwortung war auch im Schweigen ein Band zwischen ihnen.

»Einer dieser Menschen ist Direktor Heck«, sagte Käthe Heinroth. »Was er mitgetragen hat, um den Zoo zu erhalten, ist für viele von uns unverständlich. Für mich auch, um ehrlich zu sein – ich möchte auch nicht für alles Verständnis haben. Aber ich möchte alle Seiten sehen. Lutz Heck hat durch seinen Einfluss unsere dreißig Männer vor dem Tod im Volkssturm gerettet. Und er hat denselben Einfluss damals geltend gemacht, um Carl Leutner aus dem Gefängnis zu holen.«

Franka schnappte nach Luft. Es war schwer, es sich jetzt noch einzugestehen, aber tief in ihrem Innern war sie überzeugt gewesen, Lutz Heck müsse der Verräter sein. Wenn er es nicht war – wer blieb dann übrig?

Nicht Carl. Bitte, um alles in der Welt, nicht Carl.

Gleich darauf atmete sie tief auf und war zum ersten Mal sicher: nicht Carl.

»Franka«, sagte Käthe Heinroth noch einmal. »Vor allem gibt es auch zahllose Menschen, die falsche, schlimme Entscheidungen getroffen und versucht haben, etwas davon wiedergutzumachen. Vielleicht sind viele davon unter denen, die jetzt ihre letzten Kohlköpfe in unsere Sammeleimer werfen. Und vielleicht ekelt uns davor, und wir wollen ihnen zurufen: Nehmt euren Kohl und zieht Leine, für das, was ihr getan habt, gibt es keine Wiedergutmachung. Aber irgendwie müssen wir alle in diesem Land einen neuen Anfang finden. Ich weiß nicht, wie es Ihnen geht, doch ich möchte, dass dabei unterschieden wird zwischen Menschen, die Verbrechen begangen haben, und solchen, die womöglich vergeblich darum gekämpft haben, das Richtige zu tun.«

»Ich auch«, stimmte Franka zögerlich zu, weil sie nicht sicher war, was damit gemeint war.

Käthe Heinroth ließ sich ein paar Atemzüge lang Zeit, ehe sie wieder das Wort ergriff. »Der Verräter, wenn es denn einen gegeben hat, ist Ihre Freundin Anita«, sagte sie. »Sie hat uns heute Morgen verlassen und kommt nicht zurück, weil sie Ihnen und vielleicht uns allen nicht mehr unter die Augen treten will. Aber sie hat mich gebeten, Ihnen zu erklären, was geschehen ist, und ich finde, sie ist eine von denen, die eine falsche Entscheidung getroffen haben – aber keine Verbrecherin.«

»Anita …«, stammelte Franka. »Anita hat Adam verraten? Aber Anita hat Adam doch geliebt!«

»Sie hat ihn gern gemocht wie wir alle«, entgegnete Käthe Heinroth. »Aber geliebt hat sie Carl Leutner. Vielleicht von Anfang an. Ohne es sich jemals einzugestehen. Seit er damals verhaftet wurde, hatte sie entsetzliche Angst um ihn. Und als sie dann erleben musste, wie er sich aufgab, weil er Sie verloren zu haben glaubte, wurde diese Angst ihr unerträglich. Sie hat fieberhaft überlegt, wie sie ihm helfen könnte, ihn wieder zu sich bringen, und ihr fiel immer nur eines ein: Sie musste dafür sorgen, dass Sie zu ihm zurückkehren würden. Und dazu musste Adam hier weg.«

»Aber dafür kann sie doch keinen Menschen diesen Mördern ausliefern!«, rief Franka entsetzt. »Adam war doch kein Stein, den man aus dem Weg räumen konnte. Er hatte selbst längst gemerkt, dass ich Carl noch immer liebte. In der Nacht, in der sie ihn abgeholt haben, hat er mich zu ihm zurückgeschickt.«

Sie konnte nicht weitersprechen. Die Sinnlosigkeit überwältigte sie.

»Es ist alles gut«, sagte Käthe Heinroth.

»Wie können Sie das sagen?«

»Ich kann. Bitte geben Sie mir noch einen Augenblick, und vertrauen Sie mir. Alles, was Sie sagen, ist richtig – und auch wieder nicht. Anita wollte, dass Adam aus dem Zoo und von Ihnen wegkam. Aber sie wollte auf keinen Fall, dass ihm etwas geschah. In ihrer Not wandte sie sich an jemanden, der ihr Hilfe angeboten hatte. Sie war sich ganz und gar nicht sicher, ob sie ihm vertrauen konnte, doch verzweifelt, wie sie war, hat sie es getan. Als Adam dann verhaftet wurde, musste sie annehmen, sie habe einen unverzeihlichen Fehler begangen und habe Schuld am grausamen Tod eines Menschen auf sich geladen.«

»Das hat sie auch!«, rief Franka außer sich. »Wer ist denn der, der ihr Hilfe angeboten und dem sie so blind vertraut hat? Carl hat uns doch allen eingeschärft, dass wir niemandem vertrauen dürfen, ohne uns vorher abzusprechen. Und ich habe Carl verdächtigt ... Wie konnte ich das nur tun!«

»Das eben meine ich, Franka«, erwiderte Käthe Heinroth. »Wir haben wohl alle Dinge getan, von denen wir nie geglaubt haben, dass wir dazu fähig wären. Es war eine unmenschliche Zeit. Sie hat Unmenschliches von uns verlangt.«

»Wer war es?«, fragte Franka tonlos.

»Ihr Onkel Gerhard«, gab ihr Käthe Heinroth die Antwort, die sie befürchtet hatte.

»Onkel Gerhard hat Adam auf dem Gewissen? Nach allem, was er ihm angetan hat, hat er auch noch sinnlos seinen Tod verschuldet?«

»Nein«, sagte Käthe Heinroth. »Sein Angebot an Anita war aufrichtig. Er wollte etwas gutmachen. Er wollte helfen. Was genau schiefgegangen ist, werden wir wohl nie erfahren. Vielleicht hat ein Spitzel die beiden belauscht, vielleicht hat Ihr Onkel, der ja auch den infernalischen Dr. Ritter für einen aufrechten Wissenschaftler hielt, selbst den falschen Leuten vertraut. Mein Mann war genauso, Franka. Er konnte einfach von niemandem etwas Übles glauben.«

»Mein Onkel glaubte alles Üble von den Menschen, die er Zigeuner nannte!«, fuhr Franka auf. »Für ihn war Adam kein Mensch, nicht einmal ein Tier, sondern irgendein Objekt, mit dem man Versuche machen durfte, damit die höherwertigen Wesen davon profitieren konnten. Wie er über Adam geredet hat, werde ich nie vergessen: Er ist gar nicht so schlimm, wie man denkt. Ganz harmlos, ganz anstellig, eins hinter die Ohren, und er spurt.«

Sie musste weinen. Käthe Heinroth griff über ihren Schreibtisch hinweg nach Frankas Hand. »Das ist der Nährboden, auf dem Hitlers böse Saat gediehen ist«, sagte sie. »Menschen, denen beigebracht wurde, nicht alles Leben habe dieselbe Achtung verdient, haben dem Tor und Tür geöffnet, und es wird hart werden, diesem Denken ein Ende zu machen. Wir werden wachsam sein müssen. Unendlich wachsam. Aber dass es möglich ist, Menschen zum Umdenken zu bewegen, wenn man ihnen anderes vorlebt, das beweist Ihr Onkel. Sie haben ihm anderes vorgelebt, Franka. Wir. Auf unserer Arche.«

»Aber mein Onkel hat doch ...«

»Er wollte Adam helfen. Und das hat er auch getan. Er hat Ritters Rassenhygiene-Behörde bestürmt und ihnen keine Ruhe gelassen, bis sie ihm Adam aus Neuengamme herausgegeben und wieder zu Forschungszwecken zur Verfügung gestellt haben. Uns konnte er nicht Bescheid sagen. Niemandem. Es wäre zu gefährlich gewesen. Er hat Adam als tot gemeldet, hat versucht, sich so still wie möglich zu verhalten, und all seine Kraft zusammengenommen, um bis Kriegsende durchzuhalten.«

»Durchzuhalten?«

»Ihr Onkel ist tot, Franka. Er war schwer krank und ist Anfang der Woche in seiner Wohnung in Hamburg gestorben. Adam lebt. Er war bei ihm und hat ihn gepflegt bis zum Ende. Danach ist er sofort aufgebrochen, um hierherzukommen, aber es ist im Moment eben alles andere als einfach, aus irgendeiner deutschen Stadt in eine andere zu gelangen.«

»Ich verstehe kein Wort«, sagte Franka aufrichtig. »Obwohl Sie völlig klar zu sprechen scheinen.«

Käthe Heinroth rang sich ein Lächeln ab, in dem Franka jäh die Traurigkeit erkannte. In diesen Tagen nach Kriegsende gab es inmitten von Dunkel und Zerstörung für ein paar wenige Menschen ein Wunder. Heiners Rückkehr war eines, und gerade eben kündigte Käthe Heinroth ein zweites an. Ihr eigenes aber war vorüber. Ihr blieb bei Tag, das Erbe ihres Mannes zu verwalten, und bei Nacht die Leere in den Armen.

»Ich denke auch, mit Worten kommen wir hier nicht weiter.« Sie stand auf, öffnete die Tür zum Gang und entfernte sich, um gleich darauf in Begleitung eines Mannes zurückzukehren. Der Mann hatte dichte schwarze Locken, war zu dünn wie die meisten Menschen in diesen Tagen, wirkte aber gesund. Käthe Heinroth hatte den Arm um seine Schultern gelegt.

»Ich lasse Sie beide jetzt allein«, sagte sie. »Vielleicht hätten wir Ihnen ein Fest geben sollen, Adam, aber ich fürchte, dazu werden wir alle frühestens in ein paar Jahren fähig sein.«

»Jeder, der überlebt, ist mein Fest«, sagte Adam. »Und dieses ist das schönste.«

Käthe Heinroth zog sich zurück und schloss die Tür. Franka und Adam brauchten drei Atemzüge, um mit ausgestreckten Händen aufeinander zuzugehen, einander über Bauch, Brust und Gesicht zu tasten und sich dann zu umarmen. Vorsichtig. Als ginge das Wunder kaputt, wenn man es zu heftig drückte.

Zu sagen gab es so viel, dass sich nichts sagen ließ. Lange Zeit nicht. Heulen ging. Irgendwann Drucksen, Stammeln, Plänkeln.

»Blockmalz haben wir keines. Es gibt überhaupt nichts zu essen.«

»Ich habe mir das mit dem Blockmalz abgewöhnt. Ohne dich hat es mir nicht mehr geschmeckt.«

»Mir ohne dich auch nicht.«

»Geht es dir gut?«

»Blöde Frage. Nein. Dir?«

»Mir geht es doch immer gut«, sagte er traurig. »Danke, dass du Pušo gehütet hast.«

Mit einem Schlag wurde ihr klar, was er auszuhalten hatte. Jäh erinnerte sie sich daran, dass sie einmal gedacht hatte: Vielleicht ist es gut, dass er gestorben ist. Dass er nicht erfahren muss, was seiner Familie geschehen ist. Sie selbst und Carl hatten nicht einmal versucht nachzuforschen, wohl aus Angst vor dem, was sie herausgefunden hätten. Flüchtig hoffte sie, Adam würde dieselbe Entscheidung treffen, sich jedes weitere Entsetzen ersparen.

»Deine kluge Pušo wird Ärztin«, rief sie, um ihm etwas zu geben, an dem er sich festhalten konnte. »Käthe Heinroth sorgt dafür, dass sie studieren kann.«

Eine Bewegung strich über sein Gesicht, als hellte es sich auf. »An der Berliner Universität?«

Franka nickte. »Du könntest auch …«

Er lächelte. Legte eine Hand an ihre Wange. »Nein.«

»Was hast du vor? Bleibst du hier? Du musst hierbleiben, Adam!«

»Nein, *Rakli*«, sagte er. »Ich bin gekommen, weil ich dich noch einmal halten musste, um dich loszulassen.«

»Ich lasse aber dich nicht los.« Unvermittelt begann Franka zu weinen. »Ich will dich heiraten.«

»Nein«, sagte er und sandte ihr sein Lächeln. »Willst du nicht. Du bist jetzt frei, mein Herz. Der arme Dr. Leutner hat ja wohl lange genug auf seine Liebste gewartet, und ich glaube, eine Hochzeit kann der Zoo gut brauchen. Mit Frau Direktor Heinroth und einem Pferd mit Bauch als Trauzeugen.«

»Knautschke!«, rief Franka, unendlich dankbar, dass etwas den Sturm ihrer Gefühle abfing. »Hast du denn Knautschke überhaupt schon gesehen, Flusspferdvater?«

»Ich dachte, ich sehe erst einmal dich. War das ein Sakrileg?«

»Ein bisschen.« Sie gab ihm einen Kuss auf die Wange. »In Berlin sieht man sich derzeit zuallererst Knautschke an, und dann lange nichts.« Sie nahm seine Hand. »Komm. Ich stelle euch einander vor. Wir gehen dort noch einmal entlang, auch wenn es keine Wege mehr gibt, ja?«

»Bist du dir sicher?«

Franka nickte und zog ihn aus Dr. Heinroths Büro.

Die Sonne schien, als sie aus der Tür traten. Es hätte ein beliebiger Tag im frühen Sommer sein können, an dem Mütter und Söhne, Onkel und Nichten, Liebespaare und Schulklassen durch den Zoo flanierten, Giraffenbabys knipsten, Datteln aßen und sich grüne Ballons kauften. Aber es würde lange dauern, bis wieder ein beliebiger Tag war. Es würde Kraft und Mut und alle Liebe zum Leben kosten, die sie aufbringen konnten.

Hand in Hand gingen sie zwischen Gesteinsbrocken, umgestürzten Pfählen und Resten von bunt bemalten Schildern entlang. Mit dem Daumen streichelte Franka Adams Handrücken. »Deinen Mantel, den, den Winnie dir geschenkt hat, habe ich immer noch.«

»Den könnte ich gut gebrauchen.«

»Aber ich gebe ihn dir nicht. Ich gebe ihn niemals her.«

Dort, wo das Flusspferdbecken gestanden hatte, war eine Schlammgrube. Dahinter lag Knautschke vor seinem Unterstand und genoss die Sonne. Es wurde Zeit für seine Dusche. Wie seine Mutter liebte er Pünktlichkeit. Aber das eine Mal würde er sich ein paar Minuten gedulden.

»Gefällt er dir?«

»Ein echter Stammhalter.«

Sie streichelte ihn. Sag nie mehr, dass ich dich nicht liebe, dachte sie. Du kannst nicht mein Bruder sein, und es wird sich wohl auch nichts anderes finden, aber das hier verlieren wir nicht. Es hat Krieg und Verschlingen überdauert.

»Willst du wirklich nicht hierbleiben?«, fragte sie, ehe sie sich daran hindern konnte. »Wenn du glaubst, du müsstest Carls wegen gehen, dann irrst du dich, Carl hat gesagt …«

»Scht.« Er legte ihr lächelnd einen Finger auf den Mund. »Ich muss nicht Carls wegen gehen. Sondern meinetwegen.«

»Aber was willst du denn anfangen?«

»Nach ihnen suchen«, sagte er, hörte auf zu lächeln und wandte den Blick ab.

»Nach deiner Familie, Adam?« Frankas Schultern verkrampften sich. »Das darfst du nicht, du kannst nicht noch mehr ertragen!«

»Du meinst, ich kann nicht ertragen, wie sie gestorben sind?«, fragte er. »Das muss ich doch. Ich bin es ihnen schuldig, oder? Vor allem bin ich es meiner Hoffnung schuldig, es könnte noch einer von ihnen leben, es könnte einer von ihnen meine Hilfe brauchen, um in ein Leben zurückzufinden. Das wäre alles Ertragen wert, findest du nicht auch?«

Franka wollte widersprechen, wollte ihn hindern, sich einer solchen Hoffnung und anschließend einer solchen Enttäuschung hinzugeben, doch sie unterbrach sich und schloss die Lippen. Er hatte recht. Solange er nicht sicher wusste, dass alle tot waren, durfte er sie nicht aufgeben. Die starke Kirschla. Seine Schwester Raba, der er mit seiner Liebe auf den Geist gegangen war. Die vielen kleinen Kinder. »Ja«, sagte Franka. »Jeder, der überlebt hat, ist alles wert. Dass du hier bist, ist ein Wunder. Ich wünsche dir noch eines. Noch viele. So viele Wunder, als hätte die Macht der Nazis nicht ausgereicht.«

Er wandte sich ihr wieder zu und sah ihr stumm ins Gesicht. »Wenn du jemanden findest – was wollt ihr dann tun?«

Adam zuckte die Schultern. »Uns einen Wagen beschaffen. Über Land ziehen. Leben, wie unser Volk seit Jahrhunderten gelebt hat.«

»Dafür bist du doch aber nicht gemacht«, rief Franka. »Du wolltest ein Brett mit Büchern an der Wand.«

Noch einmal sandte er ihr sein Lächeln. »Ich kann mir ja eines in einen Wohnwagen nageln – dein Onkel hat mir einen Stapel von seinen vererbt. Verstehst du das nicht, *Rakli?* Dass von dieser Art zu leben nichts mehr übrig ist, wie Hitler es geplant hat, dürfen wir paar, die durchgekommen sind, nicht zulassen. Wenn wir es gut machen und wenn wir sehr stark sind, kann vielleicht die nächste Generation selbst entscheiden, was sie sein und was sie aus ihrem Leben machen will.«

»Doch«, sagte Franka. »Ich verstehe dich, und ich bin dir dankbar, weil du Carl und mir noch einmal eine Tür aufstößt. Aber ein Teil von mir will, dass du mich mit auf deine Suche nimmst, damit ich dir unterwegs die Namen von Tieren beibringen kann und du mir, wie man *Sintitikes* spricht. Geht das wirklich nicht, Adam?«

Er ließ ihre Hand los, lächelte und küsste sie auf die Stirn. »Jetzt noch nicht, *Rakli*. In der nächsten Generation.«

GLOSSAR

Archiv für Rassen- und Gesellschaftsbiologie. 1904 von Alfred Ploetz initiierte Fachzeitschrift für Eugenik.

Auerochse. In ihrer Wildform ausgestorbene Rinderart, bei der immer wieder Versuche zur Nachzüchtung unternommen wurden. Das als gelungene Nachzüchtung propagierte Rind, das die Brüder Heinz und Lutz Heck in den dreißiger Jahren züchteten, weist jedoch lediglich Ähnlichkeiten in Farbe und Form der Hörner auf und wird heute *Heckrind* genannt.

Batontschiki. Russische, pralinenartige Süßigkeit aus Erdnüssen.

Blutschutzgesetz. »Gesetz zum Schutz des deutschen Blutes und der deutschen Ehre«, auch als eines der beiden *Nürnberger Gesetze* bekannt, das die Eheschließung zwischen Juden (sowie anderen sogenannten Nicht-Ariern, namentlich sogenannten Zigeunern) und Nicht-Juden sowie den außerehelichen Verkehr zwischen diesen unter Strafe stellte. Obwohl das Gesetz keine Todesstrafe vorsah, wurde diese in mehreren Fällen unter Hinzuziehung anderer Gesetze (z.B. *Volksschädlingsgesetz*) verhängt.

Cino. Romanes: klein.

Dahlem. Vornehmer Bezirk im Süden Berlins.

Deutsche Christen. Seit 1932 bestehende rassistisch-antisemitische Strömung innerhalb der protestantischen Kirche. Konform mit Hitlers Gleichschaltungspolitik und darauf erpicht, jüdischstämmige Gemeindemitglieder als *Judenchristen* aus der Kirche auszuschließen.

Eugenik. Griechisch: etwa »gutes Geschlecht«. Seit etwa 1900 zunehmend populäre Forschungsrichtung, die darauf abzielte, durch Steuerung als negativ bewertetes Erbgut eines Volkes zu verringern und als positiv eingeschätztes zu mehren. Die Eugenik mündete in die Rassenhygienetheorien der Nationalsozialisten und diente dazu, Aktionen wie T4 »wissenschaftlich« zu stützen.

Flapper. Ausdruck für das in den zwanziger Jahren populäre Bild einer jungen Frau, die sich über bis dato bestehende gesellschaftliche Normen hinwegsetzte, kurze Haare und kurze Röcke trug, Alkohol trank, moderne Tänze tanzte und sich das gleiche Recht wie Männer nahm, ihr Leben in hedonistischer Weise auszukosten. Mit der Weltwirtschaftskrise von 1929 verschwand dieser Frauentypus.

Gadžo, f. *Gadži,* pl. *Gadže. Romanes* für Nicht-Roma.

Gesellschaft für Rassenhygiene. 1905 in Berlin von dem Mediziner Alfred Ploetz gegründete Vereinigung mit dem erklärten Ziel, die Rassenhygiene in Deutschland als Wissenschaft zu etablieren.

Horcher. Berliner Restaurant, bis 1944 in der Lutherstraße, dann nach Madrid verlegt. Eines der bekanntesten Gourmetrestaurants.

Hufrehe. Entzündliche Erkrankung bei Huftieren. In der Pferdezucht war bei Auftreten der Erkrankung beim Hengst lange Zeit Sterilisation vorgeschrieben, da man irrtümlich von einer erblichen Krankheit ausging.

Kaiserhof. Berlins erstes Luxushotel, gegenüber der Reichskanzlei gelegen und ein bevorzugter Treffpunkt führender Nationalsozialisten, darunter Hitler und Göring.

Kladderadatsch. Politisch-satirische Wochenschrift, die seit 1848 erschien und ab 1923 zunehmend Hitlers Nationalsozialismus unterstützte. 1944 eingestellt.

Knirps. 1928 gegründete Firma, die die ersten zusammenfaltbaren Regenschirme herstellte.

Kustos. Wissenschaftler, der mit der Leitung und Verwaltung eines Hochschulinstituts oder einer vergleichbaren Einrichtung beauftragt ist, ähnlich dem Kurator eines Museums.

Lunapark. Vergnügungspark im Berliner Bezirk Halensee. Ging 1909 aus Restaurantanlagen hervor und musste 1934 als nicht länger rentabel schließen.

Maiblätter. Grüne, wie Blätter geformte Lutschbonbons mit Waldmeisteraroma.

Mary Pickford. Nach einem Star der Stummfilmzeit benannter, Ende der zwanziger Jahre in Berlin beliebter Cocktail aus Ananassaft, weißem Rum, Grenadinesirup und Maraschinolikör.

Morphologie. Lehre von Form und Struktur von Organismen, Teilbereich der Biologie.

Nizami. 1920 kreiertes Parfüm der Firma *Marny*, das eine verführerisch-intensive »orientalische Note« aufweisen sollte. Benannt nach einem persischen Dichter des zwölften Jahrhunderts, der das berühmte Epos *Madschnun Laila* über die besessene sinnliche Liebe des Hirten Madschnun zu dem schönen Mädchen Laila erzählt.

Pastila. Russische Süßigkeit; gehärtete Fruchtpaste aus Äpfeln und Honig.

Porajmos. Romanes für »das Verschlingen«. Der Begriff bezeichnet inzwischen offiziell – analog zu *Aghet* und *Shoah* – den Völkermord an den *Sinti* und *Roma* unter dem Regime der Nationalsozialisten. Im Gegensatz zu *Aghet* und *Shoah* wird der Begriff jedoch erst in neuerer Literatur und vorwiegend von Aktivisten verwendet und ist aufgrund seiner Bedeutungsspanne nicht unumstritten.

Reichszentrale zur Bekämpfung des Zigeunerunwesens. Kurz: *Zigeunerzentrale.* Bereits seit 1899 bestehende polizeiliche Behörde, die in der Zeit des Nationalsozialismus systematisiert, verstärkt und dem Reichssicherheitshauptamt angegliedert wurde. Mit modernen Datenerfassungsmethoden sollte diese Behörde die Bekämpfung einer sogenannten *Zigeunerplage* unterstützen.

RHF – Rassenhygienische Forschungsstelle am Reichsgesundheitsamt. Dienststelle, die unter der Leitung von Dr. Robert Ritter die Erfassung und Untersuchung der als Zigeuner/Zigeunermischlinge bezeichneten Sinti und Roma reichsweit leitete und damit die Grundlage für deren Vernichtung legte. Schätzungen zufolge sind etwa 30000 Menschen von der Behörde erfasst worden.

Romanes. Auch *Romani.* Der indoarischen Sprachfamilie zugehörige Sprache der *Roma. Sinti* sprechen ihre eigene Variation → *Sintitikes.*

Sbiten. Traditionelles russisches Heißgetränk aus Honig, Minze und Gewürzen; seltener mit Alkohol versetzt.

Scheunenviertel. Ortsteil im Berliner Bezirk Mitte, traditionell von ärmeren Bevölkerungsschichten und in den zwanziger und dreißiger Jahren von zahlreichen, vor allem aus Osteuropa stammenden Juden bewohnt.

Schmiss. Bei einer *Mensur* davongetragene Hiebverletzung – vorzugsweise über der Wange –, deren Narbe als Erkennungszeichen schlagender Studentenverbindungen galt.

Sinti. Singular m. *Sinto,* f. *Sintiza.* In West- und Mitteleuropa beheimatete Gruppe der *Roma,* vermutlich am längsten überhaupt in Europa ansässig. Ein von dem Begriff abgeleitetes Adjektiv existiert nicht.

Sintitikes. Variante des *Romanes,* von *Sinti* gesprochen. *Sinti* bezeichnen ihre Sprache in aller Regel als *Romanes* oder nennen sie *Mari Tschib,* »unsere Sprache«. Traditionell wird die Sprache der *Sinti* als Schutz verstanden und nicht mit Nicht-*Sinti* geteilt.

Strahlfäule. Durch Bakterien verursachte schwere Erkrankung des Hufs.

Stulle mit Brot. Berliner Ausdruck für ein sehr karges Butterbrot, bei dem es für den einfachsten Aufschnitt nicht reicht.

Sturmbinde. Hakenkreuz-Armbinde, die nicht nur von Angehörigen von SS, SA und Hitlerjugend, sondern auch von politischen Leitern, sogenannten Amtswaltern, die auf Hitler vereidigt waren, getragen wurde.

Tarpan. Ausgerottete Form des eurasischen Wildpferds.

Tierpsychologie. Erste Bezeichnung für die von Oskar Heinroth begründete vergleichende Verhaltensforschung; später Ethologie genannt.

Toque. Kappenartiger Hut ohne Krempe; Ende der zwanziger Jahre modern, ähnlich der heute üblichen Kochmütze.

Ulster. Schwerer, zweireihiger Herrenmantel.

Vivisektion. Operativer Eingriff am lebenden Organismus, meist zu Versuchszwecken.

Völkischer Beobachter. Parteiorgan der NSDAP.

Wisent. Europäischer Bison. Seit 1927 vorübergehend auf freier Wildbahn ausgestorben, seither erfolgreich in kleinen Herden ausgewildert.

NACHBEMERKUNG DER AUTORIN

Viele der in meinem Buch auftretenden Tiere haben tatsächlich gelebt und sind tatsächlich gestorben. Hätten Tiere nicht Besseres zu tun, als Bücher zu lesen, hätte ich ihnen gern meines gewidmet.

Einige habe ich – mit viel Freude – dazuerfunden, darunter das Lama Vasco und das Zebra Arpad. Ich habe festgestellt: Menschenfiguren zu erfinden ist häufig schwierig und langwierig. Tierfiguren zu erfinden macht so viel Spaß, dass ich noch zwei Zoos hätte bevölkern können.

Bei einigen Tieren habe ich mich aus dramaturgischen Gründen für eine Mischform aus Fakt und Erfindung entschieden: So war das an der Seite seines Pflegers im Zoo umherspazierende Reptil Heinz-Peter in Wirklichkeit kein Kaiman, sondern ein Komodowaran. Der hingebungsvolle Ziehvater des Gorillas Bobby, den ich im Roman meinem Winnie zugeschanzt habe, hieß eigentlich August Liebetreu (was für ein passender Name!). Auch Ankunft und Sterbedatum bzw. Evakuierung einzelner Tiere (namentlich bei der Giraffe Rike, die überlebte und nach Berlin zurückkehrte) habe ich zeitlich geringfügig verschoben. Gorilla Bobby starb nicht im August 1936, sondern bereits ein Jahr zuvor, aber ich finde, er hatte ein weiteres Lebensjahr mehr als verdient.

Eine solche Mischform liegt auch bei dem wohl bekanntesten und von den Berlinern am meisten geliebten Tier vor – dem Nilpferd Knautschke. Aufgrund der Kriegswirren und dem Verlust zahlreicher Dokumente wissen wir nicht mit Sicherheit, wer Knautschkes Eltern waren. Als seine Mutter in Frage kommt die Nilpferdkuh Zuzana, die evakuiert wurde und den Krieg überlebte. Fakt ist jedoch, dass Knautschke als Kalb in den letzten Kriegstagen neben einer durch Bombensplitter getöteten Nilpferdkuh gefunden und gerettet wurde und dass mehrere Autoren diese Kuh für seine Mutter halten. In meinem Roman habe ich mich für diese Theorie entschieden. Die Kuh könnte die tatsächlich im Zoo beheimatete Wally gewesen sein – ich habe daraus eine Waltraud gemacht und hoffe, damit eine Lösung gefunden zu haben, die Andenken ehrt, nicht verletzt. Und weil nicht gut ist, dass das Nilpferd allein sei, habe ich ihr einen Ramses an die Seite gestellt.

Knautschke war großartig, ein Kerl mit Chuzpe und Charisma, ein echter Berliner. Ich fühle mich sehr geehrt, seine Bekanntschaft gemacht zu haben.

Für die Unterstützung der Zoologischen Gärten von Berlin, London und Whipsnade bedanke ich mich sehr herzlich.

Außerdem danke ich Dr. Marc Selfridge als Veterinär und meinem Vater, der erneut als Fachmann in Sachen Berlin unübertrefflich war.

Und nie zu vergessen – das Team, das meine Bücher betreut und um das ich zu beneiden bin: Roman Hocke, Christine Steffen-Reimann, Silvia Kuttny-Walser und meine Kolleginnen Jennifer Benkau und Rebekka Pax.

Es ist mir ein Bedürfnis, darauf hinzuweisen, dass in meinem Roman auftretende Mit- und Zuarbeiter der *Rassenhygienischen Forschungsstelle am Reichsgesundheitsamt* wie Eva Justin und Robert Ritter sowie zahlreiche andere nach dem Ende der nationalsozialistischen Schreckensherrschaft nicht strafrechtlich verfolgt wurden. Auf ihren Experimenten, Gutachten, ihren zynischen Aufsätzen und ihrer pseudowissenschaftlich verbrämten Menschenverachtung fußt der *Porajmos*, fußen Verfolgung und Mord an einer bis heute nicht benannten Zahl von Menschen. Eva Justin erhielt nach Kriegsende eine Stellung als Kinderpsychologin in Frankfurt. Ein erst 1958 gegen sie eingeleitetes Ermittlungsverfahren wurde eingestellt, da die von ihr angeordneten Zwangssterilisationen als verjährt galten. Auch das Verfahren gegen Robert Ritter wurde eingestellt, nachdem man ihm Gelegenheit geboten hatte, die gegen ihn aussagenden Opfer als »asoziale Elemente« zu bezeichnen. Justin und Ritter starben unbehelligt an Krankheiten.

Nie wieder Faschismus. Nie wieder Krieg.

Charlotte Roth, im Juli 2015

Nur wer zurückblickt, kann nach vorne blicken

Charlotte Roth

ALS WIR UNSTERBLICH WAREN

Roman

Berlin 1989: In der Nacht des Mauerfalls lernt die junge Ostberlinerin Alexandra den Geschichtsstudenten Oliver kennen, zu dem sie sich sofort hingezogen fühlt. Doch seine Familie reagiert ablehnend auf die Beziehung, und als Alexandra ihrer Großmutter den jungen Mann vorstellt, bricht die alte Frau zusammen. Welches Geheimnis der Vergangenheit verbindet die beiden Familien? Die Suche führt das Paar in das Berlin Anfang des 20. Jahrhunderts, eine Stadt, deren Menschen auf dem Vulkan tanzen und in der sich die Studentin Paula leidenschaftlich für die Rechte der Frauen und Arbeiter engagiert. Ihre Träume von Gerechtigkeit und Frieden teilt sie mit dem charismatischen Clemens – doch ihre Ideale zählen wenig in einer Welt, die aus den Fugen geraten scheint …
Brillant recherchiert, hochdramatisch erzählt – Charlotte Roth erfindet in diesem Roman die Familiensaga neu und lässt den Leser gleichzeitig an den dramatischen Umbrüchen des 20. Jahrhunderts teilhaben.

KNAUR

»Wir rennen dem Himmel die Tür ein.
Und keiner hält uns auf.«

Charlotte Roth

ALS DER HIMMEL UNS GEHÖRTE

Roman

London 2011. Die junge Läuferin Jennifer will an den Olympischen Spielen teilnehmen. Jetzt aber drohen Panikattacken ihren Traum zu gefährden. Mit ihrem Trainer, dem Iren Gregory, der sie heimlich liebt, reist Jennifer nach Mandeville, auf den Landsitz ihrer Familie. Sie hofft, sich bei ihrer fast hundertjährigen Urgroßmutter Alberta Rat holen zu können. Auch diese hat einmal an einer Olympiade teilgenommen, damals in Berlin, im Jahr 1936. Auf den Spuren ihrer Familiengeschichte wird Jennifer lernen, worum es im Leben wirklich geht.

KNAUR